CLAUDIA & NADJA
BEINERT

Der Sünder-chor

Roman

D1734621

KNAUR

Besuchen Sie uns im Internet:
www.knaur.de

Originalausgabe September 2016
Knaur Taschenbuch
Copyright © 2015 bei Knaur Taschenbuch.
Ein Imprint der Verlagsgruppe
Droemer Knaur GmbH & Co. KG, München.
Alle Rechte vorbehalten. Das Werk darf – auch teilweise –
nur mit Genehmigung des Verlags wiedergegeben werden.
Redaktion: Dr. Heike Fischer
Grafiken: Computerkartographie Carrle
Umschlaggestaltung: ZERO Werbeagentur, München
Umschlagabbildung: © Richard Jenkins; © akg-images/historic-maps;
© FinePic®, München; Computerkartophie Carrle
Satz: Adobe InDesign im Verlag
Druck und Bindung: CPI books GmbH, Leck
ISBN 978-3-426-51651-5

2 4 5 3 1

Im Knaur Taschenbuch Verlag sind bereits
folgende Bücher der Autorinnen erschienen:
Die Herrin der Kathedrale
Die Kathedrale der Ewigkeit

Über die Autorinnen:

Dr. Claudia Beinert, Jahrgang 1978, ist genauso wie ihre Zwillings-
schwester Nadja in Staßfurt geboren und aufgewachsen. Claudia studierte Internationales Management in Magdeburg, arbeitete lange Zeit
in der Unternehmensberatung und hatte eine Professur für Finanz-
management inne. Sie lebt und schreibt in Erfurt und Würzburg.

Nadja Beinert studierte ebenfalls Internationales Management und ist
seit mehreren Jahren in der Filmbranche tätig. Die jüngere der Zwil-
lingsschwestern ist in Erfurt zu Hause.
Besuchen Sie die Autorinnen unter:
www.beinertschwestern.de
www.facebook.com/beinertschwestern

Inhaltsverzeichnis

»Nun aber bleiben Glaube, Hoffnung, Liebe, diese drei.
Aber die Liebe ist die größte unter ihnen.«

Paulus von Tarsus,
Das Hohe Lied der Liebe, 1. Korinther 13, Vers 13

Liebe LeserInnen,

Sie halten ein Buch in den Händen, das Sie unabhängig von den vorangegangenen zwei Teilen (*Die Herrin der Kathedrale* und *Die Kathedrale der Ewigkeit*) lesen können, denn die Geschichte des *Sünderchores* ist in sich abgeschlossen. In ihr befinden wir uns im beginnenden Spätmittelalter, genauer: in den Jahren 1248 bis 1250. Unser Finale der Kathedral-Trilogie erzählt von Ängsten und von Liebe. Von der einzigartigen Liebe zwischen Mann und Frau. Von der unbedingten Liebe einer Mutter. Von der besonderen Zuneigung zu Vertrauten. Von der Liebe zur Berufung, die alles andere im Leben dominiert. Vom schwungvollen, rauschhaften Antrieb, den Liebe zu geben vermag, aber auch von deren gewaltiger Zerstörungskraft.

Die Idee für den *Sünderchor* kam uns schon bei der Entstehung unseres ersten Romans *Die Herrin der Kathedrale*, der die Lebensgeschichte der Uta von Ballenstedt im 11. Jahrhundert erzählt. Bestimmt wurden Sie im Kreuzworträtsel schon einmal nach einer Stifterfigur mit drei Buchstaben gefragt? UTA. Bereits damals waren wir überzeugt: Wer den Lebensweg der historischen Uta von Ballenstedt (bekannt als Uta von Naumburg) belletristisch nachzeichnet, sollte diesen erst mit der Schaffung ihres Standbildes enden lassen, das zweihundert Jahre nach ihrem Tod um das Jahr 1250 herum gestaltet wurde und heute noch im Westchor des Naumburger Domes zu bewundern ist. Denn diese so lebensecht wirkende Stifterfigur hat Uta erst als schönste Frau des Mittelalters bekannt gemacht.

Sieben Jahre sind vergangen, seitdem uns ihr Standbild zum ersten Mal ergriff. Und sieben lange Jahre arbeiteten auch die historischen Fakten und Persönlichkeiten, die am Bau des Westchores beteiligt waren, in uns, bis sich im vergangenen Jahr schließlich die Erzählstränge endgültig formten. Das 13. Jahrhundert hält dafür an sich schon genügend dramatische Ereignisse vor, wie zum Beispiel den spannenden Thüringer Erbfolgekrieg oder den auf Reichsebene wiederentflammten Investiturstreit zwischen Kaiser und Papst. Beide Geschehnisse beeinflussten auch die Entstehung der Stifterstandbilder und des Westchores.

Matizo von Mainz, unser männlicher Protagonist und Bildhauermeister im *Sünderchor*, war von Beginn unserer Autorenschaft an dabei. Ebenso hatte der mit einem Makel behaftete Naumburger Bischof früh einen festen Platz in unseren Herzen. Wir freuen uns, dass beide Figuren mit diesem, unserem dritten, Roman nun das Licht der Welt erblicken.

Würden Sie es wagen, für Ihre berufliche Verwirklichung an den Ort Ihres Traumas zurückzukehren? Vor diese Frage wird Matizo gestellt, für den Naumburg das Tor zur Hölle ist. Uns Beinertschwestern ergeht es da anders, wir freuen uns über jede Besuchsmöglichkeit in der Stadt, in der Unstrut und Saale zusammenfließen. Der Naumburger Dom, der in jedem unserer Trilogie-Romane im Mittelpunkt steht, hat unsere Phantasie jedenfalls immer wieder neu angeregt und gefesselt.

Hortensia, unser »Herbstmädchen« und die weibliche Protagonistin im *Sünderchor*, kam schnell zum Gedankengerüst unserer Geschichte hinzu. Sie erlebt mit dem Umstand, einem Mann versprochen zu sein, der weder Sympathie, geschweige denn Zuneigung in ihr weckt, etwas sehr Typisches für Frauen im Mittelalter, in dem es an der Tagesordnung war, dass Eltern den Ehepartner für ihre Kinder allein nach machtpolitischen und finanziellen Aspekten auswählten. Mit Hortensias Ungehorsam ihrem Vater und ihrer Mutter gegenüber beginnen wir den Roman. Allerdings ist der ungewollte Ehemann nicht die größte Herausforderung für sie.

Der Verlust einer geliebten Person stellt einen der tiefgreifendsten Einschnitte im Leben eines Menschen dar, und er trifft so gut wie unausweichlich jeden von uns einmal – so auch Hortensia. Verlust macht ohnmächtig, und er prägt uns, denn er ist unumkehrbar.

Unsere böhmische Königstochter Anežka, die Meißener Markgräfin, muss mit einem Verlust anderer Art umgehen: dem Verlust der Heimat und damit all dessen, was ihr vertraut ist. Könnten Sie sich vorstellen, im Jugendalter für die Ehe in ein anderes Land gegeben zu werden, fortan in einer unbekannten Sprache, vor fremden Menschen in einer ebenso fremden Kultur bestehen zu müssen? Das war für adlige Damen des Mittelalters jedoch die Regel, deren Pflicht es vor allem war, ihrem Gatten nach der Verheiratung Erben zu gebären. Umso ungewöhnlicher ist Anežkas Kampf für eine Sache, die in keinem Ehevertrag der Welt vorgesehen ist. Sie werden die junge Böhmin vielleicht nicht mögen oder gar bemitleiden, sie vielleicht aber dennoch für ihren Mut bewundern.

Folgen Sie uns nun in das spätmittelalterliche Naumburg. Aus Utas Burgsiedlung des 11. Jahrhunderts hat sich eine richtige Stadt entwickelt, mit Domfreiheit, einem Markt und Klosterbezirken. Weiterhin nehmen wir Sie mit nach Meißen, auf die gewaltige Burganlage auf dem Felsen über der Elbe. Wir reisen mit Ihnen auf einen Waidhof in das mittelalterliche Erfurt, zu schneebedeckten Buchen auf dem Ettersberg bei Weimar, nach Neumark und auf die Eisenacher Wartburg, dem Zentrum der Ludowinger Herrschaft. Weil wir Sie das Mittelalter nicht nur in Phantasiebildern hören und sehen, sondern auch riechen und schmecken lassen wollen, kommen die mittelalterlichen Gaumenfreuden, zubereitet von unserer Hausmagd Pauline, ebenfalls nicht zu kurz.

Eine unterhaltsame Lektüre mit dem Chor voller Sünder wünschen Ihnen nun

Ihre

Claudia & Nadja Beinert

Personenverzeichnis

(Historische Persönlichkeiten
sind mit einem Sternchen versehen.)

Hortensia, *Tochter des Burgschreibers des Grafen von Neumark*
Verliert erst alles, bekommt aber viel zurück.

Maria und Radulf, *Hortensias Eltern, und der zweijährige*
Gero, *Hortensias Bruder*

Hanna, *Hortensias Tante*
Ihre Lieder- und Tanzabende werden irgendwann zu schönen Erinnerungen.

Matizo von Mainz*, *Bildhauermeister*
Muss an den Ort seiner größten Angst zurückkehren: nach Naumburg, die Stadt zwischen Himmel und Hölle.

Harbert, *Benediktiner aus dem Naumburger Georgskloster*
Der Pater arbeitet hart daran, das Vertrauen von Matizo von Mainz zu erlangen.

Dietrich II. von Meißen*, *Bischof von Naumburg*
Kämpft gegen einen familiären Makel vor dem Hintergrund des wiederentflammten Investiturstreites zwischen Kaiser und Papst an.

Heinrich III. von Wettin*, *Markgraf von Meißen, später auch Thüringer Landgraf und Pfalzgraf von Sachsen*
Dem kunstsinnigen Herrscher ist daran gelegen, seinen Halbbruder Dietrich II. von Meißen mit allen Mitteln in die Schranken zu weisen. Seine größte Schwäche: Frauen.

Albrecht* und Dietrich*, *Söhne Heinrichs III. von Wettin aus dessen erster Ehe mit Konstanze von Österreich*
Gegensätzlicher können Brüder kaum sein. Einzig die Sehnsucht nach einer Mutterfigur scheint sie zu verbinden.

Agnes von Böhmen*, *Markgräfin von Meißen, verheiratet mit Heinrich III. von Wettin*
Königstochter mit Heimweh und dem Wunsch, von ihrem Gatten mehr Zuneigung und Aufmerksamkeit zu erhalten, sowie einem richtungsweisenden Versbüchlein.

Saphira, *Jägerin mit stechend gelben Augen*
Ist mutig, entschlossen und beutehungrig – Eigenschaften, die ihre Herrin Agnes gerne besäße.

Goswin von Archfeld, *Waidhändlersohn aus Erfurt*
Mit flatterndem Herzen versucht er, *die den Garten Liebende* zu erobern. Ein seidener Gürtel wird für Goswin der Anfang vom Ende.

Burkhard, *Ritter und Freund Goswins von Archfeld*
Hätte er doch früher eingelenkt!

Zwei Liebende *alias Hedwig und Christoph, die ihre gegenseitige Zuneigung mit Nachwuchs krönen*
Für Hortensia sind die beiden lange Zeit ein Rätsel.

Pauline aus Freiberg, *Hausmagd in der Wenzelsstraße*
Bereitet die besten Mahlzeiten in Naumburg zu und besitzt eine beruhigend warme Schulter zum Anlehnen.

Die Mainzer Erzbischöfe **Siegfried III. von Eppstein*** *sowie* **Christian II. von Weisenau***
Sie bestehen darauf, dass die Interessen der heiligen römischen Kirche, auch was den Naumburger Westchor betrifft, gewahrt bleiben.

Peter von Hagin*, *Scholaster*
Wurde schon einmal um den Bischofsstuhl gebracht. Die zweite Chance auf das Amt ergreift er glatt.

Hugo Libergier*, *von Heinrich III. von Wettin als* Naumburger Meister *bezeichnet*
Unter ihm wurde mit dem Bau der Abteikirche St. Nicasius in Reims begonnen. Ob er mit seiner Erfahrung und Brillanz auch für den Naumburger Westchor überzeugen kann?

Die **Herren von Gnandstein*, Vargula*, Schlotheim*, Fahner***
Die engsten Berater Heinrichs III. von Wettin.

Franz, Kurt *und* **Isabella**
Der Kümmerer, der Verhinderte und die Verheißende.

Sowie

Ein **geerdeter Jesus,** *wie ihn die Gläubigen im 13. Jahrhundert noch nie zuvor gesehen haben.*

Pergamentene Stifterstandbilder, *frevelhaft erhöht über dem gekreuzigten Jesus sollen sie aufgestellt werden.*

Die **Bürger von Naumburg,** *die mitentscheiden, welcher Entwurf für den Naumburger Westchor tatsächlich ausgeführt wird.*

Nicht zu vergessen:

Ein **Pergamentbündel,** *das Menschen verbindet.*

Ein **steinernes Antlitz,** *das bis heute die ganze Welt verzaubert.*

Die **unermessliche Leidenschaft** *für den lebendigen Stein.*

Den **Mut,** *Ängste zu überwinden.*

Zweite Chancen *im Leben.*

Hinweis zu den Monatsnamen

Im Spät- und Hochmittelalter existierten keine einheitlichen Bezeichnungen für die Monate. Die heutzutage verwendeten, aus dem Lateinischen abgeleiteten Monatsnamen waren frühestens wieder ab dem 16. Jahrhundert in Gebrauch.

In diesem Roman greifen wir auf die wahrscheinlich gebräuchlichsten Namen während unserer Romanzeit zurück. Sie entstammen der Enzyklopädie *Hortus Deliciarum,* die von der Äbtissin Herrad von Landsberg um 1175 verfasst wurde und das gesamte Wissen der damaligen Zeit enthielt. Übersetzt aus dem Mittelhochdeutschen lauten die Monate:

Monatsnamen im Roman	Neuzeitliche Monatsnamen
Iarmonat	Januar
Hornung	Februar
Lenzmonat	März
Ostermonat	April
Mai	Mai
Brachmonat	Juni
Heumonat	Juli

Monatsnamen im Roman	Neuzeitliche Monatsnamen
Erntemonat	August
Herbstmonat	September
Weinmonat	Oktober
Wintermonat	November
Hartmonat	Dezember

TEIL I

GLAUBE

Wenn Ihr wissen wollt, was Ihr glauben sollt,
fragt, wem oder was Ihr Euch anvertrauen könnt.

1.

Die gebrochene Blume

26. TAG DES IARMONATS IM 1248STEN JAHR
NACH DER FLEISCHWERDUNG DES HERRN

Bis zum Feste Christi Geburt war Hortensia noch überzeugt gewesen, dieses Jahr endlich einmal vom farb- und klanglosen Winter verschont zu bleiben. Den jüngeren Bruder an der einen, den gefüllten Milchkrug in der anderen Hand, wandte sie sich zur Linde, die neben ihr mittig in der kleinen Burganlage aus dem Boden ragte. Die Hütten und einfachen Häuser der Bewohner in der Vippach-Niederung, die Stallungen, die Küche, das Vorratshaus und der Wohnturm des Neumarker Grafen mitsamt der Kapelle und dem Bergfried überragten den Baum bei weitem. Dennoch verstrich kein Tag, an dem Hortensia nicht den Hof überquerte und mit einem Lächeln im Gesicht die Linde passierte.

Der Baum faszinierte sie, seitdem sie denken konnte. Allerdings waren von der gelben Blätterkrone, die die Sonne in sich getragen hatte, zu dieser Jahreszeit nur mehr karge Äste übrig geblieben. Hortensias Seufzen galt dem bedauerlichen Um-

21

stand, dass sie nun wieder unendlich lange warten müsste, bis sie die nächste gelbe Lindenkrone bestaunen könnte. Kurz lehnte sie sich gegen den Baum, weswegen Gero Mühe hatte, unbemerkt seine Fingerspitzen in den Milchkrug zu tauchen. Mit einem spitzbübischen Grinsen schleckte er sie ab. Hortensia schloss da gerade die Augen und ließ Geros Hand los. Sie erinnerte sich an die intensiv leuchtenden Farben des Herbstes, der für sie die schönste Jahreszeit war, und hörte wieder den sanften Gesang des Rotkehlchens. Dabei lief ihr ein angenehmer Schauer über den Rücken, der sie die Steife ihrer ausgekühlten Glieder vergessen ließ. Auch meinte sie, den noch warmen Herbstwind auf ihrem Gesicht zu spüren, der die Lindenblätter unlängst noch zum Singen gebracht hatte.

Dann öffnete sie die Augen wieder. Seit der Ankunft des Winters waren die Tage düster und trist. Die wenigen Burgleute, die an diesem Nachmittag unterwegs waren, hielten den Kopf gesenkt und beeilten sich, nur schnell wieder in ihre Hütten zu kommen. Gero, der die Hand verräterisch hinter dem Rücken versteckt hielt, schaute aus großen Augen zu ihr auf. Sein Anblick ließ Hortensia schmunzeln. Sie drückte dem Bruder einen Kuss auf die rosige Wange, dann kniete sie nieder, um mit ihm auf einer Höhe zu sein. »Sieh her, Brüderchen.« Sie stellte den Milchkrug neben sich ab und legte ihr linkes Ohr an die Baumrinde. Gero machte es der älteren Schwester freudig nach. Ihre Gesichter waren einander zugewandt, ihre Nasenspitzen berührten sich beinahe, was dem Jungen ein Kichern entlockte.

Als verrate sie ihm ihr ältestes Geheimnis, flüsterte Hortensia ihm zu: »Kannst du sie hören, die Linde? Manchmal erzählt sie von sich. Geschichten über ihr Leben vom Samenkorn bis hin zu dem einzigartigen Baum, der sie nun ist und dessen Schönheit selbst die der Gräfin bei weitem übertrifft.«

Noch bevor Gero überhaupt geboren war, hatte Hortensia von der Linde erfahren, dass der Wind sie als Samen vor vielen Jahren auf die Burg getragen hatte und sie dort von einem jungen Mädchen mit ähnlich dunklen Haaren wie Hortensia unaufhörlich gegossen und großgezogen worden war.

Gero presste seine Händchen fest auf die furchige Rinde, während er seine Schwester weiterhin gespannt beobachtete.

»Kinder, wärmt euch besser an einem Feuer«, ließ die krächzende Stimme von Guntram, dem Schnitzer von Neumark, die Geschwister aufschrecken. Der Mann mit dem ausgezehrten Gesicht eines achtzigjährigen Greises tippelte mit ein paar auf dem Arm gestapelten Holzscheiten an ihnen vorüber und auf das winzige Haus neben dem Burgtor mit der Zugbrücke zu, in dem er wohnte. Als Antwort legte Hortensia den Finger auf den Mund, eine Geste, die Gero so sehr bewunderte, dass er sie sofort nachahmte.

Über Guntrams Züge huschte ein Lächeln, dann zog der alte Mann weiter. Die Geschwister führten die Köpfe erneut ganz nah an den Stamm, so dass ihnen der Geruch des Holzes in die Nase stieg. Im Winter war die Linde weniger kräftig als im Herbst, wusste Hortensia, bezeugte mit ihrer erdigen Note aber weiterhin die tiefe Verbundenheit des Baumes mit dem Boden. Der Winter besiegte eben nicht alles Leben.

»Hmmm«, sagte sie enttäuscht und streichelte dem Bruder liebevoll über das noch dünne, braune Haar. »Die kalte Jahreszeit muss ihre Stimme bereits eingefroren haben.«

»Froren?«, nuschelte der Kleine.

»Das bedeutet ganz hart und steif vor Kälte gemacht«, bemühte Hortensia sich um eine kindgerechte Erklärung. So gerne hätte sie Gero die Sprache der Bäume hören lassen. Immerhin zählte er bereits zwei Jahre, so dass es für ihn an der Zeit war, die Natur verstehen zu lernen. Außerdem war ihr daran gelegen, die Kraft, die ihr die Linde spendete, sobald sie sie berührte, mit dem kränklichen Bruder zu teilen.

Gero zeigte sich alles andere als enttäuscht über die eingefrorene Sprache. Langsam hob er seine Hand, tippte seiner Schwester auf die Nasenspitze und kitzelte diese, bis sie zu kichern begann und das Gleiche bei ihm tat. Er liebte es, an der Nasenspitze und hinter den Ohren gekitzelt zu werden.

Hortensia ließ erst vom Bruder ab, als vom Haus mit der schiefen Tür der Pfiff des Vaters zu ihnen drang. Gero probierte sich an einer gleichgearteten Antwort, indem er die Lippen spitzte. Aber mehr als ein tonloses Pusten brachte er nicht heraus. Sein angestrengtes Gesicht ließ Hortensia erneut schmunzeln. »Kurz-lang-kurz-kurz«, erklärte sie ihm daraufhin den Pfeifrhythmus und machte ihn vor.

Geros Augen leuchteten auf, als er die melodisch gepfiffenen Töne hörte, die den winkenden Vater wieder ins Haus treten ließen. Die Dämmerung brach schon herein.

Bevor Hortensia sich erhob, umarmte sie den Baum und meinte, dessen Atem zu spüren. Gleich morgen, so beschloss sie, würden sie es erneut versuchen. »Wir kommen wieder!«, rief sie der Linde zu und ergriff den Milchkrug und Gero bei der Hand. Gemeinsam hielten sie auf ihr Elternhaus zu.

Das vertraute Knarzen der Eingangstür gehörte genauso wie der Umstand, dass sie schief in den Angeln hing, zu den Eigenheiten des Hauses. Den Erzählungen ihrer Mutter nach war beides einem heftigen Sturm einige Tage nach Hortensias Geburt geschuldet.

Die wohlige Wärme erahnend, schickte Hortensia Gero zur Mutter an den kleinen Kamin, sie selbst blieb noch im Eingangsbereich des Wohnraumes stehen. Sie hatten Gäste? War das nicht …? Längst hatte sie den jungen Mann vergessen gehabt. Es war das zweite Mal, dass sie sich begegneten.

In der Ecke neben der Feuerstelle und zwischen Hortensias Mutter und Vater stehend, schaute Goswin die Frau, die ihm seine Familie aufgrund ihres niederen Standes als Braut hatte ausreden wollen, versunken an. Dabei lächelte er. Als er sie ansprechen wollte, versagte ihm jedoch die Stimme. Nach einem weiteren Versuch brachte er endlich hervor: »Wir werden heiraten.«

Die Tatsache, dass ihre Eltern Goswin erneut eingeladen hatten, verwirrte Hortensia mindestens ebenso wie dessen Behauptung, sie würden heiraten. Außerdem verstand sie den Besucher schlecht, weil er die Lippen beim Sprechen kaum auseinanderbekam.

»Erfurt wird dir gefallen«, versprach Goswin und rieb sich die vor Aufregung feuchten Hände. »Stimmt's nicht, Burkhard?«, fragte er seinen Begleiter. Er war heute nicht nur gekommen, um endlich offiziell seiner Auserwählten gegenüberzustehen und ihr von Erfurt vorzuschwärmen. Er beabsichtigte auch, mit einem bereits für die Hochzeit festgesetzten Tag schon morgen an den elterlichen Hof zurückzukehren.

Der als Burkhard Angesprochene nickte gleich mehrmals hintereinander und lächelte breit, viel weniger verkrampft als Goswin. Hortensia fiel dessen Waffenrock auf, von dem sich die Stickereien bereits zu lösen begannen. Auch sonst machte dieser Burkhard einen eher ärmlichen, verwahrlosten Eindruck auf sie. Ein Geruch nach Pferdestall und Schweiß ging von ihm aus. Verzweifelt kniff sie die Lippen zusammen. Ein Städter zum Manne? Und so schnell? Sie war so frei hier auf dem Land. Mutter und Vater konnten nicht verlangen, dass sie das für eine Ehe aufgab. Eine Stadt mit der Enge ihrer vielen, dicht nebeneinanderstehenden Häuser, all dem Gewusel und fürchterlichen Gestank war für sie wie ein Gefängnis. Die Stimme der Linde würde durch wildes Geschrei und unzählige durcheinandergehende Rufe ersetzt werden. Kein guter Tausch. So war es ihr erst jüngst in Weimar ergangen, keinen Tagesmarsch von Neumark entfernt. Schon die ersten Schritte innerhalb der Stadtmauern hatten ein Unwohlsein in ihr ausgelöst.

Hortensia betrachtete Goswin von Archfeld genauer. Mit seinem schlohweißen, dünnen Haar, das unter seiner edlen, ledernen Bundhaube heraus und ihm bis auf die Brust hinabhing, und den weichen, fast weiblichen Zügen benötigte eher er einen Beschützer, als dass er der Beschützer einer Frau zu sein vermochte. Nicht einmal die feingewebte, knielange blaue Cotte vermochte daran etwas zu ändern. Im Gegenteil ließ sie den Brautwerber eher bleich und kränklich wirken. »Ich werde ihn nicht heiraten«, presste Hortensia nach einer Weile, an ihre Eltern gewandt, zwischen den Zähnen hervor und bat diese gleichzeitig mit einem zerknirschten Blick um Verzeihung. Niemals zuvor hatte sie im Beisein von Fremden den geliebten Eltern offen widersprochen.

Trotz Hortensias Ablehnung vermochte Goswin seinen Blick nicht von der Frau seiner Wahl abzuwenden. Seit zwei Monaten begehrte er sie nun schon. Während er noch überlegte, wie er sie dazu brächte, sein Lächeln zu erwidern, prasselte das Feuer im Kamin hinter ihm leise vor sich hin. »Aber der Ehevertrag ist unterschrieben«, erklärte er, und dieses Mal klappte seine Ansprache gleich beim ersten Anlauf. Vorsichtig hielt er ihr ein entfaltetes Pergament entgegen und blickte sie unsicher an.

Hortensia trat mit vier Schritten Abstand vor Goswin hin, um seine Behauptung zu überprüfen. Sie überflog das Pergament. Und tatsächlich, ja, es wies an seinem Ende ihres Vaters Signum auf. Selbst aus dieser Entfernung erkannte sie es. Beim Anblick der geschwungenen Buchstaben fiel ihr die

Milchkanne aus der Hand. Die weiße Flüssigkeit ergoss sich über den Boden, doch sie bemerkte es nicht.

Goswin fuhr über die Unterschriften. »Deine Eltern haben die Zusage bereits vor zwei Wochen geleistet.«

Entsetzt sprang Hortensias Blick zu Maria und Radulf. »Das kann nicht ...« Sie hielt inne, als der Vater wider Erwarten nickte und ihre Mutter den Blick betroffen zu Boden senkte, weil sie die Abmachung mit ihr gebrochen hatten.

Am Tag von Hortensias erster Monatsblutung waren sie übereingekommen, ihr gemeinsam einen Gatten zu suchen. Einen, dem sie genauso zugetan war wie die Mutter dem Vater. Und das war bei Goswin von Archfeld ganz sicher nicht der Fall. Hortensia spürte dessen unsicheren Blick über ihren Hals, ihre Brüste und Taille bis zu den in langen Fransen auslaufenden Enden ihres Stoffgürtels hinabgleiten. Mit weißen Seidenfäden waren auf dem dunkelgrünen Gewebe Lilien zum Zeichen ihrer jungfräulichen Reinheit eingestickt. Sofort zog sie ihren Umhang enger um sich.

Erst am heutigen Morgen hatte der Vater ihr den mit Abstand edelsten Gürtel aus dem Familienbesitz überreicht. Vom Munde abgespart und aus einem Stoff, wie ihn sonst bestenfalls die Burgherrin trug. Dankbar für die Freude, die die Eltern ihr mit ihrem ersten Seidengut hatten machen wollen, hatte sie sich den Gürtel gleich angelegt. Jetzt, einen halben Tag später, wusste sie, dass der wahre Beweggrund für die Schenkung ein anderer gewesen war: Sie sollte vor dem Waidhändlersohn edler wirken, und der Gürtel zählte zu ihrer Mitgift.

Der ritterliche Begleiter schräg hinter Goswin zeigte ein siegesgewisses, wenn auch nicht unfreundliches Lächeln im von Bartstoppeln überzogenen Gesicht. Unter seinem Blick fühlte sie sich wie eine der Kühe auf dem Markt, die noch einmal herausgeputzt wurden, bevor sie an den Höchstbietenden gingen. Doch sie wollte weder verschachert noch für irgendjemanden herausgeputzt werden. »Ich kann nicht Eure Frau werden!« Zuerst schaute sie Goswin, dann ihren Vater und zuletzt ihre Mutter an, gegen die sich nun ihr ganzer Unmut richtete. Zwei Wochen lang hatten die Eltern also schon von der geplanten Ehe gewusst? Und an keinem einzigen dieser vierzehn Tage mit ihr darüber gesprochen? Hortensia wurde es eiskalt.

»Entschuldigen Sie, meine Herren«, bat der Vater seine Gäste und verneigte sich untergeben, was ihm wegen seines Gelenkleidens schwerfiel. Er begab sich zu seiner einzigen Tochter, die inmitten des Raumes in einer Milchpfütze stand. Sein Versuch, ihr die Hände um die Hüfte zu legen und vertraulich mit ihr zu sprechen, wurde von Hortensia abgewehrt.

So gern sie sich jetzt auch an ihres Vaters Brust geschmiegt und seinen ihr vertrauten Geruch von Tinte und Pergament eingesogen hätte, stand sein Verrat doch plötzlich wie eine Mauer zwischen ihnen, die sich nicht so einfach wegblasen ließ wie die kleine Holzbank vor dem Haus in jener stürmischen Nacht nach ihrer Geburt.

»Du bist doch unser starkes Mädchen«, sagte Radulf so leise, dass nur Hortensia ihn verstehen konnte. In Gedanken strich er ihr liebevoll über den Kopf und die Schultern. »Unser Herbstmädchen«, schob er zärtlich hinterher.

Unwillkürlich ließen Radulfs zärtliche Worte Hortensia lächeln. Im frühen Herbst, inmitten einer blühenden Wildblumenwiese war sie von der Mutter auf dem Rückweg von den Großeltern in Arnstadt zur Welt gebracht worden. Wild gezappelt hatte sie, geschrien und ohne Umwege, mit noch geschlossenen Augen, die Brust der Mutter gefunden. Sie war so voller Leben gewesen wie der Garten der Natur und so einzigartig wie jene Jahreszeit, die im Licht der tiefer stehenden

Sonne bronzene Schleier über die Landschaft goss. Hortensia, *die den Garten Liebende*, hatten sie sie deswegen genannt, und ihr Name hatte sich bewahrheitet. Mit Vorliebe hielt sie sich in der Natur auf. Schon so manches Mal hatten die Eltern sie von den Wiesen beim Oberndorf, über die sie sich wie ein Blatt im Wind hatte treiben lassen, heimholen müssen. Abrupt kehrte sie in die ihr unwirklich erscheinende Gegenwart zurück, blinzelte den Vater an und flüsterte: »Er ist nicht der Richtige für euer Herbstmädchen.«

»Er ist deine Rettung«, entgegnete Radulf in einem Anflug von Verzweiflung, beim nächsten Satz allerdings hatte er sich schon wieder gefasst. »Die Entscheidung ist gefällt.« Mit feuchten Augen wandte sich der Burgschreiber wieder seinen Gästen zu.

An ihrem Vater vorbei sah Hortensia die Mutter schwach nicken, während Gero sich an Marias Schulter klammerte.

»Es ist uns eine Ehre«, betonte Radulf, wenn auch mit schwacher Stimme. Schließlich war es nicht alltäglich, dass der Sohn einer wohlhabenden Kaufmannsfamilie die Tochter eines Burgschreibers zur Ehefrau nehmen wollte. Hortensias Mitgift betrug nicht einmal ein Viertel dessen, was als angemessen für ein Erfurter Kaufmannshaus galt. Der junge Goswin hatte sich jedoch trotz dieses großen Nachteils für seine Tochter entschieden sowie seiner Frau und ihm zugesichert, dass Hortensia an seiner Seite ein zufriedenes, erfülltes Leben führen würde. Er war nicht gewalttätig, davon war Radulf überzeugt, und von einer Zurückhaltung, die seiner gelegentlich doch recht wilden Tochter auch weiterhin Freiheiten gewährte.

Mutter!, flehte Hortensia in Gedanken. Von dir habe ich gelernt, dass eine Familie immer zusammenhält. Warum nötigst du mir diesen Mann auf? Spürst du denn nicht, dass er so gar nicht meinem Wesen entspricht und mich alles andere als glücklich machen wird? In diesem Moment bemerkte sie, dass ihr Vater zu ihr herüberschaute, während er mit dem Archfelder sprach. »Unsere Tochter … sie wird Eure Frau werden. Gebt Ihr nur noch etwas Zeit, sich an diesen Gedanken zu gewöhnen.«

Entsetzt starrte Hortensia Radulf an, der vorhin noch so unbekümmert nach Gero und ihr gepfiffen hatte. Konnte er tatsächlich gerade die Worte ausgesprochen haben, die sie von ihrer Familie trennen und ihr Leben auf so schreckliche Weise verändern würden? Und die Mutter? Die hielt die ganze Zeit über den Bruder auf dem Arm, der nun mit den Beinen zu zappeln begann, weil er zu Hortensia wollte, was Maria ihm verwehrte. Das machte alles nur noch schlimmer.

»Ist Euch eine Hochzeit zum Feste des heiligen Joseph recht?«, erkundigte sich der Vater bei Goswin.

Der Raum kam Hortensia plötzlich so eng vor. Sie schluckte mehrmals, als stecke ihr eine Gräte im Hals. Sie fühlte sich alleingelassen im Kampf um ihre Zukunft. Resignation stieg in ihr auf, weil ihr Widerwillen gegen diese Heirat weder vom Vater noch von ihrer Mutter berücksichtigt wurde. In die Bedrückung hinein begann Gero zu jammern. Hortensia wollte schon zu ihrem Bruder eilen, um ihn zu beruhigen – wie sie es für gewöhnlich tat, wenn er weinte – und seine Fäustchen zu drücken, doch das hätte bedeutet, sich gleichzeitig auch zu Goswin und ihren Eltern begeben zu müssen, was ihr in diesem Augenblick nicht möglich war. Stattdessen warf sie den Zopf, zu dem sie ihr Haar zusammengebunden hatte und der ihr über die rechte Schulter gefallen war, zurück auf den Rücken. »Ich lasse mich nicht zwingen!«

Für einen Moment sprach niemand ein Wort. Nur das Knistern der brennenden Holzscheite und Geros gleichtöniges Jammern waren zu hören.

Hortensia spürte, dass gerade etwas Entsetzliches geschah: Sie verlor ihre Eltern ein Stück weit, was sich anfühlte, als rühre jemand mit einem scharfkantigen Gegenstand in ihrem Inneren. Begleitet von Geros plötzlichem Aufschrei stürzte sie aus der Wohnstube, zog die schiefe Haustür krachend mit einem Heber hinter sich in die Verriegelung und stürmte über den Burghof. Fahrig zerrte sie sich das Band, das ihren Zopf zusammengehalten hatte, aus dem Haar und hielt auf den Brunnen unweit der Linde zu. An einem der Holzpfähle, der das Brunnendach trug, ließ sie sich hinabsinken. Ihr Blick sprang zum Haus ihrer Familie zurück. Die schiefe Haustür, deren heftiges Zuschlagen noch immer in ihren Ohren nachhallte, verschwamm ihr vor den Augen. Sie wollte nicht schon so bald getrennt von ihrer Familie in der Ferne leben – gleichgültig, wer auch immer um sie freite. Niemand durfte sie von ihren Lieben wegreißen. Die Eltern mussten sie mit dem Thema Heirat einfach noch eine Weile verschonen, bat sie eindringlich in Gedanken, obwohl die anderen Mädchen auf der Burg bereits versprochen, Krimhild und Annegret sogar schon verheiratet waren. In zwei Jahren wäre sie achtzehn und dann ganz sicher bereit, beschwor sie sich mit zu Fäusten geballten Händen und schaute auf. Die Dämmerung war fortgeschritten, die Sonne nicht mehr am Horizont auszumachen. Ein Kinderlachen entfernte sich hin zu den Stallungen, anderswo klapperten gedämpft Schalen. Der Tag hatte die Burgbewohner erschöpft, jetzt kamen sie langsam zur Ruhe. Einzig die beiden Rappen der Erfurter Gäste schnaubten unter dem Unterstand neben der Kapelle. Kältewolken kamen aus ihren Nüstern, wie Hortensia im letzten Licht des Tages erkannte.

Da trat Goswin aus dem Haus und schaute sich suchend zuerst in Richtung der Pferde im Hof um. Ein brennender

Kienspan erhellte seine Züge. Der kahlen Linde schenkte er hingegen keinen einzigen Blick. Noch ein Zeichen, dass er nicht zu ihr passte. Dem unaufmerksamen Kerl war es ja nicht einmal gelungen, die schiefe Tür richtig zu schließen. Sie verlangte diesen besonderen Kniff – eine leichte Anhebung –, denn zusammen mit den Brettern hatte sich auch die Verriegelung verzogen. Hastig ging Hortensia hinter dem Brunnen in Deckung und bat Gott in einem schnellen Gebet darum, den Erfurter von ihr fernzuhalten. Den Rücken hatte sie fest gegen die Brunnenwand gepresst.

Es dauerte nicht lange, bis sie sich ihr nähernde Schritte hörte.

»Hortensia?«, rief er mit freudig klingender Stimme.

Aufgebracht schaute sie zum Burgtor hinüber. Wie jeden Tag würde die Zugbrücke bei Einbruch der Nacht hochgezogen werden. Die Wachhabenden standen schon an der Kettenwinde, um sie jeden Moment einzuholen. Für einen Herzschlag verspürte sie Sehnsucht nach dem Ettersberg, der im Herbst diesen besonders warmen Gelbton aufwies und sie regelmäßig zu langen Spaziergängen mit den Eltern bis auf die Kuppe hinauf verleitete. An manchen Tagen vermochten sie von dort aus sogar die hölzerne Burg der Grafen von Weimar am erhöhten Ufer der Ilm auszumachen. Der Ettersberg war ihr vertraut, und sicherlich würde er sie auch dieses Mal schützend aufnehmen.

Den sich nähernden Schritten nach zu urteilen, war Goswin nicht mehr weit von ihr entfernt. Hatte er sie womöglich hinter dem Brunnen entdeckt?

»Was für eine bezaubernde Blume den Waidhof alsbald bereichern wird«, nuschelte er dabei vor sich hin. Hortensia war fassungslos. Wenn er sie schon mit einer Pflanze verglich, dann doch bitte mit einem stachelbewehrten Gewächs – zumindest, sofern er sie so grob und viel zu früh von der Familie trennen und dann auch noch in eine Stadt bringen wollte! Sie dachte zähneknirschend an die erste Begegnung mit dem Erfurter zurück. Eher zufällig war ihr Goswin damals über den Weg gelaufen, als er den Neumarker Burggrafen wegen einiger Tuchverkäufe aufgesucht hatte. Mit einem Flimmern in den Augen hatte er sie angeschaut und ihr immer wieder vom Vermögen seiner Familie erzählt. Damals war er ihr gefolgt, bis sie sich schließlich vor seinen seltsamen Blicken zwischen den Marktständen unter der Lindenkrone in Sicherheit gebracht hatte. Später dann hatte er den Eltern von den Waidhäusern nahe des Erfurter Marktplatzes und von der überlegenen Färbekraft des Thüringer Waids gegenüber dem Nürnberger und Schlesischen Farbpulver vorgeschwärmt. Und dabei immer wieder auf seine waidblaue Cotte gedeutet, die er auch heute trug. Bei der Verabschiedung hatte er noch betont, dass sein Vater den Waidhandel im nächsten Jahr auf ihn zu übertragen gedenke. Sie, die Gattin eines Waidhändlers? Sich ihrer Mitsprache bei der Wahl ihres Zukünftigen sicher, hatte Hortensia ihm in Anwesenheit ihrer Eltern damals geduldig zugehört. Vermutlich hatte ihn das in seiner unglücklichen Brautwerbung noch ermuntert.

Das Schnauben der Pferde bei den Unterständen ließ sie wieder an ihre gegenwärtige Zwangslage denken. Hortensia überdachte ihre Möglichkeiten, vor Goswin zu flüchten. Der Lautstärke seiner Stimme nach zu urteilen, musste er sich nun in ihrer unmittelbaren Nähe befinden. Ihre einzige Chance, ihm jetzt noch zu entkommen, wäre es, so schnell vor ihm davonzulaufen, dass er sie in der Dämmerung aus den Augen verlor. Vielleicht zum Haus ihrer Freundin Rebecca oder zu Alrun, die ihr seit Kindestagen lieb war. Oder besser ins Niederdorf, der zweiten unweit der Burgmauer liegenden Siedlung? Ungefähr sechzig Schritte waren es bis zur Zugbrücke, die die Wachhabenden noch immer nicht hinabgelassen hatten. Mit dem Mechanismus der Kettenwinde schien irgendetwas nicht zu stimmen, was Hortensia nur gelegen kam. Sie raffte ihr Gewand und lief los. Das feste, braune Haar flog ihr um Gesicht und Hals. Sie rannte, als gelte es, ihr Leben zu retten. Bald vernahm sie Goswins heftigen Atem hinter sich, woraufhin sie ihren Schritt noch einmal beschleunigte.

Auf einmal nahm sie etwas Ungewöhnliches und Helles am dunklen Winterhimmel wahr. Sie stoppte jäh. Kugeln flogen von dort oben auf die Burg zu und ließen sie ihren Verfolger vergessen. Gleich mehrere Wachhabende schrien etwas vom gräflichen Wohngebäude her, das Hortensia jedoch nicht verstand. Der Graf war im obersten Stockwerk des Palas an einem der Fenster erschienen und befahl aufgebracht, die Zugbrücke doch endlich nach oben zu ziehen. Nun zeigte sich auch die Gräfin neben ihm.

Hortensia konzentrierte sich wieder auf die leuchtenden Kugeln am Himmel. Sie flogen derart langsam, dass es so aussah, als würden sie sich überhaupt nicht bewegen. Dennoch kamen sie unaufhaltsam näher, wurden immer größer und erschreckender. Sie verfolgte deren Flug bis zum gräflichen Wohngebäude. Der Einschlag, genau an der Stelle, an der das Grafenpaar stand, verursachte ein schreckliches Geräusch: eine Mischung aus einem Krachen und einem Donner. Er war so heftig, dass die Erde unter ihr bebte und sie von den Zehen bis in die Arme und sogar den kleinsten Finger hinein erschütterte.

»Bring dich in Sicherheit«, bat Goswin eindringlich, der nun mit dem brennenden Span in der Hand neben ihr stand.

Hortensia ignorierte seine Worte und verfolgte das Geschehen am Himmel weiter. Es wurde heller über der Burg, als wären da viele kleine Sonnen. Je mehr die Sonnen sich der Burg näherten, desto deutlicher waren sie als Feuerbälle erkennbar. Züngelnd kam der nächste auf den Stallungen nieder.

»Wasser!«, hörte sie zwei der Wachleute schreien und murmelte apathisch gleichfalls »Wasser«, ohne sich auch nur einen Zoll von der Stelle zu bewegen und den anderen beim Feuerlöschen zu helfen.

Goswin griff nach Hortensias Arm, doch sie schüttelte ihn ab. Beherzt versuchte er sie daher, um die Taille zu fassen. Hortensia sprang jedoch zur Seite, und so bekam er nur das Ende ihres auffliegenden Gürtels zu greifen, der daraufhin bei den Fransen einriss.

Keine zehn Herzschläge waren seit dem Einschlag der ersten Geschosse vergangen. Goswins flehende Worte, sie solle sich doch gemeinsam mit ihm in Sicherheit bringen, wurden von den Hilfeschreien der aufgescheuchten Menschen übertönt. Als unweit von ihnen mit lautem Krachen der nächste Feuerball einschlug, schreckte er auf, drehte sich um und lief, so schnell er konnte, davon.

»Wir werden alle sterben! Wir können die Burg nicht mehr verlassen!«, rief der Schmied, und Hortensia sah im Schein der vielen Feuerherde, wie er seine Kinder hastig vor sich her in Richtung der Kapelle schob. Mit bereits heiserer Stimme schrie einer der Wachhabenden von der Zugbrücke: »In die Kapelle! Nur bei Gott sind wir in Sicherheit!«

Wenige wagten noch, Eimer mit Wasser zu füllen, um die in hellen Flammen stehenden Hütten damit zu begießen. Einige sprangen verzweifelt von der Zugbrücke in den Burggraben.

Schon ging eine weitere Welle von Feuerbällen auf die Burgsiedlung nieder. Hortensia sah Qualm aus dem Haus mit der schiefen Tür aufsteigen. »Mutter! Vater!«, kam es ihr über die trockenen Lippen. Sie musste sich in Sicherheit bringen. Doch ihre vor Schreck steifen Glieder wollten ihr einfach nicht gehorchen.

»In die Kapelle!«, schrie eine Stimme, die Hortensia nicht zuordnen konnte. Zwei Männer mit Eimern, aus denen Wasser schwappte, rannten an ihr vorbei und stießen sie dabei unsanft an. Gleichzeitig schlugen weitere Feuerbälle ein, diesmal unweit des Brunnens, und erschwerten damit die weiteren Löscharbeiten. Wieder ließ der Einschlag eines Steingeschosses Hortensia am ganzen Körper erbeben.

»Mutter! Vater!«, rief sie nun lauter und verzweifelter, während sie versuchte, sich zu ihrem Elternhaus durchzukämpfen. Sie musste ihre Familie retten, doch die ziellos umherlaufenden Menschen, darunter auch Frauen, deren langes Haar Feuer gefangen hatte, behinderten sie. Wie gelähmt starrte Hortensia auf einen der Feuerbälle, einen mit zusammengeschnürten Tierkadavern umwickelten Steinbrocken – Kaninchen und Jungwild, die in Brand gesteckt worden waren. Jetzt wehte auch der Gestank von verkohltem Fell zu ihr herüber. Entsetzt blickte sie erneut zum Haus mit der schiefen Tür. »Gero!«, rief sie, als Flammen bereits aus dem Dach züngelten. Hortensia presste sich schützend den Arm vor Mund und Nase.

Da wankte Alrun auf Hortensia zu. Geschockt blickte sie der Heilkundigen in das mit Brandblasen übersäte Gesicht und fing sie auf, als sie entkräftet in sich zusammensackte. Entschlossen packte sie die Frau unter den Achseln und half ihr auf. Sie stützte Alrun fast den gesamten Weg zur steinernen Burgkapelle hinauf. Allein die letzten Schritte wies sie ihr mit der Hand und eilte dann, sobald sie Alrun, die neben den Grafen- und Burgkindern auch Gero auf die Welt geholfen hatte, in den Rauchschwaden vor der Kapelle verschwinden sah, in Richtung ihres Elternhauses. Überall lagen Geschosse mit verkohlten Tierkadavern. Die Frau des Bäckers versuchte gerade, die Flammen, die nach ihrem Haar gegriffen hatten, mittels eines leinenen Tuches zu ersticken. Dabei schrie sie vor Schmerzen. Sie alle mussten in ihren Häusern von den Feuerbällen überrascht worden sein.

»In die Kapelle!«, rief Hortensia Ulrike und Thomas, den beiden Urenkeln des Schnitzers, zu.

»Aber all unser Hab und Gut ist noch in den Häusern«, erwiderte Ulrike mit gar nicht kindlicher, aber gleichsam hilfloser Stimme und begann im nächsten Moment, zu husten und zu würgen, weil der Rauch ihr den Atem nahm.

Und mein eigenes Hab und Gut – meine Familie?, dachte Hortensia und wandte sich zum Elternhaus, in dem sie sich so geborgen gefühlt hatte wie nirgendwo sonst.

»Bring dich in Sicherheit, ihnen ist nicht mehr zu helfen«, sagte Burkhard, der ritterliche Begleiter ihres Brautwerbers, als hätte er ihre Gedanken erraten. »Wenn die Angreifer hier alles abgefackelt haben, werden sie kommen und euch niedermetzeln!« Wie aus dem Nichts aufgetaucht, stand er auf einmal mit einem Stück Leder vor dem Mund neben ihr und bedachte den Feuerball, der soeben in der Krone der Linde niedergegangen war, mit einem kurzen Seitenblick. Dabei zeigte er mit gezogenem Schwert in Richtung Zugbrücke, als ob er jeden Moment erwartete, die Angreifer dort auftauchen zu sehen. »Ich verbrenne! Zu Hilfe!«, drang da eine gequälte Männerstimme zu ihnen herüber. Worauf Hortensia ihren Umhang löste und ihn dem Ritter hinhielt. Der begriff sofort und rannte damit zu dem Mann unweit der ebenfalls brennenden Linde, dessen Kleider Feuer gefangen hatten. Rasch warf er den Umhang über den Mann und erstickte damit die Flammen. Es war Rettung im letzten Augenblick.

Hortensias Blick wanderte indessen von der Linde zu ihrem Elternhaus. »Das stimmt nicht!«, murmelte sie vor sich hin. »Ich kann meine Familie retten. Niemals lasse ich sie im Stich!« Dann rannte sie los. Zum Schutz gegen den Rauch hielt sie sich ein Ende des Seidengürtels vor Mund und Nase und betrat ihr Elternhaus, über dem sie den Vollmond ungerührt am Abendhimmel stehen sah.

Der Anblick, der sich ihr bot, als sie die Tür öffnete, war schlimmer als erwartet. Neben der unglaublichen Hitze und dem Qualm, die ihr entgegenschlugen, sah sie, dass sich das Feuer bereits im ganzen Haus ausgebreitet hatte. Schon jetzt brannten ihr die Augen, und ihr Hals fühlte sich rauh an. Doch sie musste weiter! Der Kampf um ihre Zukunft und gegen eine Ehe mit dem Waidhändlersohn war jetzt völlig bedeutungslos.

»Mutter! Vater!«, rief sie und drang vorsichtig weiter in den Raum vor, als ihr niemand antwortete. Da sah sie keine zwei Schritte vor sich hinter einem Holzstück der völlig zerstörten Treppe die Beine ihres Vaters hervorragen. »Vater! Nein!« Sie eilte zu dem reglos am Boden Liegenden und kniete neben ihm nieder. Radulfs Körper war seltsam verdreht, seine weit aufgerissenen Augen starrten blicklos ins Leere. Er musste sich auf dem Weg zu den Schlafkammern hinauf befunden haben, als der Feuerball im Dach eingeschlagen und ihn die Stufen hinuntergerissen hatte.

Hortensia hielt ihre Hand an Nase und Mund des Vaters und legte dann ihr Ohr auf seine rechte Brust, genau wie sie es bei Alrun immer beobachtet hatte, wenn diese Schwerkranke besuchte und versorgte. Sie war oft mit der Frau mitgegangen. Weder Atmung noch Herz des Vaters arbeiteten. Es gab keinen Zweifel. Radulf war tot. Doch ihr blieb keine Zeit für Trauer. Sie musste sich jetzt zusammenreißen. Für ihre Mutter, für Gero. Kurz eilte sie hinaus, in den schmalen Gang zwischen Haus und Burgmauer, wo das Feuer noch nicht gewütet und die Luft noch weniger verqualmt war. Mehrmals atmete sie ein und aus, dann begab sie sich zurück an die Seite des toten Radulf.

Mit zitternden Fingern und dem Gürtel wieder vor Mund und Nase schloss sie dem Vater die Augen und sprach ein Gebet für seine Seele. Noch einmal strich sie über die weiche Haut seiner Hände. Hände, die sie so viele Jahre beschützt und ihr bei Kummer aufmunternd über das Haar gestrichen hatten. Mit Schweißperlen auf der Stirn erhob sie sich. »Mutter, wo bist du?« Sie ging in Richtung Küche, aus der sie soeben ein schwaches Krächzen zu hören geglaubt hatte. Ein heftiger Hustenanfall schüttelte sie. Wieder lief sie in den schmalen Gang an der Burgmauer, um dort reinere Luft zu atmen. Langsam fanden die Rauchschwaden jedoch auch hierher ihren Weg.

Hortensia drückte sich an dem brennenden Balken, der die Wand zwischen Wohnraum und Küche stützte, vorbei. In Letzterer brannten zwei der Schemel sowie der Esstisch lichterloh. Mehr konnte sie wegen der Flammen und des Rauches nicht erkennen. Die Wände knackten und zischten. Das Feuer fraß sich hungriger als Gewürm durch die hölzernen Dachbalken und Ständer des Hauses. Bald würde es deren Füllung aus Lehm und Stroh komplett vertilgt haben. Auf dem Boden der Kammer entdeckte sie die Scherben des irdenen Geschirrs mit den aufgemalten Veilchen, das ihre Mutter für das Mahl mit den Gästen herausgeholt haben musste, zu dem es nun nicht mehr gekommen war.

Schließlich fand sie Maria in der Ecke neben der Tür zum Garten. Sie saß mit dem Rücken gegen die steinerne Einfassung des Kamins gelehnt, den kleinen Bruder gegen ihre Brust gepresst. Sie reagierte nicht, als Hortensia sich neben sie hinhockte und sie ansprach. Aber sie atmete noch, wie Hortensia sofort feststellte. Wieder hörte sie, wie in ihrer unmittelbaren Nähe ein Steingeschoss einschlug. Inzwischen mussten weit mehr als ein Dutzend auf die Burgsiedlung niedergegangen sein. Als Erstes hatte es den Grafen und die Gräfin erwischt.

Sowohl das Gesicht ihrer Mutter als auch das des Bruders waren bläulich angelaufen. Geros Fingerspitzen und Lippen waren sogar so violett wie die Zwiebeln, die ihre Mutter gewöhnlich zum Hasenbraten gegeben hatte. Hortensia musste die beiden unbedingt nach draußen in Sicherheit bringen. Sie rüttelte ihre Mutter am Arm, die daraufhin die Augen öffnete und etwas vor sich hin murmelte. Hortensia griff nun nach ihrem Bruder und erschrak, als sie merkte, dass dessen Ärmchen trotz der Hitze im Haus kalt und schlaff waren. Wieder hustete sie, der Gürtel vor Mund und Nase war schon feucht von ihrer Atemluft.

»Rette wenigstens dich, Kind«, hörte sie ihre Mutter leise sagen. »Für uns ist es zu spät. Gero ist tot.«

Gero? Tot? Das konnte nicht sein. Heftig schüttelte Hortensia den Kopf, so dass ihr schwindelig wurde. Der Schwindel ging in ein stummes Weinen über. Dann aber presste sie der Mutter zum Schutz vor dem Rauch den Seidengürtel vor die Nase.

»Verzeih mir wegen Goswin von Archfeld«, murmelte die Mutter unter dem Stoff.

Erneut strömten Tränen über Hortensias Wangen. Das war jetzt nicht mehr wichtig!

»Aber Radulf hätte dieses Jahr nicht überstanden, und nachdem der Burggraf im letzten Jahr aufgrund seines klammen Geldbeutels bereits zwei Witwen aus dem Oberndorf im Stich gelassen hat, hätten auch wir nicht mit seiner Unterstützung rechnen können.« Maria hustete mit letzter Kraft. »Nach dem Tod deines Vaters hätten wir die Burg womöglich verlassen und irgendwo von Almosen leben müssen. Wenn es aber so weit gekommen wäre, hätte dich keiner mehr zur Frau genommen.«

Hortensia schluckte. Darauf hatte ihr Vater also Bezug genommen, als er sagte, dass Goswin ihre Rettung sei.

Mit letzter Kraft zog Maria unter ihrem Gewand ein Bündel Pergamente hervor, die jeweils an zwei Stellen an ihrem linken Rand mittels eines Fadens zusammengehalten wurden. Zusätzlich waren sie noch von einem weiteren Pergament umwickelt. Maria hatte sie nach dem Einschlag des Brandgeschosses gerade noch aus dem Bodenversteck holen können, bevor sich die Flammen in rasender Geschwindigkeit im ganzen Haus ausbreiteten. »Verwahre es gut. Es ist etwas Besonderes«, brachte sie, nach Luft ringend und von einem merkwürdigen Pfeifen in der Kehle begleitet, hervor. Hortensia beachtete das Pergamentbündel jedoch nicht weiter, sondern rüttelte ihre Mutter stattdessen erneut am Arm. »Bitte versuch dich mit den Beinen vom Boden abzudrücken und mitzuhelfen, wenn ich dich jetzt unter den Achseln fasse und in den Garten zu ziehen versuche!« Fort aus dem Aschegrab.

Aber ihre Mutter schüttelte den Kopf. »Ich will meine letzte Ruhe hier im Haus zusammen mit deinem Vater und Gero finden. Und jetzt geh und bring dich in Sicherheit.«

Bevor Maria das Pergamentbündel aus den kraftlosen Händen glitt und im Feuer verbrannte, griff Hortensia zu und steckte es unter ihr Obergewand. »Ich werde dich nicht sterben lassen!«, rief sie beinahe erbost. Sie hatte schon ihren Vater und Gero gehen lassen müssen.

»Versprich es … mein … Herbstmädchen«, verlangte Maria.

Hortensia war hin- und hergerissen. »Ich liebe dich, Mutter. Bitte komm mit mir«, versuchte sie es noch einmal, weil sie einfach nicht wahrhaben wollte, dass sie auch noch ihre Mutter verlieren sollte. »Bitte, Gott. Lass sie bei mir!«, flehte sie inständig. Sie wusste: Die Blausucht musste nicht unmittelbar zum Tod führen. Unter Alruns Händen hatten sie schon einige Menschen überlebt. Der heutige Streit mit ihren Eltern tat ihr nun unendlich leid. Und sie verfluchte Goswin und ihren Eigensinn ebenso, wie sie diesen ganzen unglückseligen Tag verfluchte. Sie nahm den Bruder auf den Arm, wiegte ihn noch einmal und streichelte ihm über die Nasenspitze und die Ohren. Sie hörte wieder sein Kichern, als sie seine violetten Fingerspitzen berührte, die er zuletzt – vermeintlich unbemerkt von ihr – in die Milchkanne gesteckt hatte, um sie danach abzuschlecken. Erst als unmittelbar neben ihr ein Teil der Decke nach unten brach und ihr der Geruch versengten Haares in die Nase stieg – ihres Haares! –, kam sie wieder zu sich. Entschlossen zog sie sich den Rock ihres Obergewandes wie eine Kapuze schützend über den Kopf. Danach bettete sie den Bruder wieder an die Brust der Mutter. Die beiden sollten vereint bleiben.

Ein letztes Mal umarmte sie die Frau, die sie sechzehn Jahre lang mit Hingabe durchs Leben begleitet hatte. Dann verließ sie ihr Elternhaus durch die kleine Tür zum Garten und trat von diesem aus in den Burghof. Wohin sie auch blickte, sah sie Tote mit lilafarbenen oder gar unkenntlich verbrannten Gesichtern und Körpern liegen. Lethargisch schaute sie sich um. Alles war zerstört, die Linde bis auf den Stumpf niedergebrannt. Vom Bergfried und vom Wohngebäude des Grafen waren nur noch die steinernen Außenmauern geblieben. Auch die Mauern der Kapelle standen noch. Ihr Dach war nur zu zwei Dritteln eingestürzt, der restliche Teil schien unversehrt. Sollte Gott die Menschen zumindest dort beschützt haben? Wieder tauchte Gero vor ihrem inneren Auge auf, während sie auf die Kapelle zuging. Wie er lachte und seine Nasenspitze an der ihren rieb. Dann aber färbte sich seine Haut plötzlich lila, und aus seinen fröhlichen Augen wurden farblose Kugeln. Um das schreckliche Bild zu vertreiben, blickte sie in die Ferne, wo sie auch vom Niederdorf Rauchsäulen aufsteigen sah. Noch immer glaubte sie, den Boden unter ihren Füßen beben zu fühlen. Schwitzend und hustend gelangte sie schließlich zum Kapelleneingang. »Alrun?«, rief sie in den Kirchenraum hinein, obwohl der Anblick der rußgeschwärzten Wände und der überall leblos auf dem Boden liegenden Leiber ihr keine Hoffnung ließen. Auch unter dem Teil der hölzernen Balkendecke, der nicht herabgebrochen war, gab es kein Anzeichen von Leben. Die Menschen, die sich voller Gottvertrauen hierhergeflüchtet hatten, waren entweder verbrannt oder von den auf sie herabstürzenden Dachteilen erschlagen worden. Unweit des Altars sah Hortensia eines der etwa wagenradgroßen Steingeschosse liegen. Anklagend schaute sie durch das offene Dach nach oben. Der Tod, der vom Himmel gekommen war. »Gott, warum hast du das zugelassen?«

Hortensia wankte aus der Kapelle hinaus. Im Burghof war es totenstill, beinahe wie vor dem Angriff, als sie sich hinter dem Brunnen versteckt hatte. Feuer brannten nur noch vereinzelt. Nächtliche Dunkelheit lag über dem grausigen Geschehen, Wolken hatten sich vor den Mond geschoben, als wollten sie die Zerstörung gnädig verdecken.

Da vernahm sie plötzlich Stimmen vor dem Burgtor. Waren doch noch einige Burgbewohner am Leben? Aber dazu klangen die Stimmen zu fröhlich und zufrieden – wie nach einem guten Mahl. Eine stach besonders heraus, sie war rauh und übertraf die anderen an Festigkeit und Lautstärke. »So einfach war eine Ausräucherung noch nie!«, verkündete der Mann großspurig. »Wir haben sie nicht einmal mehr überfallen müssen!«

Geistesgegenwärtig schob sich Hortensia in den schmalen Gang zwischen der Kapelle und dem Palas des Grafen. Dort konnte sie von den Mördern ihrer Familie, den Mördern der Menschen der gesamten Siedlung in der Vippach-Niederung nicht gesehen werden.

»Die toten Tiere waren eine hervorragende Idee«, fuhr der Mann mit der rauhen Stimme fort. Seinen Worten folgte ein zufriedenes, ja verächtliches Lachen, das Hortensia durch Mark und Bein ging. Wie zuletzt der Einschlag des Steingeschosses in das gräfliche Wohngebäude. So musste der Gehörnte in der Hölle lachen! Tiefgründig, nicht enden wollend und bösartig.

Die letzten Worte ihrer Mutter, sich in Sicherheit zu bringen, drängten sie ans Ende des Gangs zu der unscheinbaren kleinen Tür in der Burgmauer, die hinaus ins Freie und in Richtung des längsten Waldfingers des Ettersberges führte.

Einzig mit dem Pergamentbündel und ihren Kleidern am Leib verließ Hortensia ihr zerstörtes Zuhause. Sie wollte nicht mehr leben ohne das, was ihr Leben bisher lebenswert gemacht hatte: ihre Familie!

Sie war ausladend dem Äußeren nach, im Inneren offenbarte sie klare, schnörkellose Formen. Sie war selbstbewusst und über alles erhaben. Nach Westen war sie ausgerichtet, während alle anderen gen Osten blickten. Weil sie das Petrusgrab sehen wollte. Weil auch sie sich das Recht herausnahm, Kaiser zu krönen. Genau wie ihre Schwester in Rom, die auf dem Grab des Apostels erbaut worden war. Ihre Haut glitzerte feinporig und rötlich, von gelb-rosa bis satt violett, nach oben hin beige-flammig. Sie war stark, sie hatte Feuersbrünste, Schlachten und Plünderungen überstanden. Das bewunderte er am meisten an ihr. Sie war Marktplatz, Zufluchtsort und Messplatz in einem.

Sie war einzigartig. Er liebte die Mainzer Kathedrale.

Als Kaisermacherin stand ihr Herz, der Altar, im Westchor. Und zwar hinter dem Lettner, einer steinernen Schranke, die die Geistlichen während der Gottesdienste vom einfachen Volk trennte und die er bald vollendet haben würde. Im Mondlicht schienen die Seligen und Verdammten des Lettners, die er bereits vor zwei Monaten aus dem Stein gearbeitet hatte, beinahe zur Gänze aus dem Flachrelief herauszutreten.

Die Mainzer Kathedrale leuchtete dank der roten, feinkörnigen Mainsand- und Tuffsteine aus sich selbst heraus. In Nächten wie der heutigen, in denen der Vollmond durch die verglasten Fenster des Hauptschiffes schien, glänzten sie in einem sinnlichen Rotgold und tauchten alles in ein matt schimmerndes Licht. Spät abends besaß er die Kathedrale ganz für sich allein und war ungestört in ihrem *Roten Rau-*

schen gefangen, wie er es nannte. Sie war seine Geliebte, der er sich nun schon seit vier Jahren mit jeder Faser seines Körpers hingab.

Nur in diesen Augenblicken der Intimität wagte er es, sie auf diese besondere Art zu berühren. Zur Begrüßung strich er mit der Hand an dem mittleren, freistehenden Säulenpaar hinauf, das den Lettner mittrug. Dabei spürte er, wie sich der Stein an seine Fingerkuppen schmiegte und die Härchen auf seinem Handrücken sich aufrichteten. Seine Körperwärme ging auf den Stein über. Und der gab ihm Wärme zurück. In Momenten wie diesem entspannte sich sein gesamter Körper – bis auf die Narben an Armen und Beinen. Sogar seine Hände, die seine Gemütsbewegungen noch mehr verrieten als seine Gesichtszüge. Feingliedrige Hände besaß er, trotz des großen Kraftaufwands und der schweren Arbeit, die er Tag für Tag am Stein verrichtete. Die länglichen Fingernägel mit den deutlich sichtbaren Monden, verschwanden sie nicht gerade unter einer Schicht Steinstaub, lagen schützend über seinen Fingerspitzen – seinem wichtigsten Sinnesorgan. Mit ihnen nahm er Kontakt zum Stein auf. Sie waren sein empfindlichster Körperteil. An der rechten Hand waren sie runder geformt als an der linken, bildeten viel deutlicher einen Hügel und hatten weniger Fingerrillen. Matizo klopfte mit der Faust gegen eine der Lettnersäulen, und als er daraufhin den ihm vertrauten Ton vernahm, ging sein Atem heftiger. Sie antworteten heller auf seine Berührungen als die tragenden Säulen des Langhauses, die eher gurrten. In solchen Augenblicken konnte er sich nicht vorstellen, dass es etwas Tieferes, Innigeres gab als diese Verbindung zwischen ihm und dem Stein.

Als er sich, ohne die Fingerspitzen von der Säule zu lösen, das schwarze, kinnlange Haar aus dem Gesicht schüttelte, schloss er die Augen und kostete jeden Atemzug intensiv aus.

Niemals wollte er aufhören, die Wärme der Steine zu erfahren, auch wenn die anderen Meister ihn für diese Art, sein Handwerk zu leben, ignorierten oder gar für verrückt erklärten. In seinem zerschlissenen Umhang und den bäuerlichwollfarbenen Kleidern ähnelte er, der Wortkarge, aus dem Westen Hergelaufene – so hörte er sie hinter vorgehaltener Hand des Öfteren sagen –, den anderen Mitgliedern der Mainzer Dombauhütte sowieso nicht im Geringsten. Doch dem Erzbischof gefielen seine neuartigen Formvorstellungen.

Matizo zuckte zusammen, als er ein Geräusch vernahm. Das Summen und Gurren der Säulen war mit einem Mal verstummt, so als halte die Kathedrale gemeinsam mit ihm die Luft an. Er löste sich von der Säule des Lettners und wandte sich Richtung Langhaus. Seine Fingerspitzen waren da bereits wieder erkaltet.

Wollte die Kathedrale ihn warnen? Doch weder konnte er in der Dunkelheit jemanden erkennen, noch erinnerte das Geräusch von gerade eben an den Klang menschlicher Schritte. Es konnte also kaum einer der erzbischöflichen Lakaien sein, die zu der kleinen Gruppe von Leuten zählten, denen um diese späte Zeit überhaupt noch Zugang zur Kathedrale gewährt wurde. Oder täuschte er sich, und sie würden ihn hier in der nächtlichen Einsamkeit des Gotteshauses nun doch noch holen? Ihn fortschaffen aus Mainz und ihn endlich büßen lassen?

Fast geräuschlos begab Matizo sich durch den Lettnereingang in den Westchor. Sein Blick fiel auf das flackernde Licht einer Kerze auf dem Altar. Die Angst, gefunden zu werden, gehörte genauso zu seinem einunddreißigjährigen Leben wie Knüpfel und Eisen zu seiner Berufung.

Er drückte sich gegen die Wand des Lettners und horchte erneut in die Kathedrale. Aber da war nichts, nicht einmal mehr ihr Rauschen. Mainz wimmelte von Ratten. Nein, hier drin ist niemand und nichts, zwang er sich zu glauben.

Langsam ging er wieder zum Lettnereingang. Da war es plötzlich wieder ... das Geräusch. Dieses Mal ordnete er es eindeutig eilenden Schritten zu, die mit einem leichten Kratzen über den Boden schabten, als hätten sich kleine, spitze Steine in die Sohlen des ledernen Schuhwerks gebohrt. Erneut zog er sich schützend in den Chor zurück.

Seit dem Überfall war keine Nacht vergangen, in der Hortensia nicht von schrecklichen Bildern heimgesucht wurde. Die Mutter mit violetten Lippen, kaum noch in der Lage zu sprechen. Gero mit seinen winzigen Händchen, zwiebelfarbig von der Blausucht, sein Körper leblos und kalt. Der Schrecken ging ihr nicht mehr aus dem Sinn und ließ sie bezweifeln, dass Gott an diesem sechsundzwanzigsten Tag des Iarmonats ein guter gewesen war. In seinem kurzen irdischen Leben hatte Gero ganz sicher keine derart schwere Sünde begangen, die die Blausucht rechtfertigte! Und ihr Vater? Von ihm hatte sie sich im Streit getrennt, sich der letzten von ihm angebotenen Umarmung verweigert. Nun gab es keine Aussicht auf Versöhnung mehr. Hätte ich doch nur seine weichen Hände ergriffen, den Kopf an seine Brust gelegt und, begleitet von den Schlägen seines Herzens, seinen Geruch nach Tinte und Pergament eingesogen, als es noch möglich war, dachte Hortensia, während vor ihr immer mehr Haare mit angesengten Spitzen auf den schneebedeckten Waldboden fielen. Mit einem scharfen Stein schnitt sie sich das Haar büschelweise ab. Ein flacher Baumstumpf diente ihr als Unterlage.

Nicht Schwarz, wie die Menschen auf der Burg immer behauptet hatten, sondern Blauviolett war die Farbe des Todes! Davon war Hortensia mittlerweile überzeugt. Sie fror erbärmlich, entzündete aber dennoch kein wärmendes Feuer. Niemals mehr Feuer!

Unaufhörlich und wider besseres Wissen hatte sie Gott in den vorangegangenen Tagen angefleht, das Geschehen rückgängig zu machen. Die Eltern und Gero im Tausch für ihre

Heirat mit dem Waidhändlersohn und ihr Fortgehen nach Erfurt doch bitte am Leben zu lassen! Aber Gott war bis jetzt nicht darauf eingegangen.

Schwermütig hatte sie sich daraufhin zum Ettersberg aufgemacht. Inzwischen war sie auf halber Höhe. Bis zur Kuppe musste sie noch durchhalten. Sie wollte an dem Ort sein, wo sie die glücklichsten Momente mit ihrer Familie erlebt hatte. Jene Spaziergänge, bei denen sie die Burg der Grafen von Weimar durch die Baumwipfel hindurch zu sehen versucht hatten. Mit rudernden Armen waren sie dafür in die Höhe gesprungen, als wollten sie fliegen. Ihre Mutter hatte ein so ansteckendes Lachen besessen. Nun würde es nie mehr erklingen.

Hortensia hob den Kopf vom Baumstamm und tastete ihn ab. Ihr Haar war nicht einmal mehr fingerlang. Zu ihren Füßen lagen die abgetrennten Haarsträhnen im Schnee. Nichts sollte sie mehr an den schrecklichen Tag des Überfalls erinnern, an die panischen Frauen mit den brennenden Haaren, die ihr von all den grauenvollen Bildern dieser Nacht am eindrücklichsten in Erinnerung geblieben waren.

Sie stieg den Hügel weiter hinauf. Nach wenigen Schritten wankte sie vor Schmerz und sackte schließlich zu Boden. Sie drehte sich auf die Seite und legte die Wange auf den frischen Schnee. Wieder roch sie verbranntes Fell, sah die um Steine gebundenen Tierkadaver auf dem Burghof liegen und den verkohlten Stamm der Linde. Feuerbälle und Steinkugeln stürzten vom Himmel auf sie herab. Unwillkürlich zog sie die Arme und Beine vor ihre Brust. Machtlos fühlte sie sich den auf sie einstürmenden Bildern ausgeliefert. Als diese endlich wieder verschwanden, merkte sie am Stand der Sonne, dass ungefähr ein Viertel des Tages vergangen sein musste.

Durchgefroren und völlig erschöpft sammelte sie ihre letzten Kräfte und atmete einige Male tief durch, während ihr

Leib immer wieder von Weinkrämpfen geschüttelt wurde. Schließlich krabbelte sie auf Knien und Händen weiter bergan. Der feuchte und dadurch schwere Umhang zog im Schnee eine Spur hinter ihr her. Sie hatte ihn samt einem Stück Käse im Tausch gegen ihren Seidengürtel von einem Mann erhalten, dem einzigen Menschen, dem sie seit ihrer Flucht aus Neumark begegnet war. Das wärmende Kleidungsstück und etwas zu essen nützten ihr weit mehr als der Gürtel auf ihrem Weg zur Hügelkuppe, auf die sie es unbedingt noch schaffen wollte.

Ihr Blick irrte durch das verschneite Buchenmeer, in dem die kleineren Bäume noch immer die vertrockneten Blätter des Herbstes an den Ästen hielten. Die letzten Überbleibsel des alten Jahres. Hortensia fühlte sich kraftlos, hielt aber dennoch den Kopf erhoben, um die Bäume zu zählen. Das, so hoffte sie, würde die furchtbaren Bilder nicht wieder so schnell zurückkehren lassen. »Noch bis auf die Spitze«, keuchte sie und setzte ihren Weg Handbreite für Handbreite fort.

Endlich einmal fern aller Regierungsaufgaben!, dachte Heinrich III. von Wettin und zog sich den pelzverbrämten Umhang fester um die Schultern. Es war zugig und eiskalt hier oben. Die Gedanken an den Kampf um die Thüringer Landgrafschaft hatte er mitsamt seinem Gefolge unten im Lager zurückgelassen.

»Bären schlafen in Höhlen, Felsspalten und in selbst gegrabenen Erdlöchern«, erklärte er seinen Söhnen. »Einige Male habe ich sie auch schon …« Er hielt inne und legte sich einen Finger auf die Lippen.

»Wo habt Ihr sie außerdem noch gesehen, Herr Vater?«, wollte Albrecht ungeduldig wissen.

Heinrich bedachte seinen Ältesten mit einem mahnenden Blick, bevor er dann mit gedämpfter Stimme auch an den jüngeren Dietrich gewandt antwortete: »Unter den Wurzeln umgekippter Bäume, die ihnen als Schutz vor Sturm und Schnee dienen.« Er zeigte auf eine mächtige Buche in Sichtweite, deren Stamm mitten im Fall von einigen umstehenden Bäumen aufgefangen worden war, und blickte zu Gnandstein: »Ich schaue nach dem Tier und Ihr nach den Kindern, Marschall. Lasst mich vorausgehen.«

Gnandstein, der eine quer über den Mund verlaufende Narbe besaß, so dass dieser aussah, als würde er beständig schief lächeln, nickte ihm zu. Der Mann weilte an seiner Seite, seitdem Heinrich im Alter von zwölf Jahren für mündig erklärt worden war und die Regierung der Mark Meißen übernommen hatte. Er vertraute dem Marschall ohne Einschränkung.

Nebeneinander folgten Albrecht und Dietrich sowie Gnandstein Heinrich auf den halb entwurzelten Baum zu. Der Schnee knirschte unter ihren Füßen, weswegen der junge Dietrich jeden Schritt so vorsichtig auf den Boden setzte, als drohe die dünne Eisschicht eines zugefrorenen Sees unter ihm einzubrechen.

Sie näherten sich der Buche, indem sie von der Krone herkommend den Stamm in Richtung der schief stehenden Wurzel entlanggingen. Eine ideale Winterunterkunft für einen müden Bären. Heinrich bedeutete Gnandstein und den Kindern, mindestens mehrere Ellen hinter ihm zurückzubleiben. Erst wollte er sicherstellen, dass keinerlei Gefahr von einem möglicherweise unter der Wurzel verborgenen Raubtier ausging. Er hatte schon einige Bären – gestört durch Mensch oder Tier – zu früh aus ihrer Winterruhe erwachen sehen. Ebenso gut wusste er um die unglaubliche Geschwindigkeit, mit der die Tiere Beute verfolgten und die in erheblichem Gegensatz zu ihrem sonst eher gemächlichen Gang stand. So schnell kämen sie niemals zu den Pferden auf der Lichtung zurück, um sich in Sicherheit zu bringen. Da bliebe zur Verteidigung nur noch ein Speer, wie sie ihn in den Händen hielten. In sicherem Abstand ging Heinrich so weit um die mehrere Ellen aufragende Wurzel herum, dass er das Loch unter ihr gut einsehen konnte.

Albrecht setzte seinen Speer wie zum Zweikampf an, Dietrich drängte sich ängstlich an Gnandstein. Als Heinrich ihnen das Zeichen gab, langsam näher zu treten, gingen die beiden Jungen einer links und einer rechts von ihm in die Hocke. Gnandstein sicherte ihnen den Rücken; den Speer verteidigungsbereit erhoben für den Fall, dass das Tier hochkam.

»Das ist ein Braunbär, der da tief und fest schläft«, erklärte Heinrich leise. Selbst für jemanden wie ihn, der schon jede

Art von Jagderfolg errungen hatte, bot das Tier einen einzigartigen Anblick. Tief in der Grube unterhalb der Wurzel lag es auf der Seite, die Läufe entspannt von sich gestreckt, so als sei es aus dem Stand einfach in die Schlafposition gekippt. Mit Moos und Flechten hatte der Bär sich die Kuhle vor Winterbeginn bequem gemacht, nun ruhte er auf weichem Untergrund. Obwohl die riesigen Krallen an den Zehen vielleicht schon ganze Tierköpfe weggerissen hatten, machte der Bär auf Heinrich einen friedlichen Eindruck. Seine Gedanken schweiften ab. Es war eine gute Idee gewesen, den kurzen Abstecher zum Ettersberg auf dem Rückweg nach Meißen einzuschieben und mit einem besonderen Erlebnis für Albrecht und Dietrich zu krönen: der Beobachtung eines echten, wenn auch schlafenden Bären.

Noch immer in der Hocke, reckte Albrecht seinen Speer kampfbereit vor. »Hat er die Augen wirklich offen?«, wollte er wissen und fand, dass diese für einen so riesigen Kopf viel zu klein waren. Es war gut, den Vater um einen Speer für mich zu bitten, dachte Albrecht dann. Mit meiner Unterstützung sind wir noch stärker – sollte der Bär angreifen.

»Ja, das hat er, aber keine Angst, er schläft nichtsdestotrotz«, versicherte Heinrich seinem Sohn. Das gleichmäßige, langsame Auf und Ab des Brustkorbes gab ihm diese Gewissheit. Die Atemzüge des Bären erfolgten außerdem in längeren Abständen als sonst, was er bei den Tieren bisher ausschließlich während der Winterruhe beobachtet hatte.

»Meint Ihr, Vater, ich könnte ihn erlegen?« Albrecht hob seinen Speer noch weiter an und stupste den Bruder beiseite, dem die ganze Sache nicht ganz geheuer war. »Der Bär ist mindestens so groß wie Vargula.«

Heinrich wusste, dass sein Erstgeborener mit dieser verkürzten Namensnennung seinen Mundschenk Rudolf von

Vargula meinte. »Für einen Ritter wäre es nicht sehr ehrenhaft, einen schlafenden Gegner zu töten«, entgegnete er ebenso belehrend wie mahnend und warf Gnandstein einen besorgten Blick zu, der ob Albrechts unritterlichen Anliegens die Augenbrauen in die Höhe gezogen hatte.

»Wir warten besser bis zum Sommer, dann holen wir uns einen, der wach ist«, riet Heinrich schließlich.

Albrecht protestierte: »Aber im Sommer müssen wir doch stets ins Kloster Altzella!« Der Junge zielte mit seinem Speer noch immer zur Wurzel hin, als fordere er das schlafende Tier zum Kampf heraus. Da zuckte der Bär mit den mächtigen Hinterfüßen.

Sofort ergriff Heinrich den Speer und trat schützend vor Albrecht, der keinen Schritt zurückgewichen war. Schon stand auch Gnandstein in Kampfpositur neben ihm. Mein Sohn hat noch einiges zu lernen, schoss es Heinrich durch den Kopf. Auch vermochte Albrecht die Stärke seines Gegners nicht einzuschätzen. Stünde der Bär erst einmal, wäre der schmächtige Junge selbst mit einem Speer machtlos. Heinrich war sicher, dass das Tier sie bemerkt hatte, auch wenn es weiterhin fast reglos dalag. Der rechte Hinterfuß zuckte noch einmal, dann kam so etwas wie ein Brummen aus dem Bärenmaul. Glücklicherweise hob sich der Brustkorb des Tieres weiterhin in langsamen Abständen, was Heinrich nach einer Weile zeigte, dass das Tier sich doch noch im Winterschlaf befand. Erleichtert wandte er sich wieder seinen Kindern zu. Dietrich stand einige Schritte hinter Albrecht und spitzte die Ohren, als der Vater flüsterte: »Im Sommer gehen wir gemeinsam auf Bärenjagd, gleich wenn ihr aus Altzella zurück seid.«

Albrecht wollte noch nicht recht daran glauben. »Wirklich, Vater?«

Heinrich fuhr seinem Ältesten durch das Haar. »Versprochen.« Wieder einmal fiel ihm auf, dass Dietrich weit weniger Begeisterung für die Jagd zeigte als Albrecht. Obwohl zwischen den Buben nur zwei Jahre lagen, waren sie gänzlich unterschiedlich geartet. Der dunkelhaarige Albrecht besaß die Züge seiner vor fünf Jahren verstorbenen ersten Ehefrau Konstanze. Auch war er eher drahtig und nicht so stämmig gebaut wie sein Bruder. Seine Willensstärke hatte Albrecht wohl von ihm geerbt, weswegen Heinrich seinem Sohn auch so manchen Regelverstoß nachsah. Schließlich sollte er als der spätere Erbe seiner Besitztümer vor allem durchsetzungsstark und nicht ängstlich oder schwach sein! Heinrichs Gedanken drohten nun doch wieder zur Frage der Thüringer Landgrafschaft abzuschweifen, als er auf einmal eine ihm fremde Stimme zu hören glaubte. Heinrich horchte genauer hin, woraufhin Gnandstein fragend zwischen ihm und dem Bären hin- und herschaute.

Da war sie wieder, die Stimme. Heinrich bedeutete seinem Stallmeister, bei den Kindern zu bleiben. Geduckt, den Speer vor sich herführend, ging er in die Richtung, aus der die Stimme gekommen war. Keine fünfzig Schritte vom Schlafplatz des Bären entfernt wurde er fündig. Auf dem Waldboden lag ein Mädchen. Es hatte die Arme ausgestreckt, als wäre es auf ein unsichtbares Kreuz am Waldboden genagelt worden. Unter seinem Rücken befand sich ein ausgebreiteter Umhang, sein Gesicht zeigte geradewegs zu den Baumkronen hinauf.

Heinrich überblickte das Gelände. Nicht auszuschließen, dass dies eine Falle war. Doch hinter dem winterkargen Buchenbestand konnte sich zumindest in der unmittelbaren Nähe niemand verbergen. Heinrich schritt bis zu den Füßen des Mädchens heran. Erst jetzt machte er ein Pergamentbündel auf dessen Brust aus. Rezitierte es daraus? Sein Gesicht war schmerzverzerrt, aber abgesehen von den blauroten Kältespuren im Gesicht schien es äußerlich unverletzt und bei Bewusstsein zu sein. Seine schmutzigen Wangen zeigten Tränenspuren.

»Lass uns noch einmal springen«, sagte es. Anstatt jedoch zu springen, hob es nur stöhnend den Kopf an. Heinrich war, als versuche es, einen letzten Blick auf irgendetwas in der Ferne zu erhaschen. Doch seines Wissens gab es von hier aus, außer der Burg der Weimarer Grafen, mit denen ihn eine freundschaftliche Beziehung verband, weit und breit nichts zu sehen. Im Kampf um die Thüringer Landgrafschaft waren die Weimarer von Anfang an auf seiner Seite gewesen, erinnerte er sich.

»Mutter, nimm meine Hand«, murmelte das Mädchen mit tieftrauriger Stimme und hob seine Hand mühevoll an. »Dein Herbstmädchen kommt zu dir.«

Heinrich war, als winke das Mädchen dem Himmel zu. Da kam Dietrich neben ihn und meinte: »Sie friert.«

Um seinem Sohn den Anblick der vermutlich Sterbenden zu ersparen, lehnte Heinrich seinen Speer gegen den nächsten Baum. Dann bettete er seinen Umhang sorgsam über den kraftlosen Körper, so dass nur noch der Kopf herausschaute. Dabei fiel ihm auf, dass das Mädchen das Haar unziemlich kurz geschnitten hatte. »Hast du keine Angst vor den Bären hier?«, fragte er es.

Es antwortete nicht, aber Heinrich konnte sehen, dass es den beinahe losen Pergamentstapel unter seinem Umhang noch einmal fester an den Körper presste, als wolle man ihm ihn jeden Moment entreißen. Halb weggetreten schaute das Mädchen in den wolkenverhangenen Himmel. »Mutter, ich komme zu dir.«

»Mutter, Mutter«, wiederholte Dietrich leise und viel zu gedankenversunken für einen Sechsjährigen, befand Heinrich. Ihn rührte die Traurigkeit seines Sohnes, der seit Konstanzes Tod kaum noch lachte.

»Vielleicht können wir sie mitnehmen und zu ihrer Mutter zurückbringen?«, fragte Dietrich eine Spur hoffnungsvoller.

Es war selten, dass sein Jüngster ihn um etwas bat. Heinrich begutachtete das Mädchen mit den Haaren eines Bauernjungen einmal mehr. Es wollte sterben, so viel hatte er verstanden und wusste auch, dass es wohl wenig erfolgversprechend war, ihm mit der Autorität eines Markgrafen zu befehlen, davon abzulassen.

Albrecht trat nun ebenfalls neben seinen Vater und begaffte das Mädchen, als sei es ein bunter Drache. Gnandstein behielt den Bären unter der Wurzel weiter im Blick.

»Mutter, ich komme zu dir«, wiederholte es.

Albrecht lachte laut auf. »Ist die schwachsinnig?« Er richtete den Speer gegen die Liegende, um einmal mehr seinen Kampfeswillen zu demonstrieren.

Heinrich reagierte nicht auf Albrechts Frage, stattdessen überdachte er die Bitte seines Jüngsten. Sie hier sterben zu lassen wäre sicherlich das Einfachste. Er hatte wichtigere Dinge zu tun, als sich um ein halbtotes Mädchen zu kümmern!

Zaghaften Schrittes wagte sich Dietrich unterdessen bis zum Gesicht des Mädchens vor. Vorsichtig streckte er seine Hand über dessen Nasenspitze aus. Seine Finger waren noch verschwitzt von der Angst vor dem Bären. »Vater ist milde und gerecht«, erzählte er dem Mädchen, wie es ihn von den Geistlichen im Kloster Altzella gelehrt worden war. »Und voller Nächstenliebe, wie auch wir, seine Söhne, es sind«, trug er einen weiteren klösterlichen Lehrsatz vor.

Heinrich befahl: »Wir kehren zurück zum Lager, Gnandstein!«

17. TAG DES OSTERMONATS IM 1248STEN JAHR NACH DER FLEISCHWERDUNG DES HERRN

Ich hätte doch besser im Waidhof bleiben sollen, anstatt Burkhards Drängen, mit ihm über den Marktplatz zu bummeln, nachzugeben, dachte sich Goswin. Die freudige Stimmung, die hier draußen herrschte, missfiel ihm gründlich. Überall lachten die Menschen, gingen freundlichen Blicks und ausgesprochen höflich miteinander um. Goswin hingegen hätte lieber die Vorbereitungen für die jährlich anstehende Handelsreise des Vaters nach Schlesien abgeschlossen. Im vergangenen Jahr hatte er die Lieferungen des in Fässern verstauten Farbpulvers noch begleitet. Doch dieses Jahr fuhr sein Vater allein gen Osten und hatte Goswin für die Zeit seiner Abwesenheit die Aufsicht über die Bücher und Listen übertragen. Die Handelsreise nach Nürnberg zu ihrem größten Kunden, der Färberei Wunsiedel, würde Goswin bis zur Rückkehr des Vaters gleichfalls zu einem erfolgreichen Abschluss gebracht haben.

»Schaut her, edler Herr«, wurde er da von der Seite her angesprochen. »Es ist ein selten schöner Stoff für eine Cotte oder ein Obergewand.« Der Händler hielt ihm ein Stück des feinen Gewebes entgegen.

Goswin blickte auf die Ware, ohne sie wirklich in Augenschein zu nehmen.

Angezogen vom Glitzern der Seide in der Sonne, war nun auch Burkhard hinzugetreten, zwei dampfende Becher mit heißem Wein in den Händen. »Es ist ein besonderes Stück Stoff, wohl wahr«, pflichtete er dem Kaufmann bei.

Nach einem unauffälligen Blick auf den notdürftig geflickten Waffenrock des Ritters, der ihm zeigte, dass der Mann wohl eher kein Geld für neue Kleidung besaß, konzentrierte sich der Händler umgehend wieder auf Goswin. »So preiswert wie bei mir bekommt Ihr woanders nichts Vergleichbares.«

»Bevor wir etwas kaufen«, ließ Burkhard den Händler freundlich wissen, »trinken wir aber erst einmal einen guten Schluck.« Er reichte Goswin einen Becher.

Mit einem falschen Lächeln trat der Händler daraufhin um den Holztisch herum. »Die Herren haben recht, dass sie sich erst einmal stärken, bevor sie sich entscheiden. Doch vergesst nicht, dass dies eine einmalige Gelegenheit ist. Die beste Qualität weit und breit, zum geringsten Preis in der gesamten Landgrafschaft.«

Burkhard war überzeugt, dass der Händler mit Goswin bestimmt kein vorteilhaftes Geschäft abschließen würde. Der Sohn des Waidhändlers war praktisch im Handelsraum des Vaters aufgewachsen und würde dem Kaufmann keinen Pfennig zu viel bezahlen. Schon sehr früh hatte Goswin seinen Vater außerdem auf Reisen über die Reichsgrenzen hinaus begleitet und von diesem viel über Verhandlungsgeschick und ein Gespür für gute Geschäfte gelernt. Goswin würde daher für die Hälfte der ihm genannten Summe wohl nicht nur den Stoff, sondern zusätzlich auch noch ein Dutzend Ellen Borten mit heraushandeln. Obwohl er heute nur wenig Freude am Marktgeschehen und Verhandeln zeigte. Dennoch steuerte Burkhard nach wie vor nicht den Archfelder Waidhof an, sondern hoffte darauf, dass schon noch einige Sonnenstrahlen das Gemüt des blassen Freundes erhellen würden.

Die vergangenen Tage über hatte Goswin ihn mit dem Hinweis auf die vielen Rechnungsschriften, Wechselurkunden und unzähligen Listen abgewimmelt, die vervollständigt und geprüft werden müssten. Doch der seit Tagen verträumte Blick des Waidhändlersohnes verriet Burkhard, dass Goswin anstatt an die Listen wohl immer noch an seine Verlobte aus Neumark dachte. Goswin bekam die Verstorbene einfach nicht aus dem Kopf! Der feige Überfall und das Geschehen im Hause des Burgschreibers hatten den Freund verändert. Da war eine Traurigkeit in Goswin, die Burkhard bislang nicht für möglich gehalten hatte. Dabei hätten sie beide einfach nur dankbar sein müssen, der Feuerhölle durch den schmalen Seitengang zwischen Kapelle und Wohngebäude entkommen zu sein. Von diesem Durchgang hatte ihnen Hortensias Vater erzählt, kaum dass seine Tochter aus dem Haus gestürmt war, weil er annahm, Goswin könne sie dort vielleicht finden.

»Komm schon!« Burkhard stieß Goswin, der nur kurz an seinem Wein genippt hatte, freundschaftlich in die Seite. »Es wird Zeit, dass wir endlich wieder einmal Spaß haben, meinst du nicht auch?« Hinter Burkhard ertönte die schwungvolle Melodie einer Fidel und ließ diesen auf einige Leute deuten, die zu tanzen begannen.

Wehmütig schaute der Waidhändlersohn den Ritter an. »Endlich mal wieder Spaß?« Goswin schüttelte den Kopf. Am liebsten hätte er sich nicht nur von dem Gedränge auf dem Markt, sondern auch gleich von Burkhard selbst verabschiedet, um wieder zu seinen Stapeln von Listen zurückkehren und ungestört arbeiten zu können.

Doch Burkhard stellte sich ihm in den Weg und sprach vertraulich: »Es gibt schönere Frauen als deine ehemalige Braut. Und höhere Mitgiften allemal.« Ihm war zum Tanzen zumute, weil sie am Leben geblieben waren, was sie allein Hortensia zu verdanken hatten. Denn hätte sie sich nicht geweigert, Goswin zu heiraten, wären sie über Nacht in Neumark geblieben und hätten vom Burgschreiber niemals von dem geheimen Ausgang erfahren.

»Ist das so?«, entgegnete Goswin unwillig.

»Ganz sicher. Es gibt Hunderte schöner Frauen.« Genüsslich trank Burkhard vom Wein. Erst gestern war ihm von der Familie Archfeld sein Sold gezahlt worden. Damit war die lange Durststrecke, was Wein und Bier anging, zumindest für die nächsten Tage endlich vorüber. Vorfreudig wies Burkhard ihnen den Weg aus der Masse heraus. »Ich wüsste da etwas, was dich die Tochter des Burgschreibers ganz sicher vergessen lässt. Komm!«

Goswin ließ sich von ihm mitziehen. Ein Stück vom Marktplatz entfernt überquerten sie den Breitstrom über eine hölzerne Brücke. Goswins Gedanken weilten noch immer bei Hortensia, die Vorbereitungen für die Schlesienreise des Vaters konnten warten. In Waidgeschäften war er unschlagbar, da verhandelte er inzwischen sogar sicherer als der Vater, doch wie verhielt es sich in anderen Belangen wie der Liebe? Wäre er auch darin erfahren und körperlich etwas größer gewachsen gewesen, hätte er die Tochter des Burgschreibers vielleicht vor dem Verbrennen retten können.

Gedankenversunken ließ sich Goswin in eine Seitengasse Richtung Wenigemarkt führen. Im Kopf ging er zum wiederholten Male Burkhards Erzählung durch, der Hortensia davon hatte abhalten wollen, ihr brennendes Elternhaus zu betreten. Doch nachdem er sich von Hortensia abgewandt hatte, um einen verletzten Neumarker zu retten, war sie verschwunden gewesen. Goswin schüttelte mutlos den Kopf. Zum Fest des heiligen Joseph – jenem Tag, an dem vor vier Wochen seine Hochzeit hätte gefeiert werden sollen – war er noch einmal in Neumark auf der Burg gewesen. Vom Haus mit der merkwürdigen Tür und seinen Bewohnern war nur ein Aschemeer geblieben.

Soeben blieben sie vor einem dreigeschossigen Haus stehen. Nach einem kurzen Blick zum Dachgeschoss hinauf zog Burkhard den jungen Waidhändler in das heruntergekommene Gebäude hinein. Zumindest bin ich hier vor den vielen Menschen sicher, dachte Goswin und wusste gleichzeitig, dass er Hortensia gar nicht vergessen wollte. Sie war das Beste, was ihm jemals passiert war. Abgetretene Treppenstufen, die mit einem unüberhörbaren Knarzen keinen Besucher unangekündigt ließen, führten sie ins Dachgeschoss. Der Geruch von Moder und Feuchtigkeit nahm ab, je weiter sie nach oben gelangten. Dort angekommen, wurde Burkhard gegen etwas Münzgeld die Tür geöffnet und Eintritt gewährt.

»Es macht vieles vergessen«, erklärte Burkhard seinem Freund mit einem verwegenen Lächeln und dachte doch mit eher melancholischem Gedanken daran, dass es eigentlich das Einzige war, was ihn seine Besitzlosigkeit und Armut vergessen ließ. Seitdem er damals die Ehefrau seines Herrn – ein Graf aus dem Schwäbischen – angerührt hatte und in Schimpf und Schande davongejagt worden war, hatte er nie mehr so gut gelebt wie in den Jahren davor. Auch hielt er sich seitdem ausschließlich an käufliche Frauen.

Wein mag für so manchen eine Lösung sein, für mich aber nicht, sinnierte Goswin, da schob ihn Burkhard auch schon in den Raum. Anders als erwartet, fand er hier jedoch keine Spelunke, sondern ein Bett und einen Wandschirm vor. Er drehte sich nach seinem Freund um und sah gerade noch, wie dieser die Tür hinter sich ins Schloss zog. Dann hörte er ihn die knarzenden Treppenstufen hinabsteigen.

»Tretet doch näher, edler Herr«, erklang da eine ungewöhnlich weiche, aber tiefe Stimme hinter dem mannshohen, mit rotem Stoff bezogenen Wandschirm.

Wenig später trat eine Frau hervor. »Ich bin Isabella.« Ein leichter, leinener Umhang umspielte ihre üppigen Körperformen. Weiße Haut schimmerte zwischen den Verschlussbändern des Stoffes, durch den sich ihre aufgestellten Brustwarzen und schweren Brüste nur allzu deutlich abzeichneten.

Dass ihm eine Frau in einem derart freizügigen Aufzug gegenübertrat, verstörte Goswin, und er begann zu schwitzen.

»Ich möchte Euch verwöhnen.« Isabella trat auf ihren Kunden zu, wobei sie ihm ihren Oberkörper entgegenreckte.

Noch nie war Goswin einer weiblichen Brust so nah gekommen. Nacktheit war für ihn etwas zutiefst Unangenehmes, und so wandte er seinen Blick sofort zum Fenster.

Schnurrend wie ein Kätzchen trat sie daraufhin um ihn herum und strich ihm, beginnend am Nacken, mit der Hand die Wirbelsäule hinab.

»Wartet!«, bat Goswin.

Irgendetwas von Genuss und Erfüllung vor sich hin raunend, bewegte Isabella sich zum Bett des Raumes. Mit einem warmen Lächeln öffnete sie die Verschlussbänder ihres Umhangs und ließ ihn zu Boden gleiten. Danach ließ sie sich rücklings aufs Bett sinken.

»Schaut nur ein einziges Mal her, edler Freund des Ritters Burkhard«, gurrte sie und stützte sich auf den Unterarmen auf.

Goswin konnte nicht anders, als ihrer Aufforderung nachzukommen. Isabella spreizte ihre Beine. Erneut spürte Goswin, wie er zu schwitzen begann, und erneut richtete er seinen Blick auf das Fenster.

»Kommt doch näher, Ihr werdet es nicht bereuen.«

Dem nachfolgenden Geräusch entnahm Goswin, dass sie mit der Hand über jene Stelle des Betttuches fuhr, auf die er sich entsprechend ihrem Wunsch setzen oder legen sollte. Isabellas Aufmerksamkeit schmeichelte ihm, und langsam führte er seinen Blick vom Fenster bis auf ihre Oberschenkel, auf denen er plötzlich einen Streifen feinsten grünen Seidenstoffs entdeckte. Goswins Atem ging heftiger, und als würde er von einer ihm fremden Kraft gezogen, bewegte er sich auf das Bett zu und griff nach der Seide, ohne jedoch Isabellas Haut zu berühren.

Mit dem Stoff in den Händen ging er zum Fenster zurück und hielt ihn ins einfallende Licht. Lächelnd versank er in der Betrachtung des grünen Seidenstreifens, in den mit weißen Fäden Lilien eingewebt waren. »Hortensia«, murmelte er, während er über die Fransen des Gürtels strich. Sieh, da! Da war auch der Riss, den er verschuldet hatte, als er seine Braut im Burghof in Sicherheit hatte bringen wollen.

»Wo hast du den Gürtel her?«, fragte er Isabella, denn Goswin war klar, dass sich eine Frau ihres Standes keinen Seidengürtel leisten konnte.

Isabella erhob sich vom Bett und griff nach dem leichten Umhang auf dem Boden. »Mit dem Gürtel bezahlte mich ein Reisender für meine Dienste«, erwiderte sie knapp und fuhr, als sie wieder bekleidet war, fort: »Es war ein Händler, wenn ich mich recht erinnere, auf dem Weg in den Süden.«

Je ruhiger sie sprach, desto ungeduldiger wurde Goswin. »Wo kam der Reisende her, hat er dir das erzählt?« Wenn Hortensias Gürtel nicht verbrannt war, bestand auch die Aussicht, dass sie gleichfalls nicht verbrannt war.

»Erzählen? Das tut hier kaum einer. Ganz im Gegenteil.« Isabella lachte eher bitter auf und begab sich dann lautlos hinter die Stoffwand. »Wo er herkam? Ich weiß nicht mehr, vielleicht aus Köln, vielleicht aus Bautzen.«

»Sein Name? Erinnerst du dich noch an seinen Namen?«, drängte Goswin.

»Hier stellt sich niemand mit Namen vor!«, kam es nun etwas ungehaltener hinter der Stoffwand hervor.

Goswin trat näher an den Wandschirm heran. »Seit wann hast du den Gürtel?«

»Nicht mal zehn Tage«, antwortete sie nach einer Weile und verschwand auch wieder. »Und jetzt, edler Freund, gebt ihn mir bitte zurück.« Fordernd streckte sie ihre geöffnete Hand über den Wandschirm.

Doch anstatt ihr den Gürtel zu reichen, griff Goswin in seine Geldkatze.

Das Klimpern der Münzen ließ Isabella gesprächiger werden. »Der Händler hat das Stück von einem Mädchen erhalten. Beim Ellersberg oder so ähnlich, hat er gesagt. Schwach und schwermütig habe sie gewirkt, meinte er noch.« Ihre Stimme klang nun sachlich, nicht mehr weich und lüstern. »Für den Gürtel hat er ihr seinen schlechten Umhang und etwas zu essen gegeben.« Dies war Isabella wegen des würzigen Käses, mit dem der Händler auch sie bezahlt hatte, noch gut in Erinnerung. Selten hatte sie etwas Besseres verzehrt.

Den für Hortensia schlechten Tausch hätte Goswin an jedem anderen Tag nicht unkommentiert gelassen, in diesem Moment waren ihm Geschäfte jedoch unwichtig. »Beim Ettersberg also. Und hat dir der Kaufmann wenigstens ihren Namen genannt, wenn schon nicht den seinen?«

Isabella trat hinter dem Sichtschutz hervor. Sie trug nun ein bis zu den Knöcheln reichendes, blickdichtes langärmeliges Obergewand. »Ihren Namen hat er nicht genannt. Wie ich Euch bereits sagte, Namen bedeuten in meinem Gewerbe nichts, und nun gebt mir endlich meinen Gürtel zurück.«

Doch Goswin warf mit den Worten »Das sollte genügen!« nur zwei Silbermünzen auf das Bett und verließ danach die Dachkammer.

Auf dem Treppenabsatz zwischen dem zweiten und ersten Obergeschoss hielt er an und lehnte sich gegen die Wand. »Hortensia«, murmelte er wieder und führte den Gürtel an seine Nase, bis er schließlich das Gesicht in der grünen Seide barg. Goswin glaubte, unter all den schweren, aufdringlichen Gerüchen, die dem Gürtel entstiegen, noch immer Hortensias Frische wahrnehmen zu können. Mehrere Lidschläge später wusste er, was er tun würde. »Ich werde dich suchen und dann als meine Braut heimführen!«, sagte er entschlossen.

2.

Doch in die Stadt

*D*ie Frau, die in ihrer Jugend keusch ist, dazu auch noch tugendhaft, so dass Hochmut ihr fern liegt …«, rezitierte Agnes mit brüchiger Stimme aus dem Versbüchlein, welches Heinrich ihr nach der Hochzeitsnacht überreicht und zu lesen empfohlen hatte. Es enthielt Handlungsanweisungen für ein gottgefälliges Leben. Die mehrere Dutzend Verse kannte sie inzwischen auswendig. Sie hatten ihr geholfen, die neue Sprache zu lernen. Agnes fuhr mit dem Rezitieren nun lauter fort in der Hoffnung, die verletzenden Geräusche aus der Kemenate des Gatten nicht mehr mit anhören zu müssen. *»… und sie ihrem Mann in Güte zugetan ist, und die ihn getreulich liebt, die ist ein Edelstein, kostbarer als Gold.«* Das heftige Stöhnen zwischen Heinrichs lautem und lustvollem Seufzen ließ ihr das Blut in den Adern gefrieren. *Ein Edelstein, kostbarer als Gold.*

In ihrer Vorstellung sah sie, wie sich Heinrich mit der Küchenmagd im Bett vergnügte. Oder war es vielleicht die breit gebaute Tochter des Stallmeisters, die zu diesen spitzen Lustschreien fähig war? Agnes stützte sich an der Tür ab. »Ó Ježíši, vezmi mé ubohé, zraněné srdce k sobě. Oh, Jesus, nimm mein armes, verwundetes Herz bei Dir auf.« Ihre Gebete formulierte sie immer noch in der Sprache ihres Herzens. In Situationen wie diesen war es keineswegs einfach, ein Edelstein zu sein, und manchmal meinte sie sogar, daran zu zerbrechen. Seit ihrer Eheschließung vor vier Jahren war es selten einfach gewesen. Heinrichs ständige Bettgeschichten demütigten sie, auch wenn sie nicht unwesentlich zu ihnen beitrug, wie sie sehr wohl wusste. Mit ihren dreiundzwanzig Jahren war ihre jugendliche Frische verblasst. Genauso wie ihre Träume, mit denen sie ihre Heimat Böhmen verlassen hatte und nach Meißen gekommen war.

Sie schreckte auf, weil der Boden in Heinrichs Kammer knarzte. Um sich nicht die Blöße zu geben, als verbitterte Ehefrau lauschend vor der Kammertür überrascht zu werden, verließ sie den Flur. Erst ging sie nur, dann rannte sie, während ihr die Tränen die Wangen hinabliefen. Ihr Misstrauen trieb sie zur Kammer des Mädchens, das Heinrich neulich von seiner Reise mit auf die Burg gebracht hatte. Auch wenn es ihr das Herz zerriss, wollte Agnes sich versichern, dass er tatsächlich eine Kranke mit nach Meißen gebracht hatte. Noch während sie die Treppe zur Gästekammer hinabstieg, vernahm sie, wie sich die Tür von Heinrichs Kemenate öffnete und ein Kichern in den Flur drang.

Außer Atem betrat Agnes die Gästekammer. Vom Eingang her konnte sie unmittelbar auf das Bett blicken. Ihre Kammerfrau saß davor und ließ die Finger über den zugedeckten Körper der Kranken gleiten, so behutsam, als streiche sie über offene Wunden. »Allmächtiger, du allein weißt, was Leib und Seele beieinanderhält«, hörte sie Frieda sagen, die Heinrich eigentlich ihr zugeteilt hatte, damit sie für die Ordnung in ihrer Kemenate und für die Sauberkeit ihrer kostbaren Gewänder sorgte. Jetzt nahmen Heinrichs Gespielinnen ihr also auch schon das Gesinde weg! Das war Agnes nicht gleichgültig, auch wenn ihr die Kammerfrau mit der schneeweißen Haube und dem darunter streng zurückgebundenen Haar keineswegs nahestand oder ihre Vertraute war.

Agnes wischte die letzte Feuchte unter ihren Augen mit dem Ärmel weg und schaute mit erhobenem Kopf zur Bettstatt hinüber. »Wird sie wieder gesund?«, fragte sie mit Bitterkeit in der Stimme.

Mit gesenktem Haupt trug Frieda zunächst ein ehrfürchtiges »Erlaucht« vor, bevor sie antwortete: »Der Körper des Mädchens war zu lange der Kälte ausgesetzt. Der Medikus konnte nicht ausschließen, dass ihre Gelenke steif bleiben. Es ist schon ein Wunder, dass sie es überhaupt lebend bis nach Meißen geschafft hat.«

Die Antwort der Kammerfrau war ein weiterer Schlag in Agnes' Gesicht. Heinrich hatte für das Findelmädchen sogar einen Medikus kommen lassen? Was hatte die Kranke an sich, dass ihr Mann einen derartigen Aufwand wegen ihr betrieb? Argwöhnisch betrachtete sie die Patientin vom Eingang aus genauer. Gesicht und Hals waren die einzigen Körperteile, die unter der Decke hervorschauten. Es war das erste Mal, dass Agnes sich näher an Heinrichs seltsames Mitbringsel, wie sie es nannte, heranwagte. Sie hatte eine Schönheit vorzufinden erwartet, die zumindest ihrer eigenen zu Beginn ihrer Ehe gleichkam. Doch dem war nicht so, wie sie nun erkannte, als sie neben dem Bett stand und auf die Fremde hinabblickte. Unterschiedlicher, resümierte sie in Gedanken, konnten zwei Frauen nicht sein. Sie selbst war blond, ihr Gesicht ebenso rundlich wie ihr Körper. Die Kranke zeigte sich in allem ge-

genteilig. Dunkelhaarig, schmal und geschunden. Hinzu kamen noch die kurzen Haare, die Agnes an das räudige Fell einer Ratte erinnerten.

»Allmächtiger, beschütze dieses Mädchen und lass es genesen«, bat Frieda und bedachte die Kranke mit einem warmen Blick.

Agnes konnte sich nicht daran erinnern, die stets strenge Frieda jemals so besorgt um sie erlebt zu haben. Um sie war niemand hier in Meißen besorgt – bis auf Heinrich. Als hätte Frieda die Gedanken ihrer Herrin erahnt, schaute sie nun zu ihr auf.

In den Augen der rundlichen Frau machte Agnes Mitleid aus, das hoffentlich nicht ihr, der betrogenen Gemahlin, sondern dem ausgemergelten Wesen im Bett galt. Ihr, der Tochter eines Königs, gebührte nicht Mitleid, sondern Anerkennung und Beachtung. Qualvoll hatte die Eifersucht in ihr gebrannt, als Heinrich am ersten Tag nach seiner Rückkehr von dem ungewöhnlichen Fund gesprochen hatte, dessen Pflege er wünschte. Das Mädchen könnte seinen Zweitgeborenen aufmuntern, hatte er erklärt. Doch Agnes war überzeugt, dass ihr Stiefsohn Dietrich lediglich als Vorwand diente und Heinrich das Mädchen für sich hierhergebracht hatte. Doch nach einem gehauchten »Anežko, meine Schöne« in ihr linkes Ohr hatte Agnes die Sache erst einmal auf sich beruhen lassen und sich seinen Küssen und Gedichten in der Hoffnung hingegeben, der heilige Wenzel wisse schon, wen er heile und wen er sterben ließe. Es berührte sie jedes Mal aufs Neue, dass Heinrich um die geänderte Namensform wusste, die ihre Heimatsprache bei der direkten Anrede vorschrieb. Aus Anežka wurde dann nämlich Anežko. Diese Bemühung war für sie ein Zeichen dafür, dass sie ihm viel bedeutete. Kurz nach seiner zärtlichen Ansprache hatten sie samenreich den Beischlaf beendet. Noch immer spürte sie Heinrichs warme Finger in ihrem Schoß und rief sich die Bilder jener Nacht vor Augen.

Hin- und hergerissen von ihren Gefühlen für Heinrich, beugte Agnes sich über die Kranke, die genau in diesem Moment die Augen öffnete. Zuerst blinzelte das Mädchen nur, dann gelang es ihm, die Lider ganz zu öffnen.

»Willkommen, Kind«, sagte Frieda überrascht und erleichtert.

Und wieder fragte sich Agnes, woher auf einmal diese warmherzige Seite ihrer Kammerfrau kam. Mit Verdruss verfolgte sie, wie Frieda dem Mädchen über die Wange strich, das kurz danach den Kopf fahrig hin und her bewegte. Als durchlebe es trotz der geöffneten Augen gerade einen bösen Traum. Zufrieden stellte Agnes dabei fest, dass die Iris des Mädchens braun war und demnach nichts Besonderes – nur ein weiterer Gegensatz zu ihrem vielversprechenden Blau.

»Der Medikus sagt, dass der Fluss des Blutes durch die Kälte gestört ist.«

Das schien das Mädchen nicht zu interessieren. Es schaute an den beiden Frauen vorbei zum Fenster. »Bin ich in Erfurt?«, krächzte es.

»Du bist in Meißen, am markgräflichen Hof!« Agnes' Antwort klang abweisender, als sie es beabsichtigt hatte. »Du solltest nach Hause zurückkehren. Deine Familie wird bereits nach dir suchen.« Ihr fiel auf, dass sich der Blick der Kranken bei den Worten »deine Familie« kurzzeitig aufgeklart hatte wie ein wolkenverhangener Himmel nach einem reinigenden Gewitter.

Dann aber drehte sich das Mädchen mit einem Schluchzen auf die Seite und starrte gegen die Wand. »Meine Familie gibt es nicht mehr«, sagte es, dann ging sein Schluchzen in einen Weinkrampf über.

Dieses Wesen war alles andere als eine attraktive Gespielin, befand Agnes. »Frieda!«, wies sie die Kammerfrau an. »Du wirst hier nicht mehr gebraucht. Kümmere dich besser um mein Schuhwerk. Es sollte endlich einmal wieder gereinigt werden.«

Frieda erhob sich mit Widerwillen. »Sehr wohl, Herrin.«

Agnes verließ die Kammer und begab sich in den Schutz ihrer Kemenate, wo sie die Gegenwart ihrer einzigen Freundin spüren wollte, die sie aus Böhmen mitgebracht hatte.

Nachdenklich ließ sie sich auf der Sitzbank in der Fensternische nieder und schaute auf die Elbe hinab. Ob Heinrich von diesem Mädchen abgelassen hätte, wenn sie damals bei ihm gewesen wäre? Ob sie es wagen durfte, Heinrich auf seiner nächsten Reise zu begleiten? In all den Jahren ihrer Ehe hatten sie in der Summe bisher dennoch kein Jahr miteinander verbracht. Ständig war Heinrich in Angelegenheiten des Kaisers und der Mark unterwegs. Seitdem er nach dem Tod Heinrich Raspes IV., dem Landgraf von Thüringen, im vergangenen Jahr nun auch noch seine Ansprüche auf dessen Erbe durchzusetzen versuchte, schrieb er ihr nicht einmal mehr Briefe aus der Ferne. Wenn er fort war, grollte sie ihm wegen ihrer Einsamkeit und sah ihn in ihrer Vorstellung ständig mit anderen Frauen beschäftigt. Selbst den niederen Weibern aus dem Bauernstande, das war ihr nicht entgangen, trat er stets mit einem verführerisch gewinnenden Lächeln entgegen. Demselben Lächeln, dem auch sie verfallen war. Ein Lächeln, das sie die vielen Demütigungen in ihrer Ehe bisher mit erhobenem Kopf ertragen ließ.

»Ach, Heinrich«, seufzte Agnes und zog sich den Schleier vom Kopf. Sie gestand sich ein, dass sie ihn selbst dann vermisste, wenn er sich nur wenige Türen von ihr entfernt aufhielt. Sofern Heinrich bei ihr war, sang und dichtete er wortreich über ihre Kinder, die ihr goldblondes Haar und seinen Scharfsinn besitzen würden. Dann schmolzen Agnes' Zweifel dahin wie Butter über dem Feuer. »Und eine kleine Markgräfin«, flüsterte er ihr regelmäßig zu, »sollten wir nach weiteren fünf Knaben noch bekommen.« Sein kleines Mädchen würde es werden, weil er doch aus erster Ehe bereits zwei Knaben besaß. Agnes seufzte. Wenn doch nur alles so leicht wäre wie der Austausch warmer Worte zwischen Liebenden. Viel zu schnell wurde es nach solchen Situationen wieder kalt in ihr.

Unbewusst fuhr sie sich über ihre runden Hüften und den Bauch. Alle rieten sie ihr, auf Gott zu vertrauen. So auch ihre ältere Schwester Božena, die ebenfalls an einen Markgrafen – den von Brandenburg – verheiratet worden war. Wie Agnes unterschrieb auch sie inzwischen mit ihrem deutschsprachigen Namen Beatrix. Das war Agnes im letzten Schreiben aufgefallen, in dem Božena als Mittel gegen einen flachen Bauch eben Gottvertrauen und Geduld empfohlen hatte. Agnes vertraute auf Gott, aber der ließ sie nun schon seit vier Jahren warten.

»Bleib ruhig, Anežko!«, ermahnte sie sich, doch der Blick hinunter auf den Fluss bewirkte das Gegenteil. Dass die Elbe an diesem ungewohnt windigen Sommertag aufgewühlt war, erkannte sie sogar von der Meißener Felsenburganlage aus. Das Wasser der Elbe erinnerte sie an ihren stürmischen Vater, der so ganz anders als die sanfte und gütige Mutter gewesen war. »Ach, Maminko, liebe Mama. Werde ich Euch jemals wiedersehen?«

Vor der Abreise nach Meißen war ihr die Verabschiedung von Maminka am schwersten gefallen. Sie war stets ihre Beschützerin, ihr wärmender Mantel gewesen. Hier im kalten Meißen fror Agnes selbst im Sommer. Hier waren die Menschen griesgrämiger, das Wetter unbeständiger und die Sprache hörte sich hart und spitz an. Im Vergleich zu ihrer Muttersprache lähmten die neuen Wörter, die viel zu viele Vokale besaßen, ihre Zungenspitze. Die war beim Sprechen ein schnelles Anschlagen gewohnt, weshalb Agnes, damit ihr die alte Kunstfertigkeit nicht abhandenkam, neben den Gebeten auch noch erbauliche Texte in böhmischer Sprache rezitierte. Einzig die Jagden mit Hundertschaften, mit einem Essen im Freien und unzähligen Damen im Spreizsitz erinnerten sie noch an den Teil ihres Lebens, den sie in Böhmen verbracht hatte.

Ein hoher Ruf, mehrmals hintereinander, riss Agnes aus ihren sehnsuchtsvollen Gedanken. Sie löste den Blick vom wilden Wasser, erhob sich und ging zum Reck neben ihrer Bettstatt hinüber. Als eine der wenigen hatte Saphira sie noch nie enttäuscht. Agnes bewunderte ihren Greifvogel für den außergewöhnlichen Mut, auch Beute, die ihr an Körpergröße und Gewicht überlegen war, anzugreifen. Erst vor zwei Tagen, bei der Beiz auf eine Kette Rebhühner, hatte sie dieses Manöver wieder einmal bestaunen dürfen. Denn neben Spatzen, Tauben, Lerchen und Wachteln schlug Saphira im niederen Flug auch ab und an Hasen.

Die meiste Zeit ihrer Ehe hatte Agnes wohl mit dem Sperberweibchen zugebracht, dem sie von ihren Sehnsüchten und den wenigen schönen Momenten hier in Meißen erzählte. Wehmütig lächelte sie und strich dem Greifvogel über das an der Oberseite graubraun schimmernde Gefieder. Die strahlend gelben Augen des Tieres wandten sich ihr daraufhin zu. Sie erinnerten Agnes an jenen Stein, den Heinrich ihr während der Zeit der Brautwerbung nach Böhmen hatte bringen lassen und den sie seit der Trauung als Ring gefasst um den mittleren Finger der rechten Hand trug: einen Saphir. Die meisten Saphire, die von Schmuckhändlern zum Kauf angeboten wurden, waren blau, nur selten fanden sich Steine von diesem leuchtenden Gelb.

Agnes ließ sich auf die Bettstatt nieder, griff nach ihrem goldverzierten Handspiegel auf der Truhe und blickte hinein. Was sie sah, war das ausdruckslose Gesicht einer meist tapferen Přemyslidin, der Tochter des bis weit über den Elbfluss hinaus im Westen geachteten Böhmenkönigs Václav I. Mit jeder Abwesenheit ihres Gatten schienen ihre Züge gealtert, ihre Haut grauer und ihr glattes Haar borstiger geworden zu sein. »Svatý Václave, prosím tě o pomoc. Heiliger Wenzel, ich ersuche deine Hilfe.« Sie legte den Spiegel wieder beiseite und richtete sich auf der Bettkante auf.

Ein vertrautes Geräusch ließ sie zum Reck zu ihrer Rechten schauen. Der Ton kam von der Schelle an Saphiras linkem Bein, die goldüberzogene Bell. Aus stechend gelben Augen schien Saphira ihre Herrin genau zu beobachten.

Als Königstochter, aber auch als die Persönlichkeit, die Agnes war, verlangte es sie an Heinrichs Seite nach mehr Aufmerksamkeit. Traurigerweise fiel ihr als ein weiteres Beispiel für zu wenig gezollte Aufmerksamkeit ihr Vater ein, der niemals auf ihre Mutter, sondern allein auf seine Schwester, die geistliche Kämpferin Äbtissin Anežka, gehört und dieser all ihre Wünsche erfüllt hatte. Obwohl so viele Menschen die Äbtissin verehrten, war Agnes die Tante immer ein Dorn im Auge gewesen.

In diesem Moment auf der Kante ihrer noblen Bettstatt wurde Agnes bewusst, wie sehr ihre eigene Ehe doch der der Eltern glich. Und dass ihr genau das geschehen war, was sie immer für sich abgelehnt hatte. Was dem Vater Äbtissin Anežka war, waren Heinrich gleich ein Dutzend Frauen und dieses bettlägrige Mitbringsel von seiner jüngsten Reise.

Wie ihre Maminka war auch sie bisher eher zurückhaltend gewesen, demütig und getreulich liebend ihrem Manne zugetan. Sie hatte eben wahrlich versucht, so rein wie ein Edelstein, kostbarer als Gold zu sein. Aber der Schmerz, der sich seit einiger Zeit wie ein Stachel in ihr Herz bohrte, war nicht länger zu ertragen. Es musste sich etwas ändern. Sie musste etwas ändern. Schuld an ihrem Niedergang waren allein Heinrichs Gespielinnen. Von diesen würde Agnes ihren Gatten zuallererst befreien. Wie paradiesisch es doch wäre, dachte sie, stets an seiner Seite weilen und seine einzige Frau sein zu dürfen. In Heinrich hatte sie sich verliebt. Er war das Licht in der dunklen Markgrafschaft Meißen. Beides – Liebe und Ausschließlichkeit – war jedoch in keinem Ehevertrag als das Recht einer Frau festgeschrieben. Aufgewühlt erhob sie sich. Durfte sie als gottgefällige Frau fordern, was ihre Eltern und vielleicht sogar Heinrich verwerflich fanden? Was ihr noch nie zu Ohren gekommen war, dass es eine andere Ehefrau verlangt hätte, weil es dem Versbüchlein in allem widersprach? Unentschlossen wandte sich Agnes ihrem Greifvogel zu.

Die Herausarbeitung der Kleidung war die letzte Arbeit mit den Eisen, bevor es an das Abschleifen ging. Dazu gehörte vor allem der Faltenwurf des Umhangs und der stoffreichen Gewänder darunter. Gewänder waren wie Wasser, das um Menschen herumfloss, fand Matizo, und genauso fließend wollte er die einzelnen Kleidungsstücke auch aus dem Stein herausarbeiten. Der Knüpfel in seiner Hand sauste rhythmisch auf das Kehleisen hinab, das daraufhin feine Streifen im Werkstück hinterließ. Muschelkalksplitter stieben auf und davon. Und immer wieder befeuchtete er den Stein mit etwas Wasser.

Zur Formung der Gesichter hatte er sich Skizzen der darzustellenden Personen kommen lassen. Er wollte keinen Typus, kein Idealbild, sondern individuelle Gesichtszüge herausarbeiten. Kein Mensch, nicht einmal ein Neugeborenes war faltenlos, makellos. Das Leben hielt für die Menschen unterschiedliche Schicksale bereit, und diese hinterließen ihre Spuren in den Gesichtern, formten sie erst. Und genau diese Schicksale wollte er zeigen, um die Betrachter seiner Skulpturen zu berühren.

Für den Stein unter seinen Händen hatte sein Auftraggeber, Erzbischof Siegfried III. von Eppstein, sehr klar vorgegeben, was die Dargestellten auszudrücken hatten: Die mittlere, stehende Person sollte Macht verkörpern, die anderen beiden Verzweiflung ausdrücken und demütig zu der mittleren aufschauen.

Während der Knüpfel das Eisen weiter antrieb, sah Matizo auf einmal die Gotthard-Kapelle im Geiste vor sich, und seine

Gedanken wanderten acht Monate in der Zeit zurück. In die Kapelle hatte ihn der neue Sekretär des Erzbischofs damals geführt, nachdem sich Matizo in jener Vollmondnacht aus Furcht vor dessen Schritten zuvor in den Westchor der Mainzer Kathedrale geflüchtet hatte. In der Kapelle hatte ihm in jener Nacht der Vorsteher des größten Erzbistums des Abendlandes einen dringlichen Auftrag erteilt. Es galt, ein Relief zu erstellen. Den Verweis darauf, dass die Fertigstellung des Lettners seinen Arbeitstag bereits zur Gänze ausfüllte, hatte sich Matizo nach einem Blick in die energischen Augen des Erzbischofs verkniffen. Und so waren Nachtarbeiten unausweichlich geworden. Matizo konzentrierte sich wieder auf das Relief vor ihm. Steinstaub kitzelte ihn an der Nase, während sich das Kehleisen wie von selbst über den Umhang der linken Figur schabte.

Der Abend war bereits weit fortgeschritten, als er von seinem Werk wegtrat, um es auch aus größerem Abstand zu betrachten. Prüfend rieb er sich das Kinn. In der Mitte der Skulptur und mehr als die Hälfte der Fläche einnehmend, thronte sein Auftraggeber im erzbischöflichen Gewand mit Mitra und Krummstab. An seiner Hand stach ein polierter Amethyst ins Auge. Zu den Füßen Siegfrieds III. knieten links und rechts zwei weltliche Adlige, die als solche eindeutig an ihren verzierten Kappen und den weltlichen Stickmotiven auf ihren Gewändern zu erkennen waren. Alles Tand in Matizos Augen. Der Adlige zur Rechten mit dem Schild war unverkennbar Heinrich III. von Wettin, der Meißener Markgraf. Das Wappen auf der linken Seite verwies hingegen auf Herzog Hendrik II. von Brabant und Niederlothringen. Die drei füllten die gesamte Relieffläche aus, wobei der Mainzer Erzbischof dreimal so groß wie die Knienden und damit als ihr Bezwinger dargestellt war, geradeso, als könne er seine Widersacher jederzeit mit den Füßen zermalmen. Das steinerne Bildnis war also ganz, wie es der Eppsteiner befohlen hatte. Als Warnung sollte das Relief zu verstehen sein, den Mainzer Kirchenfürsten nur ja nicht zu unterschätzen – den Königsmacher, einstigen Reichsgubernator und erfahrenen Politiker.

Immerhin habe er zuletzt keinen Geringeren als Kaiser Friedrich II. exkommuniziert, hatte Siegfried von Eppstein damals wiederholt in der Gotthard-Kapelle zu Matizo gesagt und ihm dabei auch die drei Titulierungen mit vor Eifer glühendem Gesicht vorgetragen. Die Unnachgiebigkeit, die aus den Zügen des Kirchenmanns sprach, hatte ihn davon abgehalten, die Arbeit seinen talentierten Gesellen Markus und Alfred zu übertragen.

Nur noch wenige Nächte würde er für die Fertigstellung des Reliefs benötigen. Abschließend gedachte er, die Bildaussage noch mit Kasein- oder Temperafarben zu verstärken. Leuchtend den großen Siegfried III. von Eppstein hervorheben, blass dagegen die beiden weltlichen Herrscher. Matizo legte Eisen und Knüpfel auf der Geschirrbank ab und begab sich von der Werkstatt in den Arbeitsraum nebenan. Der wuchtige Eichentisch, der das winzige Zimmer unter der Dachschräge einnahm, war zur Gänze mit Pergamenten und Holzmodellen bedeckt. Im Mondlicht, das durch die Dachluke in die Kammer fiel, sah man, dass eine feine Schicht Gesteinspuder auf ihnen lag. Matizo entzündete zwei Talglichter am Kopfende des Tisches und kroch dann unter das Möbelstück. Auf dem Boden tastete er nach dem vertrauten, schmalen Spalt, fuhr mit den Fingern hinein und hob auf diese Weise eine Diele an. Im Halbdunkel erkannte er im darunterliegenden Hohlraum sein in Leder eingeschlagenes Bauskizzenbuch. In ihm sammelte er sowohl seine selbst entworfenen als auch die von bereits bestehenden Bauwerken gemachten

Skizzen. Ehrfürchtig hob er es aus dem Versteck und pustete den Staub, der jeden Tag aufs Neue durch die alten Dielen daraufiel, herunter. Allein die Berührung des abgenutzten Leders inspirierte ihn zu weiteren Zeichnungen.

Mit dem Buch vor der Brust ließ er sich am Tisch nieder. Einem Ritual gleich öffnete er die beiden Lederschnüre und begann, durch die Skizzen zu blättern. Seit der Zeit seiner Wanderschaft, die auf die Ausbildung zum Steinmetz gefolgt war, nutzte er jede Gelegenheit, seine Fähigkeiten im Bauzeichnen zu verfeinern. Die mehr als einhundert Pergamente in allen Größen, die Grundrisse und Aufrisse von Kirchenchören und Türmen, Gerüstdarstellungen und Maßwerkzeichnungen enthielten, drückten den Ledereinband des Buches inzwischen immer stärker nach außen.

Für die heutige Nacht hatte er sich vorgenommen, die Darstellung einer schlanken Säule fertigzustellen, die schraubenförmig in ein Gewölbe überging. Seiner vor einem Monat begonnenen Pergamentskizze fehlte lediglich noch die Ausschmückung. Sie musste wie jedes andere Detail der zahlreichen Bauteile, die seine Vision von einem neuartigen, lichtdurchfluteten Kirchenbau vervollständigten, mustergültig sein. Eine Vision, mit der er dem Herrn so nahe kam, dass er dessen gütige Hände auf sich spürte. Und hoffentlich würde er seine lichtdurchflutete Kirche eines Tages umsetzen dürfen, um seine Seele dadurch zu reinigen. Das war sein Traum.

Auf einer Seite, die eine Säule aus der Bamberger Kathedrale abbildete, hielt er inne. Die Abbildung zeigte eine zierliche Laubranke, die am Säulenschaft hinaufwuchs. Das war es, was noch fehlte: Pflanzen! Im Geiste sah er bereits eine Ahornranke in den Himmel emporwachsen. Auf dem Pergament hatte er gestern mit einem kräftigen blauen Farbton die

Schlankheit seiner Säule betont. Die Ahornranke würde er nun ebenso zierlich, wie gerade im Bauskizzenbuch gesehen, um seine Säule winden.

Konzentriert beugte er sich über das Pergament, das schon mehrfach abgeschabt worden war und deshalb die dunklen Holzbretter seines Tisches durchschimmern ließ. Sein gesamter Oberkörper spannte sich an, als er eine Rohrfeder aus seinem Mäppchen nahm und in das Tintenhorn tauchte. Dann setzte er die Feder am Säulenfuß an. Ein Hämmern an der Eingangstür ließ ihn zusammenfahren, und die Feder kratzte quer über das Pergament. Matizo stieß einen Fluch aus. Er eilte die Treppe hinab, um den späten Störenfried zurechtzuweisen. Seine Gesellen wussten doch, dass er um diese Zeit nicht mehr gestört werden wollte. Mit einem Ruck riss er die Haustür auf.

»Seid Ihr Matizo von Mainz?« Vor ihm stand breitbeinig ein düster blickender, bärtiger Mann.

Matizo nickte und blickte bereits wieder zur Treppe ins Obergeschoss. Aufgrund des Kratzers konnte er die Zeichnung wegwerfen, eine Korrektur war nicht mehr möglich. Bei einem erneuten Abschaben des Pergaments schnitt er vermutlich in den Tisch.

Während der Wind in die Stube fegte und Matizo frösteln ließ, deutete der Bärtige auf das Wappen auf seinem Rock. »Der Erzbischof schickt mich! Ich bin sein Waffenknecht.« Und als sei das die Rechtfertigung für sein schlechtes Benehmen, trat der Mann, ohne von Matizo dazu aufgefordert worden zu sein, auch gleich in die Stube ein. Unter seinem Umhang holte er ein gesiegeltes Schreiben hervor.

Matizo erinnerte sich in diesem Moment daran, dass sich Siegfried III. von Eppstein auf eine Reise durch die hessischen Lande begeben hatte. Mit unruhigen Händen ergriff er das Schreiben, brach das erzbischöfliche Siegel entzwei und entfaltete das Pergament. Die vom Verfasser säuberlich geformten Buchstaben berichteten, dass das Datum seiner erzbischöflichen Rückkehr nach Mainz noch ungewiss sei und sich bis ins Frühjahr hineinziehen könne. Aus diesem Grund wies ihn Siegfried auch an, die Überstellung des Reliefs sofort nach Abschluss der Farbarbeiten zu veranlassen. Zudem teilte er Matizo mit, dass sich der auf Christi Geburt festgesetzte Weihetermin des Lettners in den Sommer hinein verschieben würde. Eher nebenbei kündigte er an, dass er Matizo mit dem beginnenden Frühjahr zum Naumburger Bischof zu entsenden gedenke. Dort gäbe es eine bedeutende Angelegenheit zu besprechen. Bis dahin sei der Lettner in Mainz doch sicherlich fertiggestellt. Auch ohne die Stimme des Erzbischofs zu vernehmen, hörte Matizo aus den geschriebenen Zeilen deutlich einen drängenden Unterton heraus. Die Arbeit am Lettner sollte also noch schneller beendet werden!

Entsetzt war er allerdings an einem Wort des vorangehenden Satzes hängengeblieben. Dieses eine, einzige Wort lähmte ihn. Naumburg! Sie kamen ihn holen, um ihn zu richten! In letzter Konsequenz, achtzehn Jahre danach. Wegen Matthäus. Matizos Narben an Armen und Beinen begannen zu schmerzen, was sie immer taten, wenn er an Matthäus dachte. Ein Ziehen, das sich zu einem unerträglichen Brennen steigerte. Die Vergangenheit ist übermächtig, dachte er unvermittelt, ich kann ihr nicht entkommen!

Matizo erfuhr auch die Details seiner Reise nach Naumburg. Auf unmissverständliche Art befahl ihm sein erzbischöflicher Auftraggeber, am Fest des Apostels Markus den Überbringer des Briefes, den erzbischöflichen Waffenknecht, auf schnellstem Wege in die dortige Bischofsburg zu begleiten. Eine Absage akzeptiere er unter keinen Umständen, schloss das Schriftstück.

83

Matizo glitt das Schreiben aus den Händen, und es segelte zu Boden. Sein Blick verlor sich im Feuer des Kamins. Eine eiskalte Winternacht war es gewesen, in der das Verhängnis damals seinen Lauf genommen hatte. Gedankenversunken fuhr er sich über die vernarbten Unterarme. Dabei vernahm er wieder das Zischen von heißem Öl, das sich ins Fleisch fraß. Lasst mich in Ruhe!, schrie er stumm und stülpte die Ärmel seines Hemdes grob über die Male seiner Vergangenheit. Würde das denn niemals aufhören? Die Angst, erkannt zu werden, überschattete sein Leben nun schon seit so vielen Jahren.

In Frankreich war er lediglich der Mann ohne Vergangenheit gewesen, der mit seinen Fertigkeiten am Stein bald alle anderen Steinmetze übertroffen hatte. Die Menschen auf den Baustellen in Reims und Amiens hatten nach seiner Art, das Eisen zu führen, gefragt, nicht nach seiner Vergangenheit. Dort war er zu dem Mann geworden, der er heute war: ein leidenschaftlicher Bildhauer, den es erfüllte, rohen Steinquadern Leben einzuhauchen und sie Geschichten erzählen zu lassen. Obwohl Mainz nicht sein Geburtsort war, hatte der Erzbischof darauf bestanden, dass Matizo seinem Namen die Herkunftsbezeichnung »von Mainz« hinzufügte. War der Eppsteiner doch felsenfest davon überzeugt, dass die in Mainz verbrachte Zeit für Matizo prägender sein würde als jeder andere Ort zuvor und danach.

»Was melde ich Seiner Exzellenz nun?«, knurrte der bärtige Waffenknecht, während der Wind immer mehr Laubblätter durch die offene Tür in die Kammer hineinjagte.

Noch immer starrte Matizo ins Feuer. War es möglich, dass er als Bildhauermeister des Mainzer Erzbischofs auf eine mildere Strafe hoffen durfte? Oder sollte er so schnell wie möglich fliehen? Nur dann ließe sich das Zusammentreffen mit dem Naumburger Bischof noch vermeiden. Eine Flucht bedeutete aber auch, sein jetziges Leben aufzugeben und damit seine Arbeit als Bildhauermeister. Und war er denn dazu bereit, auf sein Mainzer Haus und die Abende des *Roten Rausches* in der hiesigen Kathedrale zu verzichten? Vor achtzehn Jahren hatte er sich geschworen, nie wieder auf den Naumburger Domberg zurückzukehren. Nach allem, was ihm dort widerfahren war.

Ein Geschenk von außerhalb der Mark?«, fragte Heinrich ungeduldig, nachdem vier Männer mit dem Mainzer Wappen auf dem Umhang eine Truhe im Burgsaal abgesetzt hatten und ohne Erklärungen wieder verschwunden waren. Er dachte an die ausstehende Urkunde, mit welcher er das Kloster Altzella von der Landsteuer befreien wollte, sowie an die vielen anderen Anfragen, auf die noch Antworten ausstanden.

Knapp verabschiedete er seinen Protonotar Withego, den kahlköpfigen Vorsteher der Kanzlei, samt der versammelten Kaplanschar mit den Worten: »Für den weiteren Nachmittag möchte ich nicht gestört werden!« Erst nachdem die Tür von außen geschlossen worden war, öffnete Heinrich die Truhe. Zum Vorschein kam ein Relief. Agnes kam näher und verfolgte mit sehnsüchtigem Blick, wie Heinrich mit der Hand über das steinerne Bild fuhr.

»Er will mich provozieren!«, ereiferte sich Heinrich, nachdem er erkannt hatte, dass einer der drei Dargestellten seine Züge trug. Kniend zu Füßen des Erzbischofs war er in den Stein gemeißelt worden, noch dazu mit einem verzweifelten Gesichtsausdruck. Heinrich zog seine Hand vom Relief zurück, als habe er sich daran verbrannt. Er schritt durch die Kammer. So klein und ermattet wie auf diesem Bildwerk wollte er nicht einmal auf dem Totenbett wirken! Mehr als die Unverfrorenheit des Mainzer Erzbischofs ärgerte ihn jedoch, nicht selbst auf die Idee gekommen zu sein, seinen Gegnern im Kampf um die Thüringer Landgrafschaft die Überlegenheit Meißens auf so kunstvolle Art zu demonstrieren. Und eines stand fest: Das erste Relief hätte er ganz bestimmt dem machthungrigen Mainzer Erzbischof, diesem Tropfengesicht, zukommen lassen. Einem Mann, der mit seinem Anspruch auf Thüringen das geltende Recht über die Lehensfolge mit Füßen trat! Glaubte der Erzbischof doch tatsächlich, Lehen übernehmen zu können, die vor mehr als einhundert Jahren zwar der Mainzer Kirche gehört hatten, sich nunmehr aber seit mehreren Generationen im Besitz von Heinrichs Vorfahren befanden. Ihm, Heinrich, war das Erbe seiner Vorfahren und damit auch die Landgrafschaft Thüringen vom Kaiser höchstpersönlich versprochen worden für den Fall, dass der Thüringer Landgraf Heinrich Raspe kinderlos sterben sollte – was vor nicht allzu langer Zeit auch endlich geschehen war. Zusätzlich war Heinrich noch der nächste männliche Nachkomme der Landgrafenfamilie. Und nein, er hatte keine Angst vor den langen Fingern des Mainzer Erzbischofs. Es waren ja gerade seine Unabhängigkeit von der Kirche und seine Furchtlosigkeit, die ihm das Vertrauen des Kaisers und damit auch die Ansprüche auf die Landgrafschaft eingebracht hatten. Und eigentlich ging es gut voran. Den Widerstand des Thüringer Adels hatte er inzwischen fast gebrochen. Die meisten akzeptierten ihn als ihren neuen Herrscher. Die Burg Weißensee, das Tor Thüringens, befand sich bereits in seinen Händen. Einzig für die Einnahme des papistischen, Mainz-hörigen Erfurts würde er einen zweiten Anlauf benötigen.

Agnes hielt sich grundsätzlich aus allen reichspolitischen Angelegenheiten heraus, weshalb sie an dem Relief auch keinen Anstoß nahm. Maminka hatte ihr immer geraten, sich niemals in politische Belange einzumischen, sondern diese den Männern zu überlassen. Jetzt erinnerte der Ratschlag ihrer Mutter sie daran, dass sie schon lange keinen Brief mehr aus Böhmen erhalten hatte.

Heinrich schlug seine rechte Faust in die linke Handfläche. »Aber ich lasse mich nicht provozieren!«, tobte er empört beim Anblick des Reliefs, auf dem der Mainzer Erzbischof seinen Schild mit dem Wappen seiner Wettiner Familie mit Füßen trat. Heinrich blieb erneut vor der Truhe stehen und starrte auf das Werk, als seien darin ketzerische Thesen einge-meißelt worden.

Agnes verfolgte, wie ihr Gatte sich das lange blonde Haar schwungvoll auf den Rücken warf und nah an sie herantrat. »Mainz will also weiter aufbegehren, Agnes.«

Sie spürte seinen frischen Atem auf ihrer Haut und streckte verlangend die Hand nach ihm aus, doch er entfernte sich schon wieder von ihr. Heinrich war so schwer festzuhalten.

»Und jetzt kommt auch noch ein Weib und stellt Ansprü-che!«, eiferte er sich weiter. Sein Blick glitt zu Agnes' Hüfte hinab und wieder hinauf zu ihrem Gesicht. »Sophie von Bra-bant will die Wartburg und zusammenhängende Gebiete westlich davon, im Hessischen.«

Agnes überlegte kurz. Vor Sehnsucht wurde ihr fast schwindelig. »Die Sophie?«, fragte sie. Sie fühlte sich von Heinrichs Blicken gestreichelt.

»Sehr wohl, die Tochter der heiligen Elisabeth. Sie ist wie-der zurück in Marburg«, bestätigte er und wandte sich erneut abrupt ab. Seine Ansprüche auf die Landgrafschaft Thürin-gen, die Gebiete in Thüringen und im Hessischen umfasste, wurden jeden Tag von einer neuen Partei angefochten. Mit dem Tod des Brabanter Herzogs, Sophies Ehemann, hatte er Ansprüche aus dieser Richtung eigentlich als erledigt betrach-tet. Falsch gelegen hatte er da! Wie die Wölfe über einen Ka-daver machten sich die Adelsgeschlechter über Thüringen und Hessen her und fledderten und zerrten daran. Dies ein-zudämmen würde von nun an seine wichtigste Aufgabe sein.

Mehr als ungelegen kamen ihm da die schlechten Nachrichten aus der eigenen Mark, der Mark Meißen. Heinrich fiel die Nachricht vom Vorabend ein: »Ullrich ist gestorben, dem Fieber erlegen. Einer meiner besten Männer.« Nachdenklich schritt er um die Truhe herum.

Agnes erinnerte sich schwach, dem Verstorbenen zu Beginn ihrer Ehe einmal begegnet zu sein. »Der Ullrich in Naumburg also.«

Agnes kam bei der Nennung der Stadt Naumburg unvermittelt ein Einfall, der vielleicht sogar zwei Probleme aus dem Weg zu räumen vermochte. Sie folgte Heinrich auf die andere Seite der Truhe mit dem aufgeschlagenen Deckel. So wäre es ihr unter anderem nur recht, wenn ihr Stiefsohn Dietrich sich als Folge ihrer Idee hier so einsam fühlte, dass er sich gerne früher als geplant nach Altzella zu den Mönchen schicken lassen würde. Noch besser: Albrecht ginge gleich mit seinem Bruder mit. Die Anwesenheit der Kinder hatte in Agnes stets Eifersucht ausgelöst. Eifersucht auf eine Verstorbene, auf Konstanze von Österreich. Die hatte ihre Pflichten nämlich erfüllt, indem sie Heinrichs Fleisch und Blut vermehrt hatte. Und schließlich zogen die Kinder auch einen Teil der Aufmerksamkeit ab, die ihr fehlte und die Heinrich dann ihr schenken könnte. Der Kuchen wurde keineswegs größer, wenn mehr Esser da waren. Obwohl ihr der grobschlächtige, hinterlistige Albrecht mehr als zuwider war, hatte sie bisher auch zu Dietrich keinen persönlichen Zugang gefunden. Hinzu kam, dass die Söhne aus Heinrichs erster Ehe Agnes' zukünftigen Kindern in der Erbfolge vorangingen.

»Ich werde Taten sprechen lassen«, beschwor Heinrich.

Und diese Worte ermutigten Agnes, das Gleiche für sich zu tun. Taten sprechen lassen. Etwas ändern, nicht nur hoffen und beten. Heinrich sollte keine andere mehr als sie anschauen – das war ihr Ziel, von dem sie nicht mehr ablassen würde. Die Vorstellung einer besseren Zukunft lockte sie wie der Garten Eden. Sie wollte sich von den Töchtern, Mägden und all den anderen sündigen Weibern hier in Meißen und im gesamten Reich nicht länger den Rang streitig machen lassen. Einer Königstochter und Nachfahrin des Svatý Václave, des heiligen Wenzels, stand mehr zu. Wie eine Anweisung kamen ihr die Zeilen aus dem Versbüchlein nun vor: *Einer Frau genügt das Wissen, dass sie höfisch und wohlerzogen ist, gutes Benehmen mit feinem Sprechen und keuschen Gedanken soll sie haben. Hat sie darüber hinaus Verstand, soll sie so wohlerzogen und einsichtig sein, nicht zu zeigen, wie viel Verstand sie hat.*

Agnes nickte. Sie würde überlegt vorgehen müssen und heimlich. Niemand durfte ihren Plan kennen. Um Heinrichs alleinige Aufmerksamkeit zu erringen, wollte sie unbedingt den Glanz ihrer Jugend wieder auffrischen. Und noch einiges mehr. Auch wenn ihr Ziel in keinem Ehevertrag der Welt aufgeführt war.

Derweil hatte Heinrich die Kammer schon längst verlassen.

* * *

Hortensia hielt den Blick auf das Pergamentbündel gesenkt. Auf dessen Deckblatt prangte ein Gotteshaus mit vier Türmen, das weit klobiger wirkte als das vor ihrem Fenster. Sie wollte über die Tintenlinien fahren, doch ihre Finger gehorchten ihr nicht. Der Todesmoment der Mutter trat ihr wieder vor Augen, und ihr war, als durchlebe sie ihn zum einhundertsten Mal. Erneut stieg ihr der Gestank von totem Fleisch in die Nase und vertrieb die klare Winterluft, die durch das geöffnete Fenster bis zu ihrem Schemel neben der Bettstatt drang. Verunsichert schaute sie zur Decke, als könnten von dort oben jeden Moment brennende Kadaver auf sie niedergehen.

Beinahe ein Jahr war es her, dass der Meißener Markgraf sie auf dem Ettersberg aufgelesen hatte. Auch wenn seitdem bereits sechs Feste mit überschwenglicher Musik gefeiert worden waren, hatte sie auf der Meißener Burg keinen Trost gefunden. Die unbeschwerten Klänge der Laute hatten ihre Gedanken an Neumark nicht verdrängen können. Ansonsten fehlte es ihr weder an Kleidung noch an Nahrung. Ihr mit Brandlöchern übersätes Gewand hatte man gegen ein neues, leinenfarbenes getauscht. Gemeinsam mit den Mägden der Burg aß sie jeden Morgen eine Schale Brei. An Festtagen gab es sogar verdünnten Wein von den Hängen des Burgbergs. Doch Trost bot das alles nicht. Immer wieder tauchten schreckliche Bilder vor ihr auf. Der tote Vater, der leblose Gero und ihre Mutter, die ihre letzten Atemzüge tat.

»Tensia, was ist mit dir?«, unterbrach eine Kinderstimme ihre Gedanken.

Hortensia ließ das Pergamentbündel unter ihrem Obergewand verschwinden und schaute in die Ecke der Kammer, wo sich der jüngere Sohn des Markgrafen bereits vor einer Weile seiner Schuhe entledigt hatte und nun gebannt darauf wartete, ihr sein Können vorzuführen. »Verzeih, Dietrich. Ich war kurz …«, begann sie, beendete den Satz aber nicht.

»Ich habe geübt«, brachte Dietrich mit gesenktem Blick hervor, als sei das Geschicklichkeitsspiel etwas Verbotenes.

»Ihr wart sehr fleißig«, lobte Hortensia und nickte dem Jungen zu, der zwar älter als Gero war, dessen umständliche kindliche Art und Weise sie aber dennoch an ihren Bruder erinnerte.

Dietrich wagte es. Er holte eine Kastanie unter seinem Seidenhemd hervor. Dann streckte er das rechte Bein in die Luft und klemmte sich die braune Frucht zwischen Zehen und Fußballen. Darum bemüht, das Gleichgewicht zu halten, hüpfte er auf dem linken Bein an ihr vorbei. Aufgeregt sprang sein Blick zwischen Hortensia und seinen angezogenen Zehenspitzen hin und her. Der Junge wankte und drohte mehr als einmal, das Gleichgewicht zu verlieren.

»Dietrich, schaut geradeaus und nicht auf Eure Zehen. Ihr schafft es«, ermutigte ihn Hortensia. Genau das Gleiche hatte sie ihm beim letzten Mal schon geraten, als sie das Spiel im Burghof geübt hatten.

Der Junge hob den Kopf und strengte sich noch einmal richtig an. Schließlich gelang es ihm tatsächlich, die Kastanie in die Schale vor dem Fenster plumpsen zu lassen.

»Geschafft!« Dietrich strahlte sie freudig an und verschränkte seine Arme umständlich hinter dem Rücken.

Hortensia glaubte, dass Dietrich sich gerne an sie gedrückt hätte, sich vor jeder Berührung aber nach wie vor scheute. Vielleicht ist es auch besser so, ging es ihr durch den Kopf. Womöglich hätte sie ihn, Geros Gesichtchen vor Augen, dann festgehalten und nie mehr losgelassen. Ob Dietrich auch an der Nasenspitze und hinter den Ohren kitzelig war?

Die Stimme eines Knechts auf der anderen Seite der Tür löste die verzwickte Situation. »Der Markgraf verlangt Einlass.« Schon sprang die Tür auf, und Heinrich trat ein.

Eine zaghafte Hoffnung keimte in Hortensia auf, Dietrich zukünftig häufiger sehen zu dürfen. Anfangs hatte sich der Junge kaum zu reden getraut, inzwischen seine Schüchternheit aber schon etwas überwunden, wenn sie mit ihm durch den markgräflichen Garten spazierte und ihm dabei von den vielen Stimmen der Natur erzählte. Einige Burgleute hatte sie neulich sagen hören, dass sie Dietrich ihre Rettung und ihre herausgehobene Stellung hier auf der Burg zu verdanken hätte. Aber das war nicht der Grund, weshalb ihr der kleine Kerl so sehr ans Herz gewachsen war.

Heinrich bat seinen Sohn, den Raum zu verlassen. Daraufhin schlüpfte Dietrich wieder in seine Schuhe, holte die Kastanie aus der Schale, drückte sie wie einen Schatz an seine Brust und schenkte Hortensia noch ein zaghaftes Lächeln, bevor er verschwand.

Heinrich durchdachte derweil noch einmal seinen Entschluss, dem Siegfried III. von Eppstein gleich morgen den Kopf abschlagen zu lassen und ihm das Relief mit dieser kleinen Überarbeitung nach Mainz zurückzuschicken.

Der Markgraf wirkte angespannt, das beunruhigte Hortensia. Aber immerhin ließ er sich nicht von seiner Gattin begleiten. Die Markgräfin, die sie schon öfter unterhalb der Burgmauern hatte jagen sehen, war eine seltsame, unnahbare Frau. Unvermittelt musste Hortensia an die letzte Begegnung mit ihr denken. Damit beauftragt, Tinte und Pergament in Agnes' Kammer zu bringen, war sie bereits im Türrahmen vor deren Raubvogel zurückgewichen. Auf einem hölzernen Gestell hatte das Tier gesessen, wie ein Bussard angemutet und sie mit seinen leuchtend gelben Augen fixiert. Abgesehen von den üblichen Begrüßungs- und Höflichkeitsfloskeln auf den Festivitäten vermied Hortensia jeden Kontakt mit Agnes. Nicht so schnell wollte sie den kalten, herablassenden Blick der Markgräfin wieder auf sich spüren. War sie von Agnes doch wie eine Aussätzige behandelt worden, was ihr Heimweh nur noch verstärkte.

»Ich habe Pläne mit dir, Mädchen«, begann Heinrich nun und setzte blitzschnell eine weiche Miene auf.

Hortensia litt zwar noch immer unter dem Verlust ihrer Familie, war aber nicht blind. Ihre seit jeher gute Beobachtungsgabe war ihr nicht abhandengekommen, weshalb ihr auch nicht entging, wie schnell sich der besorgte Gesichtsausdruck des Markgrafen – beinahe per Lidschlag – in einen heiteren und der wütende in einen sanftmütigen verwandeln konnte. Selbst in der Natur hatte sie bisher keinen vergleichbar schnellen Wechsel beobachten können. Kein Blatt wurde vom größten Sturm schneller durch die Luft getragen, kein Tropfen Regen nach einem Sommergewitter rascher vom Boden aufgesogen. Vielleicht sollte sie es ihm nachtun und einfach einmal versuchen, ob sie die ungewollten Gedanken und Bilder nicht gleichfalls wegblinzeln könnte? Gleich nachher, wenn sie unbeobachtet wäre, wollte sie es probieren. »Pläne?«, griff sie das letzte Wort des Markgrafen auf und holte, um nicht unhöflich zu erscheinen, schnell noch die Verbeugung nach.

»Bist du bereit, mir und der Mark Meißen zu helfen?«, fragte er.

Hortensia schaute auf. Helfen?

Als ob Heinrich verstünde, dass sie nicht begriff, was jemand wie sie für jemanden wie ihn tun konnte, führte er sie zum geöffneten Fenster. »Siehst du dieses Land?« Mit einer weiten Armbewegung zeigte er auf seinen Besitz. Da ragten die Kathedrale und der weiße Turm des Burggrafenhofes vor ihnen auf. Hortensias Blick glitt zu den fernen Wäldern und Wiesen, die Umrisse der Stadtbauten nahm sie schon nicht mehr wahr.

Heinrich beobachtete, wie sie mit ihren Blicken die Kronen der fernen Eichen abtastete. Dieses Mädchen, das darauf bestand, das Haar so kurz wie ein Dorfbursche zu tragen, war anders als andere Mädchen, was er heute nicht zum ersten Mal bemerkte. Ihr Gesicht mit den roten Lippen und der makellosen, hellen Haut ließ auf einen tiefgründigen Charakter schließen. Einmal mehr wünschte er sich, dass das Amt des Markgrafen sowie die derzeitige politische Lage es zugelassen hätten, dass er sich mehr Zeit für sie nahm. Unter den Schichten aus Trauer gab es vermutlich manch Reizvolles zu entdecken. »Ich wünsche«, fuhr er fort, »dass du zu meinem Verwandten nach Naumburg gehst.« Er wusste um die Vorliebe seines bischöflichen Halbbruders für eigensinnige Persönlichkeiten, war sein Bruder doch selbst ein merkwürdiger Kauz. Ein Kauz, den er gern unter Kontrolle halten wollte.

Fort von Dietrich und fort aus Meißen? Seit ihrer Ankunft hatte Hortensia die Burg nicht verlassen, obwohl ihr die Enge der Gänge unangenehm war. Die Natur erinnerte sie noch zu sehr an ihr Zuhause. Hatte sie in Neumark doch in ständigem Austausch mit Pflanzen und Tieren gelebt, ganz anders als hier, in dieser steinernen Stadt, wo es so gut wie nichts Grünes gab. Die gesamte Meißener Anlage war ein zerklüftetes Gebilde aus Türmen, Mauerzügen, winzigen Häusern und Bohlenwegen. Eine Stadt im Kleinen, nur viel enger. Burggrafenhof, Bischofshof und markgräfliche Residenz lagen zusammengepresst auf einem einzigen, schroffen Felsenberg hoch über dem Elbtal. Es war das Zuhause des kleinen Dietrich, dem sie noch mehr von der Sprache der Tiere erzählen wollte. Womöglich hatte seine Bedrückung ja sogar etwas mit den düsteren, hohen Mauern und der Enge hier zu tun.

»Mit deiner Hilfe kann ich für Frieden in Thüringen und der Mark Meißen sorgen.« Im Geiste sah Heinrich auf einmal wieder das bestürzte Gesicht seines Jüngsten vor sich, nachdem er ihm erklärt hatte, dass die ausgesandten Reiter Hortensias Mutter nicht hatten finden können. Dietrich hatte leise geweint, so dass Heinrich ihm versichert hatte, das Findelkind ganz sicher nicht wieder in den Wald zurückzuschicken. Ähnlich entsetzt würde Dietrich erneut zu ihm aufschauen, sobald er nun von Hortensias Weggang erfahren würde. Das war Heinrich bewusst, aber selbstverständlich hatte das Wohl seiner Herrschaft Vorrang vor den Wünschen seiner Söhne. »Würde Frieden in die Mark und Landgrafschaft einziehen, gäbe es auch keine Kämpfe mehr, Hortensia.«

Ausräucherungen und Tote waren die ersten Bilder, die ihr auf die markgräflichen Worte hin durch den Kopf schossen. Vor ihrem inneren Auge sah sie den Leichnam der alten Alrun unweit der Neumarker Kapelle. »Aber wie kann ich, die einfache Tochter eines Burgschreibers, so etwas vollbringen?«

»Das kannst du sehr wohl!« Heinrich war überzeugt, dass das Mädchen vom Ettersberg an seiner Aufgabe wachsen und nach seinem Aufenthalt in Naumburg gestärkt nach Meißen zurückkommen würde. Seinem Sohn Dietrich zur Erbauung, weil der Junge in ihrer Gegenwart weniger kummervoll wirkte.

Hortensia kannte die politischen Hintergründe nicht, die hinter Heinrichs Begehr standen, aber der Friede war auch ihr ein Anliegen. Und die Stimme des Markgrafen klang vertrauensvoll. Zum ersten Mal schaute sie ihm genauer ins Gesicht. Ihr fielen seine kantigen, männlichen Züge auf, das feste blonde Haar und sein einnehmender Blick. Ganz sicher würde der kleine Dietrich später ebenso volles Haar haben, ansonsten waren Vater und Sohn jedoch sehr verschieden. Die Leute auf der Burg erzählten sich, dass der Markgraf für die Regierungsangelegenheiten schon lange vor der Frühmesse am Schreibtisch saß, dass er seine Kanzlei unaufhörlich mit Arbeit versorgte und als Letzter schlafen ging. Und dennoch sah er keineswegs müde aus, eher kraftvoll und strotzend vor Tatendrang, fand sie.

»Du leistest damit einen wichtigen Beitrag zur Gerechtigkeit«, fügte Heinrich an, als er merkte, wie sich ihr Blick öffnete. »Mein Frieden ist auch Dietrichs Frieden. Und Albrechts Frieden. Ich werde dich genau instruieren, was du zu tun hast. Es ist eigentlich ganz einfach.«

Den Glauben an Gerechtigkeit hatte Hortensia vor fast genau einem Jahr verloren. Jedoch nicht den Wunsch, dass kein Mensch mehr durch die Hand eines anderen sterben sollte. Und auch nicht die Hoffnung, dass kein Kind den Tag ohne den zuversichtlichen Blick seiner Mutter beginnen und ihn ohne die beschützenden Hände des Vaters beenden musste. Aber dafür zu sorgen war eine große Aufgabe. Erneut glitt ihr Blick zu den Eichen in der Ferne. Könnte sie nach allem, was geschehen war, genügend Kraft aufbringen, um den Markgrafen zu unterstützen? Hortensia schaute in die Ecke der Kammer, wo noch Dietrichs Umhang lag. Aus Wolle in der Farbe der Lindenblätter war er gewebt.

Mit dem Wissen im Hinterkopf, dass sie nichts zu verlieren hatte, nickte sie Heinrich schließlich zu.

In der Sicherheit der unbeleuchteten Nische spürte er die Lust, die das nächtliche, heimliche Treffen in ihm erregte, noch einmal stärker. Die Furcht, sie könnten so eng beieinander gesehen werden, erregte ihn maßlos. Er war ungeduldiger geworden mit den Monaten, in denen sie das gefährliche Spiel nun schon trieben. Ginge es nach seiner Lust, würden sie sich täglich hier treffen.

Im Stehen zog er seine Liebschaft fester an sich heran. Mit unersättlichen Händen erkundete er den wohlgeformten Körper vor sich durch den Stoff hindurch. Für ihn riskierte er alles, was ihm wichtig war. Dann konnte er nicht mehr anders, als den Stoff anzuheben und mit einer langsamen Bewegung in die enge Öffnung einzudringen. Das Pochen in seinem Glied hielt lange an. Als er ganz tief vorgedrungen war, stöhnte er genussvoll auf. Sie atmeten beide flach und schneller, in der immer drängender werdenden Erwartung auf Erlösung.

Da wurde am anderen Ende des Ganges plötzlich eine Tür geöffnet, und jemand betrat den Flur. Sie verstummten, bewegten aber weiterhin ihre Becken, wenn auch langsamer.

Dann stockten die Schritte, die Person am anderen Ende des Ganges schien sich umzudrehen.

Nun hielten auch sie in ihren Bewegungen inne.

Die Schritte entfernten sich.

Und sie durften wieder heftiger werden. Dabei stellte er sich vor, wie sie es nackt taten, genau hier an diesem Ort, und wie jemand sie heimlich dabei beobachtete.

Wie bei jedem Treffen wünschte er sich trotz aller anfänglichen Langsamkeit nun mehr Heftigkeit. Leise ergoss er sich.

Lediglich ein erschöpftes Keuchen, wie die Flügelschläge eines schweren Vogels, drang jetzt noch aus der Nische in den nächtlichen Flur.

Zehn Tage hatte Hortensia benötigt, um von Meißen nach Naumburg zu gelangen. Den Grafen Helwig von Goldbach hatte Heinrich ihr als Beschützer mitgegeben. Der Graf liebte Reh in Biersoße, und das hatte er auch jeden Abend gegessen, während Hortensia neben ihm einzig am Brot genagt und sich auf ihr Nachtlager gefreut hatte. Mittlerweile war ihr die geduldige Stute mit der weißen Blesse vertraut. Manchmal, wenn sie beim Reiten Erschöpfung überkam, ließ sie sich auf den Hals des Tieres sinken und nickte in dieser Stellung ein.

Jetzt hielten sie an einem schmalen Pfad an, der auf die geschäftige Königsstraße zulief, die sich bereits in Blickweite befand und von ihrem Standort aus kaum breiter als eine Furche wirkte. »Von hier aus findest du den Weg allein.«

Hortensia rutschte vom Pferd und ließ sich ihr Bündel reichen, das neben einem zweiten Gewand und den markgräflichen Schreibutensilien auch das Pergamentbündel ihrer Mutter enthielt.

»Und nimm das noch.« Der Graf reichte ihr einen Beutel mit Lederschnüren, in dem es klirrte. »Erlaucht Heinrich will sicherstellen, dass du nie hungern musst.«

Hortensia verstaute den Münzbeutel in ihrem Reisebündel.

»Lass dich auf der Königsstraße zusammen mit anderen Reisenden in die Stadt treiben. Der Weg führt direkt auf die südliche Pforte zu, sie wird Salzpforte genannt. Dann halte dich links, so gelangst du zur Immunität, dem Stadtbereich der Geistlichen. Dort findest du auch den Naumburger Bischof in der alten Burg.«

Hortensia blickte in die Richtung, in die der Graf deutete. In der Ferne machte sie unzählige Türme aus. Die Menschen in Naumburg mussten sehr fromm sein, wenn sie so viele Gotteshäuser besaßen. Dann glitten ihre Gedanken zu den Eichen mit den braunen Blättern zurück, die in Meißen den Übergang der Wiesen zum Wald markiert hatten.

»Unser erstes Treffen findet hier an dieser Stelle statt. Zum Fest der Apostel Philippus und Jacobus«, erklärte der Graf noch. »Bist du bereit?«

»Habt Dank für Eure Mühen, Erlaucht.« Nur leise und wenig überzeugend kamen ihr die Worte über die Lippen, obwohl sie den Dank ernst meinte. »Überbringt dem jungen Dietrich meinen Gruß und sagt ihm, dass ich, wenn wir uns wieder begegnen, seinen Kastanienmarsch auf dem rechten Bein sehen möchte.« Ein wehmütiges Lächeln begleitete ihren Wunsch. Der Kleine war ihr ans Herz gewachsen, obwohl sie geglaubt hatte, außer Trauer nichts anderes mehr fühlen zu können. Der Graf von Goldbach nickte, griff nach den Zügeln ihrer Stute und trabte mit den zwei Tieren davon.

Hortensia mischte sich in den Strom aus Fuhrwerken und Fußgängern auf der Königsstraße. Sie dachte an ein Blatt auf der Oberfläche eines Sees, dessen Bewegungen von Strömungen und vom Wind bestimmt wurden. Die Vorstellung, dass es ihr genauso erging, dass nicht sie diejenige war, die ihr Geschick lenkte, drängte sich ihr auf.

Ungefragt erklärte ihr ein aufdringliches Bauernweib, dass morgen Markttag in der Stadt sei. Ausschweifend beschrieb sie, wo ihr Stand aufgebaut war, Hortensia also das beste Federvieh erstehen könne. Und wie auf einen Befehl hin fingen die Hühner auf dem Karren hinter ihr an zu gackern. Von zwei Ritterlichen hoch zu Ross fühlte Hortensia sich beobachtet und zog sich die Kapuze ihres Umhangs über den Kopf.

Es war bereits Nachmittag, als sie endlich die Stadt durch die morsche Salzpforte betrat. Schon nach den ersten Schritten fühlte sie sich an das enge Weimar erinnert. Einen Moment überlegte sie, den Auftrag des Markgrafen aufzuschieben und einfach aus der Stadt in das nächste Waldstück zu laufen. Da wurde sie von den Menschen hinter sich auch schon weiter vorangeschoben. Auf einem Platz herrschte ein ohrenbetäubendes Gebrüll und Gekreische. Ihr Bündel fest umklammert, zwängte Hortensia sich zwischen den Massen hindurch. Erdrückt vom Schatten der hochaufragenden Gebäude und Türme, flüchtete sie sich in eine der schmalen Seitengassen. Erschöpft lehnte sie sich an eine Hauswand und atmete mehrmals tief durch. Weder wusste sie, wo genau sie sich befand und wo sie sich links hätte halten sollen, noch ob das Kirchenungeheuer vor ihr vielleicht schon zur Immunität gehörte.

Also folgte sie dem weiteren Gassenverlauf und gelangte auf einen noch schmaleren Weg, der sie schließlich auf den Marktplatz führte. Ihr Herz schlug immer schneller, als würde es gleich einem Pferd von den vielen Menschen hier mit der Peitsche angetrieben. »Wenn du auf der Mariengasse bis kurz vor die Marienpforte gehst und dann zweimal links abbiegst, gelangst du zur Immunität«, gab ihr ein Mann im Vorbeigehen Auskunft, der einen Karren mit getrockneten Fischen vor sich herschob. Als sie in die ihr gewiesene Richtung schaute und dann wieder zurück, war der Mann bereits im Gedränge verschwunden.

Es dämmerte bereits, als Hortensia die ersten Schritte in den geistlichen Stadtbezirk setzte. »Eine zweite Welt in einer Stadt«, murmelte sie und merkte rasch, dass sich diese zweite

Welt durch eine ganz eigene Atmosphäre auszeichnete. Es war ruhig hier, nur vereinzelt waren Menschen unterwegs. Niemand starrte, schrie oder drängelte. Ihr Blick glitt an der großen Kirche vor ihr hinauf. In Meißen war ihr die unglaublich hohe Bischofskirche gefährlich erschienen, dieses Bauwerk hier strahlte im Licht der untergehenden Sonne jedoch fast etwas Friedliches aus. Hortensia lief an dem Gotteshaus vorbei auf das Tor am Ende des aufsteigenden Platzes zu. Dahinter musste sich die alte Burg, die Wohnstatt des Bischofs, befinden.

»Bitte lasst mich ein«, bat sie und klopfte an die Pforte.

Aber niemand antwortete ihr.

Sie überlegte schon, die Nacht in einer der Kirchen der Stadt zu verbringen, als die Luke des Tores doch noch geöffnet wurde. Der Mann dahinter betrachtete sie ungewöhnlich lange und senkte den Kopf, um ihre Züge unter der Kapuze auszumachen.

Hortensia schob ihre Kopfbedeckung etwas nach hinten und nickte dem Mann freundlich zu. Sie mochte es immer noch nicht, begutachtet zu werden. Zumindest das hatte sich, seitdem Goswin im Haus mit der schiefen Tür empfangen worden war, nicht geändert.

»Ihr wünscht?«, fragte der Mann, dessen ausdrucksloses Gesicht von den Gitterstäben der Luke gevierteilt wurde.

»Ich möchte Seiner Exzellenz Bischof Dietrich als Schreiberin dienen.« Sie knetete ihr Bündel, als sei es Teig, der dringend zu Brot verarbeitet werden müsste.

»Wo hast du zuletzt geschrieben?«, wollte der Mann wissen, nachdem er die Tür geöffnet hatte und Hortensia einen ersten Blick auf die eher ungepflegt wirkenden Gebäude der Bischofsburg werfen konnte. »In der Schreibstube des Grafen von Neumark als Helferin.« Und manchmal auch am Esstisch neben dem Vater im Haus mit der schiefen Tür, vollendete sie den Satz in Gedanken.

Sie bemerkte, dass die Augen ihres Gegenübers an ihrem kurzen Haupthaar hängenblieben, und fügte rasch hinzu: »Ich weiß auch die Sprache unserer Mutter Kirche zu übersetzen.«

Der Mann bedeutete ihr, ihm zu folgen, und hielt auf das höchste der bischöflichen Gebäude am Scheitelpunkt des Hügels zu. Im Palas Dietrichs II. von Meißen ergriff er einen Kienspan und leuchtete ihnen damit den Weg aus. Sie durchquerten einen Saal und stiegen an dessen Ende über eine Treppe ins erste Geschoss hinauf. Von einem Flur gingen dort ein halbes Dutzend Türen ab. Bis auf den Kienspan in der Hand des Wachmannes gab es keine andere Lichtquelle um sie herum. Hortensia fühlte sich sofort an das enge Mauerlabyrinth auf dem Meißener Felsenberg erinnert.

»Egbert, da bist du ja!«, drang eine klangvolle, feste Stimme von der Mitte des Flures her zu ihnen.

Wenig später traten sie vor den Bischof, der unter einer der vielen Türen des Ganges stand. »Euer Exzellenz!« Egbert verbeugte sich und zog Hortensia dabei am Arm mit sich nach unten. Erst nachdem der Bischof ihnen mit einer Geste seiner Hand bedeutet hatte, sich zu erheben, kamen sie wieder hoch.

Hortensia sah im Gegenlicht der hell erleuchteten Kammer einen großen Körperumriss vor sich, der fast den gesamten Rahmen einnahm. Das also war der Halbbruder des Meißener Markgrafen.

Erst als der Bischof in die Schreibkammer trat und sie ihm folgten, konnte Hortensia die zwei Brüder mit den Wettiner Wurzeln miteinander vergleichen und fand, dass jeder für sich – auf seine ganz eigene Art – die Aufmerksamkeit auf sich zu ziehen wusste. Der Kirchenmann vor ihr, in eine prächtige rote Dalmatika mit farblich passender Scheitelkappe gekleidet, stand sicherlich allein schon wegen seiner hochgewachsenen, kräftigen Erscheinung überall im Mittelpunkt.

»Du bringst deine Tochter mit, Egbert?« Dietrich II. von Meißen hatte gehofft, jemand anders, viel Wichtigeres sei endlich eingetroffen. Unter seinen buschigen Augenbrauen heraus musterte er den späten Gast, dann schaute er zu seinem Wachmann.

»Ich wollte Exzellenz meine Schreibkünste anbieten«, beeilte sich Hortensia vorzutragen. »Ich arbeite konzentriert, geduldig und mit ruhiger Hand.« Dann senkte sie, wie es sich geziemte, ehrerbietig den Blick. Sie wollte nicht, dass er eventuell Verzweiflung in ihren Zügen stehen sehen könnte.

Dietrich drehte seinen massigen Körper in Richtung der nebeneinandergereihten Schreibpulte und bat, an Egbert gewandt: »Eine Seite vom Schreiben des Merseburger Bischofs!« Unverzüglich bekam er einige Pergamentseiten gereicht, die er seinerseits Hortensia unter die Nase hielt. »Lies!«, befahl er ihr und deutete mit seinem großen Zeigefinger auf das untere Drittel der Seite, dann verschränkte er die Arme vor der Brust.

»Die Liutizen kehrten zornig, indem sie über einen ihrer Göttin angetanen Schimpf klagten, nach Hause zurück«, begann Hortensia, den Brief zu lesen, der auf gutem Kalbspergament geschrieben worden war. »Die Göttin war nämlich auf ihren Fahnen abgebildet und von einem Gefährten des Markgrafen Hermann durch einen Steinwurf durchlöchert worden. Als das der Priester …«

Der Bischof nahm ihr das Pergament aus der Hand. »Das genügt mir!« Einen Augenblick später hielt er ihr ein zweites Schreiben unter die Nase.

Wieder trug sie die Stelle vor, auf welcher der bischöfliche Finger landete, und zwar mitten in einem Satz: »... cum omni hereditate sua ad servicium Dei eiusque genetricis«, sie musste kurz überlegen, »et sancti Petri aliorumque sanctorum tradiderunt, carnali posteritate deficiente.« Hortensia hob den Blick vom Pergament. Als Burgschreiber hatte ihr Vater die bischöflichen Anweisungen, die ausschließlich in lateinischer Sprache abgefasst wurden, stets übersetzen müssen und Hortensia dabei gleich in dieser Kunst unterrichtet. Schnell hatte sie die Kirchensprache gelernt, aber nur wenig Anstrengung darauf verwandt, ihre Sprachkenntnisse beständig zu vertiefen, was sie in diesem Moment bereute. Ihren Spaziergängen durch Wald und Flur hatte sie damals den Vorrang gegeben.

»Weiter!«, verlangte der Bischof, und Hortensia war überzeugt, dass seine Stimme selbst unten im großen Saal bei der Empore noch zu hören war.

»Ex quo tempore episcopalis sedes, que fuit in urbe Cicensi, translata est in eandem urbem«, las sie und stolperte mit jedem Wort weniger.

Bischof Dietrich ließ sie keinen Moment aus den Augen, während er streng forderte: »Und nun übersetze!«

Sie nickte bereitwillig. »... zusammen mit seiner gesamten Erbschaft dem Dienste Gottes, seiner Mutter, des heiligen Petrus und der anderen Heiligen, weil sie keine eigenen Kinder hatten. Seit dieser Zeit wurde der Bischofssitz, der sich früher in Zeitz befand, in dieselbe Stadt übertragen.« Das Übersetzen war ihr immer schon leichter gefallen als das Lesen, selbst wenn die Sätze so unverständlich waren wie dieser hier.

»Gar nicht schlecht für ein Weib«, anerkannte der Kirchenmann, der seine Augenbrauen zweifelnd nach oben gezogen hatte. »Wo, sagtest du, hast du das gelernt?«

»Mein Vater lehrte es mich. Ich bin die Tochter des Burgschreibers von Neumark und heiße Hortensia.«

»Aus Neumark, sagtest du? Was suchst du dann in Naumburg?«, fragte er.

»Ich bin …«, sie rang mit sich, »eine Waise.« Mehr wollte sie ihm nicht von ihrem bisherigen Leben erzählen. Und noch weniger von ihrem Kampf für den Frieden, der ihr eigener war. Deshalb war ihr auch das letzte Wort beinahe unverständlich über die Lippen gekommen, so als habe sie den Mund voller Brei.

Der Bischof hob ihr Kinn mit zwei Fingern an und sah in grüne Augen, die feucht schimmerten. Sein Blick ruhte auf ihrem Gesicht. »In der Tat sind wir knapp an Schreiberlingen, aber eine Frau, noch dazu im heiratsfähigen Alter?«

»Ich heirate nie!«, entfuhr es Hortensia in Gedanken an Goswin und den Erfurter Waidhandel heftig. Ohne Kapuze war ihr, als stände sie entblößt vor dem Kirchenmann.

Dietrich lächelte. War die Braut doch die Person, die zuallerletzt über ihre Verheiratung entschied. Aber die junge Frau gefiel ihm gerade wegen ihrer Naivität, die weder Abgebrühtheit noch Durchtriebenheit erwarten ließ. »Weißt du, was absolute Loyalität und Verschwiegenheit bedeuten, mein Kind?« Dietrich nahm sich vor, das Mädchen genau zu beobachten, und zwar länger und eindringlicher, als er es sonst bei neuen Sekretären, Kanzlisten und Ministerialen zu tun pflegte. Das musste er auch, denn Frauen waren immer schwerer zu durchschauen als Männer. Wenn sie sich gut anstellte, hatte er auch schon einen Einfall, was er mit ihr anstellen würde.

Hortensia entzog ihr Kinn den bischöflichen Fingern und schob sich ihre Kapuze wieder weit in die Stirn. »Das weiß ich, Exzellenz.« Sie hatte noch nie einem echten Bischof gegenübergestanden, nicht einmal in Meißen.

»Dann lass dich von Ortleb einweisen«, sagte Dietrich. »Er hat hier das Sagen unter den Schreibern und wird dir auch zeigen, wo du schlafen kannst.« Mit diesen Worten wandte sich Bischof Dietrich von ihr ab und hielt auf seine Arbeitskammer am Ende des Flures zu.

Hortensia verbeugte sich noch einmal ehrfurchtsvoll in Richtung des Kirchenmannes, obwohl dieser ihre Höflichkeitsbezeugung gar nicht mehr wahrnehmen konnte. Dann presste sie ihr Bündel fest an sich und folgte Egbert, der den Flur gleichfalls, wenn auch in Richtung Treppe, schon wieder ein Stück zurückgegangen war.

»F-r-i-e-d-e-n«, sagte Hortensia leise und betonte dabei jeden einzelnen Buchstaben.

Matizo reiste über die Via Regia nach Naumburg. Als eine der wichtigsten Handelsstraßen des Heiligen Römischen Reichs erstreckte sie sich von Mainz über Fulda, Eisenach, Erfurt und Naumburg bis in die slawischen Reichsgebiete und unterstand königlichem Schutz. Auf ihr zogen unzählige Fuhrwerke und Karren mit Tüchern aus Flandern, Holz, Fellen und Honig in die großen Städte des Reiches, um dort auf den Märkten Handel zu treiben.

Matizo meinte, bereits eine Ewigkeit unterwegs zu sein. Die Hände um die Zügel gekrampft, starrte er auf die Ohren seines Rosses. Der jüngst gefasste Mut, sich seiner Vergangenheit endlich zu stellen, war bereits wieder der längst vertrauten Anspannung und Furcht gewichen.

Seit der Abreise aus Mainz zeigte sich das Wetter ungemütlicher, und das Frühjahr war ihm nie ferner erschienen.

Lautstark trieb der bärtige Waffenknecht auch Matizos Hengst an, so dass den Kaltblütern der Speichel aus den Mäulern tropfte. Als ungeübter Reiter hatte Matizo große Mühe, sich lange auf seinem Ross zu halten. Alle Glieder taten ihm weh. Zudem sorgte er sich um sein Bauskizzenbuch in der Satteltasche, das die Reise hoffentlich trotz allen Schüttelns und Rüttelns unbeschadet überstehen würde.

Ganze sechs Tage waren sie nun schon unterwegs. So manches Mal, wenn sie aus dem Galopp in den Schritt fielen, erklang sogar das *Rote Rauschen,* das Surren und Gurren der Mainzer Kathedrale in ihm und brachte ihn zum Lächeln. Sobald er jedoch das nächste Schnaufen seines Rosses oder die Flüche des Bärtigen hörte, verhärteten sich seine Züge wieder.

Während der vergangenen Reisetage hatte die einsetzende Dämmerung stets das Zeichen zur Rast gegeben und den Bärtigen zum Nachtmahl gedrängt. Doch obwohl die Sonne heute bereits seit langem hinter dem Horizont verschwunden war, ritten sie noch immer. In der Dunkelheit konnte der Waffenknecht die genaue Wegführung nur noch erahnen. Die meisten Reisenden waren von der Straße verschwunden. Baumwurzeln und größere Steine, die sie bei Tageslicht umritten, stellten nun eine Gefahr dar, weshalb sie die Pferde auch nur noch im Schritt gehen ließen. Aber nachdem man sich mit seiner Verurteilung so viele Jahre lang Zeit gelassen hatte, kam es auf einen Tag mehr oder weniger auch nicht mehr an.

Endlich, es musste bereits Mitternacht sein, war der Waffenknecht bereit, zu pausieren. »Wir nächtigen hier!« Er zeigte auf ein Gasthaus am Waldesrand.

Trotz der Dunkelheit erkannte Matizo schemenhaft ein kleines Haus mit einem nebenstehenden niedrigen Anbau – wahrscheinlich ein Unterstand für die Pferde. In unmittelbarer Nähe hörte er Wölfe heulen, die, so schätzte er, wohl nicht mehr als einhundert Schritt von ihnen entfernt waren. Die Bedrohung ließ ihn ungelenk, aber schnell aus dem Sattel steigen. Sein Begleiter übertrug einem Knecht die Versorgung der Pferde. Abschätzig deutete er in Richtung des Wolfsgeheules und meinte: »Gnade Gott, der Wirt hat kein anderes Fleisch über dem Feuer hängen!«

Matizos Magen meldete sich mit einem Knurren. Steif folgte er dem Waffenknecht ins Haus. Seine Finger waren derart verkrampft, dass er jedwede Arbeit am Stein in diesem Moment wohl kaum besser als ein Lehrbursche hätte ausführen können. Sie waren die einzigen Gäste.

Eilfertig tischte ihnen der Wirt einen Brei auf, der sich auf ihre Nachfrage hin als Fleisch herausstellte. Im Gegensatz zu seinem Begleiter, der Unmengen davon in sich hineinstopfte, brachte Matizo jedoch keinen einzigen Bissen hinunter. In hohen Tönen pfiff der Wind durch die Ritzen der Holzbretter, die notdürftig vor ein Loch in der Wand genagelt worden waren. Hin und wieder nippte Matizo an seinem Bierkrug. Naumburg war nicht mehr weit, an etwas anderes konnte er kaum noch denken.

Als der Wirt mit einem auffordernden Blick in Richtung seiner Gäste die Talglichter auf der Fensterbank zu löschen begann, holte der Waffenknecht ein Geldstück hervor. Der Wirt wischte sich die Hände an der fleckigen Schürze ab. Gierig griff er nach der glänzenden Münze. »Danke, Herr.« Mit einem Finger zeigte er ins Obergeschoss, wo sich offensichtlich ihre Schlafstätte befand.

»Morgen reisen wir in aller Frühe ab«, erklärte der Waffenknecht, mehr an den Wirt als an Matizo gewandt. »Wir müssen Naumburg noch vor Sonnenuntergang erreichen«, war sein letzter Satz, bevor er die Treppe hinaufstieg.

Matizo würde also kaum mehr als eine Mütze Schlaf bekommen. Er schlürfte sein restliches Bier und begab sich dann gleichfalls nach oben. Immerhin musste er das Lager nicht wie zuletzt mit seinem Begleiter teilen. Vielleicht war dies ja die Erfüllung seines letzten Wunsches, bevor man ihm morgen den Strick um den Hals legte?

Der Strohsack in der Ecke roch, als hätte eine Horde schwitzender Männer bei geschlossenem Fenster die letzte Nacht darauf verbracht. Dennoch ließ sich Matizo erschöpft auf ihm niedersinken. Schon morgen würde er vor den Naumburger Bischof treten müssen. »Matthäus«, murmelte er und spürte, wie seine Narben zu schmerzen begannen. Danach fiel er, begleitet vom Geheul der Thüringer Wölfe, in einen unruhigen Schlaf.

Sie war so schlank und wuchs bis in den Himmel hinein. Bei ihrem Anblick hatte es ihm die Sprache verschlagen. Sie musste von Gott selbst geformt worden sein. Als er dann in ihr Inneres eindrang, hatte ihn ein solches Lustgefühl ergriffen, dass es ihm unsagbar schwergefallen war, an sich zu halten und sie nicht sofort mit den Händen zu berühren. Bis in die Fingerspitzen hinein spürte er ein wohliges Kribbeln. Ja, sie hatte ihn stets mit dem Verlangen erfüllt, wieder zurückzukehren. Zu ihr, der Kathedrale von Amiens. Auch wenn sie damals noch lange nicht fertiggestellt gewesen war. Er hatte an ihr mitgearbeitet, was jedoch nicht der Grund für die tiefe Zuneigung war, die er für sie empfand. Sie hob sich von der Mehrzahl der Kirchenbauten im Heiligen Römischen Reich ab, weil ihre vielen Maueröffnungen eine Menge Tageslicht in ihr Inneres ließen. Ihr Langhaus bestand größtenteils aus lichtdurchfluteten Fenstern. Auch war sie nicht so niedrig gebaut, als wolle sie die Gläubigen in die Knie zwingen, damit sie um Gottes Gnade flehten. Ihre an die einhundertvierzig Fuß hohen Wände ragten weit und schlank in die Höhe. In der Kathedrale von Amiens wich die Angst vor dem Fegefeuer, vor Seuchen und vor Hunger der Hoffnung: der Hoffnung auf Erlösung im Jenseits und auf Gottes Nähe und Beistand im Diesseits. In ihr waren die Gläubigen von einer warmen, lichten Atmosphäre umgeben.

Das Schnalzen des Waffenknechts holte Matizo aus seinem Tagtraum zurück. Er presste seine Schenkel an den Leib des Hengstes, um sich beim Galoppieren im Sattel halten zu können. So ging das nun schon, seitdem sie in aller Frühe aufgebrochen waren. Träumen, reiten, zu sich kommen. Die Abkürzung durch den Nadelwald erwies sich als schwer passierbar. Zudem regnete es so heftig, dass die Tiere auf dem durchweichten Boden ständig auszurutschen drohten.

Nachdem sie etwa einen halben Tag unterwegs waren, wurde Matizo während einer seiner Träumereien beinahe über den Kopf seines Pferdes geschleudert, weil das Tier vor einem querliegenden Baumstamm scheute. Sein bärtiger Begleiter hatte es bereits über das Hindernis geschafft. »Nun macht schon!«, rief ihm dieser von der anderen Seite auch schon zu. »Der Bischof ist ein äußerst ungeduldiger Mensch!«

Als ob ihn das interessiert oder gar ermutigt hätte! Matizo lenkte sein Ross durch den anhaltenden Regen rückwärts, klammerte sich mit beiden Händen an dessen Mähne und trieb es dann an. Der Sprung gelang. Eine Weile noch hing er über den Hals des Tieres gebeugt, als wäre dies sein einziger Halt. Erst als sie den holprigen Weg durch den Tannenwald verließen, richtete er sich wieder auf. Regenwasser tropfte von seiner Nasenspitze, und seine Gewänder waren völlig durchnässt.

Sie bogen erneut auf die Via Regia ein, die direkt auf Naumburg zuführte und auf der ihnen auch wieder andere Reisende begegneten. Schließlich tauchte Naumburg vor ihnen am Horizont auf. Bereits aus der Ferne erkannte Matizo die Umrisse der Bischofsburg auf der kleinen Anhöhe. Dann waren da noch die Türme der Kathedrale und der Marienpfarrkirche. Nördlich davon sah er die Margarethenkirche des Georgsklosters. Im Süden die kleineren Türme des Moritzklosters und weiter rechts St. Wenzel, die Pfarrkirche der Marktstadt. Ob die baufälligen Mauern um die alte Burg noch standen? Schon aus der Ferne betrachtet schien ihm Naumburg noch maroder zu sein als vor achtzehn Jahren.

Sie ritten durch die Salzpforte ein. Außer einem Bettler, der Unterschlupf unter einer Tanne gefunden hatte, wagte sich bei diesem Wetter wohl niemand mehr auf die Straßen.

Kurz vor dem Marktplatz vernahm Matizo das unverkennbare Glockengeläut von St. Wenzel. In seinen schlaflosen Nächten hatte er es von dem anderer Kirchen zu unterscheiden gelernt.

Dann schließlich überquerten sie die Zugbrücke zur Immunität, dem geistlichen Bezirk Naumburgs, der unabhängig von der weltlichen Rechtsprechung der Stadt war und seine eigenen Entscheidungen und Urteile fällte. Es war bereits Nacht, als sie vor dem Tor zur Bischofsburg absaßen. »So, das war's!« Ein Kratzen in der Stimme des Waffenknechts verriet, dass die Strapazen der Reise auch an ihm nicht spurlos vorübergegangen waren.

Matizo und Matthäus! Begleitet von dem einsetzenden Ziehen seiner Narben stand Matizo augenblicklich still. Er vermied es, einen Blick auf das Georgskloster im Norden zu werfen. Der Regen prasselte ihm hart ins Gesicht. Erschöpft von der anstrengenden Reise, konnte er sich kaum noch auf den Beinen halten. Hunger und Durst, vor allem aber die Ungewissheit über das, was nun mit ihm geschehen würde, hatten ihm schwer zugesetzt.

Mit Wucht schlug der Waffenknecht gegen das Tor, nur einen Lidschlag später erschien im Sichtloch ein Mann.

»Ich bringe den Gast aus Mainz für Seine Exzellenz Bischof Dietrich. Wir werden erwartet.«

Die Luke wurde zugeschlagen, und man ließ sie ein. »Folgt mir, Herr.« Der Wächter steuerte auf das Wohngebäude des Bischofs zu. Mit seinen vier Geschossen und dem Zinnendach war es das größte und höchste hier.

»Essen und schlafen könnt Ihr dort drüben«, beschied der Wächter dem Bärtigen, der Matizo daraufhin ohne ein Wort der Verabschiedung zurückließ. Der Wächter hatte auf einen flachen Bau zur Linken des Wohngebäudes gezeigt, und Matizo sah seinem Begleiter, dessen Namen er nie erfahren hatte, noch eine Weile unschlüssig hinterher.

Ein Junge kam dem Bärtigen aus dem Stall entgegengelaufen, um ihm die Pferde abzunehmen und zu versorgen. Er hatte feuerrotes Haar, wie Matizo im Schein des Mondlichts gut erkennen konnte.

»Seid … willkommen … Herr«, begrüßte er den Bärtigen mit einer so eintönigen Satzmelodie, dass Matizo glaubte, der Junge habe die Worte einstudiert. »Bin Franz. K… k… küüümmere mich um Tiere hier«, schob der Rothaarige noch holprig hinterher und verschwand dann im Stall.

Matizo wandte sich noch einmal zum Tor um. Wenn er jetzt darauf zuliefe …

»Kommt bitte weiter!«, mahnte ihn da der Wächter ungeduldig, der bereits mit einem brennenden Kienspan in der Hand im Eingangsbereich des Wohngebäudes stand.

Matizo folgte ihm. Im Erdgeschoss durchschritten sie einen Saal, der sich über die gesamte Breite und Länge des Gebäudes erstreckte. Das musste der Empfangssaal sein. Sein Blick glitt über die Empore mit einem metallbeschlagenen Holzstuhl, über dem ein Radleuchter mit gewaltigem Durchmesser hing. »Zügig, Herr!« Der Wächter hielt auf eine Tür am Ende des Saales zu, hinter der eine Treppe zu den oberen Geschossen führte. »Seine Exzellenz erwartet Euch schon seit einigen Tagen.«

Die Augen fest auf die Beine des Wachmanns zu heften half Matizo dabei, seine Fassung nicht ganz zu verlieren, während dieser ihn im ersten Obergeschoss zur Kammer am Kopfende des Flures führte. »Seine Exzellenz, der Bischof von Naumburg, bittet Euch, hier in seiner Arbeitskammer auf ihn zu warten. Er wird umgehend erscheinen.« Der Mann schob Matizo in den Raum und schloss die Tür hinter ihm.

Es ist düster hier drinnen, dachte Matizo als Erstes, aber immerhin hat das Fenster keine Gitterstäbe. Er blickte sich um. Der Raum war ähnlich klein wie seine Wohnkammer in Mainz und, aus zwei nebeneinanderliegenden Quadraten bestehend, auch gleich geschnitten. An der rechten Wand, von der Tür aus gesehen, standen ein riesiges, hölzernes Regal mit Büchern und eine Truhe. An der linken Wand ragte das Vorderdach eines Kamins in die Kammer, in dem noch einige Holzscheite glommen. Matizo gegenüber befanden sich zwei Halbrundfenster mit Glaseinsätzen, vor denen sich ein länglicher Tisch befand, um den herum prächtige, mit Leder bezogene Stühle gruppiert waren. Auf dem Tisch konnte Matizo eine Menge loser Pergamente, aufeinandergestapelte Bücher, mehrere Tintenhörner und ein Wachsfass ausmachen. Der gesamte Raum wirkte unangenehm eng und düster.

Der Naumburger Bischof betrat den Raum. Über einem langen Chorhemd trug er eine Dalmatika mit weiten Ärmeln. Mit dem geschulten Auge eines Zeichners erkannte Matizo auf den ersten Blick, dass der Geistliche ihn um mindestens eine Kopflänge überragte, sein Gesicht voll und sein Kopf riesig war. Das Kinn ragte energisch vor, über den Augen mit Tränensäcken standen breite, buschig gewachsene Augenbrauen, die genauso dunkelgrau waren wie das noch immer volle Haar, das unter einer Scheitelkappe hervorschaute. Einer Eule nicht unähnlich – ein kreisrunder Kopf auf einem dreieckigen Federkleid!, dachte Matizo.

»Gab es Schwierigkeiten während Eurer Reise, da Ihr erst heute Abend eingetroffen seid?«, fragte der Bischof anstelle einer Begrüßung.

Matizo wusste nicht, wie er die Reise noch weiter hätte beschleunigen können. »Nein, Exzellenz«, entgegnete er deshalb schlicht und strengte sich an, das Ziehen seiner Narben zu ignorieren.

Der Bischof bedachte ihn mit einem argwöhnischen Blick. Danach erst steckte er den mitgebrachten Feuerspan in das Eisengestänge neben der Tür, steuerte auf den Holztisch zu, setzte sich mit dem Rücken zum Fenster auf einen der Stühle und bedeutete Matizo, ihm gegenüber Platz zu nehmen. Er goss Wein in zwei bereitstehende Becher ein. »Ich habe Wichtiges mit Euch zu bereden. Lasst uns daher keine weitere Zeit mehr verlieren.«

Matizo nahm Platz und meinte dabei, das Zischen von heißem Öl auf Haut zu hören.

»Trinkt das!«, befahl der Bischof und streckte ihm den Becher entgegen.

Matizos Kehle war ausgetrocknet und fühlte sich wie altes, brüchiges Leder an. Er war dankbar für jeden Tropfen. Er setzte den Becher erst wieder ab, nachdem er ihn vollständig geleert hatte.

Unter buschigen Augenbrauen heraus musterte Bischof Dietrich den Mann aus Mainz einmal mehr. Manieren hat Siegfried von Eppstein dem aber nicht beigebracht, dachte er sich. »Ich habe Euch herbestellt …«, begann er dann, kam aber nicht weit, denn Matizo unterbrach ihn mit den Worten:

»Eure Exzellenz, ich bin mir meiner Schuld …« Dann aber hielt er angesichts der Ungeheuerlichkeit, Seiner Exzellenz über den Mund gefahren zu sein, inne. Obwohl er noch immer wollte, dass diese Unterredung und alles, was danach folgte, möglichst schnell vorbei war. Nervös rieb er sich die brennenden Arme.

»… weil ich mit Euch über einen Plan sprechen muss«, fuhr der Kirchenmann ungeachtet der hektischen Bewegungen seines Gegenübers langsamer fort.

117

Matizo ließ von seinen Armen ab. Einen Plan? Etwa so einen, für den man ihm als Allererstes eine Tonsur scheren würde?

»Euch, Matizo von Mainz«, setzte der Bischof seine Erklärung fort und trank ebenfalls einen kräftigen Schluck vom hellen Rebensaft, »habe ich darin eine wichtige Rolle zugedacht.«

Überrascht verfolgte Matizo, wie der Bischof auf einmal aufstand, vor das rechte Fenster trat und dieses, nachdem er einen Riegel umgelegt hatte, öffnete. Im Licht des Kienspanes meinte Matizo, kleine Regentropfen auf den gelben Glasscheiben zittern zu sehen. Ähnlich hatte er das Licht an der Kathedrale von Reims in den Glasfensterrosetten funkeln sehen.

»Während der Dombautätigkeiten meines Vorgängers, des seligen Bischofs Engelhardt, wurde einigen vorbildlichen Menschen großes Unrecht angetan«, erklärte Dietrich und schaute aus dem Fenster. Doch in der Dunkelheit vermochte er von der Kathedrale im Vorburgbezirk einzig die beiden Osttürme auszumachen. Den Rest des Bauwerkes wie auch die Höfe der Domherren schien die Nacht verschluckt zu haben.

Matizo war Bischof Engelhardt nie begegnet, oder war dieser etwa während Matthäus …? Er rechnete zurück, kam dann aber zu dem Ergebnis, dass Matthäus vor Engelhardt gestorben war.

»Diese Menschen, die sich als Stifter um die erste Bischofskirche hier in Naumburg hohe Ehren erwarben, wurden in ihrer Totenruhe gestört.« Die bischöfliche Stimme war voller Empörung. »Unsere Bischofskirche, die den Heiligen Petrus und Paulus geweiht ist, sollte nach den Vorstellungen meines Vorgängers durch den Anbau eines Chores in Richtung Westen vergrößert werden. Doch just an der für diesen Anbau geplanten Stelle befand sich damals noch die Burgkirche mit den Grablegen der Stifter unserer Kathedrale. Für die Errichtung des neuen Chores beschloss Bischof Engelhardt daher, sowohl die Burgkirche als auch die in ihr befindlichen Grablegen abreißen zu lassen. Darunter auch die meiner Vorfahren, über viele Generationen zurück.«

Matizo verfolgte, wie der Bischof das Kreuz, das an einer goldenen, großgliedrigen Kette vor seiner Brust hing, umfasste, als wollte er es zerquetschen. Matizo schlug das Herz bis zum Hals. Gewiss würde der Gottesmann nun von seinem Amt als Richter Gebrauch machen und ihn mit Beistand des Vaters, des Sohnes und des Heiligen Geistes bestrafen. Dann aber merkte er, dass dieser mit seinen Worten auf etwas ganz anderes abzielte.

»Auch wenn die alten Ruhestätten nicht mehr existieren, will ich dort, wo sie sich einst befanden, einen neuen Westchor anbauen lassen, in dem ich die frommen, freigiebigen Stifter in einer Form präsentieren möchte, wie sie das Heilige Römische Reich noch nie gesehen hat!«

Matizo glaubte, seinen Ohren nicht zu trauen.

»Kommt her und schaut selbst.« Der Bischof bedeutete Matizo, neben ihn zu treten.

Der benötigte mit seinen immer noch steifen Gliedern etwas Zeit, um aufzustehen. Auch seine Narben brannten weiterhin, was ihm sagte, dass er noch nicht aufatmen durfte.

»Seht dort!«, wies Dietrich in die Dunkelheit. »Von Engelhardts geplantem Chor wurden nie mehr als die Fundamente und die Untergeschosse der Türme fertiggestellt. Es ist einfach eine Schande für mein Bistum!«

»Und was habt Ihr nun mit mir vor?«, fragte Matizo verwirrt.

»Eure Tätigkeit hier ist mit Siegfried III. von Eppstein in Mainz bereits abgesprochen.«

Seine Tätigkeit?

»Mit Euch werde ich jenen Westchor errichten, den Engelhardt nicht zu Ende gebaut hat.« Und den ich auf meine eigene Weise umzusetzen gedenke, beendete Dietrich seinen Satz in Gedanken.

Träumte er die Antwort des Bischofs etwa? Oder spielte ihm dieser gerade einen bitterbösen Streich? Schließlich wagte Matizo zu fragen: »Ihr meint, ich soll diesen Westchor bauen, Exzellenz?«

Dietrich irritierte die Begriffsstutzigkeit seines Gegenübers. Hatte der Mainzer Erzbischof den Bildhauermeister nicht in den höchsten Tönen gelobt? »Ihr sollt ihn erst einmal entwerfen!«

Matizo nickte gedankenversunken. Von einem Moment zum nächsten war alles anders. Dunkel war hell, Angst kehrte sich in Leidenschaft. »Wie gedenken Euer Exzellenz, den Chor zu gestalten?«

»Engelhardts Baupläne werden grundlegend zu überarbeiten sein. Neben den Heiligen und Aposteln wollte er alle dreizehn bauführenden Bischöfe in den Lanzetten der fünf Fenster und als Standbilder davor zeigen. Er wollte die Würde dieses Amtes herausarbeiten, die Apostel als Vorläufer der Bischöfe zeigen«, erklärte Dietrich, während sich sein Blick irgendwo in der Dunkelheit der Nacht verlor. »Mein Vorgänger wollte die Heilsgeschichte bis in die heutige Gegenwart hinein darstellen. Ich hingegen möchte mich am Hochchor der Magdeburger Kathedrale orientieren. Außerdem wünsche ich einen Lettner im neuen Stil. So ähnlich, wie Ihr ihn für die Mainzer Bischofskirche erschaffen habt.« Dietrich hatte deren Arbeitsstand im vergangenen Jahr begutachten können. Er wandte sich dem Bildhauermeister zu. »Euren Westlettner finde ich durchaus gelungen.«

Matizo versuchte sich an einem Lächeln. Noch war seine Erleichterung nicht bis zu seinen Gesichtszügen vorgedrungen. Auch das Brennen auf den Armen ließ nur allmählich nach, so als stünde die letzte Bestätigung noch aus.

»Ein Aspekt, den ich von Engelhardts Plänen zu übernehmen gedenke, ist die Zweiteilung des Chores. Mein neuer Chor wird sich demnach aus einem Vieleck – dem Chorpolygon – und einem quadratischen Raumkörper – dem Chorquadrum – zusammensetzen. Die Lettnerwand wiederum soll diesen zweiteiligen Chor zum Langhaus hin begrenzen.«

Die bischöflichen Ausführungen entspannten Matizo mehr und mehr. Er sah sich für das Chorpolygon bereits Fenster entwerfen, deren spitz zulaufende Bögen den Raum höher erscheinen ließen und ihn gleichzeitig nach oben hin öffneten.

Mit seiner tiefen Bassstimme verkündete der Bischof feierlich: »Zur Wiedergutmachung vor Gott und der Welt möchte ich die Stifter, die in ihrer Totenruhe gestört wurden, im Chor auferstehen lassen. Ich will Wiedergutmachung und sie meiner Gemeinde als Vorbilder zeigen. Ich will Standbilder haben, die auf den Betrachter wirken, als seien sie lebendig.« Er trat zurück an den Tisch. »Für meinen Westchor gedenke ich, Euch drei Aufgaben zu geben.«

Matizo nahm wieder gegenüber dem Bischof Platz.

Dietrich füllte die Weinbecher auf. »Als Erstes übertrage ich Euch den Entwurf und die Zeichnungen des gesamten Westchores.«

Einen ganzen Chor sollte er entwerfen dürfen? Nicht nur eine Trennwand wie den Lettner im Mainzer Dom?

»Zweitens«, zählte der Wettiner weiter auf und bemerkte, wie Matizos eisblaue Augen zu funkeln begannen, »sollt Ihr den Entwurf der Stifterfiguren übernehmen.«

121

Skulpturen, die weder Apostel noch Bischöfe zeigten, was für eine Herausforderung! Weltliche Steinfiguren hatte er noch nie in einer Kathedrale gesehen. Erst recht nicht in einem Chor, der allein den Geistlichen vorbehalten war. Für gewöhnlich wurde weltlichen Verstorbenen nur ein Platz im Langhaus, bestenfalls vor dem Kreuzaltar, eingeräumt. Und lebendig sollten sie außerdem wirken! Kurz überlegte Matizo, ob dies überhaupt erlaubt war.

»Drittens sollt Ihr den Lettner zu Pergament bringen«, setzte Bischof Dietrich nach. »Ich erwarte von Euch, dass Ihr all diese Aufgaben problemlos meistert!« Dabei pochte er mit dem ausgestreckten Zeigefinger auf die Tischplatte.

Matizo nahm einen tiefen Schluck Wein. Heute Vormittag noch hatte die Angst ihn beinahe irrewerden lassen, und nun hielt das Ende des Tages solch ein unglaubliches Geschenk für ihn bereit.

»Für die Finanzierung meines Vorhabens habe ich bereits alles Notwendige in die Wege geleitet.« Bischof Dietrich ergriff ein Schriftstück und hielt es Matizo direkt unter die Nase. »Dieses Sendschreiben mit der Bitte um Spenden wird den Gläubigen vorgelesen werden, sobald Eure Zeichnungen fertig sind. Bis dahin bleibt der Westchor unser Geheimnis. Habe ich mich klar genug ausgedrückt?« Der Bischof erwartete an dieser Stelle eine Bestätigung.

»Sehr wohl, Exzellenz.« Nach einem kurzen Zögern nickte Matizo. Weltliche in einem Chor, die Idee ließ ihn nicht mehr los.

Die beiden Männer prosteten sich zu und tranken.

Dann meinte Dietrich bedeutungsschwanger: »Sicherlich wollt Ihr wissen, wann wir beginnen?« Siegfried III. von Eppstein hatte es Dietrich zur Auflage gemacht, dass er ihm den Bildhauermeister nur dann ausleihe, wenn er selbst ihn nicht unnötig lange für die Planung eines neuen Portals entbehren müsse.

Matizo nickte. Erst jetzt schmeckte er den Wein richtig. Erst jetzt war sein Geschmackssinn vor lauter Ungewissheit nicht mehr betäubt. Es war Wein von den Hängen der Saale und Unstrut, den er unter hundert anderen Getränken normalerweise sofort herausgeschmeckt hätte.

»Die Einsegnung des Bauplatzes findet am kommenden Osterfest statt. Bis dahin müsst Ihr großformatige Zeichnungen erstellen, die jeden Zweifler überzeugen!« Und Zweifler, Gegner und Abtrünnige gab es in Naumburg genug, davon war Dietrich überzeugt. »Sie sollen genauso farbig leuchten wie später der steinerne Chor.« Um die Wichtigkeit seines Anliegens zu betonen, erhob er sich. »Die Entwürfe der Stifter will ich überlebensgroß haben. Genau so, wie sie später im Westchor stehen werden.«

Matizo stellte seinen Becher ab. »Und das alles in zwölf Monaten?« Seine mehrjährige Erfahrung als Bildhauermeister sagte ihm, dass ein solch gewaltiges Vorhaben in so kurzer Zeit niemals zu bewältigen war. Es verlangte nicht nur nach einer architektonischen, sondern auch nach einer zeichnerischen Meisterleistung. Die Entwürfe sollten ja nicht nur als Vorlage für die Gewerkmeister dienen, sondern auch den unkundigen Betrachter einfangen. Es würden Bilder von einer Ausstrahlungskraft entstehen müssen, wie sie für gewöhnlich nur in der Buch- und in der Wandmalerei geschaffen wurden.

»Einem guten Meister gelingt das!«, entgegnete Dietrich einen Ton schärfer. »Und ein guter Meister zweifelt nicht andauernd.«

In Matizo brodelten widerstreitende Emotionen. Das Vorhaben war ein einmaliges, aber niemals würde er die Lieferung der kompletten, wahrscheinlich mehr als fünfzig notwendigen Zeichnungen bis zum kommenden Osterfest bewerkstelligen können.

Ein Versagen wiederum würde seinen Ruf als Bildhauermeister und damit sein Leben ruinieren. Keine Dombauhütte würde ihn dann mehr beschäftigen, kein Bauherr noch einen Auftrag an ihn vergeben. »Euer Exzellenz«, Matizo schaute zum Bischof auf, »für den Entwurf des Westchores mit Chorpolygon und Chorquadrum werde ich mindestens drei Monate benötigen. Hinzu kommen weitere zwei Monate für die Erarbeitung des Lettners. An der Skizzierung der beiden Stifter werde ich sicherlich weitere dreißig Tage sitzen. Eine Fertigstellung bis zum Fest von Christi Geburt …«

Schallendes Gelächter unterbrach Matizos Ausführungen.

»Herr von Mainz, ich sprach nicht von einer winzigen Seitenkapelle in einer zweitklassigen Kirche auf dem Lande!«

Matizo kam es so vor, als plustere der Bischof sich bei den nächsten Worten erst richtig auf. »Zwei Stifterfiguren würden in meinem neuen Westchor gar nicht bemerkt werden. Ich sprach von der Erbauung einer großartigen Ahnenhalle, in der ich der Welt elf Stifter präsentieren möchte.«

Elf? Matizo stockte der Atem.

»Keiner der Stifter darf fehlen, ein jeder hat einen eigenen Werdegang und verdient ein steinernes Denkmal.« Dietrich rollte ein Pergament aus und deutete inmitten des Textes auf eine Aneinanderreihung schwungvoll geformter Namen. »Hermannus Marchio mit Regelyndis Marchionissa sowie Eckehardus Marchio mit Uta Marchionissa aus dem Urgeschlecht meiner Wettiner Markgrafenfamilie sind zuallererst zu nennen.« Der Bischof war unwillkürlich ins Lateinische verfallen, in dem auch das Sendschreiben verfasst war.

Matizo übersetzte derweil in Gedanken dessen Einleitung: Dietrich, durch Gottes Gnaden und nach göttlichem Willen

Naumburger Bischof. Als er zu Ende gelesen hatte, fuhr Dietrich fort: »Hermann, Ekkehard und Uta sorgten im Jahre 1028 des Herrn mit großzügigen Schenkungen an das Bistum dafür, dass Naumburg befestigt wurde und immer mehr Kaufleute anzog. Weiterhin erwirkten sie die Verlegung des Bistumssitzes von Zeitz hierher nach Naumburg.«

Matizo verstand. Wo kein Bistumssitz, da keine Kathedrale. Der Beweggrund für die Errichtung des Chores – eine Wiedergutmachung für erlittenes Unrecht – gefiel ihm eigentlich gut. Anders erging es ihm da schon mit der Person des Bischofs. Mit dem wäre eine unkomplizierte Zusammenarbeit so gut wie unmöglich. Außerdem hatte Matizo das Gefühl, dass der Bischof ihm etwas verheimlichte, was den Bau des Westchores betraf.

»Neben den bereits genannten Stiftern«, fuhr Dietrich fort, »haben sich noch sieben weitere Persönlichkeiten besondere Anerkennung aufgrund der Förderung der Naumburger Bischofskirche erworben.« Der Zeigefinger des Bischofs glitt das Pergament weiter hinab, während sich Matizo so seine Gedanken machte: Die Stifter müssen besonders fromme, gütige Menschen gewesen sein, nachdem ihre steinernen Abbilder im Chor aufgestellt werden sollen. Insofern war es vermutlich erlaubt, sie anstelle von Heiligen zu zeigen. In Gedanken durchblätterte Matizo sein Bauskizzenbuch auf der Suche nach einer Vorlage für den menschlichen Körper. Vielleicht könnten ihn die Züge der sieben Bischofsstatuen am Ausgang vor dem St. Annenaltar der Mainzer Kathedrale inspirieren. Mit dem Naumburger Westchor würde er für ein künstlerisches Wagnis jedenfalls eine Genehmigung von höchst bischöflicher Stelle erhalten, was ihm sehr entgegenkam. Nach solch gewagten Darstellungen hatte er sich in Mainz heimlich gesehnt. Dort hatte er nahezu ausschließlich an Reliefs gearbeitet. Hier in Naumburg dürfte er freistehende Menschen ganzkörperlich aus dem Stein lösen.

Ein feines Lächeln umspielte die Mundwinkel des Bischofs.

»Sofern Eure Zeichnungen überragend sein werden, sollt Ihr als Werkmeister den gesamten Bau des Westchores leiten.« Davon wusste der Mainzer Erzbischof noch nichts.

Seine eigenen Entwürfe ausführen? Matizos eisblaue Augen leuchteten auf. Tag und Nacht wollte er schuften, um diese Herausforderung zu meistern. »Ich bedanke mich für Euer Vertrauen, Exzellenz, und nehme den Auftrag an.«

Gönnerhaft nickte Dietrich ihm zu und verkündete triumphierend: »So soll im kommenden Jahr zum Osterfest nicht nur die Auferstehung des Herrn feierlich begangen werden, sondern auch die Geburtsstunde des schönsten aller Westchöre im Stauferreich!«

Seine persönlichen Bedenken über den Naumburger Bischof hatte Matizo spätestens bei dem Wort Werkmeister beiseitegeschoben. Nur kurz war ihm noch durch den Kopf geschossen, dass er nicht nur ein Meister des Steins, sondern auch ein Meister darin war, ihm Unliebsames gedanklich beiseitezuschieben.

»Während Eurer Tätigkeit in Naumburg stelle ich Euch ein Haus in der Wenzelsstraße zur Verfügung. Das ist südlich vom Marktplatz gelegen. Außerdem lasse ich Euch Pauline zur Führung des Haushalts kommen und jemanden, der Euch mit dem Schreibzeug zur Hand geht.« Dietrich hatte dafür schon eine ganz bestimmte Person im Kopf. Die, die ihm auch das Sendschreiben mit den Stifternamen abgeschrieben hatte. Er holte ein Buch aus dem Regal. »Hier drin findet Ihr Informationen über das Wirken der Stifter. Ich sagte ja, dass ich auch die Lebensgeschichte dieser Menschen in ihrem Abbild wiederfinden will. Lest erst einmal diese Auszüge aus der

Chronik des Thietmar von Merseburg.« Bedeutungsschwer beugte sich Bischof Dietrich über den Tisch und legte Matizo seine riesige Hand auf die Schulter. »Und vergesst nicht, Eure Tätigkeit hier in Naumburg streng geheim zu halten. Auf meinen zukünftigen Werkmeister muss ich mich absolut verlassen können.« Solltet Ihr mich enttäuschen, verliert Ihr nicht nur einen einflussreichen Auftraggeber!, dachte Dietrich und hatte es dann auf einmal eilig. Sein Schreiber Ortleb stand in der Schreibstube sicher noch am Pult, und Dietrich wollte noch einen dringenden Brief an seinen Halbbruder aufsetzen lassen. Hatte sich dieser doch erdreistet, Ernteerträge, die dem Bistum zustanden, für die Verpflegung seiner Leute zu beanspruchen. Heinrich war einfach unverfroren! Danach und noch im Schutz der Dunkelheit würde dann der freudigste Teil der Nacht anstehen.

»Sehr wohl, Exzellenz. Die Chronik des Thietmar von Merseburg.« Matizo verfolgte, wie der Würdenträger zur Tür ging und die Kammer verließ. Danach war er mit sich und seinen Gedanken allein. Ein Gespräch zwischen Himmel und Hölle war es gewesen. Wie auf einem Kahn hatte es sich angefühlt, den die See nach Belieben schaukelte. Die Aussicht, seinen eigenen Chor zu errichten, hatte er empfunden, als sei er von einer riesigen Welle ganz nach oben getragen worden. Welch einmalige Chance, welch Aussicht! Doch danach war er auch wieder ins Wellental hinabgedrückt worden und beinahe in den Fluten ertrunken. Die Ursache dafür waren die große Zeitnot, alle Skizzen bis zum kommenden Osterfest fertigzustellen, und die schreckliche Tatsache, sich seinen Lebenstraum einzig hier in Naumburg erfüllen zu können – der Stadt seines Versagens. Hier könnten ihn Matthäus' Brüder jederzeit wiedererkennen und doch noch bestrafen.

3.

Schänder, Strauchdiebe, Mörder

Matizos erste Tat im Steinmetzhaus hatte darin bestanden, ein Versteck für sein Bauskizzenbuch zu finden. Das gute Stück war, eingeschlagen in mehrlagiges Leinen, in der Satteltasche zum Glück von Nässe verschont geblieben. Gerade hatte er noch einmal überprüft, ob es in der Gewandtruhe der Schlafkammer auch wirklich gut verstaut war. Nun schob er das Möbel ans Kopfende der Bettstatt. Die erste Nacht in Naumburg war für Matizo eine schlaflose gewesen. Seit dem Morgengrauen hatte er sich mit allem vertraut gemacht, was im Haus bereits vorhanden war. Ganz sicher war es zuvor die Arbeitsstätte eines Steinmetzes oder Bildhauers gewesen. Davon zeugten überall der Steinstaub und der Geruch nach Kalk.

Es war schon Abend, als Matizo das schmale Fenster der Schlafkammer öffnete, das den Blick auf die nahen Häuser der Handwerker mit den Stroh- und Schindeldächern freigab.

Die Tonziegel auf den Dächern der besseren Kaufmannshäuser glitzerten wie ein mit Perlen besetzter Teppich. Von hier oben wirkte die Marktstadt weniger bedrückend als von den Straßen aus gesehen. Nur vereinzelt drangen noch Stimmen zu ihm hinauf. Der Friede, den die Nacht über eine Stadt legte, beruhigte ihn für gewöhnlich. Doch heute nicht. Das Gespräch mit Bischof Dietrich beschäftigte ihn weiterhin. Das Bild des Kahns und wie dieser vom Wind über die Wellen getragen wurde, wollte ihm einfach nicht aus dem Kopf gehen. Manchmal glaubte er sogar, das ewige Auf und Ab des Wassers unter sich zu spüren, als sei er auf hoher See, obwohl er doch festen Boden unter den Füßen hatte.

Er wusste, dass seine stärksten Gefühle – Entzückung angesichts des Steins und Angst vor der Vergangenheit – umso heftiger auftraten, je wackeliger sich der Boden unter ihm anfühlte. Vielleicht würde der Kahn demnächst gar nicht mehr aufhören zu schaukeln? Für ihn glich Naumburg der rauhen See. Der rauhesten See im ganzen Heiligen Römischen Reich.

Er wagte einen Blick nach links. Hinter der Kathedrale machte er den Turm der Margarethenkirche aus, deren Geläut in diesem Moment einsetzte. Es kündigte das Ende der Tagewerke und damit den Vespergottesdienst an. Vor Matizos innerem Auge tauchten Benediktiner auf, die dem Klang der Glockenschläge folgten wie Seefahrer dem betörenden Ruf von Sirenen. Matizo meinte sogar, ihre Sandalen über den Steinboden der Klausur schleifen zu hören.

Er reckte den Hals aus dem Fenster, wohl wissend, was auf das Vespergeläut folgte: die Melodie von St. Margarethen. Sie war das Wunderbarste, was seine Ohren jemals vernommen hatten, und stellte gleichzeitig auf schreckliche Weise eine Verbindung zu seiner Vergangenheit dar. Schon damals hatte er nicht verstanden, wie etwas so Wohlklingendes ihm derartig Angst machen konnte. Das letzte Geräusch in den Gassen der Marktstadt war jetzt verstummt. Er war sich sicher, dass die Menschen, wo auch immer sie sich gerade befanden und was sie auch taten, nun genauso gebannt wie er die Melodie von St. Margarethen erwarteten.

Der letzte Glockenschlag hallte noch nach, als Matizo auch schon zusammenfuhr. Die Singstimme! Sie drang zu ihm empor. Oder hörte er sie nur in seiner Erinnerung? Die Melodie, die sie sang, nahm einerseits den Klang der großen Glocken des Turmes nochmals auf und verband diesen andererseits mit dem Gesang eines einstimmigen Chorals. Es war ein einmaliges Klangerlebnis, das die Benediktiner durch die Fenster und den Turm der Kirche nach draußen schickten. Matizo aber krümmte sich am Fensterrahmen, so sehr schmerzte ihn die Erinnerung. Er sank auf die Knie direkt neben die Truhe mit dem Bauskizzenbuch. Die Melodie von St. Margarethen war für ihn das, was für die meisten Menschen das Wiegenlied der Mutter war.

Zusammengekauert hockte er auf dem Boden, bis der Wind den letzten Ton davongetragen hatte. Seine Aufgabe in Naumburg würde ihn mehr Kraft kosten als irgendetwas jemals zuvor. Mit der einen Hälfte seines Herzens sehnte er das ferne Mainz herbei.

Erst als es absolut still war, kam er wieder hoch. Von nun an würde er jeden Tag, zu jeder Vesper diese Melodie hören. Er zog sich das Oberhemd aus und hängte das auf einem Markt in Amiens erstandene Kleidungsstück vor das Fenster, indem er die Ärmel zwischen Fensterflügel und Rahmen klemmte und den Flügel danach wieder schloss. Unbedingt wollte er vermeiden, dass ihn die Vergangenheit mit jedem Blick aus dem Fenster ansprang. Außerdem nahm Matizo sich vor, die Stadtbereiche jenseits der Kaufmanns- und Handwerkerhäuser nur dann aufzusuchen, wenn viele Menschen unterwegs waren. Bestünde an Markttagen doch weit weniger Gefahr, dass man ihm im Gewusel größere Aufmerksamkeit schenkte. Und sollte ihn dennoch jemand wiedererkennen, könnte er immer noch in der Menschenmenge untertauchen. Und sowieso hatte das Studium der Chronik des Thietmar von Merseburg, welche ihm Bischof Dietrich überlassen hatte, Vorrang. Bis zu ihrem nächsten Treffen musste er die Pergamente gelesen haben.

Um möglichst weit weg vom Fenster zu sein, begab er sich in die Arbeitskammer, die sich an die Schlafkammer anschloss, als die Melodie von St. Margarethen erneut in seinem Kopf erklang. Auf einem mit Eisenbeschlägen verzierten Tisch lag die Chronik bereit. Er schlug die Seiten des Buches roh um, las immer mal wieder hier und da einen Abschnitt und blätterte dann hektisch weiter. Die Buchstaben verschwammen ihm vor den Augen. Er zwang sich, ruhiger zu atmen, woraufhin die Melodie in seinem Kopf tatsächlich leiser wurde. Er musste sich auf die Arbeit konzentrieren, sonst würde er sich gleich zu Beginn seines Auftrages in unzähligen Details verzetteln. Einzig die Arbeit am Zeichentisch oder der Stein vermochten ihn seit jeher zu beruhigen.

Zuallererst galt es, sich einen Überblick zu verschaffen, mit dem großen Ganzen zu beginnen und sich erst dann mit den Einzelheiten zu befassen. Matizo blickte zur Abschrift des bischöflichen Sendschreibens mit den Namen der elf Stifter, das er an die Innenseite der Tür genagelt hatte. Letztere darzustellen, ihr Leben, ihr Wesen, ihr Werk und ihre Gefühle, würde ihm das meiste abverlangen.

Aber von vorn: Für die Errichtung des Westchores waren drei Arbeitseinheiten vonnöten. Matizo legte sich ein Pergament zurecht und nässte den Federkiel. Dann notierte er:

I. Chorarchitektur
II. Lettner
III. Elf Stifterfiguren

Zunächst stand die Chorarchitektur an. Diese umfasste im ersten Schritt die Erarbeitung des Grundrisses in Wachs. Der Grundriss zeigte neben Größe und Form des Bauwerkes auch die Wölbung der Decke. Sobald der Grundriss entworfen war, galt es, die Aufrisse zu skizzieren, um die Frontalansicht des Chores mitsamt den Türmen festzulegen. In den Aufrissen würde er auch die Gliederung der Innen- und Außenwände, das dafür vorgesehene Stützsystem sowie die groben Schmuckformen verdeutlichen.

Die Margarethen-Melodie in seinem Kopf war nun kaum noch zu hören. Die Buchstaben vor seinen Augen wurden wieder schärfer. Weiterhin gedachte Matizo Schmuck- und Zierelemente, die Motive der farbigen Glasfenster und die Speier zu entwerfen. Und als Grundlage für all dies entwarf er das Proportionssystem, welches das Grundmaß für den gesamten Chor vorgab. Für die Chorarchitektur veranschlagte er in Summe ungefähr vierzig Zeichnungen.

Danach würde es mit der zweiten Arbeitseinheit, dem Lettner, weitergehen. Auch dafür benötigte der Bischof einen Grundriss sowie Aufrisse der Vorder- und Rückwand. Bildelemente und Schmuckdetails würden weitere Zeichnungen erfordern, so dass er alles in allem mit zehn bis fünfzehn Zeichnungen rechnete, die in Wachs entworfen und detailreicher auf Pergament übertragen werden mussten.

Als letzte und dritte Einheit würden die elf Stifterfiguren entstehen. Deren lateinische Namen im Spendenaufruf übersetzte er in seine Muttersprache: Markgraf Hermann und Markgräfin Reglindis, Markgraf Ekkehard und Markgräfin

Uta, Graf Syzzo, Graf Konrad, Graf Wilhelm, Gräfin Berchta, Gräfin Gepa, Graf Dietrich, Gräfin Gerburg. Elf überlebensgroße Zeichnungen hatte der Bischof verlangt, die Matizo ebenfalls in Wachs vorzuzeichnen beabsichtigte.

Die Wachszeichnungen dienten ihm als Vorlage für die Feinzeichnung auf Pergament. Sobald diese dann erledigt wären, würde er die Wachsskizzen auslöschen und die jeweilige Tafel für neue Entwürfe verwenden. Zehn mindestens hüfthohe Wachstafeln sollten für die Skizzen ausreichen, damit die Übertragung der Chor- und Lettner-Zeichnungen auf das Pergament in einem Maßstab von 1:3 erfolgen konnte. Die Vorfreude auf die anstehende Arbeit gab ihm das Gefühl, mit seinem Kahn gerade von einer Welle nach oben getragen zu werden.

Für alle drei Arbeitsbereiche machte das sechzig bis siebzig Zeichnungen. Der Fertigstellung einer einzigen Wachsskizze, das wusste Matizo aus Erfahrung, gingen viele Versuche voraus, was sein Auftraggeber bei der Zeitvorgabe nicht berücksichtigt hatte.

Hinter jedem einzelnen Arbeitsschritt notierte er nun zwei Zahlen. Die erste verriet, in welchem Monat die Wachsskizze fertig sein sollte, die zweite informierte über den Abschluss der Pergamentzeichnung. Im kommenden Jahr fiel das Osterfest auf den siebenundzwanzigsten des Lenzmonats. Am Ende blieben ihm somit weniger als vier Monate für die elf überlebensgroßen Stifterzeichnungen, von denen zweifellos noch ein ganzer Monat für die farbigen Ausmalungen abginge. Das war unbestritten viel zu wenig Zeit, um elf Stifter und deren Schicksale zum Leben zu erwecken. Ihm bliebe also wie schon in Mainz nichts anderes übrig, als die Nächte zu Tagen zu machen. Zu Arbeitstagen. Elf – was für eine merkwürdige Zahl im Kosmos der Mathematik! Darauf musste er den Bischof bei ihrer nächsten Zusammenkunft unbedingt ansprechen. Um große Pergamente, weitere Fässer Tinte, Tusche, Blattgold oder -silber – als Untergrund für die Lüsterung, den Auftrag transparenter Lasurfarben, die dadurch metallisch glänzten oder schimmerten – und um die zehn Wachstafeln würde er Dietrich II. von Meißen dann ebenfalls bitten.

»Meister, es ist so weit!«, rief jemand von unten.

Matizo fuhr zusammen, er würde sich erst noch an den Klang einer fremden Stimme in seinem Haus gewöhnen müssen. Seit seinem damaligen Vergehen hatte er nur noch flüchtige Bekanntschaften zugelassen. Zu groß war die Angst, jemand könnte in seinen Augen den finsteren Teil seiner Vergangenheit lesen. Auch war ihm die Zeit zu kostbar geworden, um irgendwelchen Geselligkeiten beizuwohnen. Lieber formte er stattdessen einen Stein unter seinen Händen.

»Meister, seid Ihr oben?«, kam es erneut von der Treppe.

Matizo erinnerte sich an die Frau, die Bischof Dietrich ihm ins Haus geschickt hatte. Sie war für die Wärme in der Stube, für das Wohlgefühl im Magen und für die Sauberkeit im Haus verantwortlich. Gestern hatte sie die winzige, fensterlose Kammer neben seiner Schlafkammer bezogen.

Nach einem letzten Blick auf das Pergament erhob er sich und verschloss die Arbeitskammer mit einem Bronzeschlüssel, den er an einem Lederband um den Hals trug.

Im Erdgeschoss war es angenehm warm. Die Decken, Wände und auch der Boden waren mit Holz verkleidet, was die Wärme der offenen Kochstelle im Raum hielt. Erst jetzt merkte er, wie kühl es ohne Oberhemd in der Schlafkammer gewesen war.

Matizo trat auf den Tisch zu seiner Linken zu, dessen Platte mit Brandspuren von auf ihm abgestellten Pfannen übersät war. Um den Tisch herum standen eine Sitzbank und einige Hocker, gleich daneben befand sich die kniehoch gemauerte Kochstelle, von der Essensdüfte zu ihm herüberzogen. Trotz aller Bemühungen der Hausmagd würde er sich im Steinmetzhaus sicher nie wohler fühlen als in einem Gasthaus. Diese Stadt würde ihm auch deswegen keine neue Heimat werden, weil er das *Rote Rauschen,* das Gurren und die abendliche Zweisamkeit mit der Mainzer Kathedrale vermisste. Erst heute Morgen hatte er wieder an sie gedacht.

Line trat mit einem dampfenden Dreifußtopf vor ihn hin. »Das Essen ist fertig, Meister.« Die reife Witwe, die das Haar zu einem eher losen Haarknoten, ähnlich einer Glocke, gebunden trug, lächelte liebevoll. Woraufhin unzählige Falten in ihrem Gesicht erschienen. Matizo dachte, dass er faltige Gesichter mit Vorliebe meißelte. Nach einigem Zögern ließ er sich auf der Bank nieder. Schalen, gefüllte Becher und Holzlöffel lagen bereit.

»Es gibt heute die Neunstärke meiner Großmutter Jorinde.« Line stellte das gusseiserne Gefäß ab und rührte noch einmal kräftig darin herum. »Die Suppe wird aus neun Kräutlein gemacht und gehört genauso zum Frühjahr wie die Narzissen auf den Wiesen. Großmutter schwor außerdem auf einen guten Anteil Gänseblumen.«

Matizo nickte geistesabwesend, während sein Blick an der Kochstelle vorbei zur Vorratskammer wanderte, in der er außer einem leeren Weinfass nichts vorgefunden hatte.

»Großmutter bereitete die Suppe immer zu Ostern zu«, vernahm er wieder die Stimme der Magd. »Sie verwendete stets neun Kräuter, die zu dieser Zeit gerade blühten. Neben der Gänseblume kamen öfter Löwenzahn, einige Nesselsorten, Sauerklee und -ampfer, Schafgarbe, Tripmadam und vor allem frisches Zipperleinskraut hinein. Selten hat ihre Neunstärke gleich geschmeckt.« Der unterschiedliche Geschmack war für Line das Reizvolle an dieser Speise, die für sie ein Abbild der Gewächse zur Osterzeit war. Die Hausmagd füllte die Schalen und nahm dann auf einem der Hocker Platz.

Schweigend aßen sie, wenngleich sich Line lieber unterhalten hätte. »Ich hoffe, es schmeckt Euch«, sagte sie gegen Ende des Essens dann doch ganz leise. Sie wollte den redescheuen Meister nicht belästigen – ein Eindruck, der sich ihr bei ihrem Einzug aufgedrängt hatte.

Matizo war mit den Gedanken bei der Steinarbeit. Mit dem Stengel eines Gänseblümchens zwischen den Zähnen, entschied er sich, umgehend einen Werkstein kommen zu lassen. Zwanzig Tage ohne die Arbeit mit Eisen und Knüpfel waren mindestens neunzehn zu viel. Obwohl seine Schale noch nicht ganz leer gegessen war, schöpfte Line ihm schon nach.

Die Neunstärke schmeckte weniger langweilig als der Brei, der in der Mainzer Dombauhütte ausgegeben worden war und ihn an zu flüssigen Kalkmörtel erinnert hatte. Ums Essen hatte er sich allerdings nie besonders geschert. Stets hatte man ihm etwas gereicht, das das Knurren seines Magens beruhigt hatte. Und ein oder zwei Tage lang ohne Nahrung zu sein war ein Zustand, der ihm zumindest von seiner Anfangszeit als Steinmetz vertraut war.

Line war inzwischen bei der vierten Schüssel angekommen, als sich Matizo erhob. »Ich muss noch arbeiten.«

Es war der erste vollständige Satz, den der Bildhauermeister bislang an sie gerichtet hatte. Line war zuversichtlich, dass sich die Anzahl der Worte in den nächsten Tagen noch vermehren würde. »Nehmt noch einen Schluck vom Wein«, empfahl sie und lächelte ihm aufmunternd zu, was erneut die Falten in ihrem Gesicht zutage treten ließ.

Doch Matizo drehte sich auf der ersten Stufe der Treppe noch einmal um, schüttelte nur den Kopf und stieg dann zur Arbeitskammer hinauf.

Einen gefüllten Becher Wein in der Hand, schaute Line dem Meister mit gerunzelter Stirn nach. Er ist viel zu dünn und kränklich blass, dachte sie. Zumindest das Magersein würde sie zu ändern wissen. Line stellte den Wein wieder auf den Tisch zurück und schritt auf das Regal mit den Schalen zu. Dort griff sie nach dem Beutel, den ihr der Bischof für die Führung des Hauses in der Wenzelsstraße überlassen hatte. Gedanklich ging sie ihre Rezepte durch. Sie atmete tief ein, als dampfte der Rotbarsch mit Pflaumen-Mandel-Gemüse, süß-sauer abgeschmeckt mit hellem Wein und Honig, bereits vor ihr über der Kochstelle. Was für ein besonderes Essen! Der magere Meister braucht zuerst jedoch stärkendes Fleisch!, beschloss sie. Also würde es morgen Abend Huhn in einer Kräuter-Ei-Soße geben. Die Zutaten dafür wollte sie am Vormittag auf dem Markt kaufen. Und ein neues Oberhemd für den Meister gleich mit dazu. Das sollten die bischöflichen Münzen ebenfalls hergeben. Sie griff in den Beutel und ließ zwei Geldstücke in der Tasche unter ihrer Schürze verschwinden.

Line war froh, endlich wieder eine Aufgabe zu haben, die ihr eine Herzensangelegenheit war. In ihrem Haushalt würde niemand verhungern, so wahr sie vor sechzig Jahren auf den Namen Pauline getauft worden war.

Albrecht lugte hinter den Weißdornsträuchern zum Turnierplatz hinüber. Bittsteller warteten an der Schranke zum Kampfplatz darauf, vor seinen Vater treten und ihm ihr Anliegen vortragen zu dürfen. Eines Tages kämen sie, um Anweisungen von ihm, dem nächsten Meißener Markgrafen, entgegenzunehmen. Anders als sein Vater gedachte er allerdings, ohne jeden Berater zu regieren. Bevor er sich in Phantasien über ruhmreiche Gefechte verlor, zog er sich wieder hinter den dicht verzweigten Strauch zurück. Hier wäre er gewiss unbeobachtet.

»Dietrich, du musst den Schild höher halten!«, befahl er und schlug auch schon so heftig mit der Axt zu, dass sein Bruder in die Knie ging. Das dunkle Haar hing Albrecht ins Gesicht, die Wucht des Schlages hatte seine Züge verzerrt.

»Ich kann ihn nicht halten«, krächzte Dietrich angsterfüllt. Albrecht sah, dass der Schild viel zu schwer für die dünnen Arme des Bruders war. Doch anstatt Milde walten zu lassen, schlug er nur noch heftiger zu, so dass der Schild splitterte. »Steh auf, du Feigling!«, forderte er großspurig.

»Vater hat verboten, dass du mich …« Dietrich klammerte sich an die Schildfessel wie an ein Seil über einem reißenden Fluss. Bis auf den linken Fuß hatte er sich komplett hinter den Schild geduckt.

Aber solange Vater uns nicht sieht, dachte Albrecht, hat es auch keine Konsequenzen! Siegessicher schwang er die Axt über dem Kopf wie seine Stiefmutter, die Böhmin, gewöhnlich die Beuteattrappe für den Sperbervogel. Um zu zeigen, wie ernst es ihm war, hieb er weiter auf Dietrich ein. Das

Wimmern des Bruders, dem der Schild schmerzhaft auf die Stirn drückte, berührte ihn nicht. »Ich muss die Angst aus dir herauskämpfen. Du musst härter werden, wenn du es bis zum Ritter schaffen willst!« Und darfst nicht glucksend mit einer Kastanie unter den Zehen über den Burghof laufen! So werden unsere Untertanen nie Respekt vor dir haben! Daran hegte Albrecht keinen Zweifel.

Mit abgestoßenen Hirschgeweihen, die sie angeblich im Wald zu finden wisse, hatte das Mädchen mit den kurzen Haaren ihn ebenfalls für solch kindische Unternehmungen gewinnen wollen. Aber er war aus anderem Holz geschnitzt als sein Bruder, dieser Weichling. Albrecht lachte sich im Geiste noch immer darüber schlapp, wie Hortensia Dietrich erklärt hatte, dass sich Dachse auf Nahrungssuche im Herbst mit ihrer Nase durchs Laub schnüffeln würden. Immerhin war sein Bruder wegen seines erwachten Interesses an jeder Art von Pflanzenzeug gut hierherzulocken gewesen. Ohne den Hinweis auf die Zauberkraft der Dornen am Strauch wäre Dietrich vorsichtiger gewesen.

»Es tut aber so weh, ein Ritter zu werden«, druckste Dietrich und lugte um den Schildrand herum. Beim Anblick von Albrechts kämpferisch aufgeblähten Nasenflügeln – rund und prall wie Erbsen – zog er sich wieder unter den Schild zurück. Vater, bitte helft mir!, wünschte er sich in Gedanken.

Da hörte Albrecht Schritte im Gras. Schwere Schritte. Irgendjemand näherte sich ihnen. Unwillig ließ er von seinem Bruder ab, schob die Axt unter den Weißdorn und trat um den Strauch herum.

Gnandstein, der Mann mit der Narbe schräg über den Mund, steuerte auf ihn zu.

»Ich zeig dir meinen neuen Einhänder!«, rief der Marschall Albrecht zu.

»Ist er wirklich neu?«, wollte der interessiert wissen und fixierte die stählerne Waffe.

Gnandstein winkte ihn zu sich. »Mit einem Hieb schneidet er Schweinen den Kopf ab.« Hinter dem Strauch vernahm er ein Wimmern und sah sich bestätigt darin, dass er richtig gehört hatte: Axtschläge auf einem Schild.

Albrechts Aufmerksamkeit war gewonnen. Er ließ Gnandsteins Waffe nicht mehr aus den Augen, was diesen freute. Als Nächstes drückte er dem Jungen sein Schwert in die Hände. So konnte er, unbemerkt von Albrecht, mit Gesten die Kinderfrau auf das Versteck hinter dem Strauch aufmerksam machen. Die Frau musste sich auf der Suche nach den Ausreißern befunden haben und eilte nun raschen Fußes von der Gruppe der Bittsteller zu ihnen herüber.

Schnell wurde sie fündig. Dietrich wankte beim Aufstehen. Sein pausbäckiges Gesicht war von Staub und Tränen verschmiert, seine Stirn ganz rot und aufgekratzt. Die Kinderfrau presste den Jungen fest an sich und tröstete ihn. Dabei glitt ihr Blick erschrocken zu Albrecht, dessen Entwicklung sie beunruhigte. In letzter Zeit hatte sie einige Zusammenstöße zwischen den Brüdern mit angesehen. Albrecht war gemein und hinterhältig, fand sie, wofür sie allerdings nicht nur das Kind, sondern auch den Markgrafen verantwortlich machte. Der war nämlich den ganzen Tag mit Regieren beschäftigt, so dass er selten Zeit fand, seinen Ältesten in die Schranken zu weisen. Und Markgräfin Agnes? Die interessierte sich nicht für die Kinder. Von der Böhmin erzählte man sich, dass die ständige Beizjagd ihr Gehör geschärft hätte. Kleinste Beutelaute und sogar Rascheln im Gras vernähme sie sogar aus größter Entfernung. So richtig nah wagte sich die Kinderfrau seitdem nicht mehr an die Markgräfin heran, die sowieso von Tag zu Tag distanzierter wurde. Seit dem Frühjahr trug sie weiße Handschuhe aus edler Seide. Ganz ohne Naht, aus einem Stück waren sie gefertigt, und ihr schien es, als wolle die Markgräfin damit jedermann zeigen, dass sie unberührbar wäre. Auch jetzt thronte Agnes – mit den besagten Handschuhen – auf einem hölzernen Prachtstuhl neben dem Markgrafen auf der Tribüne.

»Es wird etwas ganz Besonderes werden«, erklärte Heinrich seiner Gemahlin zufrieden und deutete mit dem Arm auf den Platz vor sich. Aus diesem Grund würden die Bittsteller hinter der Schranke auch noch etwas warten müssen. Die Vorbereitungen für das Silberblattturnier, wie er den Schaukampf in den Einladungen und in den Turnierregeln genannt hatte, waren wichtiger. Herrschaft lebt durch die Repräsentation von Macht und Wohlstand, war er von Kaiser Friedrich II. gelehrt worden. Prachtvolle Gewänder, kostbare Gegenstände, kulinarische Delikatessen, Vergnügungen fern frommer Vorstellungen, aber auch einen gewissen höfischen Ernst – all das wollte Heinrich in seinem Turnier zur Schau stellen. Für ihn war es das Ereignis des Jahres, bei dem er auch seine selbst komponierten Lieder einem größeren Publikum vorzutragen gedachte. Es würde ein Fest werden, das an Pracht sobald niemand überbieten würde. Und ein Turnier, das mehr der höfischen Unterhaltung diente als einen Wettstreit mit meist tödlichem Ausgang darstellte. Gekämpft wurde mit stumpfen Waffen. Die Würde und der Herrschaftsanspruch des zukünftigen Thüringer Landgrafen würden aus dem gesamten Verlauf und jedem Detail seines Turniers sprechen. Die Möglichkeit zu dieser unglaublichen Prachtentfaltung hatte er allein dem Freiberger Silber zu verdanken, dessen war sich Heinrich bewusst, weshalb er auch sogleich auf das silberne Birkenblättchen in seiner Hand schaute, das in jeder Hinsicht seinem natürlichen Vorbild entsprach. »Natürlich ist es zu klein, Meister«, sagte Heinrich, an den Silberschmied gewandt.

Agnes fuhr sich durch die noch ungewohnte Frisur: Mit Hilfe eines Brenneisens und etwas Eiweiß war es Frieda heute Morgen gelungen, ihre bisher vollkommen glatten hellen Haare in eine wahre Lockenpracht zu verwandeln. Stumm seufzte sie beim Gedanken daran, diese wenig angenehme Tortur von nun an regelmäßig vornehmen lassen zu müssen. Aber schon beim nächsten Herzschlag formten sich ihre Lippen zu einem Lächeln. Denn Heinrich hatte ihr vorhin ein Kompliment wegen ihrer Erscheinung gemacht.

Vor den Augen des Silberschmiedes zeigte Heinrich von der Tribüne zu dem Baum hinüber, der riesengroß am Fuße des Burgbergs stand. Er erreichte mindestens die Höhe des Langhauses der hiesigen Kathedrale, schätzte er. »Man muss jedes einzelne Blatt von hier aus an der Birke sehen können«, meinte er dann.

Ungläubig starrte der Silberschmied auf die Birke, als wüchsen dem Baum gerade Beine. »Aus einer Entfernung von zweihundert Schritt, Erlaucht?«

»Die Reiter sollen die Blätter schon vor, aber vor allem während des Kampfes funkeln sehen.« Heinrich hatte geplant, dass die Gewinner jedes Durchgangs sowie die Siegergruppe aus dem Buhurt zur Birke am Ende des Turnierplatzes reiten und sich dort eines der kunstvoll geschmiedeten Blätter vom Baum nehmen durften.

»Verzeiht, Erlaucht, aber dann müssten sie mindestens eine Hand lang sein. So viel Silber geben meine Vorräte nicht her.« Der Schmied verneigte sich zur Entschuldigung – auch vor Agnes, deren Blick zu den Schwertübungen Albrechts und Gnandsteins am Rande des Platzes hinüberwanderte. Sie spürte, dass sie bereit für die Mutterschaft ihres eigenen Kindes war. Gerade eben, als Heinrichs Zweitgeborener wie ein geprügelter Hund zu ihr aufgeschaut hatte, war sie kurz davor gewesen, seine unausgesprochene Bitte um Zuwendung mit einem Lächeln zu erwidern. Denn seitdem Heinrichs Mitbringsel nach Naumburg geschickt worden war, war der Junge wirklich anhänglich geworden. Aber dann hatte sie an Heinrichs erste Ehefrau Konstanze denken müssen, ein Gedanke, der die Tür zu ihrem Herzen sofort wieder zufallen hatte lassen. Agnes wandte sich dem Geschehen vor ihr auf der Tribüne zu, wo ihr Gatte gerade den Silberschmied berichtigte: »Mindestens eine Hand lang? Eher doch zwei, Meister!« Heinrich sprang elegant über die hüfthohe Brüstung auf den Turnierplatz. »Schreibt meinem Kämmerer die benötigte Silbermenge auf«, forderte er den Meister auf. »Er wird sie Euch beschaffen. Gleichgültig, wie viel.« Die Vorkommen der Freiberger Minen waren in den Tiefen noch lange nicht erschöpft. Die Münzstätte, in welcher die Hüttenleute sämtliches Silber gegen Hohlpfennige ablieferten, führte über seinen markgräflichen Fronteil äußerst gewissenhaft Buch. Erst nach dem Turnier würde er darüber entscheiden, um welchen Betrag er den Fronteil heraufsetzte, um als zukünftiger Landgraf seine steigenden Ausgaben decken zu können.

Agnes beobachtete von der Tribüne aus, wie ihr Gatte einen gewissen Graf Helwig von Goldbach aus der Reihe seiner Gäste zu sich heranwinkte, was kurz ihren Unmut erregte. Wie froh wäre sie doch, wenn Heinrich und sie endlich einmal Zeit für sich fänden, ungestört und ohne Berater, Kanzlisten oder Zuträger. Jetzt, wo sie den verblassten Glanz ihrer Jugend gerade erst aufgefrischt hatte. Aber wieder einmal war Heinrichs Aufenthalt in Meißen knapp bemessen. Einzig um die Vorbereitungen für das Turnier voranzubringen, war er kurz heimgekehrt. Auch musste er noch mehrere Urkunden siegeln, und schon morgen wollte er wieder nach Thüringen aufbrechen, um die Gothaer Grafen und die Stadt Erfurt für sich zu gewinnen. Seine siegreiche Rückkehr würde dann vom Silberblattturnier gekrönt werden, so hatte er es ihr gestern Abend erklärt. Und Agnes hatte wegen seiner erneut anstehenden Abwesenheit die Tränen zurückgehalten. Denn eine missmutige Ehefrau war ganz sicher nicht das, was Heinrich anzog, wie sie schon mehrmals zu ihrem Leidwesen hatte feststellen müssen. Sie verfolgte den Gang ihres Geliebten. Heinrichs Hut mit den gestickten Pfauenaugen funkelte im blassen Sonnenlicht, als er mit dem Grafen von Goldbach den Turnierplatz überquerte.

Vor seinem inneren Auge sah Heinrich bereits, wie die besten Kämpfer des Landes sich hier im Wettstreit miteinander maßen, und meinte, den Boden unter seinen Füßen vom Hufschlag der Pferde erbeben zu spüren. Ebenso vernahm er die aufgeregten Seufzer der Damen und bewunderte in Gedanken die wahrhaft kunst- und prachtvolle Zier auf den Helmen der Ritter. Er bedeutete seinem Gast, ein paar Schritte in Richtung der Birke mit ihm zu gehen, die sich in sechs Wochen zum Turnier im silbernen Ornat zeigen würde. Kurz winkte er Agnes auf der Tribüne zu. »Versorgen meine Bediensteten Euch hier angemessen?«, fragte er gleichzeitig.

»Mir fehlt es an nichts, Erlaucht«, entgegnete Helwig und reichte Heinrich ein Schreiben.

Dessen Augen sprangen mehrfach über die Zeilen. Ein geheimes Schreiben aus Naumburg! »Habt Dank, aber jetzt entschuldigt mich auch schon wieder. Wir sprechen uns heute Abend an der Tafel«, sagte Heinrich knapp und ließ seinen Gast auf dem Turnierplatz stehen.

Erwartungsvoll erhob Agnes sich, woraufhin ihr Heinrich zurief: »Später, meine Liebe.« Er stürmte weiter, ein kurzer

Seitenblick zeigte ihm seinen Marschall mit Albrecht konzentriert am Schwert. Vorbei an der Menschentraube aus Bittstellern, die sofort eine Gasse für ihn bildeten, sprang er über die Schranke und stürmte den Hang hinauf. Er wollte zurück auf die Burg, wo er gleich darauf den wimmernden Dietrich bei der Kinderfrau vorfand. Im Hof ließ er seinen Hengst satteln und trieb ihn in rasendem Galopp durch die Stadt, den steilen Abhang Richtung Elbe hinab. Von dort ritt er flussaufwärts weiter.

»Dieser Bastard!«, zischte er. Sein Pfauenhut war ihm schon auf halber Strecke, bei den letzten Häusern der Siedlung, vom Kopf geweht worden. Dietrich wollte in Naumburg also einen neuen Chor bauen. Und das, ohne ihn zuvor um sein Einverständnis zu bitten? Immerhin war Heinrich der Schutzherr des Hochstiftes! Hätte er bei der Wahl des Naumburger Bischofs vor sechs Jahren geahnt, dass sein Halbbruder eine viel selbständigere Rolle einnehmen würde als geplant, hätte Heinrich dessen Aufstieg verhindert. Er kam ins Schwitzen. Ein päpstlicher Chor in seiner Herrschaft, dem Schutzgebiet eines Kaiserlichen, käme einer schallenden Ohrfeige gleich. Das konnte Heinrich keinesfalls dulden, nicht als Meißener Markgraf und erst recht nicht als zukünftiger Thüringer Landgraf!

Die Arbeitskammer war aufgeräumt. Auch wirkte der Raum dank des Tageslichtes, das durch die Halbrundfenster einfiel, an diesem kühlen Frühlingsmorgen auf Matizo weniger bedrohlich als sonst. Was für ihn der erneute Beweis dafür war, dass der Schlüssel zur Wirkung eines Raumes im Lichteinfall lag. Tageslicht war etwas Heiliges, brachte Klarheit, Erkenntnis und Ehrlichkeit. Die durch Dämmerung, Abendrot oder Mondlicht erzeugte dunklere Atmosphäre hingegen verleitete zu Phantastereien, vermochte aber auch zu verschleiern oder gar zu bedrohen.

Während Matizo auf den Bischof wartete, wanderten seine Gedanken zu jener Liebe seiner Wanderjahre zurück, die das göttliche Licht im wahrsten Sinne des Wortes in sich trug: zur Kathedrale von Reims. Deren Lanzett- und Rosettenfenster warfen einander je nach Sonnenstand und Tageszeit Lichtstrahlen zu, als reichten sie sich von Wand zu Wand die Hände. Versonnen lächelte er über diese Vorstellung, als auch schon Bischof Dietrich den Raum betrat. Er war in eine violette Kasel gehüllt, deren goldene Zierbänder bis zum rund ausgeschnittenen Hals des Gewandes verliefen und Matizos Augenmerk noch einmal mehr auf den riesigen Kopf Dietrichs lenkten.

»Seid gegrüßt, mein Meister.«

Mit einer Verbeugung neigte sich Matizo über die ihm hingehaltene Hand mit dem Bischofsring und deutete einen Kuss an. »Euer Exzellenz.«

Dietrich ließ Matizo noch eine Weile in dieser Stellung verharren. »Nehmt diese Zusammenkunft heute als Antrittsgeschenk, Meister. Meine Zeit ist kostbar«, meinte er dann, obwohl diese Zusammenkunft auch für ihn von besonderer Bedeutung war. Ging es für ihn heute doch um mehr als nur um ein paar Informationen über die Stifter. Dietrich betrachtete das anstehende Gespräch als einen Test, der ihm zeigen sollte, ob er auch wirklich den Richtigen für seinen Westchor auserwählt hatte. Er schritt um den Tisch herum und ließ seinen schweren Leib auf den Stuhl am Kopfende sinken. Die vergangene Nacht war befriedigend, wenn auch kräftezehrend gewesen. Beides wollte er sich nicht anmerken lassen.

Meine Zeit ist ebenso knapp bemessen, dachte Matizo und folgte dem Bischof an den Tisch. Der Geschmack der Speckbeigabe in Lines Kohlsuppe von gestern Abend lag ihm noch auf der Zunge. Er setzte sich dem Bischof gegenüber und holte eine kleine Wachstafel unter seinem Umhang hervor, die er wie ein Buch vor sich aufschlug. »Erlaubt mir eine Frage zur Chronik des Thietmar von Merseburg, die ich inzwischen umfassend studiert habe«, begann er und sah, dass Dietrich sich das Brustkreuz richtete. »Die Chronik hat sich zu den Gattinnen der Markgrafen nur unzulänglich geäußert. Über Reglindis, die Tochter des Bolesław von Polen, las ich einzig, dass eine ihrer Schwestern Äbtissin war und eine andere den Sohn eines Königs Wlodomir ehelichte. Mehr nicht. Nichts über ihren Lebensweg, nichts über besondere Leistungen und Verdienste.«

»Leistungen und Verdienste eines Eheweibs?« Der Bischof lachte auf, wenngleich er kurz an Sophie von Brabant denken musste, deren Kampf gegen seinen Halbbruder Heinrich um die Thüringer Landgrafschaft ihm irgendwie imponierte.

Matizo bemerkte, wie der Bischof auf seine Bemerkung hin die buschigen Augenbrauen nach oben zog, die ihn in diesem Moment an widerspenstiges Gestrüpp erinnerten. »Und Markgräfin Uta?«, wollte er wissen.

»Außer ihrer Kinderlosigkeit gibt es wohl nichts über sie zu berichten.«

»Sie gebar keine Erben?«, hakte Matizo nach.

»Markgraf Ekkehard II. vermachte sein reiches Erbe Kaiser Heinrich III., der es an das Bistum Naumburg weitergab. Wäre ein Nachkomme da gewesen, wäre die Regelung sicher anders ausgefallen«, erklärte Dietrich.

Aber sie war Markgräfin!, dachte Matizo. Irgendetwas muss sie doch getan haben, das sie überdauert hat? Utas Kinderlosigkeit genügte Matizo nicht, um ihr Schicksal in Stein zu bannen. Außer die Markgräfin wäre daran zerbrochen. Er drückte den Schreibgriffel zwischen Daumen und Zeigefinger fest zusammen und kratzte die ersten Buchstaben ins harte Wachs.

»Ekkehard der Ältere, der Vater von Hermann und Ekkehard, ist, soweit ich mich recht erinnere, im Georgskloster beigesetzt.« Bischof Dietrich verschränkte die Hände auf dem Tisch. »Vielleicht findet Ihr dort noch Informationen über die Markgräfin, Meister.«

Matthäus und Matizo kam diesem beim Gedanken an das Georgskloster in den Sinn. Er zwang sich, nicht wieder an seinen ängstlichen Auftritt bei ihrem ersten Gespräch zu denken, diese Erfahrung zwischen Himmel und Hölle. Heute wollte er sich besser unter Kontrolle haben, in seichtem Fahrwasser dahingleiten, weil er all seine Kräfte dringend für den Auftrag brauchte.

Bischof Dietrich ging sowieso schon zum nächsten Stifter über. »Welchen Eindruck habt Ihr von Utas Gemahl gewonnen, mein Meister?«

Matizo holte ein Pergament unter seinem Umhang hervor und überflog die Notizen darauf, dann legte er es auf seinem Schoß ab. »Markgraf Ekkehard wird in der Chronik deutlich seltener erwähnt als sein Bruder Hermann, meist nur als Mitstreiter an dessen Seite. So beim Kampf um die Markgrafschaft im Jahre 1009 und bei Gebietsstreitigkeiten mit dem Merseburger Bischof, Jahre später. Ansonsten lässt ihn Thietmar von Merseburg eher als Raufbold dastehen, der gegen die Order des Königs mit dem polnischen Feinde sprach.«

Der Bischof nickte zustimmend. »Und dennoch wurde Ekkehard politisch bedeutsamer als Hermann. Es gelang ihm, die östlichen Grenzmarken zu festigen und auszubauen. Das alles ereignete sich aber erst, nachdem Thietmar von Merseburg bereits verstorben war, weshalb Ekkehards Erfolge auch keinen Eingang mehr in seine Chronik gefunden haben.«

Matizo notierte sich, dass er die Energie und die Willenskraft Ekkehards in seinen Zeichnungen herausarbeiten wollte.

»Und weiter?«, drängte Dietrich.

Matizo schaute auf sein Pergament. »Hermann, Ekkehards älterer Bruder, scheint mir ganz anders geartet gewesen zu sein, eher friedfertig. Der Merseburger Bischof berichtet, dass Hermann seinen Schuldnern und Gegnern vergab und zwischen seinem kriegerischen Schwiegervater Bolesław von Polen und Kaiser Heinrich II. vermittelte. Im Jahre 1018 brachte er mit anderen Reichsgrößen und ebenjenem Schwiegervater den Frieden von Bautzen auf den Weg. Dieser Einigung waren langjährige Kämpfe an der Ostgrenze des Reiches vorausgegangen.«

»Ihr scheint die Chronik gründlich studiert zu haben.« Mit Erleichterung nahm Dietrich zur Kenntnis, dass sein Meister heute weit aufgeräumter wirkte als bei ihrer ersten Begegnung.

Markgraf Hermann wollte Matizo nachdenklich und besonnen zeichnen. Für ihn stellte Hermann den Friedensfürsten in der Elfergruppe dar. Elf, die Zahl, die »*eins mehr*« bedeutete. Die Zahl, die auf die Zehn, die Anzahl der heiligen Gebote, folgte und damit die Übertretung der Gebote postulierte. Die Zahl des Übertritts, der Sünde, der Laster. War er deshalb vom Schicksal dazu auserwählt worden, diesen Auftrag auszuführen? »Zur Zahl Elf, Euer Exzellenz, hätte ich noch eine …«, begann Matizo, kam aber nicht mehr dazu, seinen Satz zu beenden, weil diesmal der Bischof ihm ins Wort fiel. »Nach unserem letzten Treffen habe ich mir erlaubt, die Stifter noch etwas zu variieren. Die Besetzung ist nun eine teilweise andere als die bislang im Sendschreiben festgelegte.«

Besorgt schaute Matizo auf. Würden Dietrichs neue Einfälle ihn in noch größere Zeitnot bringen?

»Fünf Frauen und sechs Männer, das schien mir ein falsches Verhältnis zu sein, wenn es um die Vorbilder für den Chor geht.« Dietrich deutete auf Matizos Wachstafel. »Entfernt habe ich deshalb Graf Konrad sowie die Gräfinnen Berchta und Gepa. Auch ohne sie sind immer noch drei Generationen von Stiftern vertreten. Hinzu kommen die Grafen Thimo von Kistritz und dessen Vater Dietmar.«

Eine Weile war nur das Brechen des Wachses auf Matizos Tafel zu hören. Schließlich fanden sich auf deren rechter Seite folgende Informationen wieder:

Erste Stiftergeneration
- Markgraf Hermann und Markgräfin Reglindis (1 und 2)
- Markgraf Ekkehard und Markgräfin Uta (3 und 4)
- Graf Dietmar aus dem Geschlecht der Billunger, Vater des
* Grafen Thimo von Kistritz, NEU (5)*

Zweite Stiftergeneration
- *Graf Thimo von Kistritz, NEU (6)*
- *Graf Syzzo von Schwarzburg-Käfernburg (7)*

Dritte Stiftergeneration
- *Graf Wilhelm von Camburg (8)*
- *Graf Dietrich von Brehna (9)*
- *Gräfin Gerburg, Gattin des Grafen Dietrich (10)*

»Damit haben wir drei Frauen und sieben Männer.« Dietrich lächelte überzeugt. »Insgesamt macht das zehn Standbilder, Meister. Und Eure Sorgen um die Zahl Elf habe ich Euch damit genommen. Diese wolltet Ihr doch gerade vortragen, nicht wahr?«

Matizo nickte. »Wer sind Thimo von Kistritz und Dietmar …?«, fragte er schließlich.

»Nun, die beiden verbindet eine ganz besondere Geschichte.« Der Blick des Bischofs fixierte einen Punkt hinter Matizos Kopf, als könnte er sich die Grafen auf diese Weise leibhaftig vor Augen rufen. »Dietmar beteiligte sich an den Streitigkeiten im Norden des Reiches. Er plünderte auf eigene Faust den Schatz des Reichsklosters Herford, das der Kaiserfamilie nahestand.« Dietrich war sich bewusst, dass er mit dieser Verkündung den Test für den Meister eingeleitet hatte.

Matizo ließ den Griffel sinken. »Ein Plünderer als Stifterfigur?«

Ruhig fuhr Dietrich fort: »Nicht nur das. Gegen Kaiser Heinrich III. führte er sogar eine Streitmacht an. Ein übermütiges Unterfangen war das. Und ratet einmal, was geschah, als der Kaiser sich dann wehrte?«

»Graf Dietmar reute daraufhin vor Gott und dem Kaiser und gab dem Kloster alle geraubten Waren zurück?«, fragte Matizo.

Fast bereitete es Dietrich Spaß, den entrüsteten Bildhauermeister eines Besseren zu belehren. »Nein, es gab zwar Vermittlungsbestrebungen und wohl auch eine kurze Versöhnung, aber bald wendete sich Dietmar erneut gegen Heinrich III. Zumindest behauptete das einer von Dietmars Dienstmännern, der überzeugt vortrug, sein Herr habe dem Kaiser in den Bremischen Landen hinterhältig nach dem Leben getrachtet.«

Matizo war empört und verwirrt. Ein Aufrührer wie Dietmar sollte in den Chor, und der Bischof vor ihm nahm keinerlei Anstoß daran? »Sollten wir nicht doch besser Gräfin Gepa …?« Der Bischof schien seinen Einwand jedoch nicht gehört zu haben, sprach er doch munter weiter: »Natürlich widersprach Dietmar der Anschuldigung. Man entschied daraufhin, dass ein Gottesurteil in einem Zweikampf Recht sprechen sollte. Dietmar verlor diesen Zweikampf und starb kurz darauf an seinen Verletzungen. Das war im Jahr 1048. Ein wahrer Held, der seine Sache bis zum Letzten ausfocht!« Vor Begeisterung schlug der Bischof mit seiner Pranke auf den Tisch, dass es nur so krachte.

Matizo sah das anders, stand mit dem Bau des Westchores doch sein Seelenheil auf dem Spiel. Sein »Verzeiht, Exzellenz« lenkte den Blick des Bischofs wieder zu ihm hin. »Aber wenn Menschen anstelle von Heiligen aufgestellt werden, sollte es sich bei diesen dann nicht wenigstens um besonders fromme Persönlichkeiten handeln? Um Menschen, die dem Herrn dienten und sich ihrer steinernen Verewigung als würdig erwiesen haben?« Nie zuvor war ihm ein Kirchenmann begegnet, dessen Gedanken der Gotteslästerung so nahe kamen.

Bischof Dietrich lächelte mehrdeutig. Er war sich der Tatsache wohl bewusst, dass sie es bei Dietmar mit einem Aufrührer gegen den Kaiser zu tun hatten. Aber seine Geschichte war damit noch nicht zu Ende erzählt. »Dietmar schenkte der Naumburger Bischofskirche auf seinem Sterbebett umfangreichen Besitz aus seinem Erbe, was sehr vorbildlich ist. Der Graf wandelte sich damit vom Sünder zum Wohltäter. Er war eben eine zwiespältige Persönlichkeit, sozusagen. Könnt Ihr Euch das vorstellen, mein Meister?«

Erschrocken über diese Form der Beschönigung zwang sich Matizo zum Schreiben. Es fiel ihm schwer, Dietmars Sünden festzuhalten.

»Wahrscheinlich wollte der mutige Kämpfer durch diese Schenkung seine Rechnung mit dem Himmel begleichen«, fügte der Bischof mit verzücktem Gesichtsausdruck noch hinzu. »Dietmars Sohn, Graf Thimo von Kistritz, sah in dem Zweikampf seines Vaters jedoch kein Gottesurteil. Für Thimo war es eine abgrundtiefe Ungerechtigkeit. Er ließ den verräterischen Dienstmann mit dem Kopf nach unten an einem Galgen aufhängen und von wütenden Hunden zerfleischen. Natürlich missfiel das dem Kaiser. Heinrich III. verurteilte den Kistritzer aber nicht zum Tode, weil seine Beweggründe nicht Mord, sondern Sohnesliebe gewesen waren. Der Angeklagte wurde lediglich auf Ewigkeit verbannt. Der Kaiser hatte aber nicht mit Thimos Gewieftheit gerechnet. Noch ehe der Spruch zur Verbannung wirksam wurde, schenkte der Kistritzer sieben seiner Güter unserer Bischofskirche und entzog sie damit dem Zugriff des Kaisers.« Was für ein Rebell!, dachte Dietrich angetan. Mein Halbbruder Heinrich ist auch so einer, wenn auch ein kaisertreuer.

Heinrich hatte zwar jüngst die Belagerung Erfurts abbrechen müssen, war aber dennoch auf bestem Wege, Landgraf von Thüringen zu werden. Dass ihm aber auch immer alles gelingen musste! Dietrich erhob sich und schob seinen wuchtigen Körper zur Truhe neben dem Kamin. »Fahren wir mit den Stiftern aus der zweiten und dritten Generation fort, über die wir noch nicht gesprochen haben, Meister.« Er nahm auf dem Deckel des Möbels Platz und streckte seinen Rücken durch, wodurch sich seine Kasel bedenklich um den Bauch spannte. »Wilhelm von Camburg, Syzzo von Schwarzburg-Käfernburg und Dietrich von Brehna gehörten im Sachsenaufstand der siebziger Jahre des vorvergangenen Jahrhunderts zu den Gegnern des Königs, inzwischen war die Macht auf Heinrich IV. übergegangen. Die sächsischen Verschwörer stürmten die königlichen Befestigungen im Harz, steckten Kirchen in Brand, verstreuten Reliquien und rissen die Gebeine der königlichen Kinder aus ihren Gräbern.«

Matizo sprang auf und riss dabei die Wachstafel vom Tisch. Er wollte doch keinen Chor mit lauter Sündern bauen! Sondern einen Sonnenchor!

Dietrich bedeutete Matizo erfolglos, sich wieder hinzusetzen. »Letztendlich schlug das königliche Heer die sächsischen Aufrührer. König Heinrichs Forderung war eine schlimme Demütigung für die Aufständischen: Sie mussten mit gesenktem Kopf und waffenlos zwischen dem König und seinem Heer in die Gefangenschaft wandern.«

Matizo stand noch immer und hatte alle Mühe, seine Empörung unter Kontrolle zu halten. »Exzellenz, Ihr beabsichtigt königliche Grabschänder überlebensgroß im neuen Westchor aufzustellen? Aber …«

Dietrich schüttelte heftig den Kopf. »Schaut hinter die Dinge, Meister! Urteilt nicht so vorschnell!«

Matizo nahm wieder Platz und versuchte, sich auf seine Niederschrift zu konzentrieren. Zumindest bemerkte er auf diese Weise den schaukelnden Boden unter sich weniger.

»Als der Aufstand wieder aufflammte, standen Dietrich von Brehna, Syzzo und Wilhelm erneut an dessen Spitze. Die

Sachsen machten sich den politischen Umstand zunutze, dass der Papst über Kaiser Heinrich IV. den Kirchenbann verhängt hatte und Heinrichs Untertanen somit von dem ihm geleisteten Treueeid entbunden waren. Zu Heinrichs Leidwesen stellten sich ihm diese darüber hinaus aber auch noch in einer Schlacht entgegen.«

Er hatte nicht vorschnell geurteilt. Die drei waren kein bisschen fromm! Matizo glitt die Wachstafel aus den Händen.

Dietrich musterte zunächst ihn, dann die auf dem Boden liegende Tafel, bevor er fortfuhr: »Als sich jedoch abzeichnete, dass durch den Gang nach Canossa der Kirchenbann vom Kaiser genommen werden würde, liefen Dietrich, Syzzo und Wilhelm zum Kaiser über. Sie läuterten sich also.« Dietrich hatte die Erkenntnis des Meisters zwar kommen sehen, aber bei weitem nicht so schnell, wie er gehofft hatte. Was ein Beweis dafür gewesen wäre, dass der Mainzer auch tatsächlich zu Größerem berufen war. Denn nur wer Grenzen überschritt, konnte Unglaubliches erreichen. »Genau diese Entwicklung beabsichtige ich, den Gläubigen meines Bistums vor Augen zu führen«, sagte er und schaute Matizo dabei eindringlich an. »Es ist nie zu spät, um sich zu läutern. Und letztendlich fühlten sich Wilhelm, Syzzo und Dietrich unserer Naumburger Kirche verbunden. Zur Erlangung ihres Seelenheils schenkten sie ihr mehrere Güter.«

Mit zitternden Händen hob Matizo seine Wachstafel vom Boden auf. Seine Vorstellung, fromme Stifter zu entwerfen, war in einem einzigen Gespräch mit dem Bischof vernichtet worden. Dieser anscheinend mit Kunstverstand gesegnete Mann wagte es doch tatsächlich, einen Chor mit Aufständischen zu füllen. Würde Gott dies überhaupt zulassen? Würde er diesen Sünderchor nicht verdammen und keinen Stein dieses Bauwerkes auf dem anderen lassen?

Bischof Dietrich ließ Matizo nicht aus den Augen. »Aus dem Leben von Gerburg, der Gattin von Dietrich, ist lediglich überliefert, dass sie von hoher Bildung und eine Hüterin des Glaubens gewesen ist.«

Da hörte ihm Matizo aber schon gar nicht mehr zu. Noch immer beschäftigte ihn die Behauptung, dass es für eine Läuterung nie zu spät sei. »Ihr meint, das Ansinnen dieser Stifter war niemals Gier oder Neid? Und dass sie letztendlich doch fromme, verehrungswürdige Menschen waren?«

»Ich wiederhole mich nur ungern, Meister. Aber schaut genauer hin!« Dietrich gefiel es, dass seine Stimme gerade ebenso scharf geklungen hatte wie zuletzt die des Mainzer Erzbischofs, der das Westchorvorhaben streng überwachte. Was ihn daran erinnerte, dass er Siegfried III. von Eppstein die veränderte Stifterliste mit den nun finalen zehn Figuren gleich morgen schicken sollte. In Zeiten wie diesen zählte jede Geste für oder gegen den Kaiser – diesbezüglich geschah nichts, was dem Mainzer Bischof nicht zu Ohren kam.

Dietrich legte nun weiter dar, dass der gewagte Chor im päpstlichen Sinne korrekt sei, Matizo sich darum nicht zu sorgen brauchte. »Die Stifter waren Aufrührer gegen die Königs- und Kaisergewalt, sie befanden sich im Kampf um die weltliche Macht auf Seiten seiner Heiligkeit. Diese Menschen«, Dietrich deutete auf Matizos Wachstafel mit der Namensliste, »nahmen den besonders beschwerlichen Weg der Läuterung auf sich. Entgegen ihren bisherigen Vorstellungen haben sie sich an einem Punkt ihres Lebens dazu entschieden, etwas zu ändern und ihren Geist zu reinigen. Der Herr wird am Jüngsten Tag stolz auf sie sein.«

In der Tat verlangte es besonderen Mut, seine Fehler einzusehen und sich zu läutern. Matizo selbst hatte vor vielen Jahren Unverzeihliches begangen, sich für sein Tun allerdings nie vor den Leidtragenden oder vor einem Gericht verantwortet. Und dennoch hatte Gott ihm in seinem zweiten Leben die Begabung eines Bildhauers geschenkt, was er bis heute nicht nachvollziehen konnte.

»Ich bin mir sicher, mit den Stiftern die richtige Wahl getroffen zu haben«, bekräftigte Dietrich, weil er weiterhin Zweifel in Matizos Augen stehen sah, die unstet durch den Raum irrten, als würden sie nach etwas suchen. »Und von Euch verlange ich die gleiche Überzeugung! Nur wenn Ihr an den Chor glaubt, könnt Ihr ihn auch in der Einzigartigkeit entwerfen, die mir vorschwebt.«

Matizo nickte schwach. Die Stifter sollten von Reue und Läuterung erzählen, das hatte er so weit verstanden. Aber war dies wirklich beispielhafter und ehrenwerter, als durch das gesamte Leben hindurch gottgefällig zu handeln?

»Die beiden markgräflichen Brüder Ekkehard und Hermann nebst Ehefrauen wünsche ich besonders herauszuheben. Sie sind die Stifter der ersten Generation und verdienen eine besondere Würdigung. Alle Standbilder stelle ich mir, wie ich Euch gegenüber schon betonte, mit natürlichen, individuellen Zügen vor. Noch lebendiger als Eure Figuren am Mainzer Westlettner!« Und auf jeden Fall ansehnlicher als die Skulptur der heiligen Elisabeth des Bamberger Meisters Anton. Dietrich hätte sie am liebsten aus der Krypta entfernt, sah aber davon ab, weil sie eine Schenkung des Fuldaer Bischofs war, der hin und wieder zu Besuch kam. »Könnt und wollt Ihr das leisten?«, fragte Dietrich, wobei es ihm um mehr als nur um die Heraushebung der ersten Stiftergeneration ging. Bewusst hatte er deshalb zusätzlich noch nach Matizos Wollen gefragt. Denn das Können gestand er dem Meister unzweifelhaft zu.

Angestrengt überlegte Matizo. Waren die Rosettenfenster in Reims nicht auch neuartig gewesen? Ebenso wie seine Gewölbefigur im Mainzer Lettner oder die Vermenschlichung des heiligen Martin? Veränderungen gingen stets mit Wagnissen einher. Die Bildhauerei hatte ihn bisher am meisten verzaubert, und zwar immer dann, wenn er etwas geschaffen hatte, das vorher noch nie da gewesen war. Etwas, das ihn zum Nachdenken angeregt und widerstreitende Gefühle in ihm hervorgerufen hatte.

Über das lange Schweigen seines Meisters geriet Dietrich ins Schwitzen. Denn um einen neuen Meister kommen zu lassen, war die Zeit bereits zu knapp.

»Ich will«, sagte Matizo schließlich. Erst zaghaft, dann mit fester Stimme. »Ja, ich will!« In der Tat wollte er seinen Sonnenchor um jeden Preis. Zu weit war er in Gedanken schon mit der Ausgestaltung fortgeschritten. Zudem hatte der Bischof betont, dass der Chor sogar vom Papst gutgeheißen werden würde. Was wogen dagegen seine persönlichen Bedenken? Die Bedenken eines Überängstlichen. Eines wahren Sünders! »Ich könnte mir vorstellen«, begann er, »die Figuren mit den Eigenschaften ihres hochadligen Standes darzustellen. Dadurch erkennt der Betrachter sofort das Besondere: Es handelt sich um Menschen und nicht um Heilige.« Er fuhr überzeugter fort, als er Dietrich nicken sah. »Die Männer tragen dann Schild, Schwert und Mantel. Die Frauen vielleicht das Gebende, wallende Kleidung und ein Buch oder einen anderen symbolhaften Gegenstand ihres Standes. Genauso wie adelige Damen bei Hofe und ritterliche Männer im Kampf eben auftreten.« Die größte Herausforderung sah er darin, die nunmehr zehn Figuren in ihrer Verbindung zueinander darzustellen.

»Ich will sie als Gesamtheit präsentiert haben und nicht als zufällige Anordnung von Spendern«, griff Dietrich mit seinen Worten Matizos Gedanken auf.

»Ja!« Die zehn würden eine Stiftergemeinschaft bilden, und am liebsten wollte er den gesamten Chor aus einem Steinblock hauen, damit schon dieser eine Einheit bildete. »Ich könnte den Figuren ein übergeordnetes Thema zuweisen.«

Dietrich spürte eine Schweißperle seine Schläfe hinablaufen. Der Meister schien sich entschieden zu haben, nunmehr auch mit dem Herzen, nicht nur mit dem Verstand. »Dabei lasse ich Euch freie Hand, mein Meister, und vertraue auf Euren Einfallsreichtum. Der göttliche Glaube und die Sehnsucht nach der Schönheit und Wahrheit der Kunst mögen Euren Skizzenstift führen. Berücksichtigt bitte auf jeden Fall, meine Stifter in die Architektur des Raumes einzubinden.«

»Gewiss, Exzellenz. Ich sehe ein enges Zusammenspiel von Raumarchitektur und Plastik. Der Chor soll auf die Figuren abgestimmt sein. Und die Figuren auf den Chor.«

Dietrich nickte. Die tiefe Leidenschaft für Architektur schätzte er bisher am meisten an dem Meister. »Ich stelle mir vor, dass der Westchor ein eigenständiger Bereich der Kirche wird und doch als integraler Bestandteil der bestehenden Kathedrale erscheint.«

»Ihr seht einen Chor vor Euch, der denen der neuen Kathedralen gleicht«, sprach Matizo weiter. »Und doch wird er einzigartig sein. In der Kathedrale von Laon hat man erstmals die ungewöhnlich tief zurückversetzten Portale umgesetzt. In Reims waren es die neuartigen Fensterrosetten.«

Und bald wird in der Reihe dieser Meilensteine des Kathedralbaus auch mein Westchor genannt werden, vervollständigte Dietrich Matizos Ausführungen in Gedanken.

Der hingegen begriff, dass sein langgehegter Traum endlich Wirklichkeit wurde: die Errichtung einer Kathedrale. Zwar wäre der Naumburger Westchor eine Kathedrale im Kleinen, aber dennoch ein Lebenswerk. Erschaffen mit größter Leidenschaft und Hingabe. Ein Bau, dessen Fertigstellung er vielleicht sogar noch miterleben würde, was den wenigsten Meistern, die er kannte, vergönnt war.

»Wichtig ist mir, dass Höhe und Breite unserer Kathedrale in einem ausgewogenen Verhältnis zueinander stehen. Auf Euren Vorschlag für die Inhalte der Fensterverglasung bin ich äußerst gespannt. Ihr beabsichtigt sicherlich, sie dem Thema der Stifter anzupassen?«

Matizo wollte gerade antworten, als ein Klopfen an der Tür ihre Unterhaltung unterbrach.

»Eure Exzellenz, verzeiht die Störung.« Der Eindringling räusperte sich. »Soeben ist ein Schreiben des Erzbischofs von Mainz eingetroffen. Sicherlich wollen Eure … «

»Ich komme in die Schreibstube!« Dietrich erhob sich von der Truhe und wandte sich noch einmal an Matizo. »Die Liste mit den benötigten Utensilien für Eure Arbeit händigt bitte meinem Sekretär aus. Er wird sich darum kümmern.«

Matizo dachte an die Wachstafeln, Pergamente, Farbpigmente und das Blattgold, das er so dringend benötigte. Dann fiel ihm noch eine Sache ein: »Exzellenz, bis wann werdet Ihr die Informationen aus dem Georgskloster eingeholt haben?«

»Ihr meint die über Uta, die Meißener Markgräfin? Die werdet Ihr vor Ort selbst erfragen müssen! Dafür haben weder ich noch mein Sekretär Zeit.«

Matizo erblasste. Gleich darauf schwebte das violette Bischofsgewand hoheitsvoll an ihm vorbei und aus der Kammer hinaus. »Ich … ins Georgskloster?«, stammelte er, und seine Begeisterung für den Chor war wie weggeblasen.

Mit der Wachstafel unter dem Arm lief er den Flur entlang und hinab in den Empfangssaal. Die Vorstellung, ins Georgskloster zu müssen, ließ die Narben an seinen Armen und Beinen brennen. Dieses Naumburg spielte mit ihm wie eine Katze mit ihrer noch lebenden Beute.

Erst draußen an der frischen Luft konnte er wieder einen halbwegs klaren Gedanken fassen. Er stützte sich gegen eine Mauer, weil der Boden unter seinen Füßen wankte. Ein weiteres Mal war der Kahn vom Kamm der Welle in die Tiefen der See hinabgezogen worden. Der Ort seines Schiffbruchs, das Georgskloster, stand ihm klar vor Augen. Er wusste nicht, ob und wie er diesen Ort jemals wieder betreten sollte.

TEIL II

HOFFNUNG

Hoffnung ist Kraft.
Sie schenkt Halt in der Verlassenheit
und öffnet das Herz in Erwartung der Zukunft.

4.

Erste Begegnung auf Knien

Goswin von Archfeld saß auf seinem Ross und schaute sehnsüchtig zum Horizont. Die Urkunde mit dem Eheversprechen steckte in der Satteltasche. Von diesem Dokument war er inzwischen genauso wenig zu trennen wie von der ledernen Bundhaube, die sich seiner schmalen Kopfform angepasst hatte wie eine zweite Haut.

Mit Burkhard an der Seite verließ er den Ort Sömmerda. Die Zeit verging viel zu schnell seit seines Vaters Aufbruch nach Schlesien. Bereits vor einem Jahr hatte Thomas von Archfeld mit sechs Fuhrwerken voller Färberwaid Erfurt verlassen und Goswin zuvor feierlich die Verantwortung für den Waidhof übertragen. Seitdem ließ sich Goswin von niemandem mehr Vorschriften machen. Seine neugewonnene Freiheit hatte ihn auch in seinem Vorhaben bestärkt, seine Braut endlich auf den Waidhof zu holen. Erst gestern Nacht war Hortensia ihm im Traum erschienen und ganz nahe vor ihn getreten, in einen ähnlich leichten, seidenen Umhang wie den Isabellas gehüllt. Doch im Gegensatz zu dieser Dirne waren ihre Brüste fest und handlich gewesen. Die Warzen nicht so spitz, sondern rundlich wie Haselnüsse.

Erfurt wird dir gefallen, versprach Goswin nun ihrem Phantasiebild in Gedanken. Im zurückliegenden Jahr war er immer wieder aufgebrochen, um nach Hortensia zu suchen. Jener Frau, wegen deren Verlust er nach dem Überfall auf Neumark Trost zwischen Rechnungsschriften und Wechselurkunden gesucht hatte. Zwei weitere Knechte, die den Fermentationsprozess in den Waidhäusern überwachten, hatte er noch vor dem Aufbruch des Vaters angeworben, ebenso die regelmäßige Prüfung der Eingangs- und Bestandslisten erledigt. Einzig die Reise zur Färberei Wunsiedel nach Nürnberg stand jetzt noch an, die er wegen der Suche um einige Wochen verschoben hatte.

Mit Burkhard an seiner Seite hatte Goswin zuallererst Erfurt abgesucht, an jede Tür geklopft, die Marktbesucher eindringlicher als gewöhnlich betrachtet und in den Kirchen und Armenunterkünften der Stadt nach der herrenlosen Tochter eines Burgschreibers gefragt. Doch kein Mensch war ihr begegnet. Das Gleiche war auch in Weimar, in den Siedlungen um Apolda herum und bis hinauf nach Buttstätt der Fall gewesen. Das Gebiet, in dem der Händler auf Hortensia getroffen war, hatten sie ebenfalls längst durchkämmt. Als sie dann wieder gen Norden durch das Thüringer Becken geritten waren, hatte Goswin im Kopf bereits das Angebot für den Nürnberger Kunden entworfen und war die Veränderung der Bestände durchgegangen. Wahrscheinlich würde der Vater bei seiner Rückkehr im Erntemonat seine zeitweilige Abwesenheit nicht einmal bemerken. Das hoffte er zumindest.

»Lass uns nach Erfurt zurückkehren. Wir finden sie eh nicht!«, rief Burkhard. Er war erschöpft und ließ sein Ross vom Galopp in den Schritt fallen. Für einen Moment bereute er, Goswin erzählt zu haben, dass das Mädchen den Seidengürtel noch am Leib getragen hatte, als es in das brennende Elternhaus zurückgelaufen war. Jetzt musste er seine Unbedachtheit mit tagelangem Suchen ausbaden. Da wären ihm ein paar Stunden zwischen Isabellas Schenkeln bei weitem lieber gewesen. Nur erhielt er seinen Sold leider aus der Kasse von Goswins Vater, weswegen er die Interessen und Ziele Goswins und Thomas von Archfelds wohl oder übel verfolgen musste.

»Dann müssen wir eben auch in entfernteren Städten nach ihr suchen!« Gleich morgen wollte Goswin sich auf der Burg in Weißensee umschauen. Seine Hoffnung und das ständig wiederkehrende Bild, wie Hortensia bestimmt, aber anmutig ihren Zopf auf den Rücken warf, trieben ihn weiterhin an.

»Meine wunderschöne Braut«, sprach er zu sich selbst. »Ich werde dich finden und heimführen!« Inzwischen war auch genug Zeit verstrichen. Ganz bestimmt hätte sie sich nun an den Gedanken, ihn zu heiraten, gewöhnt und wäre bereit für ihn.

12. TAG IM MAI IM 1249STEN JAHR
NACH DER FLEISCHWERDUNG DES HERRN

Seit der Morgendämmerung arbeitete Matizo an der Grob-
zurichtung der Oberfläche. Zwanzig Tage war er ohne
Arbeit am Stein gewesen. Endlich durfte er wieder abspitzen.
Seitdem er vor Jahren das erste Mal einen Spitzmeißel zur
Hand genommen hatte, war es noch nie zu einer solch langen
Periode der Enthaltsamkeit gekommen. Von nun an würde es
in den frühen Morgen- und späten Abendstunden jedoch
wieder nur noch ihn und den Stein geben. Diese Zweisamkeit
in seiner Werkstatt war für ihn gleichermaßen Erholung wie
Medizin. Mit jeder Drehung des Knüpfels in seiner Hand trat
das ungelöste Problem, sich die erforderlichen Informationen
über Uta von Ballenstedt selbst im Georgskloster beschaffen
zu müssen, ein Stück mehr in den Hintergrund. Das Spitzeisen war ein Geschenk seines Steinmetzmeisters in Speyer
gewesen. Es erinnerte ihn an seine Wurzeln so wie manch anderen ein Schmuckstück, das seit Generationen in der Familie
weitergegeben wurde. Das Eisen schob sich über den Stein
und hinterließ die dabei für diese Arbeit typischen welligen
Bearbeitungsspuren. Das Gestein war noch in bruchfeuchtem
Zustand, was es Matizo erlaubte, das Eisen noch tiefer in es
hineinzutreiben.

Noch vor dem Aufbänken, bei dem ihm einige Leute des Bischofs halfen, hatte er den Musterstein genauestens untersucht,
der, sollte er seinen Anforderungen genügen, dann in Mengen
für den neuen Westchor der hiesigen Kathedrale aus dem Steinbruch geschlagen werden würde. Die Betrachtung war ihm
vorgekommen wie die einer Mutter, die zum ersten Mal ihr
Neugeborenes in Augenschein nimmt. Genauso verschieden

wie Säuglinge waren auch die Steine. Kein einziger glich dem anderen, ein jeder war auf seine Weise einzigartig. Seiner hier war kaum schaumig-porös, besaß eine hohe Härte und Dichte. Auch konnte Matizo keine Einschlüsse von Muscheln oder Seelilien ausmachen, wie er es schon bei vielen anderen ähnlichen Steinen gesehen hatte. Anstatt eines verzerrten Tones wie ein gesprungener Tonkrug gab er beim Anschlagen den hellen Klang fehlerfreien Steins von sich. Und unter seinen Fingerspitzen fühlte er sich so weich wie die Haut eines Pfirsichs an. Unbestritten hatte der Bischof ihm einwandfreies Material zukommen lassen. Der Werkstein wie auch die Zeichenmaterialien waren die vergangenen Tage über angeliefert worden. Die meisten Bewohner der Wenzelsstraße hatten sicher noch nie zuvor in ihrem Leben so hohe Wachstafeln zu Gesicht bekommen, die paarweise und begleitet von ihren neugierigen Blicken ins Steinmetzhaus getragen worden waren.

Tage zuvor hatte Matizo schon ungeduldig seine Geschirrbank mit den aus Mainz gelieferten Werkzeugen bestückt: Ordentlich nebeneinander lag seitdem seine Sammlung aus Knüpfeln und Eisen. Gestern nach dem Aufbänken hatte er gleich jene Stellen am Stein markiert, die er anschließend noch grob abgetragen hatte. Line hatte ihm dafür frische Petersilie bereitgestellt, mit der er die betreffenden Partien abgerieben und damit gut sichtbar gemacht hatte. Und immer wieder hatte er den Stein mit den Fingerspitzen berührt.

Matizo versank im vertrauten Klopfgeräusch, das der Knüpfel abgab, wenn er auf das Eisen traf. Wünschte er den Abschlag größerer Steinpartien, schlug er fester zu. Sanfter führte er das Werkzeug bei den Konturen. Zunehmend nahm der Stein die gewünschten Formen an.

Line war an die Tür getreten und beobachtete sein Tun mit zunehmender Bewunderung. Es würde irgendetwas Rundliches werden, mutmaßte sie, so groß wie ihr Dreifußtopf, in den ein ganzer Hahn passte. Auf dem Boden fiel ihr ein aufgeschlagenes Buch auf. Einmal, beim Säubern des Fußbodens in seiner Schlafkammer, hatte sie gesehen, wie der Meister es in die Truhe an seinem Bett gelegt hatte. Doch in seine Werkstatt einzutreten, wagte sie nicht, obwohl sie am liebsten die Gesteinssplitter von dem Buch geblasen hätte.

Erst als Matizo die Hände sinken ließ und zu überlegen schien, öffnete sie den Mund. »Kann ich etwas für Euch tun, Meister?«, fragte Line, die das Haar wie jeden Tag zu einem Haarknoten gebunden oben auf dem Kopf trug.

Matizo schüttelte den Kopf und wechselte das Werkzeug. Eine Ecke hatte er gestern wohl übersehen. Nun schlug er sie mit dem Spitzeisen ab.

Die Hausmagd lächelte mütterlich. »Ich habe Euch noch etwas Brot und Mus auf den Tisch gestellt, falls Ihr Euch nach all der Arbeit stärken wollt.«

Matizo nickte flüchtig.

Line verfolgte noch eine Weile beeindruckt die Bewegungen seiner Hände, bis sie, als sie ein Stück zur Seite trat, auf einmal ein Gesteinsstück unter ihrem Schuh spürte. Sie hob es auf und zog sich plötzlich erschüttert zurück.

Matizo setzte das Eisen erst ab, als Stimmen durch das geöffnete Fenster der Wohnkammer zu ihm in die Werkstatt drangen. Er vernahm kaum verständliche Rufe, Ochsenbrummen und die Glocken von St. Wenzel, die vermutlich zur Eröffnung des Marktes riefen. Neben den üblichen Händlern waren diesmal auch Winzer angereist, hatte Line ihm gestern berichtet. Sie schenkten nicht nur auf dem Markt, sondern auch in den kleineren Gassen der Stadt Wein aus. Entweder aus Bauchläden direkt in die Becher, welche die Menschen an Lederbändern um den Hals trugen, oder an Ständen.

Damit war heute ein Tag, an dem Matizo hoffte, nicht in der Menschenmenge aufzufallen. Er musste es einfach wagen. Denn ohne Besichtigung der Naumburger Kathedrale war der Entwurf des neuen Westchores unmöglich. Und nur deswegen würde er auch das Risiko auf sich nehmen, dabei von einem Bruder des Georgsklosters entdeckt zu werden. Matthäus hatte einst deren Gemeinschaft angehört.

Noch vor dem Vespergebet, zu dem St. Margarethen seine Melodie über die Stadt schickte, wollte er unbedingt wieder zurück sein. Matizo schritt noch einmal um den Stein herum und meinte, die Form des Kapitells schon erkennen zu können. Es war keine Auftragsarbeit, sondern lediglich die Umsetzung einer seiner Ideen. Bis er das Werkstück vollkommen abgespitzt hätte, würde noch einige Zeit vergehen. Er klopfte sich den Steinstaub von den Kleidern, begab sich in die Wohnstube und legte sich dort den Umhang an. Vorbei an Line, einer Portion dampfenden Muses und frischen Dinkelbrots trat er vor die Tür.

Die Glocken von St. Wenzel waren verklungen, ein Kind begann, am Ende der Straße zu weinen, und besser gekleidete Männer ritten am Steinmetzhaus vorbei. Matizo stand auf dem Eingangspodest, von dem ein kurzer, gemauerter Weg auf die Straße zulief. Diese Rampe hatte erst gestern dem Transport des Rohsteines in die Werkstatt gedient. Die Frontseite seines schmalen Heimes ging gleich der aller anderen Handwerkerhäuser auf die Wenzelsstraße hinaus. Die meisten dieser Häuser besaßen zwei oder drei Geschosse und grenzten ohne jeden Abstand oder gar Durchgang direkt ans Nachbarhaus. Die Holzbalken der Fassaden bildeten ein ansehnliches Muster. Jedes Haus besaß ein anderes – Dreiecke, Vierecke und Vielecke. Matizo liebte diese geometrischen Formen. Sie waren gottgegeben und die wichtigste

Grundlage für das Bauzeichnen. Auch eine Kirche war ein geometrisches Kunstwerk, eben nur komplexer als ein Wohnhaus. Gott wiederum war für Matizo der grandioseste Baumeister, hatte er doch den Menschen die Geometrie geschenkt, die sich in fast allem zeigte, was diese erschufen. Selbst den Körperproportionen der Menschen lag sie zugrunde.

Matizo verknotete die Bänder seines Umhangs doppelt, dann tauchte er in der Menge unter. Angetrunkene versperrten ihm den Zugang zum Marktplatz. Mehrmals hintereinander schaute er sich prüfend um, ob ihn nicht vielleicht ein Augenpaar in der Menge fixierte oder jemand mit finsterem Blick auf ihn zusteuerte. *Matthäus und Matizo, Matizo und Matthäus!*

Er umging den Marktplatz. Entgegen dem Strom lief er auf die Häuser am Wendenplan zu. Ein Knecht mit einem Becher vor der Brust hatte Kohlköpfe zu Boden fallen lassen. Er konnte nur noch verfolgen, wie sie zwischen den Beinen der Leute davonrollten. Im Wendenplan war es düster, und Matizo war froh, als er einige Zeit später das Maria-Magdalenen-Hospital erreichte, vor dem er linker Hand zur Immunität abbog.

Auf dem Herrenweg fiel ihm ein Stand auf, an dem Fische, Frösche und Schnecken verkauft wurden. Der Händler pries seine Ware als die beste und frischeste weit und breit an. Matizo betrachtete die Tiere eine Weile, weil sie ihn an Lines Forellen erinnerten, die ihm diese vor drei Tagen zubereitet hatte. Weder an der erzbischöflichen Tafel in Mainz noch in Reims beim Fest der Dombauhütte hatte er jemals derart schmackhaften Fisch gegessen.

»He, du da, du verstellst mir den Weg!«, frotzelte ein Weib, das einen Handkarren voll geschlachteten Viehs hinter sich herzog.

»Schweine-Berta, halt die Gusche!«, mischte sich der Mann hinter dem Fischstand ein. »Zisch ab mit deinem zähen Fleisch und lass die Leute hier in Ruhe gucken!«

»Karl, du Fischkopp! Deine Ware ist doch viel älter als mein Schwein hier!« Die Frau fuhr mit ihrem Karren nur knapp an Matizos Zehen vorbei. »Jeder hier weiß, dass mein Frischfisch erst vergangene Nacht aus der Saale gezogen wurde!«, protestierte der Händler, holte einen Karpfen aus dem Fass heraus und hielt ihn Matizo vors Gesicht. Der wollte um keinen Preis Aufsehen erregen und wandte sich deswegen sofort ab. Gleichzeitig huschten zwei Frauen mit aufreizend tiefen Ausschnitten an ihm vorbei und lächelten ihn einladend an.

Eine besonders große Menschenmenge hatte sich vor einem Stand mit Eisenwaren gebildet. Messer für jede Lebenslage, Feilen und anderes Metallwerkzeug ließen sich die Naumburger zeigen, während ihre Becher vom nebenstehenden Winzer gefüllt wurden. Matizo umfasste seinen Geldbeutel am Ledergürtel. Unweigerlich suchte er die Gasse nach den stehlenden Jungs ab, die es in jeder Stadt gab und die sich wie kleine Schlangen zwischen den Leuten hindurch wanden. Er erblickte aber lediglich Kinder, die ihren Eltern beim Tragen der Einkäufe halfen. Flötentöne erklangen, und kurz schaute Matizo einem Possenreißer zu, der zwischen den Ständen sein Glück versuchte, aber kaum Beachtung fand. Matizo hob seinen Blick nach oben, um sich neu zu orientieren. Die Osttürme der Kathedrale gaben ihm die Richtung vor.

Bei der Zugbrücke zur Immunität angekommen, waren das Stimmengewirr, das Gelächter und die Musik von Luftsack und Flöte immer noch nicht verschwunden. Der steinerne Weg zur Kathedrale mutete wie ein ausgerollter Teppich an, der in einem vornehmen Haus in die Wohnkammer vor den Kamin führte. An der Ecke eines stattlichen Hauses hielt Matizo an – so prächtig und nah, wie es neben der Kirche stand, musste es sich um die Unterkunft eines der Domherren handeln. Und hier war es auch endlich ruhig.

Ehrfürchtig schaute er an der Kathedrale hinauf. Als Erstes würde er sie einmal umgehen, um ihre bauliche Konstruktion mit seinen Blicken zu erforschen. Anders als beim Menschen zeigte die äußere Erscheinung einer Kirche deren Skelett und die darauf einwirkenden Kräfte. Das Innere eines Gotteshauses offenbarte hingegen dessen Seele. Heute musste er unbedingt die tragenden Elemente und Proportionen des Skeletts sowie den unvollendeten Westabschluss begutachten. Erst ganz zum Schluss wollte er sich das Kathedralinnere anschauen.

Sämtliche Eindrücke wollte er sich fest einprägen, so dass er sie später am Schreibtisch wieder abrufen konnte. Das war umständlich. Aber sich vor Ort Notizen auf einer Wachstafel zu machen, hielt er für zu auffällig und aufsehenerregend. Die Menschen schienen sich in der Immunität langsamer und stiller als in der Marktstadt zu bewegen. Mit einem tiefen Atemzug schritt Matizo auf den Kathedralplatz, möglichst unauffällig wie ein Spaziergänger. Unbestritten wuchs das Bauwerk, das Zentrum der Stadt, majestätischer als St. Wenzel empor und überragte alle es umgebenden Häuser.

Matizo hielt auf den Ostchor zu, während er mit den Augen das Langhaus abtastete. Er begutachtete die Fenster an den oberen Langhauswänden und die abgesenkten Seitenschiffe. Beides verwies auf die Grundform einer Basilika, die schon lange vor den neuartigen Kathedralen gebaut worden war. Das Mittelschiff und die beiden Seitenschiffe endeten im Ostchor, der in einer Apsis auslief. Dieser halbkreisförmige, nischenartige Anbau besaß zudem ein kegelförmiges Dach. Matizo blinzelte, weil ihn die Frühlingssonne blendete. Von der Wärme gestreichelt, sah er, dass in das Langhaus noch ein Querhaus eingeschoben worden war. Damit entsprach der Grundriss der Kathedrale der üblichen Kreuzform.

»Entschuldigt, Herr!«, wurde er da auf einmal aus seiner Betrachtung gerissen. Flehend starrten ihn zwei walnussgroße Augen an, die in einem faltigen Gesicht mit nur einem Zahn im Mund saßen und zu einem kleinen Körper mit nur einem Bein gehörten, der sich mittels Holzkrücken fortbewegte. »Habt Ihr eine Spende für einen hungrigen Kranken?«

Beim Anblick des Krüppels kamen Matizo die Mainzer Stadtbettler in den Sinn, die oft sehr dreist aufgetreten waren. Erhielten sie nicht die erhoffte Münze, schmissen sie sich zu Boden und schrien Zeter und Mordio, um auf den offensichtlichen Geizhals aufmerksam zu machen. Nur kein Aufsehen erregen!, ermahnte er sich, griff in seinen Beutel und reichte dem Mann ein Geldstück.

»Ergebenen Dank, Herr. Ihr seid wahrhaft mildtätig«, beteuerte der lumpige Bettler und verschwand.

Matizo konzentrierte sich wieder auf das Bauwerk. Sein Blick glitt langsam, beinahe genüsslich, an den zwei Osttürmen hinauf, als seien es die Arme einer Frau. Vom obersten Turmgeschoss schaute er zum Dach des Querhauses hinab, unter dem sich ein Rundbogenfries befand. Dessen Schmuckband aus aneinandergereihten Halbkreisen setzte sich weiter fort und verlief auch entlang der Langhauswände. Wenn dies die einzige Verzierung des Gotteshauses bliebe, wäre reichlich an Dekoration gespart worden. Zumindest für eine Kirche, deren Neubau erst vor wenigen Jahrzehnten durch Dietrichs Vorgänger Bischof Engelhardt begonnen worden war. Jedenfalls hatte ihm Dietrich das so berichtet.

Matizo ermahnte sich, weiterzuschlendern und weniger auffällig zu starren. Die Erhöhung des Ostchores schätzte er auf etwa fünfzehn Fuß, was ihn vermuten ließ, dass sich darunter eine Krypta befand. Für einen Augenblick hielt er inne, um sich das bislang Gesehene einzuprägen: das Langhaus mit den zwei abgesenkten Seitenschiffen und dem Querhaus samt Apsiden, den erhöhten Ostchor mit der Apsis und Krypta und die sparsame Dekoration an den Außenwänden.

Als Nächstes wollte er den Westabschluss des Bauwerkes anschauen, stoppte aber auf halbem Wege. Irritiert schaute er an die Nordwand, an der ein großer Durchlass mit Quadersteinen zugemauert worden war. Ebenso fehlte an dieser Stelle der am restlichen Mauerwerk vorhandene Sockelsaum. Das ließ nur einen Schluss zu: dass sich hier einmal ein Seitenflügel befunden hatte, der zwischenzeitlich wieder abgerissen worden war. Ja, das musste es sein! Der südliche Kreuzgang auf der anderen Seite des Gebäudes war erst vor kurzem erbaut worden und hatte vermutlich jenen hier an der Nordseite abgelöst. Die zugemauerte Stelle vor ihm musste der Zugang von der Kathedrale in den alten Kreuzgang sein. Was für ein ungewöhnlicher Anblick sich dem Betrachter hier einst geboten haben musste: zwei Kreuzgänge an einer einzigen Kirche. Nachdem die Klausur die Wohn- und Schlafgebäude der Domgeistlichen beherbergte, war der nördliche Kreuzgang sicher erst abgerissen worden, als der neue südliche bereits fertiggestellt war. Eine Bischofskirche mit kurzzeitiger Doppelklausur war einzigartig!

An der Westseite der Kathedrale angekommen, verfinsterten sich Matizos Züge jedoch schon wieder. Nachdem der Naumburger Bischof von einem unvollendeten Westchor gesprochen hatte, war Matizo dort zumindest von einem ordnungsgemäßen, wenn auch einfachen Mauerabschluss ausgegangen. Der Anblick, der sich seinen Augen hier bot, kam aber einer verwüsteten Baustelle gleich. Unbehauene Steinklötze jeglicher Größe lagen herum. Halb verrottete Holzfässer und Bretter stapelten sich. Versunken unter bereits bewachsenen Kieselsteinen erkannte er ein zerfallenes Tretrad, das mittels Muskelkraft für den leichteren und schnelleren Transport von Material sorgte. Die dazugehörige Seilwinde, über die man mit Körben Baugut in die Höhe gezogen hatte, lag einige Schritte entfernt unter Disteln. Auf dem gesamten Platz vor der Westwand waren Reste von kleineren unbehauenen Steinen auszumachen. Nochmals feinere waren vermutlich vom Regen der vergangenen Jahre in die umliegenden Gassen gespült worden. Die untersten Geschosse der Türme, die den Chor einmal flankieren würden, waren mit Dreck und Schlamm besudelt. Die Baustelle war ein einziges Schlachtfeld.

Plötzlich zuckte Matizos rechtes Augenlid. Hatte er da nicht gerade eine Mönchskutte gesehen? Ohne seinen Kopf zu auffällig zu drehen, machte er tatsächlich zwei Benediktinerbrüder aus. Ihre Kapuzen hatten sie hochgezogen und die Hände vor dem Bauch verschränkt. Sie schienen in ein Gespräch vertieft zu sein. Kamen sie jetzt etwa direkt auf ihn zu? Sein erster Impuls war, Hals über Kopf zu fliehen. Sein Verstand befahl ihm jedoch, nicht wegzurennen, weil ihn das nur umso verdächtiger machen würde. Also blieb er, wo er war, und versuchte, zwanglos über den Platz zu schauen, so als genieße er den sonnigen Tag.

»Herr, Ihr hättet nicht noch ein winziges Geldstück für meine Familie?« Mit dieser Bitte hatte sich der Bettler erneut an Matizo herangeschlichen. Der Mann zeigte mit der linken Krücke auf eine zerlumpte Frau mit einem Säugling auf dem Arm, die hinter einem der Turmstümpfe hervorkam.

Jetzt lenkt dieser hartnäckige Bettler doch glatt noch die Aufmerksamkeit der Benediktiner auf mich, dachte Matizo mit zunehmender Verzweiflung. Zu allem Überfluss kam die Frau mit dem Säugling nun auch noch auf ihn zu. Um sie loszuwerden, würde er ein weiteres Geldstück herausrücken müssen. Das Verschlussband seines Beutels ließ sich jedoch nicht lösen. Die Bänder hatten sich unglücklich verknotet.

Herrgott im Himmel, lass die Mönche an mir vorbeigehen. Tu es für den neuen Westchor!, bat er in Gedanken.

Inzwischen war die verlumpte Frau mit dem Säugling bei ihm. »Was ist denn nun, Herr?«, fragte sie ungeduldig.

Die Benediktiner waren nun ebenfalls bei ihm angelangt, und einer reichte der Frau aus seinem Korb zwei Äpfel. »Nimm doch dies hier, gute Frau.«

Matizo blickte von seinem störrischen Beutel auf.

»Wir segnen dich, sofern du hübsch mit deinem Manne und dem Kindchen teilst«, sprach der kleinere der beiden Mönche, während der andere dem Bettler über den Kopf strich. Zur Verabschiedung machten sie das Kreuzzeichen und entfernten sich. Sie hatten Matizo nicht einmal gegrüßt. Erleichtert atmete er aus. Seine rechte Hand umfasste noch immer den Geldbeutel, während er den Benediktinern hinterherstarrte. Der Herrgott hatte ihn erhört, hatte ihn nicht auffliegen lassen. Am liebsten wäre er vor Erleichterung auf die Knie gesunken. Jetzt aber musste er endlich weg von hier, in die Bischofskirche hinein. Dort würde ihn niemand ansprechen, sondern ihn in aller Ruhe das Innere des Bauwerkes betrachten lassen.

Tatsächlich empfing ihn in der Kathedrale absolute Stille. Mit ihm waren an die fünfzig Gläubige im Langhaus, überschlug er mit einem ersten Blick. Das Schätzen hatte er ebenso wie das Vermessen eines Kirchenschiffes gelernt, Letzteres allerdings, indem er die jeweiligen Flächen in Quadrate einteilte. Matizo kniete sich nieder und faltete die Hände. Im Gegensatz zu den anderen Gläubigen bat er in dieser Haltung aber nicht um die Vergebung seiner Sünden, um einen milden Winter oder um gefüllte, trockene Kornspeicher. Sondern er vermaß die Kirche mit den Augen. Hier drinnen wirkte der Zauber der Geometrie, die mit dem Kreis, dem Dreieck und dem Quadrat so viele verschiedene Gestaltungsmöglichkeiten hervorbrachte.

Schnell hatte Matizo erkannt, dass der Grundriss der Bischofskirche im gebundenen System konstruiert war, sich demnach aus mehreren gleich großen Quadraten zusammensetzte. Seine Wanderzeit in Frankreich hatte ihn gelehrt, dass für den derzeitigen Kirchenbau insbesondere das Quadrat und das gleichschenklige Dreieck maßgebend waren und sich die Harmonie der Proportionen eines Bauwerkes dadurch entfaltete, dass sich die gewählte geometrische Form in sämtlichen Bauteilen wiederfand. Eine Grundform sollte das gesamte Gebäude durchziehen und gliedern. War das Dreieck die auserwählte Form, so leitete sich das gesamte Gebäude aus der Grundform des Dreiecks ab. War es das Quadrat oder eine Kombination von beidem, so mussten diese maßgeblich für den gesamten Bau sein. Matizo schaute sich die Strukturen um sich herum immer und immer wieder an, konnte aber keine durchgehende geometrische Grundform erkennen. Der Grundriss basierte zwar auf dem Quadrat, aber an den Wänden und den Gliederungselementen waren sowohl Kreis als auch Dreieck eher willkürlich zugrunde gelegt worden.

Auf dem Weg zur Westwand schaute er am Langhaus hinauf. Die Mauern wirkten klobig und besaßen nur kleine Fenster. An den Säulen zwischen Mittel- und Seitenschiff erblickte er Kelchblockkapitelle, die mit Blättern oder Ranken geschmückt waren. Der Bauherr dieses Gotteshauses hatte eine wohl eher konservative Gesinnung besessen. Das Deckengewölbe war hingegen schon etwas fortschrittlicher gestaltet. Hinter ihm, ganz im Osten, begann es zwar als Kreuzgrat, also ohne verstärkende Rippen, die den Druck in die Pfeiler ableiten konnten. Doch unmittelbar über ihm war schon ein Kreuzrippengewölbe umgesetzt worden. Ihm war, als zeige sich das Gotteshaus mit dieser Überleitung vom alten Kreuzgrat zur fortschrittlichen Kreuzrippe für eine neuartige Erweiterung bereit: seinen Westchor. Dieser Gedanke ließ ihn erschaudern, noch bevor er die Kathedrale das erste Mal berührt hatte.

Matizo wurde seitlich angerempelt und fuhr zusammen. Wieder ein Benediktiner! Einen hastigen Pulsschlag lang fühlte er sich von einem grauen Augenpaar gemustert. Auch eine auffällige Lücke zwischen den beiden oberen Vorderzähnen hatte er bei den Worten »Verzeiht, Herr!« erkennen können.

Matizo hoffte, dass der Zusammenstoß und damit die zwei kurz hintereinander erfolgten Begegnungen mit den Benediktinermönchen nur dem reinen Zufall geschuldet waren. Für gewöhnlich beteten Mönche ja mehrmals am Tag. Für ausgewählte Aufgaben von der Klausur befreit, verrichteten sie ihren Dienst an Gott auch in Kathedralen oder wo sonst ihr Zuspruch und Trost noch dringend benötigt wurden, das wusste er von Matthäus. Deine ständige Angst ist lächerlich!, schalt er sich in Gedanken. *Nein!* Nicht die Angst war lächerlich. Er selbst war es! Er sollte sich zusammenreißen! Wenn er sich weiterhin so kopflos benahm, würde er die Weihe des Westchores ganz sicher nicht mehr erleben.

Mit beschleunigtem Puls ging er zurück zum Ostchor, wie es jeder Gläubige tat, der eine Kirche zum Beten aufsuchte: den Gottesraum von Westen betreten und sich dem Altar im Osten nähern, wo die Anbetung des Herrn erfolgte. Im Osten befanden sich die Geburtsgrotte und das Grab Christi, der Ort, der dem himmlischen Jerusalem am nächsten kam. Diesen Gedanken hatten die westlichen Baumeister, von denen er während der Wanderschaft hatte lernen dürfen, treffend umzusetzen gewusst. Sie hatten ihre Kirchen so gebaut, dass auf dem Weg nach Osten der Kirchenraum noch höher und heller wirkte. Bis zum Altar, dem Höhepunkt.

Vor diesem sank Matizo nun auf die Knie. So spürte er sie das erste Mal. Seine Gelenke vibrierten, und die Fingerspitzen erwärmten sich.

Sie hieß ihn willkommen.

Er dankte ihr dafür und verharrte in seiner Position. In der Kathedrale fühlte er sich aufgehoben. Bereits jetzt war ihm, als kenne er sie schon länger. Das war ihm bisher nur bei anderen Bischofskirchen passiert.

Beim Verlassen der Immunität war es draußen noch hell. Begleitet von dem krächzenden Gesang dreier Trunkenbolde, gelangte Matizo über einen Umweg in die Wenzelsstraße zurück. Ein älterer Mann, dem befehlenden Tonfall nach ein Handwerksmeister, hieß seine zwei Burschen, einen schwer beladenen Wagen zu ziehen. Die beiden stöhnten auf, als sie den verbleibenden Weg bis zur Arbeitsstätte sahen. »Mit Gunst und Verlaub«, grüßte ihn der Mann.

»Mit Gunst und Verlaub«, erwiderte Matizo, um dann zwei Schritte später zu stocken. Jemand saß auf seiner Eingangstreppe neben der Rampe. Ein junger Mann.

»Seid Ihr Matizo aus Mainz?« Die höhere Tonlage und die freundlichen Worte ließen Zweifel in ihm aufkommen, dass er wirklich einen Buben vor sich hatte. Als der zweifelhafte junge Mann sich dann erhob und einige Schritte auf ihn zutat, ein Bündel fest in der rechten Hand, erkannte Matizo am Gang, dass er es tatsächlich mit einer Frau zu tun hatte. Verunsichert nickte er knapp.

»Bischof Dietrich schickt mich«, antwortete sie daraufhin. »Ich soll Euch zur Hand gehen, beim Schreiben. Fünf Tage die Woche. Den sechsten und halben siebten Tag wünscht mich Seine Exzellenz weiterhin in der bischöflichen Schreibstube.«

Erst in diesem Moment erinnerte Matizo sich daran, dass Bischof Dietrich ihm zur Unterstützung beim Zeichnen und Schreiben jemanden hatte schicken wollen. Aber ein Mädchen? Davon war nicht die Rede gewesen.

»Ich bin Hortensia«, stellte sie sich vor und folgte Matizo ins Haus, der nach einem kurzen »Entschuldigt mich« auch schon die Stufen ins Obergeschoss hinaufstieg.

Irritiert schaute Hortensia sich um. Die Wohnstube wirkte einfach, aber gemütlich. Da kam eine ältere Frau durch die Eingangstür, einen gefüllten Korb am Arm.

»Exzellenz Bischof Dietrich schickt mich«, kam Hortensia einer Frage der Frau zuvor, ihr Bündel noch immer fest in der Hand.

»Ich bin Line und die Hausmagd hier«, stellte die andere sich gleichfalls vor und setzte den Korb neben die Kochstelle ab. Der Gottesmann hatte ihr die Ankunft des Mädchens bereits angekündigt, auch hatte sie die Schreiberin schon einmal auf der Bischofsburg gesehen, wenn sie sich recht erinnerte. »Wenn du bisher für den Bischof gearbeitet hast, stammt deine Familie dann auch aus unserem schönen Naumburg?« Line konnte sich keinen anderen Ort vorstellen, an dem sie leben wollte, als die Stadt am Zusammenfluss von Saale und Unstrut. Hier war sie damals gut aufgenommen worden, woran sie sich gerne erinnerte. Nach Freiberg zurückzukehren kam für sie nicht mehr in Frage … kurz tastete sie nach der Steinscherbe unter ihrer Schürze.

Hortensia, der Städte nicht gefielen und für die allein der Ettersberg, die singenden Gräser um die Neumarker Burg sowie das Haus mit der schiefen Tür schön gewesen waren, schluckte den bitteren Schmerz hinunter, der sie auf Lines Frage hin überfallen hatte. »Nein, ich bin nicht aus Naumburg«, antwortete sie. In die Stadt war sie nur gekommen, weil sie Frieden bringen wollte. Frieden!, erinnerte sie sich. Dafür musste sie stark sein.

Line deutete in ihren Korb und begann dann, die noch vorhandene Glut im Kamin zu schüren. »Zeit für das Abendessen. Heute bereite ich einen Dinkeleintopf mit gehacktem Fleisch, verfeinert mit Butter, Zwiebeln, Karotten und frischer Petersilie. Nach dem Rezept meiner seligen Tante Anna«, erklärte sie und begegnete Hortensias verwirrtem Blick mit einem Lächeln. Die ersten Flammen züngelten bereits am eben nachgelegten Holzscheit empor. Als Nächstes stellte sie einen hoch auf drei Eisenfüßen stehenden Topf mit Wasser über das Feuer, zerkleinerte das Fleisch und warf es zusammmen mit den restlichen Zutaten hinein. Dann wandte sie sich wieder Hortensia zu. »Das braucht jetzt eine Weile. Währenddessen zeige ich dir deine Kammer.«

Hortensia folgte der Hausmagd ins Obergeschoss hinauf. Deren ausladender Körper und die vielen Falten erinnerten sie an die Kammerfrau der Neumarker Gräfin, deren Gesicht, vom Feuer in Neumark mit Brandblasen übersät, nahezu unkenntlich geworden war.

Ein Talglicht in den Händen, betrat Line den Flur. Sie öffnete die erste Tür zu ihrer Linken und leuchtete hinein. »Das ist deine Kammer. Niemand außer dir wird sie betreten.«

Zu Hortensias Entsetzen war der Raum fensterlos. Ihr Vater war nie müde geworden zu betonen, dass ein Schreiber viel Licht benötige, weil dieses die Blindrillen als Orientierung für die Buchstabenlängen überhaupt erst zum Vorschein brachte. Stroh und Leinen im Bettkasten schienen frisch zu sein. Daneben stand ein kleines Schränkchen, kaum höher als die Bettstätte, an deren Kopfende sich auch noch ein kleines flaches Tischlein mit einer Waschschüssel darauf befand.

»Und ich schlafe gleich hier.« Line zeigte auf die gegenüberliegende Tür. »Wenn in der Nacht einmal Not ist, wecke mich.«

Hortensia nickte höflich, auch wenn sie nicht daran dachte, eine ihr fremde Person mitten in der Nacht zu bemühen. Im schwachen Licht der Talgschale knotete sie ihr Bündel auf. Die Pergamente ihrer Mutter ließ sie unter dem Stroh des Betts verschwinden. Schließlich hatte ihr die Hausmagd versichert, dass niemand außer ihr die Kammer betreten würde. Ihre beiden Gewänder und etwas leinene Wäsche legte sie auf dem Bett ab. Das markgräfliche Schreibzeug und den Münzbeutel verstaute sie in dem Schränkchen neben ihrem Lager. Dann trat sie wieder aus der Kammer.

Line wies zum Ende des Flures. »Und dort hinten findest du den Meister.«

Abweisend, beinahe schon unhöflich hatte Matizo von Mainz sie empfangen. Ihr Auftrag in diesem Haus würde nicht leicht, geschweige denn angenehm werden. Stumm seufzte Hortensia in sich hinein und schaute in Richtung der Arbeitskammer, aus der Worte in den Flur drangen, die sich für sie so anhörten, als wären sie einer ihr unbekannten Sprache entliehen: Apsis, Fries und Kreuzrippe.

Für Matizo waren diese Worte die Welt, und er war in diesem Moment fest entschlossen, der Naumburger Bischofskirche mehr Helligkeit zu verschaffen. Dem Westchor würden große Glasfenster gut zu Gesicht stehen. Und hoch sollte der Chor werden, damit sich diese auch in die Höhe erstrecken konnten. Es ging um die gelungene Verbindung des Althergebrachten mit dem Neuartigen. Ausschließlich bauliche Neuerungen oder zu viel Ornamentik würden überfrachten und verstören. Der Westchor würde sich dann wie ein Fremdkörper anfügen, dabei sollten doch jede Kirche und jeder neue Anbau, ungeachtet wie viele Chöre, Krypten und Kapellen Erstere auch besaß, stets eine Einheit bilden. Seine bislang noch nie da gewesenen Elemente des Kirchenbaus würde er so einbringen müssen, dass ein fließender Übergang zwischen Neuem und Altem geschaffen wurde. Wie eine Brücke über einen Fluss unterschiedliche Landstriche miteinander verband – einen bewaldeten, düsteren mit einem von der Sonne beschienenen, hell aufleuchtenden Feld.

Ein lautes Klopfen an der Haustür im Erdgeschoss ließ Matizo aufhorchen. Das Knarzen der Treppenstufen verriet ihm, dass Line bereits ins Erdgeschoss stieg. Einen kurzen Augenblick später hallte ihre Stimme hinauf. »Herr Matizo, Besuch für Euch.«

Besuch? Außer Bischof Dietrich kannte er niemanden hier in Naumburg, und das wollte er so schnell auch nicht ändern. Aber vielleicht hatte der Bischof ihm die Informationen aus dem Georgskloster doch noch beschaffen können und ließ sie ihm nun über einen Boten zustellen? Widerwillig begab er sich ins Erdgeschoss hinab.

Dort sah er Line einmal mehr vor der Kochstelle im Dreibein rühren, die Haustür stand offen. Matizo atmete den Geruch gesottener Zwiebeln ein, als sich die Hausmagd zu ihm umwandte und sagte: »Es ist ein Benediktiner-Pater, der Euch sprechen möchte.« Sie war schnell zur Kochstelle zurückgeeilt, weil die Flammen dort plötzlich hochgeschlagen waren, und hatte den Gast deshalb noch nicht hereingebeten.

Matizo sah einen Mann in schwarzem Habit in der offenen Tür stehen.

»Wir haben nichts, das wir Euch für Bedürftige geben können.« Matizo klang so kühl und abweisend, wie ihn Line zuvor noch nicht gehört hatte. »Und jetzt entschuldigt mich!« Er wollte die Tür schon wieder schließen, als der Pater seinen Fuß in den Türrahmen stellte.

Äußerlich unbeeindruckt von der schroffen Abweisung erwiderte der Pater: »In meiner Jugend kannte ich jemanden, über dessen Verbleib Ihr mir eventuell Auskunft geben könnt.«

Matizo presste seine Hand auf die Verriegelung. »Ich bin aus Mainz und kann Euch nicht helfen!« Ihm kam es so vor, als ob er die Geistlichen dieser Stadt anzog wie der helle Wein wenige Stunden zuvor die Kehlen der Naumburger. Wie Hunde mussten die Benediktiner in der Lage sein, seinen Angstschweiß zu riechen.

Leise stellte Line den Dreibeintopf neben der Feuerstelle ab und begab sich nach einem Nicken in Richtung Matizo ins Obergeschoss, wo sie auch Hortensia, die gerade nach unten gehen wollte, gebot, noch so lange zu warten, bis der Besuch wieder gegangen war.

»Damals waren wir eng verbunden. Ich möchte daher wissen, ob es ihm gutgeht.« Auf diese Worte hin beugte sich der Pater etwas vor und streifte sich die Kapuze der Kukulle vom Kopf. Ein hageres Gesicht mit silberblondem, kreisförmig zur Tonsur geschorenem Haar kam zum Vorschein. Und als der Mann lächelte, wurde ein breiter Spalt zwischen den mittleren oberen Vorderzähnen sichtbar.

Matizo erkannte ihn wieder: Harbert war also Pater geworden. Einen Moment lang war er unentschlossen, ob er ihn eintreten lassen oder ihm die Tür doch noch vor der Nase zuschlagen sollte.

»Vorhin sah ich Euch in der Kirche des Bischofs und wollte gerne herausfinden, ob Ihr es wirklich seid. Wir hatten einen gemeinsamen Freund«, setzte der Pater weicher nach. »Matthäus hieß er.«

Matizo schluckte trocken. Am liebsten hätte er die Tür zugedrückt, aber etwas hielt ihn davon ab. Der ehrliche Gesichtsausdruck seines Gegenübers? Oder das schlechte Gewissen? »Matthäus war nie mein Freund«, murmelte er. Das war ja gerade das Problem gewesen!

Der Pater runzelte die Stirn, sein Fuß mit der Riemensandale ruhte unverändert zwischen Tür und Rahmen. »Meiner war er«, bekräftigte er.

Entgegen seinem Bauchgefühl und vielleicht auch nur, weil er es wegen der Nachbarschaft zu keinem Streit an der Tür kommen lassen wollte, ließ Matizo den Pater ein. Eine Gänsehaut überzog seine Arme.

»Beinahe fünf Jahre ist es inzwischen her, dass ich die Priesterweihe empfangen habe«, begann der Pater zu berichten. »Für die Ausarbeitung der Predigten nehme ich mir viel Zeit. Ich will den Menschen den Herrn in ihren alltäglichen Sorgen näherbringen. Für die meisten bin ich nach wie vor einfach Bruder Harbert.«

Bruder Harbert! Bruder … Matizo schlug das Herz bis zum Hals, die Narben an seinen Armen brannten. Um sich zu beruhigen, schaute er zur Werkstatt und dachte an den Stein, den er heute Abend weiter abspitzen wollte.

»Abt Etzel hat mir zudem vor einigen Jahren die Aufsicht über die klösterliche Schreibstube übertragen«, erzählte der Benediktiner weiter und machte einen Schritt auf Matizo zu.

Abt Etzel? Bei der Nennung dieses Namens war Matizo, als würde ihm jemand mehrmals hintereinander eine Faust in den Magen schlagen. In seinen Ohren begann es zu rauschen.

Er wandte sich ab, was den Redefluss des Paters aber nicht bremste. »Als sein Sekretär unterstütze ich den Abt in allen seinen Aufgaben. Im Großen und Ganzen lässt er mich aber einfach machen, der gute Etzel.«

Die Stimme des Paters schien sich immer weiter von Matizo zu entfernen, obwohl der Geistliche keinen Schritt zurückwich. Warum erzählte Harbert ihm das alles überhaupt?

»Viel Zeit verbringe ich mit den alten und den neuen Schriften. Außerdem nehme ich mich der Erziehung und Ausbildung der jüngeren Brüder an.«

Matizos Angst wurde dennoch von zwei Worten verdrängt: klösterliche Schreibstube!

»Während der vergangenen Jahre hat sich einiges verändert«, fuhr Harbert fort, nachdem Matizos Gesicht wieder etwas Farbe gewonnen hatte. Matizo hörte die Worte des Mönches wieder deutlicher, obwohl er weiterhin an der guten Absicht seines Besuchers zweifelte. Was, wenn die überlebensgroßen Stifter, ja der gesamte Auftrag nur eine List wären, um ihn schlussendlich hier in Naumburg auf die Richtstätte führen zu können? Und der Pater in Wirklichkeit der Gehilfe des bischöflichen Scharfrichters? Was sollte er riskieren, was aufgeben? Nachdem er sich der Kathedrale heute auf Knien dargeboten und sie ihn aufgenommen hatte, wollte er nicht mehr von ihr lassen. Er war nicht bereit, sie wieder aufzugeben. Um bei ihr bleiben zu können, stand ihm ein Gang durch das Fegefeuer seiner Vergangenheit bevor. Doch die Kathedrale war stärker. Und Harberts Worte von der klösterlichen Schreibstube gingen ihm nicht mehr aus dem Kopf.

»Als Vorsteher der Schreibstube kennt Ihr den Bibliotheksbestand, nicht wahr?«

Der Pater zögerte mit einer Antwort, erst jetzt schloss er die Tür hinter sich.

»Würdet Ihr mir auf der Suche nach einem Dokument behilflich sein?« Matizos Stimme wurde kräftiger, er dachte unentwegt an die Kathedrale. »Ich suche Informationen über die Markgräfin Uta. Es besteht die Aussicht, dass noch Schriftstücke über sie in Eurer Schreibstube existieren.« Matizo fiel der nachdenkliche Blick seines Gegenübers auf.

»Ihr meint Uta von Ballenstedt? Die Gemahlin des Meißener Markgrafen, Ekkehard des Jüngeren?«

Matizo nickte, auch wenn es ihm etwas seltsam vorkam, dass der Pater sofort von der Markgräfin wusste.

»Sofern es Aufzeichnungen gegeben hat, kann ich nicht sagen, ob sie die vergangenen zweihundert Jahre überdauert haben.« Der Pater hielt inne. »Pergament ist vergänglich, und oft kratzen wir alte Pergamente ab, um sie neu zu beschreiben.«

In diesem Augenblick gaben die Glocken von St. Margarethen ihren ersten Ton – die Hinführung zum Lied von St. Margarethen – von sich. Er erschien Matizo wie eine Warnung, vorsichtig zu sein.

»Ich muss zur Vesper«, beeilte sich der Pater plötzlich zu sagen und öffnete die Tür. »Wenn Ihr einverstanden seid, statte ich Euch den nächsten Besuch mit einer Antwort auf Eure Frage bezüglich der Markgräfin ab.« Als er sich noch einmal umwandte, schaute er Matizo eindringlich an und verabschiedete sich dann mit einem Nicken von ihm.

Sofort schloss Matizo die Tür, um die einsetzende Melodie nicht in sein Haus dringen zu lassen. Immer noch aufgewühlt, ließ er sich auf der Sitzbank vor dem Fenster nieder. War es nicht seltsam, dass der Pater kein weiteres Wort mehr über Matthäus verloren hatte? Bei dem wiederholten Gedanken, sich seiner Vergangenheit zu stellen, lief ihm ein kalter Schauer über den Rücken. So nahe wie mit Pater Harbert war er seiner Vergangenheit seit damals nicht mehr gekommen. Wenn Gott ihm beistand, könnte er einer Bestrafung zumindest bis nach der Fertigstellung der Entwürfe für seine Sonnenkathedrale entgehen. Mit gefalteten Händen bat er Gott um diesen Aufschub. Er sah den Stein vor sich, der in der Werkstatt auf ihn wartete und bald die Form eines Kapitells annehmen würde. Matizo führte seine Hände auf Augenhöhe und drehte sie hin und her, als entwüchsen ihnen in diesem Moment Krallen. Seine langen schlanken Finger zitterten, als stünde ihnen Fürchterliches bevor. Sogar in den Fingerkuppen pochte es. Dazu kam das Brennen der Narben auf den Unterarmen. Es war, als nähme seine Vergangenheit jetzt sogar noch sein empfindlichstes Organ, die Fingerspitzen, in Besitz. Er zwang die Hände vor die Brust, damit sie sich etwas beruhigten. Denn schließlich war da auch Licht zwischen all dem Unheil, das ihn ermutigte, nicht aufzugeben: die Kathedrale. Bei der Erinnerung an ihre erste Begegnung wurde ihm warm ums Herz. Er war überzeugt, dass keine Frau ihn jemals so betören könnte.

Da kamen die Hausmagd und die Schreiberin die Stufen hinab. Line stellte den immer noch dampfenden Dreifußtopf auf den Tisch und ordnete liebevoll Schalen und Löffel an. Hortensia ließ sich auf einem Hocker nieder.

Auch während des gesamten Essens saß Matizo nur schweigend am Tisch. Das Spiel mit dem Feuer hatte begonnen, und er selbst war derjenige, der es entfacht hatte.

Die linke Faust im ledernen Handschuh, wartete Agnes
darauf, dass sich Beute zeigte. Unweit ihrer Lagerstätte
hatte sie am Morgen das schrille Geschnatter von Kiebitzen
vernommen und war nun zuversichtlich, dass Saphira bald zu
einem anmutigen Beuteflug in die Lüfte aufsteigen würde.
Das aufgeplusterte Sperberweibchen auf dem Handschuh,
stand sie mit dem markgräflichen Falkner quer zum Feld und
löste Saphiras Kurzfessel.

Während der Vogel aufmerksam die Gegend absuchte, wurden Agnes' Augen feucht, denn ihre Gedanken glitten zu der
traurigen Botschaft, die sie jüngst erreicht hatte. Ihre Mutter
war gestorben, ihre Maminka. Wohl schon im vergangenen
Herbst. Und ausgerechnet bei den Klarissen in Prag hatte man
sie bestattet. Im Kloster, das von Äbtissin Anežka gegründet
worden war, die ihrer Mutter stets die Zuneigung und Zuwendung des Vaters gestohlen hatte. Hinzu kam noch, dass Ottokar,
ihr älterer Bruder, eine kriegerische Auseinandersetzung gegen
den Vater angezettelt hatte. Svatý Václave, pomoz jim prosím v
této velké nouzi! Heiliger Wenzel, bitte hilf ihnen in dieser großen Not! Und bitte ermögliche, dass Markgraf Otto von Brandenburg der Einladung zum Silberblattturnier in Begleitung
von Božena folgt. Agnes fragte sich, ob es immer nur jeweils für
einen Teil ihrer Familie Glück geben könnte. Für sie oder ihre
Angehörigen in Böhmen. Denn ihr, so tröstete sie sich, war nunmehr ein erster Erfolg im Kampf um die Liebe gelungen.

Sie schaute in Richtung der Zelte, die am gestrigen Abend
unweit der Stadt Gotha aufgebaut worden waren und die die
vorletzte Etappe auf der ersten gemeinsamen Reise mit Hein-

rich markierten. An die fünfhundert Berittene, die ihrem Markgrafen im Kampf gegen die Thüringer Adligen beigestanden hatten, lagerten dort und warteten auf den Weitermarsch, der sie nach Erfurt führen würde. Vermutlich war die Stadt ohne Kampfeshandlungen einnehmbar, so viel verstand Agnes, seitdem Heinrich es ihr gestattete, für einen längeren Zeitraum als nur den Beischlaf an seiner Seite zu weilen.

Sie hielt die Luft an, als Saphira sich beinahe flach auf ihre Faust legte und ihre Beute fixierte. Die Federhaube an den Hinterköpfen der Vögel verriet Agnes, dass es tatsächlich eine Schar Kiebitze war, die sich in einhundert Fuß Entfernung zum Verschnaufen ins Gras niedergelassen hatte. Sie warf das Sperberweibchen in Richtung der Beute und verfolgte, wie sich Saphira mit weit gespannten Flügeln und vollendet wirkender Leichtigkeit in die Luft schwang. Wie ein geschärftes Messer durch Gemüse fuhr, glitt der Vogel nun knapp über dem Boden auf die Kiebitze zu. Das Klingeln der Bell ließ die Beuteschar auffliegen. Aus Saphiras langsamen Flügelschlägen wurden jetzt rascher aufeinanderfolgende, was sie inmitten der Kiebitze brachte und mit beiden Fängen eines der Tiere am Hals fassen ließ.

»Einzigartig«, flüsterte Agnes bewundernd. Saphiras perfekt gesetzter Zugriff musste so tödlich wie ein Dolch gewesen sein. Ihre treue Jägerin begann sofort, die erlegte Beute zu rupfen. Agnes ließ sie gewähren. Erst nachdem keine einzige Feder mehr am Kiebitz hing, begann Saphira ihr Mahl.

Begleitet vom Rauschen ihrer Flügelschläge kam sie gesättigt auf Agnes' Faust zurück. Das stolze Leuchten der gelben Augen machte ihrem Namen alle Ehre. Und wie am Ende jeder Jagd gab es diesen kurzen Moment, in dem Agnes glücklich war: Saphira war ein Wildtier und dennoch ohne Zwang zu ihr zurückgekehrt. Dankbar strich sie dem Vogel über das graubraune Gefieder. Schon jetzt freute sie sich auf die nächste Beizjagd, in der sich das Tier womöglich elegant um die eigene Achse drehen würde, ein fliegerisches Kunststück, das gewöhnlich nur Falken vollbrachten. Sie übten noch daran.

Der Falkner deutete eine Verbeugung an. »Meisterhaft, Erlaucht«, gestand er beeindruckt und befestigte das Geschüh an den Fängen des Tieres.

Agnes nahm sein Kompliment kaum wahr, denn sie schaute bereits in Richtung der untergehenden Sonne. Der Tag neigte sich seinem Ende zu. Sie übergab dem Falkner ihren Handschuh sowie den Vogel zur weiteren Versorgung und schritt den kurzen Weg zur Lagerstätte zurück. Sie wünschte, Božena oder Maminka könnten sie sehen, so jung und frisch erblüht, wie sie sich fühlte.

Zurück in ihrem Zelt, legte sie den Schleier ab. Das rauhe Leben in der Natur gefiel ihr nicht. Für die Unterbringung während der Reise hätte sie ein Kloster oder die Burg eines befreundeten Grafen den kühlen Nächten unter gespanntem Stoff vorgezogen. Zugleich hätte sie dort das Ritual des täglichen Bades aufrechterhalten können. Anders als sie schien Heinrich es jedoch zu genießen, unter seinen Kämpfern zu weilen und in Zelten zu nächtigen.

Im Licht einer Talgschale betrachtete sie sich im Handspiegel. Das blondgelockte Haar sah prachtvoll aus. Das verdächtige Glitzern in ihren Augen, das dem Angedenken an ihre Mutter geschuldet war, wischte sie mit einem Tüchlein weg. Sie biss sich auf die Lippen, damit sie röter wurden, und schob die Schultern nach hinten, um ihre Brüste besser zur Geltung zu bringen.

Da machte Frieda in einer Ecke des Zeltes auf sich aufmerksam. »Herrin, Euer Lager ist gerichtet.«

»Reicht mir das Gewand für die Nacht, bitte. Das Elfenbeinfarbene«, bat Agnes.

»Das Elfenbeinfarbene?« Peinlich berührt sog Frieda die Luft ein. »Ihr wollt wieder zu ihm?«, schlussfolgerte sie wie vor den Kopf geschlagen.

Wortlos begann Agnes, selbst in einer der Reisetruhen zu kramen. Als sie wenige Monate nach ihrer Hochzeit zum ersten Mal schwanger gewesen war, hatte Heinrich, um das Ungeborene in ihrem Leib nicht zu gefährden, sie nicht mehr zu sich ins Bett gelassen und stattdessen eine junge Müllerstochter den Burgberg nach Meißen hinaufbefohlen. Das würde sie nunmehr verhindern. Solange sie sich mit dem Kind im Bauch noch irgendwie unter ihm bewegen konnte, sollte keine andere als sie selbst Heinrichs Bett wärmen. »Ich wüsste nicht, was dich das angeht!«, antwortete sie ihrer Kammerfrau nun.

Frieda schaute ihrer Herrin eine Weile beim Suchen zu. »Verzeiht«, entschuldigte sie sich dann, doch ihre gestrengen Züge sagten nach wie vor: *Wie könnt Ihr nur!*

Als irgendwo draußen Angetrunkene ein Lied anstimmten, hatte Agnes das Gewand endlich neben ihrem Goldschmuck gefunden, aus dem sie gleich noch ein Ohrgehänge wählte. Es war ein Geschenk Heinrichs. Die aus reinem Gold gefertigten Ringe in Form eines Dreiviertelmondes, reich mit Perlen und jeweils einem Amethysten besetzt, kamen nur bei besonderen Anlässen zum Einsatz. Und der heutige Abend war ein solcher Anlass. Er würde den Zyklus, an dem Heinrich ihr zum ersten Mal sieben Tage in Folge jeden Abend verlangend beigelegen hatte, abschließen. Sieben Nächte nur er und sie. Sieben, die vollkommene Zahl. Die Vereinigung der göttlichen Dreifaltigkeit mit den vier Elementen: Feuer, Wasser, Erde und Luft.

Agnes verschwand hinter den Leinentüchern ihrer provisorischen Bettstatt, wechselte die Kleidung und legte sich das Gold an. Dann trat sie an Frieda vorbei zum Ausgang. Das lange Haar fiel ihr lockig über die Schultern bis zu den Händen mit den weißen, nahtlosen Handschuhen.

Der Schmuck an ihren Ohren klimperte beinahe wie Saphiras Bell. Agnes fühlte sich in diesem Moment genauso aufgeregt wie ihr Sperber zu Beginn jeder Jagd. Auch heute würde sie vor dem Gatten ihre Sehnsucht nach Böhmen verbergen und die Erinnerungen an Maminka in eine dunkle Kammer sperren. Heinrich würde die Ablenkung, die sie ihm vom Ärger mit dem bischöflichen Halbbruder in Naumburg bot, dankbar annehmen, davon war Agnes überzeugt. Am wichtigsten waren ihr jedoch die zärtlichen Stunden, in denen Heinrich nur Augen für sie hatte und keinen einzigen Gedanken mehr an seine Söhne verschwendete. Die würden zum Glück erst zum Turnier wieder aus Altzella zurückkehren.

Frieda starrte auf den Zipfel des hauchdünnen Gewandes, welches unter dem Umhang ihrer Herrin hervorschaute. »Aber das Kind, Herrin!«, rief sie ihr leise hinterher.

Agnes erstarrte am Zeltausgang. Erst einige Herzschläge später wandte sie sich noch einmal um. »Mein Bauch bläht sich nur etwas. Der Rehschenkel gestern war faulig«, entgegnete sie Frieda, obwohl sie wusste, dass tatsächlich ein neues Leben in ihr heranwuchs. Bereits jetzt war das Kleine stark, das spürte sie, und die Liebe seiner Eltern würde ihm gewiss nicht schaden. Im Gegenteil, wenn Heinrich aufgrund ihrer Schwangerschaft das Bett einer anderen suchte, verlöre sie das Ungeborene womöglich vor Gram. »Und jetzt ist es genug! Es steht dir nicht zu, mir Vorhaltungen zu machen!«

»Natürlich, Herrin. Es wird alles gut werden«, sagte die Kammerfrau kleinlaut, wie um sich selbst von jeder Schuld freizusprechen.

Schleierlos verließ Agnes das Zelt. Ihr vom Wind getragenes Haar erinnerte in der Dunkelheit an einen leuchtenden

Sternenschweif. Die singenden Männer an der nahen Feuerstelle verstummten einer nach dem anderen und schauten ihr angetan hinterher. Agnes hingegen sah nur noch Heinrichs Zelt mit dem wehenden Banner und den brennenden Fackeln vor sich. *»Die Frauen sollten aus dem Unglück der Frau lernen, die da Helena hieß. Bei den Griechen war sie einst eine mächtige Königin«*, rezitierte sie eine Stelle aus dem Versbüchlein so leise, dass nur sie es hören konnte. *»Sie besaß große Schönheit und einen kleinen Verstand. Schönheit ohne Verstand ist ein wertloses Pfand.«* Das edle Garn in Agnes' Umhang schimmerte im Schein des Feuers.

Als sie das Zelt betrat, saß Heinrich umringt von Beratern über einem Schreiben. Vermutlich war dessen Verfasser der Baumeister Libergier, hatte der Gatte doch gerade französische Worte übersetzt.

Der Kämmerer Fahner, dem die Listen mit den Ein- und Ausgaben aus den Händen zu gleiten drohten, starrte Agnes sprachlos an. Protonotar Withego wandte sich ab, während Mundschenk Vargula interessiert zu ihr aufschaute. Agnes' Anblick fesselte auch Heinrich, wie diese seinem Lächeln entnahm, das die eben noch ernsten Züge aufhellte. Den Blick auf sie gerichtet, erhob er sich. »Entschuldigt uns, meine Herren.« Allein Vargula wagte einen zweiten Blick auf Agnes, dann verließ auch er das Zelt.

Mit gezielter Langsamkeit öffnete Agnes die Schließe ihres Umhangs. Wortlos und die Augen auf Heinrichs Gesicht gerichtet, ließ sie den weichen Stoff die Schultern hinabgleiten. Dabei schloss sie die Lider, als berührten die Hände ihres Geliebten schon ihren Körper. Sie hatte inzwischen begriffen, dass ihn die fordernde, bestimmte Liebhaberin mehr erregte als die schüchterne. Und diese Art Liebhaberin wollte sie für ihn sein.

Matizo stand vor der Westwand der Kathedrale, vor der soeben erneut der gebückte Bettler mit der Bitte um eine milde Gabe erschienen war. Anders als bei ihrer ersten Begegnung wurde er dieses Mal jedoch nicht von seinem Weib, sondern von einer Adligen, die in ein kostbares seidenes Gewand gehüllt war, begleitet. Wie konnte das sein? Das lange Haar floss ihr über die Schultern bis zu den schmalen Hüften. Stolz und schön hielt sie ein Zepter in der Hand. Ihre Haut war ebenmäßig und fein, wie meisterlich geschliffener Sandstein. Matizo war geneigt, sich ihr zu nähern, um sie genauer zu betrachten. Da kamen zwei Geistliche auf ihn zu. Wie schon einmal. Einer der beiden war Graf Dietmar. Jener Mann, der das Reichskloster Herford geplündert und dabei kostbare Reliquien entwendet hatte. Auch wenn Matizo das Aussehen des Stifters nicht bekannt war, war ihm während des bischöflichen Berichts genau dieses hagere Gesicht mit dem mitgenommenen Ausdruck erschienen.

Dietmar streifte die Kapuze zurück. Über seinem Arm baumelte ein Korb, in den er nun hineingriff. Matizo schlug sich auf beide Wangen. Wenn der jetzt auch noch einen Apfel herausholte … irgendetwas stimmte hier nicht. Doch schon streckte ihm Dietmar die geöffnete rechte Hand entgegen. »Nehmt dies hier!«

Anstelle des Apfels sah Matizo nun einen mumifizierten Zeh samt mehreren Knochen mit vergilbten Zehennägeln. Beim Anblick der Reliquie entgleisten ihm die Züge, was Dietmar in das schallende Gelächter eines Wahnsinnigen ausbrechen ließ. In seinem Mund kamen dabei die verrotteten braunen Zahnstümpfe eines längst Verstorbenen zum Vorschein.

Matizo wollte den hageren Mann nach seiner wahren Identität befragen, doch ihm versagte die Stimme. Er wandte sich von Dietmar ab, hin zu dem kauernden Bettler, dessen Äußeres sich nun vor seinen Augen unter dem immer noch schallenden Gelächter Dietmars zu verändern begann.

Der eben noch gebückte Krüppel ging auf einmal aufrecht. Seine Zähne hatten sich auf wundersame Weise vermehrt. Auf seinem Haupt saß eine mit Edelsteinen besetzte Krone. Sein löchriger Umhang hatte sich in feinste rote Seide verwandelt. Die dämonische Wandlung des Bettlers zum König wurde von den Schreien der adligen Frau begleitet. Der Markgräfin?, fragte sich der entsetzte Matizo.

»Metzelt den König und seine dämonische Brut nieder!«, rief Dietmar, und auf seine Aufforderung hin strömten berittene Kämpfer sowie Fußsoldaten auf den Platz um die Kathedrale.

Matizo floh in eine Seitengasse, aber auch dort überwogen Gebrüll und Waffengeklirr, mischten sich Schreie von Verletzten mit Pferdegetrappel. Wie konnte er in Naumburg mitten in eine Schlacht hineingeraten? Er musste zurück in die Wenzelsstraße, dort wäre er sicher. Aber auch in der Marktstadt befanden sich die Menschen in Aufruhr. Aufgescheucht rannten sie in alle Richtungen. Kinder schluchzten. Weiber heulten. Der süßliche, eiserne Geruch von Blut stieg Matizo in die Nase; ihm wurde übel.

Auf dem Herrenweg wurde er beiseitegestoßen, an einer Hauswand fand er gerade noch Halt. Der Lärm des Kampfgetümmels kam näher, dann sah Matizo, wie Streitäxte und Schwerter die zum Schutz erhobenen Holzschilder genauso einfach zersplitterten wie Knochen. Mensch und Tier rannten panisch an ihm vorbei. Wie ein wilder Strom, der Teile des Ufers mit sich riss.

Matizo schaute, in einen Hauseingang gepresst, über die Köpfe der Rennenden hinweg zur anderen Seite der Gasse. Dort stand eine Frau mit zwei Kindern im Arm. Sie drückte sich wie er in einen Hauseingang, um nicht vom Strom mitgerissen zu werden. Daneben ein Fremder, der Matizos Blick bereits erwartet zu haben schien. Es war der zweite Benediktiner vom Kathedralplatz. Direkt neben ihm baumelte mit dem Kopf nach unten ein mit Fleischwunden übersäter menschlicher Körper, aus dem zum Teil ganze Stücke herausgerissen worden waren. Auf Baustellen hatte Matizo schon mehrere Verletzte und Sterbende gesehen. Aber das, was dort drüben hing, hatte so gut wie nichts mehr mit einem Menschen zu tun. Es war der klägliche Rest von dem, was Hunde nicht fraßen. »Graf Thimo von Kistritz«, stieß er hervor.

Der Mann gegenüber nickte, und Matizo versuchte, in dessen Augen zu ergründen, was ihn zu dieser Schandtat getrieben hatte. Doch was er sah, war nichts als Leere. Den Augen des Benediktiners fehlten auf einmal Iris und Pupille, gut erkennbar selbst von der anderen Seite der Gasse aus. Milchweiß waren sie. Matizo riss sich von dem furchteinflößenden Anblick los und rannte davon. Als nächster Zufluchtsort auf dem Weg zum Steinmetzhaus bot sich St. Wenzel an. Wie durch ein Wunder war die Kirche menschenleer. Lediglich ein schlurfendes Geräusch vernahm er, dann eine tiefe Stimme.

Matizo verschwand hinter einer Säule, als der Besitzer der Stimme auch schon aus der Krypta trat. Das edle Gewand wies ihn als höheren Adligen aus, und unter seiner Cotte waren die kräftigen Muskeln an Armen und Oberkörper deutlich zu sehen. Hinter dem Kraftprotz tauchte jetzt noch eine zweite Person auf, ein Kind. Zu Matizos Entsetzen ging es jedoch

nicht aufrecht, sondern der Adlige zog den leblosen Kinder-
körper hinter sich her, was auch das schlurfende Geräusch verursachte. Der Mann musste der Stifter Syzzo von Schwarzburg-Käfernburg sein, der sich den bischöflichen Berichten
nach unter jenen Aufständischen befand, die die Gebeine der
königlichen Kinder aus ihren Gräbern gerissen hatten.

Syzzo schien Matizo noch nicht bemerkt zu haben. Er legte
den Kinderleichnam vor dem Altar ab und hob seine Axt. Die
Klinge kann selbst einen Eber zerteilen, schoss es Matizo
durch den Kopf. Er verließ St. Wenzel. Über die Gasse der
Töpfer und Korbmacher rannte er in Richtung Steinmetzhaus.
Das Gebrüll der Massen hatte ihn schon wieder eingeholt.

An der Ecke zur Wenzelsstraße angekommen, raubten ihm
dichte Rauchschwaden die Luft zum Atmen. Häuser brannten,
und hustend zwang er sich an den Flammen, die ihm bereits aus
den Fenstern entgegenschlugen, vorbei und zwischen den ihm
entgegenkommenden fliehenden Menschen hindurch. Dabei
entdeckte er zwei Berittene mit Kettenhemden, die das Visier
ihrer Helme geöffnet hatten und brennende Fackeln schwenk-
ten. Sicher die Königsaufrührer Dietrich von Brehna und Wilhelm von Camburg!, traf Matizo die Erkenntnis wie ein Schlag.
Die fehlten noch im Reigen der sündigen Stifter. Die beiden
waren noch zwei Gebäude vom Steinmetzhaus entfernt.

Er musste unbedingt verhindern, dass seine Wachstafeln
beschädigt wurden. Zudem befand sich sein Bauskizzenbuch,
das die Erkenntnisse von über fünfzehn Jahren Arbeit enthielt,
in der Schlafkammer. Matizo stürzte auf sein Haus zu. Die
Tür stand einen Spalt offen. Er stieß sie mit dem Fuß auf.

»Willkommen zurück in Naumburg«, empfing ihn da eine
Männerstimme. Die Dunkelheit gab lediglich die Umrisse des
ungebetenen Besuchers preis. »Ich wusste, dass wir uns eines
Tages wiedersehen würden!«

Diese ungewöhnlich hohe Stimme gehörte … da wurde es von irgendwoher im Haus heller. Matizo sah einen riesigen Kopf auf breiten Schultern ruhen. Im Gesicht des Mannes saßen kleine Augen unter struppigen Augenbrauen. Bischof Dietrich!

Als dessen Lächeln jedoch einen breiten Spalt zwischen den oberen Vorderzähnen freigab, wollte Matizo nur noch schreien. »Nein!«

Schweißgebadet fuhr er aus dem Bett hoch und riss die Augen auf. Einer der im Fenster eingeklemmten Hemdärmel hatte sich gelöst, und er sah, dass es noch Nacht war. Sein Atem ging noch immer stoßweise, und er fühlte sich völlig entkräftet. Zu real waren die Kämpfe in seinem Traum gewesen. Matizo horchte in die Nacht hinein, ob die hohe Stimme nicht doch von irgendwoher in seinem Haus kam. Doch Lines pfeifendes Schnarchen aus der Kammer nebenan belehrte ihn eines Besseren: Alles war nur ein böser Traum gewesen. Ansonsten waren da keine Geräusche. Er legte sich einen Umhang über die Schultern und stieg die Treppe hinab.

Im Erdgeschoss war es ruhig. Er entzündete ein Talglicht, dann spähte er in die Werkstatt hinein. Die Geschirrbank und der neue Stein waren genauso, wie er sie zuletzt zurückgelassen hatte. Auch sein erstes Werk hier in Naumburg, der Säulenkopf mit den zwei Reihen Beifuß-Blättern, lag unverändert auf dem Holzgestell.

Er trat auf die Stufen zum Hof. Die Luft war noch kühl, die ersten Sommertage ließen noch auf sich warten. »Es war nur ein Traum«, beruhigte er sich und setzte sich auf die Stufen. »Nicht die Wirklichkeit!« Niemals zuvor hatte er so lebendig geträumt. Seine Panik und die Abscheu waren so real gewesen, er konnte sie noch immer in sich spüren und hätte sie am liebsten ausgespuckt wie ein altes, zähes Stück Fleisch. Unliebsame Gefühle ausspucken? Wie oft es ihn schon danach verlangt hatte. Nachdenklich zog er mit den baren Zehen Kreise auf dem Boden. Gemordet, geschändet und gebrandschatzt hatten die Stifter, die er für die Naumburger Kathedrale aus Stein zu formen gedachte. Gelänge es ihm mit diesem Auftrag wirklich, seine Seele reinzuwaschen? Und vermochte dieser Sünderchor tatsächlich, das Unrecht an den ersten Stiftergräbern wiedergutzumachen?

Mit den Skizzen war er noch nicht weit vorangekommen. Einzig das Grundmaß für den Chor stand schon fest. Zwar waren die zehn Wachstafeln schon voll mit Ideen, geometrischen Formen und Überlegungen, aber nichts davon schien ihm bisher gut genug zu sein. Matizo blickte zum Mond hinauf. Der war halbvoll, seine Umrisse waren weich und liefen wie mit dem Finger verschmiert in Schlieren aus. Trotz der fast geschlossenen Wolkendecke gelang es dem Himmelskörper, sein fahles Licht auf die Erde zu senden. Nie gibt es eine absolute Finsternis, überlegte Matizo. Tagsüber schien die Sonne. Nachts spendete der Mond Helligkeit. Auch er wollte die Menschen mit seiner Arbeit erleuchten. Das durch die Kirchenfenster einfallende Licht würde Hoffnung verbreiten. Und diese Hoffnung auf etwas Neues, Heilbringendes musste auch die Greueltaten der Sünder überstrahlen. Deswegen durften die Fenster nicht zu klein ausfallen. Nach dem eben durchlebten Alptraum war er sogar versucht, sie nochmals größer zu machen als bisher geplant, selbst wenn dies den Gesamteindruck verändern würde. Aufgewühlt erhob er sich. Zusätzlich würde er an den steinernen Figuren herausarbeiten müssen, dass sie die Klugheit und den Mut, sich zu läutern, nicht erst an ihrem Lebensende gefunden hatten, sondern schon früher. Wenn das gelänge, wären die Figuren ein Aufruf an alle Gläubigen, ihre Tugenden zeitlebens dafür einzusetzen, Gutes zu tun. Auch oder gerade nach einer schweren Sünde.

Die Stifter wären Vorbilder, die bereits Schwäche gezeigt hatten, was sogar bei so manchem Heiligen der Fall gewesen war.

Matizo ging in die Mitte des Hofes zum Brunnen. Vor seinem geistigen Auge sah er die Wachstafel mit seinem jüngsten Grundrissentwurf für den Westchor. Wie es Bischof Dietrich gewünscht hatte, hatte er den Chor zweigeteilt. Das Bauwerk setzte sich aus einem Vieleck – dem Chorpolygon – und einem Quadrat – dem Chorquadrum – zusammen und wurde von einem steinernen Bogen, dem Gurtbogen, hoch oben verstärkt. In das Polygon würde er übergroße Fenster einpassen, die für viel Helligkeit sorgten, um die Greueltaten der Stifter zu überstrahlen. Die Rippen des darüberliegenden Gewölbes sollten sternförmig auf die sechs Eckpunkte des Polygons zulaufen. In jede Ecke würde er einen Pfeiler setzen und diese Pfeiler wiederum mit Säulen verstärken, mit Dreiviertelsäulen. Damit wären es Bündelpfeiler. An der Stelle, an der Chorquadrum und Chorpolygon zusammenwuchsen, würde er diese besonders kräftig machen, vielleicht sogar mit fünf Säulen verstärken? Von außen stützten Strebepfeiler seine Konstruktion. Wie die Bündelpfeiler im Inneren leiteten auch die Strebepfeiler den Druck des Gewölbes ab. Diese Aufgabe war die wichtigste überhaupt für die Stabilität des Chores, hatte Matizo gelernt. Solange kein Gewicht auf den Mauern eines Bauwerkes lastete, verlief der Druck der Steine vertikal, also direkt von oben in den Erdboden hinein. Das Aufsetzen eines Gewölbes, das häufig aus mehreren tausend Steinen bestand, veränderte die Richtung der Schubkräfte jedoch entscheidend. Ein Gewölbe drückte nicht nach unten, sondern nach außen – wie die Flüssigkeit in einem vollen, geschlossenen Fass – und drohte die Mauern unter seinem Gewicht zusammenbrechen zu lassen.

Den Blick auf den Halbmond gerichtet, überlegte Matizo weiter. Die Stifter könnte er direkt vor den Bündelpfeilern positionieren. Nein!, schalt er sich. Nicht davor. Direkt mit ihnen verbinden müsste er sie. Dies ergäbe eine einmalige, wunderbare Einheit von Plastik und Raumarchitektur. Genau so, wie es der Bischof gefordert hatte. Damit stünden die Stifter im wahrsten Sinn des Wortes unter starkem Druck von oben. Sie müssten also dem Druck des Herrn körperlich standhalten! Eine größere Herausforderung konnte er sich für die Männer, die ihn in seinem Alptraum heimgesucht und gejagt hatten, nicht vorstellen.

Erneut rief er sich die Bündelpfeiler vor Augen. Sie waren an den Eckpunkten des Chorpolygons angebracht. Am Übergang von einer Wand zur nächsten. Diese Ecken demonstrierten den Wendepunkt der Schlechtigkeit zum gottgefälligen Leben. Mit Sicherheit waren sie auch die besten Stellen, um die sündigsten der zehn Stifter, die ohne ihre Ehefrauen dargestellt werden sollten, auf die Gläubigen wirken zu lassen: die Grafen Dietmar, Thimo, Syzzo und Wilhelm.

Sofern er diese vier im Chorpolygon unterbrachte, verblieben noch sechs weitere Stifterfiguren. Bischof Dietrich hatte gefordert, dass die beiden Markgrafenehepaare besonders herausgestellt werden sollten. Matizo beschleunigte seinen Schritt um den Brunnen herum und entwarf auch dafür einen Plan. Wo, wenn nicht vor die kräftigeren Bündelpfeiler, genau dort, wo das Chorquadrum in das Polygon überging, sollten die beiden Ehepaare aufgestellt werden? Graf Dietrich von Brehna und seine Gattin Gerburg – die verbleibenden zwei Stifter – würden dann noch Platz im Quadrum finden. Damit wären alle zehn Stifter in der Sonnenkathedrale untergebracht. Damit sie ihre Wirkung entfalten konnten, gedachte er, den Westchor breiter anzulegen als das bereits vorhandene Mittelschiff. Und gleich darauf fiel ihm sogar noch ein übergeordnetes Thema für die Stifterdarstellungen ein: Die Männer könnten die Kardinalstugenden versinnbildlichen. Die

Verkörperung der göttlichen Tugenden – Glaube, Hoffnung und Liebe – übernähmen hingegen die Frauen. Zwar war er gewiss nicht der einzige Werkmeister, der diese Tugenden aufgriff, ganz sicher jedoch der Erste, der ihnen nicht durch Heilige oder Bischöfe, sondern durch weltliche Persönlichkeiten Ausdruck verlieh. Schon sah er den Grundriss in Wachs gestochen vor sich:

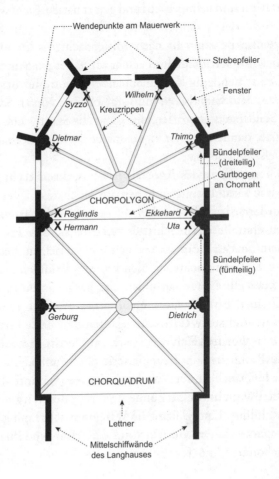

Sechzig Zeichnungen würde er dafür brauchen! Matizo raufte sich die Haare. Das könnte er niemals innerhalb des dafür festgelegten Zeitraumes schaffen. Erschwerend kam noch hinzu, dass er in den vergangenen Tagen recht unkonzentriert gearbeitet hatte. Immer wieder waren seine Gedanken zu dem Benediktiner mit der Zahnlücke gewandert. Ob Harbert sich tatsächlich mit Informationen über die Markgräfin Uta bei ihm melden würde? Ohne ihn zu verraten?

Hortensia kehrte weit nach Mitternacht ins Steinmetzhaus zurück. Sie war müde und erschöpft. Aber der Auftrag, Frieden zu stiften, ging eben allem anderen vor. Nur deshalb hatte sie sich auch bis eben mit Graf Helwig von Goldbach vor der Stadtmauer getroffen, der sogar die Stadtwache bezahlen musste, damit diese sie zu so später Stunde überhaupt noch einließ.

Bis zum Feste des Apostels Jacobus, ihrem nächsten Treffen mit Graf Helwig, blieben ihr noch fast zwei Monate. Beim Gang zur Treppe fiel ihr auf, dass die Tür zum Hof offen stand. Leisen Schrittes huschte sie zur Hoftür. Der Meister war draußen. Ohne sich ihm zu zeigen, beobachtete sie, wie er mit nackten Füßen um den Brunnen schritt. Mit der Haut die Natur zu fühlen, das hatte sie seit ihrem Weggang aus Neumark nicht mehr getan. Am liebsten wäre sie jetzt über einen Waldboden gelaufen und hätte Pflanzenhalme zwischen den Zehen gespürt. Im Herbst käme das klangvolle Rascheln von Laubblättern noch hinzu, das sich mit dem Flügelschlag der Vögel am Himmel vereinte. Bei dieser Vorstellung war ihr, als könne sie bereits den warmen Herbstwind fühlen, der ihr über die Wangen strich. Und gleich darauf meinte sie, den Geruch von Erde, Moos und Pilzen wahrzunehmen.

Noch immer lag ihr Blick auf den baren Füßen des Mainzers. Nie zuvor war sie einem so seltsamen Menschen wie ihm begegnet. Sogar der griesgrämigste Neumarker hatte ab und an noch ein Lächeln für sie übrig gehabt. Der Meister hingegen sprach nur das Nötigste mit ihr, und das auch nur, wenn er sich nicht mit Gesten behelfen konnte. Auch wenn er ihr eine Ecke seiner Arbeitskammer zum Schreiben und Zeichnen zugestanden hatte, war in ihr bisher kein Gemeinschaftsgefühl aufgekommen. Hortensia lehnte sich gegen die Wand im Flur, ohne Matizo aus den Augen zu lassen.

Im nächsten Moment blieb der Meister stehen und schaute zum Mond hinauf. Hortensia betrachtete sein Profil mit der geraden Nase und dem kinnlangen, schwarzen Haar. Selbst in der Nacht glitzerten seine hellen, unergründlichen Augen wie ein See im schwachen Mondlicht, wie Diamanten, in denen sich das Meer spiegelte. Vielleicht verbirgt sich hinter seiner Verschlossenheit ja ein gänzlich anderer Charakter mit unvermuteten Eigenschaften? Davon künden zumindest seine Augen und die nackten Füße, dachte Hortensia. Noch einen Moment ließ sie ihren Blick auf ihm ruhen, dann begab sie sich in ihre Kammer.

Die Ritterlichen hatten bereits am Morgen auf dem Turnierplatz Aufstellung genommen und ihre Waffen präsentiert. Erst zur Mittagszeit war Heinrich hinzugekommen, um die Stumpfheit der Speere persönlich zu überprüfen und seine Teilnahme an den Kämpfen zu bestätigen.

Nun führte er Agnes, gefolgt von Albrecht, Dietrich und seinen engsten Beratern, zur Tribüne. Unter dem Beifall Hunderter Gäste nahm er dort mit Maître Libergier als Ehrengast zu seiner Rechten und dem kaiserlichen Gesandten Andrea di Padova zu Agnes' Linken Platz.

Die Strahlen der Sonne am wolkenlosen Himmel ließen die silbernen Blätter der Birke am Kopfende des Kampfplatzes verheißungsvoll funkeln. Agnes blendete es beinahe, so dass sie, selbst als sie kurz die Augen schloss, den Umriss des Baumes noch immer vor sich sah. Das Fest wäre eines Königs würdig, dachte sie. Selbst ihr Vater, an dessen Hof stets prunkvoll gefeiert worden war, hatte nie etwas Vergleichbares aufgeboten. Aus den Augenwinkeln beobachtete sie, dass Heinrichs Blick lange am Silberbaum hängenblieb. Dem Mann, den sie liebte und der ihr leidenschaftlich verbunden war, war es gelungen, Herrscher aus allen Teilen des Reiches hier in der Ebene unweit der Meißener Burganlage zu versammeln. Und das in einer Zeit, in der die Missachtung kirchlicher Vorgaben wie das Turnierverbot einen weltlichen Herrscher teuer zu stehen kommen konnte. Die ritterliche Welt sei eine Scheinwelt, die von Habsucht und Zorn und eben nicht von hohem Mut und Ehre geleitet werde, hatte das dritte Laterankonzil einmal mehr vermeldet. Dieser Auffassung wollte Heinrich mit den anstehenden neun Turniertagen widersprechen. Geistliche suchte er auf den Tribünen oder hinter den Zuschauerschranken aufgrund des kirchlichen Verbots vergebens. Und dennoch würden sie zu den abendlichen Festen und Gesprächen hinter verschlossenen Türen kommen, davon war Heinrich überzeugt.

Für Agnes war das Turnier keine politische Veranstaltung mit einer eindeutigen politischen Botschaft. Genauso wenig stand für sie die Bewunderung der Kampfkünste im Vordergrund. Für sie war es ein Fest der Liebe, ihrer und Heinrichs Liebe. *Die ist nicht vollkommen schön, die im Inneren auch nicht eine gute Eigenschaft hat,* verriet ihr Versbüchlein. *Denn wie schön eine Frau auch sein mag, ist Treulosigkeit und Zügellosigkeit im Spiel, ist ihre äußere Schönheit wertlos.* Agnes hatte in ihrer Ehe nie einen anderen Mann als Heinrich begehrt und seit geraumer Zeit darauf hingearbeitet, seine ausschließliche Liebe und absolute Aufmerksamkeit zu erringen. Dies schien ihr nun gelungen zu sein. Seit Wochen schon rief Heinrich keine anderen Frauen mehr zu sich. Das Knarzen des Bettgestells, in dem eine andere als sie selbst lag, hatte Agnes schon lange nicht mehr gehört. Für sie war dieser erste Turniertag auch eine Art Krönung zu der Ehefrau, die sie eigentlich schon seit ihrer Ankunft auf der Meißener Burg hatte sein wollen. Die Kinder waren für sie keine große Konkurrenz mehr im Kampf um Heinrich. Mit ihrem wundervoll gelockten Haar, mit dem Schmuck und den gewagt bunten Gewändern stach sie aus der Masse der Frauen wie ein kostbarer Edelstein heraus. Das war ihr nun schon mehrfach bestätigt worden. Dank des täglichen Bades hinterließ sie überall einen zarten Duft von Rosenöl. Und vielleicht würde der heutige Tag sogar noch zu einem Fest der Familie werden. Unter den unzähligen Bannern, die im Sommerwind flatterten und wie ein Meer aus bunten Farbtupfern wirkten, hatte sie Markgraf Otto zwar noch nicht gesehen, aber Agnes hoffte weiterhin auf die Ankunft ihrer Schwester.

Agnes hatte inzwischen gelernt, dass sich Geduld auszahlte. Außerdem wollte sie sich ganz auf das Fest und die Freude konzentrieren, die damit einherging. So schnell ließ sie sich nicht mehr von Zweifeln niederringen. Sie war eine Königstochter, Markgräfin und bald auch noch Thüringer Landgräfin. Stolz glitt ihr Blick über die Ehrengäste auf der Tribüne. Der Graf von Beichlingen, im linken Flügel ein halbes Dutzend Sitzplätze von ihr entfernt, schien frisch verheiratet zu sein. Im Profil wirkte die blasse, junge Gräfin ausgesprochen schön mit ihren ausgeprägten Wangenknochen und der hohen Stirn. Ihr vom Ansatz bis zu den Spitzen wild gelocktes Haar verriet Agnes, dass die Dame morgendlich weder Brenneisen noch Eiweiß benötigte. Zwei Stuhlreihen dahinter nickte ihr der Weimarer Graf zu – hieß er nicht Hatho? –, und sie erwiderte die Geste standesgemäß mit einem knappen Kopfnicken. Dann überschaute sie den prächtigen Kampfplatz vor sich, dessen Größe wohl in etwa der Fläche um die Bischofskirche oben auf der Burg entsprach. Hinter den Schranken an der linken und rechten Seite des Platzes sah sie die Kämpfer und deren Knappen und Knechte ungeduldig warten. Einhundert Ritter würden in den folgenden Tagen um den Titel des besten Kämpfers ringen. Zuerst im Tjost, dem Lanzenkampf Mann gegen Mann, dann im Gruppenkampf, dem Buhurt. Rüstungen glänzten in der Sonne, und eine erwartungsvolle Spannung lag in der Luft. An der gegenüberliegenden Seite des Platzes sah Agnes jene Gäste das Geschehen beobachten, die weder zum Gefolge der Kämpfer gehörten noch eine persönliche Einladung erhalten hatten. Einige waren der Aussicht auf Abwechslung und Vergnügen gefolgt, andere wiederum fühlten sich von solchen Zusammenkünften aufgrund der vielen eigens angereisten, käuflichen Frauen angezogen. Wieder andere witterten wohl gute Geschäfte, denn nicht einmal an den Markttagen in größeren Städten kamen so viele zahlungskräftige Kunden zusammen. Das kannte Agnes schon aus Böhmen.

Die Menschen drängten sich nun bis zum Silberbaum, um den Heinrich eigens eine Kette aus Bewaffneten zum Schutz gegen Plünderungen plaziert hatte. Für diese besondere Aufgabe waren den Männern neue Schilde und Waffenröcke in den Wettiner Farben gefertigt worden. Näherinnen aus der gesamten Mark hatten auf Geheiß ihres Gatten bis vor wenigen Tagen neben das Wappen, in das Heinrich erst jüngst den Thüringer Löwen mit aufgenommen hatte, auch noch das Silberblatt eingestickt. Als hätte der Wind es zufällig dorthin getragen, schlang es sich um die untere Spitze des Wappens. Das Silberblatt, das noch lange an die markgräfliche Freigiebigkeit erinnern sollte, hatte gestern Abend sogar von den Essschalen gefunkelt und würde die Gäste noch zu manch anderer Gelegenheit überraschen. Alles war untadelig, nicht zuletzt dank Agnes' Unterstützung.

Das blank gezogene Schwert in beiden Händen, trat Heinrich nun an die Brüstung. Agnes' Blick ruhte auf seinen kantigen, männlichen Gesichtszügen, während er die Teilnehmer und Gäste begrüßte. Er erklärte den Ablauf des Wettstreites und mahnte, dass während der Kämpfe kein Unbill zwischen den Konkurrenten gerächt werden dürfe, ansonsten würde den Betreffenden die Turnierfähigkeit aberkannt. Heinrich wusste, dass ihm lebende Ritter weit mehr nutzten als tote. Als Zeichen seines friedlichen Ansinnens umwickelte er nun die Schneide seines Schwertes demonstrativ mit dem Waffengurt. Die dergestalt stumpf gemachte Klinge reckte er den

Versammelten entgegen. Im aufkommenden Jubel führte ein Mann das markgräfliche Schlachtross auf den Platz, das mit einer gelb-schwarzen Schabracke geschmückt war. Dem Mann mit dem weißen Stab in den Händen war auch die Aufgabe übertragen worden, hitzige Kämpfe zu beruhigen oder gar zu beenden, sobald Regelbrüche vorkamen. Heinrich hoffte inständig, dass es zwischen den Reitern gesittet zugehen würde.

Geschmeidig schwang er sich über die Brüstung und ließ sich seinen Helm mit der auffallenden Zier – einem Löwen mit stumpfen, aber ausgefahrenen Krallen – reichen. Er saß auf und warf seinen Hut seinem älteren Sohn zu, der daraufhin an die Brüstung sprang.

Übel gelaunt hatte Albrecht den gesamten gestrigen Tag verbracht, war ihm doch verkündet worden, dass er in diesem Jahr noch ein weiteres Mal nach Altzella gehen sollte. Zweimal in einem Jahr! So oft und so lange war er noch nie zuvor im Kloster gewesen. Außerdem wollte er sich im Kämpfen und nicht im Lesen, Schweigen und Beten üben! Seinetwegen konnten sie das gern mit Dietrich machen, der war ganz gerne bei den Mönchen und lernte ach so fleißig Gebetstexte – aber nicht mit ihm, dem Erstgeborenen! Aus den Augenwinkeln sah Albrecht, dass der jüngere Bruder schräg hinter der Böhmin mit einer verschrumpelten Kastanie in der Hand saß und geistesabwesend auf den Rücken seines Vordermannes starrte. Da ertönte die Stimme seines Vaters, der ihn doch wohl nun endlich zu sich rufen würde? Schließlich war der kaiserliche Gesandte nur deshalb angereist und er selbst hatte an diesem Morgen den Wettiner Waffenrock angelegt.

»Tretet vor, meine geliebte Frau.« Von seinem Ross aus bat Heinrich seine Angetraute mit ausgestreckter Hand, an die

Brüstung zu treten. Mit ihrem zweifarbigen Oberkleid stach sie unter den anwesenden Damen deutlich heraus. Ein leuchtendes Rot links und ein kräftiges Blau auf der rechten Seite des Gewandes. Das war mutig und gefiel ihm, weil dies seit vielen Jahrzehnten die Farben der Thüringer Landgrafen waren. Sogar die spitzen Schuhe, die den Fuß elegant verhüllten, wiesen die gleichen Farben auf.

Erhobenen Hauptes begab sich Agnes an die Brüstung, wo sie sicher war, von allen gesehen zu werden. Sie war aufgeregt, doch nicht einmal die Tatsache, dass Albrecht noch immer dort stand, störte sie jetzt. Der Junge zischte etwas, das sie trotz ihres vortrefflichen Gehörs nicht verstand. So sehr war sie auf ihren Heinrich konzentriert. Alles außer ihrem Geliebten sah sie unscharf, und die Worte, der Jubel und die Gespräche auf der Tribüne waren nur ein einziges Rauschen aus einer fernen Welt. Die Augen ihres Gatten funkelten sie durch die Schlitze seines Helmes hindurch an.

Heinrich ließ sein Schlachtross auf die Hinterbeine steigen, so dass sich der Löwe auf seinem Helm gleichfalls aufzubäumen schien. Dann preschte Heinrich auf die Birke am anderen Ende des Platzes zu. Mit einem Silberblatt in den Händen galoppierte er zur Tribüne zurück und überreichte es Agnes mit einer tiefen Verbeugung: »Euch, Agnes, meiner großen Liebe, bin ich ewig ergeben.« Die Worte kamen ihm leicht über die Lippen.

Den Satz seines Vaters in den Ohren, schaute Albrecht mit zusammengebissenen Zähnen zu Agnes. Seine Nasenlöcher bebten vor Wut.

Agnes reckte stolz ihren Kopf und fand, dass sie als Frau an Heinrichs Seite gewachsen war. Auf dem Gebende trug sie eine steife Haube, die von einem Goldreif umschlossen war. Für sie symbolisierte der Reif ihre neue Stellung als einzige

Frau an Heinrichs Seite. *Maminko, kdybyste jen mohla zažít tento okamžik.* Liebe Mama, wenn Ihr diesen Moment nur hättet miterleben dürfen, dachte sie in der Sprache ihrer Heimat.

Triumphierend nahm sie die Schmiedearbeit aus den Händen des Gatten entgegen und betastete dann die feine Arbeit, die sogar die hauchdünnen Adern des Blattes nachzeichnete. Ein spitzer Laut des Entzückens entrang sich ihrer Kehle, als sie bemerkte, dass auf der Rückseite der Schmiedearbeit ein metallener Spiegel eingearbeitet war. Überwältigt schaute sie auf, löste ihren Schleier von der Haube und reichte ihn Heinrich über die Brüstung hinab. Die kurze Berührung seiner Hand machte sie unendlich glücklich.

Heinrich befestigte die Gabe auf seinem Helm am Hals des Löwen, saß ab und schritt auf die Mitte des Kampfplatzes zu. »Dieses Turnier richte ich zu Ehren Seiner Kaiserlichen Majestät, Friedrich II., unserem großmütigen Kaiser aus.«

Mit Albrecht an seiner Seite trat der kaiserliche Gesandte nun neben den Markgrafen und verkündete mit lauter Stimme: »Seine Kaiserliche Hoheit lässt Euch grüßen, edle Herrschaften. Und gleichzeitig wünscht er als Zeichen seines Dankes für die ihm geleistete Treue, seine Tochter Margarethe mit Eurem Sohn zu vermählen.«

Agnes sah, wie Heinrich seinem Erstgeborenen auf die Schulter klopfte und den aufbrandenden Beifall genoss. Albrecht hingegen wirkte verbissen und steif. Sie merkte, wie ihr der Flachs – die Füllung, mit der die Spitzen ihrer Schuhe ausgepolstert waren – in die Zehen pikte. Hatte der ungehobelte Junge den Streit mit seinem Vater etwa immer noch nicht verdaut? Albrecht hatte darauf bestanden, nicht bei den üblichen Geschicklichkeitsübungen der Knappen mitmachen zu müssen, sondern auf einen echten Gegner im Tjost zu treffen. Nur ein Machtwort Heinrichs hatte dies zuletzt verhindert. Einem erprobten Ritter wäre der Junge gewiss unterlegen, meinte Agnes und war sehr froh darüber, dass Heinrichs Söhne nach dem Turnier wieder nach Altzella reisen würden. Es war ein Leichtes gewesen, ihren Gatten davon zu überzeugen.

Erst nachdem Heinrich, Albrecht und der kaiserliche Gast wieder auf der Tribüne saßen, wurde zum Kampf geblasen. Der erste war schon nach einem einzigen Anlauf entschieden. Beide Männer trugen Topfhelme, Brustpanzer und Waffenrock. Der Graf von Nordhausen war der Erste, der den Bestand an Silberblättern verjüngen durfte.

Albrecht ließ seine Stiefmutter nicht aus den Augen, obwohl er sich noch vor wenigen Tagen so sehr auf die Kämpfe gefreut hatte. Gerade hatte er für sich beschlossen, dass es der Frau hier in Meißen zu gut ging, viel besser als ihm selbst. Beim Gedanken an die unzähligen Möglichkeiten, mit denen sich das stolze Lächeln aus dem Gesicht der Böhmin vertreiben ließ, fasste er jedoch neue Zuversicht. Vorsichtig fuhr er über die Klinge seines Messers, auch dabei nahm er den Blick keinen Lidschlag lang von Agnes.

Im folgenden Tjost, so wurde es angekündigt, sollten die Ritter Reimar von Feldburg und Enrich von Wenzkau aufeinandertreffen. Von Letzterem erzählte Heinrich Agnes, dass er schon im vergangenen Jahr zwei Männer beim Stechen getötet habe. Zu beiden Seiten des Turnierplatzes wurden die Schranken für die Kämpfer geöffnet. Die Lanzen auf den noch fernen Gegner gerichtet, preschten die Ritter aufeinander zu. Sand wirbelte auf, und Agnes glaubte gar, sie ritten frontal aufeinander zu. Als nahe vor ihr die Spitze von Feldburgs Lanze krachend an Wenzkaus Schild zersplitterte, zuckte sie nicht einmal zusammen.

Die Zuschauer stöhnten laut und teilweise enttäuscht auf, als beide Ritter die jeweils gegnerische Seite erreichten und immer noch im Sattel saßen. Erst beim dritten Anlauf wurde der Graf von Wenzkau beim Versuch, die gegnerische Lanze mit dem Schild von sich wegzuführen, aus dem Sattel gehoben. Als der Wenzkauer auf dem Boden lag, konnte Agnes erkennen, dass er an der linken Schulter verletzt war. Blut tränkte seinen weißen Waffenrock. Heinrich kommentierte für seinen französischen Gast, mit dem er die gesamte vorgestrige Nacht hindurch über Bauplänen gebrütet hatte, das Geschehen, während der Graf von seinen Leuten auf einer Bahre ins Zelt des Medikus getragen wurde. Dieses Mal verließ er das Turnierfeld nicht als strahlender Sieger.

Die zehn Kämpfe des ersten Turniertages waren noch vor Sonnenuntergang absolviert. Bis das große Mahl im Burgsaal aufgetragen wurde, blieb den Kämpfern noch genügend Zeit für Gespräche und zur Versorgung ihrer Wunden.

Agnes fühlte sich so ausgelaugt, als hätte sie einen ganztägigen Ritt durch unwegsames Gelände hinter sich, dabei hatte sie gerade einmal einen Turniertag überstanden. Das anstehende Mahl mit Tanz, Musik und Dichtkunst würde mindestens bis Mitternacht dauern. Noch immer meinte sie, den Jubel der Zuschauer und das Geräusch zersplitternder Lanzen zu hören. Um sich nach einem Bad für das große Abendfest umzukleiden, hatte sie sich in ihre Kemenate begeben. Das Turnierkleid strotzte vor Staub, außerdem wollte sie ihren Text noch einmal fehlerfrei aufsagen. Heute Abend würde sie sich an einen Sangspruch wagen. Für Heinrich gedachte sie, eine Kirchenklage des bereits verstorbenen Walther von der Vogelweide vorzutragen.

Zärtlich strich sie über den Goldreif und die Gebendehaube, die sie vorhin auf dem Bett abgelegt hatte. »Vám, Anežko, mé velké lásce jsem navždy oddán«, wiederholte sie träume-risch Heinrichs Versprechen. Euch, Agnes, meiner großen Liebe, bin ich ewig ergeben. Es war gelungen! Niemals mehr würde sie kaltes Blut in den Adern oder eiserne Klammern um ihr Herz herum spüren. Dem Svatý Václave und ihrem Verstand sei Dank! Sie spürte, wie endlich Zufriedenheit in sie einkehrte. Was für ein wunderbares Gefühl. Mit einem Mal aber fühlte Agnes Übelkeit in sich aufsteigen. Abwech-selnd wurde ihr heiß und kalt. Aus war es mit der Zufrieden-heit. Sie übergab sich in die Schale neben dem Bett.

Als es klopfte, spuckte sie gerade die Reste der Hülsen-früchte vom Frühmahl aus. Schnell wischte sie sich mit dem Betttuch die Mundwinkel sauber. Ihr Hals fühlte sich so rauh wie die Spitzen ihrer Schuhe an. Dann erst schaute sie auf. »Tretet ein!«, bat sie in der Hoffnung, dass Božena doch noch den Weg nach Meißen gefunden hatte.

Sechs Jahre war es her, dass die Schwester verheiratet wor-den war und Prag und die Familie verlassen hatte. Kurz bevor Agnes nach Meißen zu Heinrich gegeben worden war und zwei Jahre nach dem brutalen Einfall der Mongolen in Mäh-ren. Božena war früher die Wagemutigere von ihnen beiden gewesen und hatte als Erste einen Rotkopfmerlin von Vaters Faust zu übernehmen gewagt. Ob die Schwester sich verän-dert hatte? Božena war schneller als Ottokar geritten und hat-te am lautesten gejubelt, wenn sie beim Brettspiel gewann. Bei dem Gedanken, die Schwester vielleicht gleich umarmen zu können, machte Agnes' Herz einen Sprung. Heute war ihr Fest der Familie.

Die Tür wurde geöffnet. Agnes strengte sich an, flach zu atmen, damit ihr bereits leicht gewölbtes Bäuchlein nicht zu sehen war. Zum vierten Mal in Folge war ihr Monatsfluss nun schon ausgeblieben. Wie bei ihrer ersten Schwangerschaft tropften ihr bereits die Brüste, und das schon, seitdem sie vor Gotha gelegen hatten. Aus einer bitteren Vorahnung heraus befürchtete sie, dass die Schwester ihre Heimlichkeit um die Schwangerschaft nicht gutheißen würde. »Božena?«, fragte Agnes. Sie schob die Schale unter das Bett und erhob sich. Dann sanken ihre Mundwinkel enttäuscht hinab, als sie in der Spiegelung des Fensters die vollbepackte Kammerfrau ausmachte. »Eure Gewänder für den Abend, Erlaucht.«

5.
Auch noch ein ...

❦

11. TAG DES WINTERMONATS IM 1249STEN JAHR
NACH DER FLEISCHWERDUNG DES HERRN

Das Pergament neben der Tür unterteilte die Arbeiten für den Westchor in *I. Chorarchitektur*, *II. Lettner* und *III. Stifterfiguren*. Hortensia schaute auf die Zahl Zehn, die als zweite Zahl hinter dem Lettner stand und den Monat der Fertigstellung bezifferte. Demnach hätten sämtliche Zeichnungen für die Trennwand zwischen Westchor und Mittelschiff bereits am letzten Tag des Weinmonats abgeschlossen sein müssen. Also vor elf Tagen. Bisher waren aber lediglich die Entwürfe für den Chor geschafft, für die der Meister mehr als die dafür veranschlagten zwei Monate benötigt hatte. Schon jetzt befand er sich zeitlich in Verzug, obwohl er viele Nächte durchgearbeitet hatte.

Seit einigen Tagen war es Hortensias Aufgabe, die Entwürfe für die Glasfenster farbig auszumalen. Dafür gab Matizo ihr genaue Anweisungen und prüfte jede Farbe, bevor sie diese mit dem Pinsel auf seine Zeichnung auftrug. In den vergangenen Tagen hatte er sie nebenbei in die Grundfarben und deren reine Verwendung eingewiesen, was Hortensia schon von der Buchmalerei ihres Vaters her kannte. Neu für sie waren das Ausmischen der Farben und das Überlagern von Farbschichten auf dem Pergament. Daraus ergab sich für sie eine große Farbvielfalt mit unzähligen Nuancen.

Hortensia saß in der rechten Ecke des Raumes an einem schmalen Tisch. Einige der angerührten Farben hatten nur zu ihren Füßen Platz. Die Pinsel lagen auf ihrem Schoß. Nachdem das Licht durch das Fenster hinter ihr in den Raum fiel, legte sich ihr eigener Schatten auf den Tisch. Immerhin nahm der erdig-frische Geruch, der den Farbschalen entstieg, der Arbeitskammer etwas von ihrer bedrückenden Atmosphäre. Vor ihr, auf der Tischplatte ausgebreitet, ruhte das Pergament mit der Zeichnung eines spitzbogigen Fensters. Es hing wie eine viel zu lange Decke an beiden Stirnseiten hinab. Die Eisen-Gallus-Tinte aus der Feder des Meisters hatte nach der Trocknung ihren Blauschimmer verloren. In der linken Fensterbahn hatten schwarze Linien die Apostel und ihre Widersacher umrissen, während in der rechten die Tugenden die Laster überwanden. Ganz unten waren zudem die zwei verstorbenen Naumburger Exzellenzen Günther und Engelhardt dargestellt. Die Bleiruteneinfassungen, die die verschiedenen Glasstücke später einmal zusammenhalten würden, hatte der Meister mit besonders breiter Feder gezogen. Die Linien der Körper und Gesichter im Inneren zeigten sich hingegen so fein wie Seidengarn.

Auf dem Pergament die Bezwingung des Neides durch die Güte auszumalen war Hortensia deutlich leichter gefallen als die Überwindung des Zweifels durch die Hoffnung, an der sie gerade arbeitete: Spes besiegt Desperatio. Dargestellt durch eine gekrönte Gestalt, die eine griesgrämig dreinschauende

Person zu ihren Füßen mit einem Speer niederzwang. Die kniende Desperatio war ihr noch einigermaßen flüssig von der Hand gegangen, aber bei der Hoffnung setzte sie den Pinsel immer wieder ab. War es, weil ihre Hoffnung auf ein zufriedenes Leben im Kreis ihrer Familie durch den heimtückischen Überfall für immer zerstört worden war? Aber ihr Auftrag in Naumburg sollte ihr eigentlich die Hoffnung zurückgeben, schließlich war sie hierhergekommen, um zu helfen, den Frieden wiederherzustellen. Ob es die verschlossene Art des Meisters war, die ihr die Zeit im Steinmetzhaus so schwermachte?

Hortensia tauchte den Pinsel in das Schälchen auf dem Boden, das die Ockerpigmente enthielt. Sie setzte auf dem Obergewand der Spes an. Als kämpfe sie gegen einen inneren Widerstand an, zwang sie ihre Hand zum Malen. Das Pergament sog die Farbe sofort auf. Erst als sie die Borte des Gewandes an den Oberarmen ausmalte, wurde ihr bewusst, dass die Hoffnung eine Frau war. Der Meister hatte tatsächlich eine weibliche Person für die Darstellung dieser Tugend gewählt. Gleiches galt für die kniende Desperatio. Darüber erstaunt wandte sie sich zu Matizo um. Der kniete vor einer Tafel in der anderen Ecke des Raumes und stach konzentriert etwas in Wachs. Für Hortensia war es unbegreiflich, wie er später aus diesem Liniengewirr die Formung des Steines herauslesen konnte. Seit fünf Tagen gestaltete er nun schon die Kreuzigungsgruppe, die auf der Vorderseite des Lettners zu sehen sein würde. Weit interessanter als diese fand Hortensia jedoch die Speier an der Außenseite des Chores. Die Zeichnungen dafür hatte der Meister schon fertiggestellt. Und auf ihnen hingen aus den Öffnungen kleiner Türme ganz weit oben auf den Strebepfeilern Löwe, Tiger, Hirsch, Ochse, Mönch und Nonne heraus.

Zuletzt hatte sie sogar davon geträumt, dass der Löwe dem Pergament des Meisters entsprungen wäre. Sie fragte sich, woher Matizo so genau wusste, wie ein Löwe aussah. War er auf seinen Zeichnungen doch um so viel genauer dargestellt als auf jedem Wappen oder Waffenrock, der diese Tiere zeigte, die in ihren Landen nicht vorkamen.

»Meister«, sagte sie ganz vorsichtig, weil sie ihn, so versunken, wie er in die Arbeit war, nicht erschrecken wollte.

Matizo reagierte lange nicht, blickte nach einer Weile aber doch noch vom Lendentuch des Gekreuzigten auf.

»Ein Gotteshaus, das ohne Speier gebaut wurde, ist ungeschützt vor den Dämonen des Teufels, richtig?«, fragte sie.

Er antwortete, ohne sie anzuschauen: »Vielleicht.«

Hortensia malte den Unterarm der Speerfrau gelb aus und nahm das Gespräch wie nebenbei wieder auf.

Matizo hatte sich erneut ganz auf seine Wachstafel konzentriert.

»Dann ist ein Teil unserer Bischofskirche eine Gefahr für alle Gläubigen? Nur am Ostchor habe ich Speier entdeckt.«

Matizo schaute ein weiteres Mal auf, den Griffel beließ er mit der Spitze im Wachs. »Jede Kirche schützt auf ihre Weise.« Das hoffte er zumindest. Dafür baute er sie.

Hortensia sprang auf. »Das habe ich anders erlebt!«, entfuhr es ihr heftig. Entschieden legte sie den Pinsel beiseite. Die Kapelle in Neumark hatte die Gläubigen nicht vor den Geschossen schützen können.

Nur kurz hatte Matizo sie auf ihren Gefühlsausbruch hin angesehen, jetzt verfolgte sie, wie er zum Pergament ging, dem sie vorhin noch die Zahl Zehn für die Fertigstellung des Lettners entnommen hatte. Es hing direkt neben dem Sendschreiben mit dem Aufruf zu spenden, das sie für den Bischof in mehrfacher Ausfertigung kopiert hatte.

Keiner der anderen Schreiber formte die Serifen so flach wie sie, daran erkannte sie jedes ihrer Schriftstücke rasch. Unter halb gesenkten Lidern verfolgte sie, wie Matizo die Planung studierte und schließlich ganz unten über die Zahl Sechzig strich. Die Zartheit seiner Geste überraschte sie ebenso wie seine nackten Füße neulich nachts im Hof. Die Art, wie er das Pergament berührte, wirkte beinahe intim und passte so gar nicht zu dem ansonsten so steif und abweisend auftretenden Mann. Schon vor dem heutigen Tag war ihr aufgefallen, dass er vieles berührte, was sie lediglich betrachtete. Vielleicht erklärte das auch, warum er so häufig durch Line und sie hindurchzuschauen schien. Weil er nur wahrnahm, was er berührte?! Sie widmete sich wieder der Spes.

»Meister?« Line erschien in der Tür. »Der Pater bittet Euch zu Tisch.«

Matizo hatte gerade darüber nachgedacht, wie er den zeitlichen Verzug aufholen könnte. »Harbert?« Er ließ von der Planung ab. Sollte der Benediktiner jetzt, nach so langer Zeit, doch noch etwas über die Markgräfin Uta herausgefunden haben?

»Er erwartet Euch im *Wilden Eber*.« Der mitleidige Blick der Hausmagd streifte Hortensia an ihrem kleinen Tisch in der Ecke. Das Mädchen rührte in einer Farbschale auf dem Boden.

»Im *Wilden Eber*?«, fragte Matizo. Gehörte ein Benediktiner um diese Zeit nicht eher ins Refektorium?

»Das ist das Wirtshaus an der südlichen Burgmauer, gegenüber der Marienpfarrkirche«, erklärte ihm Line.

Matizo nickte, obwohl ihm das Treffen mit dem Geistlichen an solch einem Ort merkwürdig vorkam. Schulter an Schulter mit Betrunkenen, die die Worte des Gespräches schneller weitertrugen als der Wind eine Feder. »Dann unterbrechen wir die Arbeit jetzt«, befahl er.

Obwohl er Line dabei ansah, wusste Hortensia, dass sie damit gemeint war, und verließ die Kammer. Der Meister verschloss mit seinem Bronzeschlüssel die Tür und eilte die Treppen hinab.

Hortensia starrte noch eine Weile auf die Verriegelung. Würde er ihr trauen, hätte er sie weiterzeichnen lassen. Sie waren doch sowieso schon in Verzug. In ihrer Kammer warf sie sich aufs Lager. Jetzt war der Zeitpunkt gekommen, trübe Gedanken per Lidschlag wegzublinzeln, genauso wie es damals Markgraf Heinrich gemacht und seine besorgte in eine heitere Miene verwandelt hatte. Sie schloss die Augenlider. Einmal, zweimal und beim dritten Mal verzweifelt krampfhaft, aber es funktionierte nicht! Sie konnte die trüben Gedanken nicht verscheuchen und drückte ihr Gesicht ins Kissen. Die verschlossene Art des Meisters bewirkte, dass sie sich abgelehnt und einsam fühlte und die Eltern noch mehr vermisste. Ihre Situation erinnerte sie an einen Baum, der ganz allein auf einem Feld stand. Vom Sturm wurde er heftig gerüttelt und geschüttelt ohne den Schutz seiner ihn umgebenden Artgenossen. Mit jeder Böe drohte er zu entwurzeln. Mutter! Vater! Warum habt ihr mich verlassen?

Es klopfte.

Hortensia hob den Kopf aus dem Kissen. »Ich möchte allein sein.« Ihre Stimme klang belegt, als würde sie die ersten Worte nach einem tiefen, langen Schlaf sprechen.

Einen Spaltbreit wurde die Tür dennoch geöffnet.

Hortensia sah, wie ein gefülltes Tragebrett in den Raum hineingehalten wurde. Kein Gesicht zeigte sich, da waren nur zwei Hände, deren dunkle Hautflecken zeigten, dass sie einer älteren Frau gehörten. Mit dem Ärmel ihres Obergewandes wischte sich Hortensia eine Träne von der Wange. »Pfannenfladen mit Äpfeln?«, fragte sie.

»Mit Quendel und Äpfeln gebraten und mit Honig verfeinert. Auf diese Art habe ich es von meiner Mutter gelernt.« Das Brett wurde auf dem Boden abgestellt. Danach fuhren die Hände, wie von einem Strick gezogen, wieder aus der Kammer hinaus.

Vom Tragebrett her wehte ein angenehmer Duft zu Hortensia herüber. Da standen eine Schale, ein Becher und eine Talglampe. Mit noch feuchten Augen stand sie auf und griff nach der Schale. Danach ging sie zum Bett zurück, setzte sich und nahm die Schale auf den Schoß. Die Apfelspitzen, die aus dem Teig herausragten, schimmerten bronzefarben vom Honig. »Line?«, sagte sie zaghaft.

Der Kopf der Hausmagd erschien im Spalt der Tür. »Die Fladen waren das Einzige, mein Kind, was mich damals nach dem Verlust meiner Familie trösten konnte.« Zwar hatte Line vorhin bereits die frisch zubereitete Kürbissuppe abgeschmeckt, aber die Pfannenfladen waren ihr in Erinnerung an ihre eigene ehemalige Situation in Freiberg geeigneter erschienen.

Hortensia schämte sich im nächsten Moment dafür, nur an ihr eigenes Leid gedacht zu haben. »Du hast auch deine Familie verloren?«

»Ja, meine drei Buben Henner, Oldrich und Martin. Und meinen Mann Enrikus.«

Hortensia deutete mit der Hand auf das Lager, damit Line sich neben ihr niederließ.

»Das Silber wurde ihnen zum Verhängnis.« Die Hausmagd schob ihren Körper durch die Tür und sank mit einem Seufzer auf das Bett. »Sie zählten gerade einmal sieben, neun und elf Jahre, die Buben. Enrikus, mein Ehemann, schlug das Silbererz. Martin, der Älteste, zog die Förderkörbe zum Schacht. Oldrich bediente den ganzen Tag die Haspel, mit der das geschlagene Erz in den Körben zu Tage gefördert wurde. Und mein Kleiner hatte am Unglückstag seinen ersten Einsatz. Seine Aufgabe sollte es sein, zufließendes Grundwasser mit Eimern aus der Schachtkammer zu schöpfen.«

Hortensia hatte das Gesicht der Hausmagd noch nie so betrübt gesehen. Die kreisrunden, fröhlich wirkenden Falten in ihrem Gesicht wirkten plötzlich tiefer, wie dunkle, mit einem scharfen Rechen in den Erdboden gezogene Furchen. Mitfühlend legte sie Line die Hand auf den Arm.

»An Henners erstem Tag, dem Morgen des Dreikönigsfestes, brachen die Gesteinsmassen im Schacht über ihm und den anderen Bergleuten zusammen. Der Schacht war schmal, ich stand am Eingang, um meiner Familie Essen zu bringen. Die Neunstärke nach dem Rezept meiner Großmutter Jorinde. Mit zwei Händen voll Gänseblümchen darin.« Seufzend zog Line die Steinscherbe aus ihrer Schürzentasche und wendete sie im schwachen Licht der Talglampe. »Das erste Stück Silbererz, das Enrikus Jahre zuvor unter Tage schlug, hatte er mir geschenkt. Es besaß diese Form hier.« Line hielt Hortensia den Steinsplitter hin, welchen sie in der Werkstatt des Meisters beim Zuschauen aufgelesen hatte. »Niemals hat er mir Schmuck schenken können, was er Tag für Tag schürfte, reichte gerade mal zum Überleben und für einen Wollumhang, damit die Buben den Winter überstanden.«

Hortensia führte den Stein ganz nah an die Talglampe. Er war keilartig und wirkte wie ein unpolierter Edelstein.

»Solch ein Bruchstück entzog Enrikus damals der Einschmelzung und übergab es mir stolz.« Line ließ sich das Fundstück wieder reichen und deutete mit dem Zeigefinger in dessen Mitte. »Auf dem Erz befanden sich an dieser Stelle kleinste Silbersplitter, so dass es wie ein richtiger Anhänger wirkte.« Lines Gesichtsausdruck verlor etwas von seiner

Düsternis, während sie gedankenversunken über den Stein strich.

Hortensia dachte, dass die Hausmagd genau die gegenteilige Variante zu ihrer eigenen Geschichte erlebt hatte. Da saßen sie nun also: eine Frau, der ihre Kinder und ihr Mann – und ein Mädchen, dem seine Eltern und sein Bruder entrissen worden waren.

»Nachdem Enrikus und die Buben im Berg begraben waren, habe ich sein Geschenk wütend zurück in den unglückseligen Schacht geworfen«, berichtete Line weiter.

Entsetzen lag in Hortensias Augen, wie einst bei der Werbung des Archfelders im Haus mit der schiefen Tür. Beim Gedanken an den Erfurter mit dem schlohweißen Haar schüttelte es sie, so dass die Schale auf ihrem Schoß wackelte. Dann nickte sie berührt. »Das ist sehr traurig, Line, und tut mir leid.«

Nach einem Moment der Stille griff Hortensia nach dem weichen Pfannenfladen, rollte ihn zusammen und riss ihn in der Mitte entzwei. Eine Hälfte reichte sie ihrer Leidensgenossin.

Die Hausmagd griff zu, aß aber vorerst nicht davon, sondern erzählte weiter: »Sechzehn Jahre jung war meine Mutter gewesen, als meine Großeltern mit ihr aus Goslar nach Christiansdorf kamen. Damals war es noch eine einfache ländliche Siedlung auf jüngst gerodetem Boden. Doch innerhalb weniger Jahre wurde die Stadt Freiberg daraus. Wären die Freiberger dem verlockenden Ruf des Erzes nicht gefolgt, würden meine Buben und Enrikus noch …« Line stockte.

Hortensia stellte die Schale mit ihrer Hälfte des Fladens vor das Bett und lehnte sich an Line. Nachdem sie beide eine Weile schweigend ihren Gedanken nachgehangen hatten, nahm Line schließlich erneut das Wort auf. Ihre sonst so fröhliche

Stimme klang bei den folgenden Sätzen wie die einer gebrochenen, alten Frau: »Der Schmerz vergeht nie ganz. Noch bei meinem letzten Atemzug werde ich an sie denken.«

»Es tut so weh, ohne sie zu sein, aber auch, an sie erinnert zu werden.« Hortensia fiel es schwer, über den Verlust ihrer Familie zu reden. »Wenn ich aber nicht an sie denke, bekomme ich Angst, sie ganz zu verlieren. Mutter, Vater und Gero. Was auch immer ich daher mache, ob ich an sie denke oder nicht an sie zu denken versuche, es zerreißt mich.« Sie hatte Gero die rauschenden Wälder am Ettersberg zeigen und mit ihm eines Tages auch die Kuppe erklimmen wollen. Seltsamerweise erschien ihr in diesem Moment das Bild des Markgrafensohnes Dietrich. Ob es dem Jungen gutging?

Line legte den Fladen in die Schale zurück und nahm Hortensia fest in den Arm, indem sie ihre Hände auf dem Rücken des Mädchens ineinander verknotete wie Seile. Genau so, wie sie es vor so vielen Jahren bei ihrem Jüngsten getan hatte. Dass diese Verbindung niemand lösen könnte, hatte sie dem Sohn damals versichert – was sich als Lug und Trug erwiesen hatte. »Zuerst ging es mir ähnlich, und ich habe versucht, jede Erinnerung an meine vier Männer im Keim zu ersticken.«

Hortensias Körper verkrampfte sich in der Umarmung, als wäre es die letzte, bevor sie gleich sterben müsste. Line war weich und warm.

»Bei meiner Ankunft in Naumburg erklärte mir Bruder Rufus vom Maria-Magdalenen-Hospital, dass der Verlust von lieben Menschen Wunden reißt. Und die müssten bluten können, damit der tief sitzende Schmerz wie Gift aus ihnen herausgespült wird. Und das schaffst du, indem du dich an den schlimmen Tag erinnerst. Verdränge den Schmerz nicht, sondern lass ihn zu. Lass die Wunde bluten.« Line fühlte ihre Vorahnung bestätigt, dass das Mädchen einen schweren

Schicksalsschlag erlitten hatte. »Halte deine Verletzung nicht versteckt, zur Heilung gehört auch, dass Luft an die Wunde kommt. Lass es zu, dass du weinen musst oder manchmal allein sein willst. Nur Blutaustritt, Luft und regelmäßige Verbände verhindern, dass aus einer Wunde ein eitriger, tödlicher Abszess wird.«

»Tödlicher Ab…«, murmelte Hortensia und drückte sich noch enger an Lines warmen Körper. »Wie hast du damals deine Wunden verbunden?«

»Mit schönen Erinnerungen, die die bösen überdeckten. Ich verdränge den schlimmsten Tag in meinem Leben nicht, aber ich stelle ihm viele schöne Tage an die Seite, und auf diese Weise ist meine Wunde langsam zugewachsen. Und schließlich hat mir das Kochen bei der Bewältigung des Schmerzes geholfen. Das Einzige, was ich aus Freiberg damals mitgenommen habe, war die Erinnerung an die liebevollen Mahlzeiten, die uns, trotz des wenigen, was wir besaßen, doch reichlich vorkamen und uns zusammenhielten.«

»Du meinst, es wird irgendwann wirklich besser?« Kurz sah Hortensia das Bild der ausgemalten Spes mit dem Schwert vor sich.

»Das wird es, wenn du die Erinnerungen daran zulässt. Dann werden die schönen eines Tages auch wieder überwiegen«, versicherte Line. »Von der einst klaffenden Wunde ist mir heute nur noch eine Narbe geblieben und der tiefe Dank an unseren Schöpfer, Teil einer so wunderbaren Familie gewesen zu sein.«

Hortensia löste sich aus der Umarmung und betrachtete die Frau neben sich, die ihr bis vor kurzem noch völlig unbelastet erschienen war. Ein Trugbild, das sie an einen Wald im Winter erinnerte, der, oberflächlich betrachtet, zu schlafen schien und nichts von dem Leben verriet, das dennoch in ihm war. Zwar verzogen sich die Insekten in Ritzen, Frösche und Kröten gruben sich in Erdlöchern oder unter Schlamm ein und viele andere Tiere verfielen in eine regungslose Starre – doch sie waren nicht tot oder fort. Andere Lebewesen trotzten sogar der Eiseskälte. Amseln und Meisen, Rehe oder Hasen hatte sie selbst in der dunkelsten Jahreszeit noch ab und an auf den Neumarker Wiesen am Waldrand gesehen.

»Geht es besser?«, fragte Line, nachdem das Mädchen eine Weile in den Anblick der eigenen Hand versunken gewesen war.

»Auch sie vermisse ich.« Hortensia deutete auf ihre Handfläche. »Die Linde.«

Line nickte, auch wenn sie in Hortensias Hand keinen Baum ausmachen konnte. Als Hortensia jedoch begann, mit dem Zeigefinger die Form eines Stammes samt Krone nachzuzeichnen, begriff die Magd.

»Um die Linde auch nachts im Bett sehen zu können, habe ich sie mir tagsüber in die Hand gemalt.« Bei diesen Worten erschien Hortensia der Baum mit seiner herbstlich gelben Krone. Der Platz darunter hatte im Sommer nicht nur angenehme Kühle gespendet. Für sie war es ein ganz allgemein geschützter Ort, ihr Ort gewesen. Die belaubten Äste hatten nie schwer oder erdrückend gewirkt, und oft hatte sie sich vorgestellt, dass ihre Träume durch die lichte Krone in den Himmel aufstiegen, damit Gott sie schneller erfüllen konnte. Selbst die Fruchtstände – kleine braune Kügelchen, die den blätterlosen Zweigen zu Beginn des Winters noch anhafteten – hatten ihren Platz zu etwas ganz Besonderem gemacht.

Den unvergleichlichen Duft der Lindenblüten in der Nase, sagte sie: »Sie hat mir Kraft gegeben. Manchmal habe ich mich an ihren Stamm gelehnt und die Augen geschlossen. Zusammen mit ihrer Krone habe ich mich im Wind gewiegt, es war, als befände ich mich in einer Umarmung mit jemand Vertrautem.« Das Bild der verkohlten Überreste vervollständigte ihre Erinnerung.

Line nickte wissend, sie verstand genau, was Hortensia meinte, auch wenn sie einem Baum noch nie so nahe gekommen war. Jede biss in ihre Hälfte des Fladens.

»Danke«, sagte Hortensia noch mit vollem Mund, die Zuneigung Lines tat ihr gut. Außerdem machte die Hausmagd die leckersten Fladen, die sie je gegessen hatte. Der süße Honig war ein geschmacklich willkommener Gegensatz zu den leicht säuerlichen Äpfeln, und der Quendel verlieh der Speise eine zusätzliche, unaufdringliche Würze. Bisher war ihr der Strauch lediglich als Heilmittel gegen Ekzeme und sonstige Erkrankungen der Haut vertraut gewesen. In Neumark hatte Alrun auf ihn geschworen.

Line hatte ihre Mahlzeit schnell vertilgt. Sie hievte sich vom Lager hoch. »Trau dich, den schönen Erinnerungen Raum zu geben. Male sie mit bunten Farben aus, und wenn es hilft, singe eine Melodie dazu.« Nach diesen Worten streichelte sie Hortensia noch einmal über die Wange und verließ dann die Kammer.

Hortensia hatte vorsichtig genickt und schaute nun auf die Stelle, an der die Hausmagd eben noch gesessen hatte. Dort war das Leinen samt dem Stroh so weit nach hinten gerutscht, dass sie eine Ecke des Pergamentbündels mit der Kathedrale darunter sah. Augenblicklich tauchte das Gesicht der Mutter vor ihr auf.

Trau dich, den schönen Erinnerungen Raum zu geben!

Hortensia schloss die Tür. Dann kniete sie vor dem Bett nieder und zog die Pergamente unter dem Stroh hervor. Ihr Herz schlug schneller. Die mit schwarzer Tinte gezogenen Umrisse der Kirche mit den vier Türmen leuchteten ihr, wie von Silberstaub überzogen, entgegen, jetzt, wo sie sie zum ersten Mal genauer betrachtete. Außerdem bemerkte sie nun auch, dass die Feder des Malers an der Spitze gerade zugeschnitten gewesen war, nur auf diese Weise hatte er diese ungewohnt breiten Linien ziehen können. Unsicher blickte sie auf das Bündel hinab. Vielleicht hatte Line recht, und es bestand wirklich Hoffnung, dass die schönen Erinnerungen eines Tages die schrecklichen verdrängen würden.

Zaghaft fuhr sie mit der Hand über das Pergamentbündel, das mit einem feinen Hanfseil verschnürt war. Behutsam, als zerfielen die Pergamente bei der kleinsten Berührung zu Staub, löste Hortensia die Verschnürung. Sie drehte das Bündel hin und her und erkannte im schwachen Licht der Talglampe bräunliche Verfärbungen an den Seitenrändern. Am linken Rand wurde es an zwei Stellen von einem Zwirn zusammengehalten. Insgesamt machte es einen sehr alten und empfindlichen Eindruck auf sie. Und wenn es nun weiteren Schrecken enthielte? Hortensia war hin- und hergerissen, sah dabei Lines trauriges Gesicht mit den tiefen Falten wieder vor sich. Für eine traurige Geschichte war sie noch zu schwach. Anders als Line, die es vor einiger Zeit wohl geschafft hatte, dem tiefen Loch der Verzweiflung, so kalt und feucht wie ein Brunnenschacht, zu entkommen. Sie selbst jedoch kauerte noch an dessen Grund, hatte soeben im Gespräch gerade einmal gewagt, den Blick nach oben, in Richtung des Lichts, zu heben. War sie schon stark genug für die ersten Steigversuche die kantige, steinerne Brunnenwand hinauf?

»Verwahre es gut. Es ist etwas Besonderes«, hatte die Mutter kurz vor ihrem Tod noch gemahnt, und heute waren die Pergamente das Einzige, was Hortensia von ihrer Familie geblieben war. Ähnlich wie bei Line, die allein die Familienrezepte aus Freiberg mit sich genommen hatte.

Hortensia nickte, wie um sich selbst Mut zu machen. Zuerst musste sie jedoch wissen, ob das, was in dem Pergamentbündel geschrieben stand, tragisch oder fröhlich endete. Äußerst vorsichtig, damit der Zwirn nicht weiter in die Pergamente schnitt, schlug sie die vorletzte Seite auf. In ihren Schläfen pochte es, sie glaubte sogar, das Schlagen ihres Herzens zu vernehmen. Sie wagte einen vorsichtigen Blick auf das aufgeschlagene Pergament. Rechts sah sie eine Zeichnung. Links verkündete eine Überschrift:

5. Von Gottes Hand geführt

Hortensia zog das Talglicht auf dem Tablett näher zu sich heran. Sie fand, dass das Schriftbild klarer als auf den Pergamenten heutzutage war. Deutlich waren die Wörter voneinander getrennt, die Buchstaben runder und nicht so spitz und hochgezogen. Die Serifen waren weniger kunstvoll geformt. Sie begann, im fünften Kapitel zu lesen:

Vor sieben Tagen ist meine Hedwig ein drittes Mal niedergekommen. Unser Junge ist wunderschön, auch wenn seine Schönheit bei weitem nicht an die seiner Mutter heranreicht. Wie schon bei unseren Mädchen hat Hedwig gestrahlt, als sie die Haut des Kleinen das erste Mal an ihrer Wange spürte.
Anlässlich der Geburt haben uns Freunde besucht, Hedwig hat das Wochenbett bereits am dritten Tag verlassen. Ganze drei Tage saßen wir mit unseren Gästen in unserem bescheidenen Heim bei Wein und Brot zusammen. Nach diesen wunderbaren Tagen in Gemeinschaft ist kein Wunsch mehr offen, und ich spüre, dass Hedwig ähnlich fühlt.

Hortensia atmete erleichtert auf. Da war keine Spur von Gewalt und Schmerz. Nichts, was das Bild vom qualmenden Haus mit der schiefen Tür wieder vor ihre Augen treten ließ. Mit einem Seufzer ließ sie sich auf das Stroh in der Ecke ihres Bettes sinken und zog sich, angetan von den warmen Gefühlen, die die Zeilen verströmten, die Decke bis über die Knie. Erneut sank ihr Blick auf die klar geformten Buchstaben.

Die Kinder vervollständigen unsere Liebe. Unsere Älteste hat die Wissbegier von ihrer Mutter, die Zweitgeborene vermutlich das Temperament meines Bruders. Ich hörte zuletzt über ihn, dass er sich mit der Atmung schwertut. Gott möge ihn schützen.

Ohne den Verfasser zu kennen, meinte Hortensia, dass ihm bei dem Gedanken an das Temperament des Bruders vielleicht ein Schmunzeln auf den Lippen gelegen hatte. Zumindest ließen seine Zeilen diesen Schluss zu.

Nach so vielen Jahren kann ich immer noch nicht sagen, ob wir in unserem Leben die richtigen Entscheidungen getroffen haben. Das nahe Augsburg ist geschäftig und verschafft uns, oder besser gesagt meiner Feder und mir immer wieder Auftragsarbeiten. Zuletzt haben wir aus der Ferne der Heerschau König Heinrichs III. auf dem Weg nach Italien, zur Kaiserkrönung, beigewohnt.

Die nachfolgende Zeichnung auf der rechten Seite zeigte eine gesellige Szene. Eine Gruppe von Menschen saß an einem Tisch. Um sie herum waren die Wände einer Kammer angedeutet. Ein bisschen erinnerte die Skizze Hortensia an das Bild des Erlösers beim Mahl mit den zwölf Aposteln, das ihr die Mutter einst in Weimar an einer Kirchenwand gezeigt hatte. Am Kopfende der Tafel erkannte Hortensia eine Frau. Daneben war ein Mann mit schwungvoll gekonnter Federführung gezeichnet, mit breiten Schultern und einem großen Kopf, den Becher hatte er erhoben. Neben seiner mit nur wenigen Linien angedeuteten Brotscheibe lagen Tintenhorn und Gänsekiel auf dem Tisch. Die anderen Versammelten waren nicht minder markant skizziert und verteilten sich an den Längsseiten des Tisches. Am anderen Ende der Tafel war ein Mann plaziert, dem wohl die Aufgabe zukam, das Fleisch aufzuschneiden.

Zuerst musste Hortensia an Lines Bericht denken und wie deren liebevoll zubereitete Mahlzeiten die Familie in Zufriedenheit vereint hatten. Dann erinnerte sie sich an das alljährliche Zusammenkommen ihrer eigenen Verwandtschaft, zu dem sogar Tante Hanna aus Tübingen angereist und es im Neumarker Oberndorf in der Scheune zu einer munteren Feier gekommen war. Die ganze Nacht hatten sie zusammengesessen, geschmaust und getanzt. Mutter war eine wunderbare Tänzerin, dachte Hortensia und sah im nächsten Moment, wie sich diese unbeschwert zum Klang der Flöte gedreht hatte. Hortensia lächelte und schaute wieder auf die Zeichnung. Dann hob sie das Ästchen, das sie an ihrem Schuhwerk von draußen mit ins Haus gebracht hatte, vom Boden auf und legte es als Lesezeichen zwischen die Pergamentseiten. Was war der Mutter an dieser Geschichte so wichtig?

* * *

Überwiegend Handwerker und Tagelöhner tummelten sich im *Wilden Eber,* in dessen Gaststube es weit mehr nach schlechten Ausdünstungen als nach schmackhaften Speisen roch. Es

235

war heiß hier drinnen, weswegen Matizo sofort seinen Umhang abnahm. Ein wenig bereute er gerade, sich nicht die Zeit genommen zu haben, die Ausmalungen seiner Gehilfin genauer zu betrachten. Er fand, dass sie Feder und Pinsel gut führte und die Farbe mit sicherer Hand zwischen den vorgezeichneten Linien auftrug. Jemand brüllte, wahrscheinlich der Wirt, dass die Leute gefälligst enger zusammenrücken sollten.

Da machte Matizo zwischen zwei Handwerkern den Benediktiner aus, der ihm auch sogleich ein Zeichen mit der Hand gab. Der Pater hatte einen der begehrten Tische direkt am Fenster des Gastraumes ergattert.

Kaum dass Matizo saß, bekamen sie jeweils einen Krug überschäumenden Bieres vom Wirt serviert, ein Mann mit Stiernacken und groben Zügen. Dem Aussehen nach zu schließen war der Schankbursche, der sich gerade mit mehreren Essschalen in den Händen zwischen den Tischen hindurchschlängelte, der Sohn des Wirts. Die beiden besaßen zumindest die gleiche breite Kopfform mit den flügelartig abstehenden Ohren.

Matizo mutete das Treffen hier nach wie vor seltsam an. Nicht nur, dass er einem Mönch des Georgsklosters Vertrauen schenkte, dessen Gehorsamsgelübde ihm eigentlich gebot, sein Auftauchen in Naumburg unverzüglich dem Abt zu melden. Da war auch noch dieser Ort mit Dutzenden von aufdringlichen, lauten Menschen.

»Seelsorge findet nicht nur an Totenbetten oder in Beichtstühlen statt. Deswegen ist die Klausur für mich gelockert«, lieferte ihm Harbert eine Erklärung. »Da wir das Maria-Magdalenen-Hospital betreuen, bin ich viel in der Stadt unterwegs. Hin und wieder auch beim Bischof.«

Sie nahmen den ersten Schluck, und in Gedanken war Matizo erneut bei Hortensia und ihrem verstörten Blick, als sie über den Schutz von Gotteshäusern gesprochen und diesen in Abrede gestellt hatte. Sie war anders als alle Frauen, die ihm bisher begegnet waren. Eigenartig im Aussehen und im Denken. Sie anzuschauen, wagte er nur heimlich, wenn er sich sicher war, dass sie es nicht bemerkte. Ihre Fragen zeigten – ungewöhnlich für eine Frau – ehrliches Interesse an seiner Arbeit, was ihn zum Grund seines Hierseins zurückbrachte.

»Habt Ihr Informationen zu Markgräfin Uta finden können?«, fragte er, die Hand schützend an den Mund gelegt.

»Erst sollten wir uns mit einer ordentlichen Portion Fleisch stärken!« Ohne Matizos Antwort abzuwarten, winkte Harbert nach dem Schankknecht. »Das ist Kurt«, erläuterte er beiläufig.

Mühselig drängte sich Kurt zwischen den vielen Gästen bis zu ihrem Tisch vor und neigte ehrfurchtsvoll den Kopf vor Harbert. »Wir haben Gulasch vom Schwein und … Keule vom Hahn auf der Kochstelle, Pater«, brachte er heraus.

»Aber du wirst doch keinen Pfaffen zur Völlerei verführen wollen!«, frotzelte da eine Stimme am Nachbartisch. »Und warum grinst du den Mönch so an? Deine Flügel am Kopf sind ja schon knallrot.«

Ertappt schaute Kurt auf seine löchrigen Schlappen und begann, ein Gebet zu murmeln.

»Für mich und meinen Freund bitte Gulasch«, bestellte Harbert, als wäre nichts gewesen. »Und wenn du dachtest, junger Mann«, er wandte sich nun an den vorlauten Burschen am Nachbartisch, »dass wir Brüder uns nur mit einer Scheibe Brot und Wasser bescheiden, irrst du dich!«

Die Blicke der Wirtshausbesucher waren jetzt auf Matizo und Harbert gerichtet.

»Um so manch umfangreiches Sündenregister überhaupt ertragen zu können, bedarf es schon einer kräftigeren Stärkung«, belehrte der Benediktiner den jungen Burschen weiterhin, worauf Kurt angetan den Kopf hob und Harbert bewundernd anschaute. »Aber das weißt du ja, nachdem du dein eigenes bestens kennst!«

Dem Angesprochenen gefror das Grinsen im Gesicht. Auch die Bierkrüge an den Nebentischen ruhten, und selbst der Wirt hielt inne.

»Und jetzt möchtest du«, Harbert blickte in die Runde, »vor dem morgigen Fest des heiligen Martin anscheinend noch die Sünde des Neids auf dich laden, indem du mir mein Essen nicht gönnst?«

Der Ermahnung lauschten inzwischen auch die Leute vorne beim Eingang, was Matizos Unbehagen verstärkte. Aufmerksamkeit zu erregen, wollte er um jeden Preis vermeiden.

»Als pflichtbewusster Gläubiger weißt du sicherlich, dass Verfehlungen vor einem Hochfest besonders schwer wiegen«, dozierte Harbert weiter und zwinkerte dem Schankknecht aufmunternd zu, woraufhin Kurts Augen aufleuchteten.

Ob dieser Worte schüttelte Matizo ungläubig den Kopf. Er war davon überzeugt, dass Gott die menschlichen Verfehlungen vollkommen unabhängig vom Tag, an dem sie begangen wurden, wog. Ganz sicher würde er mit keiner milderen Strafe rechnen können, nur weil er seine Untat an einem hohen kirchlichen Festtag anstatt davor oder danach verübt hatte. Es war der Festtag des heiligen Marcellus gewesen, an dem die Situation zwischen ihm und Matthäus eskaliert war.

»Ist ja schon gut«, brummte der Unruhestifter nun kleinlaut. »Ich bin nicht neidisch. Hab meine Fleischportion heute schon gehabt.«

Als Harbert sich daraufhin vom Nachbartisch abwandte, setzten auch die anderen Gäste im Schankraum ihre Gespräche weiter fort.

»Danke für Euren Beistand, Pater.« Kurts Stimme klang überschwenglich. Mit dem Zeigefinger strich er sich über die ersten Barthaare auf der Oberlippe, an denen sich kleine Schweißperlen verfangen hatten. Seine Ohren waren noch immer gerötet. »Zwei Portionen vom Schwein?«

»Sehr wohl!«, bestätigte Harbert gut gelaunt. »Bei euch gibt es einfach das köstlichste Fleisch und das beste Bier der Stadt. Und das möchte ich meinen Gast heute kosten lassen.«

Hastig schaute Kurt sich um. Am liebsten hätte er sich die Ohren zugehalten wegen des Lärms, bemerkte im gleichen Moment aber den unnachsichtigen Blick seines Vaters hinter dem Tresen. Der schlug beim Zapfen nun auch noch mit der freien Hand gegen das Bierfass, wie er es immer tat, um ihn anzutreiben. »Dann werde ich meinem Bruder Bescheid geben, dass er sich bei Euren Portionen besondere Mühe gibt«, versicherte er und kämpfte sich wieder, das Vaterunser flüsternd, durch die vielen Gäste bis zur Küche zurück.

»Ihr kennt den Burschen näher?«, erkundigte sich Matizo.

»Ein wenig«, bestätigte Harbert, der am Verhalten des Jungen gemerkt hatte, dass sich dessen Situation wohl nicht verändert hatte. »Kurt sehnt sich danach, dass ihn sein Vater in unser Kloster gibt, der aber will ihn hier nicht entbehren.« Mehr verriet Harbert nicht, der Rest fiel unter das Beichtgeheimnis.

Matizo schluckte und schaute sich erneut um. Einmal mehr schien der Pater seine Gedanken zu lesen.

»Sicherer als hier, unter so vielen Menschen, sind wir sonst nirgendwo. Die Stadt hat überall Ohren, außer sie werden von Lärm übertönt.« Harbert nahm einen Schluck.

Matizo griff ebenfalls nach seinem Bierkrug. Die Männer an den umliegenden Tischen waren tatsächlich mit ihrem Essen, Gejohle und sogar Gesang beschäftigt. Nach einer Weile beugte er sich dem Pater entgegen. »Was habt Ihr über die Markgräfin herausgefunden?«

»Am besten tut Ihr so, als würden wir über etwas Belangloses reden.« Harbert lehnte sich entspannt gegen die Rückenlehne der Sitzbank, woraufhin Matizo es ihm gleichtat. Sie tranken erneut.

»Die Vergangenheit der Markgräfin liegt im Dunkeln. Aber ich bin auf Vorfälle in ihrem direkten Umfeld gestoßen, die Euch vielleicht interessieren könnten«, berichtete Harbert einige Schlucke später.

Unschlüssig stand Kurt auf einmal mit zwei Schalen Fleisch und Blaukraut neben dem Tisch. Er wagte es nicht, den Pater zu unterbrechen, obwohl er ihn so vieles fragen wollte. Zum Beispiel, ob es stimmte, dass zum Feste Christi Geburt auch die einfachen Menschen Zutritt zur Messe in der Kathedrale hatten. So viele Gläubige im schönsten Hause Gottes vereint, schüfe gewiss eine besonders andächtige Stimmung. Die ersten zehn Kapitel der Regeln des heiligen Benedikts konnte er inzwischen auswendig aufsagen. Ist das nicht die Grundlage dafür, ein echter Benediktiner zu werden?, so lautete seine zweite Frage an den Pater. Die erste Regula enthielt gleich zu Beginn Kurts Lieblingssatz: *Wir kennen vier Arten von Mönchen. Die erste Art sind die Koinobiten. Sie leben in einer klösterlichen Gemeinschaft und dienen unter der Regel und dem Abt.* Satz für Satz hatte er sich die Worte von Bruder Rufus im Maria-Magdalenen-Hospital eingeprägt. Rufus hatte die Regel zitiert, während er Kurt kühle Wadenwickel gegen Fieber angelegt hatte. Der Junge stellte das dampfende Essen auf dem Tisch ab. Eines Tages, davon träumte er jede Nacht, wollte er auch so sein wie Harbert.

»Kurt!«, dröhnte es da vom Tresen her. »Komm her und wisch die Kotze weg!« Der Junge hatte gerade dazu angesetzt, dem Pater von seinem Lernfortschritt bei der Benediktregel zu berichten. Jetzt stolperte er zur Theke, um verschüttetes Bier und Erbrochenes aufzuwischen.

Harbert griff nach dem Löffel. »Es war im Jahre 1038 des Herrn«, begann er, nachdem er den ersten Bissen hinuntergeschluckt hatte. Jetzt machte er sich über das Kraut her.

Gebannt schaute Matizo auf Harberts Mund, während um ihn herum Schanklieder über gutes Bier erklangen und die Frage nach dessen Existenz im Himmelreich gestellt wurde. Wie sehr ihm diese lauten Orte doch zuwider waren.

»Sagt Euch der Name Hermann von Naumburg etwas? Im Jahre 1038 wurde er am Feste Allerheiligen begraben«, sagte Harbert.

»Ja, und?« Das hatte er bereits gewusst. Die Todestage der Stifter waren die Daten, die ihm Bischof Dietrich am schnellsten übermittelt hatte.

Als ringe er mit sich, wendete Harbert ein Fleischstück mehrmals in der dunklen Soße, bevor er weitersprach. »Hermann wurde auf dem Schandacker begraben.«

Matizo erblasste. Nicht noch ein Sünder unter den Stiftern!

»Er hat Selbsttötung begangen«, erklärte Harbert nun nicht mehr ganz so gelassen.

Matizo wollte aufspringen, doch der Pater bekam ihn am Arm zu fassen und zog ihn auf die Bank zurück. »Beruhigt Euch.«

Dass ihm das ausgerechnet ein Benediktiner sagen musste.

»Warum hat er das getan?«, fragte Matizo fassungslos.

»Totenlisten nennen keine Gründe. Der Eintrag stammt aus der Zeit, in der ein Abt namens Pankratius unserem Kloster vorstand. Hinter der Jahresangabe hat er auf 1. Samuel 31,5 verwiesen, in kleineren Buchstaben und kaum lesbar.«

»Die Geschichte von König Saul und König David?«

»Richtig. 1. Samuel 31,5 enthält den Bericht, dass sich Sauls Waffenträger, sobald er sah, dass Saul tot war, entleibte, indem er sich in sein Schwert stürzte. Vermutlich hat Abt Pankratius Hermann von Naumburgs Tod notiert, weil dieser seit dem Jahr 1032 Laienbruder im Kloster gewesen war.«

»Da müsst Ihr etwas verwechseln«, war Matizo überzeugt. »Er war Markgraf, kein geistlicher Bruder!«

»Die Eintragungen in den Klosterlisten beweisen es«, widersprach ihm Harbert. »Im Jahre 1032 des Herrn wurde Hermann mit der laufenden Nummer einhunderteinundsechzig im Kloster St. Georg aufgenommen. Und jene Ziffer findet sich auch hinter dem Todesdatum des im Jahr 1038 genannten Hermanns. Ziemlich sicher reden wir von ein und derselben Person.«

Die heilige Mutter Kirche bestraft Räuber, Schänder und Mörder, ging es Matizo durch den Kopf. Eines der schwersten Vergehen besteht jedoch darin, Selbsttötung zu begehen. Allein schon die Skizzierung einer solch belasteten Figur wird mich unweigerlich in die Hölle führen!

Verwirrt schob er sich einen Löffel Kraut in den Mund. »Würdet Ihr weitersuchen nach der Markgräfin und dem ...« Er formte das Wort Selbstmörder nur mit den Lippen. »Habt Ihr nicht auch noch Zugriff auf andere Archive in der Diözese?«

»Ich bin kein Wundertäter, sondern ein einfacher Sohn Gottes«, entgegnete Harbert ruhig, aber bestimmt. »Und ich habe andere Pflichten. Die Menschen hier brauchen mich.« Er deutete in Richtung der Küche.

Matizo war sich bewusst, wie viel er von Harbert verlangte. »Die Sache ist mir wichtig.« In seiner Stimme schwangen Verzweiflung und gleichermaßen Hingabe mit.

Nun war es Harbert, der sich ihm erwartungsvoll entgegenbeugte. Spätestens ab diesem Moment war Matizo klar, dass er den Pater nicht weiter über seinen Auftrag in Unkenntnis lassen und gleichzeitig von ihm verlangen konnte, dass er heimlich für ihn die Archive durchkämmte. Er stand auf, trat um den Tisch herum und setzte sich neben Harbert auf die Bank. »Ich habe einen Auftrag vom Bischof erhalten.« Das Geheimnis um den Westchor würde er selbst in einer so gefüllten Schankstube wie dieser nur flüsternd vortragen.

Harbert ließ den Krug sinken und lauschte.

»Bischof Dietrich ließ mich vor drei Monaten aus Mainz anreisen, damit ich Skizzen für den Bau eines neuen Westchores erstelle. Mit lebensgroßen Standbildern und einem Westlettner, wie ich ihn bereits für die Mainzer Kathedrale geschaffen habe.« Matizo zählte nun leise die Namen der Stifter auf, einen nach dem anderen. »Der Westchor ist eine große Chance für mich und für das Bistum.« Zumindest waren das die Worte des Mainzer Erzbischofs in seinem jüngst verfassten Schreiben an Matizo gewesen. »Wenn ich die Zeichnungen für den Chor zur Zufriedenheit des Bischofs anfertige, ernennt er mich zum Werkmeister für das Bauwerk«, führte Matizo weiter aus, und ein wohliger Schauder erfasste seinen Nacken, als streichelte jemand mit einer Feder darüber. »Die Umsetzung meiner eigenen Zeichnungen. Davon habe ich immer geträumt! Nun aber ist der Auftrag mit so vielen unerwarteten Schwierigkeiten verbunden.«

Harbert deutete ein Nicken an, was Matizo als Aufforderung verstand, weiterzusprechen.

»Eine davon ist die Zeitnot, unter der ich leide.« Bereits jetzt hinkte er der Planung hinterher, obwohl er fast alle Nächte durchgearbeitet hatte. Die Schwierigkeiten, die aus seiner Geheimhaltungspflicht resultierten, erwähnte er gar nicht erst. Er schaute in seine Essschale, ließ das Fleisch aber unangetastet. »Dann ist da noch die Sündhaftigkeit der Stifter.«

Schweigend schauten sie sich an. Harbert hatte die Hände in die Ärmel seiner Kutte geschoben.

»Verzeiht, Pater«, kam Kurt heran. »Ich wollte nur fragen, ob Speis und Trank so recht waren.« Eigentlich wollte er nur wissen, ob es nicht doch noch einen Weg für ihn, am Vater vorbei, ins Kloster gab. Aber dafür fehlte ihm der Mut.

»Alles war zu meiner Zufriedenheit«, bestätigte Harbert, was die Augen des Jungen zum Leuchten brachte.

Matizo zuckte nur mit den Schultern angesichts seiner noch gefüllten Schale, da wurde Kurt auch schon an den Nachbartisch gezerrt.

»Soweit es in meiner Macht steht und meine Befugnisse nicht allzu sehr überschreitet, werde ich versuchen, Euch zu helfen, Matizo«, nahm Harbert das Gespräch wieder auf. »Wie Ihr wisst, bin ich gewissen Geboten und Verpflichtungen unterworfen, die ich nicht vernachlässigen kann.«

Matizo nickte ihm dankbar zu, die Anspannung hielt ihn fest im Griff. »Das werde ich Euch nicht vergessen.« Aus seinem Geldbeutel kramte er zwei Münzen hervor.

»Zur Weihnachtsmesse lasse ich Euch wissen, was ich noch herausgefunden habe. Bis dahin übt Euch in Geduld.« Was Matizo offensichtlich schwerfiel, denn schon erhob er sich von der Bank und legte sich den Umhang um.

Sie verabschiedeten sich mit einem knappen Nicken voneinander.

Verbundenheit und Freundschaft, das muss es sein, warum mich Harbert unterstützt, dachte Matizo, als er sich in der Gassenrinne erleichterte. Auch die zehn überlebensgroßen Stifterfiguren, Lines Mahlzeiten und Hortensia konnten unmöglich nur ein Schauspiel sein, um ihn am Ende doch noch seiner Strafe zuzuführen! Ebenso wenig fühlten sich die Wenzelsstraße und die Kathedrale wie der Weg zum Galgen an.

Es dämmerte, als die Glocken von St. Margarethen die Vesper einläuteten. Ohne anzuhalten, lief Matizo den Weg über den Marktplatz und an St. Wenzel vorbei zum Steinmetzhaus.

Im Erdgeschoss traf er weder Line noch Hortensia an, obwohl es nach zerlassenem Schmalz roch. Er horchte nach oben und vernahm ein Knarzen: Lines Schritte in der Kammer. Er entzündete ein Licht und begab sich in die Werkstatt. Die Ruhe hier unten wollte er nutzen. Der Rohstein vor ihm auf der Bank war inzwischen nicht nur gespitzt, seine endgültige Gestalt war zumindest gezahnt auf einer Seite schon zu erkennen. Seit seiner Ankunft in Naumburg bearbeitete er bereits das dritte Exemplar.

Bevor Matizo das Zahneisen aufnahm, ging er mehrmals um den Block herum und fuhr mit den Händen über die Rillen und Kanten. Dann legte er mit dem Hundezahn los, auf dass er Hermann von Naumburg, die fehlenden Informationen über die Markgräfin Uta und den Zeitdruck um den neuen Westchor vergaß. Momentan führte der Stein die Bewegungen seiner Hände weit mehr, als er selbst ihnen die Richtung vorgab. In Situationen wie diesen, in denen er sich ohnmächtig fühlte, war er dankbar für diese Führung. Erst als seine Kehle so trocken war, dass er husten musste, setzte er ab.

Da fiel ihm Hortensia in der Tür auf. Sie regte sich nicht, was ihm zeigte, dass sie dort schon eine ganze Weile verharrt haben musste. Sein Blick ruhte lange auf ihr, er wandte ihn erst wieder von ihr ab, als er sich dessen bewusst wurde.

»Ihr arbeitet noch, Meister?« Weil er darauf nur flüchtig nickte, meinte sie, dass er auch dieses Mal an keinem Gespräch interessiert war, und wollte sich gerade wieder umdrehen und nach oben in ihr Zimmer gehen.

»Für den Westchor möchte ich pflanzliches Dekor verwenden«, sagte er da.

Aufmerksam verfolgte sie, wie er von dem Stein wegtrat und zu zwei anderen Steinblöcken ging.

»Das pflanzliche Dekor kann den Kelchblock eines Kapitells entweder in zwei Zonen übereinander teilen oder einfach umschließen.« Er deutete auf sein erstes Versuchsstück, das auf dem Boden vor der Wand zur Küche lag.

Unwillkürlich hatte Hortensia ihren Arm ausgestreckt, um die zart und zierlich wirkenden Blätter auf dem Stein zu berühren. »Das ist ja Laub.« Sie wagte nicht, die Werkstatt zu betreten, da selbst Line das noch nie getan hatte. Die Blätter sahen so echt aus, als hätte sie der Wind gerade eben in den Raum und gegen den Stein geweht. Auch ihr Vater hatte Ornamente, die Symbole der Evangelisten und große Initialen in Abschriften und Evangelien für den Graf von Neumark gemalt. Nie aber waren ihr seine Werke so realistisch erschienen wie die Matizos. Es ist eine besondere Gabe, dass der Mainzer Meister dem Stein Leben einzuhauchen vermag, dachte sie im nächsten Moment und verfolgte fasziniert, wie seine Hände die Eisen auf der Geschirrbank sortierten.

Seine Worte über Kapitelle hallten noch in ihrem Kopf nach, als er wider Erwarten weitersprach: »Morgen werde ich mit den Skizzen und Zeichnungen für den ersten Stifter beginnen, bis zum Fest des Apostels Andreas könnte ich dich in das Malen von Lüsterfarben einweisen.«

Hortensia schaute von den Blättern zu ihm auf. Das glänzende, schwarze Haar hing ihm ins Gesicht, und der feine Steinstaub auf seiner Haut glitzerte wie die Sterne am Himmel. Seine blauen Augen erinnerten sie einmal mehr an Diamanten, in denen sich das Meer spiegelte. Sie wirkten wie Lichter, die ihn von innen heraus erhellten. Ob der Meister sich in seiner Heimat wohl wie Hedwig und ihr Mann die Zeit genommen hatte, um gemeinsam mit Freunden an einer Tafel zu speisen? Oder hatte er gar keine Vertrauten besessen? Hortensia war hin- und hergerissen, was sie von Matizo von Mainz halten sollte und was für eine Art Mensch er eigentlich war.

6.

Im Spitzboden rechts

19. TAG DES HARTMONATS IM 1249STEN JAHR NACH DER FLEISCHWERDUNG DES HERRN

Hortensia presste das Fässchen mit dem Mennigepulver vor die Brust und stieg die schneebedeckten Stufen des Wirtschaftsgebäudes hinab. Der Handlanger des Kämmerers, der hier die Vorräte für die bischöfliche Schreibstube überwachte, war Frühaufsteher, das wusste sie. Nicht zum ersten Mal hatte ihr der Mann um diese Zeit schon weitere Pergamente, Tinten und Tuschen ausgehändigt. Zusätzlich zum Mennige hatte sie ihn heute außerdem noch um einen Beutel mit Rußpulver gebeten, der ihr nun bei jedem Schritt am Handgelenk zog. Blattgold war noch ausreichend im Steinmetzhaus vorhanden.

Der Hof der Bischofsburg lag noch in nächtlicher Stille, obwohl die Sonne jeden Moment am Horizont auftauchen musste. Ein Wiehern erinnerte Hortensia daran, dass in einiger Entfernung Schlachtrösser angebunden waren, die ihr bereits beim Betreten der Anlage aufgefallen waren. Da war der

Stallbursche Franz noch bei den Tieren gewesen, und sie hatte ihn mit den Pferden reden hören, als seien diese Menschen. Auf der Burg galt er allgemein als geistig zurückgeblieben, was sie nicht verstand, weil er allen Tieren gleichermaßen geduldig und einfühlsam Zuneigung entgegenbrachte. Der Stallmeister hatte Franz' Stottern sogar als Schande für die ganze Stadt bezeichnet und noch hinzugefügt, dass der Junge es endlich loswerden müsse.

Ihre Gedanken wanderten zu den Zeichnungen zurück, an denen sie auch in den kommenden Tagen noch arbeiten würde. Den letzten Vorrat Mennige hatte sie für die Gefangennahme Christi verbraucht, eines der Motive für den Lettner. Judas trug darauf ein um die Schulter und Hüfte gewickeltes Tuch, dessen Farbe sie an einen gleißenden Sonnenuntergang erinnerte. Ein ähnliches Rot war ihr auch von den unzähligen Tagesanbrüchen in Neumark vertraut. Um zu erleben, wie der Wald erwachte, hatte sie das Haus mit der schiefen Tür an manchen Tagen besonders früh verlassen. Die Bischofsburg wirkte heute ähnlich friedlich und ruhig. Die Luft roch frisch, was sicherlich an der dicken Schicht reinigenden Schnees lag, die sich über Nacht auf Stadt und Umland gelegt hatte. Ebenfalls mit Mennige hatte sie das Obergewand eines der jüdischen Häscher, eine Säule und einen Säulenfuß des Lettners gestaltet. Schatten, Aufhellungen und Farbmischungen gingen ihr inzwischen sicher von der Hand. Je mehr sie in ihrer Aufgabe aufging, desto weniger verschlossen kam ihr der Meister vor. Als wäre die Malerei so etwas wie eine Mittlerin zwischen ihnen beiden.

Vielleicht gefiel ihr das Ausmalen aber auch deswegen so gut, weil sie sich ihrem Vater dadurch näher fühlte. Leise erklang in ihrem Geiste die Flöte, die bei den Familienfesten mit Tante Hanna aus Tübingen stets aufgespielt hatte. Hortensia hielt inne, weil sie ihre Mutter nun zu der Melodie tanzen sah und diese sie an den Armen in den Kreis der Tanzenden zog. Vermischt mit der Musik vernahm sie ihr eigenes unbeschwertes Lachen. Unwillkürlich drehte sie sich am Fuß der Treppe um die eigene Achse und meinte auch dabei, die Hand ihrer Mutter zu spüren. Beim nächsten Tanzschritt stieß sie jedoch gegen eine breite Brust. Das Mennige-Fässchen glitt ihr aus den Händen, und ein Teil des Pulvers legte sich wie ein leichtes Tuch auf den Schnee zu ihren Füßen. Hortensia schüttelte den Kopf, sie musste erst noch lernen, Wirklichkeit und Erinnerung voneinander zu trennen. Mit dem nächsten Atemzug war ihre Mutter verschwunden, und das Gesicht des Meißener Markgrafen tauchte vor ihr auf. Nicht ganz ein Jahr war vergangen, seitdem sie Meißen verlassen hatte.

Heinrich war freudig überrascht. »Schön, dir nach so langer Zeit wieder zu begegnen.« Es traf sich ausgezeichnet.

Gerade noch ein »Erlaucht« und eine Verbeugung brachte Hortensia vor Überraschung zustande.

»Dir scheint es gut ergangen zu sein«, sagte Heinrich und bedeutete ihr, zurück zu den Wirtschaftsgebäuden zu gehen und danach den schmalen Weg nach rechts. An dessen Ende angelangt, schob er sie in eine Kammer.

Im Halbdunkel machte Hortensia ein paar gestapelte Holzpfähle und Säcke aus, ein Fenster zum Hof ließ etwas Morgenlicht ein.

Ihre Überzeugung, das Haar weiterhin wie ein Dorfbursche zu tragen, gefiel ihm. Das Mädchen war anders. »Erzähl mir von deinem Leben hier.« Er schaute sie neugierig an, als begegneten sie sich heute zum ersten Mal.

»Jeden sechsten und siebten Tag helfe ich in der Schreibkammer von Exzellenz Bischof Dietrich«, berichtete sie zögerlich und fand, dass er sich mit seinen männlich-kantigen Zügen kein bisschen verändert hatte. So kraftvoll und lebendig wirkte er, dass er sie einschüchterte. Hier, in dieser Kammer nur zu zweit, während sein Blick so lange unverwandt auf ihr ruhte und er so nahe bei ihr stand, fühlte sie sich von seiner Gegenwart bedrängt. Ganz anders als von der Matizos. Auch wenn sie das vor wenigen Wochen noch für gänzlich unmöglich gehalten hätte, aber in diesem Moment hätte sie der Gesellschaft des Meisters den Vorzug gegeben.

Heinrich strich sich durch das feste blonde Haar, während er sie weiter begutachtete. Hortensia stand aufrechter, fiel ihm auf. Dann fragte er: »Und der Meister aus Mainz? Behandelt er dich gut?«

Zum Morgenbrei hatte sie längst wieder zurück im Steinmetzhaus sein wollen, was sich nunmehr als schwierig erwies. Auch für die Tannenzweige, die sie an der Stadtmauer gesichtet hatte und abbrechen wollte, würde keine Zeit mehr bleiben. Seit ihrer Ankunft in Naumburg vermisste sie die Natur, und so hatte ihr Line gestern Abend empfohlen, etwas Grün ins Steinmetzhaus zu holen.

Hortensia nickte schließlich. Schlecht ging es ihr nicht im Haus in der Wenzelsstraße. In den nächsten Tagen wollte Matizo damit beginnen, den Erststifter Ekkehard vom Wachs aufs Pergament zu übertragen, und sie durfte ihm dabei zuschauen.

Plötzlich spürte sie Heinrichs Hände auf ihren Schultern.

»Du hast deinen Auftrag bisher sehr zuverlässig erfüllt. Ich bin mir sicher, du hast den letzten Brief nur zu schreiben vergessen. Nicht wahr?«

Lange hing die Frage unbeantwortet in der Luft. Die fremden Hände auf ihren Schultern fühlten sich schwer an. Hortensia war in diesem Moment überzeugt, dass sie sie mühelos zerquetschen könnten.

»Du leistest damit einen unerlässlichen Beitrag zum Frieden«, wurde Heinrich nun deutlicher und dachte, dass sich die Dinge zufriedenstellend entwickelt hatten. »Der Landfrieden ist greifbar nahe.« Der Vertrag von Weißenfels, mit dem die Thüringischen Grafen ihn zum Regenten der Landgrafschaft Thüringen und der Pfalzgrafschaft Sachsen machten, war inzwischen unterzeichnet. Der vorletzte Schritt damit getan. Auch Erfurt war nicht mehr aufrührerisch. Einzig der offizielle Treueschwur der Adligen auf dem Landding stand noch aus. Auf diesem Landgericht würde Heinrich als neuer Landgraf bald viermal im Jahr Recht über seine Vasallen sprechen und Verhandlungen mit den Adligen der Landgrafschaft führen. Des Öfteren schon war in Urkunden das Gericht als Friedensgericht betitelt worden, was Heinrich gefiel. Er wollte dafür sorgen, dass seine Vasallen, zumeist Grafen, ihn friedlich agieren ließen. »Mit der Treue gegenüber deinem Landesherrn bewahrst du nicht nur dein, sondern auch das Seelenheil deiner Familie.« Dass Ungehorsam eine Sünde war, fand er überflüssig zu erwähnen. Sie war klug und wusste um diese Pflicht.

Hortensia fühlte den Druck der markgräflichen Hände auf ihren Schultern, auch ohne dass Heinrich sie bewegte.

»Wie sagtest du, sind sie umgekommen?«, fragte er verständnisvoll.

Wieder wandelte sich sein Gesichtsausdruck von einem Lidschlag zum anderen. Wie damals in Meißen. Hortensia wusste sofort, worauf er hinauswollte. »An der Blausucht«, flüsterte sie. Der Gestank von totem Fleisch – da war er erneut, sie konnte ihn riechen. Den Blick hatte sie nun abgewandt, hinüber zur kahlen Wand hinter dem Holzstapel.

Jede andere Frau ihres Standes hätte Heinrich für dieses ewige Zögern zurechtgewiesen. »Einer der schlimmsten Tode, die ein Mensch erleiden kann«, kommentierte er ihre Antwort. »Ich könnte herausfinden, wer das deiner Familie angetan hat«, sagte er leiser, als flüsterte er ihr etwas Vertrauliches ins Ohr.

Ruckartig wandte Hortensia den Kopf und sah ihn an. Wieder zogen die schrecklichen Bilder vom Überfall in wenigen Herzschlägen an ihr vorbei: die Geschosse, das Feuer, der leblose Gero, die letzten Atemzüge der Mutter und der erkaltete, verdrehte Körper des Vaters. Blauviolett war die Farbe des Todes, die sie bisher noch kein einziges Mal gemischt hatte.

»Das könnt Ihr?«, fragte sie ungläubig, in ihrem Inneren herrschte ein heilloser Aufruhr. Sie fühlte sich genauso hilflos wie kurz nach dem schrecklichen Verlust.

»Ich möchte eine Zeichnung des Lettners und die Maße der Standbilder. Besorg mir die Namen der Stifter und finde heraus, was der Meister mit ihnen ausdrücken will.«

Über den Chorgrundriss und die Standbilder hatte sie in ihrem letzten, dem dritten Schreiben berichtet. Es musste Heinrich einige Tage nach dem Fest des Apostels Jacobus des Älteren im Sommer erreicht haben. Hortensia riss die Augen auf. All diese Details wollte Heinrich von ihr wissen, und das, obwohl der Meister diese so geheimnisvoll hütete?

Heinrich beobachtete jede Regung seines Findelkinds, sah Hortensias entsetzten Blick und wie sie sich auf die Lippen biss. »Damals auf dem Ettersberg habe ich dich vor der Selbsttötung gerettet, Hortensia. Vor einer Todsünde und damit vor der ewigen Verdammnis.«

Sie schluckte und nickte wortlos.

»Du bist mir eine wichtige Hilfe«, fügte Heinrich hinzu. »Und bedenke: Mein Frieden ist auch Dietrichs und Albrechts Frieden.«

Hortensia sah den jüngeren Markgrafenspross und wie er mit einer Kastanie zwischen den Zehen vor ihr herhüpfte.

»Wie geht es Dietrich?«, fragte sie und sah im gleichen Moment Geros Gesicht vor sich.

»Er ist in Altzella und lernt schreiben.« Heinrich beobachtete die Wirkung seiner Worte genau. »Er hat schon nach dir gefragt und wollte wissen, wann er dich wiedersehen wird.«

Versunken lächelte sie.

»Wenn du mir weiterhilfst, werdet ihr euch bald wiedersehen.« Heinrich wusste nur zu gut, wie gern sein Zweitgeborener mit dem Mädchen beisammen gewesen und dabei regelrecht aufgeblüht war.

»Ich tue es«, flüsterte sie nach langem Zögern. Damit hatte sie sich für das Seelenheil ihrer Familie entschieden. Für Gero und für Dietrich. Für die Schutzbedürftigsten, davon war sie überzeugt.

Zufrieden nahm Heinrich die Hände von ihren Schultern. »Mein Bote erwartet dein nächstes Schreiben am Tag des heiligen Stephanus. An der bekannten Stelle.«

»Ja«, kam es ihr wenig überzeugend über die Lippen. In sieben Tagen also schon.

»Gib mir etwas Vorsprung, bevor du selbst nach draußen gehst. Man sollte uns nicht zusammen sehen.« Heinrich verließ die Vorratskammer und eilte über den Hof in das Gemach seiner Gattin. Er meinte, keinen Augenblick länger auf einen feuchten Spalt verzichten zu können.

Lange war es her, dass Agnes' Phantasie ihr Bilder vorgegaukelt hatte, in denen junge hübsche Frauen in Heinrichs Bett und Armen lagen. Ihr allein war er zugetan, davon war sie überzeugt. Sie fühlte sich so jung, stark und klug wie schon lange nicht mehr. Eben wie ein böhmischer Edelstein. Zuletzt hatte ihr der fehlerfreie Vortrag einiger Sangsprüche, darunter auch die Kirchenklage Walthers von der Vogelweide, Heinrichs offene Bewunderung eingebracht. Und so würde es immer sein, sofern sie nur stark bliebe.

Noch in ihr Nachtgewand gekleidet, stand Agnes am Fenster der Gästekammer und schaute in den Hof der Bischofsburg hinab. Misstrauen ist eine gefährliche Sache, überlegte sie. Es zog das Unglück an, und sie war froh, ihr Misstrauen gegenüber dem Gatten spätestens ab dem Silberblattturnier begraben zu haben. Von draußen schlug ihr Kälte ins Gesicht, doch Agnes wandte sich nicht ab. Sie sah Heinrich aus den Wirtschaftsgebäuden kommen. Er schaute zu den Pferden, schlug einem Schimmel auf die Flanke und beschleunigte dann seinen Schritt durch den Schnee. Unbewusst fuhr Agnes sich über den gewölbten Bauch, der vermutlich bald die Frucht einer unübertroffenen Liebe gebar. Im sechsten Monat hatte sie dem Gatten ihre Schwangerschaft nicht länger verschweigen können. Seitdem hatte er sie zweimal davon überzeugen wollen, den Beischlaf bis nach der Geburt auszusetzen, war der fordernden Liebhaberin dann aber doch immer wieder verfallen.

Agnes sah, dass Heinrich auf den Eingang des Wohngebäudes zusteuerte, gleich würde er wieder bei ihr sein. Sie musste ihr Haar richten, das nach dem Schlafen stets etwas schlaff herabhing. Gerade wollte sie das Fenster schließen, als sie eine zweite Person von den Wirtschaftsgebäuden her kommen sah. Das war doch Hortensia! Heinrichs Mitbringsel, das Mädchen mit dem räudigen Haar einer Ratte.

Agnes war noch schläfrig gewesen, als Heinrich vor Sonnenaufgang mit der landgräflichen Korrespondenz begonnen und kurz darauf, er musste das Mädchen am Fenster gesehen haben, die Kammer verlassen hatte. Offenbar überbrachte Hortensia ihm wichtige Informationen über die Vorgänge im Naumburger Bistum. Agnes war nicht entgangen, dass Heinrich zurzeit ausgesprochen schlecht auf seinen Halbbruder zu

sprechen war. Sie entwirrte ihr Haar, legte sich das rote Tages-
gewand und die weißen Handschuhe an und ging dann zum
Tisch, an dem ihr Gatte vorhin noch gearbeitet hatte. Dort
fand sie ein Pergament mit den ersten Worten für die Danksa-
gungen zum Silberblattturnier. Darunter schauten, den Zahlen nach zu schließen, eine Einnahmenliste des markgräflichen Silberanteils aus Freiberg sowie einige Seiten der Welt-
chronik hervor, die er in Auftrag gegeben hatte.

Heinrich betrat die Kammer. »Anežko, meine Schöne.« Er
fuhr ihr durch das Haar.

Agnes war froh, dass er wieder bei ihr war, doch etwas an
ihm war anders. War es das Leuchten in seinen Augen, das er
von draußen mitgebracht hatte? *Euch, meiner großen Liebe,
bin ich ewig ergeben,* hatte ihr Heinrich erst gestern Abend
erneut geschworen. Wie ein Hündchen hatte sie da auf dem
Lager vor ihm gekniet, weil sie ihr Bauch in dieser Position
weniger behinderte, und jedes Wort von ihm wie ein trockener Schwamm aufgesaugt.

Graziös reckte sie nun ihren Hals und verfolgte mit der
Anmut einer Herrscherin, wie er begierig an den Bändern seiner Bruche zerrte. *Einer Frau genügt das Wissen, dass sie höfisch und wohlerzogen ist. Hat sie darüber hinaus Verstand,
soll sie so wohlerzogen und einsichtig sein, nicht zu zeigen, wie
viel Verstand sie hat.* Gerade als sie die Weisheit aus dem
Versbüchlein gedanklich beendet hatte, schob Heinrich sie
auch schon aufs Bett.

Wie gerne wollte sie sich ihm mit Haut und Haaren hinge-
ben, doch sie konnte sich einfach nicht beruhigen. Als Agnes
bis auf die Handschuhe entkleidet vor Heinrich lag, dachte
sie, dass es besser gewesen wäre, wenn der Medikus von Meißen die Säfte des Mädchens aus Neumark damals nicht wieder
ins Gleichgewicht gebracht hätte.

20. TAG DES HARTMONATS IM 1249STEN JAHR NACH DER FLEISCHWERDUNG DES HERRN

Wegen seiner dicken Mauern war das Untergeschoss der Privatkapelle für ein vertrautes Gespräch der beste Ort, weshalb Dietrich seit der Erlangung der Bischofswürde auch immer hierherkam, wenn er mit seinem jeweiligen Gegenüber Themen heiklerer Natur ohne Zeugen zu erörtern gedachte. Eine Weile schon kniete er betend und gedankenversunken neben seinem Halbbruder. Kerzen brannten hinter ihnen, und die schmalen Fenster ließen kaum Abendlicht ein.

»Vergib uns unsere Schuld«, sprach Heinrich nun lauter, um endlich den Grund seines Besuches zu offenbaren. »Wie auch ich vergebe meinem schuldigen Verwandten. Amen.«

Dietrich reagierte nicht. Mit seinen Gedanken weilte er noch immer bei der zurückliegenden Nacht. Sein nächtliches Treiben verschaffte ihm inzwischen eine solche Befriedigung, dass er sich ein Ende desselben gar nicht mehr vorzustellen vermochte.

Heinrich wurde noch deutlicher. »Im Naumburger Stift, dessen Schutzherr ich bin, möchte ich bei baulichen Veränderungen, die Kathedrale betreffend, mitreden!«

»Vater obliegt die Schutzherrschaft!«, bekräftigte Albrecht mit gebieterischer Stimme. Der Markgrafensohn stand in der Nähe der Fenster und starrte auf die Rücken der beiden Männer vorne am Altar. Er war froh, dass ihn der Vater nach einigem Betteln doch noch zu dem Gespräch mitgenommen hatte. Hartnäckig hatte er darauf gedrängt, mehr Verhandlungsgeschick lernen zu wollen, als Entschädigung für die Bärenjagd, die auch diesen Sommer wieder nicht stattgefunden hatte.

Doch Dietrich ignorierte die Äußerung des Jungen. Nicht im Traum dachte er daran, mit einem Neunjährigen über Politik zu reden.

»Mein Sohn hat vollkommen recht«, bestätigte Heinrich. »Mir obliegt die Schutzherrschaft, und im Gegensatz zu dir besitze ich das notwendige Geld, um bauliche Veränderungen an einer Kathedrale auch zu finanzieren.« Und noch andere Mittel, dachte er und bedeutete mit einer Armbewegung seinem Sohn, bei den Fenstern zu bleiben. »Wir werden es ritterlich angehen, Bruder.« Bei diesen Worten schaute Heinrich seinem Verwandten direkt in die Augen.

»Ich bin Geistlicher, kein Kämpfer«, widersprach Dietrich und kam aus den Knien nach oben. »Und außerdem spenden die Naumburger gewiss reichlich für meinen Chor. Dein Geld brauche ich nicht!«

»Du willst einen ganzen Chor allein durch Naumburger Spenden erbauen?« Heinrich schmunzelte angesichts der Einfältigkeit, mit der sein Bruder das große Vorhaben anging. »So werden wir einen Kampf bestreiten, den auch du austragen kannst«, eröffnete er überlegen und erhob sich ebenfalls. »Wir werden einen Wettstreit um die besseren Entwürfe austragen.« Heinrich beobachtete, wie Dietrich daraufhin so sehr die Stirn runzelte, dass sich seine buschigen Augenbrauen fast bis hinauf zum Haaransatz hoben. »Ich erlaube mir, deinen Entwürfen meine eigenen entgegenzusetzen.« Heinrich vernahm ein gedämpft gehässiges Lachen aus Albrechts Richtung, das der Junge vermutlich hinter vorgehaltener Hand ausgestoßen hatte. »Schon in den nächsten Tagen werden wir in meiner Mark die von uns beiden unterzeichnete Einladung zum Wettstreit verlesen lassen.«

Dietrich zögerte. »Ein Wettstreit?«

»Sehr wohl, ein Wettstreit, und das Volk soll den Gewinner bestimmen!«

»Niemals!« Jetzt konnte Dietrich nicht länger an sich halten. Erst brachte Heinrich seinen unerquicklichen Sohn zu einem vertraulichen Gespräch mit, und jetzt wollte er auch noch die Allgemeinheit über ein Gotteshaus bestimmten lassen?! »Ein Haufen Ungebildeter wird nicht über meinen Chor entscheiden!«

Das sah Heinrich anders. »Gerade die Ungebildeten müssen wir begeistern. Schließlich sind es ihre Münzen, die in deinen Säckel wandern sollen, damit du den Chor finanzieren kannst, oder etwa nicht? Natürlich wird die Geistlichkeit ebenfalls mitreden. Ihre Stimme hat das gleiche Gewicht wie die jedes anderen, der zur Präsentation der Entwürfe erscheint.«

»Als angeblicher Schutzherr arbeitest du seit Jahren daran, unserem Naumburger Stift Güter zu entziehen. Warum sollte irgendjemand hier deine Entwürfe sehen wollen?« Dietrich war fassungslos. Wieder einmal wollte sich der Bruder in seine ureigensten Angelegenheiten einmischen. Doch dieses eine Mal würde er es nicht zulassen! »Niemand hier wünscht Entwürfe aus deiner Feder. Nicht die Domherren, nicht ich und auch nicht die neue Mainzer Exzellenz Christian von Weisenau.«

Der Weisenauer war nach dem Tode Siegfrieds III. von Eppstein vor wenigen Monaten in das hohe geistliche Amt gelangt. »Erst recht nicht der Heilige Vater in Rom«, setzte Dietrich noch hinzu. »Der würde eher im Winter zu Fuß die Alpen überqueren, als den Chorbau eines Kaisertreuen zuzulassen. Gerade in diesen Jahren.« Und sein Bruder Heinrich war so kaisertreu wie kaum ein Zweiter im Reich. Das hielt der Weisenauer in Mainz ihm auch immer wieder vor und drängte ihn zur Einflussnahme.

Albrecht hatte Mühe, den bischöflichen Argumenten zu folgen, obwohl ihm der Vater vorab erklärt hatte, dass Kaiser und Papst sich bereits seit mehr als einhundertfünfzig Jahren im Kampf um die Vorherrschaft im Reich zerstritten hatten. Er beschloss, nicht länger zuzuhören, sondern im weiteren Verlauf des Gesprächs einfach seines Vaters stolze Haltung und Gestik zu studieren. Das war ihm Lehrstunde genug, und sowieso dachte er seit einigen Tagen viel lieber daran, wie er es der dummen Böhmin heimzahlen konnte. In Altzella hatte er ausreichend Zeit gehabt, sich zu überlegen, was zu tun wäre, um nie wieder dieses über alles erhabene Lächeln in ihrem Gesicht sehen zu müssen. Warte, Albrecht!, durchfuhr es ihn. Noch besser wäre es doch, ihr Gesicht vor Schreck erstarren zu lassen. Und er wusste im nächsten Moment auch schon, wie er das anstellen konnte. Lediglich den richtigen Zeitpunkt musste er dafür noch abpassen.

»Du wagst es also nicht, die Herausforderung anzunehmen?«, fragte Heinrich zufrieden. Wie er die Domherren auf seine Seite ziehen könnte, wusste er schon. Heinrich ließ die folgenden Worte so lustvoll wie wohlschmeckende Trüffel auf seiner Zunge zergehen. »Du erinnerst dich doch noch an den Wunsch der Domherren, Peter von Hagin betreffend?« Von Hagin war der damalige Favorit der Domherren für das Naumburger Bischofsamt gewesen, das schließlich Dietrich zugesprochen worden war.

Albrecht hatte nicht den leisesten Schimmer, wer dieser Peter von Hagin war, aber der kurzzeitige Schrecken, der sich nach dessen Erwähnung auf der bischöflichen, ihm zugewandten Gesichtshälfte zeigte, amüsierte ihn königlich. Jetzt lernte er doch noch, wie man erfolgreich taktierte.

»Und wenn ich mich weigere?«, fragte Dietrich nach außen hin bereits wieder vollkommen gefasst.

»Du willst dich mir, dem Thüringer Landgrafen, offen widersetzen?« Der Gedanke rang Heinrich gerade einmal ein müdes Lächeln ab.

Ein Lächeln, das Albrecht gefiel, und er versuchte, sich den verächtlichen Gesichtsausdruck seines Vaters gut einzuprägen.

Lange schaute Dietrich den Halbbruder nachdenklich an. »Setz deine Zeichnungen woanders um, meinetwegen in Meißen, aber nicht hier in Naumburg, in meiner Kathedrale«, entgegnete er nach einer Weile schroff. »Und formell bist du außerdem noch nicht Landgraf!« Seinen Westchor gedachte Dietrich nicht so einfach aus den Händen zu geben, selbst wenn er dafür einem noch Mächtigeren wie dem Meißener Markgrafen entgegentreten musste.

»Ihr geht besser auf den Vorschlag ein«, gab sich Albrecht erneut weltmännisch erfahren und versuchte sich dabei am müden Lächeln seines Vaters, woraufhin er sich dem Bischof prompt überlegen fühlte.

»Wie gesagt, zuallererst würde ich die Domherren auf meine Seite ziehen«, setzte Heinrich nach. »Wie hießen sie doch gleich? Konrad von Halle, Friedrich von Torgau, Beringius von … du weißt schon. Sie würden es bestimmt begrüßen, deine Zeit auf dem Bischofsstuhl verkürzt zu sehen. Und dafür sorge ich, sofern du in den vorgeschlagenen Wettstreit nicht einwilligst.«

Dietrich hielt Heinrich das bischöfliche Brustkreuz vor die Augen. »Du erpresst mich ganz offen an einem Ort göttlichen Friedens?«, rief er empört aus.

Heinrich entgegnete keinen Deut eingeschüchtert: »Wenn du es wünschst, können wir auch gern kurz vor die Tür gehen.«

Dietrich ließ das Brustkreuz sinken und trat von Heinrich weg. Das verschaffte ihm etwas Zeit, den Vorschlag zu überdenken. Ließe er sich nicht auf den Wettkampf ein, würde Heinrich an seinem Bischofsstuhl sägen. Und Heinrich hatte in der Vergangenheit schon oft und erfolgreich gesägt. Stimmte er dem Vorschlag seines Bruders jedoch zu, verlöre er sein Amt womöglich ebenfalls. Denn einen kaiserlichen Chor würde der Heilige Vater in jedem Fall unterbinden und ihn wegen Unfähigkeit seiner Position entheben.

»Gut, ich willige ein. Allerdings nur unter der Bedingung, dass der Wettstreit nicht vor Ostern ausgetragen wird«, eröffnete Dietrich schließlich. Matizo von Mainz war ein Meister seines Faches, seine Skizzen würden die des Halbbruders weit in den Schatten stellen. Dies war Dietrichs einzige Chance, sein Amt doch noch zu retten. Er wandte sich zum Gehen, doch Heinrichs Worte ließen ihn noch einmal innehalten.

»Den besten Baumeister des Abendlandes habe ich bereits für meine Entwürfe gewinnen können.« Für den Preis seines letztjährigen Fronteils vom Freiberger Silber! Was Heinrich fast als eine noch zu niedrige Summe empfand. »Maître Libergier ist schon seit einiger Zeit dabei, den überzeugendsten Chor zu entwerfen, den das Reich jemals gesehen hat.« Das verdutzte Gesicht seines Bruders bestätigte ihm, dass sein Vorstoß gelungen war. Er war sicher, dass sich Dietrich gerade verzweifelt die Frage stellte, ob es ihm tatsächlich gelungen wäre, den Maître Libergier von St. Nicasius aus Reims zu engagieren. Jeder, der auch nur etwas Ahnung von der neuen Architektur besaß, schätzte den Franzosen. »Ich nenne meinen Mann schon jetzt den Meister von Naumburg. Mit der enormen Erfahrung, die er nicht nur aus Reims mitbringt, wird er einzigartige Zeichnungen erschaffen.« Heinrich genoss den Anblick des Halbbruders, der bei seinen nachfolgenden Worten erneut Halt an seinem Brustkreuz suchte. »Er wird einen Chor entwerfen, der hoch, hell und einnehmend ist.« Für einen Moment sah Heinrich das Bild des Mädchens mit den kurzen Haaren vor sich, dem er erst gestern so überraschend begegnet war. Noch nie zuvor hatte ein Wesen in ihm einen solchen Drang ausgelöst, es zu besitzen, und noch nie hatte sich ihm eine Frau so willentlich zu entziehen gewagt. Ein zärtliches Lächeln huschte über seine Züge. Keiner von seinen Leuten stand dem Mainzer Meister so nahe wie sie, und in einem so verschwiegenen und unberührten Wesen vermutete niemand einen Spitzel aus Meißen. Sie war einer seiner großen Vorteile im Kampf um den Chor. Hortensia hatte auch seine Vermutung bestätigt, dass Dietrich Dinge plante, die dem neuen Mainzer Erzbischof – dessen papsttreue Gesinnung der Siegfrieds III. in keiner Weise nachstand – in die Hände spielten und damit seinen eigenen Anstrengungen zuwiderliefen. Dietrich wollte einen grandiosen Westchor errichten, der über die Grenzen des Reiches hinaus Bewunderung hervorrief: Bewunderung und Zuspruch für die päpstliche Seite.

Auf dem Ettersberg vor fast zwei Jahren hätte Heinrich nicht einmal im Traum daran gedacht, dass das dem Tode geweihte Mädchen, das er dort gefunden hatte, einmal der Schlüssel dafür sein würde, den unwürdigen Halbbruder auf seinen Platz zu verweisen. Gleichzeitig würde er damit den päpstlich gesinnten Mainzern zeigen, dass die Kaisertreuen nicht in der Versenkung verschwunden waren. Heinrich schmunzelte bei der Vorstellung, wie verdutzt Siegfried III. von Eppstein wohl beim Rückerhalt des Reliefs geschaut haben musste, auf dem sein Kopf abgeschlagen gewesen war. In gewisser Weise hatte er damit dessen Tod vorausgenommen. Das gefiel ihm ganz außerordentlich.

»Um die Arbeit ohne Zeitdruck erledigen zu können«, verkündete er nun, »hat sich Maître Libergier sechs Reißbrettspezialisten zur Unterstützung geholt.« Heinrich fand, dass der an der Tür wie festgenagelt stehen gebliebene Dietrich trotz seines mächtigen Körpers nun bei weitem nicht mehr so groß und unumstößlich wirkte wie sonst. Faire Chance? Sieben Mann gegen einen einzigen?, schien er gerade zu denken.

Gefolgt von seinem Sohn trat Heinrich ganz nah vor den Halbbruder, so dass der Stoff seines Gewandes die Seide des bischöflichen Bauches berührte. »Du weißt selbst am besten, dass man einen Wettiner niemals unterschätzen sollte!«

25. TAG DES HARTMONATS IM 1249STEN JAHR NACH DER FLEISCHWERDUNG DES HERRN

Die Kälte des Hartmonats war oben im Spitzboden besonders zu spüren. Die Wärme, die von der Kochstelle ausging, schaffte es gerade einmal die Treppe ins erste Obergeschoss hinauf, in dem sich die Arbeitskammer und die Schlafstätten befanden. Der Duft von frisch zubereitetem Hafergebäck hatte seinen Weg aber dennoch bis ganz nach oben gefunden. Den Umhang eng um den Körper gezogen, schaute Hortensia zum Dachfenster. Draußen fielen erste Schneeflocken, und es wirkte ungemein friedlich, wie sie sich sacht auf dem Fenster niederließen. Dort funkelten sie, von Sonnenstrahlen gestreichelt, wie bunte Kristalle – als wolle Christus den Menschen auf der Erde am Festtag seiner Geburt einen besonderen Gruß schicken.

Sie schaute wieder auf die Hände des Meisters, der ihr gegenübersaß und seine Rohrfedern sortierte. Gleich nach dem Aufstehen hatte er ihre Lüsterungen der Eichenblattfriese geprüft und für gut befunden. Hortensia gefiel die Arbeit mit dem besonders feinfühligen Fächerpinsel. Dabei kam es auf jede noch so geringe Bewegung ihrer Hand an, sollte das feine Blattgold beim Auftrag nicht zerbrechen und an die exakt dafür vorgesehene Position auf das Pergament kommen. Vor dem Eichenblattfries hatte sie am Windröschenfries und davor am Mantel des Täufers Johannes für den Westlettner gemalt. Zuerst also hatte sie Blattgold aufgetragen, dann dessen Übermalung mit fast transparenten Blaupigmenten vorgenommen. Der Mantel des Johannes glänzte nun, als rührte man Goldpulver und Blaustaub in einem Topf zusammen und leuchtete mit einer Kerze hinein.

Hortensias Blick glitt von Matizos Fingern zur Pergamentbahn, die zwischen ihnen auf einer Holzplatte auf dem Boden
ausgebreitet war. Ein Dutzend Talglichter beschienen nicht
nur das Pergament, sondern auch die darum herum verstreut
liegenden Utensilien. Hortensia sah ein Tintenhorn, Federn
in einem Holzkästchen, ein Lineal und Blindrillenstifte.

Soeben hatte der Meister ihr erklärt, dass das Grundmaß
für den Stifterkörper genau der Schulterbreite des Meißener
Markgrafen im Quadrat entsprach. Überhaupt sei die Qua-
dratur die dominante Form, denn drei gleich große Quadrate
vom Hals abwärts untereinander gezeichnet gaben den Leib
vor, der innerhalb dieser Quadrate eingezeichnet war. Für
Hortensia sahen die ganzen vorgezeichneten Linien auf dem
Pergament so aus, als befände sich der Stifter in einem Käfig
oder einem Holzsarg. Damit die verschiedenen Punkte des
Körpers benannt werden konnten, hatte Matizo die Ecken aller Quadrate mit Buchstaben versehen. Die Schulterbreite
hatte er nach den ersten zwei Buchstaben des Alphabets *AB*
genannt. Die Strecke *CD* darunter legte die Idealhöhe für die
Taille fest. Bei einem kurzbeinigen Stifter mit überproportio-
nal langem Oberkörper würde die Leibesmitte etwas weiter
unterhalb der Ideallinie verlaufen. Bei einer schmalen Frau
vermutlich leicht darüber. *EF* gab die Kniehöhe an. *HG* war
maßgeblich für die Füße.

Über die drei Grundquadrate hatte der Meister noch zwei
weitere, größere Quadrate gelegt, die beide so gedreht waren,
dass sie sich an zwei ihrer Ecken berührten. Auch deren
Ecken waren mit Buchstaben versehen, zusätzlich befanden
sich auch dort, wo ihre Seitenlinien die Ecken der kleineren
Quadrate berührten, Buchstaben. Der tiefste Punkt *O* befand
sich dabei ein Stück unterhalb der Stifterfüße. So weit noch
ganz einfach.

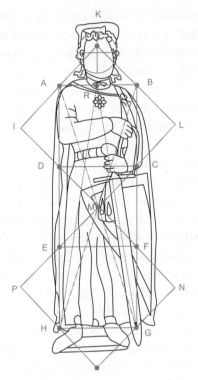

Stifter Ekkehard im Proportionsschema

Doch mit dem gedrehten Quadrat *IKLM* und auch mit *MNOP* verhielt es sich schon etwas komplizierter. Mit leuchtenden Augen hatte Matizo ihr erklärt und auch gezeigt, dass dadurch zwei neue Dreiecke entstanden. Das Dreieck *ABM* schloss die obere Körperhälfte, *GHM* die untere ab. Dass der Punkt *R* den Halsansatz festlegte und die Strecke *RG* die Richtung des Schwertes vorgab, war jedoch nur noch halb zu ihr durchgedrungen. Sie war unkonzentriert und mit den Gedanken bei Markgraf Heinrich gewesen.

Je mehr sie verfolgte, wie sehr sich Matizo für seinen Westchor begeisterte, desto schwerer wog ihre Zusage an Heinrich. Noch immer meinte sie, seine schwer auf ihren Schultern lastenden Hände zu spüren. Dann aber zwang sie sich dazu, wieder an ihre Arbeit zu denken. Alle Proportionen der Stifterfigur ließen sich also aus der Grundstrecke AB ableiten. Und AB oder vielmehr ein Vielfaches davon fand sich auch in allen Längen des Chores, des Lettners und in den Proportionen aller weiterer Stifter wieder. Hortensia presste ihre Hände auf das dicke Leinenbündel zwischen ihren Oberschenkeln. Der darin eingewickelte Stein, heute Morgen von Line im Feuer erhitzt, spendete noch immer Wärme.

Als Nächstes wollte sich der Meister an die Gestaltung der individuellen Züge des Stifters machen. Ein bisschen merkwürdig ist es schon, längst Verstorbene durch eine Zeichnung wieder beleben zu wollen, dachte Hortensia und schaute erneut zu Matizo hinüber. Sämtliche Figuren wollte er stehend abbilden. Das hatte sie ihn nun schon mehrmals sagen hören. Auch wusste sie, dass er für die Drehung des Körpers, die Haltung der Arme und Beine die Vorlagen aus seinem Bauskizzenbuch zu Hilfe nahm, die er zuhauf im Mainzer Westlettner wie auch in anderen Städten studiert und gesammelt hatte. Die Feinzeichnung der faltenreichen Gewänder lag ihm besonders am Herzen. Ein Umhang wäre nur dann gelungen, wenn Stein und Tuch nicht voneinander unterscheidbar wären, hatte er gemeint. Der Betrachter ihn erst berühren müsse, um sicherzugehen, dass er auch wirklich aus festem Material sei. Von Matizo hatte sie außerdem gelernt, dass der Faltenwurf eines Gewandes viel über die Körperhaltung und -spannung des Menschen aussagte, der das Kleidungsstück trug.

»Zuerst schaue ich mir den Kopf an. Eine Vierteilung hilft dabei, das Gesicht zu proportionieren.« Matizo sah zuerst auf den Buchstaben *K* und die Vorgaben auf der Wachstafel, dann folgte ein Blick in das Bauskizzenbuch.

Von der dort aufgeschlagenen Skizze schaute Hortensia ein Mann entgegen, der gerade verträumt an etwas zu denken schien. Vielleicht an eine schöne Erinnerung. Darunter war eine Frau skizziert, die zufrieden ein Kind wiegte und deren Kopf tatsächlich eine Vierteilung aufwies. Ihr Körper war hingegen aus Quadraten und einem Dreieck zusammengesetzt. Solch lebendige Zeichnungen hatte sie noch nie zuvor betrachtet. Die Heiligen und Jünger auf den Kirchenwänden schienen ihr dagegen leblos.

Sie reichte Matizo das Lineal, und er zog mit dem Blindrillenstift eine horizontale und eine vertikale Linie, die sich genau in der Mitte des Kopfes schnitten. »Ich beginne stets mit den Brauen und den Augen.«

Sie beobachtete, wie er mit einer Rohrfeder Brauen und Augen samt Pupille zeichnete. Mit nur je einem Strich, ohne abzusetzen. Dann folgte die Nase. »Mit den Mündern habe ich immer so meine Probleme.«

Unvermittelt fasste Hortensia sich an die Lippen. Sie waren ganz weich vom Honig, den Line großzügig in den Morgenbrei gemengt hatte, bevor sie mit dem Hafergebäck begonnen hatte. »Warum gerade mit dem Mund?«, fragte sie vorsichtig. Noch immer sprachen sie nicht so zwanglos oder gar wortreich miteinander, wie Hortensia sich mit Line oder Ortleb, dem ersten Schreiber des Bischofs, unterhalten konnte.

»Weil ich mit der rechten Hand zeichne.« Während Matizo sprach, umrahmte er das Gesicht des Stifters mit weich gewelltem Haar und setzte ihm eine Kappe auf den Kopf. »Da fallen mir Linien, die dem Buchstaben *U* ähnlich sind, schwerer. Ein umgedrehtes *U* geht mir dagegen leichter von der Hand, denn es entspricht eher deren natürlichen Bewegung.«

Also, dachte sich Hortensia, verhält es sich bei mir genau andersherum. Doch im nächsten Augenblick war sie auch schon wieder davon gefesselt, wie zärtlich der Meister seine Finger um die Rohrfeder legte, um Ekkehards Kopf weitere Ringellocken hinzuzufügen.

Dann hielt er ihr die Feder auffordernd entgegen. Kurz zögerte sie, dann griff sie nach ihr und zeichnete die U-förmige Linie eines lachenden Mundes auf eine Pergamentecke. Gleich daneben setzte sie das umgedrehte U. Dabei kratzte die schräg angeschnittene Feder hörbar über das Pergament, und Hortensia hatte das Gefühl, als läge das Schreibgerät falsch in ihrer Hand.

Matizo beobachtete sie dabei sehr genau. Über ihre Hände, ihr Gesicht und sogar über ihren Hals glitt sein Blick, während sie schrieb.

»Ihr habt recht.« Hortensia, als Linkshänderin, fiel das nach oben geöffnete U leichter. Auf die zweite der kleinen Zeichnungen schaute sie mit Verdruss, war diese doch viel weniger schwungvoll. »Aber eines verstehe ich immer noch nicht.«

Erst jetzt sah Matizo wieder auf die Pergamentecke.

Hortensia reichte ihm die Feder. Da der Meister sie nicht ergriff, deutete sie dies als ein Zeichen, ihm ihre Frage stellen zu dürfen. »Es gibt Tausende von Gesichtern. Wie könnt Ihr gerade dieses eine aufs Pergament bringen, das Ihr im Sinn habt? Woran macht Ihr die Einzigartigkeit jedes Gesichtes fest?«

»Wenn ich ein Bildnis mit individuellen Zügen versehen möchte, frage ich mich, inwiefern oder mit welchem Detail das Gesicht vom Ideal abweicht. Denn allein die Abweichung macht es einzigartig, und die betone ich.« Er benötigte etwas Zeit, um sich wieder auf die Arbeit zu konzentrieren.

»Ein Ideal«, wiederholte Hortensia und stieß in der Kälte des Spitzbodens eine Atemwolke aus. »Aber wer außer der Heiligen Jungfrau hat ein Idealgesicht?«

»Niemand.« Matizo prüfte den leichten Schwung der wulstigen Lippen, die er dem Erststifter gerade gegeben hatte. »Das Ideal muss nicht existieren, um sich darauf beziehen zu können. Ein solches Gesicht aber wäre auf jeden Fall symmetrisch, die Augen groß, nicht zu weit und nicht zu nah beieinanderstehend.«

Hortensia dachte kurz an die Züge des Markgrafen Heinrich, die ihr im Halbdunkel der Vorratskammer absolut symmetrisch erschienen waren. Früher hatte sie sich so ihren Beschützer vorgestellt. Mit den Lippen des Vaters, wenn er sie spitzte, um den Familienpfiff auszustoßen. »Kurz-lang-kurz-kurz«, murmelte sie vor sich hin, die ersehnte Melodie im Ohr. Sogleich traten ihr das Haus mit der schiefen Tür und die Linde im Burghof vor Augen.

»Hortensia?«, fragte Matizo nun schon zum zweiten Mal und brachte sie damit wieder ins Hier und Jetzt zurück. Als ihr bewusst wurde, dass er sie gerade zum ersten Mal beim Namen genannt hatte, röteten sich ihre Wangen.

»Menschen mit auffälligen Abweichungen vom Ideal zeichne ich bevorzugt.«

Wie eine Frau mit kurzen Haaren?, ertappte sie sich im nächsten Moment und schalt sich sofort wegen dieses Gedankens.

»Die Falten alter Menschen zum Beispiel sind interessant. Sie sind das Spiegelbild ihrer Seelen, jede Falte scheint für ein Erlebnis zu stehen. Und jede Seele zeigt sich anders. Auch die Augen eines Menschen verraten viel über sein Innenleben, was ich häufig erst in dem Moment erkenne, in dem ich sie zeichne.« Hortensia senkte sofort den Blick und tat, als suche sie eine bestimmte Feder in dem Holzkästchen zu ihren Füßen. Sobald er ihre Seele erkannte und dadurch von den Briefen erführe, die sie an den Markgrafen schrieb, würde er von ihr enttäuscht sein.

»Was deine Arbeiten an den Stifterpergamenten betrifft, möchte ich, dass du die Farben wie bisher exakt nach meinen Vorgaben aufträgst. Für die Gewänder besonders rein und großflächig. Sie sollen im Gegensatz zu den detailreichen Tasselbändern, Schwertern und Schilden stehen.«

Hortensia nickte.

»Meister, ich habe Euch das gefütterte Gewand bereits herausgesucht.« Lines Stimme drang vom ersten Geschoss zu ihnen nach oben, und kurz darauf schob sich ihr Kopf durch den Eintritt in den Spitzboden. »Die Messe zu Christi Geburt beginnt jeden Moment.«

Hortensia war erleichtert, dass die Hausmagd sie durch ihren Hinweis auf den anstehenden Gang in die Kathedrale von ihrem schlechten Gewissen ablenkte, und erhob sich als Erste. Die Stifte und Farben wie auch die angefangene Pergamentbahn beließ sie auf Matizos Anweisung hin im Spitzboden. Der tägliche Transport mache es nur brüchig, hatte er gemeint. Mit der Wachstafel und dem Bauskizzenbuch unter den Armen verschwand er nun in der Arbeitskammer.

Vom Ende des Flures her beobachtete Hortensia noch, wie Matizo kurz darauf die Tür der Arbeitskammer zuzog, den bronzenen Schlüssel unter seinem Hemd hervorholte und die Kammer verriegelte. Ob sie womöglich die einzige Person war, die wusste, dass Matizo von Mainz den Schlüssel für den Naumburger Westchor direkt am Herzen trug? Das wäre ein einzigartiger Vertrauensbeweis, und mit dieser berührenden Hoffnung stieg sie ins Erdgeschoss hinab.

Matizo, Hortensia und Line erreichten den Platz um die Bischofskirche. Der Schnee bedeckte ihre Gewänder und Haare wie ein seidener Umhang. Matizo spürte Vorfreude auf seine zweite Begegnung mit der Kathedrale in sich aufkommen und war froh, darauf bestanden zu haben, die Messe hier und nicht in St. Wenzel zu hören wie die meisten Bewohner der Marktstadt. Im Vergleich zu seiner ersten Begegnung besaß er heute allerdings eine genaue Vorstellung davon, wie der neue Westchor aussehen sollte, und seine neugierigen Blicke würden vermutlich nicht weiter auffallen. Nicht minder gebannt erwartete er außerdem Harberts Informationen über die Markgräfin Uta und den Sünder Hermann. Gäbe es Neuigkeiten, würde er endlich auch mit den beiden noch ausstehenden Stiftern beginnen können. Im gleichen Atemzug mahnte er sich jedoch, vorsichtig zu sein: Harbert war sicher nicht der einzige Benediktiner von damals, der noch in Naumburg lebte. Obwohl für die Georgsbrüder oben am Berg in St. Margarethen eine eigene Messe zu Christi Geburt gelesen wurde, musste er sich möglichst unauffällig verhalten.

Was Matizo bei seiner ersten Dombesichtigung nicht aufgefallen war, stach ihm diesmal ins Auge. An der Außenwand der kleinen Kapelle, die aus zwei Stockwerken bestand, prangte eine Apsis.

»Das ist die Nikolauskapelle.« Hortensia wich einer Krähe mit aufgefächerten Flügeln aus, die erfroren auf dem Boden lag. »Sie dient Exzellenz Bischof Dietrich als Privatkapelle, zumindest das untere Stockwerk. Im Geschoss darüber schläft er oftmals, wenn die Andachten bis in die Nacht hinein andauern.« Während ihrer ersten Woche in Naumburg hatte sie dort ein Schreiben für den Bischof aufnehmen müssen, und Ortleb hatte sie bei dieser Gelegenheit über die Nutzung der Kapelle aufgeklärt.

Die Menschen um sie herum hörte Hortensia immer wieder auf das eine Gesprächsthema zurückkommen: die Anwesenheit des Meißener Markgrafen und seiner Männer in der Stadt. Einige Tage gedachten sie wohl zu bleiben; die Messe zu Christi Geburt feierten sie aber nicht zusammen mit den Naumburgern.

Matizo, Line und Hortensia wurden von der Menschenmenge in die Vorhalle der Kathedrale geschoben. Das Kirchenhaus war schon jetzt brechend voll, wie Hortensia durch die vollständig geöffneten Eingangstüren des Hauptportals hindurch erkennen konnte, so dass sie schon befürchtete, nicht mehr eingelassen zu werden. Jetzt wurde es knapp! Sie griff Line an der Hand, damit sie einander nicht verloren.

Unauffällig schaute Matizo in alle Richtungen, sah aber weit und breit keine schwarze Mönchskutte. Dafür machte er nur einige Schritte von sich entfernt Kurts breiten Kopf mit den abstehenden Ohren aus. Die Augen des Jungen leuchteten, als er ehrfürchtig zum Eingangsbereich schaute und einen Blick ins Innere des Gotteshauses zu erhaschen versuchte. Kurts Lippenbewegungen nach zu urteilen, murmelte er gerade das Vaterunser. Matizos Blick wanderte nervös weiter. Doch Harbert in dieser dichten Menschenmenge zu entdecken war so gut wie aussichtslos. Schienen die Gläubigen doch ineinander überzugehen, so als wären ihre Körper miteinander verwachsen.

Sie betraten das Langhaus, und für Matizo kam nun der entscheidende Moment, in dem sich herausstellen würde, ob sich seine Entwürfe tatsächlich so gut in das Gotteshaus einpassten, wie er es sich im Steinmetzhaus ausgemalt hatte. Als Erstes sah er ganz vorne, unweit des Altares, die Domherren, denen großzügig Platz und außerdem Stühle zugestanden worden waren, während sich der Rest der Bevölkerung auf engstem Raum zusammenquetschte. Jeder der Herren trug ein weiß-goldenes Chorhemd. Es waren genau zwölf, zählte Matizo. Keinen von ihnen hatte er je zuvor gesehen, und es wunderte ihn, dass sie die Messe nicht vom Chorgestühl aus verfolgten.

Hortensia war Matizos fragendem Blick gefolgt. Sie wiederum kannte die Domherren aus der Schreibstube. Denn auch für diese hatte sie schon Abschriften, Briefe und Urkunden verfasst. In diesem Moment ertappte sie sich allerdings dabei, wie sie die Geistlichen mit Hilfe von Quadraten und Dreiecken proportionierte, was sie amüsierte. Hinter den Domherren sah sie außerdem mehrere Seile befestigt, die die hohen Herren vom stehenden, einfachen Volk trennten.

Hortensia gab Matizo ein Zeichen, ihr und Line, die sie weiterhin fest an der Hand gefasst hielt, zu folgen. Gerade als sie das erste Joch des Seitenschiffes passierten, signalisierte ihnen ein lautes Knarren, dass das Hauptportal geschlossen wurde. Matizo schaute zurück und sah Kurts enttäuschtes Gesicht eben noch durch den schmaler werdenden Türspalt hindurch. Der Junge würde die Messe also nicht im Inneren der Kathedrale verfolgen können.

Geschickt schlängelte sich Hortensia weiter durch die Menschenmenge. Matizo folgte den beiden Frauen dicht auf dem Fuß und erreichte schließlich mit ihnen die Westwand. Es war genau die Stelle, die auch er ausgesucht hätte, selbst dann, wenn die Kathedrale leer gewesen wäre. Denn von hier aus hatte er einen direkten Blick auf die Messfeier vor dem Ostchor und war gleichzeitig dem zukünftigen Bauplatz im Westen am nächsten. Fest presste er den Rücken gegen die Wand der Kathedrale, damit sie verbunden waren: IHR Mauerwerk und er. Dann begann er, die vielen Hinterköpfe nach einer kreisrunden Tonsur, gerahmt von silberblondem Haar, abzusuchen. Doch schon einen Augenblick später lenkte der Einzug des Bischofs seine Aufmerksamkeit in Richtung des Ostchores.

Alles Brummen und Tuscheln verstummte, als Dietrich II. von Meißen, von Knabengesang begleitet, aus der Sakristei trat. Matizo nutzte den Moment, um sich den Lettner vor dem Chor genauer anzuschauen, dem er bei seiner ersten Besichtigung nur wenig Aufmerksamkeit geschenkt hatte. Selbst aus der Ferne erkannte er nun, dass der Lettner, genauso wie das gesamte Bauwerk, im gebundenen System konstruiert war. Mit seinen Rundbögen wirkte er wie eine riesige ausgehöhlte Brüstung, auf die sich nun die Blicke aller Gläubigen richteten, als Bischof Dietrich, gekleidet in eine prächtige golddurchwirkte Kasel, auf ihr erschien. Hinter ihm reihten sich in würdevollem Abstand die Messdiener auf. Matizo fiel die absolute Ruhe im Kirchenhaus auf, die seit Dietrichs Erscheinen eingetreten war. Kein Wort, nicht einmal ein Flüstern, war mehr zu hören.

Nachdem der Bischof seinen Blick über die versammelte Menge im Kirchenraum hatte schweifen lassen, stieg er stumm und würdevoll die Treppe zum Altar hinab. Dort angekommen, machte er das Kreuzzeichen gleich mehrmals hintereinander. Die Menschen schienen den Atem anzuhalten.

Mit ausgebreiteten Armen sprach er dann zu seiner Gemeinde: »Christus, der Herr, heißt Euch in seinem bescheidenen Haus willkommen.«

Auf seine Art und Weise hieß Matizo das Gotteshaus seines Herzens ebenfalls willkommen. Dazu legte er die Hand auf den bronzenen Schlüssel unter seinem Hemd und schloss die Augen. Ihm wurden die Knie weich, und er meinte auch schon, die Kathedrale erneut zu spüren. Sie summte und umschlang ihn regelrecht.

»Naumburger Brüder und Schwestern«, begann der Bischof, »damit wir die heilige Messe anlässlich Christi Geburt in rechter Weise feiern dürfen, wollen wir gemeinsam bekennen, dass wir gesündigt haben, und das Schuldbekenntnis sprechen.« Als Zeichen der Buße schlugen sich die Anwesenden gegen die Brust und murmelten das Bekenntnis.

Auch während der Lobpreisung weilten Matizos Gedanken beim neuen Westchor. Nur drei Monate verblieben ihm noch für dessen Entwürfe. Lettner und Chor waren bereits fertig. Von den Stiftern jedoch hatte er lediglich Markgraf Ekkehard zu zeichnen begonnen. Die anderen harrten noch in Wachs skizziert aus, einige kaum mehr als ein erster Entwurf, andere nicht einmal das.

»Nun lasst uns beten!«, ertönte die Bassstimme des Bischofs, die klar und deutlich bis zu Matizo an die Westwand drang.

Der verfolgte, wie die Naumburger die Hände falteten und beteten. Lines Worte klangen besonders inbrünstig.

Plötzlich spürte Matizo eine Berührung am rechten Arm – von einer Hand, die zur Hälfte vom Ärmel einer Benediktinerkutte bedeckt war. Ihm stockte der Atem, und er wagte keine Regung. War es Bruder Anton? Bruder Hieronymus? Wer sonst gäbe sich ihm nicht zu erkennen? Da hob der Benediktiner den Kopf an, und Matizo atmete erleichtert aus, als er Harbert erkannte. Ich bin einfach zu schreckhaft!, schalt er sich insgeheim und griff nach dem Abriss eines Pergaments, den Harbert ihm hinhielt. Matizo versicherte sich zunächst, dass keiner der Umstehenden einen Blick darauf werfen konnte, dann las er:

Der Meißener Markgraf lässt seinen eigenen
Westchor für die Naumburger Kathedrale entwerfen.
Zum Osterfest wird es einen zweiten Meister geben.

Augenblicklich verschwand jede Farbe aus Matizos Gesicht. Sein Kahn war schon wieder von einem hohen Wellenkamm hinab ins tiefe Tal geschleudert worden. Jetzt verstand er auch die Anwesenheit des Meißener Markgrafen in der Stadt. Verzweifelt rieb er sich die Wangen, als wolle er sich die Gischt der aufgewirbelten See aus dem Gesicht wischen.

Bischof Dietrich war derweil zur Verkündigung des Evangeliums übergegangen. Dazu hatte er eine Weihrauchschale entzündet. Nun verneigte er sich vor dem Altar und sprach die Bitte der Reinigung. Gleich darauf richtete er sich wieder auf, nahm das Evangelienbuch vom Altar und stieg, begleitet von den Messdienern, wieder den engen Treppengang zur Lettnerbrüstung hinauf. Umgeben von Kerzen begann er die Predigt.

Verbittert dachte Matizo, dass der Mann dort oben nicht mit offenen Karten spielte. Bisher hatte er sich und die Exzellenz trotz des zwischen ihnen bestehenden Standesunterschiedes als Verbündete gesehen.

»Aber warum?«, flüsterte Matizo Harbert nach einer Weile zu und presste sich mit dem Rücken hilfesuchend an die Westwand. Der Tod seines Mainzer Förderers Erzbischof Siegfried tat ihm jetzt umso mehr leid, denn der Eppsteiner hätte solch ein unglückseliges Unterfangen, zwei Meister gegeneinander antreten zu lassen, niemals zugelassen.

Kaum sichtbar zuckte Harbert mit den Schultern. Erst gestern waren ihm die Einladungsschreiben an die Großen der Region zu einer einzigartigen Veranstaltung am Osterfest in der bischöflichen Schreibstube aufgefallen, als er dort für Abt Etzel eine Abschrift machen sollte. Das Dokument hatten sowohl der Bischof als auch der Markgraf unterzeichnet.

Wie betäubt nahm Matizo wahr, dass die Messdiener das Korporale sowie den Kelch und die Schale mit dem Brot für die Eucharistiefeier zum Altar brachten, während der Bischof sich bereit machte, um binnen kurzem Wein und Wasser in den Kelch zu gießen und die Händewaschung vorzunehmen. »Brot und Wein werden nun zu Fleisch und Blut Jesu umgewandelt, der für uns gestorben ist«, sprach er, und Matizo verstand die Worte nur, weil er sie auswendig kannte.

Selbst für das abschließende »Amen« des Hochgebets entrang sich Matizos Kehle nur ein schwacher Laut. Line und Hortensia sprachen dafür umso kräftiger mit. Die Nachricht über den weiteren Meister hatte sich über die zweite Begegnung mit seiner Kathedrale wie ein schweres, alles erstickendes Tuch gelegt. Er meinte auf einmal, seine Fingerspitzen nicht mehr zu spüren. Sie waren nicht nur eiskalt, sie existierten einfach nicht mehr. Wie sollte der Zauber seines Westchores gegen den Einfluss und die Macht eines Markgrafen ankommen? Ging es überhaupt noch um Formen und Gestaltung? Der Chor war sein Lebenstraum, und wenn dieser zerstört würde, wäre seine Seele für immer verloren. Der Chor war sein Versuch einer Wiedergutmachung an Gott. Für damals, für Matthäus. Wenn man ihm diese Möglichkeit nahm, war alles dahin.

Es setzte Gedränge ein, denn der Bischof schickte sich an, die Kommunion zu spenden. Wie angewurzelt blieb Matizo vor der Westwand stehen. »Und die Markgräfin oder der Selbsttöter? Gibt es dazu Neuigkeiten?«

Harbert schüttelte den Kopf. »Gebt nicht auf«, mahnte er noch, nickte Line und Hortensia knapp zu und reihte sich dann in den Menschenstrom ein, der nach vorne, in Richtung des Ostchores, drängte. Matizo und er sollten besser nicht zusammen gesehen werden.

»Lasst uns am Altar die Gaben empfangen«, schlug Hortensia vor, die das Geschehen neben sich wortlos verfolgt hatte und dem Meister am liebsten stützend zur Seite gestanden hätte. Schnell aber hatte sie wieder der Mut verlassen, den Mann zu berühren, der für nichts anderes Augen hatte als für seine Zeichnungen und die Kathedrale. Wahrscheinlich wäre sie sogar von ihm zurückgewiesen worden.

Matizo ließ das Pergament unter dem Umhang verschwinden. Eigentlich wollte er sich nur noch zurückziehen, allein sein und sich vom Stein trösten lassen. Den Bischof und den Markgrafen vergessen, zwischen deren Fronten er mit seiner Sonnenkathedrale geraten war. Kraftlos stieß er sich von der Westwand ab und machte einige Schritte vorwärts. Zügig wurde die Menschentraube vor dem Ostchor mit Leib und Blut Christi versorgt, so dass Matizo kurze Zeit später vor seinem Auftraggeber in die Knie sank.

Wie den anderen Gläubigen zeigte Bischof Dietrich auch ihm die Hostie, indem er sie hochhob und in der Sprache des Volkes sagte: »Der Leib Christi.«

»Amen!« Wut brodelte in Matizo auf, als er die Stickarbeiten am Ärmel des bischöflichen Gewands fixierte. Jedes Motiv, sogar das Heu in der Krippe mit dem Heiland schimmerte so verheißungsvoll. Gleichzeitig ließ ihm das sichere Wissen, in Dietrich keinen ehrlichen Partner zu haben, den Bischof zwielichtiger denn je erscheinen. Seit ihrer ersten Begegnung trieb dieser ihn zwar mit ganzer Kraft an, ließ ihn aber nicht vollständig an seinen Plänen für das so persönliche Werk teilhaben.

Der Bischof hatte ihm den Kelch hinabgereicht. »Das Blut Christi.«

Matizo zögerte zuzugreifen, benetzte dann aber die Lippen mit dem Wein. War das alles, was sein vermeintlicher Verbündeter ihm zu sagen hatte? »Amen«, brachte er gerade noch heraus, erhob sich und zog sich mit Hortensia und Line in den Schutz der Menge zurück. Den Schlusssegen der Weihnachtsmesse verpasste er. Seine Gedanken waren auf den bevorstehenden Kampf gegen den zweiten Meister gerichtet, und er fragte sich, woher er nur die Kraft nehmen sollte, um gegen diesen anzukommen. Zum ersten Mal war der Auftrag eine Last für ihn, die jede Freude und Leidenschaft in ihm zu ersticken drohte. Denn der Markgraf stellte nicht nur sein bisheriges Zeichenwerk in Frage. Er nahm ihm ebenfalls die Aussicht auf seine erste Meisterstelle als verantwortlicher Baumeister und Bildhauer für die Sonnenkathedrale. Eine übergroße Flutwelle drohte alles hinwegzuspülen, was ihm im Leben und für sein Seelenheil wichtig war. Doch das jetzige Gefühl der Ohnmacht hatte er eigentlich … Matizo durchbrach die selbstzerstörerische Gedankenkette, indem er sich Line zuwandte und meinte: »Wir gehen!«

Sprachlos kämpften sie sich durch den Schneesturm zurück in die Wenzelsstraße. Noch mit dem Pelzumhang bekleidet lief Matizo zur Kochstelle, rempelte Line dabei an, ohne sich dafür zu entschuldigen, und warf Harberts Pergament dann auf die immer noch glimmenden Holzscheite. Ohne eine Erklärung verschwand er in der Werkstatt.

Nachdem sich Line wieder gefangen hatte, bekam sie auch wieder einige Worte heraus. »Eine schöne Idee«, meinte sie und deutete dabei an die Decke der Wohnstube, von der einige Tannenzweige herabhingen.

Hortensia nickte geistesabwesend. Mit dem nadeligen Geäst war der unverwechselbare Duft des Waldes und damit ein Stück Natur ins Steinmetzhaus eingezogen. Wenigstens das war ihr gelungen. Aber gerade beschäftigte sie der Meister mehr, an dessen Zustand sie nicht ganz unschuldig war.

»Hilfst du mir mit den Schalen?«, bat Line, als sei nichts geschehen.

Der Geruch von Wurzelgemüse stieg Hortensia in die Nase. Sie trug Schalen und Löffel zum Tisch vor dem Fenster, wo bereits ein Berg Hafergebäck darauf wartete, verspeist zu werden. Gedanklich weilte sie jedoch weiterhin bei der Messe und Matizo. Markgraf Heinrich würde von einem anderen Meister einen zweiten Entwurf für den Chor vorlegen. Hortensia verstand zu wenig von Architektur und Bildhauerei, um beurteilen zu können, welche Chancen Matizo dank seines Könnens gegen seinen Konkurrenten hatte. Was sie jedoch wusste, war, dass seine Zeichnungen ihr Inneres berührten. Ebenso wie der Ausdruck, der in der Tiefe seiner Augen schlummerte.

Während Line zur Abrundung des Gerichtes noch etwas Pflanzenasche in den Topf warf, zog es Hortensia vor die Werkstatttür. Von drinnen vernahm sie heftige Schlaggeräusche. Es klang, als zertrümmere der Meister Steine. Sie überlegte, ob sie nicht anklopfen und eintreten sollte, um ihm etwas Nettes zu sagen, zog ihre Hand dann aber im letzten Moment zurück.

* * *

»Sohn, was ist nur mit dir los? Ich erkenne dich nicht wieder!« Thomas von Archfelds Stimme vibrierte vor Zorn. Nicht nur, dass seit geraumer Zeit die Bestandslisten schlampig geführt wurden, Goswin hatte es auch verabsäumt, die neuen Knechte einzuarbeiten, die den Fermentationsprozess in den Waidhäusern überwachen sollten. »Das schlechte Geschäft mit der Färberei Wunsiedel ist einzig und allein dir zuzuschreiben!«

Dass der Vater mir Nürnberg aber auch immer wieder unter die Nase reiben muss!, dachte Goswin und zupfte ungeduldig genässten Waid auseinander. Feststimmung wollte nicht in ihm aufkommen, obwohl ganz Erfurt die Messe im Dom kaum erwarten konnte.

Thomas von Archfeld zerrte seinen Sohn am Arm vom Schemel hoch, um ihn von der Arbeit abzubringen, die gewöhnlich die Knechte verrichteten und auch jetzt verrichtet hätten, wären sie rechtzeitig eingelernt worden. »Unserem Geschäft bist du in den letzten Monaten eher Hindernis als Hilfe!«

Goswin schaute noch immer auf die Halme in seinen Händen. Anders als von Burkhard vorausgesagt, nahm die Sehnsucht nach seiner Braut immer mehr zu. Unerträglich war sie mittlerweile geworden, und er hatte das Gefühl, krank zu sein, ohne ein Heilmittel zu kennen. Einzig die Berührung ihres Seidengürtels vermochte seinen Schmerz hin und wieder zu lindern. Zuletzt hatte er sie im Geiste immer wieder stolz an seinem Arm durch die Stadt gehen oder sich glücklich im Brautkleid drehen sehen. Eines in strahlendem Thüringer Waidblau mit Silberbrokat, das ihre helle Haut noch mehr betonte. Mit weiten Ärmeln und jeder Menge Stoff, damit die Menschen begriffen, von was für einem angesehenen Händler sie heimgeführt wurde.

»Junge, was ist denn nur mit dir los! Benutze endlich wieder deinen Verstand!«

Benommen schaute Goswin auf. Schweiß rann ihm die Schläfen hinab. Es war heiß hier drinnen, was notwendig war, damit der genässte Ballenwaid den Farbstoff freisetzte. Die lederne Bundhaube lag dreckig neben seinem Schemel auf dem Boden. Ja, er war unkonzentriert gewesen und hatte wegen der weiteren Suche nach Hortensia schnell wieder von der Färberei aus Nürnberg fortgewollt. Aber dass die Ballenpreise aufgrund der knappen Ernte in diesem Jahr stark angestiegen waren, war nicht seine Schuld. Schuld! Schuld!, hämmerte es in Goswins Kopf.

»Da du unser Handelshaus nicht mehr würdig vertrittst, habe ich mich entschieden, fortan wieder selbst die Geschäfte mit Nürnberg zu übernehmen. Auf meiner nächsten Reise zur Färberei Wunsiedel wird Erik mich begleiten.«

Goswin schleuderte den Waidklumpen wütend auf den Boden. Sein jüngerer Bruder? Dieser unerfahrene Zahlenstümper, der zum Rechnen immer noch die Finger benutzte? Im nächsten Moment begriff er, dass mit seines Vaters Maßnahme der Boden, auf dem er seine und Hortensias Zukunft bauen wollte, in Gefahr war. »Wie könnt Ihr nur … Vater?«

»Auf Erik ist wenigstens Verlass«, erwiderte der alte Waidhändler und deutete auf Goswins zerschlissene Cotte. »Schau dich doch nur an! Ein ganz anderer bist du geworden, seitdem du dieser wahnwitzigen Vorstellung hinterherjagst, deine Braut wiederfinden zu können!«

Thomas von Archfeld hatte Goswins Suche, die dieser mit Kunden- und Marktbesuchen in der jeweiligen Region zu verschleiern versucht hatte, schon länger nicht mehr kommentiert. Doch jetzt fing er wieder damit an. In Goswins Fäusten kribbelte es. »Das ist keine wahnwitzige Vorstellung!« Und er würde Hortensia wiederfinden! Nach Merseburg, Arnstadt, Ilmenau und sogar bis über Naumburg und Leipzig hinauf waren er und Burkhard inzwischen geritten. Auch wenn der Freund immer eindringlicher seinen Unmut über die Suche kundgetan und den Wunsch geäußert hatte, umzukehren, begleitete er ihn dennoch den ganzen Weg nach Goslar, von wo sie vorgestern zurückgekehrt waren. Dem anmutigen Mädchen mit dem langen braunen Haar war aber auch dort niemand begegnet.

»Die vernachlässigten Knechte haben das Fass zum Überlaufen gebracht«, meinte Thomas von Archfeld nun. »Folglich wird Erik mich jetzt begleiten. Das ist mein letztes Wort. Und wasch dich endlich wieder«, fügte er mit einem ungläubigen Kopfschütteln noch hinzu und verließ den Raum. Gleich morgen würde er Ritter Burkhard wegen seines Versagens aus seinen Diensten entlassen.

Goswin hasste diesen Tonfall! Und langsam auch den Vater. Erst nachdem er das Knallen der Tür vernahm, löste er seine verkrampften Fäuste wieder. Nachdenklich begab er sich zu der Schale mit klarem Wasser in der Ecke. Während er die Schnürung seiner Cotte lockerte, ging er systematisch, wie er es von den Bestandslisten her gewohnt war, jede Stadt durch, in der er noch nicht gewesen war. Dann rechnete er. Fünf Jahre würde es dauern, bis er alle durchkämmt hätte und danach noch nicht einmal sicher sein konnte, dass seine Braut wirklich sesshaft geworden war. Vielleicht zog sie gerade an den Ort, in dem er zuletzt nach ihr gesucht hatte? Folgerichtig müsste er irgendwann wieder in Neumark am Ettersberg zu suchen beginnen.

Goswin spritzte sich kaltes Wasser ins Gesicht. *Schau dich doch nur an! Ein ganz anderer bist du geworden ...* Er betrachtete sein Spiegelbild auf der Wasseroberfläche. Sein verschwitztes Haar war verfilzt. Seine Haut fahl, abgesehen von den entzündeten Rötungen an Kinn und Nase.

Der Vater hatte recht: Er hatte sich verändert. Er hatte am eigenen Leib erfahren, was Schmerz und Verlangen bedeuteten. Beinahe zwei Jahre lag seine letzte Begegnung mit Hortensia nun schon zurück. Zwei Jahre. Der Anfang von allem. Der Tag des Überfalls auf Burg Neumark. *Vielleicht habe ich die Suche falsch angegangen,* kam es ihm in den Sinn. Seine Braut hatte in Neumark ihre gesamte Familie verloren. Er erinnerte sich an das Kreuz, das er bei seiner Wiederkehr in Neumark in Hortensias niedergebranntem Elternhaus vorgefunden hatte – ein Kreuz ohne Namen. Dann sah er wieder, wie Radulf damals sogar noch versuchte hatte, seine Tochter in den Arm zu nehmen. Unzweifelhaft hatte der Verlust ihrer Eltern Trauer in seiner Braut ausgelöst. Und unzweifelhaft erzeugte Trauer den Wunsch nach Gedenken. Wenn nicht am Todestag ihrer Eltern, wann dann gäbe es für Hortensia einen Grund, nach Neumark zurückzukehren?

Zärtlich strich er mit dem Finger über die Wasseroberfläche, als seien es ihre zarten Wangen. In Neumark würde er seine Braut endlich wieder in die Arme schließen können.

Und vergiss nicht, sämtliche Schreiben umgehend Bischof Dietrich zu übergeben!«, rief Ortleb Hortensia noch nach. »Er wartet bereits in seinen Gemächern darauf.«

»Ich erledige es sofort«, versicherte diese und zog die Tür der Schreibkammer hinter sich zu. Niemals zuvor war ihr jemand begegnet, der einen ganzen Tag am Stück durcharbeiten konnte, ohne auch nur eine Mahlzeit einzunehmen oder ein einziges Mal aufzusehen. Mehrmals schon hatte sie in aller Frühe den schlafenden Ortleb hinter den zwei letzten Schreibpulten auf dem Boden vorgefunden. Sie wusste nicht einmal, ob der schmale Mann überhaupt ein anderes Zuhause besaß als die bischöfliche Schreibstube.

Sie selbst war ganz früh am Morgen in der Bischofsburg erschienen, um vorzuarbeiten, damit ihr die kommenden sieben Tage für die Ausmalung der großen Stifterpergamente zur Verfügung standen. Die Gemächer des Bischofs, so war sie von Ortleb instruiert worden, befanden sich im obersten Geschoss des Gebäudes. Sie solle an der hintersten Tür im Gang anklopfen und geduldig auf Antwort warten. Dass es bei den Schreiben um die Einladungen zum Wettstreit für den Westchor ging, wusste sie und hatte auch kurz überlegt, die Pergamente zu vernichten, um Matizo den Kampf zu ersparen. Aber das käme gewiss bald heraus und würde dem Meister mehr schaden als nützen. Auch die Möglichkeit, den Markgrafen nicht länger zu unterstützen, verwarf sie nach einiger Überlegung wieder. Ihren Kampf für den Frieden durfte sie einfach nicht aufgeben. Frieden war so wichtig, wichtiger als ein Chor.

Als enthielten die Einladungsschreiben Gift, das ihrem Körper nicht zu nahe kommen durfte, hielt Hortensia die beschriebenen Pergamente mit spitzen Fingern von sich weg.

Die Treppe führte sie in die höher gelegenen Geschosse des Gebäudes. Noch nie war sie dort oben gewesen, und als sie nun die Stufen hinaufstieg, war ihr, als dringe sie in eine ihr verbotene Zone ein. Auf dem Treppenabsatz zum zweiten Obergeschoss schaute sie kurz nach links in den spärlich beleuchteten Gang. Ortleb hatte ihr erzählt, dass hier die meisten Kammern der Unterbringung von Gästen dienten. Höhergestellte Herrschaften wurden wiederum im dritten Geschoss einquartiert. Ihr Herz schlug heftiger. Vermutlich war dort auch das Markgrafenpaar untergebracht. Zumindest sprachen die vielen Rösser im Hof dafür, dass Heinrich sich noch immer in Naumburg aufhielt. Zudem waren dieser Tage sehr viele unbekannte Leute in der Bischofsburg zu sehen gewesen, die alle das Wappen des Markgrafen mit dem Löwen auf dem Umhang getragen hatten. Und Hortensia wollte dem Markgrafen unter keinen Umständen so schnell wieder begegnen.

Möglichst geräuschlos ging sie die Wendeltreppe hinauf. Ihr Kopf schoss nach oben, als von dort eine männliche Stimme zu ihr drang. Etwa die des Markgrafen? Auch von unten vernahm sie nun mehrere, wenn auch weibliche Stimmen. Ob Agnes die Schar Frauen anführte? Zum Glück war Hortensia der Böhmin seit Meißen nicht mehr begegnet.

Ganz deutlich vernahm sie nun Heinrichs schallendes Gelächter. Sie saß in der Falle. Kurz überlegte sie, dann eilte sie rasch wieder die Stufen bis ins zweite Geschoss zu den einfacheren Kammern hinunter. Die waren zwar sicher allesamt belegt, aber sie nahm lieber in Kauf, einen Gast zu erschrecken, als dem Markgrafen oder seiner Gattin zu begegnen.

Zu ihrem Glück ließ sich gleich die erste Tür öffnen. Rücklings schob sie sich in die Kammer hinein. Selbst hier drinnen konnte sie Heinrichs Stimme noch hören. Ihr Herzschlag wollte sich nicht beruhigen. Flüchtig schaute sie sich um. Wenngleich auch deutliche Spuren auf einen Gast hinwiesen, war doch niemand anwesend. Die Stühle und der Tisch waren umgeworfen, der dunkelrote Wandteppich lag heruntergerissen auf dem Boden, als habe jemand randaliert. Die Kammer war recht groß und führte in einen zweiten Raum.

Da waren sie wieder, die Männerstimmen. Ganz nahe vor ihrer Tür. Hortensia eilte in die hintere Kammer, die mit einem Bett, einem Kamin und sogar einem farblosen Glasfenster zum Hof hin ausgestattet war. Die von einem auf der Bettstatt liegenden Wams aufsteigenden Gerüche verursachten in ihr Ekel. Sie wollte sich gerade die Nase zuhalten, als sie hörte, wie die Eingangstür zur vorderen Kammer geöffnet wurde und jemand eintrat.

»Am achtundzwanzigsten Tag des Hornung werden wir in Mittelhausen das Landding abhalten, Vargula!«

Es war Heinrichs Stimme. Hortensia ergriff Panik. Angsterfüllt schaute sie sich um: Da war nur die Bettstatt. Schnell schob sie sich bäuchlings darunter.

»Damit gedenke ich, auch den letzten Zweifel an mir als Thüringer Landgraf auszuräumen«, vernahm sie erneut Heinrichs Stimme. Die Männer standen direkt vor der Tür zwischen den beiden Kammern. Das verrieten Hortensia zwei Paar Lederstiefel, ungefähr zehn Schritte von ihr entfernt. »Beim Landding werden wir die Adligen Thüringens Frieden schwören lassen.«

Der Raum unter dem Bett war so beengt, dass Hortensia den Kopf nicht anheben und nur seitlich in Richtung der Tür blicken konnte. Ein Teil eines grünen, seidenen Stoffes ungefähr auf der Höhe ihrer Hüfte hing vom Bett herab.

Die Männer traten nun in die Kammer. Dieser Vargula war nun keine fünf Schritte mehr von ihr entfernt. Sie hatte ihn in Meißen öfter aus der Ferne gesehen, zählte er doch zu Heinrichs wichtigsten Beratern, aber nie ein einziges Wort mit ihm gesprochen.

»Der achtundzwanzigste Tag des Hornung wird der offizielle Beginn Eurer Herrschaft als Landgraf sein. Für jedermann sichtbar bestätigt durch das Abhalten des Landdings!«

»Ihr, Rudolf, mein Vertrauter und bester Mann, werdet mich als mein Bevollmächtigter auf dem Landding vertreten«, verkündete Heinrich.

Einen Moment herrschte Stille, als würden die Männer ihren Gedanken nachhängen. Dann tauchte ein Paar Stiefel direkt vor der Bettstatt auf. Hortensia erkannte Rindsleder von grober, aber guter Machart.

»Und Ihr seid ganz sicher, Erlaucht, dass sich die Thüringer mit meiner Anwesenheit zufriedengeben werden?«, fragte nun wieder die rauhe Stimme Vargulas, die Hortensia irgendwie bekannt vorkam.

»Mein guter Vargula, Ihr habt für mich alles erobert, was es zu erobern gab, und jetzt zweifelt Ihr an Euch?«

Hortensia vernahm ein Schnauben.

»Ich, an mir zweifeln? Niemals! Aber an den Thüringer Adligen zweifele ich sehr wohl. Die meisten von denen können doch nicht einmal weiter als bis zur Wand ihrer armseligen Gemächer blicken!« Vargula lachte auf, und damit war auch der letzte Zweifel in Hortensia ausgeräumt. Es war ein zufriedenes, verächtliches Lachen, das sie bereits vor zwei Jahren erschüttert hatte – genauso wie die Einschläge der Steingeschosse in den Neumarker Häusern. Nicht einmal das Lachen des Gehörnten in der Hölle konnte bösartiger klingen! Hortensia war, als befände sie sich wieder auf dem Weg aus der ausgebrannten Burganlage hinaus. Überall waren Rauchschwaden, tote Körper bedeckten den Boden wie ein Teppich. *So einfach war eine Ausräucherung noch nie! Die toten Tiere waren eine hervorragende Idee!*

Sie zuckte erschrocken zusammen, als die Stiefel im nächsten Moment vor ihr verschwanden, weil Vargula sich der Länge nach auf die Bettstatt fallen ließ. Sein Gewicht drückte das Riemenflechtwerk über ihr nach unten, so dass sie meinte, seinen Körper direkt auf sich zu spüren, all seine Kraft und seine Gewalt. Es fühlte sich an, als verginge er sich körperlich an ihr. Am liebsten hätte sie geschrien. Unter dem Bett war nicht einmal genug Platz, um sich die Hand schützend vor den Mund zu halten. Die Pergamente für Bischof Dietrich unter sich, verzerrte sich ihr Gesicht bei der Vorstellung, dass Heinrichs bester Mann der Mörder ihrer Familie war. Dabei hatte ihr der Markgraf zuletzt sogar noch versprochen, den Schuldigen zu finden – sie also geradeheraus belogen, erst vor wenigen Tagen hier in der Bischofsburg!

Einige Wimpernschläge lang setzte ihr Atem aus. Unaufhaltsam rannen ihr nun Tränen aus den Augen. Gero, Mutter, der Vater und all die anderen Neumarker! Eine bislang nie gefühlte Wut überkam sie. Am liebsten hätte sie Vargula sofort angegangen. Noch mehr als an Vargula wollte sie sich aber an Heinrich rächen. Denn er war derjenige, der Vargula auf den Eroberungszug nach Neumark geschickt hatte und demnach für all das, was geschehen war, die Verantwortung trug. *Ihr habt für mich alles erobert, was es zu erobern gab.*

Heinrichs Stimme, die gerade Dinge über einen Braunschweiger Otto verkündete, erzeugte auf einmal Übelkeit in ihr. Früher war sie ihr sanft, teilweise sogar beschützend vorgekommen. Wie blind war sie nur gewesen! Hatte sie doch wohl bemerkt, dass Heinrich seine Stimme wie auch seinen

Gesichtsausdruck geradezu nach Belieben per Lidschlag zu ändern vermochte!

»Nochmals, Vargula, Ihr reist am achtundzwanzigsten Tag des Hornung nach Mittelhausen, entschuldigt dort meine Abwesenheit mit den dringenden Missionen in Braunschweig und Eisenach und nehmt die Schwüre entgegen, damit endlich Frieden herrscht.«

Heinrich wagte es, von Frieden zu reden? Tod und Unheil habt Ihr über die Menschen gebracht!, hätte Hortensia am liebsten laut herausgeschrien. Frieden war für den Markgrafen doch nur ein anderes Wort für Eroberung. Das war das Einzige, was für ihn zählte – er wollte jeden unterwerfen, um nur ja Thüringer Landgraf zu werden und seine Macht zu mehren! Die Menschen waren ihm dabei unwichtig. Hortensia war überzeugt, er würde sie sogar als Wurfgeschoss für die Katapulte verwenden, wenn es ihm helfen würde. Wie töricht war sie nur gewesen! Sie schalt sich dafür, ihn beim Zustandekommen dieser Art von Landfrieden auch noch unterstützt zu haben. Ausgerechnet für einen Mann wie den Markgrafen hatte sie Matizo von Mainz hintergangen! Ihre Tat wog nun umso schwerer.

»Und Albrecht von Sachsen?«, drang nun Vargulas Stimme an ihr Ohr. »Er hat sich von der Abtei Fulda die landgräflichen Güter Westermark und die Stadt Allendorf übertragen lassen. Das sind Gebiete, die Euch als Landgraf zustehen!«

Hortensia beobachtete, wie nun das zweite Paar Stiefel aus feinstem roten Leder an die Bettstatt herantrat und sich dabei in dem grünen, herabhängenden Seidenstoff verfing. Damit befanden sich die beiden Männer, die so viel Leid über die Menschen auf Burg Neumark gebracht hatten, in ihrer unmittelbaren Nähe. Mit den Fäusten hätte sie gerne gegen das Bettgestell getrommelt, aber die Vernunft zwang sie, unbe-

merkt zu verharren und alle Wut und Verzweiflung zurück-
zuhalten.

»Den Sachsen habe ich im Griff«, erklärte Heinrich und
war nun so nah, dass seine Schuhspitzen ein Stück unter die
Bettstatt ragten.

Er schien den Stoff an seinen Schuhen nicht zu bemerken.
Hortensia war, als wollten die markgräflichen Füße nach ihr
treten. Unwillkürlich schob sie ihren Körper sachte weiter in
Richtung der Wand, die das Bett auf der anderen Seite be-
grenzte. Sie fühlte sich erbärmlich bei dem Gedanken, dass sie
gewissenlosen Männern ausgeliefert war, die sie jeden Moment entdecken konnten.

»Dann bleibt nur noch die Tochter der heiligen Elisabeth.
Die rote Hexe aus Brabant würde ich mir am liebsten mal
persönlich vornehmen und sie mir gefügig machen!«, entgegnete Vargula abfällig und stieß dann einen Laut aus, der an das
brünstige Grunzen einer Wildsau erinnerte. Als kurz danach
das Bettgestell wackelte und Hortensia sich vorstellte, welche
Lendenbewegung Vargulas Laut wohl nachgefolgt war, verzog sie angewidert das Gesicht.

»Aber Rudolf, mein Lieber.« Heinrich klang amüsiert. »Als
erster Berater des zukünftigen Landgrafs kannst du dir doch
eh bald jede Frau gefügig machen, die dir gefällt. Die Braban-
terin ist nach der Geburt zweier Kinder sicher allerdings
schon stark geweitet und sie selbst zäh wie ein Stück altes
Leder.«

Auf einmal beugte sich der Markgraf hinunter und fum-
melte mit der Hand an seinem Stiefel, um seine Hacke aus der
Seide zu befreien. Heinrichs Gesicht musste sich nur mehr
knapp über dem Bettkasten befinden. Hortensia hielt die Luft
an, das schweißnasse Untergewand spürte sie an ihren Brüs-
ten kleben. Darunter spürte sie die Pergamente für den Bi-

schof. Mit angehaltenem Atem verfolgte sie, wie die markgräflichen Hände an den Stiefeln herumfingerten. Sie befürchtete, jeden Moment von ihm gesehen und unter der Bettstatt hervorgezerrt zu werden.

Warum nur hatte Gottes Hand sie ausgerechnet in die Kammer dieses Vargula geführt? Hortensia spürte, wie der Morgenbrei ihre Kehle hinaufwanderte, und vernahm gleichzeitig Heinrichs unbekümmertes Lachen. »Wie ich dich kenne, hast du bereits vergangene Nacht das eine oder andere Weib auf deine ganz eigene Art gefügig gemacht!« Der Markgraf hatte den Seidenstoff endlich von seinem Schuhwerk entfernt.

»Die Naumburgerinnen stehen gut im Fleische«, gab Vargula zurück. »Und willig sind sie obendrein!«

* * *

»Noch einen!«, rief Matizo vom Tisch in der Ecke in den Schankraum hinein. Wie viele Becher des süffigen Getränks er bereits getrunken hatte, wusste er nicht mehr. Ausgerechnet er, der aus Angst immer alles kontrollierte, selbst die Lage seiner Zeichenfedern im Holzkästchen. Der Lärm im *Wilden Eber* war mit jedem Schluck erträglicher geworden. Sollte der Bischof ihn doch hier sehen, vielleicht rüttelte es den Geistlichen sogar wach! Matizo stürzte den Rest Met hinunter.

Kurt war enttäuscht, dass Harbert seinen Mainzer Freund nicht begleitet hatte. Denn heute war er allein in der Wirtsstube, ohne den Vater im Rücken, und hätte Zeit für ein Gespräch gehabt. Immer wieder schielte er zur Eingangstür hinüber. »Ihr wollt wirklich noch einen?«, wiederholte er verunsichert und sah, dass der Freund von Pater Harbert seinen Kopf nur noch mit Mühe aufrecht halten konnte und seine

Augen bereits blutunterlaufen waren. Solchen Gästen hätte der Vater jedes weitere Getränk verweigert und ihnen den Ausgang gezeigt.

»Bitte, ja ... noch einen ... Meeeet.« Matizo brachte keinen vernünftigen Satz mehr heraus. Es wird kein heiliges Osterfest und keine Sonnenkathedrale geben, dachte er dann. Seine Hände gehorchten ihm schon seit zwei Tagen nicht mehr. Seitdem er nach der Messe den Säulenkopf mit den Beifußblättern zertrümmert hatte, fühlten sie sich wie tot an. Nie zuvor hatte er sich derart am Stein vergangen. Jetzt erhielt er die Strafe dafür.

»Kommt der Pater noch dazu?«, wagte Kurt endlich nachzufragen und stellte Matizo zögerlich den vierten Becher hin.

Matizo benötigte eine Weile, bis er begriff, dass er gerade angesprochen worden war. »Harbert?« Er schüttelte den Kopf, woraufhin ihm übel wurde. Ich werde das Skizzenwerk für den Westchor nicht pünktlich fertigstellen können, ging es ihm immer wieder durch den Kopf. Er hätte bereits alle Stifter auf Wachs vorgezeichnet und mindestens vier davon auf Pergament übertragen haben müssen. Der Meister des Markgrafen stellte sich sicherlich geschickter an. Sollte er jetzt nicht besser aufgeben? Zumal die aufgelaufenen Probleme mit dem Westchor beinahe übermächtig waren?

Unschlüssig griff Matizo nach dem klebrigen Becher. »Prost, Bischof Dietrich! Ich stoße darauf an, dass ich mich nicht mehr von Euch an der Nase herumführen lassen will.« Der Name des Naumburger Gottesmannes ließ einen älteren Mann, der gerade dabei war, zu bezahlen, zu Matizo herüberschauen.

»Prost, Markgraf Heinrich! Ich wünschte, Ihr wärt nie nach Naumburg gekommen! Und Prost, Markgräfin Uta, von Euch erbitte ich mir doch nicht mehr als ein paar Hinweise auf Euer Leben und Wirken, das möglichst gottgefällig sein sollte!« In diesem Fall könnte er sie einfach als treue Gattin mit einem ergebenen Lächeln darstellen. Ach ja, da war auch noch dieser Selbsttöter. »Und Hermann von Naumburg, du Sünder? Noch mal Prost!« Mit einem einzigen langen Schluck leerte er den Becher und starrte eine Weile in die Öffnung des Gefäßes, als befänden sich auf dessen Boden wichtige Informationen. Wie gelähmt schaute er sich dann nach dem Schankknecht um. »Kurt?« Wo steckte der Junge bloß, der sich mit der gleichen Inbrunst ins Georgskloster sehnte, mit der er selbst diesen Ort mied.

Einen weiteren Met würde er sich auf das Wohl seines einzigen Verbündeten Harbert gönnen. Seines einzigen? Ja, in der Tat! Matizo sah die Wände mit den dunklen Balken auf sich zukommen, die leeren Stühle und Tische um sich herum. »Alles Feiglinge, diese Sprücheklopfer und Würfelspieler!« Mit dem Umhang wischte er sich die Spucke aus den Mundwinkeln.

Kurt vernahm ein dumpfes Geräusch. Er stellte das schmutzige Geschirr auf der Theke ab, trat zu Matizo und betrachtete ihn von allen Seiten. Dessen Kopf lag reglos auf der Tischplatte, seine leblosen Arme baumelten seitlich hinab. Ob der Freund des Paters bald seinen letzten Atemzug tun würde? Gleich zweimal sprach er das Vaterunser und bat den Höchsten um Beistand. In seiner Aufregung stolperte Kurt beinahe über einen Stuhl, was dem Betrunkenen zumindest ein Brummen und damit ein Lebenszeichen entlockte. Wie würde wohl ein Benediktiner in seiner Situation handeln? Kurz trat ihm Pater Harberts freundliches Gesicht vor Augen. Mit einem Mal wusste er, was er zu tun hatte. Zuerst begutachtete er die Statur seines letzten Gastes, der ungefähr so groß wie sein Vater, aber schlanker war. Mit viel Anstrengung müsste er ihn also ein gutes Stück des Weges schleppen können.

Kurt ging schnell in eine Nebenkammer, um sich seine Winterweste überzustreifen, dabei sah er sich in Gedanken bereits das schwarze Chorgewand der Benediktiner anlegen. Mit einem glücklichen Lächeln eilte er wieder zu Matizo zurück. Beim zweiten Versuch gelang es ihm dann auch, Matizo hochzuziehen und sich dessen kraftlosen rechten Arm um die Schulter zu legen. Doch er schaffte es nur mit großer Mühe über die Türschwelle, da Matizo so schwer wie ein Maltersack an seiner Seite hing. Vor dem Wirtshaus schaute er nach links und rechts. Der Nachtwächter war nirgendwo zu sehen. Kurt tat daher sein Bestes, um die christliche Regel, die auch Bestandteil der Benediktregel war – Du sollst deinen Nächsten lieben wie dich selbst –, zu beherzigen, und nahm einen neuen Anlauf, der sich um vieles besser anfühlte, als Krüge zu tragen oder Fleischschüsseln unbeschadet durch den Schankraum zu balancieren. Weiter ging es mit den Worten aus dem vierten Kapitel der Benediktregel: »Vor allem sollst du den Herrn, deinen Gott, lieben mit ganzem Herzen, mit ganzer Seele und mit ganzer Kraft.«

Kurt hatte die Worte kaum ausgesprochen, da musste er sich auch schon nicht mehr so abmühen wie bisher, denn Matizos Beine begannen auf einmal mitzuarbeiten, so dass Kurt nicht mehr dessen ganzes Körpergewicht allein zu stemmen hatte. Sie verließen die Immunität durch die Georgenpforte. Dort kannte man Kurt und ließ ihn trotz der späten Stunde noch passieren. Der weitere Weg bergauf forderte ihm dennoch das Äußerste ab und ließ ihn mehrmals ob seiner schweren Last stöhnen. Doch er hielt nicht an. Inzwischen war er bei der Regel »seine Hoffnung Gott anvertrauen«, angekommen. Das wollte er unbedingt. »Pater Harbert wird stolz auf mich sein.« Der Gedanke an den Pater trieb Kurt weiter voran. Mit meinem Einsatz für das Wohl eines anderen Menschen werde ich mich eines Benediktiners würdig erweisen, dachte er und meinte, zwischen den Bäumen hindurch den Saalelauf schwarz schimmern zu sehen.

Als er endlich an die Pforte pochte, war es bereits weit nach Mitternacht. Doch Kurt hatte sich noch nie in seinem Leben so glücklich gefühlt wie in diesem Moment.

Mit einem Zipfel seines Pelzumhangs schirmte Matizo seine Augen gegen die Helligkeit ab. Das grelle Morgenlicht fiel durch das vergitterte Fenster hindurch direkt auf sein Gesicht. Er richtete sich auf, sank aber sogleich wieder auf sein Lager zurück, weil ihm der Schädel in der Senkrechten so sehr dröhnte, als würde ihn jemand mit dem Vorschlaghammer bearbeiten. Wo war er? Hatte der Bischof ihn etwa in seine Gemächer bringen lassen? Doch der Schnee, der durch das Fenster zu ihm hereinwehte, und die in der kleinen Kammer herrschende Kälte belehrten ihn schnell eines Besseren. Wo aber war er dann? Er erinnerte sich lediglich noch an die Wirtsstube, den jungen Schankknecht und an jede Menge Honigwein.

Matizo verzog das Gesicht, weil ihm aus seinem Umhang ein widerwärtiger Gestank in die Nase stieg, die Schärfe von Erbrochenem. Gleichzeitig verspürte er unsäglichen Durst. Mit halb offenen Augen betrachtete er die Wand neben der Bettstatt und musste sich augenblicklich an der Pritsche festhalten. Die steinsichtigen Wände erinnerten ihn an einen Ort, den er vor beinahe zwei Jahrzehnten zum letzten Mal betreten hatte! Dann sah er neben seinem Lager eine abgenutzte Gebetsbank mit einem großen hölzernen Kreuz darüber. Sofort meldeten sich seine Narben. Sie brannten wie Feuer, ohne Vorwarnung.

Erneut setzte er sich auf. Der Blick aus dem Fenster bestätigte seine schlimme Vorahnung. Die Kirche St. Margarethen zu seiner Linken ließ keinen Zweifel daran, dass er sich in seiner ganz persönlichen Hölle befand: dem Naumburger

Georgskloster. Hier hatte er die Sache mit Matthäus beendet und war zum Sünder geworden. Nie wieder hatte er hierher zurückkehren wollen.

Im Geiste sah er sich durch die Klosterkirche schreiten. Das Zischen von heißem Öl, das sich in Fleisch fraß, begleitete seine Schritte. *Matizo und Matthäus – Matthäus und Matizo!* Angstschweiß trat ihm auf die Stirn. Fast hatte er vergessen, wie grausam sich ein Zusammentreffen mit seiner Vergangenheit anfühlte. Was war nur gestern Abend geschehen?

Dann kam die Erinnerung bruchstückhaft zurück: Er hatte sich betrunken. Irgendwann hatte ihn der Schankknecht dann mit sich fortgeschleppt. Was hatte Kurt dabei vor sich hin gemurmelt? »Pater Harbert wird stolz auf mich sein.« Ja, genau das hatte er gesagt. War der Bursche also folglich von Harbert beauftragt worden, ihn ins Georgskloster zu schaffen? Hatte der womöglich auch das Geheimnis, dass er den Auftrag erhalten hatte, den Westchor zu entwerfen, weitergetragen und damit den Wettstreit um die besten Entwürfe erst entfacht? Der Pater hat sich hinterhältig mein Vertrauen erschlichen, dachte Matizo verletzt und enttäuscht. Sicherlich hatte Harbert den Abt des Klosters bereits von seiner Anwesenheit unterrichtet. Er musste sofort hier weg! Wieder einmal. Doch sein Kopf und die Narben schmerzten so heftig, dass er erst einmal innehielt. Die vernarbte Haut schien wie eine Suppe auf heißer Flamme zu köcheln.

Er atmete noch einmal tief durch, dann öffnete er die Zellentür und hielt auf das Kopfende des Ganges zu. Vor der Kleiderkammer angekommen, griff er auf den Holzbalken quer über der Tür. Von Matthäus kannte er das Versteck für den Schlüssel. Nach einigem Tasten bekam er ihn auch zu fassen – er lag tatsächlich noch immer dort – und verschwand in der Kammer. Hastig legte er seinen Umhang ab und nahm aus

dem Regal eines der dort lagernden schwarzen Benediktiner-
gewänder: das Chorgewand, das Skapulier, schließlich die
Kukulle mit Kapuze und das Cingulum. Hastig zog er sich
alles über Hemd und Beinlinge. Die Gewänder passten ihm
sogar. Tief zog er sich die Kapuze ins Gesicht.

Da hörte er Schritte auf dem Gang. Sie stoppten direkt vor
der Kleiderkammer. Matizo hielt die Luft an.

Endlich entfernten sich die Schritte wieder. Erst als sie ganz
verklungen waren, öffnete er die Tür. Zunächst nur einen Spalt.
Der Fluchtweg, der auf den Klosterplatz hinabführte, schien
frei zu sein. Vorsichtig bewegte sich Matizo den Gang entlang
auf die Treppe zu. Jeden Moment konnten die Glocken von
St. Margarethen die Brüder zum Gebet rufen. Mit festem Griff
umfasste er das Holzgeländer, um nicht auf den mit Schnee bedeckten Stufen auszurutschen und die Treppe hinabzufallen.

Im Erdgeschoss angekommen, richtete er den Blick auf die
Klosterpforte. Sie war die letzte Hürde auf dem Weg in die
Freiheit. Und los!

»Ihr verspätet Euch zum Gebet, Bruder«, sprach ihn da jemand von hinten an, als Matizo gerade einmal die Hälfte des
Hofes überquert hatte. Steif vor Angst drehte er sich zu dem
Mönch um. »Verzeiht!«, murmelte er und senkte seinen Kopf
so tief, dass er nur noch die verräterischen Spitzen seiner
Schuhe sehen konnte. »Ich habe einen eiligen Auftrag«, fügte
er noch hinzu.

Der Benediktiner schaute hinauf zum Turm von St. Margarethen. »Jeden Moment werden die Glocken zum Sonnen-
aufgangsgebet rufen.« Friedlich legten sich die Schneeflocken
auf sein schwarzes Gewand.

»Es geht um einen Verletzten in der Krankenkammer«,
rechtfertigte sich Matizo. »Wenn wir nicht schnell Kamille
auf dem Tisch haben, wird der Wolfsbiss den Jungen töten.«

Sein Gegenüber zögerte, obwohl nun das Geläut von St. Margarethen einsetzte. »Ein Junge mit Wolfsbiss? Davon hat mir Bruder Philippus gar nichts gesagt.«

»Erst gestern ist er zu uns gestoßen.« Das Wort *uns* machte Matizo zum Mitglied der Gemeinschaft, weswegen er kurz mit der Antwort gezögert hatte. »Nun entschuldigt mich.« Er stürzte auf die Klosterpforte zu.

Die Klosterwache oblag noch immer Bruder Anselm. Zu seinem Bedauern machte der haarlose Mann jedoch einen wachen Eindruck, ganz anders als damals, als er Matthäus …

»Wo wollt Ihr hin, Bruder?« Der in die Jahre gekommene Anselm beugte sich nach vorne, um unter Matizos Kapuze zu schauen, doch der wich ihm geschickt aus. »Es ist höchste Zeit für das Gebet!«, meinte Anselm nun und unterstrich seine Aufforderung, indem er mit seinem Arm in Richtung der Klosterkirche wies.

»Wartet!« Matizo musste Bruder Anselm unbedingt dazu bringen, ihm das Tor zu öffnen. Der alte Anselm hatte seinen Dienst früher allerdings in der Krankenstube verrichtet, das wusste er von Matthäus, und würde ihm die Geschichte mit der Kamille für den Wolfsbiss daher sicherlich nicht abnehmen. »Ich soll für den Abt einen eiligen Auftrag ausführen«, war das Einzige, was ihm auf die Schnelle einfiel.

»Aber ich habe meine Anweisung für das Tor, Bruder!«, mahnte Anselm lauter, begleitet vom Klang der Glocken. »Zu den Gebetszeiten kommt niemand herein und niemand hinaus.«

»Erlaubt Ihr mir dann«, versuchte Matizo, und es war das letzte Mittel, mit dem er sich zu helfen wusste, »dass ich bei einer verspäteten Brieflieferung auf Euch verweisen darf, wenn unser Abt mich nach den Gründen dafür befragt?« Er deutete auf eine Stelle seines Gewandes, unter der er das Dokument angeblich verwahrte.

Mürrisch zog Anselm daraufhin den Riegel zurück. Mit jedem Ruck des Riegels fiel Matizo ein noch größerer Stein vom Herzen. Schließlich zwängte er sich durch das Tor, kaum dass es weit genug offen stand, und rannte los. Dieses Mal jedoch nicht in ein neues Leben, sondern ins Steinmetzhaus. Zurück in sein Leben als Bildhauermeister.

Er lief die Georgengasse entlang bis zur Mauer, die die Immunität umschloss. Um diese Zeit war es noch menschenleer hier. Nur von Bäumen umgeben riss er sich mit einem Schmerzschrei das Benediktinergewand samt Kukulle vom Körper.

* * *

»Bist du wach?« Hortensia pochte aufgeregt gegen die Kammertür. Ein halb unterdrücktes Stöhnen verriet ihr, dass Line sich aus dem Bett hievte.

Das lange Haar offen und zerzaust, erschien die Hausmagd an der Tür. »Mein Kind, was ist denn passiert?« Line war erschrocken, weil die Talglampe in der Hand des Mädchens zitterte, als rüttele jemand daran.

»Er ist nicht nach Hause gekommen!«

Line wusste sofort, dass Hortensia vom Meister sprach. Bisher war noch kein Tag vergangen, an dem er nicht vor dem Morgengrauen wieder im Steinmetzhaus gewesen war. Folglich musste etwas passiert sein, darauf hätte sie sogar das gesamte Rezeptwissen ihrer Großmutter Jorinde verwettet. Und auch in Hortensias Gesicht stand tiefe Besorgnis. Ganz anders als am gestrigen Abend, an dem das Mädchen ihr aufgelöst vom Gespräch zwischen Heinrich und Vargula berichtet hatte. Da hatten seine grünen Augen vor Zorn gefunkelt. Nur als es Line erzählte, dass letztendlich der Markgraf seine gesamte Familie auf dem Gewissen hatte, waren Tränen in seine Augen getreten. Erst bei Einbruch der Dunkelheit hatte Hortensia ihr Versteck unter der Bettstatt des Mundschenken verlassen können.

Hastig zog sich Line nun ein Obergewand über das Nachtleinen. »Ich schaue in der Werkstatt nach und du oben auf dem Boden.«

Hortensia nickte, obwohl sie sicher war, dass sie Matizos Schritte die Treppe hinauf bestimmt gehört hätte. Immer wieder hatte sie auf den Flur gelugt und darüber kein Auge zugetan. Während Line bereits die Treppe ins Erdgeschoss hinabstieg, erklomm Hortensia mit der Talglampe in der Hand die Treppe zum Spitzboden. Die geschlossene Schneeschicht auf den Fenstern der Dachschrägen tauchte den Raum in tiefe Dunkelheit.

Hortensias Halswirbel knackte, als sie den Kopf zur linken Seite drehte, wo die überlebensgroße Pergamentbahn des ersten Stifters lag, die nun wie ein in den Boden eingelassener Grabstein wirkte. Markgraf Ekkehard war keinen Tintenstrich weiter gediehen. »Matizo?«, fragte sie zaghaft und leuchtete auch nach rechts, wo sich nach wenigen Schritten die Wand zum Nachbarhaus befand.

Was war das? Am Messtag von Christi Geburt hatte das noch nicht dagestanden. Angezogen näherte sich Hortensia der Gestalt aus Stein. Sie war wunderschön anzuschauen. Hortensia stellte die Talglampe neben sich ab und griff nach dem beschriebenen Stück Pergament am Fuß der Skulptur.

Dein Wächter.

Hortensia beschaute die Skulptur genauer. Sie erinnerte sich wieder an eines ihrer ersten Gespräche mit Matizo, in dem sie ihn nach der Sicherheit der Kathedrale und den an ihr angebrachten Wasserspeiern gefragt hatte. Ihr Wächter war also eine Wildkatze. Jene Speierfigur, die Matizo für den Westchor entworfen hatte. Sie lächelte über seine Auswahl. Auf den ersten Blick war die Wildkatze nicht das stärkste, größte und mächtigste der Speiertiere. Aber ihre Flinkheit und ihr Scharfsinn ließen die Wildkatze bestimmt am längsten überleben.

Noch vorsichtig, weil das Tier so lebendig aussah, strich sie ihm über die spitzen Zähne, die aus dem Maul herausragten. Der Kopf war geradeaus gerichtet, die Ohren aufgestellt, als lausche die Katze den Geräuschen, die von der Wenzelsstraße zu ihr heraufdrangen. Schon etwas mutiger fuhr Hortensia ihrem Wächter über die Wangen und erfühlte ... Lilien ... an beiden Seiten. Jetzt hatte sie neben Line noch einen weiteren Verbündeten gewonnen, der ihr Kraft gab und sie dazu ermutigte, sich für den Tod ihrer Familie am Meißener Markgrafen zu rächen. Mit diesem Wächter würde sie der Herausforderung gewachsen sein. Niemals wollte sie Heinrich davonkommen lassen.

»Mädchen!« Aufgeregt verlangte Line nach ihr.

Nur ungern löste Hortensia ihre Finger von der Statue. Doch Lines Ruf bedeutete vielleicht, dass ihr Erschaffer gerade unversehrt zurückgekehrt war.

Kräftig und breit war die Statur des Kaufmanns, der Einlass ins Steinmetzhaus verlangt hatte. »Ich will mich davon überzeugen, dass mein Meister gut mit dem Auftrag vorankommt.«

Mit Bundhaube, Tunika, Baumwollhose und Stiefeln bekleidet, hatte Line den Bischof erst nicht erkannt.

»Meine Zeit ist kostbar«, drängte Dietrich und trat an der Hausmagd vorbei zum Tisch. »Wo ist der Mainzer?«

Line brachte ihm verdünnten Wein, um Zeit zu schinden. »Er wird gleich hier sein.« Sie füllte eine Schüssel mit Hirsebrei und legte etwas von dem Hafergebäck daneben. Endlich gesellte sich auch Hortensia zu ihnen.

Der Bischof aß hungrig, was ihn daran erinnerte, wie gut die Frau früher für ihn gekocht hatte. Da stieß Hortensia auf einmal einen unterdrückten Schrei aus. Line und auch Dietrich folgten ihrem erschrockenen Blick zur Haustür, durch die der übel zugerichtete Meister gerade ins Haus getreten war. Er trug lediglich ein Hemd und dreckige Beinkleider, sein Haar war zerzaust, das Gesicht aschfahl. War er etwa überfallen worden?

»Was ist passiert?« Line schlug vor Entsetzen die Hände vors Gesicht.

»Matizo von Mainz?«, sprach Bischof Dietrich ihn an, als wolle er sichergehen, dass der mitgenommene Mann vor ihm wirklich der gleiche war, der ihm den Bischofsstuhl retten sollte. »Setzt Euch zu mir, Meister!«, forderte er streng.

Wortlos sackte Matizo auf den Stuhl zur Linken des Bischofs und lehnte mit einer knappen Kopfbewegung den Becher Wein ab, den Line ihm entgegenhielt. Noch immer hatte er den Geschmack des Mets im Mund, und in seinem Kopf summte es, wie wenn die Saite eines Zupfinstruments unaufhörlich angerissen wird. Sein Blick glitt an den Kaufmannsgewändern Dietrichs hinab. Zwar verstand er, dass der Bischof sich verkleidet hatte, um jede Art von Gerede aufgrund seiner Anwesenheit in der Wenzelsstraße zu vermeiden. Doch gleichzeitig passte die Verkleidung auch ins Bild der ständigen Heimlichkeiten und Verschleierungen. Nie ganz offen, immer mit verdeckten Karten spielen. Nichts war, wie es schien.

»Lasst uns allein!«, forderte der Bischof die Frauen auf, die sich daraufhin mit besorgten Blicken auf Matizo zurückzogen.

Erst als Dietrich das Knarzen von Türen im Obergeschoss vernahm, beugte er sich über den Tisch. »Ich bin hier, um Euch darüber zu unterrichten, dass es konkurrierende Entwürfe für den Westchor geben wird.«

Matizo erschien Harberts Gesicht vor Augen, und erneut ärgerte er sich, diesem Mann, der ihm bereits zur Weihnachtsmesse von einem Gegenkandidaten berichtet hatte, jemals vertraut zu haben.

Bischof Dietrich nahm einen langen Schluck vom Wein. Er wollte sich nicht anmerken lassen, dass ihm nur noch Hugo Libergier im Kopf herumspukte und er darüber sogar seine bischöflichen Verwaltungsaufgaben vernachlässigte. »Eure Entwürfe und die eines weiteren Meisters werden dem Volk präsentiert. Es soll danach entscheiden, welcher Westchor gebaut werden wird.«

»Wer ist der andere?«, fragte Matizo mit trockener Kehle.

Dietrich löffelte sich eine Portion Brei in den Mund, als wolle er nicht, dass seine nächsten Worte verstanden wurden. »Hugo Libergier.«

Reflexartig sprang Matizo auf, obwohl ihm alle Glieder schmerzten. »Hugo Libergier von St. Nicasius?« Der Baumeister der einzigartigen Abteikirche, in die es ihn ganze fünf Tage am Stück gezogen hatte? Die Linienführung von St. Nicasius war die eleganteste und leichteste, die er jemals gesehen hatte! In ihrer Ausführung der Reimser Kathedrale ebenbürtig, ragte sie im Stadtbild so selbstsicher auf, wie es sonst keine andere Abteikirche tat. Matizo schüttelte den Kopf. »Wie könnt Ihr jetzt noch sicher sein, Exzellenz, dass das Volk meine Zeichnungen bevorzugen wird?«

Er konnte nicht mehr sicher sein. Das war Dietrich vor fünf Tagen in seiner Privatkapelle ausgerechnet von seinem Halbbruder Heinrich klargemacht worden. »Ich setze auf

Eure Fähigkeiten, Meister. Ihr seid besser als dieser Libergier!«

Er allein sollte gegen den grandiosen Franzosen antreten? Matizo fuhr mit der Hand in den Hemdärmel und befühlte seine Narben. Das Hemd fühlte sich rauh auf seiner Haut an, und ihm war, als wolle ihn das Kloster einfach nicht loslassen.

Die Hoffnung, dass sein Meister Hugo Libergier gewachsen war, wollte Dietrich nicht so schnell aufgeben. Nicht zuletzt, weil ihn der Heilige Vater im Falle einer Niederlage nicht länger als tragbar ansehen würde. Er und der Meister mussten daher um jeden Preis die besseren Entwürfe liefern und den Wettstreit gewinnen. Allein schon der Gedanke, seinem Halbbruder das Feld überlassen zu müssen, war ihm zutiefst zuwider.

»Zum Osterfest beabsichtige ich, dem Volk eine noch nie da gewesene Vorstellung zu bieten«, verkündete der Bischof jenen rettenden Einfall, nach dem er sofort nach Heinrichs Abgang aus der Privatkapelle gesucht hatte und der ihm gestern Nacht schließlich gekommen war. Erst mit diesem Trumpf in der Hand hatte er dem Mainzer vom Gegenkandidaten berichten wollen. »Das Volk soll die Zeichnungen auf eine besondere Art betrachten können. Wir erbauen den Westchor bildlich mit Pergamenten für die Menschen. Dazu hängen wir jede Skizze an einem Holzgestänge auf.«

Matizo schaute auf.

»Wir werden den Chor mit den Skizzen so erstellen, dass wir das Volk gewissermaßen durch einen pergamentenen Anbau hindurchführen können. Vom Edelmann über den Handwerker bis hin zur Magd. Die Skizze mit dem Grundriss stellt die Mitte des Chores dar. Die Aufrisse der Wände gruppieren wir darum herum – genau so, wie später die steinernen Wände angeordnet sein werden.« Zur Unterstützung seiner Ausführungen erhob sich der Bischof und führte beide Arme auseinander, als würde er schwimmen. Dabei stieß er mit seinem Kopf an das untere Ende eines Tannenzweiges, der von der Decke hing und die Berührung mit ein paar fallenden Nadeln quittierte. Ärgerlich, da aus dem Konzept gebracht, blickte er nach oben. »Die zehn Stifter hängen wir erhöht auf!« Dietrich war bewusst, dass sie vor das Volk traten, das man nicht mit geometrischen Kenntnissen oder den Grundgesetzen der Stabilität beeindrucken konnte. Dazu bedurfte es schon plastischer Entwürfe, präsentiert in einer noch nie da gewesenen Form, die Emotionen – Staunen und Bewunderung – hervorriefen. »Sie werden unseren neuen Westchor sehen und erleben, noch bevor das Bauwerk überhaupt existiert!«

Und zwar genauso intensiv, wie ich Kathedralen erlebe und erspüre, dachte Matizo nun etwas hoffnungsvoller. Das *Rote Rauschen* in Mainz, seine Berührungen in Reims, Amiens und zuletzt die kniende Hingabe in der Naumburger Bischofskirche. Aufgeben kam für ihn – mit der neuen bischöflichen Vision des pergamentenen Chors vor Augen – jetzt nicht mehr in Frage. Aber noch immer galt es, ein baumeisterliches Genie wie Maître Hugo Libergier zu besiegen. Matizo fuhr sich über die Hände, die sich weiterhin leblos anfühlten. Kurz entschlossen schob er sie in die Ärmel seines Hemdes, um sie nicht länger sehen zu müssen. »Warum konntet Ihr den Wettstreit und das Antreten eines zweiten Meisters nicht verhindern, Exzellenz?« Diese Frage brannte seit der Weihnachtsmesse in ihm, auch wenn es ihm nicht zustand, sie dem Oberhaupt der Naumburger Kirche derart forsch vorzutragen.

Dietrich zupfte zwei grüne Nadeln von seinem Gewand und setzte sich wieder hin. »Heinrich betrachtet sich als

Schutzherrn unseres Bistums und fordert deshalb Mitsprache, was den neuen Chor betrifft. Als zukünftiger Landgraf hat er meinem Vorsteher, dem Erzbischof in Magdeburg, und letztendlich auch dem Mainzer Oberhaupt einiges entgegenzusetzen. Ihm zu widersprechen ist gefährlich. Wir müssen den Wettstreit gewinnen, denn ein Chor, der nach den markgräflichen, kaisertreuen Vorstellungen erbaut wird, würde einen enormen Ansehensverlust für die heilige römische Kirche bedeuten.«

Matizo kam nicht mehr dazu zu fragen, was ein verlorener Wettstreit denn dann für ihn als Bischof zu bedeuten hätte, weil Dietrich sogleich forderte: »Und nun überzeugt mich, dass Ihr mit dem Auftrag gut vorankommt! Immerhin gilt es, einen Hugo Libergier an Einfallsreichtum zu überbieten.«

* * *

Das verdünnte Bier schmeckt heute schal, befand Harbert und schaute sich um. Vom Mus hatte er auch nur eine halbe Portion gegessen. Die Schüsseln wurden gerade von den Knechten des Klosters abgeräumt. Er tauschte einen Blick mit Bruder Quirinus, der sich gerade mit den anderen Benediktinern erhoben hatte, um den Speisesaal zu verlassen.

Harbert reihte sich als Letzter ein und folgte seinen Mitbrüdern mit gesenktem Haupt in Richtung Klostergang. Da ließ sich Quirinus zu ihm zurückfallen. »Es ist Verrat«, presste er leise zwischen den Zähnen hervor.

Harbert betrachtete Quirinus eine Weile schweigend. Seine Entscheidung war ihm alles andere als leichtgefallen. »Ich bin es unserem Kloster und der Gemeinschaft schuldig«, erklärte er mit gesenkter Stimme.

»Aber Ihr habt versprochen, es niemandem zu sagen«, drängte Quirinus weiter, während ihnen vom Kreuzgarten her eisige Kälte entgegenschlug.

»Der Gang zu Abt Etzel fällt mir nicht leicht«, entgegnete Harbert niedergeschlagen. Und den wollte er jetzt antreten. Bis zur Kapitelversammlung in fünf Tagen konnte er nicht mehr warten. Die Sache war zu groß für ihn geworden und drohte ihm zu entgleiten. Was wohl der Naumburger Bischof sagen würde, sollte er davon erfahren?

TEIL III
LIEBE

*»Die Liebe ist langmütig und freundlich, die Liebe
eifert nicht, […], sie freut sich nicht über die Ungerechtigkeit,
sie freut sich aber an der Wahrheit; sie erträgt alles,
sie glaubt alles, sie hofft alles, sie duldet alles.«*

Paulus von Tarsus, *1. Korinther 13*

7.

Buße

Agnes' doppellagiger Zobelumhang leistete ihr beste Dienste gegen die Kälte, und der Wind zauberte ihr ein frisches Rosa auf die Wangen. Es war noch früh am Morgen, und soeben hatte die kleine Reisegruppe des Markgrafen und seines Sohnes den Hof in Richtung Eisenach verlassen. Bischof Dietrich war nicht zur Verabschiedung seines Halbbruders gekommen, nur einige Ritterliche und Agnes' schmales Gefolge hatten dazu im Hof Aufstellung genommen.

Auf Anraten des Medikus weilte sie noch einige Tage in Naumburg, um sich auszuruhen und das Ungeborene in ihrem Leib zu schonen. Zu Beginn des Iarmonats würde sie sich dann mit dem Gatten in Braunschweig treffen. Darauf hatte sie vor dem Medizinkundigen bestanden, auch wenn dies bedeutete, dass man sie liegend auf einem Karren dorthin transportieren müsste. Nur in Heinrichs Nähe und nirgendwo anders wollte sie ihren Sohn gebären. Dieses besondere Ereignis würde ihre Beziehung zusätzlich festigen und außerdem Ruhe in ihre Gefühlsverwirrung bringen. Zumindest hoffte sie dies. Sie wollte doch glücklich sein, für ihn. Und für ihre Mutter, die sich für sie nichts anderes gewünscht hätte.

Wie schon gestern würde sie sich auch heute von der Sehnsucht nach dem Gatten mit einer Jagd ablenken. Die meisten Tage seines Aufenthalts in Naumburg war Heinrich von seinen Beratern vereinnahmt worden. Erst spät in der Nacht hatte sie seinen Leib an ihrem gespürt, aber da war sie schon zu erschöpft gewesen, um noch in irgendeiner Form auf ihn zu reagieren.

»Macht Saphira bereit«, bat sie nun den Falkner neben sich, der in einigen Tagen mit ihr nach Braunschweig reiten würde. Sie zeigte auf den Schuppen, in dem die markgräflichen Jagdvögel untergebracht waren.

Der Mann trat kurz darauf schwer atmend wieder an ihre Seite.

Agnes sah ihm an, dass etwas nicht stimmte.

»Kommt schnell.« Er deutete mit seinem Kienspan hinter sich.

Auf matschigem Wege folgte sie ihm. Der Schuppen, ein direkter Anbau an die Stallungen, war gerade einmal so hoch, dass sie aufrecht in ihm stehen konnte. Gestern erst war sie hier gewesen, um Saphira nach der Jagd eigenhändig in ihrem Reisekäfig auf das Reck zurückzusetzen.

Der Falkner leuchtete ihr voran. Zuerst sah sie Heinrichs Gerfalken, daneben, in einem zweiten Käfig, den Wanderfalken. Beide zerrten sie aufgeregt an ihren Fesseln und schlugen unkontrolliert mit den Flügeln. Saphiras Käfig daneben war jedoch leer, die Klappe geöffnet. Agnes rief das Tier beim Namen und spitzte die Ohren.

Die Bell des Sperberweibchens schwieg allerdings.

Kurz entschlossen griff Agnes nach dem Feuerspan des Falkners und durchsuchte die Scheune genauer. Hinter den Käfigen stockte sie. Ein spitzer Schrei entkam ihrer Kehle. Der Falkner war sofort bei ihr. Weil sie wankte, griff er nach ihr, aber sie machte sich sofort wieder frei und schaute erneut in die Ecke der Scheune: Dort lag Saphira, und ihr fehlte der Kopf.

Hinter einem Tränenschleier nahm Agnes wahr, dass das einst so glänzende Gefieder blutverklebt war. Der Körper des Tieres wirkte steif, wie erfroren, und gar nicht mehr elegant. Sie sank vor dem toten Vogel auf die Knie und strich ihm über die gebänderten Brustfedern. »Nicht du!« Nie wieder würde sie Saphiras gelbe Augen leuchten sehen. Nie mehr würde sie deren tollkühne Beuteflüge bestaunen dürfen, nie mehr dem Greifvogel ihre Sorgen in stummer Zwiesprache anvertrauen. »Du warst immer treu an meiner Seite«, brachte sie mit belegter Stimme hervor und konnte ihre Tränen nicht länger zurückhalten. Sie hatte das Sperberweibchen persönlich abgetragen. Ihr erster Kontakt war bei Dunkelheit entstanden, nach und nach hatten sie sich dann auch bei Tageslicht aneinander gewöhnt. Bald schon hatte Saphira auf ihrer Faust gefressen: ein besonderer Vertrauensbeweis, den Agnes mit viel Hinwendung und Mühe von da an mit Abtragen vergolten hatte. Beinahe täglich hatte sie mit Saphira Appell- und Beuteflug geübt. Die Fähigkeiten des Vogels waren mit denen von Heinrichs Falken durchaus vergleichbar, die Eleganz beim Fliegen jedoch herausragend. Und noch bedeutender: Saphira war nach jeder Beiz stets zur ihr zurückgekommen. Sie waren so eng miteinander verbunden gewesen, so vertraut.

»Es tut mir leid, Erlaucht«, beteuerte der Falkner, nachdem er die alte Scheunentür begutachtet hatte. »Die Verriegelung ist zertrümmert worden. Jemand hat sich mit Gewalt Zutritt verschafft.«

Agnes liefen noch immer die Tränen über die Wangen. Die Verriegelung war ihr jetzt nicht wichtig, zuerst musste sie sich von Saphira verabschieden. »Bitte lasst mich allein!« Ungeachtet ihrer weißen Seidenhandschuhe bettete sie den blutverschmierten Vogelkörper auf ihren Schoß. Der Anblick zerriss ihr das Herz, ganz ähnlich wie damals, als sie sich bei ihrer Abreise aus Böhmen von ihrer Mutter verabschiedet hatte. Das Kind in ihrem Leib regte sich nicht mehr, als spürte es ihren Schmerz. »Du warst die beste Gefährtin, die ich jemals hatte.« Streifenförmiges Morgenlicht fiel durch die Bretterfugen der Scheunenwände auf sie. Vorsichtig fächerte Agnes den rechten Flügel des Sperbers auf und strich darüber. Erst über die Arm-, dann über die Handschwingen. Ein letztes Mal. Danach richtete sie ein Gebet an den heiligen Wenzel, in dem sie ihn bat, die Seele ihrer treuen Begleiterin dem Herrgott zu empfehlen. Nach Saphiras Tod blieb ihr nur noch Heinrich. Sie hielt ein Schluchzen zurück. Niemand sollte sie, die Markgräfin, weinen hören.

Mit Saphira in den Händen erhob sie sich. »Der, der das getan hat, wird nicht so einfach davonkommen!« Den toten Vogel trug sie wie eine Reliquie in den Käfig zurück, ihre weißen Handschuhe waren mit Blut besudelt. Dann begab sie sich wieder in den Hof. Inzwischen hatte auch ihr Gefolge von der unheilvollen Begebenheit erfahren. Gesinde des Bischofs war hinzugekommen, sie alle starrten in Agnes' verweintes Gesicht.

»Wer hat das getan?«, rief sie über den Burghof, und es war ihr gleichgültig, ob sie dadurch die Morgenruhe des Bischofs störte. Sie streckte den Leuten die blutbefleckten Seidenhandschuhe entgegen.

Aufgeregt redeten diese durcheinander. Schließlich trat der Stallmeister vor. »Vielleicht war es Franz, Erlaucht.« Der grobschlächtige Mann trug einen Filzhut, unter dem vor Kälte rot angelaufene Ohren herausschauten. Erst vorhin hatte Agnes ihn die markgräflichen Pferde aus dem Stall holen und für die Abreise nach Eisenach satteln sehen.

Der Mann zeigte in die Richtung, aus der Agnes gerade gekommen war. »Den Jungen habe ich erst gestern dort herumlungern gesehen.«

»Wer ist Franz?«, verlangte sie zu wissen. Ihre Stimme klang wieder kraftvoller, obwohl sie sich verwundet und schwach fühlte. Schwach wie bei einer Krankheit, die den Kopf glühen ließ und das Aufstehen so beschwerlich machte, als hingen Gewichte an den Gliedmaßen.

»Bin Franz. K… k… küüümmere mich um Tiere hier«, äffte jemand den Jungen nach, worüber einige Umstehende lachen mussten.

Agnes hatte diese Worte schon einmal gehört, wusste aber noch immer nicht, von wem die Rede war.

»Franz hilft bei den Tieren«, beeilte sich der Stallmeister zu sagen. »Das ist der Junge mit dem leuchtend roten Haar.«

»Franz ist schwachsinnig, der war es bestimmt!«, schob ein bischöflicher Sekretär wichtigtuerisch hinterher, als prädestiniere dies den vorgenannten Franz zwangsläufig dazu, einen Vogel zu ermorden, was Agnes nicht nachvollziehen konnte. Aber sie war dankbar für jeden Anhaltspunkt.

»Leuchtendes Haar?«, fragte sie knapp. Dunkel erinnerte sie sich nun an einen Rotschopf, der schon am Tage nach ihrer Ankunft den Vogel bei der Beiz im Burghof bewundert hatte und sich ihr mit »Bin Franz …« vorgestellt hatte. Der Junge, der ihr immer wieder mal bei der Atzung aus der Ferne zugeschaut hatte, musste ungefähr in Albrechts Alter sein.

Der Stallmeister nickte heftig. »Ja, Erlaucht!«

Es dauerte nur wenige Herzschläge, bis der Name Franz in aller Munde war. Rasch hatte er sich bis in die Gesindekammern herumgesprochen und zog die Menschen in die Kälte hinaus, an den Ort des Geschehens. Das war Agnes nur recht. Saphiras Mörder musste gefunden werden. Wie der Pöbel während eines Aufruhrs gegen die Obrigkeit drängten die Burgleute nun zum Stall hin. Das Tor wurde weit aufgerissen und eine Gasse gebildet, durch die Agnes mit dem Falkner an ihrer Seite in den Stall trat. Beim ersten Schritt hinein fragte sich Agnes noch, ob sie den widerlichen Gestank nach Kot wohl ertragen würde, aber Saphira war ihr in diesem Moment wichtiger. Links sah sie einige Rinder und Schafe. Rechts lagen Reitpferde und ein bewegungsloser Ackergaul. Daneben standen ihre Stute und die Tiere ihres Gefolges für den Ritt nach Braunschweig.

»Franz?«, rief der Stallmeister hinter ihr ungehalten. »Bursche, komm sofort her!«

Doch der Junge erschien nicht. An seiner statt tauchten dagegen zwei andere Stallknechte neben den Schafen auf und verneigten sich, nachdem sie Agnes' vornehme Kleider gesehen hatten. Beim Anblick der Markgräfin mit dem verweinten Gesicht war ihnen erst einmal die Kinnlade heruntergeklappt. »Franz ist gerade da hinten raus!«, sagte einer der beiden und zeigte auf ein Loch in der Stallwand, durch das kein ausgewachsener Mann passte. »Das macht der öfter.«

»Versteckt sich vor lauter Angst in der Spalte zwischen Burgmauer und Stallrückwand«, schob der Stallmeister noch erklärend hinterher.

Der Falkner wollte seine Herrin überzeugen, dass sie sich nicht länger hier drin aufzuhalten brauchte, aber für Agnes war dies eine persönliche Sache. »Franz schläft hier drinnen?«, fragte sie, während der Stallmeister das Fluchtloch zu untersuchen begann.

»Drüben bei der Milchkuh ist sein Lager«, nickte der Mann.

Agnes war einer Kuh noch nie so nahe gekommen. Neben dem Tier lag ein Umhang. Ihre Hand schüttelte sich vor Ekel, aber sie zwang sich dazu, den Stofffetzen aufzulesen, der von Motten zerfressen war. »Er ist noch warm.« Franz war demnach noch nicht lange weg, woraus sie schlussfolgerte, dass die Burschen die Wahrheit sprachen.

Dann stieß Agnes den zweiten spitzen Schrei an diesem Morgen aus, als sie mit dem Fuß, nur drei Schritte vom Umhang entfernt, gegen etwas stieß. Zuerst hatte sie gedacht, es wären Kot- oder Essensreste. Aber bei genauerem Hinsehen erkannte sie Saphiras Kopf. Er lag breitgetreten auf dem Boden und erinnerte mehr an eine zerfressene Beute als an die stolze Jägerin mit den leuchtenden Augen.

Der Falkner zeigte auf eine Stelle am Hals, an der getrocknetes, fast braunes Blut klebte. »Der Kopf könnte mit einem Messer abgetrennt worden sein.« Genau war die Schnittkante aber nicht mehr zu erkennen.

»Franz hat den Vogel der Markgräfin auf dem Gewissen!«, rief der Stallmeister aufgebracht.

»Den Sperber?«, wagte einer der Stallburschen vorsichtig nachzufragen. »Von dem uns Franz gestern noch erzählt hat? So ein graubraunes Tier?«

»Er hat es vielleicht stehlen wollen«, mutmaßte jemand, den Agnes nicht kannte, »und als das nicht klappte, hat er es getötet.«

»Kurzfessel und Bell könnten entfernt worden sein, damit der Vogel nicht als der markgräfliche erkannt werden kann«, überlegte der Falkner. »Immerhin war die Bell mit Gold überzogen.«

»Ihr müsst wissen, Erlaucht«, meldete sich nun der zweite Stallbursche zu Wort, »Franz kann richtig und falsch nicht voneinander unterscheiden. Neulich erst hat er den neuen bischöflichen Rappen hier drinnen zwischen den Tieren einreiten wollen, weil es draußen so kalt ist. Mit seinen dreckigen Sachen stieg er einfach auf den edlen bischöflichen Ledersattel.«

Agnes dachte, dass sich nur fortstahl, wer Unrecht begangen hatte.

»Wir finden ihn, Erlaucht«, versicherte der Falkner, »das Burgtor wurde ja gleich nach Markgraf Heinrichs Ausritt wieder verschlossen. Weit kann der Bursche nicht sein.«

»Ich verlange, Saphira standesgemäß zu beerdigen. Unverzüglich!« Einen würdevollen Abschied war sie der treuen, anmutigen Seele in jedem Fall schuldig.

Der Stallmeister eilte auf diese Anweisung hin sofort aus dem Stall. Agnes verkündete laut: »An diesem Ort bleibe ich keinen Tag länger!« Und nein, bevor jemand erneut mit einem Blick auf ihren Bauch fragen konnte: Sie wollte nicht auf einem Karren nach Eisenach gezogen werden, sondern dorthin reiten. Einfach nur schnell dieser Stadt des Todes entkommen und sich in die schützenden Arme des Gatten flüchten.

* * *

»Verdammt!« Matizo schlug mit der Faust so heftig in die Wachstafel, dass der Abdruck seiner Fingerknöchel darin zurückblieb. Seine Hände wollten ihm einfach nicht mehr gehorchen. Die Entwürfe existierten zwar in seinem Kopf, aber sie gingen nicht von dort in seine Finger und durch den Griffel ins Wachs über. Der Fluss war unterbrochen, ähnlich wie bei einem Bach, dessen Wasser durch einen Damm aufgestaut worden war. Dabei hatte er die vier Stifter für das Chorpolygon deutlich vor Augen:

- Graf Thimo von Kistritz
- Graf Dietmar aus dem Geschlecht der Billunger, Vater des
  Grafen Thimo von Kistritz
- Graf Syzzo von Schwarzburg-Käfernburg und
- Graf Wilhelm von Camburg

Wie alle männlichen Stifter gedachte er, Dietmar mit ritterlicher Kleidung auszustatten. Der Mann trat als kampfbereiter, tapferer Krieger auf, die Hand am Schwertknauf, bereit, dieses jeden Moment zu ziehen. Den Schild würde Dietmar bis zum Mund hinauf anheben, den Oberkörper leicht nach vorne neigen, so als müsse er jeden Moment einen Angriff abwehren. Auf dem Kopf mit der scharf geschnittenen Nase und den Tränensäcken sah Matizo eine Kappe. Die leichte Neigung des Hauptes signalisierte gleichfalls die abwartende kämpferische Haltung eines adeligen Kämpfers, der in ständiger Bereitschaft seine Besitzungen schützen muss. Die Figur des Dietmar, den das Gottesurteil das Leben gekostet hatte, sollte im Westchor die Tugend der Tapferkeit darstellen. Auf dem Stifterschild würde er in großen lateinischen Buchstaben vermerken, dass der Mann erschlagen wurde – DITMARUS COMES OCCISUS. Auf diese Inschrift hatte Bischof Dietrich bei seinem letzten Besuch gedrängt, damit am Osterfest die Identität des Mannes zweifelsfrei klarwerden würde. Bischof Dietrich war von Matizos bisherigen Entwürfen sehr angetan, hatte aber darauf gedrängt, die Stifter endlich auf Pergament begutachten zu können. Bisher war lediglich Ekkehard reingezeichnet, und zu Recht war Bischof Dietrich über den Rückstand der Arbeit aufgebracht gewesen.

Matizo schritt ans Fenster seiner Schlafkammer. Das Hemd davor hatte er entfernt. Draußen war es schon stockdunkel, was ihn daran erinnerte, dass ihn Line für die nächsten Tage um eine Dienstbefreiung gebeten hatte, damit sie – wie sie es wohl jedes Jahr zu tun pflegte – das Fest der Heiligen Drei Könige in Freiberg verbringen konnte. Ansonsten wäre um diese Tageszeit schon längst ihr Ruf zum Abendmahl erklungen. Er lehnte sich mit dem Rücken gegen die Wand neben dem Fenster und schloss die Augen. Das Aussehen der Stifter musste er unbedingt im Gedächtnis behalten, indem er es sich mehrmals am Tag vor Augen rief.

Graf Thimo würde die Klugheit und Syzzo, Graf von Schwarzburg-Käfernburg, die Tugend der Gerechtigkeit verkörpern. Um Letzterer Ausdruck zu verleihen, plante er, den Grafen als Richter ein mit einem Band umwickeltes und damit befriedetes Schwert schultern zu lassen. Das Gesicht von lockigen Bart- und Kopfhaaren gerahmt, blickte Syzzo energisch, fast schon grimmig, mit hochgezogenen Brauen streng, aber gerecht auf Dietmar. Der leicht geöffnete Mund sollte dem Betrachter die unmittelbar bevorstehende Urteilsverkündung andeuten. Auch bei Syzzo hatte der Bischof auf einer Schildinschrift bestanden, die den Grabschänder als Graf von Thüringen auswies – SYZZO COMES DORINGIAE.

Der Brandschatzer im Sachsenaufstand, Wilhelm von Camburg, war eine besondere künstlerische Herausforderung für ihn. Die Darstellung der Mäßigung war von allen Tugenden die schwierigste, weil sie sich am wenigsten durch einen bestimmten Gesichtsausdruck zeigen ließ. Deswegen wollte er die Mäßigung, den inneren Kampf gegen sich selbst, fast ausschließlich über Wilhelms Körperhaltung herausarbeiten. Der würde sich geradezu in dem Bemühen winden, seine eigenen Interessen im Sinne eines übergeordneten größeren Ganzen zu bezwingen. Dabei gedachte Matizo auch die Kleidung zu nutzen. So sollte sich der Faltenwurf des Mantels fast wie eine Schlange um den Stifter herumwickeln. Beginnend von der Fußspitze bis hoch zu dessen Kopf. Der Schild, den der Camburger Graf, mit einem im Gegenteil zu seinem Körper völlig entspannten Gesicht, neben seinen Füßen abstellen würde, wies ihn als WILHELMUS COMES UNUS FUNDATORUM aus. Flüchtig betrachtet, ähnelten sich die vier Stifter im Chorpolygon: die gleiche Haartracht, Schild, Schwert und Umhänge mit fließendem Faltenwurf. Bei genauerem Hinsehen würden sich die Skulpturen bezüglich ihrer Ausdrucksstärke und Aussage jedoch erheblich voneinander unterscheiden. Jeder der vier kämpfte gegen einen anderen Gegner und besaß individuelle Charakterzüge, darauf kam es Matizo an.

Er öffnete die Augen und ging zu der Wachstafel zurück, an der er seit den Morgenstunden gearbeitet hatte. Nicht einmal die groben Linien mit dem Griffel wollten ihm noch gelingen. Das Einzige, was er mit seinen toten Händen bisher vollbracht hatte, war, die Inschrift auf dem Schild des vierten Polygon-Stifters Thimo von Kistritz zu ergänzen. Das war bereits gestern passiert, gleich nachdem der Bischof das Steinmetzhaus verlassen hatte. Vielleicht tat nach einem so langen Tag aber auch einfach nur eine Stärkung not. Matizo begab sich ins Erdgeschoss zur angeheizten Kochstelle und sah, dass Lines Dreifuß unangetastet neben dem Feuer stand.

Er hievte den Topf darüber, und sogleich begann es, vertraut nach scharfem Liebstöckel, Gemüse und Zwiebeln im Raum zu riechen. Zudem schien die Hausmagd etwas Sahne zur Suppe hinzugegeben zu haben. Nachdem diese aufgekocht war, füllte er sich eine Schale damit voll und balancierte sie die Treppe hinauf. Doch trotz der Wärme, die das Gefäß abgab, fühlten sich seine Finger weiterhin steif und unbeweglich an.

Im Flur des Obergeschosses bemerkte er auf einmal, dass vom Spitzboden Helligkeit nach unten drang, und stieg die wackeligen Holzstufen zur Dachstiege hinauf. Gerade einmal seinen Kopf hatte er durch den Einstieg gesteckt, als er innehielt. Inmitten von Tuschehörnern saß Hortensia über die Pergamentfahne von Markgraf Ekkehard gebeugt, mehrere Talglampen spendeten ihr Licht. Die fortgeschrittene Kolorierung verriet ihm, dass sie den ganzen Tag hier oben zugebracht haben musste. Sie war gerade dabei, auf den vergoldeten Schwertknauf das schwarze Linienmuster aufzuzeichnen, das er ihr als Vorlage gegeben hatte. Erst als die heiße Suppenschale in seinen Handflächen brannte, ließ er von Hortensias Betrachtung ab. Er stieg vollends nach oben und hockte sich neben sie. Ihm fehlten die Worte. Wie so oft. Er sah, dass die Lüsterungen an Ekkehards Schild schon komplett waren, auch die Inschrift hatte sie bereits geschrieben.

»Du bist begabt«, sagte er schließlich nach einer Weile und setzte die Schale mit der immer noch dampfenden Suppe ab. Etwas verlegen schaute er zwischen ihr und dem Pergament hin und her.

»Ich habe Eure Vorgaben genau umgesetzt«, erklärte Hortensia. Und dachte, dass einzig das Blau, Grün und Rot aus den Tuschehörnern die blauvioletten Schleier vor ihren Augen vertreiben könnte, die, wie sie nun wusste, dem Meißener Markgrafen zu verdanken waren. Sie schaute zu Matizo auf. »Habt Ihr schon Neues über Markgräfin Uta und den Grund für die Selbsttötung von Stifter Hermann herausgefunden?« Auch diese Zeichnungen würde sie mit den unterschiedlichsten Farben versehen, sobald der Meister sie fertiggestellt hatte.

Matizo schüttelte den Kopf. Die würzigen Dämpfe der Suppe stiegen ihm in die Nase.

Hortensia war zuversichtlich. »Das wird sich schon noch fügen, das spüre ich.«

Matizo folgte ihrem Blick über seine Schulter hinweg zu der steinernen Wildkatze und musste unvermittelt lächeln, als er sah, dass sie dem Tier ein Schultertuch um den Hals gebunden hatte.

»Der Speier beschützt mich, glaube ich.« Sie zeichnete am Muster des Schwertknaufs weiter und bemerkte, dass er jede Bewegung ihrer Hand verfolgte. Einen Wächter hatte sie im Kampf gegen den adligen Heinrich bitter nötig. Rache an einem Markgrafen zu nehmen ist schließlich nicht so einfach wie nach einem verregneten Tag Wasser aus dem Moos zu pressen, dachte sie, und unverzüglich stieg ihr der Geruch des Herbstwaldes in die Nase. »Der Speier ist einzigartig. Danke, Matizo. Ich wünschte, er wäre damals schon da gewesen.«

Damals?, fragte Matizos Blick.

»Meine Eltern und meinen jüngeren Bruder Gero habe ich bei einem brutalen Überfall verloren. Seitdem ich sie sterben sah, ist meine Welt eine andere.« Und seitdem sie um den Verantwortlichen wusste, würde sie nie wieder jemandem trauen, der ihr etwas vom Landfrieden erzählte. Auch wenn er es in noch so sanften Tönen tat.

»Hat dein kurz geschnittenes Haar etwas damit zu tun?«, fragte er verwundert über sich selbst, einen solchen Vorstoß in das Leben eines ihm fremden Menschen zu wagen.

Hortensia fasste sich an die kurzen Strähnen, die sie erst kürzlich mit Lines Hilfe erneut auf Fingerlänge gestutzt hatte, dann malte sie weiter. »Die Haare waren das Erste, was bei den Neumarker Frauen an jenem Tag Feuer fing.«

Matizo war betroffen und fragte sich, was wohl in ihm vorgehen würde, wenn seine steinerne Frau in der Immunität eines Tages den Flammen zum Opfer fallen sollte? Mitfühlend schaute er sie an.

»Es klappt mit jedem Tag besser, mein neues Leben.« Hortensia spürte, dass die Augen des Meisters von ihren Fingern und dem Haar zu ihrem Gesicht gewandert waren. »Die schönen Erinnerungen kommen zurück und bekämpfen die bösen. Seitdem ich beides zulasse, heilt meine Wunde.« Zwar waren seit dem Gespräch Heinrichs mit Vargula, das sie belauscht hatte, wieder mehr düstere Bilder hinzugekommen, aber immer öfter und lauter erklang auch die Flöte von Tante Hanna, was sie versunken lächeln ließ. Hinzu kamen die Bilder von den gemeinsamen Ausflügen mit den Eltern auf die Kuppe des Ettersberges, bei denen sie Lieder geträllert hatten. Vaters Stimme hatte klarer geklungen als die jedes anderen Sängers, dem Hortensia auf Märkten oder während des Gottesdienstes jemals zugehört hatte.

»Du bist sehr stark«, sagte Matizo, der seinen Gedanken wider Willen laut ausgesprochen hatte. *Ich wünschte, ich besäße deinen Mut,* formulierte er im Stillen weiter.

Verwirrt hob sie den Blick. Sie und stark? Sie hatte zwar gewagt, ihrer Verzweiflung zu entkommen, indem sie die steile, rutschige Wand des Brunnenschachts in Richtung Licht hochkletterte, aber erst wenn sie den ganzen Weg bis hinauf zum Rand gemeistert hätte, wäre es vollbracht. Stark wäre sie gewesen, wenn sie zuvor nicht gezögert und sich vor allem nicht vom Markgrafen hätte täuschen lassen.

Mit erneut gesenktem Blick entgegnete sie: »Ihr seid der Stärkere von uns beiden.« Sie dachte an all die Schwierigkeiten mit dem Westchor, die ihn dennoch nicht davon abhielten, weiterzumachen.

»Eigentlich bin ich ein Feigling!« Matizos Stimme klang distanziert, ja sogar verächtlich.

Hortensia legte erschrocken den Pinsel ab. »Warum sagt Ihr das?« Sie sah, wie er daraufhin mit sich rang. So als läge ihm die Erklärung bereits auf der Zunge, als wage er aber nicht, sie laut auszusprechen. »Schluckt es nicht hinunter, sondern sagt es einfach. Lasst Luft an Eure Wunde.«

Unruhig schaute Matizo in der Kammer umher, als stünde die Antwort auf einem der Dachbalken über ihm geschrieben. »Ein Feigling bin ich, weil ich vor etwas davonlaufe.«

In der Pause, die daraufhin folgte, sagte sie nichts, sondern wartete, bis er weitersprach.

Matizo erhob sich. »Ich laufe vor meiner Vergangenheit davon.«

Hortensia schluckte. Line und sie waren ebenfalls mit der Vergangenheit geschlagen. Sie drei verband also doch mehr, als sie anfänglich geglaubt hatte.

»Als Findelkind kam ich in das Naumburger Georgskloster.« Während Matizo sprach, ruhte sein Blick im Nirgendwo. »Als ich alt genug war, nannten sie mich *Matthäus*. Bruder Matthäus. Am Anfang gefiel mir mein sicheres Leben im Kloster, und deswegen legte ich die ewigen Gelübde ab. Ich glaubte, es den Brüdern schuldig zu sein, schließlich hatten sie mich vor vielen Jahren gütig in ihre Gemeinschaft aufgenommen. Aber mit ungefähr vierzehn Jahren änderte sich das, denn noch immer hatte ich Gott nicht gefunden und auch kein Zeichen von ihm erhalten, dass mein Weg als Mönch der richtige für mich war. Von da an raubte mir das Leben im Kloster jeden Tag mehr die Luft zum Atmen.«

Hortensia war überzeugt, dass auch sie sich mit dem Atmen schwer getan hätte, wäre die Hochzeit mit Goswin von Archfeld durch den Überfall nicht verhindert worden.

»Der heilige Benedikt spricht in seiner Regel davon, dass der Wunsch, die Gemeinschaft zu verlassen, eine Einflüsterung des Teufels sei. Abt Etzel hatte mir damals geraten, meinen inneren Widerstand gegen das Klosterleben mit Geißelung zu bekämpfen«, fuhr Matizo nun heftiger fort, als befürchte er, nicht mehr über seine Vergangenheit reden zu können, wenn sein Gedankenstrom erst einmal abbrach. »Daraufhin habe ich mich regelmäßig nach der Komplet, dem Abendgebet, in die Margarethenkirche des Klosters geschlichen. Nackt vor dem Altar auf dem eiskalten Kirchenboden liegend, um Vergebung wimmernd, übergoss ich mich mit dem heißen Öl der Lampe über dem Altar.«

Hortensia schaute entsetzt auf die zittrigen Hände des Meisters, der weitersprach: »Der Schmerz, wenn das heiße Öl meine Haut verbrannte, ließ mich ohnmächtig werden.«

Sie stand auf und wollte Matizo in den Arm nehmen oder ihn zumindest berühren, so, wie es Line mit ihr getan hatte, doch sein harter Blick ließ sie wie angewurzelt stehen bleiben.

»Meine Zweifel nahmen dadurch allerdings nicht ab. Im Gegenteil. Sie wurden von Geißelung zu Geißelung stärker.« Erneut vernahm er das zischende Geräusch des heißen Öls auf seiner Haut. »Ich wollte, dass Gott mir endlich antwortet oder sich mir in irgendeiner Weise zeigt. Dafür war ich schließlich Georgsbruder geworden. Ich hatte Gott begegnen wollen, er mir aber leider nicht. Mehr als zwei Jahre war mir St. Margarethen nach der Komplet die engste Vertraute. Bis zu dem Tag, der alles veränderte. Es war der Festtag des heiligen Marcellus.«

Hortensia streckte die Hand nach ihm aus, doch er bemerkte es nicht. So tief war er in der Vergangenheit versunken.

»Eine eiskalte, sternenklare Winternacht war es. Der Schnee schien alles Leben erstickt zu haben.«

Hortensia lauschte ergriffen.

»Die Kukulle auf dem Kopf, drängte ich mich durch das Klostertor. Der für die Wache verantwortliche Bruder Anselm war eingenickt. Das ist Gottes Zeichen an mich!, fühlte ich mich bestätigt. Nur noch in die Ordenstracht gehüllt, die Füße in Fußlappen gewickelt, bin ich aus dem ...« Matizo stockte. Nie zuvor hatte er einem Menschen davon erzählt, und er wagte nicht, Hortensia anzusehen, als er weitersprach: »... bin ich aus dem Georgskloster geflohen. Zuerst den steilen Hügel am Mausabach hinab. Am Fuße des Domberges dann ließ mich ein schmerzlicher Zwiespalt innehalten: Ich hatte mich mit meiner Flucht feige aus meinem Leben im Kloster davongeschlichen. Ich hatte der Einflüsterung des Teufels nachgegeben und somit Matthäus' Leben beendet.«

Hortensia fragte sich, ob auch sie von der Neumarker Burg geflohen wäre, sofern sie einer Hochzeit mit dem Sohn des Erfurter Waidhändlers nicht hätte ausweichen können. Sie konnte keine Antwort darauf geben.

»Tief eingesunken im Schnee wurde mir klar«, fuhr Matizo in seinem Bericht fort, »dass meine Flucht nicht nur mich selbst betraf. Meine Benediktinerbrüder hatten bis dahin auf mich als einen festen Teil der Gemeinschaft gebaut. Einige waren mir zu Freunden geworden, und nun hatte ich sie im Stich gelassen. Aber das einsame Klosterleben fraß mich auf. Ich wusste, würde ich nicht gehen, blieben am Ende nur noch ein paar Krümel von meiner Seele übrig.«

»Ihr habt also trotz Eurer Zweifel Eure Flucht fortgesetzt?«

Matizo nickte, sein Blick hing nun an der Pergamentzeichnung des Markgrafen Ekkehard. »Ich bin einfach ziellos davongelaufen. Damals hatte ich mir geschworen, niemals wieder nach Naumburg zurückzukehren, an den Ort, an dem ich Bruder Matthäus in mir getötet habe.«

Matizo sank nach seiner Beichte sichtlich in sich zusammen. Ob aus Erleichterung oder Erschöpfung, wusste Hortensia nicht zu sagen. Nach einem Moment der Stille ergriff sie das Wort. »Ein Feigling ist nur der, der seine Angst nicht zu bekämpfen versucht.« Es war ihr gelungen, die Spes der Desperatio entgegenzustellen. Die Hoffnung, die im Glasfenster des Chores von einer wunderschönen Frau verkörpert wurde, der sie ihre Haarfarbe gegeben und die sie ein Stück weit zu ihrem ureigenen Thema gemacht hatte. »Wir sind meist viel stärker, als wir glauben«, sagte sie und schaute Matizo direkt in die Augen. Im Blau seiner Iris fand sie nun nichts Unergründliches mehr. Stattdessen sah sie ganz klar einen Mann vor sich, der ängstlich und tief verletzt war.

Matizo wich ihrem Blick nach ein paar Lidschlägen aus. Immer wieder hatte er vermieden, sich seiner Vergangenheit zu stellen, und dadurch Kraft verloren, die ihm nun für den Bau des Westchores fehlte. Solange die Vergangenheit ihm jedoch so schwer zu schaffen machte, würden seine Zeichnungen nie so gut werden, wie sie könnten – das wusste er nun. Folglich musste er dem ganzen Alptraum ein Ende bereiten, bevor seine Sonnenkathedrale wie ein leckgeschlagener Kahn auf stürmischer See für immer unterging. Er musste Abt Etzel endlich gegenübertreten. Was wäre aber, wenn der Klostervorsteher ihn dann nicht mehr fortließe? Ihn an die Erfüllung des Schweigegelübdes erinnerte? Darauf bestünde, ihn in der Gemeinschaft der Benediktiner zu behalten?

Es war ein kalter, klarer Tag, an dem Matizo die Marktstadt durch die Marienpforte verließ. Der Himmel erstrahlte in einem hellen Blau, das er jedoch genauso wenig wahrnahm wie die Menschen, die ihm unterwegs begegneten. Die Erinnerung an das Gespräch mit Hortensia besänftigte seine Aufregung. *Ihr seid der Stärkere von uns beiden!,* hallte ihre Stimme in ihm nach, als die Georgssiedlung mit den geduckten Häusern in seinem Blickfeld erschien. Was war nur geschehen, dass er sein streng gehütetes Geheimnis nach all den Jahren auf einmal offenbart hatte? Noch dazu ausgerechnet ihr? Sie zieht mich an, dachte er verzweifelt. Matizo zwang sich dazu, den Schritt trotz aller Grübeleien nicht zu verlangsamen, sondern weiterhin zügig auf die Klosterpforte zuzuhalten.

Dort angekommen, zögerte er, sich bemerkbar zu machen. Unwillkürlich wandte er den Kopf Richtung Stadt. »Nein, ich will kein Feigling mehr sein!«, bestärkte er sich und klopfte dann energisch gegen die Tür.

Hinter der Luke erschien ein Gesicht. »Was wünscht Ihr?«

Wieder Bruder Anselm! Ob er in ihm den eilenden Boten von neulich wiedererkannte? »Ich möchte Euren Abt sprechen.«

»Das ist nicht möglich«, gab Anselm zurück.

»Es ist sehr wichtig!«, drängte Matizo.

»Wer seid Ihr überhaupt, dass Ihr nach dem Abt zu fordern wagt?«

Matizo und Matthäus. Matthäus und Matizo.

Matizo zögerte und schaute noch einmal auf den Weg in die Stadt zurück. »Einst nanntet Ihr mich Bruder Matthäus«, brachte er schließlich heraus und trat unvermittelt vom Tor zurück, als schössen jeden Moment seine ehemaligen Brüder daraus hervor, um ihn zu fassen und zu binden.

Anselm schob sein Gesicht durch die Luke. »Ihr seid … Ihr wart …?« Anselm drohten die Augäpfel aus den Höhlen zu treten. Dann öffnete er die Pforte. Wie einen auferstandenen Toten starrte er den Besucher an. »Bruder Matthäus, der Bruder Matthäus?«

Matizo bejahte mit einem zaghaften Kopfnicken, und sein Blick wanderte über den Hof zur Kammer des Klostervorstehers.

»Unser Abt bereitet gerade die Messe vor. Wenn Ihr ihn sprechen wollt, begebt Euch direkt in die Kirche«, erklärte Anselm, bekreuzigte sich und hielt auf das Hauptportal der Kirche zu, als wolle er so schnell wie möglich von Matizo alias Matthäus wegkommen.

Während Matizo noch darüber nachsann, mit welchen Worten er dem Klostervorsteher seine Sache am besten vortragen könnte, setzte auch schon das Geläut von St. Margarethen ein. Aus sicherer Entfernung betrachtete er den Eingang der Kirche, wagte aber nicht, sich weiter zu nähern.

Da kam Harbert auf ihn zu, der sich auf dem Weg zur Messe befand. Mit fragendem Gesichtsausdruck schaute der Mönch Matizo an.

»Ich möchte nichts mehr mit Euch zu tun haben, Pater!« Der Gedanke, dass sein Vertrauen so schändlich missbraucht worden war, ließ Matizo einen Schritt zurücktreten.

Harberts Mundwinkel sackten hinab. Vermutlich hatte Abt Etzel den Bischof bereits über sein Geständnis in Kenntnis gesetzt. Und sein Freund musste es irgendwie vom Bischof erfahren haben. »Vergebt mir«, bat Harbert und trat seinerseits auf Matizo zu, um ihm versöhnlich die Hand auf die

Schulter zu legen, da schüttelte dieser den Kopf und ließ ihn stehen.

Matizo konnte die geöffnete Kirchentür schon fast greifen. Da vernahm er Schritte. Wahrscheinlich die der restlichen Bruderschaft, die, von den Klausurgebäuden herkommend, in die Margarethenkirche strömte. Oder spielte ihm die Vergangenheit einen Streich, indem sie ihm den Klang von auf dem Boden klappernden Holzsandalen nur vorgaukelte? Da setzte das Geläut zur Melodie von St. Margarethen ein. Matizo wankte und griff nach der Verriegelung. Im Nachhall der großen Glocken erhob sich die junge Solostimme glasklar bis nach draußen. Matizo schaute zu den Turmluken. Es ist ungewöhnlich, dass dieses besondere Lied zur Mittagshore gesungen wird, dachte er. Dann betrat er das Kirchenhaus. Hier drinnen erschien ihm der Nachhall so laut, als säße er direkt im Glockenstuhl. Vorsichtig schaute er sich um. Die Kirche bestand noch immer nur aus einem einzigen Mittelschiff, ein Querhaus war nicht ergänzt worden, wie es zu seiner Klosterzeit geplant gewesen war. Vorne im Chorgestühl standen die Georgsbrüder. Die junge Solostimme gehörte einem Novizen, der neben Bruder Anselm stand, an dessen Seite sich wiederum Harbert befand. Matizo bemerkte schnell, dass er hier der einzige Weltliche war.

Vorne auf dem Altar brannte eine an Ketten aufgehängte Öllampe mit hoch nach oben züngelnden Flammen. Die Öllampe! Unter Tausenden würde er sie erkennen, auch aus dieser Entfernung. Sein Atem ging heftiger. Hinter ihm schlug die Kirchentür krachend zu, so dass er erschrocken zusammenfuhr. Auf die Störung hin wandten sich ihm die strengen Gesichter der Mönche zu. Der Novize hörte gar auf zu singen.

Abt Etzel trat aus der Sakristei heraus und bedeutete Matizo, die Messe von weiter vorne aus mitzuverfolgen. Dann begab er sich neben den Sarg beim Altar.

Matizo musste ein paarmal tief Luft holen, bevor er die ersten Schritte hin zu den Brüdern wagte. Die rechteckigen Bodenfliesen waren ihm wohlbekannt. Bei deren Anblick zog sich ihm der Magen zusammen. Mit hämmerndem Herzen blickte er nach vorne, wo Etzel gerade eine Hand segnend über den Sarg führte. Die Sterbeliturgie musste der Grund für das Lied von St. Margarethen sein.

Wenige Schritte vor den Brüdern kam Matizo zum Stehen. Nur flüchtig nahm er die Mönche in den Chorgestühlen in Augenschein, wollte er doch keinen von denen wiedererkennen, die er vor nunmehr fast zwanzig Jahren im Stich gelassen hatte. Sein schlechtes Gewissen hatte ihn schon lange genug gequält. Sein Blick glitt zur Öllampe auf dem Altar. Sie war dreiflammig, und jede Flamme sah er gestochen scharf. Die Zeremonie für den Toten dahinter wurde dagegen immer unschärfer, als fände sie hinter beschlagenem Glas statt. Plötzlich fühlte er sich wieder als Heranwachsender, der soeben die ewigen Gelübde abgelegt hatte.

»Möge Bruder Lukretius im Reich Gottes ewige Ruhe finden«, vernahm er irgendwann die Stimme des Abtes, der nun noch näher an den Sarg trat.

Nachdem der Abschlusssegen gesprochen war, wollte Matizo handeln. Nicht dass der Abt die Kirche verließ, bevor er mit ihm gesprochen hatte. Erneut spürte er, dass sein Körper zurück in die Stadt wollte. *Ihr seid der Stärkere von uns beiden!*, hörte er da wieder Hortensias Stimme in seinem Kopf. Matizo bat den Herrgott um Beistand und schritt auf den Abt zu. Dabei spürte er die Blicke der Mönche im Chorgestühl auf sich gerichtet. Nervös kniete er vor dem Abt nieder und befühlte mit den Fingern die brüchigen Fugen des Bodens. »Vater, Sohn und Heiliger Geist«, begann er. Die Blicke der Brüder lasteten so schwer auf ihm, dass er sich noch tiefer hinabbeugte. »Ich habe gesündigt und bitte dafür um Vergebung.« Aus den Augenwinkeln heraus bekam er noch mit, dass der Wind, der durch die Fensterleder hereinblies, die Ölflammen unruhig flackern ließ. Die Flammen drohten mehrmals zu erlöschen, um dann auf einmal wieder aus den Lampenhälsen hervorzuschießen. Von der Bewegung her ganz ähnlich den vielen Versuchen, mich meiner Vergangenheit zu stellen, schoss es Matizo durch den Kopf. Denn schon in Mainz hatte er immer wieder darüber nachgedacht, zurückzukehren und um Vergebung zu bitten. Doch war er letztendlich nie bereit gewesen, dafür sein Leben als Bildhauer aufs Spiel zu setzen.

»Wessen habt Ihr Euch schuldig gemacht?«, fragte Abt Etzel.

Matizo musste sich erst sammeln, bevor er antwortete. Das Husten eines der Mönche unterbrach die Stille. »Ich bin einst aus diesem Kloster geflüchtet«, begann er sein Geständnis. Mit bebendem Körper hatte er die damalige Fluchtnacht wieder vor Augen, in der er eisig, zerrissen und verlassen umhergeirrt war.

Begleitet von den aufmerksamen Blicken der Brüder, legte er sich der Länge nach mit ausgebreiteten Armen, das Kinn auf die Bodenfliesen gestützt, vor den Altar und verkündete in dieser Haltung: »Das reue ich!«

Abt Etzel verzog keine Miene, die anderen Mönche im Gestühl schüttelten entweder fassungslos den Kopf oder verharrten reglos.

»Vergib mir, o Herr.« Seine Stimme zitterte und war doch kräftig und laut. »Bitte vergebt mir, Abt, für diese Flucht.«

Etzels Gesicht zeigte weiterhin keine Regung. Die Hände vor dem schmalen Körper zusammengelegt, schien er abzuwarten, was der Reuende noch zu bieten hatte. Matizo kannte diese Haltung von früher. »Außerdem bitte ich meine Mitbrüder, mir zu verzeihen«, fügte er hinzu, das Kinn noch immer auf dem Boden. »Weder wollte ich damals einen von ihnen im Stich lassen noch ihm irgendwelche Lasten aufbürden. Bitte sprecht mich von dem Gehorsam Euch, der Regel und dem Orden gegenüber, von der Beständigkeit und Regelmäßigkeit des klösterlichen Lebens nachträglich frei.«

Sich mit ausgestreckten Armen wie Christus am Kreuz darbietend, ließ man ihn unendlich lange so liegen.

Doch dann kam Regung in die Bruderschaft. Matizo vernahm Schritte. Einer nach dem anderen begaben sich die Brüder neben ihn, beugten sich über ihn und machten das Kreuzzeichen auf seinem Hinterkopf. Der Abt schwieg sich weiterhin aus.

Mit jeder der achtzehn Berührungen spürte Matizo so etwas wie eine weitere Hautschicht, in die er eingezwängt gewesen war, von sich abfallen. Eine Hand ruhte dabei ganz besonders lange auf seinem Kopf, es war die Harberts, und Matizo wand sich innerlich dabei. Als Nächstes bekam er mit, dass einige Brüder den Sarg schulterten und diesen, gefolgt von ihren Mitbrüdern, aus der Kirche hinaustrugen. Ihre Schritte entfernten sich und verstummten schließlich ganz.

Matizo lag noch immer vor dem Altar. Die Augen hatte er so fest zusammengekniffen, dass Blitze unter seinen schwarzen Lidern umherschossen. Wieder holte ihn der Geruch seiner Vergangenheit ein: Blut und verbrannte Haut. Und aus der jüngsten Erinnerung das würzige Aroma des Liebstöckels, das gestern Abend der dampfenden Suppenschale entstiegen war, als er mit Hortensia im Spitzboden gesessen hatte. Seine Welt war in den letzten Monaten heftig durcheinandergeraten.

Da meldete sich auf einmal die hohe Stimme des Abtes zu Wort. »Ihr habt mich schwer enttäuscht, Bruder Matthäus.«

Matizo hatte im ersten Satz Etzels Worte wie *Verachtung, Geißelung, Versagen* oder *Höllenfeuer* erwartet.

»Vor allem aber habt Ihr Euch selbst enttäuscht!«

Matizo, der sein Geheimnis bei Etzel sicher wusste, antwortete daraufhin, wovon er in seinem tiefsten Inneren überzeugt war: »Gottes Auftrag an mich ist es, den neuen Westchor für die Kathedrale zu bauen.« Nie wieder wollte er einer anderen Beschäftigung als der Bildhauerei nachgehen.

Etzel schaute mit hartem Blick auf den Liegenden hinab, der gerade erklärte: »Auch in meinem neuen Leben werde ich weiterhin für Gottes Lobpreisung arbeiten. Ich möchte den Menschen außerhalb der Klostermauern Licht bringen. Ihnen Hoffnung schenken, indem ich Gottes Häuser heller gestalte. Während meiner Zeit hier im Georgskloster bin ich Gott nie derart nah gekommen wie bei meiner Arbeit am Stein. Erst dabei habe ich ihn selbst und seine Ermutigungen für mein Leben und meinen eigenen Weg gespürt, was mir hier in der Gemeinschaft fehlte.«

»Gott verschließt sich niemandem! Zu keiner Zeit«, entgegnete der Abt harsch.

Matizo hielt die Luft an, diesen Tonfall kannte er von früher. Stets waren ihm Unnachgiebigkeit und die Aufforderung zur Geißelung gefolgt.

Der Abt sprach erst weiter, nachdem der Hall seiner Stimme im Kirchenschiff verklungen war. »Der heilige Benedikt fordert zuallererst von uns, Gott zu suchen. Und das tun wir unser gesamtes Leben lang. Ihr damals, ich heute. Mönch sein heißt Gott suchen.«

Matizo öffnete die Augen und drehte den Kopf. »Ihr auch?«

»Jeder von uns.« Der Abt begriff in diesem Moment, dass auch er einen Fehler begangen hatte. Zuhören hätte er müssen und die Zweifel, die über die gewöhnlichen hinausgingen, erkennen sollen! Noch vor Matthäus' Ablegung der ewigen Gelübde. »Ich hätte mir damals gewünscht, dass Ihr nicht einfach geflohen wärt. Diese Tat hat Euch wirklich der Teufel eingeflüstert! Es existieren andere Möglichkeiten, einem Klosterverband zu entsagen, als sich heimlich davonzustehlen.«

Matizo presste seine Wange auf den eiskalten Boden. »Ich bin bereit, die Buße dafür anzunehmen.« Ja, das war er.

Etzel zögerte noch einmal. Dann sprach er: »Dann sollt Ihr hiermit von Eurem jugendlichen Versagen freigesprochen sein. Was der Herr am Jüngsten Tag daraus macht, vermag ich nicht zu beeinflussen. Amen.«

Die Anspannung hielt Matizo noch immer im Griff. »Amen.« Die Enttäuschung über das eigene Versagen bedrückte ihn.

»Um eins möchte ich Euch aber noch bitten«, verschärfte sich Etzels Ton erneut. »Bei Eurem nächsten Besuch hier meldet Euch doch bitte vorher bei mir an. Unser Bruder Anselm würde einen solchen Schrecken wie heute wohl kein zweites Mal durchstehen.«

»Natürlich«, pflichtete Matizo ihm bei und kam endlich auf die Knie.

Abt Etzel legte die gefalteten Hände auf den Kopf seines einstigen Schützlings. »Im Namen unseres Vaters, des Sohnes und des Heiligen Geistes erlege ich Euch folgende Bußpflicht auf …«

Die einstige Warte auf dem Bergrücken war das Herzstück der thüringischen Landgrafschaft. Auf einem schroffen, steil aufragenden Felsen erhob sie sich über das Umland. Die Wartburg hatte sich, soweit Heinrich wusste, stets in den Händen seiner Vorfahren mütterlicherseits befunden, den vorhergehenden Thüringer Landgrafen. Zuletzt gehörte sie Oheim Heinrich Raspe. Dessen Burgmannen, Ministeriale und einen Teil des Gesindes bezahlte Heinrich weiter, damit sie die Verteidigung der Anlage sicherstellten und den Wirtschaftsbetrieb aufrechterhielten. Seit vier Monaten wirkte sein französischer Baumeister samt seinen Gehilfen nun schon hier.

Heinrich trat an eines der schmuckvollen Fenster des Saales und öffnete es einen Spalt. Ein kühler Wind blies ihm ins Gesicht, den er als wohltuend empfand. Er genoss die wenigen Momente des Alleinseins, in denen er einmal nicht Markgraf oder zukünftiger Landgraf sein musste. Momente, in denen er einmal nicht von einer Schar Berater, Bittsteller und Gesandter umgeben war. Ohne die ständigen Anfordernisse, die unentwegt und von allen Seiten an ihn herangetragen wurden. So entspannt wie in diesem Augenblick war er lange nicht mehr gewesen. Gnandstein hielt Albrecht fern dieses Saales, auch wenn der Junge in den letzten Tagen weniger anstrengend, ja beinahe zufrieden und viel ausgeglichener gewesen war als sonst.

Auf einmal kam Heinrich der Schnee, der das Umland der Wartburg bedeckte, wie ein Leichentuch vor, das über dem verstorbenen Heinrich Raspe lag. Erst beim zweiten Hinsehen glich die Landschaft mit ihren Hügeln eher einer liegenden Frau. Seine Gedanken glitten zu Sophie von Brabant, die Anfang des Lenzmonats zugesagt hatte, endlich auch für die Gebiete westlich der Wartburg eine Einigung finden zu wollen. Bei der nun anstehenden Begegnung mit ihr würde er sich die Übergabe der Wartburg urkundlich bestätigen lassen. Pünktlich zum Auferstehungsfest wäre dann alles geregelt. Und die Krönung seiner offiziellen Übernahme der Landgrafschaft würde der kaiserliche Chor in Naumburg werden. Zufrieden schloss er das Fenster und überblickte die zwei Tafelreihen, die den gesamten Raum einnahmen. Er sah Lineale und Zirkel, aber auch angerissene Pergamente darauf liegen.

»Maître Hugo Libergier wünscht einzutreten«, ertönte eine Stimme von der Tür her.

Auf Heinrichs Nicken hin betrat der Reimser Baumeister den Saal. Ihm folgten sechs jüngere Männer, beladen mit Pergamentrollen.

Heinrich hatte sich zuvor die Zeichnungen der Fassade, der fünfgeschossigen Türme und des filigranen Strebewerks von St. Nicasius zeigen lassen und war nun endgültig davon überzeugt, mit Libergier einen der fähigsten französischen Baumeister seiner Zeit engagiert zu haben. St. Nicasius in Reims war die Vorstufe für den Naumburger Westchor. »Maître Libergier, quel plaisir de vous revoir!« In der Tat war Heinrich das Wiedersehen ein wahres Vergnügen. Schon beim Silberblatturnier war ihm der Reimser Baumeister als umsichtiger und interessanter Gesprächspartner erschienen. Und als guter Kaufmann obendrein: Für Libergiers Entwürfe musste er mehr als das gesamte geplante Jahreseinkommen vom Freiberger Silber hergeben, was ihn darin bestärkte, sich nicht mit dem erstbesten Entwurf zufriedenzugeben.

Maître Libergier, den Heinrich auf mindestens fünfzig Jahre schätzte, verneigte sich. Seine Gehilfen taten es ihm gleich. »Monsieur le Landgrave«, sagte der Mann in der Sprache seiner Heimat, die für Heinrich wie Musik klang. Der Franzose trat zielstrebig an die rechte, noch leere Tafel im Saal, an der gut zwanzig Mannen nebeneinander speisen konnten.

Heinrich verfolgte, wie seine Gehilfen die mitgebrachten Pergamente darauf ausbreiteten. Ohne lange Zeit mit umständlichen Gesten der Ehrerbietung zu verschwenden, begann Hugo Libergier mit seinen Ausführungen. Die erste Skizze zeigte den Grundriss. Heinrich fuhr jede Linie darauf nach und ließ sie lange auf sich wirken. Das war brillant! Um das Volk zu begeistern, war die Abkehr von alten Traditionen genau der richtige Weg.

Heinrich beugte sich über die zweite Skizze. Die Ansicht des Chores. Libergier erklärte auch dazu sein Ansinnen, die Gesellen ergänzten Details. Zwischendurch wies Heinrich den Koch an, für den Abend ein deftiges Mahl vorzubereiten und sich dafür freigiebig aus Raspes Weinkeller zu bedienen.

Zwei der zehn geplanten Glasfenstermalereien waren ebenfalls fertig. Heinrich gab kleinere Anregungen und schmunzelte, als sie um die Mittagszeit bei jenem Bildwerk angekommen waren, das seinen Halbbruder mit einem amüsanten Seitenhieb als eine der zehn Stifterfiguren zeigte. Heinrich verlangte weitere farbige Ausmalungen und Detailausführungen der Baldachine über den Figuren. Am späten Nachmittag hatten sie auch das letzte Pergament, mit einem einzigartig präzise gezeichneten Gewölbestein, besprochen.

»Merci, Maître Libergier. Je suis content de votre travail«, bedankte sich Heinrich für die bisherigen Arbeiten und lobte den Meister und seine Hilfsarchitekten. Um auch noch den letzten Funken Tatkraft aus Libergier herauszukitzeln, entschied er außerdem, noch eine Prämie in Höhe von fünfhundert Pfund Silber auszusetzen, sollte der Franzose, was sehr wahrscheinlich war, den Sieg davontragen. Niemals wollte er sich nach dem Wettstreit vorwerfen müssen, nicht alles Menschenmögliche unternommen zu haben, um den bischöflichen Halbbruder auf den Platz zu verweisen, der ihm zukam.

Hortensia ließ sich im Spitzboden nieder und löste die Hanfkordel des mütterlichen Pergamentbündels. Sie zog sich ihren Umhang über die Schultern und betrachtete noch einmal die Zeichnung der Tischrunde, die durch das Ästchen, das sie zuletzt zwischen die einzelnen Seiten gelegt hatte, schnell gefunden war. Beim Anblick der fröhlichen Gesichter musste auch sie lächeln. Die Zeichnung besaß etwas sehr Anziehendes, fand sie, je länger sie sie betrachtete. War es die offenkundige Freude, die sich auf allen Gesichtern zeigte? Die Menschen mussten einander sehr verbunden gewesen sein, wenn ein Wiedersehen, so, wie der Schreiber es notiert hatte, derartige Hochgefühle in ihnen auslöste. Nie zuvor hatte sie ein so hoffnungsfrohes Bild betrachtet.

Hortensia prüfte die Zwirnbindung und blätterte dann vorsichtig einige Pergamentseiten zurück, bis sie auf eine neue Überschrift stieß.

4. Endlich Ruhe

Vergessen war der tiefe Brunnen, in dem sie noch immer saß, auch wenn sie dessen steinernen Schacht schon ein Stück weit nach oben gestiegen war. Euphorisch las sie:

Hedwig ist in Sorge. Seit mehr als zwei Jahren sind wir nun schon auf der Suche nach Arbeit. Weder Regensburg noch Passau boten uns die Möglichkeit, ein paar Pfennige für unser tägliches Brot zu verdienen. Unsere Erstgeborene ist häufig krank. Hedwig befürchtet, dass wir uns Gottes Zorn

zugezogen haben. Keine Nacht weicht sie vom Bett der Klei-
nen. Hermine, mein Augenstern, scheint unsere Unruhe zu
spüren. Gestern sagte mir Hedwig, dass sie erneut ein Kind
unter dem Herzen trägt. Für das Ungeborene kämpfen wir
weiterhin mit allen Kräften für unseren Lebensunterhalt.
Alle Hoffnung ruht nun auf unserer Reise nach Augsburg.
Vielleicht kommen wir dort endlich zur Ruhe.

Hortensia schaute auf. Dem Frieden an der Tafel waren also
Unruhe und Schmerz vorausgegangen. Wie schnell sich die
Dinge ändern konnten, hatte sie erst jüngst unter Vargulas
Bettstatt erfahren müssen. Die Verwandlung des guten Mark-
grafen Heinrich in einen Mann, der über Leichen ging. Wer
aber war nur der Schreiber dieser Zeilen?

Sie überflog einige Zeilen, in denen von einem nächtlichen
Aufenthalt in einem Kloster auf der Reichenau berichtet wurde. Darunter hatte der Schreiber seinen Namen gesetzt:
Christoph. Das Pergamentbündel mit den insgesamt fünf Kapiteln enthielt also die Geschichte von Hedwig und Christoph. Und erneut stellte sich Hortensia die Frage, warum der
Mutter nur so sehr an deren Geschichte gelegen war? Behutsam fuhr Hortensia die Buchstaben nach, als könne sie dadurch die Antwort erfahren. Waren die Zeichnungen vielleicht so kostbar, dass die Mutter sie ihr als Auskommen für
den Notfall überlassen hatte?

Nachdenklich erhob sie sich. Das regelmäßige Schnarchen
aus der Kammer unter ihr ließ darauf schließen, dass Line tief
und fest schlief. Die Hausmagd hatte wenig über ihre Reise
nach Freiberg berichtet, nur knapp die Messe erwähnt, die sie
auch dieses Jahr wieder zum Todestag ihrer Lieben hatte lesen
lassen. Steif vom Hocken tat Hortensia einige Schritte. Sie
war gerade in den Anblick ihres Speiers versunken, als eine

Stimme vom Abstieg zu ihr heraufdrang. »Du solltest schlafen gehen. Es ist schon sehr spät.«

Sie streichelte dem Speier über die Wange. »Ich bin nicht müde.«

Matizo kam die Stufen hinauf und schritt zur Pergamentbahn des Stifters Ekkehard. Hortensia musste gerade an ihm gearbeitet haben, die Farben schimmerten noch feucht. Angetan beschaute er den gelüsterten Schild und den schwarz-goldenen Schwertknauf.

Hortensia kniete sich neben ihn hin und beobachtete, wie er seinerseits den Stifter begutachtete, von der Waffe über das Gewand bis zum Tasselband und dem Gesicht hinauf. So nahe neben ihm meinte sie, sein Herz schlagen zu hören. Sie lächelte ihn an, und ganz schüchtern erwiderte er ihre Geste.

Sie sah Verwirrung, aber auch Zuneigung in seinen Augen stehen. Die Meeresdiamanten leuchteten ganz klar. Da legte sie ihre Hand auf seine Brust, und es fühlte sich gar nicht seltsam an.

Matizo war im Begriff, sich abzuwenden. »Was stellst du nur mit mir an?« Seine Erfahrung im Umgang mit Frauen war gering, nie war ihm eine wirklich nahegekommen. Er berichtigte sich: Bisher hatte er nie ein weibliches Geschöpf an sich herangelassen. Abgesehen von den Kathedraldamen und der Stifterin Reglindis, die zu zeichnen er gerade begonnen hatte. Wenn er sich heute noch in Mainz befände, wäre die nächste, unausweichliche Tat des Erzbischofs sicherlich die gewesen, ihm ein Eheweib an die Seite zu geben. Zum Glück hatte Naumburg ihn davor bewahrt.

Als Antwort darauf, was sie mit ihm anstelle, umfasste Hortensia seinen Kopf sanft mit beiden Händen und zog ihn zu sich heran. Sie wusste selbst nicht, was in sie gefahren war, aber seine Haut fühlte sich gut an, und sie spürte, wie er zusammenzuckte, als ihre Lippen die seinen berührten. Doch nach dem ersten Erschrecken erwiderte er ihre Zärtlichkeiten.

Leise, als wage er nicht, sich vollkommen auf sie einzulassen, stöhnte er auf. Er spürte, wie sich die Härchen an seinen Armen aufrichteten. Seine Fingerkuppen kitzelten angenehm, ein Umstand, der ihn die Augen schließen ließ. Er sah viele Farben, die auf ihn eindrangen. Ihm wurde heiß, fast fiebrig, und er fühlte, wie das Blut durch seinen Körper strömte. Erst eine Weile nachdem sie von seinen Lippen abgelassen hatte, öffnete er die Lider wieder. Hortensias Lächeln empfing ihn.

Für sie war es der erste Kuss, und sie fühlte sich so leicht, als schwebe sie. Anstatt ihn nun jedoch zu umarmen, glitt ihre Hand von seinen Wangen über den linken Arm hinab, um in den Ärmel seines Gewandes zu fahren. Dabei durchfuhr sie ein warmer Schauer bis in die Zehenspitzen hinein.

Matizo entzog ihr seine Arme und erhob sich. »Tu das nicht«, bat er noch ganz benommen.

Fragend schaute sie auf.

Noch immer meinte er, viele Farben zu sehen. Zum Beispiel ein Rot, mit Lichtspritzern und Übergängen zum Purpur, ein Farbton noch beeindruckender als das *Rote Rauschen* in Mainz. »Du wirst es nicht sehen wollen.« Er wandte sich ab.

Hortensia schüttelte den Kopf, trat an seine Seite und nahm seine Hand. Er ließ es zu, weil er noch nie zuvor so vorsichtig und behutsam berührt worden war.

Hortensia küsste jede der fünf Fingerspitzen einzeln. Dabei fiel ihr auf, wie ausladend seine Kuppen an der rechten Hand geformt waren.

Langsam wandte er sich ihr wieder zu. Ohne sie aus den Augen zu lassen, schob er sein Hemd an beiden Armen bis über die Ellbogen hoch und hielt ihr, beinahe anklagend, seine

Unterarme hin. Willst du das wirklich sehen?, fragte sein Blick. Obwohl er noch sämtliche Gewänder trug, fühlte er sich nackt. In ihm stieg der Drang auf, die Treppe zum Spitzboden einfach wieder hinabzusteigen und weiterzuarbeiten.

Der Anblick der vielen verästelten Narben an seinen Unterarmen bestürzte sie. Seine Wangen hatten sich gerade noch so weich angefühlt wie die samtigen Blätter des Wollziests. Vorsichtig, weil sie ihm keine Schmerzen bereiten wollte, fuhr sie über die verhärteten Wundmale. Die Flammen der Talglichter am Boden waren ruhig und tauchten ihre Züge in ein goldenes Licht. »Eine Erinnerung an Eure Klosterzeit?«

Matizo nickte beschämt, genoss aber die Berührung auf seiner Haut, die er für tot gehalten hatte. »Herbstmädchen«, sprach er dabei leise, auch wenn er nicht wusste, warum er sich auf einmal so verändert gab. Es musste damit zu tun haben, dass Abt Etzel ihm vergeben hatte.

Hortensia hielt inne: »Woher wisst Ihr …?«

»Manchmal schreist du in deinen Träumen. Das Wort Herbstmädchen konnte ich deutlich verstehen.« Er errötete ob seines Geständnisses, sie im Schlaf belauscht zu haben.

Bei der Erinnerung an die Stimme ihres Vaters kämpfte sie gegen die Tränen an. »Meine Eltern nannten mich so.« Doch dann vernahm sie in ihrem Kopf die Flötentöne vom Fest mit Tante Hanna aus Tübingen, was sie rasch wieder lächeln ließ. Eine Träne stahl sich dennoch ihre Wange bis zum Kinn hinab und hinterließ eine glitzernde Spur. Hortensia genoss die Vertrautheit mit Matizo. Erst gestern hatte er ihr von seiner Zeit auf den französischen Kathedralbaustellen erzählt. Mit einem Mal dachte sie, dass nicht Matizo der Feigling war, sondern sie: Sie hatte es noch nicht übers Herz gebracht, ihm ihr schreckliches Geheimnis, den schandvollen Pakt mit Markgraf Heinrich, anzuvertrauen. Er hingegen hatte ihr sogar seinen geschundenen Körper dargeboten. Wenn sie es heute nicht tat, würde sie es vielleicht nie mehr tun. Alles war so friedlich hier oben, so wenig blauviolett, und sie bat Gott in Gedanken darum, ihr Geständnis nicht so heftig wie einen geschleuderten Stein einschlagen zu lassen. Sie nahm Matizos Hände in ihre und meinte, den Schlag seines Herzens sogar bis in seine Fingerkuppen hinein zu spüren.

»Ich bin einem Mächtigen auf den Leim gegangen, dem Meißener Markgrafen«, begann sie leise, nachdem sie noch einmal tief Luft geholt hatte. Sie war sicher, dass der Schlag ihres Herzens den des Meisters an Schnelligkeit nun noch überbot. »Nach dem Überfall auf Burg Neumark versprach er mir Frieden. Er überzeugte mich von dem Nutzen, ihm Briefe zu schreiben, hier aus Naumburg.«

»Briefe?«

Hortensia lächelte bemüht. »Bei dem schmalen Seitenweg vor dem Wäldchen, der unweit der Salzpforte von der Königsstraße abzweigt, übergab ich sie seinem Getreuen, dem Grafen Helwig von Goldbach.«

Matizo dachte sofort daran, dass der Markgraf seinen Westchor und damit seinen Lebenstraum erheblich ins Wanken gebracht hatte.

»Es waren Briefe mit Informationen über den Bischof und ... es tut mir leid.« Hortensia stockte, weil sich Matizos Röte auf den Wangen schlagartig in Blässe verwandelte.

»Du hast den Bischof hintergangen? Das ist gefährlich ... und wenn dir dein Leben lieb ist, tritt ihm am besten nicht mehr unter die Augen.«

»Bischof Dietrich und ...« Beim Blick in sein verunsichertes Gesicht brachte sie seinen Namen nicht über die Lippen. Stattdessen versuchte sie ihm zu erklären: »Der Markgraf hat mich damals auf dem Ettersberg aufgelesen und mir das Leben gerettet. Auf seiner Burg heilte man mich, und an nichts hat es mir dort gefehlt.« Ein kurzer Gedanke galt dem kleinen Dietrich und seinen strahlenden Augen, nachdem er es in ihrer Kammer geschafft hatte, die Kastanie ein paar Schritte mit angezogenen Zehen zu transportieren.

Matizo entzog ihr harsch seine Hände. »Warst etwa du diejenige, die dem Markgrafen vom neuen Westchor berichtete?« Mit ausgestreckten Armen hielt er sie auf Distanz.

Sie wagte nicht aufzuschauen und klammerte sich an ihren Umhang, der noch ein bisschen nach ihm roch. »Ich habe ihm von den Standbildern und Eurer Idee des Grundrisses mit dem Polygon und dem Quadrum geschrieben«, gestand sie kleinlaut und streckte die Hände nach ihm aus, damit er ihr verzeihen möge.

»Du hast was?«, fragte er in einem Ton, als habe er sie nicht richtig verstanden.

Hortensia fror ohne seinen Körper nah bei sich. »Er sagte, dass ich damit zum Landfrieden beitragen würde. Ich, das einfache Mädchen, die Tochter eines Burgschreibers.« Wie lächerlich klang dies doch selbst in ihren eigenen Ohren. Der Schmerz um den Verlust ihrer Familie musste ihr damals den Verstand geraubt haben. »Und vorgestern erst erfuhr ich, dass mein Retter gleichzeitig der Mörder meiner Familie ist! Ich hasse den Markgrafen«, gestand sie mit Tränen in den Augen. »Er hat die Burg des Grafen von Neumark überfallen lassen. Und ich werde es ihm vergelten!«

»Du hast dir erst mein Vertrauen erschlichen und mir dann auch noch die Gegenentwürfe eingebrockt?« Erschüttert starrte er Hortensia an, die einzige Person, die alles von ihm gesehen hatte und mehr als jede andere von ihm wusste. Warum nur war er schon wieder auf die falsche Freundlichkeit eines Menschen hereingefallen?!

»Im vierten Brief, am Tag des heiligen Stephanus, aber habe ich …«

»Verlass mein Haus!«, kam Matizo ihrer nächsten Ausführung zuvor. Er ertrug ihren Anblick nicht länger, auch wenn es furchtbar in ihm brannte. Noch schlimmer als früher das Öl auf seiner Haut.

»Aber …«

Noch einmal schaute er sie eindringlich an. Sie war diejenige, die seine Sonnenkathedrale am meisten gefährdet hatte. Nicht der Markgraf. Und ausgerechnet sie hatte er so nah an sich herangelassen. »Ich will dich nie wieder sehen!«

Nach einigem Zögern griff Hortensia nach dem Pergamentbündel ihrer Mutter, warf noch einen Blick auf den Speier und verließ den Spitzboden.

Matizo sackte auf den Fußboden. Durch die geöffnete Tür nahm er noch ein paar Geräusche in Hortensias Kammer wahr, dann ihre Schritte ins Erdgeschoss hinab und das Zuziehen der Haustür.

Irgendwo knurrte ein Hund, als Hortensia durch die nachtleere Wenzelsstraße stolperte. Sie klammerte sich an ihr rasch geschnürtes Bündel, das neben einem zweiten Gewand noch die Pergamente der Mutter sowie das Schreibzeug und den Münzbeutel des Markgrafen enthielt. Schlimmer als die Frage, was nun werden würde, quälte sie ihr Gewissen, Matizo hintergangen zu haben. »Ich werde es wiedergutmachen!«, rief sie die Wenzelsstraße hinunter. Doch die Tür des Steinmetzhauses blieb geschlossen.

Unweit von ihr wurde ein Fenster geöffnet. »Ruhe hier! Wir schlafen!«

Sollte Liebe nicht auch verzeihen können? Matizo gegenüber war sie ehrlich gewesen und hatte sich ihm mit all ihren

Fehlern offenbart. Der Versuch, mit ihrem Geständnis sein Vertrauen zu gewinnen, war jedoch gründlich missglückt. Sie ertrug Naumburg ohne das Steinmetzhaus nicht. Ohne Lines Suppen und Matizos Nähe. Hortensia suchte Halt an einer Häuserwand. Wo nähme man sie um diese nachtschlafende Zeit jetzt noch auf? In der Bischofsburg wäre sie nicht sicher. Schließlich konnte sie nicht ausschließen, dass Matizo ihren Verrat morgen früh sofort dem Bischof vortrug. Da kam ihr Neumark in den Sinn. Es war noch immer ihre Heimat. Und am sechsundzwanzigsten Tag des Iarmonats jährte sich der Verlust ihrer Familie bereits zum zweiten Mal. Nur noch fünfzehn Tage war das hin. Vielleicht konnte sie es wie Line halten und dort für die Toten zum Sterbetag eine Messe lesen lassen. Vielleicht verliehe ihr dies auch neue Kraft für ihren Kampf gegen den Markgrafen, jetzt, wo der Wächter nicht mehr bei ihr war. Und mit den Münzen aus Heinrichs Beutel würde sie die Messe auch bezahlen können.

»Verzeih mir, Matizo«, bat sie und schaute sehnsüchtig ein letztes Mal zum Steinmetzhaus zurück.

Das Steinmetzhaus besaß keine schiefe Tür, und auch erwarteten sie weder Mutter noch Vater oder Gero dort. Dennoch war es ihr zu einem zweiten Zuhause geworden, und es betrübte sie, dass Matizos Augen zum Schluss diesen fassungslosen, nicht begreifen könnenden Ausdruck angenommen hatten. Dann wandte sie sich in Richtung der Schreibstube, wo sie sich bei Ortleb bis zum Auferstehungsfest entschuldigen wollte, bevor sie die Stadt verließ.

Hoch zu Ross kreisten Agnes' Gedanken die meiste Zeit um Saphira, die ihre letzte Ruhestätte nahe der Naumburger Marienpfarrkirche gefunden hatte. Nach langem Zögern hatte Bischof Dietrich zugestimmt, vor einer der Wände ein Loch graben zu lassen und den Vogel, in das Leichentuch eines Kindes eingeschlagen, darin zu versenken.

Zu diesem Zeitpunkt hatte man Franz, den Vogelmörder, bereits gefasst. Mit Hilfe einer Steighilfe hatte der Junge es auf die Burgmauern geschafft, war dann aber, nachdem man ihn dort entdeckt und er panisch versucht hatte zu fliehen, hinabgestürzt. Obwohl der Rotschopf bis ganz zuletzt nicht müde wurde, seine Unschuld zu beteuern, war ihm kein würdiges Begräbnis vergönnt worden. Agnes schätzte, dass man vermutlich gerade dabei war, den Jungen, den man am nächsten Ast aufgehängt hatte, auf den Schandacker zu werfen. Warum nur hatte er sich ausgerechnet an Saphira vergriffen?

Immer wieder versuchte Agnes, sich mit den jüngsten Nachrichten aus Böhmen von ihrem schrecklichen Verlust abzulenken. Ihr Vater und ihr Bruder hatten sich wieder miteinander versöhnt, was sie eigentlich hätte freuen sollen. Aber in ihr wollte einfach keine Freude aufkommen. Das eine im Tausch gegen das andere? Seitdem sie nach Eisenach aufgebrochen waren, bewegte sich das Ungeborene heftiger in ihrem Leib. Seit gestern stieg ihr außerdem noch ein Ziehen vom Steiß den Rücken hinauf. Und die tadelnden Blicke der Kammerfrau zerrten zusätzlich an ihren Nerven.

Elf Tage hatten sie bis nach Eisenach benötigt. Selbst beim Einritt in die Stadt hatte Vargula es noch immer nicht aufgegeben, ein Gespräch mit ihr anzufangen. Die Suche nach einer Heilkundigen hatte sie einen ganzen Nachmittag gekostet. Nun nahmen sie die Hebamme mit hinauf auf die Wartburg. Sie sollte das Kind in Agnes' Bauch beruhigen. Es war besser, wenn noch etwas Zeit bis zu ihrer Niederkunft verstrich, das Kind nicht zu früh kam. Erst nach Sonnenuntergang trafen sie auf der Burg ein.

Endlich wieder Licht, endlich wieder Heinrich!, dachte Agnes und stürmte am Bergfried vorbei auf das Ende des Hofes zu. Der Wind zerrte an Agnes' Schleier, so dass sie ihn festhalten musste. Ein Kienspan, der ihr am Tor mitgegeben worden war, erlosch wie eine ins Wasser getauchte Kerze. Ihr Ziel war das Wohngebäude, welches sie von Heinrichs Beschreibungen her kannte. Mit zusammengebissenen Zähnen hielt sie auf das Rundbogenportal zu. Das Gelände war hier nach Süden hin abschüssig, und das Rauschen der riesigen Tannen, die ihren Weg hinauf gesäumt hatten, klang wie ein summender Chor aus Tausenden von Sängern.

Ein Mann, vermutlich der Verwalter, musste gehört haben, dass das Burgtor geöffnet wurde, und empfing sie bereits.

»Markgräfin Agnes!«, stellte sie sich kurzatmig vor. Der Schleier hing ihr halb im Nacken, das blond gelockte Haar war schweißverklebt.

Der Verwalter verneigte sich.

»Zeigt der Hebamme, wo sie …« Agnes musste innehalten, weil ein stechender Schmerz durch ihren Leib fuhr. Die Hebamme wollte gerade, an Agnes gewandt, zu sprechen ansetzen, da trat die Markgräfin auch schon an dem Verwalter vorbei ins Wohngebäude. Sie zerrte sich den Schleier vom Hinterkopf und erklomm schwer atmend die Treppe. Im ersten Obergeschoss angekommen, lief Agnes durch den Speisesaal auf Heinrichs Kammer zu.

Von Gnandstein öffnete die Tür. »Ihr hier, Erlaucht?« Seine Züge entglitten ihm, so dass nicht einmal mehr seine über den Mund hinweglaufende Narbe einem Begrüßungslächeln gleichkam.

Agnes spähte an dem Marschall vorbei und sah Albrecht in der Mitte des Raumes die Spitze eines Schwertes polieren. Neben ihm auf einem Tisch lagen Messer und Äxte. Der Junge schaute nur kurz auf und war im nächsten Moment auch schon wieder in seine Arbeit vertieft.

Ohne ein weiteres Wort machte Agnes kehrt.

Kurz wandte sie sich noch einmal zu dem ungewohnt brav wirkenden Jungen um und sah ihn dabei beinahe überlegen vor sich hin lächeln.

Als Albrecht ihren zweiten Blick bemerkte, senkte er den Kopf, griff auf dem Tisch nach einer Axt und polierte auch diese.

Agnes lief zur Gästekammer auf der anderen Seite des Speisesaales.

»Erlaucht?«, kam Gnandstein ihr hinterher. »Kann ich Euch helfen? Ihr seht durchgefroren aus.«

Der Marschall spielte wohl auf ihren Umhang an, der vor Schnee und Kälte steif war. »Habt Dank, aber kümmert Euch besser weiter um den Jungen.« Ihr habt Euch doch sonst auch nie um mein Wohlergehen geschert!, fügte sie in Gedanken noch hinzu.

Im zweiten Obergeschoss fand Agnes lediglich Maître Libergier vor, der mit dem Finger nach oben deutete. Sie erklomm weitere Stufen. Schweißperlen rannen ihre Schläfen wie Regentropfen an einem Bleiglasfenster hinab. Im dritten Obergeschoss angekommen, musste Agnes sich erst einmal gegen eine Säule im Gang lehnen, um einen Moment zu verschnaufen. Da sang er wieder, der Thüringer Wald, mit einer furchteinflößenden tiefen Bassstimme. Endlich würde sie den Gatten wiedersehen. Euphorisch öffnete sie die breite Tür zum großen Saal, der sich über die gesamte Länge des Palas erstreckte. Der Raum war geeignet, um mit einigen hundert Leuten zu feiern. Nun aber wirkte er öde und leer. Die Tafeln und Stühle standen an die Wand gelehnt. Er musste schon lange nicht mehr genutzt worden sein.

Das Mondlicht beschien einige Laubreste auf dem Boden, die vom Wind durch die Fenster hereingeweht worden waren. Erst jetzt vernahm Agnes ein Geräusch. Es kam von rechts und glich einem aufgeregten Hecheln. Schon hatte sie ihren Fuß wieder auf die Schwelle setzen und den Saal verlassen wollen, als sie mitten in der Bewegung innehielt. Das war Heinrich! Seine Art zu atmen, würde sie selbst in völliger Dunkelheit noch erkennen. Als sie sich dem Geräusch zudrehte, sah sie, dass er nackt war und eine junge Frau ihre Schenkel um seinen Leib geschlungen hatte. Mit einer Hand hatte er sie eben noch verlangend an den Haaren gepackt und ihren Kopf nach hinten gebogen.

Agnes vergaß plötzlich den Schmerz der Reise, die Kälte und das Ziehen vom Steiß die Wirbelsäule hinauf. Auch Saphiras Tod verblasste. Der Schleier glitt ihr aus der Hand und fiel zu Boden. Sie sah nur, wie Heinrich die Lider öffnete und ihr direkt ins Gesicht schaute. Alle Kraft schien ihn auf einmal zu verlassen, seine Arme sanken hinab, und die junge Frau kam mit den Füßen wieder auf dem Boden auf. Sie war so nackt wie Heinrich. Ihr Körper war makellos geformt, soweit Agnes das aus dieser Entfernung beurteilen konnte.

Der Saal kam ihr jetzt schäbig vor, und so machte sie einen Schritt hinter die Schwelle zurück. Da war sie wieder, die eisige Klammer, die sich um ihr Herz schloss und ihr das Blut in den Adern gefrieren ließ. *Euch, Agnes, meiner großen Liebe, bin ich ewig ergeben.*

Heinrich kam auf Agnes zu, sein Glied war noch nicht erschlafft. »Meine Anežko.«

Anežka trat in den Arkadengang zurück. Welch aberwitzigen Anblick Heinrich doch bot! Ihr wurde schwindelig, und sie klammerte sich an eine Fenstersäule. Alle Anstrengungen waren umsonst gewesen: die ständige Bereitschaft zum Beischlaf, der ausgezehrte Schoß, das ungemütliche, anstrengende Leben auf den Straßen und dem Pferderücken. Dann diese unbequemen Schuhe und der Geruch verschmorter Haare, wenn das Eisen sich um ihre Strähnen schloss. Ein leises Tippeln hinter ihr verriet ihr, dass das Mädchen sich gerade davonstahl. Agnes wusste nicht, wie lange sie so vor der Säule stand – aber Heinrich war plötzlich bei ihr, mit einem Unterhemd bekleidet. »Ich habe dich sehr vermisst«, flüsterte er ihr ins Ohr und fuhr ihr durch das zerzauste Haar.

Agnes konnte seinen heißen Atem auf ihrer Wange spüren. Erschöpft drohte sie erneut zu Wachs in seinen Händen zu werden, sich ihrer Sehnsucht nach ihm hinzugeben. Wie früher. Sie reckte ihm die Brust entgegen, als auf einmal die Stimme ihrer Mutter in ihrem Kopf erklang: Nevzdávej se! Gib nicht auf!

Anstatt sich versöhnlich an Heinrich zu schmiegen, straffte sie sich nun und schaute auf. Da war noch immer jenes Leuchten in seinem Gesicht, das Nachglimmen des Begehrens, das dem nackten Mädchen und nicht ihr galt. Leise, als spräche sie mit sich selbst, zitierte sie aus dem Versbüchlein, wobei sie Heinrich direkt in die Augen blickte: »*Wer seinen Trieben folgen will, hat viele Herrinnen: Trägheit und Völlerei.*« Für jede aufgezählte Eigenschaft streckte sie einen Finger aus, ihre Stimme war gebrechlich, und es kostete sie Überwindung, die nächsten Worte über die Lippen zu bringen. »*Geilheit und Trunksucht!*«

Vier Finger ihrer rechten Hand prangten nun vor Heinrichs Gesicht wie Schwertspitzen und ließen die rosige Haut auf seinen Wangen allmählich erblassen.

Schon zuletzt in Naumburg hatte im Blick des Gatten die Hitze des Begehrens gelegen, nachdem er das Findelmädchen aus Neumark getroffen hatte. Agnes fühlte, wie ihr Herz zu Eis gefror, sie konnte den harten Klumpen in ihrer Brust förmlich spüren. Mit weiblicher Taktik und Verstand vermochte sie die Frauen nicht von Heinrich fernzuhalten, begriff sie endlich. Und das brauchte sie auch nicht mehr, denn noch eine weitere entscheidende Sache wurde ihr jetzt klar: Es waren nicht die Frauen, die ihren Heinrich verführten. Heinrich war derjenige, der die Frauen suchte und begehrte. Gegen ihn allein sollte sich ihr Zorn richten. Nicht gegen Hortensia, Gabriella, Susanna oder wie sie sonst noch alle heißen mochten.

Heinrich nahm ihre Hand. »Du zitterst ja.«

Doch Agnes wollte ihn nicht berühren. Auch wollte sie nicht von ihm berührt oder gar beruhigt werden, und schon gar nicht wollte sie ihre Verletzungen wie sonst immer herunterschlucken. Sie entzog ihm ihre Hand und trat einen Schritt von ihm weg, als wolle sie sichergehen, dass seine Nähe sie nicht schwach werden ließ. Sie wappnete sich für eine Anklage, die sie seit dem ersten Jahr ihrer Ehe auswendig wusste: *»Jeder treffliche Regent soll sich sorgfältig hüten vor der Sklaverei des Lasters, damit er nicht unter dessen Einfluss gerate.«* Ihre Stimme war wieder zu Kräften gekommen und machte Heinrich sprachlos, was Agnes darin bestärkte, fortzufahren. *»Wer sich davor sicher bewahren will, der soll auf keine Weise nach Reichtum und Herrschaft streben, nach Rang und Namen und Macht. Er setze auch nicht zu sehr auf seinen Adel. Nur sofern er seinen Trieben nicht nachgibt, ist er geschützt,* *wie es sich für einen Herren gehört.*« So beschwor es das Versbüchlein! Und Agnes war stolz, nicht wieder klein beigegeben zu haben. Nie zuvor hatte sie ihn sprachlos erlebt. »Heinrich, in diesen Regeln hast du mich unterwiesen und dich selbst nicht daran gehalten!«

Der Markgraf musste sich räuspern, um seine Stimme wiederzufinden. »Das Versbüchlein weiß allerdings auch«, entgegnete er schließlich und begann dann zu zitieren, »*dass der sich zum Gespött macht, der stets den Fuß einer Frau im Nacken spüren muss. Wie will mir einer befehlen, der einer Frau wegen seinen Willen so vollständig aufgegeben hat?*« Heinrich wollte seiner Frau über den gewölbten Leib streichen, doch sie entfernte sich weiter von ihm.

Agnes musste an sich halten, um nicht zu schreien oder auf Heinrich einzuschlagen. Stets war sie um Würde und Anstand bemüht gewesen. Zuletzt waren noch Eleganz, Jugend und Leichtigkeit hinzugekommen. »Für dich wollte ich um jeden Preis begehrenswert, vielseitig und glücklich sein«, trug sie verzweifelt vor. »Für dich bringe ich dieses Kind zur Welt. Für dich …« Ihr versagte die Stimme. Für ihn peinigte sie ihren Körper, der sein Kind in sich trug. Sie hatte sich nie Zeit für ihre Schwangerschaft genommen, alles immer dem Eroberungswillen und den Bedürfnissen Heinrichs untergeordnet. Jetzt wurde ihr zum ersten Mal bewusst, dass ein Menschlein in ihrem Bauch heranwuchs. Ein Geschenk Gottes an sie, das sie lieben durfte und mit dem sie lebenslang verbunden war. Und erst jetzt fiel ihr auf, wie riesig ihr Bauch eigentlich war. Und gerade eben bewegte sich das Kind in ihr, als wolle es mitreden. Sie war sich sogar sicher, unter ihrem Gewand nahe dem Nabel eine Ausbeulung zu erfühlen, eine sich ihr entgegenstreckende Hand oder einen Fuß. Sie streichelte über die Stelle, und ihre Gedanken klarten sich weiter. Bisher war ihr

Handeln einzig von Heinrich bestimmt gewesen. Aber was hatte eigentlich sie die vergangenen sechs Jahre über gewollt? Sie, die tapfere Přemyslidin, Tochter des geachteten Böhmenkönigs Václav I.?

»Aber all das bist du doch auch für mich!«, bekräftigte Heinrich. »Begehrenswert, vielseitig und wunderschön. Die anderen Frauen bedeuten mir nichts. Dich aber lie…«

Agnes verschloss ihm den Mund, indem sie einen Schritt auf ihn zutrat und ihm den Zeigefinger auf die Lippen legte. Sie war anders als ihre Mutter, das spürte sie in diesem Moment. Die Mutter hätte niemals gewagt, dem Vater das Wort zu verbieten, stattdessen wäre sie in die Stube ihrer Kinder geeilt und hätte sich deren Zuwendung versichert. Maminko, du fehlst mir so sehr!

Mit widerstreitenden Gefühlen starrte sie auf den Trauring an ihrem Finger. Sie fühlte sich unendlich müde, als sie sagte: »Deine Liebschaften sind für mich aber so, als ob du mir einen Speer ins Herz bohrtest. Sollte man das einem Menschen antun, dem man ewige Ergebenheit geschworen hat?« Die eisige Klammer um ihr Herz verengte sich weiter. So sehr, dass Agnes kaum noch Luft bekam.

Heinrich schob ihr eine verschwitzte, blonde Haarlocke aus der Stirn, eine Geste, die sie nicht mehr abwehren konnte. Denn noch während sie im Gesicht des Gatten nach aufrichtigem Bedauern suchte, verschwamm sein Antlitz bereits mehr und mehr vor ihr.

Als Agnes die Augen wieder öffnete, tauchte eine Frau neben ihr auf, die sie zunächst nicht erkannte. Agnes schaute sich um und bemerkte, dass man sie auf eine Bettstatt gelegt hatte. Talgschalen standen auf den Fensterbänken, und sie roch Urin und Erbrochenes.

»Euer Kind liegt verquer«, erklärte ihr die Frau und fand nun auch endlich die Möglichkeit, sich der Markgräfin namentlich vorzustellen. »Ich bin Rufina«, sagte sie, woraufhin sich Agnes auch wieder erinnerte. Rufina war die Hebamme aus Eisenach, die sie mit auf die Wartburg genommen hatten. Unten in der Stadt war die Vorstellung der Eile zum Opfer gefallen, denn Agnes hatte es einzig und allein auf die Burg hinauf und in Heinrichs Arme getrieben.

»Die Geburt …?« Agnes schickte ein Stoßgebet zum Himmel. Dieses Mal zuerst an Svatý Václave und dann an die Heilige Jungfrau. Mit all ihrer mütterlichen Liebe und Fürsorge sollte Maria dem Ungeborenen beistehen. Schon jetzt wollte Agnes das Kleine beschützen, gegen jeden Unbill des Lebens. Sie wollte alles nachholen, was sie während der vergangenen Monate versäumt hatte.

Es folgten Versuche, das Kind dazu zu bewegen, sich im Mutterleib zu drehen, die allesamt scheiterten. Agnes musste dafür die ungewöhnlichsten Stellungen einnehmen, die es dem Ungeborenen in ihrem Bauch ungemütlich machten und die selbst die Hebamme nur anzudeuten und nicht auszusprechen wagte. Doch die Beinchen des Kleinen steckten vor dem Geburtskanal fest. Schließlich schickte Rufina nach Unterstützung in die Stadt.

»Keine verkehrte Geburt«, stammelte Agnes wirr und hoffte, das Kind nicht mit den Beinen vorweg gebären zu müssen. Die Mutter hatte ihr erzählt, dass ihre erste Tochter gestorben sei, weil die Zeitspanne zwischen dem Austritt der Füße und des später nachfolgenden Kopfes zu lang gewesen wäre.

»Bei der nächsten Wehe versuche ich, es von außen in eine günstigere Lage zu schieben«, vernahm Agnes die Stimme der Eisenacherin. »Seid Ihr bereit, Erlaucht?«

Agnes strich sich über den Bauch, dann kam ein geschwächtes: »Gewiss.«

Bei der nächsten Wehe begann Rufina, an Agnes' riesigem Bauch herumzudrücken. Erst vorsichtig, dann fester und selbst noch, nachdem die schmerzhafte Muskelkontraktion längst vorüber war.

Da wurde die Tür schwungvoll aufgerissen. »Und?« Heinrich war eingetreten. Inzwischen war er wieder vollständig bekleidet.

»Es wird eine verkehrte Geburt werden, mit den Füßen zuerst«, erklärte Rufina ihm. »Bitte entschuldigt mich.« Sie deutete mit den Augen zur Tür.

Agnes lag reglos da, sie vernahm, wie die Tür wieder geschlossen wurde. Schmerz und Angst hielten sie gefangen. »Mein Kind, bitte rettet es«, bat sie heiser.

Die Hebamme ließ die Verstärkung aus der Stadt ein und schritt zurück zum Bett. Von vier grauhaarigen Frauen umgeben, erklärte sie: »Leben und Sterben liegen in Gottes Hand, Erlaucht.«

Als Nächstes wurde Agnes ein Holz zwischen die Zähne geschoben. »Wenn der Schmerz Euch auseinanderzureißen droht, beißt fest darauf. Das Kind hat sich so weit gesenkt, dass es jeden Moment kommt.«

Agnes schlug ihre Zähne schon vor der nächsten Wehe in das Holz. Zwei der Helferinnen machten sich daran, ihren Oberkörper zu stützen, die anderen beiden zwängten ihre Beine auseinander. Rufina salbte derweil den Geburtskanal mit Fett ein.

»Der Po kommt jetzt. Presst! Wir brauchen die Beinchen und dann das Köpfchen«, vernahm Agnes die Stimme der Hebamme zwischen ihren Beinen. Sie presste, obwohl die Schmerzen schon jetzt unerträglich waren.

Rufina hatte gerade eben die Hand in Agnes' Leib versenkt und meinte nun: »Die Beine habe ich. Jetzt der Kopf! Strengt Euch noch einmal an.«

Es war der Moment, den allein Gottes Hand bemaß. Im Idealfall nur wenige Atemzüge lang. Der Moment, der ihrer ältesten Schwester zum Verhängnis geworden war. »Durchhalten, mein Sohn«, murmelte Agnes, bevor sie erneut zu pressen begann. Der darauffolgende Schmerz ergriff sie und schien ihren Leib in zwei Hälften zu spalten. Das erste Holz hatte sie bereits zerbissen. Ein zweites wurde ihr zwischen die Zähne geschoben, und jemand tupfte ihr die Stirn trocken. Ihr Untergewand war vollständig durchgeschwitzt.

»Weiterpressen!« Die Wehe hielt noch immer an. »Wir dürfen jetzt keine Zeit verlieren, Agnes.«

Die Hebamme war zur einfachen Ansprache übergegangen, die an die Mutter, nicht an die Markgräfin, was Agnes gerade herzlich gleichgültig war. Gottes Hand! Einige Atemzüge waren schon vorüber. Benommen warf Agnes ihren Kopf hin und her, der dem Gefühl nach nur noch an einem dünnen Hautlappen hing.

»Das Haupt des Kindes geht noch nicht durch«, sagte Rufina. »Hört nicht zu pressen auf, Erlaucht. Seid stark!«

Das versuchte Agnes ja. Stark zu sein. Und zu pressen. Wieder und wieder, so sehr, dass sie meinte, die Augen würden ihr aus den Höhlen treten und der Kopf bald zerplatzen. Sie war überzeugt, das der Moment ihres Todes unmittelbar bevorstand. Sie schrie und wusste nicht, ob es schon das Höllenfeuer war, das sie innerlich verbrannte, oder ob sie tatsächlich in Stücke gerissen wurde. Sie entwand sich dem Klammergriff der Helferinnen und spie das Holzscheit aus.

Dann war das Kind da. Erschöpft sank Agnes aufs Bett zurück. »Unser Sohn soll Heinrich heißen.« Entkräftet griff sie in die Richtung, in der sie ihr Kind vermutete. Alles um sie herum verschwamm, sie bemerkte nicht einmal, dass die Helferinnen noch die Nachgeburt aus ihr herausholten.

Die Wehmutter hielt das Neugeborene auf dem Arm und stocherte in seinem Mund herum. »Es ist …«, begann sie, durchtrennte dann aber erst die Nabelschnur und wickelte das Kind in frisches Leinen.

Benommen lächelte Agnes, als Rufina sich mit dem Nachwuchs wieder ihrem Bett näherte. »Ein Junge?«, fragte sie hoffnungsvoll, die Schmerzwellen verebbten nur sehr langsam.

»Ja, ein Junge, Erlaucht.«

Agnes nahm ihren Sohn entgegen. Trotz der Strapazen schlief er friedlich. »Du bist ein Kämpfer, mein Kleiner. Hast schon jetzt so viel Kraft.« Vor Freude weinte sie und drückte das kleine Menschlein fest an sich. Sie küsste es und streichelte über seine mit Käseschmiere bedeckten Wangen. Seitdem sie nach Meißen gekommen war, hatte sie so viel durchlitten. Verzweiflung, Hilflosigkeit, Enttäuschung, Sorge, Schmerzen, aber auch Genuss, Befriedung und Zuneigung. Und nun fühlte sie Mutterliebe, die ihr leichter und schöner als alles Vorangegangene erschien. Dem Kind würde sie bedingungslose Liebe schenken, und sie war sicher, deshalb auch Liebe von ihm zurückzuerhalten. »Jetzt bist du da, kleiner Heinrich.« Agnes schaute erschöpft, aber glücklich auf. »Hat jemand schon einmal so ein wunderschönes Kind gesehen?«

Rufina ließ sich auf der Bettkante nieder. Die anderen Frauen begannen, die blutigen Leinentücher einzusammeln und die Nachgeburt zu entsorgen. »Es tut mir leid, Erlaucht, aber Euer Sohn ist tot.« Die Hebamme machte das Kreuzzeichen.

Ganz still war es plötzlich um Agnes. Ihr war, als befänden sich Rufina und die Helferinnen nicht mehr im Raum. Der

Moment, den Gottes Hand bemaß, war also doch zu lang gewesen? Hatte der heilige Wenzel ihr Flehen nicht erhört?

»Wir müssen Euren Sohn taufen, damit der Teufel nicht in ihn einfahren kann«, erklärte Rufina ihr mit sanfter Stimme und streckte die Arme auffordernd in Richtung des Kindes aus.

Agnes küsste die geschlossenen Augen des Neugeborenen und streichelte ihm sanft über die Wange. »Heinrich, mein Kleiner, nimm meine Liebe mit in deine Welt.« Nur widerstrebend übergab sie ihr Kind der Hebamme. Die eisernen Klammern um ihr Herz waren gegen den Schmerz, den sie nun empfand, beinahe erträglich gewesen.

Kurze Zeit später rüttelte jemand an der Tür. »Lasst mich zu meiner Frau!«

Rufina schloss die Tür auf. Sogleich stürmte Heinrich auf Agnes zu, die mit den Händen auf der Brust wie eine Tote auf einer Bahre dalag.

Ungeachtet des Markgrafen träufelte die Hebamme Wasser über das tote Kind. »Geschöpf Gottes, im Namen des Vaters, des Sohnes und des Heiligen Geistes taufe ich dich auf den Namen Heinrich.« Die Nottaufe war damit vollbracht, und der Pfarrer, nach dem sie bereits geschickt hatte, würde alles Weitere übernehmen.

Heinrich begriff sehr schnell. Doch anstatt Rufina davonzujagen, drückte er Agnes an sich und rieb ihre Hände. Die jedoch rührte sich nicht, sondern starrte nur blicklos an die Decke der Kammer.

»Sie benötigt jetzt Ruhe, Erlaucht«, empfahl Rufina und schaute den verhinderten Vater mitfühlend an.

Heinrichs unsteter Blick streifte kurz den toten Sohn in den Armen der Hebamme und wandte sich dann sofort wieder seiner Gattin zu. »Du lebst, Anežko, das ist mir das Wichtigste.«

Agnes ging nicht auf seine Worte ein. Meinem Sohn habe ich bereits in meinem Leib Schlimmes zugemutet, dachte sie. Die viele Reiserei, die ungestümen körperlichen Vereinigungen, die fehlende Mutterliebe. Wäre der Streit mit Heinrich nicht gewesen, hätte sie womöglich mehr Kraft in diesen einen Moment stecken und das Köpfchen schneller herauspressen können.

Agnes machte sich von Heinrich frei und schloss die Augen. Mit dem heutigen Tag hatte sie alles verloren: die Treue des Gatten, die Liebe und ihr Kind.

Hortensia schaute auf das nebelverhangene Weimar. Die Burg der Grafen von Weimar frischte ihre Erinnerung an die Vergangenheit auf. Sie sah, wie der Vater sie auf dem Weg zur Kuppe des Ettersberges die ersten Buchstaben schreiben gelehrt hatte. Mit dem Finger in der Luft. Manchmal war er ungeduldig geworden, wenn sie lieber Blätter gesammelt als Wörter geformt hatte, aber sein Unmut war stets schnell verflogen. Hortensia seufzte. Wie schön es doch wäre, befände sich Matizo nun an ihrer Seite und würde sie den Ettersberg hinab zum Haus ihrer Eltern führen. Sie hoffte, dass sie auch ohne ihn stark genug für das wäre, was sie nach Neumark vorhatte: Rache an Markgraf Heinrich zu nehmen. Alle Verbitterung und alle schlechten Gedanken hatte sie auf dem Weg hierher auf ihn konzentriert. Für eines ihrer Geldstücke war sie immer wieder von einem Fuhrwerk ein Stück des Weges mitgenommen worden.

»Es wird Zeit«, mahnte sie sich und machte sich an den Abstieg. Heute Nachmittag wollte sie in Neumark, wo sie so behütet aufgewachsen war, mit den Verstorbenen allein sein. Morgen, an deren Todestag, würde sie nach Weimar gehen und den Pfarrer bitten, eine Messe für ihre Familie zu lesen.

Auf dem Weg hinab konnte sie keine fünfzig Fuß weit schauen. Alles war grau um sie herum. Nebelschwaden hüllten die Buchen ein. Immer wieder hörte sie es irgendwo rascheln oder sah seitlich von sich ein Tier vorbeihuschen, Menschen traf sie keine.

Am frühen Nachmittag erreichte sie das Niederdorf. Schindeln lagen verstreut am Boden, und Ranken überzogen die

Mauerreste wie Spinnweben. Roch sie noch immer verbranntes Holz? Nein, das war unmöglich und sicherlich nur ein Streich, den ihr die Erinnerung spielte. Der Schneematsch unter ihren Füßen wirkte grau, als habe sich die Asche von damals in den Boden gefressen, um für alle Zeiten an das Unglück zu erinnern. Hinter dem Dorfofen entdeckte sie dort, wo früher einmal die Hütten der Niederdorfer gestanden hatten, kleine Astkreuze. Jemand hatte sich die Mühe gemacht, mit ihnen an die Verstorbenen zu erinnern. Hatte sie vorhin noch gezögert, durch diesen Ort zu schreiten, aus Angst, die Schreie der Brennenden und das Röcheln der Sterbenden könnten ihren Schmerz erneut mit aller Wucht zurückkehren lassen, wollte sie nun eine Zeitlang hier verweilen. Die Kapuze über den Kopf gezogen, lief sie durch Nebelschwaden und halbhohes Gras auf das ehemalige Burgtor zu. Ein paar stehen gebliebene Mauerreste ließen dessen Form zumindest noch erahnen, allein die Zugbrücke war noch immer intakt und herabgelassen.

Hortensia fuhr zusammen, als ein Krähenschwarm über die einst so stolz aufragende Anlage hinwegflog. Sie verfolgte, wie sich die Tiere auf den Überresten des Wohnturmes niederließen.

Im Burghof war der Nebel dünner und durchsichtiger. Sie betrachtete alles genau, und ihr war, als habe sie die Heimat nach dem Überfall nie verlassen, obwohl kein einziges Haus wieder aufgebaut, kein Stall mehr vorhanden war. Die Burgkapelle war das einzige Gebäude, das den Angriff einigermaßen unbeschadet überstanden hatte. Lediglich das Dach war beschädigt und teilweise eingestürzt.

Am ebenfalls, wenn auch nur leicht, beschädigten Brunnen in der Mitte des Hofes angekommen, schaute sie in das Loch hinab und sah, dass noch ein Eimer am Seil hing. Nachdem sie den verkohlten Baumstumpf der Linde versunken betrachtet hatte, führte sie ihren Blick zu den traurigen Überresten des Hauses mit der schiefen Tür.

Zögerlich betrat sie den Ort. Töpfe und Pfannen, die das Feuer nicht hatte fressen können, waren längst von Landstreichern gestohlen worden. Ihr fiel ein geschnitztes Kreuz mit abgerundeten Kanten auf. Es war in der Ecke der Küche in den Boden gerammt, wo einst ihre Mutter und Gero ihren letzten Atemzug getan hatten.

Berührt sank Hortensia davor auf die Knie und legte ihr Bündel ab. »Mutter, Vater, Gero. Endlich kann ich wieder bei euch sein.« Sie strich über das Kreuz und fühlte, dass der feuchte Schnee ihre Kleidung durchnässte. »Es gab keinen einzigen Tag, an dem ich nicht an euch gedacht habe.« Trauer überkam sie, und es dauerte eine Weile, bis sie wieder sprechen konnte. Sie strich über das Kreuz, als stünden ihre Eltern und Gero an dieser Stelle. »Ich bin auch hergekommen, um euch zu sagen, dass ich euren Mörder nicht ungeschoren davonkommen lasse. Es war …« Hortensia stockte, als sie eine Hand auf ihrer Schulter spürte.

»Wer es war, ist unwichtig«, hörte sie da hinter sich. »Es macht sie nicht wieder lebendig.«

Hortensia kannte die Stimme und fuhr herum. »Guntram!« Sie zog sich die Kapuze vom Kopf, damit sie der alte Mann mit seinen schwachen Augen leichter wiedererkannte.

Der alte Schnitzer, der die Hütte vorne beim Burgtor bewohnt hatte, bekam feuchte Augen. »Hortensia, Kind.« Der gebrechliche Mann stützte sich vor lauter Rührung noch fester auf seinen Stock. »Du lebst!«

Ohne zu zögern, umarmte sie den Freund ihrer Familie, der ihr von Kindestagen an vertraut war. »Du bist dem Tod also auch entronnen. Gott beschütze dich.« Hortensia wollte

Guntram gar nicht mehr loslassen. »Dann hast du all die Kreuze aufgestellt?«

Guntram löste sich von ihr und nahm sie bei der Hand. »Damit sie nicht zu schnell in Vergessenheit geraten.«

Hortensia war tief berührt.

»Du bist die vierte Neumarkerin, die zurückgekommen ist. Kurz waren eine Magd des Grafen, die junge Sybilla, ein Stallknecht und die Bäckersfrau hier. Dann hin und wieder Berittene, aber die kannte ich nicht. Alle sind gleich wieder weitergezogen, nachdem sie den leblosen Ort begutachtet hatten.«

Hortensia kramte in ihrem Bündel und reichte dem alten Mann ein Stück Käse. Guntram konnte, von seinem gebeugten Rücken einmal abgesehen, unmöglich noch selbst auf die Jagd gehen, er sah krank und mager aus. Seine Augen lagen in tiefen Höhlen. »Und wo wohnst du jetzt?«, fragte Hortensia und umfasste die Hand des Schnitzers fester.

Mit dem Stock als verlängertem Arm zeigte Guntram zum Burgtor. »Dort, wo früher mein Haus stand, habe ich mit etwas Astwerk und Pflanzen eine neue Überdachung geschaffen, und darunter schlafe ich.« Guntram leckte am Käse, und sein Gesicht hellte sich für einen Moment auf. »Ich will dort sterben, wo auch meine Alma und die Kinder starben.«

Hortensia bat Guntram, noch näher ans Kreuz ihrer Familie heranzurücken. »Lass uns für die Verstorbenen von Neumark beten.«

Aus drei herumliegenden Steinen baute sie ihm eine Möglichkeit zum Sitzen. Sie selbst kniete nieder und fasste ihn an der Hand. Dann gedachten sie gemeinsam der Toten. Hortensia ging dabei alle Namen der Bewohner des Obern- und des Niederdorfes sowie der Burganlage durch. Von Guntram neben sich vernahm sie immer wieder den Namen Alma und bemerkte, wie er sich mit dem Handrücken über die faltige Wange wischte.

Bei Sonnenuntergang harrten sie immer noch vor dem Kreuz aus. Hortensia war inzwischen in ein stummes Zwiegespräch mit den Eltern übergegangen und berichtete ihnen vom Westchor, von den riesigen Pergamentbahnen und deren Erschaffer sowie von der Trennung und ihrem Fortgang aus Naumburg. Sicher hätte die Mutter Rat gewusst, wie es ihr gelänge, Matizo wieder zu besänftigen.

Da machte sie auf dem Kreuz plötzlich einen Schatten aus, der immer größer wurde. Und gleich darauf vernahm Hortensia den freudigen Ausspruch: »Meine Braut!«

Sie fuhr herum. »Herr, Herr …« Sie brachte seinen Namen nicht sofort heraus. Das schlohweiße Haar und den schmalen Körper wusste sie jedoch zuzuordnen. Hinter ihm sah sie den verlotterten Ritter, der schon damals sein Begleiter gewesen war. Er trug noch immer den gleichen zerschlissenen Waffenrock wie vor zwei Jahren.

»Sie hat ihr Haar kurz geschnitten! Und wir suchen seit fast zwei Jahren nach einem langhaarigen Mädchen!«, sagte Burkhard und begann zu lachen. Immer lauter, als wollte er die Erschöpfung der vielen Ritte aus sich herauslachen. Als hätte ihn seine Entlassung aus den Diensten des Thomas von Archfeld nicht tief getroffen. Doch immerhin zahlte ihm Goswin nun einen kleinen Sold.

Goswins Herz raste, und Schweiß rann ihm die Kopfhaut hinab. Dabei hatten sie Neumark bereits gestern erreicht. Er spürte einen Rausch, viel stärker als nach jedem vorteilhaften Geschäft, aus dem er früher Befriedigung gezogen hatte.

Hortensia war es unheimlich, wie er sie anstarrte. Seine Züge waren nicht mehr so steif und hilflos wie vor zwei Jahren.

»Ihr seid mir versprochen«, verkündete Goswin und schwankte leicht.

»Aber das war bevor …«, korrigierte sie ihn und schaute Guntram hilfesuchend an.

»Es gibt kein Zurück mehr.« Goswin holte ein Pergament unter seinem Umhang hervor und hielt es ihr entgegen. Seine Finger zitterten. Zu groß war die Freude, sie endlich gefunden zu haben.

»Aber meine Eltern, die die Urkunde unterzeichneten, sind tot«, entgegnete Hortensia, überzeugt davon, dass damit auch die Vereinbarung hinfällig wäre.

Goswin öffnete die Arme. Die Flamme des Feuerspans, den er in seiner Hand hielt, züngelte dabei. »Wir jedoch leben.«

»Aber …« Hortensia tat einige Schritte rückwärts neben das Kreuz, als sich Goswin ihr näherte. »Ein Eheversprechen ist nur dann gültig, wenn es willentlich geschlossen wird.« Ihre Waden stießen an die unterste Steinlage der ehemaligen Kochstelle, und sie fühlte sich plötzlich in dem Haus mit den zerstörten Wänden gefangen. Eher unwahrscheinlich war es, dass sie den Männern einfach davonlaufen könnte. Und Guntram hier zurücklassen vermochte sie ebenso wenig.

Burkhard konnte seinem Freund gerade noch den Feuerspan abnehmen, bevor dieser in die Knie sank. »Aber du willst mich doch auch, Hortensia! Genauso wie ich dich!« Er rutschte bis an ihre Schuhspitzen heran. Schweißperlen standen auf seiner Stirn. »Keine Nacht habe ich nicht von deiner Anmut geträumt. Keinen Tag lang die Suche nach dir aufgegeben«, beschwor er sie und schaute erwartungsvoll zu ihr auf. »Du bist meine Auserwählte! Dir will ich den größten Waidhandel und ganz Erfurt zu Füßen legen. Werde meine Frau!« Er fasste nach dem unteren Ende ihres Umhangs, woraufhin

Hortensia in ihrem ersten Schreck nichts zu erwidern wusste. Erst als seine Hand bei ihrem Oberschenkel angekommen war, fand sie die Sprache wieder und machte sich frei von seinen zudringlichen Fingern mit den viel zu flachen Fingerkuppen. »Einer Ehe mit Euch kann ich nicht zustimmen«, versicherte sie, überzeugt, dass sie den Mann mit den schlohweißen Haaren vor sich nie so anschauen könnte, wie die Mutter den Vater angesehen hatte. Oder sie selbst Matizo.

Goswin zog seine Hand zurück und erhob sich. »Du meinst es ganz bestimmt nicht so, wie du es sagst.«

Erst jetzt, wo er so nahe vor ihr stand, bemerkte Hortensia, dass er sich ihren Seidengürtel mit den eingewebten Lilien und den langen Fransen um die Hüfte gebunden hatte.

»Doch, das meint sie so, Herr!«, mischte sich nun Guntram ein, der sich von den Steinen erhoben hatte und nun auf seinen Stock gestützt dastand.

Goswins Züge verhärteten sich daraufhin, und mit einem Satz stand er auch schon vor dem Greis. »Du hast dich hier nicht einzumischen!«, fuhr er ihn an und schlug ihm den Stock weg, so dass Guntram taumelte. »Bring ihn fort, Burkhard!«

»Nein, tut ihm nichts!« Hortensia wollte dem Alten zu Hilfe eilen, doch Burkhard stellte sich ihr in den Weg.

Goswin zog das Schwert seines ritterlichen Freundes aus der Scheide und setzte es Guntram auf die Brust. Stolz schaute er dabei zu Hortensia hinüber. Sie sollte sehen, dass er ein Mann der Tat war und ihr Leben notfalls sogar mit einer Waffe zu verteidigen wusste.

»Habt Erbarmen!«, flehte sie. In diesem Haus sollte niemand mehr sterben. »Er ist mein Freund.«

Guntram schaute von der Schwertspitze auf seiner Brust zuerst zu Hortensia, dann zum Kreuz in der Erde. »Vergiss mich, Kind«, brachte er hervor, »und geh deinen Weg.«

Hortensia ertrug es nicht, Guntram für ihre Sache zu opfern, und sicher ließe Goswin sie auch danach nicht einfach gehen. Sie tauchte unter dem Arm des Ritters hindurch und wollte sich gerade schützend vor Guntram stellen, als dieser sich auch schon in das Schwert stürzte. »Alma«, murmelte er noch und machte mit letzter Kraft ein Kreuzzeichen.

»Verdammt!«, fluchte Goswin und schaute zu seiner Braut, die die Augen vor Schreck weit aufgerissen hatte.

Bestürzt fing Hortensia den Oberkörper des Sterbenden auf und wiegte ihn in ihren Armen. »Nicht auch noch du!« Damit war ihr niemand mehr geblieben, den sie in ihrem alten Leben in Neumark gekannt hatte. Aber anstatt nun von Trauer überwältigt zu werden, überkam sie eine ungeheure Wut. »Niemals heirate ich einen Mörder!«, rief sie laut und bestimmt. Von denen schien es in Thüringen ja geradezu zu wimmeln. Erst Markgraf Heinrich und jetzt auch noch Goswin von Archfeld! Sie erhob sich und schaute ihm mit festem Blick in die Augen. »Nicht solange ich lebe!«

»Fessele sie!«, befahl Goswin und griff nach Hortensias Handgelenken. Erst zögerte Burkhard, dann holte er aber doch einige Hanfstricke aus seiner Satteltasche und band Hortensia die Hände auf dem Rücken zusammen. Immerhin stand sein jüngster, wenn auch mickriger Sold noch aus, den er vermutlich nicht mehr erhalten würde, hielte er sich nicht an Goswins Anweisung.

Goswin fesselte Hortensias Beine derweil aneinander, so dass sie keine zwei Schritte mehr tun konnte, ohne zu stürzen.

Auf seinem Gesicht lag ein Ausdruck, der sie erschaudern ließ. »Er hat eine würdigere Grablegung verdient«, verlangte Hortensia und blickte ein letztes Mal zu Guntram und dessen blutgetränktem Hemd. »Sonst werden die wilden Tiere herkommen und seinen Leib zerfleddern.«

»Wenigstens müssen wir, um Beute zu machen, dann nicht eigens in den Wald gehen!«, entgegnete Goswin kühl, als rede er mit einem Handelspartner, dessen Ware ihn zum wiederholten Mal bitter enttäuscht hatte. Er sah noch zu, wie Burkhard seine Angebetete schulterte, dann ging er dem Freund in die frühere Kapelle voraus.

Unter dem Teil des Kirchendaches, das unbeschädigt war, hatten die beiden Männer eine Feuerstelle und Schlafmöglichkeiten eingerichtet. Unweit davon sah Hortensia gehäutete Kaninchen liegen. Am anderen Ende der Kirche mit der eingestürzten Dachhälfte vernahm sie das Schnauben von Pferden. Burkhard setzte sie so vor dem Taufbecken ab, dass sie sich mit dem Rücken daranlehnen konnte.

Unter ihren entsetzten Blicken umschlang er ihre Handgelenke mit einem weiteren Seil, das er danach um den in den Boden eingelassenen Fuß des wuchtigen Beckens führte und außerhalb ihres Bewegungsradius an einer Säule befestigte. Als Sitzunterlage schaffte der Ritter seine Pferdedecke heran, die sie verweigerte und mit den Füßen die Treppenstufen vor sich hinabstieß. Von Leuten wie ihm und Goswin wollte sie nichts annehmen. Verzagt lehnte sie den Hinterkopf an das Taufbecken. Niemand wusste, dass sie hier war. Folglich konnte ihr auch niemand zu Hilfe eilen – nicht Matizo und schon gar nicht das Speiertier auf dem Spitzboden. Sie musste ganz alleine einen Weg finden, um hier herauszukommen. Noch nie hatte sie sich einsamer gefühlt, nicht einmal als sie auf dem Ettersberg auf den Tod gewartet hatte. Da waren ja all die Insekten, Bären und Wildsäue gewesen. Auch ihr Vorhaben, am Markgrafen Rache zu nehmen, kam ihr in dieser Situation wie ein Hirngespinst vor.

»Wir müssen reden«, raunte Burkhard Goswin bei den Schlafplätzen zu. Dabei entzündete er mit einem brennenden

Span dürres, angehäuftes Astwerk, mit dem er dann ein Feuer entfachte.

Goswin fror, obwohl der Schweiß seinen Körper aufzuweichen schien, und ließ sich deswegen an der Feuerstelle nieder. »Das hat Zeit bis morgen. Ich muss jetzt über Wichtigeres nachdenken.« Goswin schaute zu seiner Braut, die am Taufbecken lehnte. Ihre verkrampften Hände verrieten ihm, dass sie noch nicht zur Ruhe gekommen war. Sie war keine wahnwitzige Vorstellung, wie sein Vater behauptet hatte. Endlich hatte er sie gefunden. Versonnen betrachtete er sie, bis ihn Schwindel überkam. Ein Schwindel des Glücks und der Zufriedenheit.

Beim nächsten Atemzug überlegte er, ob er sie nicht schon heute mit dem waidblauen Kleid überraschen sollte. Es war gemütlich hier drinnen, fand er und entschied, die Überraschung mit dem Brautgewand noch etwas hinauszuzögern.

»In zwei Tagen ist es so weit«, verkündete er. »Dann werden wir getraut, und du wirst die schönste Braut auf Gottes weitem Erdboden sein.« Goswin hatte Verständnis dafür, dass das Wiedersehen mit ihm Hortensia überrascht und erschöpft hatte und sie deswegen auf seine Verkündung hin nicht reagierte und die Augen geschlossen hielt. Zärtlich glitt sein Blick über ihre Wangen die Schultern hinab. Die Ehenacht konnte er kaum noch erwarten.

»Lass uns reden«, verlangte Burkhard erneut und stellte sich so vor Goswin, dass dieser die Gefesselte nicht mehr sehen konnte.

Widerwillig erhob sich Goswin und folgte dem Ritter vor die Kapelle. Er meinte, durch Hortensias Gewänder hindurch ausgemacht zu haben, dass ihre Brustwarzen wirklich die Form kleiner Haselnüsse hatten.

»Was wir hier tun, geht zu weit«, eröffnete ihm Burkhard draußen mit gedämpfter Stimme. »Das Mädchen will dich nicht, und es jetzt, wo seine Eltern tot sind, zur Ehe zu zwingen, ist nicht rechtens.«

Goswin verstand seinen Freund nicht, der unbeirrt fortfuhr.

»Die Braut muss der Ehe zustimmen. Und da sie keinen Munt mehr hat – keinen Vater, Bruder oder sonstigen männlichen Verwandten, der für sie bestimmt –, kann auch niemand mehr ihr Nein überstimmen.« Kurz dachte Burkhard an Isabella und fragte sich, ob sie die Frage, seine Braut zu werden, wohl bejahen würde.

Goswin überging seinen Einwand. »Hol aus dem nächsten Dorf einen Pfaffen herbei, der uns traut!« Eine Kapelle haben wir ja schon, dachte er und schaute zur Ruine hinter sich.

»Kein anständiger Pfaffe wird euch unter diesen Voraussetzungen trauen.« Burkhard seufzte und überlegte, wie er wohl ohne den Sold, den ihm Goswin noch schuldete, zurechtkommen würde. Schon lange konnte er sich seine Besuche bei Isabella nicht mehr leisten, und mehr als ein Becher stark verdünnten Weins und etwas Brauwasser war ebenfalls nicht mehr drin. »Ich bin dir weit gefolgt, Goswin. Aber jetzt ist Schluss.«

»Wir stehen so kurz vor dem Ziel«, beharrte Goswin. »Nur der Pfaffe fehlt noch.«

Müde schüttelte Burkhard den Kopf. »Und ihr Wunsch und Wille, dich zu ehelichen und dir ein gutes Eheweib zu sein.«

»Sie ist einfach nur von den Geschehnissen überwältigt«, rechtfertigte sich Goswin und dachte, dass er Burkhard noch nie derart kraftlos erlebt hatte. »Bis du mit dem Pfaffen zurück bist, habe ich sie überzeugt. Sie hat ihre Familie verloren. Du hast doch gesehen, wie mitgenommen sie in dem heruntergebrannten Haus noch immer war.« Auch wenn ihn der

Verlust seines eigenen Vaters kaum jemals derart tief berühren würde, war Goswin überzeugt.

»Du willst also, dass ich den Pfaffen besteche, damit er euch gegen das Gesetz traut?« Burkhard betrachtete den Sohn Thomas von Archfelds eine Weile eindringlich.

Zur Antwort reichte Goswin dem Ritter einen Beutel mit Geld. »Die Liebe schreibt Gesetze eben manchmal neu! Das wird auch der Pfaffe so sehen, wenn du ihm den Beutel gibst.«

Burkhard schüttelte verneinend den Kopf. »Du fieberst, und das schon seit längerer Zeit. Du solltest dir lieber etwas Ruhe gönnen. Die viele Reiterei hat dich geschwächt. Außerdem bat uns dein Vater, spätestens zum Fest des heiligen Antonius zurück zu sein. Inzwischen sind wir schon acht Tage darüber. Verstehst du nicht, dass du in Erfurt irgendwann vor verschlossenen Türen stehen wirst, wenn du so weitermachst?«

»Sag du mir nicht, wie ich meine Geschäfte zu führen habe!«, entfuhr es Goswin ungehalten. Jetzt, wo er seine Braut gefunden hatte, schien ihm alles möglich, sogar den Zahlenstümper Erik wieder aus dem Waidhandelsgeschäft zu verdrängen. Und auf die Belange des Vaters wollte er schon seit geraumer Zeit keine Rücksicht mehr nehmen, zu oft hatte der ihn für die eigenen Misserfolge verantwortlich gemacht. »Nur noch der Pfaffe muss her! Und du wirst ihn holen!«

Burkhard war wie vor den Kopf geschlagen. In diesem Befehlston hatte Goswin noch nie mit ihm gesprochen. »Du bist verrückt geworden, und als dein Freund rate ich dir, hier und jetzt mit diesem Wahnsinn aufzuhören!«

Da hielt Goswin ihm einen zweiten gut gefüllten Beutel hin. »Für den Pfaffen sollst du reichlich belohnt werden.«

Burkhard fühlte sich korrumpiert, aber der Gedanke daran, weitere Nächte mit Isabella verbringen zu können, ließ ihn innehalten.

Goswin hielt den Beutel näher vor das Gesicht des Ritters. »Das Geld reicht für ein ganzes Jahr in den Armen deiner Dirne.« Er hatte die Münzen vom Waidhof mitgenommen. Wenn der Vater schon nicht bei seiner Hochzeit anwesend wäre, sollte er doch wenigstens finanziell etwas zur Zukunft seines Sohnes beitragen.

Burkhard griff nach dem Beutel, doch Goswin zog ihn schnell wieder zurück. »Du bekommst die Münzen, sobald du mit dem Pfaffen zurück bist.«

Burkhard zögerte und schaute zur Kapelle, in der das Lagerfeuer knisterte. »Also gut. Ein letzter Dienst.« Danach wollte er den Liebesverrückten endlich los sein und sich nie mehr für ein unehrenhaftes Vorhaben kaufen lassen. Er hatte gedacht, dass ihm Goswin über die Jahre ein wahrer Freund geworden wäre, aber damit hatte er sich wohl geirrt.

8.

Generationen

Wie die Flicken eines Teppichs lagen unzählige Pergamente auf dem Boden der Zelle verstreut. Einige hatten das Kloster erst vor wenigen Tagen erreicht, andere waren staubbedeckt und hatten bereits zum Gründungsinventar gehört. Harbert beendete das Vaterunser und dankte Gott für die Einsicht, die ihm endlich zuteilgeworden war. In den frühen Morgenstunden hatten sich die vielen Daten und Namen wie die Steinchen eines Mosaiks zu einem Gesamtbild zusammengesetzt. Harbert hoffte, dass ihm die neugewonnene Erkenntnis auch als Entschuldigung beim Meister dienen würde. Mit zwei Abschriften vor der Brust erhob er sich, schaute noch einmal zum Gebetskreuz an der Wand und verließ dann seine Zelle sowie das Kloster.

Bevor er gleich zur Buße zusätzliche Dienste im Maria-Magdalenen-Hospital ableistete, wollte er unbedingt noch mit dem Mainzer sprechen.

Die Hausmagd öffnete ihm. Unruhig zupfte sie an ihrem Haarknoten, was Harbert verriet, dass sie nicht so recht wusste, wie sie ihm gegenübertreten sollte. Matizo musste ihr von seinem Fehltritt erzählt haben.

»Lasst niemanden ein«, kam da eine Männerstimme aus dem Haus. Ermattet und brüchig.

Line wollte die Tür gerade wieder zudrücken, als Harbert schnell noch durch den Spalt rief: »Es geht um den Bischof, Matizo!«

Im letzten Moment, es passte nur noch eine Hand durch den Türspalt, stockte die Hausmagd. »Und um Euren Chor ... Ihr wisst schon.«

»Line, es zieht!«, hörte Harbert den Meister befehlen. Diesmal klang seine Stimme kühl und abweisend.

So viel Starrsinn ertrug er nicht länger, zumindest die Möglichkeit, sich erklären zu können, verlangte er. Rüde drückte Harbert seine Schulter gegen das Türblatt, woraufhin Line zurückwich und die Tür freigab. »Verzeiht!« Er hoffte, dass die Frau ihm seine Grobheit nachsehen würde. Jedenfalls sagte sie nichts weiter und verließ den Raum.

Harbert trat an den Esstisch zu Matizo heran. »Es ist wichtig! Bitte hört mir noch ein letztes Mal zu.« Früher waren seine Tugenden Bescheidenheit, Höflichkeit und auch Demut gewesen, vor dem Abt, den Mitbrüdern und dem Allmächtigen. Aber was hier vor sich ging, ließ ihn seine gute Erziehung beinahe vergessen. »Was muss ich denn noch tun, damit mir mein Laster vergeben wird?«

Matizos Blick streifte den Mönch flüchtig, um dann wieder den Brei auf dem Tisch vor sich zu fixieren. »Ihr bezeichnet Eure Falschheit als Laster?«

Harbert erinnerte sich daran, wie Matizo vor dem Portal von St. Margarethen vor ihm zurückgewichen war. »Falschheit?« Er ertrug es nicht, dass seine Verfehlung derart von Matizo bezeichnet wurde. »Ein aufrichtiger Freund wollte ich sein. Wie früher ...«, bemühte er sich um Korrektur.

Matizo wartete, bis die Tür von Lines Kammer zugezogen wurde. »Warum habt Ihr mich dann von dem Schankburschen ins Georgskloster bringen lassen?«

»Was ...?« Harbert war erst einmal sprachlos. »Was soll ich getan haben?«

»Ist es so bedeutungslos, dass Ihr Euch nicht einmal mehr daran erinnert?«

»Ich habe mir weder Falschheit noch Hinterlist zuschulden kommen lassen. Die einzige Sünde, für die Abt Etzel mich büßen lässt, ist die der Wollust.«

Matizo wandte sich dem Benediktiner zu. »Wollust?«

Harbert nahm seinen strengen Blick dankbar an. »Nun, ein Pater, der in dunklen Ecken des Klosters Lust erfährt, ist gewiss kein gutes Vorbild.«

Matizo lehnte sich mit dem Rücken an die Bank. »Wer war es dann, der Kurt im *Wilden Eber* dazu angestiftet hat, mich betrunken ins Kloster zu bringen? Zumal Euch der Junge doch ganz offensichtlich bewundert hat.« Ein Umstand, der nach dem Geständnis Harberts einen gewissen Beigeschmack hatte.

Harbert schüttelte den Kopf. »Es war nicht so, wie Ihr denkt. Niemals würde ich meine Stellung ausnutzen.« Mit etwas Abstand zu Matizo nahm auch er auf der Bank Platz, den Blick auf die Kochstelle geheftet. Im Dreibeintopf blubberte es. »Weder habe ich Kurt angestiftet, Euch ins Kloster zu bringen, noch habe ich Euch dort untergebracht. All meine Nächte habe ich bis vor einem Monat, als ich Abt Etzel meine Verfehlung gebeichtet habe, mit Bruder Quirinus verbracht. Fragt ihn ruhig. Er wird meinen Bericht bestätigen.« Harbert rief sich die Geschehnisse um Kurt in chronologischer Reihenfolge ins Gedächtnis zurück. Vor gut zehn Tagen hatte der Junge ihn auf dem Weg ins Maria-Magdalenen-Hospital angesprochen. Harbert hatte den aufgeregten Jungen beim leidenschaftlichen Vortrag der Benediktregel gar nicht stoppen können. Danach hatte er dessen verzweifelte Bitte, nach einem Weg zu suchen, wie er doch noch ins Kloster gelangen könnte, mit auf den Weg zurück genommen. Ihm war klar gewesen, dass Kurts Wunsch nicht nur ein jugendliches Hirngespinst oder der Flucht vor der beschwerlichen Arbeit im Wirtshaus geschuldet war. Denn wann immer Kurt ihm von Gott und der Suche nach ihm gesprochen hatte, war da ein Leuchten in seinen Augen gewesen, das nur von innen kommen konnte. Vor fünf Tagen dann hatte Harbert mit dem Wirt des *Wilden Eber* gesprochen. Es war eine lange Unterhaltung gewesen, ohne Kurt und fernab des täglichen Wirtshaustumultes, im Hof des Hospitals. Vielleicht einer der wenigen Orte, an dem der Vater endlich einmal ungestört nachdenken konnte. Harbert hatte ihm erklärt, dass die Hingabe eines Kindes an Gott sowohl dem eigenen als auch dem Seelenheil der Familie zuträglich sei, und ihm nebenbei empfohlen, doch eine kräftige Schankmagd anstelle des Sohnes einzustellen. Deren Lohn, sagte er dem Vater, wäre im Vergleich zu den Gebeten, die der Junge für die Menschen sprechen könnte, doch wohl eher gering zu veranschlagen. Harbert lächelte in sich hinein. Etwas von Kurts jugendlicher Leidenschaft war dabei auch auf ihn übergegangen, jedenfalls hatte er schon lange nicht mehr das Gefühl gehabt, dass sein Tun ihn noch innerlich beseelte. Krankenpflege, Seelsorge und vor allem den Dienst an Gott hatte er stets gerne und aus vollem Herzen geleistet, aber die tägliche Gewohnheit über viele Jahre hinweg hatte das Feuer der Berufung in ihm gelöscht. Der Junge hatte es wieder in ihm entfacht. Gestern dann war er zu

Abt Etzel gegangen, um diesem die Aufnahme Kurts vorzuschlagen, woraufhin der Klostervorsteher sich Bedenkzeit erbeten hatte. Kurt hatte sich mit seiner Tat, Matizo im Dienst am Menschen und der Nächstenliebe ins Kloster zu bringen, als Ordensanwärter beweisen wollen, schlussfolgerte Harbert, und dies sagte er nun auch zu Matizo.

Der schwieg daraufhin eine Weile. »Vielleicht habt Ihr recht mit Eurer Vermutung«, gestand er dem Benediktiner schließlich zu. Für eine Befragung von Bruder Quirinus hatte er sowieso keine Zeit, immerhin war da noch der Westchor. Mit den Zeichnungen der Polygonstifter war er nur weiter vorangekommen, weil er deren Gestalt und Ausdruck bereits vor Hortensias Weggang ersonnen hatte. Immerhin sandte Reglindis ihr strahlendes Lächeln nun fast vollendet vom Pergament. Das ganze Gegenteil seiner selbst. Aber weder existierten Graf Dietrich von Brehna noch seine Gattin Gerburg in ausgearbeiteter Form. Und mit den leblosen Entwürfen der Uta von Naumburg und ihrem sündigen Schwager war er mehr als unzufrieden. Sie waren eine Schande für ihn und seinen Berufsstand! Ausdruckslos und unbelebt wie Verstorbene wirkten sie, und einer war vom anderen kaum zu unterscheiden. Den wievielten Versuch, Leben in Utas Antlitz zu bringen, unternähme er heute? Und die wievielte Wachsskizze des selbstmörderischen Hermann von Naumburg würde er wieder auslöschen?

Insgeheim wünschte Matizo sich in die Werkstatt oder, noch besser, gleich nach Mainz zurück. Nur er und der Stein. Keine Verwirrungen, keine Heimlichkeiten. Und vor allem keine Träume, die zerplatzten. Ob Hortensia wohl wieder an der Seite von Markgraf Heinrich weilte? Seitdem sie fort war, fehlten ihm Eingebung und Schwung. Matizo schaute auf. »Ich bin mit den Arbeiten für den Westchor weit in Verzug.

Bislang hoffte ich noch, dass mich der Freispruch des Abtes beflügeln und die ausstehenden Zeichnungen doch noch rechtzeitig fertig werden würden. Aber danach sieht es nun nicht mehr aus.« Die Buße, die ihm Etzel auferlegt hatte, begann erst nach Ostern.

»Mein Gottvertrauen sagt mir, dass der Allmächtige Euch bei der Erschaffung Eures Chores beisteht. Und nicht zuletzt meine Menschenkenntnis. Eure Leidenschaft wird Euch bei der Arbeit unterstützen und letztendlich den Ausschlag geben«, versicherte ihm Harbert.

Unversehens nickte Matizo, die Worte des Paters klangen gut, doch die Realität oben bei den Wachstafeln und Pergamentlagen sah anders aus. »Bruder Quirinus also?«, griff er das Thema vom Beginn ihrer Unterhaltung noch einmal auf.

»Ich würde Euch niemals verraten, Matizo.« Nach einem Moment der Stille holte Harbert unter seiner Kutte ein Pergament hervor. »Der Vater unseres Bischofs war Dietrich, Markgraf von Meißen, ein Wettiner, der ebenfalls der Vater unseres zukünftigen Thüringer Landgrafen Heinrich ist. Die beiden hatten unterschiedliche Mütter.«

»Das ist nicht unüblich bei Halbbrüdern«, bemerkte Matizo trocken. Ganz hatte er dem Pater das brutale Eindringen ins Steinmetzhaus noch nicht verziehen. Obwohl die braunen Augen und das erwärmende Lächeln wie ein ernst gemeintes Friedensangebot wirkten.

»Zur Zeit von Bischof Dietrichs Geburt«, ging Harbert über den Einwurf hinweg und breitete das Pergament neben der Breischale aus, »war sein Vater verheiratet mit Jutta von Thüringen. Sie war die älteste Tochter des damaligen Thüringer Landgrafen Hermann I. Die Mutter von Bischof Dietrich stammt jedoch aus der Familie Wolftitz, die viele Reichsministeriale stellte.«

Matizo schob die Breischale beiseite. Das also war das Geheimnis, das Dietrich seit ihrer ersten Begegnung in der bischöflichen Arbeitskammer umgab. Von Anfang an hatte er gespürt, dass es für dessen Begeisterung, den Westchor zu errichten, einen besonderen, unausgesprochenen Beweggrund geben musste. Denn noch nie zuvor hatte er einen Bischof erlebt, der sich derart für die Errichtung und Ausgestaltung eines Chores interessierte und einsetzte. »Exzellenz Bischof Dietrich ist ein Bastardkind?«

»Ganz richtig. Einer, der den legitim geborenen Kindern der Familie nicht gleichgestellt ist. Es gibt noch einen zweiten Halbbruder, der für unsere Geschichte allerdings nicht von Belang ist.«

»Ein Bastard also«, murmelte Matizo grüblerisch und verstand nun auch dessen ganze Heimlichtuerei und den steten Drang, stark aufzutreten und im Mittelpunkt zu stehen, als das, was es war: als den Wunsch nach Anerkennung.

»Und was tut man mit so einem Kind?«, fragte Harbert nach.

»Ins Kloster bringen oder ignorieren? Ansprüche haben solche Kinder ja nicht.« Matizo selbst war in einem Alter, an das er keine Erinnerung mehr hatte, vor dem Klosterportal abgelegt worden. Nie hatte er viele Gedanken an seine Eltern verschwendet, jetzt aber fragte er sich, warum sie ihn wohl weggegeben hatten.

»Bereits als Kind nahm man Dietrich in das Naumburger Domkapitel auf. Soweit ich das nachvollziehen konnte, wurde er im Jahr 1230 Domherr.«

»Wie aber konnte er das Amt des Bischofs übernehmen?«, wollte Matizo wissen. »Als Bastard ist das doch unmöglich.«

Harbert nickte. »Genau das ist der entscheidende Punkt! Lasst mich daher mit dem Tode des vorletzten Naumburger

Bischofs Engelhardt im Jahre 1242 beginnen. Damals wollte das Domkapitel den Scholaster Peter von Hagin als Nachfolger. Es hatte ihn sogar schon gewählt. Lediglich seine Investitur stand noch aus.«

Den Namen Peter von Hagin hatte Matizo noch nie zuvor gehört. Kurz tauchte wieder das Bild des ehrbaren Kaufmanns mit seiner schönen Frau vor ihm auf – so hatte er sich als Kind stets seine Eltern vorgestellt.

»Aber Domherr Dietrich und sein markgräflicher Halbbruder Heinrich hatten andere Pläne«, erklärte Harbert. »Dietrich sollte Bischof werden! Und das, obwohl er ein Bastard war.«

»Mit einem Mitglied seiner Familie auf dem Bischofsstuhl hatte Heinrich jemanden, der seine Interessen vertreten und den er zu seinen Gunsten lenken konnte«, dachte Matizo laut weiter und ließ von seiner eigenen Geschichte ab. »Aber immer noch haben wir das Bastardproblem. Die Kirche duldet keinen unehelich Geborenen als Bistumsvorsteher und als Vorbild für die Gläubigen.«

»Es war nicht einfach. Sie kämpften länger als ein Jahr für ihr Ziel, und schließlich gelang es auch.«

»Was deutlich für die Überzeugungskünste des Markgrafen spricht«, ergänzte Matizo, und Harbert nickte.

»Mit einem Dispens des Papstes, der Dietrich vom Makel der unehelichen Geburt reinwusch. Und wer, wenn nicht unser neuer Landgraf, damals noch Markgraf von Meißen, konnte dies beim Heiligen Stuhl erbitten?«

Ungläubig zog Matizo das Pergament unter Harberts Fingerspitzen hervor und zu sich heran. Verfasst worden war es im Jahre 1244 von sämtlichen Domherren, die beim Mainzer Erzbischof den von ihnen gewählten Nachfolger im Amt – Peter von Hagin – als neuen Naumburger Bischof einforderten und vehement auf Dietrichs uneheliche Geburt hinwiesen. »Der Heilige Vater persönlich, sagtet Ihr?«

»Genau.« Harbert präsentierte ihm eine zweite Abschrift, deren Original im Jahr 1243 mit der lateinischen Variante des Namens Innozenz IV. unterzeichnet worden war. »Bischof Dietrich scheint die Zeit, in der er um den Naumburger Bischofsstuhl und gegen das Domkapitel kämpfte, offensichtlich vergessen zu wollen. Denn über seine Wahl sind so gut wie keine Berichte oder Urkunden auffindbar. Siegfried III. von Eppstein ordinierte ihn erst ganze zwei Jahre nach dem Tode Engelhardts. Ich kenne keinen anderen Fall, in dem ein schon gewählter Bischof durch einen nachträglich legitimierten Bastard ersetzt wurde. Das ist einfach unglaublich. Gewählt ist gewählt!«

Matizo dachte an die Verschlagenheit und den beängstigend großen Einfluss von Markgraf Heinrich und empfand plötzlich Mitleid für Bischof Dietrich, der nach außen hin so selbstsicher auftrat. Tagtäglich den Unmut, vielleicht sogar die Verachtung der anderen Domherren zu erfahren musste schrecklich sein. Er strich über die brüchige Ecke des Perganments und fühlte einen Anflug von Zufriedenheit darüber, dass er einen Großteil seiner Arbeit allein und völlig unabhängig von anderen verrichten konnte.

»Und was meint Ihr, geht in so einer Person vor?«, fragte Harbert. »Wonach sucht sie, was wünscht sie sich in ihrem tiefsten Inneren? Stellt Euch vor, man würde Euch stets als minderwertig und als zweite Wahl behandeln.«

Nun, dachte sich Matizo, in Mainz haben das die Männer der Bauhütte durchaus getan. Woran er sich jedoch wenig gestört hatte. Unschlüssig hob er den Blick vom Dispens.

»Anerkennung!«, verkündete Harbert. »Denn zuvor wurde er als unwürdig für den Bischofsstuhl empfunden. Darüber hinaus sucht er sicher Bestätigung seitens der Wettiner Familie. Er will ein gleichwertiger Angehöriger der Sippe sein!«

Und mit nichts anderem könnte er das symbolisch deutlicher zeigen als mit einem Westchor, in dem lauter sündige Stifter stehen, die zudem fast alle durchweg Wettiner sind. Was für eine grandiose Idee!, dachte Matizo und sagte dann: »Dietrich hofft, dass das Denkmal, das er seiner Familie mit den Stifterfiguren im Chor setzt, ihm endlich mehr Wertschätzung seitens seiner Sippe einbringen und diese ihn nicht länger als Bastard ansehen wird.« Ganz genau, er hatte den Nagel auf den Kopf getroffen! Die meisten Stifter waren dem Blute nach mit den Wettinern verbunden oder selbst Wettiner. Allen voran Ekkehard und Hermann, deren Schwester Mechthild eine der Gründerinnen der Wettiner Familie war.

Harbert nickte und sammelte die Abschriften wieder ein. »Wenn Euer Chorentwurf gewinnt, wird Dietrich endlich seinen Makel überkommen können.«

»Ja, wenn …«, fügte Matizo hinzu und blickte niedergeschlagen Richtung Decke, wo sich seine Arbeitskammer befand. Nur noch zwei Monate blieben ihm, um das Unmögliche doch noch zu vollenden.

Hortensia schreckte aus einem unruhigen Schlaf auf, als sie am anderen Ende der Kapelle das metallene Zaumzeug der Pferde klappern hörte. Gleichzeitig bemerkte sie, dass etwas Fremdes auf ihrem Körper lag, und schrak zusammen. Eine Decke war über sie gebreitet worden. Die Vorstellung, wie nahe ihr Goswin dabei gekommen war, hielt sie weiterhin wach. Unter halb gesenkten Lidern beobachtete sie, wie Burkhard sein Ross an den Zügeln zum Ausgang der Kapelle führte. Schneeflocken rieselten auf ihn hinab. Ihr war nicht entgangen, dass zumindest er noch bei klarem Verstand war, nachdem der Wind gestern einige Worte des Streites zwischen ihm und Goswin bis zu ihr getragen hatte.

Und nun wollte er sie mit Goswin alleine lassen? Burkhard schaute zu ihr herüber, was sie ermutigte und an den Seilen an ihren Handgelenken zerren ließ. Dabei rutschte auch endlich die Decke von ihrem Körper. Auch wollte sie ihm flehend die Hände entgegenrecken, was aber wegen der zweiten Fesselung am Taufbecken unmöglich war. Bitte macht mich frei!, verlangte ihr Blick. Doch ihrer Kehle entrang sich lediglich ein Stöhnen.

Burkhard blieb stehen und schaute zu seinem schlafenden Freund neben der Feuerstelle oder was immer Goswin noch für ihn war. »Es tut mir leid«, sagte er schließlich leise zu Hortensia und verließ dann die Kapelle.

Nun war sie mit Goswin allein, an einem Wintermorgen in einer Ruine, die langsam zuschneite, und die nächsten Menschen so weit von ihr entfernt, dass niemand ihre Schreie hören konnte. Hortensia spürte, wie die Kraft zuerst aus ihren

Händen, dann aus ihren Armen und dem Oberkörper wich. Wie eine Handpuppe aus Stoff sank sie zurück gegen das Taufbecken.

Eiskalt fühlte sich der Stein in ihrem Rücken an. Gestern, am Todestag der Eltern, hatte sie noch geweint und an nichts anderes als an ihre Familie gedacht. Nun flehte sie Gott darum an, Goswin so lange schlafen zu lassen, bis sie eine Fluchtmöglichkeit ersonnen hatte. Unbestritten konnte sie einen ausgewachsenen Mann nicht mit ihrer Körperkraft überwältigen, weswegen sie begann, die Kapelle nach Hilfsmitteln abzusuchen. Ihr Bündel, daran erinnerte sie sich als Erstes, lag noch im Haus der Eltern, neben dem Leichnam des lieben Guntram, dessen Tod genauso unnötig gewesen war wie der aller anderen Neumarker Bewohner.

In ihrer näheren Umgebung sah sie jedoch nur welkes Unkraut hinter dem Altar, ansonsten war da nichts. Nur Steinboden, der allerdings nicht über die Treppenstufen, die vom Altar hinabführten, hinausreichte. Für mehr hatte damals das Geld nicht gelangt, und so war der Boden außerhalb des Altarbereiches lediglich gestampft worden. Die Südwand mit den Fenstern und gemauerten Fensterkreuzen, deren Pergamenteinsätze verbrannt waren, half auch nicht weiter. Alles, was brauchbar oder nützlich wäre, war von diebischen Fingern schon lange entwendet worden. Nicht einmal ein scharfer Stein, der ihr als Sägewerkzeug für die Fesseln diente, lag noch herum. Es gab nichts mehr hier. Wenn sie doch nur an das Messer käme, das Goswin am Gürtel trug.

Das Pfeifen des Windes, der durch das Gemäuer fuhr, klang wie eine falsch gestimmte Harfe. Ihr Körper war eiskalt, ihr Hals trocken. Kaninchen vom Schwert und verdünnten Wein aus dem Beutel des feigen Ritters hatte sie gestern Abend entschieden abgelehnt, wofür sie sich nun schalt. Sie brauchte Kraft.

»Guten Morgen, meine Blume«, drang es da zu ihr herüber. Goswin war sofort bei ihr. Das schlohweiße, dünne Haar hing ihm genau wie früher kraftlos und spärlich auf die Schultern. Und aus seinem Mund entwich der faulige Atem eines Kranken.

Den gesamten Morgen über versuchte sie noch, seine Träume von einer gemeinsamen Zukunft in Erfurt zu korrigieren. Zur Mittagszeit war ihre Stimme vom vielen Widerspruch heiser.

Goswin ging immer wieder zum Eingang, um nach Burkhard und dem Priester Ausschau zu halten. Einmal reichte er ihr einen Topf, in den sie ihr Geschäft verrichten durfte. Sie benötigte einige Anläufe, um diesen mit gebundenen Armen und Beinen so zu positionieren, dass ihre Gewänder trocken blieben und sie dem Brautwerber gleichzeitig keinen Blick auf eines ihrer Körperteile gewährte.

In der zweiten Tageshälfte verschwand Goswin für kurze Zeit und kehrte mit zwei Eichhörnchen zurück. Spätestens morgen, dachte sie verzweifelt, kommt der Ritter mit dem Geistlichen zurück. Als Kind hatte sie immer von einer Hochzeit in der Neumarker Kapelle geträumt. Ein Wunsch, der sich nun tatsächlich zu erfüllen schien. Wenn auch völlig anders, als sie es sich erhofft hatte.

Plötzlich tauchte Goswins blasses Gesicht mit dem verschwitzten Haar hinter einem Stoffbündel vor Hortensia auf. »Das Brautkleid für meine Blume.«

Sie wollte gerade ansetzen, um ihm zum wiederholten Male zu entgegnen, dass sie niemals seine Frau werden würde. Doch dann versagte ihr ob seiner unerschütterlichen Ignoranz die Stimme. Wann würde sie endlich aus diesem unsäglichen Alptraum erwachen?

»Ich wusste, dass es dir zusagen würde.« Goswin deutete ihre Sprachlosigkeit als Wohlgefallen, entfaltete das Stoffbündel und hielt es Hortensia prüfend an die Schultern. Das Kleid besaß Ärmel aus Silberbrokat, und der Fülle des Stoffes nach zu urteilen war es für eine Adelige gemacht, auch die blaue Seide am Oberteil zeugte vom Reichtum seines Besitzers. »Erfurter Waidblau«, sagte er zärtlich. Waidblau, das inzwischen sein Bruder Erik an die Färberei Wunsiedel verkaufte, was ihn aber kaum noch störte. Er besaß nun etwas, das mehr wert war als alle Waidballen, die die Familie jemals besessen hatte.

Widerspenstig schüttelte Hortensia das Kleid von sich ab, auch wenn sie der Stoff vor den unmittelbaren Berührungen des Erfurters bewahrte.

»Doch, doch, du darfst es behalten.« Goswin strich mit den Fingern über das Kleid. »Ich habe es für dich anfertigen lassen. Es betont deine Taille.« Und die Seide obenherum war dünn genug, dass er darauf hoffen durfte, ihre sich darunter abzeichnenden Brüste bewundern zu können.

Entsetzt schüttelte Hortensia den Kopf.

»Du darfst es jetzt anziehen«, gebot er mit weicher, gönnerhafter Stimme, als spreche er mit einer erwartungsvollen Jungfer, die ihrem gesellschaftlichen Aufstieg entgegenfieberte.

Hortensia starrte an ihm vorbei auf den Schnee, den der Wind von der unbedachten Kapellenseite immer näher zu ihr herantrug. »Ich passe doch gar nicht in Eure Familie.« Vielleicht musste sie Goswin gegenüber aufrichtig sein, genauso wie sie es mit den Eltern getan hatte, wenn ihr etwas auf dem Herzen lag.

»Meine Familie bist jetzt du, Hortensia!« Gerührt von ihrer Sorge um seine Person streichelte er ihr über die Wange.

Sie erstarrte.

Dann zog er sich den Seidengürtel mit den Lilien von der Taille und drückte ihn gegen sein Gesicht, als ergieße sich aus ihm eine Fontäne reinigenden Wassers.

»Ich habe schon eine Familie«, versuchte sie ein letztes Mal, an seinen Verstand zu appellieren. »Und einen Mann, den ich ...« Sie senkte die Stimme.

»Du hast recht«, sagte er, nachdem er den Seidengürtel bei seinem Schlaflager verstaut hatte. Er griff nach dem Kleid vor ihren Füßen. »Es ist besser, wenn du es erst morgen früh anziehst, vor der Trauung. Über Nacht könntest du es beschmutzen.«

Er hörte ihr gar nicht zu! »Ihr wollt Eure zukünftige Ehefrau anketten, ein Leben lang?« Anklagend reckte sie ihm die gefesselten Unterbeine entgegen.

Aber Goswin antwortete ihr nicht. Stattdessen legte er das Brautkleid sorgsam auf sein Lager, ließ sich daneben nieder und streichelte darüber, als würde sie es bereits tragen und just in diesem Moment an seiner Seite liegen.

Fassungslos wandte Hortensia sich ab. Eine Nacht blieb ihr noch, um der Zeremonie in Silberbrokat zu entkommen. Als es dämmerte, hatte sie einen Grad der Verzweiflung erreicht, der sie sogar ein paar Bissen von dem ihr am Abend gereichten Eichhornfleisch essen ließ. Die Stärkung tat ihrem leeren Magen gut, so dass sie wenig später sogar einschlief.

Nur mit einem einfachen Hemd bekleidet kam Matizo in die Kapelle gestürmt, überwältigte den Waidhändlersohn mit wenigen Faustschlägen, setzte sie auf sein Pferd und ritt mit ihr davon. So war es letzte Nacht passiert. Im Traum. Erwacht war sie, weil sie etwas Heißes auf ihrem Gesicht gespürt hatte. Goswins Atem!

»Heute ist unser großer Tag! Der Pfaffe wird jeden Moment hier eintreffen«, erklärte der Erfurter.

Obwohl noch schlaftrunken, versteinerte Hortensia bei diesen Worten. Ihre Füße waren halb erfroren, wie damals auf dem Ettersberg. Als sie gleich darauf seine Finger auf ihrer Wange spürte, rückte sie noch dichter an das Taufbecken. Panik ergriff sie bei dem Gedanken, dass es dem Ritter tatsächlich gelungen sein könnte, einen Geistlichen zu kaufen, der den unrechtmäßigen Ehebund besiegelte. Noch vor Sonnenuntergang könnte sie verheiratet und für den Rest ihres Lebens an diesen Mann gebunden werden. Was Gott zusammenfügt, das darf der Mensch nicht trennen. Hortensia zwang sich zu einem »Guten Morgen«, obwohl sie am liebsten vor ihrem Peiniger ausgespuckt hätte, so sehr ekelte sie sich vor ihm. Doch sie war sich immer sicherer, dass sie die Sache anders als bisher angehen musste.

»Du kommst langsam zu dir«, bemerkte er, strich ihr durch das kurze Haar und betrachtete es, als hielte er königliches Schmuckwerk in den Händen.

Hortensia flehte die Mutter, den Vater und die heilige Maria an, ihr beizustehen und die Hochzeit doch noch zu verhindern. Bilder der zurückliegenden zwei Jahre zogen an ihr vorüber. Darunter auch das erste Treffen mit Goswin in Neumark, dann der Überfall auf die Burg und ihr vermeintlich letzter Gang auf den Ettersberg. Auch Markgraf Heinrich und Rudolf von Vargula auf dem Bett über ihr kamen ihr in den Sinn. Dann war da noch Line, die ihr Suppen und Pfannenfladen brachte, und Matizo, der sich ihr gegenüber geöffnet hatte. Ganz zuletzt sah sie sich selbst, wie sie ohnmächtig vor Schmerz Naumburg verließ.

»Es wird Zeit, dass du dein Brautkleid anziehst«, drangen da die Worte des Waidhändlersohnes an ihr Ohr. Er war inzwischen zu seiner Schlafstelle gegangen und hatte das Gewand aufgenommen, das vollkommen zerknittert war.

Die Hoffnung, die Hände und Füße entbunden zu bekommen, um es anziehen zu können, bewegte Hortensia zumindest zu einem knappen Nicken. Gestern hatte sie dem Kleid vor lauter Entsetzen so wenig Beachtung geschenkt, dass sie gar nicht an die Schnürung an seinem Rückenteil gedacht hatte.

Goswin betrachtete sie da schon vorfreudig von allen Seiten.

Hortensia verfolgte, wie er den Sitz der Seile um ihre Fußgelenke kontrollierte. Die gaben keinen Fingerbreit nach.

Starr vor Angst überlegte sie, nach ihm zu treten und ihn damit außer Gefecht zu setzen. Was aber würde ihr das nützen, wäre sie danach bis zur Rückkunft des Ritters doch immer noch in dieser Ruine gefesselt. Ohne Wärme und ohne Nahrung.

Goswin legte ihr ein Seil um den Hals, das er, wie schon Burkhard vor ihm, so weit hinter dem Taufbecken sicherte, dass sie es nicht erreichen konnte. Wie ein Hund fühlte sie sich, den man im Hof an die Kette gelegt hatte.

Goswin löste ihr die Handfesseln. »Beeil dich, sie werden jeden Moment eintreffen.« Er warf ihr das Kleid zu und zog ihr den Umhang vom Körper.

Hortensia rieb sich die schmerzenden Handgelenke, an denen die Seile rote Schürfwunden hinterlassen hatten. Unter seinem aufmerksamen Blick öffnete sie die Schnürung, um mit den Füßen voran in das Brautgewand zu schlüpfen und es sich über ihr Untergewand zu ziehen.

»Nein!«, rief Goswin da erschrocken.

Hortensia schaute ihn fragend an.

»Dein Gewand musst du zuvor schon ausziehen!«

Sie sollte diesem Fremden ihren Körper zeigen?

»Los, nun mach schon!«, drängte Goswin ungehalten.

Obwohl sie sich erniedrigt fühlte, kam sie seiner Anweisung nach und saß kurz darauf unbekleidet auf dem kalten

Stein. Viel zu lange dauerte es ihrem Empfinden nach, bis der edle Stoff des Brautkleides endlich ihre Haut bedeckte und Goswin nicht mehr auf ihre Brüste und ihren Schoß starren konnte. Soweit sie mit ihren Händen greifen konnte, zog sie die Schnürung auf dem Rücken zusammen. Verzweifelt suchte sie unterdessen weiter nach einer Lösung, wie sie sich von ihm befreien könnte. Allein das hielt die Tränen der Scham zurück.

»Ich möchte das Erbe meiner Mutter bei der Hochzeit bei mir haben«, sagte sie, nachdem es vollbracht war. Der Gedanke, dass sie ihre stärkste Waffe – seine Liebe für sie – bisher nicht genutzt hatte, war ihr just in dem Moment gekommen, in dem sie ihre Hände von der Schnürung nahm.

Goswin wirkte unschlüssig.

»Drüben im Haus mit der schiefen Tür befindet sich noch mein Bündel«, erklärte sie. Zum ersten Mal schien er ihr tatsächlich zuzuhören. »Darin befinden sich zusammengeschnürte Pergamente meiner Mutter. Ich hätte sie gern bei mir, bevor …« Das Wort Trauung brachte sie nicht über die Lippen.

Goswins Blick glitt über die Silberbrokatärmel und ihre Brüste hinauf zum Seil um ihren Hals. »Gut, ich hole es«, meinte er und verschwand hustend nach draußen.

Kurz darauf fegte mit ihm ein eisiger Wind in die Kapelle zurück und trieb Schnee bis an die Feuerstelle heran. Er entknotete Hortensias Bündel, und als er nur Schreibzeug, Pergamente und ein Kleid darin ausmachte, legte er es vorsichtig neben sie – auf der Hut vor ihren befreiten Händen. Die Hände würde sie benötigen, wenn der Pfarrer eintraf, dachte Goswin vorfreudig. Wie sonst könnte sie ihm beim Ehekuss zärtlich über das Gesicht fahren?

Hortensia hielt den Blick gesenkt aus Angst, er würde ihre wahre Absicht in ihren Augen erkennen. Das dicke Leinenbündel war feucht, verhärteter Schlamm aus dem Haus mit der schiefen Tür klebte daran. Unter Goswins neugierigen Blicken legte sie sich das Pergamentbündel der Mutter auf den Schoß. Ihre Finger glitten über den Einband, der das Gotteshaus mit den vier Türmen zeigte. Sie löste die Schnürung und schlug das Bündel irgendwo in der ersten Hälfte auf. Weder hatte Nässe das Pergament gewellt noch die Schrift verwischt. Ihr Blick fiel auf ein Bildnis, das sie heute das erste Mal sah und das sie an ihre Mutter erinnerte. In gelber, weißer und grüner Farbe war auf einer ganzen Seite das Gesicht einer Frau im Alter von etwa fünfundzwanzig Jahren gezeichnet. Beim Anblick der linken Wange mit der winzigen Besonderheit vergaß sie kurzfristig alles Entsetzliche um sich herum, sah nur noch die Frau mit dem …

»Es tut mir leid um deine Mutter«, sagte Goswin traurig, doch Hortensia war noch immer von der Zeichnung gefesselt und hörte ihn nicht.

Ihm gefiel, wie friedlich sie mit den Pergamenten auf dem Schoß dasaß und wie zärtlich sie damit umging. Am liebsten hätte er sie jetzt berührt, denn nun würde sie bestimmt nicht schreien und vor ihm zurückzucken. Die Chancen standen gerade gut, befand er und wagte sich bis an die Altarstufen zu ihr vor. Dort setzte er sich hin.

Hortensia schaute auf. »Darf ich Euch vorlesen?« Sie erkannte ihre sanft klingende Stimme selbst kaum wieder, aber es war die einzige Möglichkeit, Goswin beizukommen. Der Anblick der ihr vertrauten Frau im Buch verlieh ihr Milde? Kraft? Mut? Alles zusammen? Hortensia wusste es nicht zu sagen.

Den Blick auf die Schriftzeilen gerichtet, begann sie: »Wir ritten zwanzig Tage, der Winter war hart und der König unerbittlich mit den Seinen.« Niemals würde sie Goswin Einblicke in den Inhalt des Pergamentbündels gewähren und erfand deshalb, was sie ihm angeblich vorlas.

Es war gut, dass Goswin noch immer zu ihren Füßen saß, so konnte er das Tun ihrer rechten Hand nicht verfolgen.

»Die Kälte fraß uns auf, und ich war mir sicher, meine Heimat nie wiederzusehen«, fuhr sie fort und verfolgte dabei aus den Augenwinkeln, dass Goswin endlich versunken zum knisternden Feuer blickte. »Einzig der Gedanke an meine Frau, die schönste von allen«, spann sie ihre Geschichte im Leseduktus weiter, »hielt meinen Willen aufrecht, weiter im irdischen Leben zu verweilen.« Von der Seite her sah sie, dass der Waidhändlersohn lächelte. Sie nutzte die Gelegenheit, um ihr Bündel unauffällig näher zu sich heranzuziehen. Sie bekam es nur schwer zu fassen, denn das Seil um ihren Hals zog und ließ ihr kaum Bewegungsspielraum. »Sie war die schönste aller Frauen, und die Nächte mit ihr waren erfüllend.« Es kostete sie viel Anstrengung, ihre Worte möglichst ergriffen klingen zu lassen, damit er die Abscheu, die sie vor ihm empfand, nicht aus ihnen heraushörte.

»Die schönste der Frauen«, wiederholte Goswin und setzte sich zwei Stufen höher, so dass ihn lediglich noch eine Armlänge von ihr trennte.

Hortensia zwang sich, nicht vor seinem fauligen Atem zurückzuweichen. Mit ihm, der Feuerstelle und dem herantreibenden Schnee fühlte sie sich wie auf einer Insel, die stetig an Land verlor. Ihre Hand ruhte im Bündel.

»Endlich! Der Pfarrer!«, rief sie gespielt freudig und zeigte mit der freien Hand zum Eingang der Kapelle.

Goswins Kopf fuhr zum ehemaligen Portal herum und verschaffte ihr damit die Zeit, die sie brauchte, um den Stöpsel des Fläschchens unbemerkt herauszuziehen.

»Bist du auch schon so ungeduldig?«, fragte er erwartungsvoll und wandte sich ihr genau in dem Moment wieder zu, in dem sie das Tintenfass in die Hand genommen hatte. Ohne zu zögern, schüttete sie ihm die Flüssigkeit ins Gesicht. Schwarze Eisen-Gallus-Tinte, die noch aus der markgräflichen Schreibkammer in Meißen stammte, lief ihrem Peiniger nun über das ganze Gesicht.

Goswin sprang auf und rieb sich die Augen. »Was hast du getan?«

So nahe bei ihm, griff sie nach dem Messer an seinem Gürtel und zog es aus der ledernen Scheide. Dann rammte sie ihm den Messerknauf ins Gemächt.

Goswin heulte wie ein Wolf auf, presste die tintenverschmierten Hände vor den schmerzenden Schritt und sackte schließlich auf die Knie.

Eilig durchschnitt Hortensia ihre Fußfesseln, für das Seil am Hals benötigte sie mehrere Anläufe, die von Goswins Jammern begleitet wurden, der langsam wieder hochkam. Noch immer hielt er sich den Schritt, mit dem rechten tintenverschmierten Auge blinzelte er heftig, das linke musste er geschlossen halten. Rasch griff Hortensia nach dem Pergamentbündel und ihren Gewändern, dann stieß sie Goswin mit aller Kraft um und lief zum Ross vor der Kapellenwand.

»Wie konntest du nur?«, hörte sie den Erfurter nun schreien. Das Pferd zeigte sich unbeeindruckt von all der Aufregung. Das war gut. Mit einer Hand am Sattelknauf zog Hortensia sich auf den Pferderücken hinauf.

Da stand Goswin schon wieder auf den Beinen und kam auf sie zugetaumelt. Sofort zog Hortensia die Zügel an. Keinen Lidschlag zu spät, denn schon griff Goswin nach dem Schwanz des Pferdes, konnte ihn aber nicht festhalten, weil Hortensia das Pferd zum Galopp antrieb.

Hortensia preschte in den Hof der Burganlage, vorbei am Brunnen, am verkohlten Stumpf der Linde und den Häuserruinen. »Ich komme wieder, Guntram«, versprach sie leise. »Dann bekommst du ein Grab!« Jetzt aber wollte sie erst einmal nur weg von hier.

Nachdem Hortensia sich weit genug von Neumark entfernt hatte, entschied sie, der Helligkeit entgegenzureiten, gen Norden, wo der Himmel noch klar war. Von Osten her schoben sich tiefe, dunkelgraue Wolken heran.

In einer kleinen Siedlung, in der man ihr sagte, dass sie sich auf halbem Weg nach Kölleda befände, wollte sie über Nacht bleiben. Für eine der Münzen aus dem markgräflichen Beutel kam sie in einem Stall unter. Die Bäuerin rieb ihr dafür sogar noch das Ross ab und brachte ihr einen Becher warmen Würzwein, an dem Hortensia sich die Hände wärmte.

Erst als sie das Scheunentor hinter sich zuzog, begriff sie, dass es ihr tatsächlich gelungen war, dem Irren zu entkommen. Und erst als sie sich in einer Ecke des Stalls erleichterte, fiel ihr auf, dass sie noch immer das Kleid mit den Silberbrokatärmeln trug. Hastig öffnete sie die Schnürung am Rücken, zerrte sich den Stoff vom Leib und vergrub das Kleid danach, und in übertragenem Sinn damit auch Goswin, unter einigen Schichten Stroh, vorne beim Schwein.

Nur mit ihrem Untergewand und dem Umhang bekleidet, ließ sie sich einige Zeit später auf ihrer Schlafstelle neben dem Hengst nieder, der im Stroh lag und die Augen geschlossen hatte. Eng an das Pferd geschmiegt, fand Hortensia dennoch keinen Schlaf. Immer wieder überlegte sie, was der Waidhändlersohn wohl als Nächstes anstellen würde, um sie zurückzubekommen. Und wie sollte es überhaupt mit ihr weitergehen? Mit ihr und ihrer Rache an Markgraf Heinrich?

Vielleicht begänne sie am besten so schnell wie möglich ein neues Leben, irgendwo weit weg, wo der verrückte Goswin sie nicht fände? Vielleicht im Süden, wohin es auch Hedwig und Christoph verschlagen hatte? Am Markgrafen könnte sie sich später immer noch rächen, wenn der längst nicht mehr mit ihr rechnete. Womöglich gäbe es in Augsburg ja sogar Schreibarbeiten für sie, die sie über Wasser hielten. Aber als Frau so ganz alleine? Das würde niemand lange gutheißen! Und nein, das spürte sie in diesem Moment ganz deutlich, die Rache am Mörder ihrer Familie duldete keinen Aufschub. Dazu wühlte sie jeder Gedanke an Heinrich und seine landgräfliche Politik viel zu sehr auf, wie sie gerade eben wieder bemerkte.

Um sich zu beruhigen, nahm sie das Pergamentbündel ihrer Mutter zur Hand, setzte sich auf und lehnte ihren Rücken gegen den warmen Pferdekörper. Zum zweiten Mal war sie in Neumark einer Katastrophe entkommen und das Buch mit ihr. Sie erinnerte sich an die Zeichnung der ihr auf so ungewöhnliche Weise vertrauten Frau und blätterte so lange in den Pergamenten, bis sie erneut zu der Seite mit dem Gesicht der Unbekannten gelangte. Intensiv betrachtete sie das mit Tinte, grüner, weißer und gelber Kreide gezeichnete Bild und wunderte sich über die für eine Zeichnung ungewöhnlichen Farben. Die Gesichtsfarbe war hellgelb unterlegt, die grünen Konturen energisch und sanft zugleich. Höhungen aus weißer Kreide formten die feinen Züge. Und dann diese kleine Besonderheit auf der linken Wange. Die Frau hatte leuchtend grüne Augen und harmonische, fein geschwungene Brauen. Ihr Mund besaß kleine, aber volle Lippen. Um den Namen der Abgebildeten zu erfahren, blätterte Hortensia mehrmals vor und zurück, wurde aber nicht fündig. Schließlich blätterte sie bis ganz nach vorne zum ersten Kapitel. Es besaß keine Überschrift, nur die Zahl Eins stand dort geschrieben. Sie schmiegte sich enger an das Pferd und begann zu lesen:

1. Sie sagen, dass ich Hermann von Naumburg und der ehemalige Markgraf von Meißen sei. Aber ich glaube das nicht.

Hermann von Naumburg? Das war doch einer von Matizos Stiftern! Ihre Augen flogen nur so über die nächsten Zeilen hinweg, und so erfuhr Hortensia von der Familiengeschichte der Meißener Markgrafen vor mehr als zweihundert Jahren. Im zweiten Kapitel erfuhr sie von der Kaiserkrönung eines Königs Konrad und seiner Gemahlin Gisela von Schwaben und ihrem Weg nach Rom über den Pass der Breonen. Von Reichspolitik mit langjährigen Kämpfen gegen heidnische Slawen und tributpflichtige Polen. Nach zwei Dutzend Seiten voll politischen und familiären Geschehens wurden Personen beschrieben, die damals in Naumburg gelebt haben mussten. Vom Ritter Ulrich von Brehna las sie, einem Kampfgefährten des Hermann von Naumburg. Mehr als fünfzig Menschen wurden insgesamt namentlich benannt und beschrieben, teilweise sogar durch Zeichnungen.

Hortensia war überrascht, denn sie hatte es hier offensichtlich mit einer ganz anderen Geschichte als der von Hedwig und Christoph zu tun, die auf diesen Seiten kein einziges Mal namentlich erwähnt wurden. Auch die restlichen noch verbleibenden Seiten berichteten mit keinem Wort von den beiden, sondern nur noch von einer Beerdigung auf dem Schandacker, bei der vermeintlich Hermann von Naumburg, der Schreiber dieser Zeilen, beigesetzt worden war. Mit schwarzer Tinte war dann zu einem anderen Zeitpunkt in viel kleineren Buchstaben hinzugefügt worden, dass es sich bei dem Toten in Wahrheit um einen Bruder aus dem Georgskloster namens Sibodo gehandelt habe. Gleich mehrere Seiten hintereinander endeten daraufhin mit einem Hinweis, den sich der Schreiber offensichtlich immer wieder vor Augen führen wollte:

urbs non fuit una die condita

Hortensia wiederholte die Übersetzung des Satzes mehrmals: »Eine Stadt wird nicht an einem Tag erbaut.« Gehe in kleinen Schritten voran und gib nicht auf, interpretierte sie schließlich seine Botschaft und strich über die Buchstaben des Wortes *Urbs*. War es das, was die Mutter ihr mit dem Pergamentbündel hatte sagen wollen? Und sollte sie tatsächlich in eine Stadt gehören? Aber nein, dazu war der Ratschlag einfach nicht wichtig genug. Den hätte ihr die Mutter auch so irgendwann geben können. Stadt hin oder her. Sofort dachte sie an Naumburg, blätterte dann aber beunruhigt weiter und entdeckte ein Bild vom Bruder des Markgrafen, wie ein begleitender Schriftzug offenbarte. Es zeigte jenen Ekkehard, dessen Proportionen Matizo aus dem Grundmaß Quadrat hergeleitet hatte. Anders als die bisherigen Zeichnungen war Ekkehards Kopf jedoch nur mit wenigen Strichen flüchtig skizziert, Haar und Kopfbedeckung kaum erkennbar. Am Rande der folgenden Seite und vergleichsweise klein war eine Geistliche gemalt, deren ungewöhnlich wache Augen Hortensia auffielen.

Es kam ihr so vor, als hätte sie diese Augen schon einmal gesehen, und zwar in der zweiten Geschichte – der von Hedwig und Christoph! Hastig blätterte sie nach hinten, bis sie endlich beim letzten Kapitel, »5. Von Gottes Hand geführt«, angelangt war. Erneut blieb sie an dem Text hängen, dessen Zärtlichkeit ihr vom erstmaligen Lesen noch gut in Erinnerung war und von einer jüngst zurückliegenden Geburt, einem Wiedersehen und von der Liebe eines Mannes zu seiner Frau erzählte:

Anlässlich der Geburt haben uns Freunde besucht, Hedwig hat das Wochenbett bereits am dritten Tag verlassen. Ganze drei Tage saßen wir mit unseren Gästen in unserem bescheidenen Heim bei Wein und Brot zusammen.

Hortensia schaute sich die Zeichnung auf der rechten Seite an. Es war jene gesellige Szene, die sie einst an das letzte Abendmahl Jesu mit seinen Jüngern erinnert hatte. Die Zeichnung zeigte Hedwig und ihren Mann Christoph am Kopfende des Tisches.

Erneut blätterte sie zurück. Hedwig glich tatsächlich jener Frau, deren großformatig in grüner, gelber und weißer Kreide und Tinte gemalten Kopf sie schon zweimal bewundert hatte. Sie hatte die Frau nur deshalb nicht gleich wiedererkannt, weil sie hier in der geselligen Szene einen Eheschleier trug. Wie kam es nur, fragte sich Hortensia, dass das Bild der vom Stande her einfachen Hedwig – kein Schmuck oder Stirnreif wiesen auf eine adelige Abstammung hin – im direkten Umfeld eines Meißener Markgrafen auftauchte?

Ihr neugieriger Blick wandte sich nun wieder den Tafelgästen und den Geistlichen mit den blitzenden Augen zu. Ihre Erinnerung hatte sie beim Lesen der ersten Geschichte also nicht getrogen, als sie geglaubt hatte, das Gesicht der Frau zuvor schon einmal in der zweiten gesehen zu haben. »Ihr also seid Schwester Alwine«, sagte Hortensia leise, denn der Name der Schwester sowie ihre Zugehörigkeit zur Gemeinschaft der Naumburger Benediktinerinnen des Moritzklosters waren unter die kleine Zeichnung in der ersten Geschichte geschrieben worden. Das ist das Kloster, dachte sie, in dem heute die Augustiner-Chorherren leben.

Schwester Alwine stellte damit die zweite Verbindung zwischen Hedwig und Christoph und dem Meißener Markgrafen dar. Sie fuhr damit fort, die Einzelporträts des zweiten Kapitels mit den Gesichtern der Tafelszene des letzten Kapitels abzugleichen, blätterte hin und her, bis sie sicher war, ein gewisses Kammermädchen Katrina, eine Schwester Margit, dem Brustkreuz nach wohl eine Äbtissin der Benediktinerinnen, sowie einen Burgkoch und seine Frau Erna um den Tisch versammelt vorzufinden. Nur die Identität des Knaben, der als Einziger den Betrachter direkt anschaute, sowie der Frau mit dem langen schwarzen Haar und des Mannes neben ihr war damit noch ungeklärt.

Was Hortensia beim ersten Betrachten nicht aufgefallen war, stach ihr heute geradezu ins Auge: Unter dem Tisch hatte der namenlose Mann sein Bein mit dem der schwarzhaarigen Frau verschlungen. Noch ein Paar, schlussfolgerte sie, das auf besondere Weise miteinander verbunden war. Sie alle waren Freunde, deren Zusammenkommen Hedwig bereits drei Tage nach der Geburt ihres Kindes aus dem Wochenbett geholt hatte.

Worin bestand aber nun die Verbindung zwischen Christophs und Hedwigs Leben, das in den Kapiteln vier und fünf erzählt wurde, und dem des Hermann von Naumburg, das die ersten drei Kapitel füllte? Vielleicht würde ja das dritte Kapitel der ersten Geschichte des Rätsels Lösung sein und den Zusammenhang deutlich machen. Die Schreibstile der beiden Männer waren jedenfalls sehr unterschiedlich. Hermann von Naumburg schrieb sachlich, distanziert, zuletzt von einer Reise nach Utrecht und Speyer, vom Tod Kaiser Konrads und dem Übergang der Macht auf König Heinrich III. Christoph hingegen, der der Schreiber der zweiten Geschichte von Mutters Pergamentbündel war, erzählte sehr persönlich und emotional. Einige Seiten nach dem großformatigen Bildnis der Frau in Grün, Gelb und Weiß fand Hortensia die Überschrift:

3. Unser Gotteshaus in Flammen

Die Erzählung des Hermann von Naumburg zog sie sofort wieder in ihren Bann und ließ sie die vergangenen Tage mit dem verrückten Goswin völlig vergessen. Die Begebenheiten waren einfach zu unglaublich, als dass sie hätten wahr sein können! Jedenfalls berichtete Hermann von Naumburg, dass er seiner Erinnerung beraubt worden war. Auch sei ein anderer, den man für ihn gehalten habe, auf dem Schandacker wegen Selbsttötung verscharrt worden. Manche Bilder aus seiner Vergangenheit wären mittlerweile zurückgekehrt, andere Fakten, so betonte Hermann, blieben Behauptungen seines Bruders Ekkehard. Kein Wunder, dachte Hortensia, dass sein Schreibstil so wenig persönlich ist. Der Mann fühlt sich eben nicht wie Hermann von Naumburg.

Dann tauchte ein Name auf, den ihr auch Matizo genannt hatte, und sofort fühlte Hortensia Aufregung in sich aufsteigen: Uta von Ballenstedt. Laut sprach sie den Namen mehrmals vor sich hin und fühlte sich Matizo dabei so nah, als säße er neben ihr. Für Utas und Hermanns Darstellung fehlte Matizo noch die Kenntnis von deren Lebensweg, den sie gerade in den Händen hielt. Über die Ballenstedterin las sie, dass sie nicht nur Meißener Markgräfin gewesen war, sondern die erste Naumburger Kathedrale gebaut hatte. Eine Frau sollte ein solch mächtiges Bauwerk errichtet haben? Nicht der Markgraf oder der Naumburger Bischof?

Inzwischen war es so dunkel in der Scheune, dass Hortensia vor das schmale vergitterte Fenster bei dem schlafenden Schwein trat, damit der Vollmond noch etwas Helligkeit auf Mutters Pergamente schicken konnte. Sie wollte unbedingt wissen, wie es Uta von Ballenstedt und Hermann von Naumburg weiterhin ergangen war. Erneut verlor sie sich in deren Geschichte. Die Kathedrale, die Uta von Ballenstedt erbaute, hatte ihr Dach durch einen Brand verloren, der auch die frischen Malereien stark in Mitleidenschaft zog. Und das alles nur, weil ein vom Vater verlassener Sohn Vergeltung hatte üben wollen. Gebannt schaute Hortensia auf die letzte Seite vor der Mitte des Pergamentbündels, wo das dritte Kapitel und damit Hermanns Geschichte endete und die Christophs begann. Dort stand geschrieben:

Gott hat uns mit dem Leben aus der Brandhölle davonkommen lassen. Und mit unserer Liebe. Sieben Tage lang reisten wir Richtung Süden. Bei Arnstadt fanden wir ein Häuschen im Wald, das einer Kräuterfrau gehörte.

Auch wenn unsere Liebe vor dem König und seinen Gesetzen nicht sein durfte, sind wir überzeugt, dass die göttliche Errettung unsere Trauung vor dem Herrn war. Wir brauchten keinen Pfarrer oder Bischof mehr, wo doch der Allmächtige unsere Liebe gesegnet hatte.

Hermann von Naumburg war also ein Mensch gewesen, der für seine Frau auf den Reichtum, die Macht und die Annehmlichkeiten seines adeligen Standes verzichtet hatte. Hortensia war tief berührt. Dann wandte sie sich Hermanns letzten Zeilen zu.

Uta von Ballenstedt, ich liebe dich, meine Hedwig.
Mit der vergangenen Nacht hat unser gemeinsames Leben
begonnen. Und ich spüre: auch das unserer jungen Familie.

Mit zitternden Händen presste Hortensia das aufgeschlagene
Pergamentbündel an ihre Brust und trat vom Fenster weg.
Uta von Ballenstedt, die einstige Markgräfin von Meißen, war
Hedwig! Folglich war der einstige Markgraf von Naumburg
Christoph, der seine Schwägerin erst nach Annahme einer
neuen Identität hatte lieben dürfen. Die beiden Geschichten
waren in Wirklichkeit eine einzige! Jetzt verstand sie auch,
warum deren Kapitel durchlaufend numeriert waren. Von
eins bis fünf. Aber da stand noch ein Satz, der seltsamerweise
ein Stück weiter nach unten gesetzt worden war.

Hortensia trat wieder zurück ans Fenster. In einem ausgewogenen Schriftbild, die Buchstaben waren gestochen scharf,
wenn auch viel kleiner als die Hermanns, stand geschrieben:

Hermann von Naumburg, ich liebe dich wie von Sinnen, mein
Christoph.

Die wenigen Worte gingen Hortensia ebenso zu Herzen wie
die Hermanns, und sie strich mit den Fingerspitzen so sanft
über sie hinweg wie zuletzt über die Haut ihres Geliebten im
Spitzboden. Die Mutter hatte sie mit diesen Pergamenten also
darin bestärken wollen, an die Liebe zu glauben. Wahrlich etwas Einzigartiges hatte sie ihr damit hinterlassen und ihr damit bewiesen, an was sie schon immer geglaubt hatte: Für die
Liebe lohnte es sich zu kämpfen.

Beinahe verträumt blätterte Hortensia durch die weiteren
Seiten, die sie ja bereits gelesen hatte, bis sie ans Ende der Pergamente gelangte. Dort zeigte die letzte Doppelseite einen

Baum mit unzähligen, weitverzweigten Ästen, den sie bisher stets überblättert haben musste. Anstelle von Früchten trug er Namen. Ganz unten, wo der Stamm in der Erde wurzelte, standen die Namen Hedwig und Christoph geschrieben. Aus ihnen entwuchsen drei kräftige Äste mit den Namen Hermine, Laurentia und Johannes. Über den drei Nachkommen des ungewöhnlichen Paares verzweigten sich die Äste abermals und gebaren neue Namen, die in mehreren Reihen geschrieben standen. Schnell hatte Hortensia die meisten der Namen gelesen. Dabei war ihr aufgefallen, dass jede Generation in einer anderen Handschrift ergänzt worden war: Henrike, Tagino, Herpo, Hanna, Anna ... gerade so, als hätte jede Nachfolgegeneration sich selbst im Baum der Familie verewigt, nachdem sie die Geschichte ihrer Herkunft gelesen hatte. Schließlich war Hortensia im obersten Geäst des ungewöhnlichen Baumes angekommen, und was sie dort sah, raubte ihr schlichtweg den Atem.

Seit der Totgeburt fühlte sich Agnes, als habe man lebensnotwendiges Gedärm aus ihr herausgerissen. Ihr war, als sei sie ohne ihren Sohn kaum mehr lebensfähig und auf jeden Fall unvollständig. Mit schlaffer Hand griff sie nach dem Silberblattspiegel auf dem Fenstersims. Ihr Unterarm zitterte, als sie sich der Spiegelseite zuwandte. Eine schmucklose Frau mit schlaffem, glattem Haar und faltiger Haut blickte ihr entgegen. Sie sah aus wie ihre Maminka. Die allerdings hatte zum Trost wenigstens ihre Kinder gehabt. Doch nicht einmal das war Agnes vergönnt.

Viel zu kurz hatte sie das ganz besondere Gefühl der Mutterliebe erleben dürfen. Aber es hatte bewirkt, dass sie sich so wertvoll und geliebt fühlte wie noch nie zuvor. Es war wie ein unsichtbares Band, das Gott zwischen ihr und dem kleinen Heinrich geknüpft hatte. Die Verbindung zwischen ihrem Ehemann und ihr hingegen war von Menschenhand gemacht.

Müde schaute sie Heinrich hinterher, der gerade die Kammer verließ. Morgen gedachte er nach Braunschweig aufzubrechen, um dort Herzog Ottos Ansprüche an der Landgrafschaft abzugelten. Vom Kindbettfieber war sie zwar verschont geblieben, die Schwäche aber wollte nicht von ihr weichen. Aber auch wenn sie rascher zu Kräften gekommen wäre, hätte sie Heinrich nicht begleiten wollen. Überhaupt wollte sie nicht mehr viel. Ihre Wünsche hatten sich im Nichts aufgelöst. Die Geburt lag inzwischen mehr als zwei Wochen zurück, und es gab keinen Abend, an dem sie nicht über die vergangenen Monate nachdachte und weinte – aller aufmunternden Geschichten der Hebamme, aller Tränke und der plötzlichen Freundlichkeit ihrer Kammerfrau zum Trotz. Auch Heinrich hatte sie zu trösten versucht. Er sprach davon, dass Gott und nicht Agnes über Leben und Tod entscheiden würde. Was empfand sie eigentlich noch für Heinrich? Seit der Geburtsnacht wusste sie das nicht mehr so genau zu sagen. Da war so ein Gefühlswirrwarr in ihr, das sie einfach nicht aufzudröseln vermochte.

Seit der Totgeburt gingen Agnes sämtliche Kinder, die ihr jemals begegnet waren, nicht mehr aus dem Kopf. In der Zeit ihrer Jugend in Böhmen die Mädchen, mit denen sie aufgewachsen war, wie Edita, die Tochter des Küchenmeisters, die regelmäßig mit Honig übergossene Dörrfrüchte gemopst hatte. Oder Jarmila, die adlige Waise, die zur Erziehung an den böhmischen Königshof geschickt worden war, als Agnes gerade sechzehn Jahre gezählt hatte. Lieder erklangen in ihrer Erinnerung, ein Summen aus jungen Kehlen, Tänze im Garten. Ihr erschienen die Kinder, die auf der Reise nach Meißen am Wegesrand gestanden hatten, und all die kleinen Städter zuletzt in Naumburg. Auch Franz mit den leuchtend roten Haaren war noch ein Kind gewesen, obwohl seine Tat an Saphira nicht weniger grausam gewesen war als die eines Erwachsenen. »Bin Franz. K… k… küüümmere mich um Tiere hier«, vernahm sie seine Stimme wieder und verspürte Schmerz.

Zusammen mit dem tiefen Rauschen der Bäume am Burghang trug der Wind auch ein helles Lachen zu ihr herein. Wie ihr kleiner Heinrich wohl in diesem Alter geklungen hätte? Agnes hievte sich aus dem Stuhl und schaute aus dem Fenster.

Sie konnte den Hof einsehen, Baumkronen umgaben die Burgmauern. Albrecht übte vor dem Palas mit dem Schwert und trug ein Kettenhemd, das ihm viel zu groß war und ihm bis zu den Knien herabhing. Auf dem Kopf saß eine wattierte

Haube, wie sie Ritter unter ihren Helmen trugen. Marschall Gnandstein war Albrechts Gegner, er hielt das Schwert locker in der Hand, als hätte er nie etwas anderes getan, als zu fechten.

Wieder lachte der Junge auf, weil ihm ein Unterhieb gelungen war, und sein Lachen klang seltsam unbeschwert. Agnes hatte Albrecht schon gehässig, überlegen und müde lachen gesehen. Aber diese Unbekümmertheit war neu. Agnes war überrascht, dass ihr das in ihrem Zustand überhaupt auffiel. Früher hatte sie fremde Kinder nie beachtet.

Fremde Kinder? Heinrichs jüngeren Sohn Dietrich, der in Altzella war, und Albrecht unten im Hof kannte sie nun schon seit sechs Jahren, und doch waren sie ihr immer fremd geblieben. Sie fragte sich, wie andere Mütter es mit ihren Stiefkindern hielten. Insbesondere Albrecht mit seiner herrischen, wenig liebenswürdigen Art machte es den Leuten nicht leicht, ihn zu mögen. In Meißen ging der Großteil des Gesindes ihm am liebsten aus dem Weg.

Für einen kurzen Moment hatte Agnes Mitleid mit Albrecht. Seine Mutter konnte ihn ihre Liebe nicht mehr spüren lassen. Das unsichtbare Band, welches Gott zwischen Konstanze von Österreich und ihren Söhnen geknüpft hatte, bestand zwar noch immer, war durch den Tod der Frau aber weniger belastbar geworden, als hätte man es an mehreren Stellen eingeschnitten.

Agnes' Blick fiel auf das kleine Stück Zedernholz, das ihr die Hebamme auf den Tisch neben der Bettstatt gelegt hatte. Es sei das Geschenk einer Reisenden als Lohn für eine geglückte Geburt, hatte Rufina ihr erklärt, und dass es das Band zwischen Mutter und Sohn stärke. Würde Albrecht durch das Holz womöglich die Liebe seiner Mutter deutlicher spüren können?, fragte sich Agnes. Nun, es war zumindest einen Versuch wert.

Sie griff nach dem Umhang auf der Bettstatt, stieg in ihr Schuhwerk und ging langsam zur Tür. Seit der Geburt war es das erste Mal, dass sie die Wöchnerinnenkammer verließ. Ein paar Schritte den Flur hinab würden ihren steifen Gliedmaßen guttun. Sie würde das Holz einfach zu Albrechts Sachen legen.

Sie öffnete die Tür zu seiner Kammer und trat ein. Da standen ein Paar Stiefel ordentlich am Eingang, alle anderen Gegenstände und Utensilien im Raum lagen dagegen wild durcheinander. Gewänder befanden sich nicht in der Truhe, sondern zwischen Pergamentseiten und Bechern. Auf dem Fensterbrett stand ein halbleeres Essensbrett. Der Steinfußboden war klebrig, als habe der Junge ein süßes Getränk darauf verschüttet. Auf der Bettstatt befanden sich einige Messer der Größe nach sortiert.

Agnes berührte den Umhang, der am Bettpfosten hing, und führte ihn an ihre Nase. Er roch nach Schweiß, aber auch nach Kind, eher süßlich und nicht so sauer wie die Wäsche von Erwachsenen. Unter der Bettstatt lugten ein Hemd und ein Gebetsbuch hervor. Was ihr kleiner Heinrich wohl für Gewänder getragen hätte?

Sie ging in die Hocke, was sie aufstöhnen ließ, denn ihr Geburtskanal war noch nicht vollständig verheilt. Sie biss die Zähne zusammen und zog das Obergewand mit den Dingen, die sich sonst noch darauf befanden, unter dem Bett hervor. Auf einem Ärmel lag ein ledernes Täschchen von der Größe einer Manneshand. Vielleicht hatte es Albrecht verwendet, um Habseligkeiten oder ein besonderes Messer darin aufzubewahren. Sie hatte es noch nie bei ihm gesehen, aber es schien ihr geeignet, Rufinas Zedernholz darin zu verstauen. Staubmullen vom Boden unter dem Bett hingen wie eine filzige Wolke an der Tasche.

Als sie das Täschchen in die Hand nahm, erklang aus seinem Inneren ein vertrautes Geräusch, das Agnes zusammenfahren ließ. Sie riss die Tasche auf, voll und ganz auf den Inhalt konzentriert.

In der Tasche fand sie ein paar silberne Brocken, die sie aber nicht weiter beachtete, weil noch etwas anderes zum Vorschein kam: eine Bell! Agnes legte sich das Glöckchen auf die Hand und bewegte es. Kein Zweifel, die vergoldete Bell gehörte eindeutig Saphira. Heinrichs Vögel trugen allesamt silberne Glöckchen, und die von anderen Raubvögeln im Besitz niederer Adliger waren aus Eisen oder Kupfer gemacht. Wie nur kam Albrecht zu diesem Stück? Da dämmerte es ihr! Und im gleichen Moment sah sie Franz' Gesicht vor sich und hörte ihn seine Unschuld beteuern.

»Das sind meine Sachen!«, rief in diesem Moment eine Stimme von der Tür her, und schon kam Albrecht auf sie zugestürmt. Er wollte sie zur Seite stoßen und ihr das Ledertäschchen entreißen, was Gnandstein im letzten Moment verhindern konnte, auch wenn er sie danach mit fragendem Gesichtsausdruck ansah.

»Sie ist eine Diebin und will mein Silber!«, rief Albrecht und ruderte verzweifelt unter Gnandsteins festem Zugriff mit den Armen, um der Böhmin seine Tasche doch noch entreißen zu können.

Erst jetzt kam Agnes aus der Hocke hoch und wies ihn mit fester Stimme an: »Marschall, bitte holt den Landgrafen her!« Das Zedernholz ließ sie unter dem Bett zurück.

Um jedem Einspruch zuvorzukommen, hielt sie Gnandstein die Hand mit der Bell hin, woraufhin Albrecht augenblicklich verstummte. Der Junge ruderte auch nicht mehr, sondern hing nur noch wie eine Puppe an Fäden im Haltegriff des Marschalls. Eine Puppe in übergroßem Kettenhemd.

In Albrechts Zügen lag ein Ausdruck ratlosen Erschreckens, der auch nicht wich, nachdem Gnandstein die Kammer

416

verlassen und Agnes die Tür hinter ihm verriegelt hatte. Zum ersten Mal seit sechs Jahren war sie mit Albrecht allein. Erneut dachte sie an den unschuldigen Franz, sah Saphiras breitgetretenen Kopf im bischöflichen Stall und das Blut an ihren weißen Handschuhen. Sie streckte ihm die Bell entgegen. »Sag mir, warum!«

Hasserfüllt funkelte Albrecht sie an. »Ihr habt es verdient!«, spie er aus, als würde allein schon ihr Anblick Ekel in ihm verursachen. Die Haube hing ihm schief auf dem Kopf.

Agnes ermahnte sich, ihre aufkommende Wut unter Kontrolle zu halten, weil sie ein Kind vor sich hatte. »Sollte ein tugendhafter Ritter nicht aufrichtig sagen, wofür er kämpft?«

»Ich bin Vaters Fleisch und Blut, nicht Ihr! Der nächste Herrscher in der Familie werde ich sein, und deswegen gehöre ich an seine Seite!«

Agnes durchdachte seine Erwiderung, fand aber so schnell keine passende Antwort. »Gibst du zu, Saphira getötet zu haben?«

»Ein Ritter muss für seine Sache kämpfen, er darf nicht zuschauen, wie sie verlorengeht!«, entgegnete Albrecht. Zur Bestärkung zog er sich die Haube vom Kopf und warf sie Agnes wie einen Fehdehandschuh vor die Füße. Über diesen Brauch, einem Gegner den Kampf anzusagen, hatte er seines Vaters Männer unlängst reden hören.

Agnes umschloss Saphiras Bell mit den Fingern und presste sie an ihre Brust. Wäre da nicht die kraftraubende Totgeburt gewesen, hätte sie ihn jetzt entsprechend zurechtgewiesen. Stattdessen trat sie um die Haube herum an Albrecht vorbei und entriegelte die Tür.

Albrechte zuckte zusammen, als er den Vater noch vor Gnandstein eintreten sah. Heinrich begab sich an Agnes' Seite und meinte: »Wenn du deiner Sache so sicher bist, trage vor, was geschehen ist, Albrecht.« Seine nächste Frage richtete sich an seine Frau. Er wollte wissen, warum sie nicht in der Wöchnerinnenkammer war.

Agnes nickte knapp zum Zeichen dafür, dass es ihr schon etwas besser ging.

»Den Vogel ... ich habe ihn umgebracht.« Unsicher sah Albrecht zu seinem Vater auf.

»Du hast was?« Heinrich schaute zuerst Albrecht, dann Agnes fragend an.

»Den abgehackten Kopf habe ich dem dummen Fr... Fr... Franz ins Bett gelegt.« Das gespielte Stottern amüsierte den Jungen. Am liebsten hätte er jetzt noch gehässig gelacht, denn die Böhmin hatte es verdient. Doch das angespannte Gesicht des Vaters ließ ihn davon absehen, seinen Triumph voll auszukosten. Stolz hob er das Kinn.

»Du warst das?«, wiederholte Heinrich. Der Falkner hatte ihm vom Geschehen rund um den Tod des Greifvogels berichtet. Tröstend strich er seiner Gattin über den Arm. »Das tut mir leid, Anežko.«

Sie nahm seine Anteilnahme zur Kenntnis, mehr nicht. Eigentlich war ihr zum Weinen zumute, weil noch ein unschuldiges Kind gestorben war. Der rothaarige Stalljunge war zu Unrecht auf den Naumburger Schandacker geworfen worden. Bin Franz. K... k... küüümmere mich um Tiere hier!, durchfuhr es sie. Traurig schritt sie vor das Fenster.

Heinrich trat vor Albrecht und umfasste die Schultern seines Sohnes. »Aber warum, mein Junge?«

»Weil Ihr wegen ihr«, er deutete mit dem Kinn missmutig auf Agnes, »so wenig Zeit für mich habt!« Seine Nasenlöcher blähten sich vor Erregung.

Heinrich, der damit gerechnet hatte, dass Albrecht ihm etwas von der Lust am Kampf, von Schneidetechniken oder einem Versehen erzählen würde, war wie vor den Kopf geschlagen. »Dazu hattest du kein Recht«, entgegnete er nach einer Weile.

»Doch!«, beharrte Albrecht und tat so, als sei Agnes nicht anwesend, als habe sie jetzt, während er mit dem Vater sprach, still zu sein. Sein Gesicht war dabei hochrot. »Als nächster Landgraf stehe ich über ihr.« Jetzt zitterten seine Nasenlöcher.

Heinrich schaute zwischen seiner Gemahlin, die noch immer reglos mit dem Rücken zu ihnen am Fenster stand, und dem Sohn hin und her. »Auch wenn du der nächste König werden würdest, verbitte ich mir, dass du Agnes so etwas antust!«

»Ihr tut mir ja auch etwas an!«, entgegnete Albrecht und biss sich im nächsten Moment auf die Lippen. Selbst als sein Sohn stand es ihm nicht zu, dem Thüringer Landgrafen Vorwürfe zu machen. Aber wenn er es jetzt nicht aussprächе, würde er es wahrscheinlich nie mehr tun. Bald wäre der Vater wieder in seine Regierungsgeschäfte versunken.

Heinrich war verdutzt. »Was tue ich dir denn an?«

»Euer Versprechen damals auf dem Ettersberg, dass wir im Sommer gemeinsam einen Bären jagen werden«, entgegnete Albrecht, ohne zu zögern. »Bis heute habt Ihr es nicht eingelöst. Das war vor zwei Jahren. Aber bei ihr«, er zeigte anklagend zum Fenster, »liegt Ihr so viele Nächte!« Am liebsten hätte er nun noch die Geräusche, die die Böhmin dann von sich gab, nachgeahmt.

Heinrich hatte das Versprechen längst vergessen. Er hob Albrechts Haube auf und hielt sie ihm versöhnlich hin. »Wir holen das in diesem Sommer nach.«

»Gnandstein hält all seine Versprechen«, murmelte Albrecht schon kleinlauter.

Heinrich sah, dass der Marschall bei der Tür entschuldigend mit den Schultern zuckte. »Ich löse meine Versprechen auch ein, manchmal dauert es nur etwas länger«, versicherte er und schaute Albrecht dabei eindringlich an. Der Junge hatte die gleichen Augen wie Heinrichs Mutter Jutta, und sie drückten gerade jene Traurigkeit aus, die ihm bisher lediglich bei seinem Zweitgeborenen aufgefallen war. »Bei einem vielbeschäftigten Landgrafen«, meinte er nun, »brauchen die Söhne viel Geduld. Meine Regierungsgeschäfte verfolge ich mit Eifer, weil du eines Tages ein reiches Erbe übernehmen sollst.«

Albrecht griff nach der Haube.

»Und von einem zukünftigen Landgrafen erwarte ich, dass er sich an Regeln hält«, fuhr Heinrich fort. »Wir bringen nicht einfach treue Gefährten um oder beleidigen gar Familienmitglieder!«

Bei dem Wort *treue Gefährten* schaute Albrecht zu Gnandstein. Schnell drängte er den Gedanken beiseite, dass er seine Schwertübungen in der nächsten Zeit vielleicht ohne den Marschall ausführen müsste, was als Bestrafung durchaus in Frage käme. »Aber sie hätte nicht an meine Sachen gehen dürfen«, sagte er daher schon etwas zurückgenommener.

Wahrlich, das hätte sie nicht!, dachte Heinrich, ging aber nicht darauf ein. Er wollte Agnes nicht noch mehr Kummer machen. »Das ändert jedoch nichts daran, dass du unrecht gehandelt hast«, sagte er stattdessen und entschied dann: »Wenn wir aus Braunschweig zurück sind, wirst du zur Strafe nach Altzella gehen. Dort überlegst du dir, wie du dich für das, was du getan hast, angemessen bei Agnes entschuldigen kannst.«

Albrecht griff nach der Hand des Vaters. »Bitte nicht zu den langweiligen Mönchen, dort vergammele ich!«

Da wandte sich Agnes plötzlich zu ihnen um. Das Klingeln von Saphiras Bell hatte ihre Bewegung begleitet. Sie war blass und hielt das Glöckchen in der leicht geöffneten Hand vor der Brust. »Darf ich eine andere Bestrafung vorschlagen?«

* * *

Burkhard schlug dem Tier seines Begleiters so kräftig auf die Flanke, dass es einen Sprung tat und danach in den Galopp überging. Neumark tauchte bereits vor ihnen am Horizont auf, noch vor Einbruch der Dämmerung würde die Trauung vollzogen sein. Die Geistlichen in Erfurt hatten sich allesamt geweigert, ihm wegen einer eh schon unrechtmäßigen Eheschließung auch noch zur Burgruine nach Neumark zu folgen. Erst in Sömmerda, in einer Hütte, die er ohne die Hilfe eines Einheimischen niemals als Pfarrhaus identifiziert hätte, war Burkhard schließlich fündig geworden. Eine Anzahlung aus Goswins Beutel hatte er dem Pfaffen schon geleistet, den Rest erhielte der Geistliche dann nach der Zeremonie.

Der Gedanke, einfach von Neumark fortzureiten und den Kampf um die widerspenstige Braut nicht länger mit ansehen zu müssen, war verlockend gewesen. Sold hin oder her. Sein Pferd hatte Burkhard sogar schon Richtung Süden auf die Thüringer Wälder zu gelenkt, war dann aber doch noch nach Erfurt geritten, um nach einem Pfarrer zu suchen. Das schlechte Gewissen dem langjährigen Freund gegenüber wog wider Erwarten stärker als das flehende Gesicht der Gefesselten und das Wissen, ehrlos zu handeln. Die Archfelds hatten ihn, den in Ungnade gefallenen Ritter, jahrelang dafür bezahlt, dass er sie auf ihren Handelszügen begleitete und beschützte. Dabei war ihm Goswin immer mehr ans Herz gewachsen. Vielleicht, so hoffte er, hätten sich Goswin und

Hortensia zwischenzeitlich ja doch noch geeinigt, so dass das Trauritual reibungslos vollzogen werden konnte.

Burkhard schloss zu dem Pfaffen auf, dessen Oberkörper bei jedem Schritt des Pferdes hin und her schwankte, als galoppiere das Tier über Hindernisse. Zweimal hatte er dem ungelenken Reiter bereits wieder in den Sattel helfen müssen, und er war sicher, dass es nicht dabei bleiben würde.

Neumark lag unter einer dicken Schneeschicht begraben, und als sie sich den Ruinen näherten, begann es, erneut zu schneien. Die Abendsonne ging rotblau am Horizont unter, während sie an den ausgebrannten Häusern vorbeiritten. »Goswin!«, rief Burkhard laut. »Wir sind zurück.« Vor der Kapelle stieg er vom Pferd und half auch dem Pfaffen hinab. Weil Goswin nicht antwortete und Burkhard das Knacken der brennenden Holzscheite vermisste, stapfte er sofort zum Eingang. Zu seiner Überraschung waren nicht einmal mehr Aschereste in der Feuerstelle vorhanden. Der Wind hatte den Schnee bis an die Altartreppe herangetragen. Auch das Mädchen saß nicht mehr gefesselt am Taufbecken. Burkhard stutzte. Sollten die beiden sich tatsächlich verständigt haben? Und womöglich in den nächsten Ort geritten sein, um sich dort trauen zu lassen? Dafür sprach zumindest, dass er Goswins Pferd nirgendwo entdecken konnte.

Da stieß der Pfaffe wie eine Frau vom Eingangsbereich her einen hohen, spitzen Schrei aus. Mit zittriger Hand deutete er in eine Ecke der Ruine. »Gott steh uns bei«, murmelte er und machte das Kreuzzeichen.

Krähen flogen von der Ecke auf, während Burkhard auf sie zuschritt. »Allmächtiger!« Er stürzte auf das hinterste Fenster zu, wo er den Freund am steinernen Fensterkreuz baumeln sah. Hortensias grün-weißen Seidengürtel um den Hals, hing Goswin von Archfeld leblos da. Die Vögel hatten sich gerade an seinem Gesicht gütlich getan, das linke Auge fehlte bereits. Goswins Beine hatten sich irgendwie verdreht und schwangen nun vom Wind getrieben hin und her wie ein Windspiel. Ansonsten war sein Körper bereits steif vor Kälte. Wahrscheinlich war auch schon die Totenstarre eingetreten. Schnee lag auf seinen Gewändern.

Den höchsten Herrn anrufend, trat der Traupfarrer neben Burkhard. »Ist das der Bräutigam?«

Der nickte stumm. Goswins Anblick verursachte selbst ihm weiche Knie, und der Gürtel am Fensterkreuz war ihm bestens bekannt: Mit ihm hatte die unglückselige Suche nach der Tochter des Burgschreibers von Neumark einst begonnen.

»Und wo ist die Braut?« Mit unheilvollem Blick suchten die Augen des Pfarrers die weiteren Fensterlaibungen ab, und er atmete schließlich hörbar erleichtert aus.

»Hortensia, zeig dich!«, rief Burkhard wieder in Richtung des Taufbeckens. »Du bist frei.« Es sieht mir ganz danach aus, dachte Burkhard, als er keine Antwort bekam, dass Hortensia auf Goswins Ross die Flucht gelungen ist. Ohne jede Möglichkeit, sie zu Fuß einzuholen, und krank vor Enttäuschung hatte sich der Waidhändlersohn daraufhin wohl das Leben genommen. Goswin war klug und findig gewesen, und doch hatte er sich von diesem Weib um den Verstand, ja sogar um sein Leben bringen lassen. »Der Leichnam kann dort nicht bleiben«, entschied Burkhard. Zumindest das war er dem Freund und der Familie Archfeld schuldig.

Der Pfarrer streckte ihm fordernd die Hand entgegen. »Erst will ich mein Geld!«

Fünf Tage lag die Gefangenschaft am Taufbecken zurück, als Hortensia zum ersten Mal nicht mehr den ständigen Drang verspürte, sich umzudrehen, um zu sehen, ob Goswin von Archfeld sie noch verfolgte.

Schon aus der Ferne betrachtet wirkte Naumburg heute majestätischer und selbstbewusster als noch vor zwei Jahren. Damals hatte sie die Stadt durch die Salzpforte betreten, noch ganz benommen vom Überfall und dem Wunsch des Markgrafen folgend. Heute jedoch war sie aus freien Stücken hier und wollte die Stadt über die Marienpforte betreten. Der Nebel umgab die Stadtumfriedung wie eine Kapuze den Kopf eines Menschen, fand sie. Einzig die Schiffe und Türme der Gotteshäuser ragten heraus. Zu ihrer Rechten lag die Klosterkirche St. Margarethen, wo Matizo die ersten Jahre seines Lebens verbracht hatte. Weit länger ruhte ihr Blick auf den hohen Türmen der Kathedrale links davon. Die Marienpfarrkirche hinter dem Dom wirkte wiederum wie die kleine Schwester im Schutze der großen und keinesfalls wie deren Schatten.

Trotz des Schneeregens, der auf ihren Umhang niederging, wurde ihr beim Anblick der Stadt warm ums Herz. Sie meinte sogar, den Turm von St. Moritz den Nebelschleier durchstechen zu sehen. Oder täuschte sie sich? Wenn Hortensia dem Grafen von Goldbach früher die Briefe für den Markgrafen übergeben hatte, hatte sie dem Gotteshaus nur wenig Bedeutung beigemessen. Jetzt aber, nachdem das Kloster mit Schwester Alwine und Äbtissin Margit in Mutters Pergamenten sozusagen ein Gesicht erhalten hatte, übte es eine gewisse Anziehungskraft auf sie aus.

Es war um die Mittagszeit, als sich Hortensias Ross im Schritt auf die Marienpforte zubewegte. Auf ihre Vorstellung als bischöfliche Schreiberin hin ließ man sie ohne weitere Nachfragen ein, obwohl sie überzeugt davon war, dass der Bistumsvorsteher ihren Verrat schwer ahnden würde.

Neben dem Hospital der Georgsbrüder saß sie ab und zog das Pergamentbündel ihrer Mutter aus der Satteltasche. Dann übergab sie das Pferd den Brüdern. Den heilenden Benediktinern war das Tier sicher mehr von Nutzen als dem verwirrten Goswin. Ob sie wohl immer in der Angst leben müsste, dass er eines Tages kommen und sie holen würde?

Die Pergamente unter ihr Obergewand gesteckt, umging sie die engen Gassen des Wendenplans in westlicher Richtung. Der Schneeregen hatte den gefrorenen Boden aufgeweicht, weswegen sie nur langsam vorankam. Der Drang, die Kathedrale aufzusuchen, die, wie sie nun wusste, von einer Frau errichtet worden war, ließ sie dennoch zielstrebig ausschreiten. Im Herrenweg hatte sich der Nebel etwas aufgelöst. Sie hielt geradewegs auf den Eingang der Kathedrale zu. Nur wenige Menschen waren unterwegs.

Hortensia betrat das Gotteshaus durch den Eingang des südlichen Querhausarmes. Still war es im Kircheninneren und die Luft ganz klar. Nachdem sie das Kreuzzeichen geschlagen hatte, betrachtete sie die Kathedrale vom Eingang über das Langhaus hinweg bis zur Westwand und wieder zurück zum Ostchor. So etwas Großartiges also hatte Uta von Ballenstedt geschaffen! Matizo hatte einmal erwähnt, dass der heutige Baukörper vor fünfzig Jahren begonnen und das alte Gotteshaus dafür bis auf die Grundmauern abgerissen worden war. Kaum mehr als die Krypta unter dem Ostchor hatte man stehen gelassen. Die neue Kathedrale war um die alten Fundamente herumgebaut worden, so dass die Grundrisse der beiden Kirchenhäuser einander ähnelten. In Matizos Erzählungen über seine Zeit in Amiens, Reims und Paris war nie auch nur ein einziger weiblicher Baumeister vorgekommen, erinnerte sich Hortensia als Nächstes. Eine Frau, die eine Kirche gebaut hatte, musste unbändigen Willen, unvorstellbare Kraft und vor allem Mut besessen haben.

Ehrfürchtig sank sie vor dem Altar auf die Knie, faltete die Hände zum Gebet und sprach: »Mutter, ich danke dir für deine Offenbarung.« Auch dankte sie dem Allmächtigen dafür, dass er sie aus Goswins Fängen hatte entkommen lassen. Danach bat sie für die Seele von Guntram und darum, dass Gott ihr auf ihrem weiteren Weg Kraft schenken möge. Schließlich erhob sie sich und verließ nach einem letzten Blick auf die Westwand die Kathedrale.

Gedankenversunken, mit welchen Worten sie Matizo wohl am ehesten überzeugen könnte, überquerte sie die Zugbrücke zur Marktstadt sowie den Marktplatz. Vorbei an St. Wenzel bog sie schließlich in die Wenzelsstraße ein. Erst als sie vor dem Steinmetzhaus angelangt war, schaute sie wieder auf. Just in diesem Moment öffnete Line die Tür, um Rauch und Kochdunst aus dem Haus zu lassen.

Hortensia, die ihr Wiedersehen eigentlich mit den Sätzen: »Ich weiß, ich habe auch dein Vertrauen missbraucht. Ich befand mich auf einem Irrweg und bereue es zutiefst«, hatte beginnen wollen, brachte nun vor Schreck kein Wort heraus. Früher war ihr die Hausmagd mit dem Haarknoten und den kreisrunden Falten fröhlich erschienen. Stets war Line in Bewegung gewesen, für eine Handvoll Petersilie auf den Markt oder bei Aufräumarbeiten durch das Haus geeilt. Jetzt wirkte sie um Jahre gealtert, langsam, als belaste sie jeder Schritt. Ihr Haar schien nachlässig zusammengesteckt, eher ein Vogelnest als wohlgeformte Glocke.

Hortensia umarmte die Hausmagd wortlos.

Zuerst erwiderte Line Hortensias Geste nicht, dann aber begann sie, dem Mädchen über die Schultern zu streicheln. »Ich war sicher«, flüsterte sie, »dass auch du mir genommen worden bist.« Hinter dem Rücken verhakte sie ihre Zeigefinger wie damals bei ihrem Jüngsten. Es war ihre Art, jemandem zu zeigen, dass sie ihn nicht mehr loslassen und immer beschützen wollte. Hortensia entschied in dieser traurigen Umarmung, Line die schreckliche Geschichte mit Goswin zu ersparen. »Ich bin zurück, weil ich Matizo etwas geben möchte.« Behutsam löste sie sich von Line. Ihr Blick sprang die Treppen zum Obergeschoss hinauf.

Mit unruhiger Hand zog Line sie in die Stube, nahm ihr den Umhang von den Schultern und hängte ihn nahe der feuernden Kochstelle auf. »Wärm dich erst mal etwas auf.«

Hortensia hielt die Hände vors Feuer. »Ist er da?«, fragte sie hoffnungsvoll und merkte, wie sich ein Kribbeln in ihrer Bauchgegend ausbreitete.

»Er redet kaum noch.« Line begann, in dem Dreibeintopf zu rühren.

Jede Runde mit der hölzernen Kelle kostete sie Kraft, obwohl die Suppe im Topf nur von dünner Konsistenz war. Hortensias fragenden Blick an die Decke, an der sie ihre Tannenzweige vermisste, beantwortete die Hausmagd mit: »Heruntergerissen hat er sie. Gleich nachdem du das Haus verlassen hattest.«

Das versetzte Hortensia einen Stich.

»Er braucht Zeit, Mädchen.«

»Zeit …« Hortensia schluckte. Wie sehr wünschte sie sich doch, wieder in seine eisblauen Meeresdiamanten schauen zu können. Aber einfach die Treppe hinaufzulaufen und dies einzufordern wäre der falsche Weg. Dass Zuneigung sich nicht erzwingen lässt, habe ich ja gerade erst erlebt, dachte Hortensia und sah Goswins Gesicht wieder vor sich. »Und seine Skizzen, wie kommt er voran?«

»Auch darüber redet er nicht, aber ich bekomme mit, dass er viele Nächte durcharbeitet. In seinen letzten längeren Sätzen, die inzwischen auch schon über einen Monat zurückliegen«, berichtete Line und schaute vom Topf auf, »empörte er sich darüber, dass du seine Arbeiten an den Markgrafen weitergetragen und ihn dadurch verraten hast.« Sie konzentrierte sich wieder auf die Suppe.

Vor Scham benötigte Hortensia einige Atemzüge, bevor sie Line wieder in die Augen schauen konnte. »Ich kann ihm helfen«, begann sie dann zögerlich. Sie allein wusste um das Leben dreier Stifter, nach ihren Erzählungen könnte Matizo die dazu passenden Körper und Gesichter formen. Nur zu gerne würde auch sie selbst wieder den Pinsel in die Hand nehmen, Farben mischen, lüstern und die Zeichnungen in den unterschiedlichsten Nuancen ausmalen.

Zweifelnd schaute Line von der dampfenden Suppe auf. »Du oder der Markgraf?«

Hortensia ergriff die Hände der Hausmagd. »Ich ganz allein. Blind vor Schmerz war ich damals gewesen, nachdem ich meine Familie verloren hatte. Der Markgraf schwor, dass meine Hilfe dem Land endlich Frieden bringen würde.«

Line griff zwei Schalen aus dem Regal und begann, aus dem Topf Suppe zu schöpfen. »Markgraf Heinrich war damals für mich der Teufel.«

Lange hingen ihre Worte in der Luft, weswegen sie auf Hortensia noch beklemmender wirkten.

Mit den gefüllten Schalen in den Händen ließen sie sich am Tisch nieder. Hortensia roch die Neunstärke nach dem Rezept von Großmutter Jorinde, und sie spürte, dass Line ihr etwas sagen wollte. Sie ließ ihr Zeit, die richtigen Worte zu finden. Als ein Geräusch von oben zu ihnen nach unten drang, erschrak Hortensia, konzentrierte sich danach aber wieder ganz auf Line.

Da streckte die Hausmagd plötzlich die Hand aus und berührte sie am Hals, dort, wo Goswins Seil Abschürfungen in Form einer Kette hinterlassen hatte.

»Es ist nichts«, wehrte Hortensia ab und stellte fest, dass Line trotz aller Gebrechlichkeit nach wie vor aufmerksam und bei vollem Verstand war.

»Immer wieder der Markgraf«, murmelte Line.

Hortensia verstand: Ein und derselbe Mann hatte ihre Leiden verursacht.

»Heinrich ist ein vielfacher Mörder, ohne selbst jemals Hand anzulegen.« Für Line hatte sich mit Hortensias Geschichte die Vergangenheit wiederholt.

»Aber ich leiste ihm keine Spitzeldienste mehr!«, beteuerte Hortensia und bemerkte, wie erneut Rachegedanken in ihr aufkamen.

»Dieser Heinrich und seine Prunksucht.« Line klang verbittert. »Wenn er nicht immer mehr verlangt hätte, wären wir Bergleute nicht gezwungen gewesen, noch schneller in immer gefährlicheren Schichten des Berges zu schürfen.« Sie fuhr mit der freien Hand in ihre Schürzentasche, während sie mit der anderen selbstvergessen in der Schüssel rührte.

Hortensia nickte mitfühlend und verdrängte den unpassenden Gedanken, dass die Neunstärke heute eher wässrig schmeckte. Man kocht, wie man sich fühlt, hatte ihre Mutter zu sagen gepflegt.

»Als ich zuletzt in Freiberg war«, fuhr Line fort, den keilförmigen Stein in der Tasche heftig reibend, »um die Messe zum Todestag meiner Lieben lesen zu lassen, hieß es dort, dass Markgraf Heinrich den Fronteil gerade erst wieder erhöht habe. Nur damit er noch mehr versilberte Blätter auf seinen Festen verschenken kann?« Für einen Moment schloss Line die Augen, damit ihre flackernden Lider sich etwas beruhigten. Ihren Hass auf den Markgrafen hatte sie bereits vor mehreren Jahren überwunden, dennoch ließ sie sein Tun nicht unberührt, sondern machte sie wütend. Zumal er nun auch noch Hortensia auf dem Gewissen hatte. »Er genießt nach wie vor seine aufwendigen Feste, die mit unserem Blut und mit unserem Schmerz bezahlt werden!«

Hortensia lauschte ergriffen. Auch sie hatte auf der Meißener Burg ausschweifende Feiern miterlebt, sich allerdings immer sehr schnell in ihre Kammer zurückgezogen.

»Jetzt, wo Heinrich bald auch noch Landgraf ist, wird er noch mehr Feste ausrichten und weitere Menschen ins Unheil stürzen!« Line schüttelte fassungslos den Kopf. »Sie sagen, er horte massenweise Silber, ganze Türme voll davon. Silber, für das wir unsere Kinder in gefährliche Bergstollen schicken, wo sie meist nur schlechten Bleiglanz oder gänzlich taubes Gestein schlagen. Manchmal passen nur ganz dünne Arme in einen Erzgang. Die Kinder arbeiten dann mit Meißeln und schlagen das Gestein mühselig fingerbreit für fingerbreit ab. Immer tiefer, wo zu viel Wasser, aber zu wenig Frischluft und die Vorkommen kaum noch mürbe, sondern zu hart für junge Hände sind. Die Zeiten großer Mengen *gediegen Silber* nahe der Erdoberfläche sind vorbei. Die Menschen ziehen weg, weil sie vom Bergbau in den tieferen Gesteinsschichten nicht mehr leben können. Weil sie ihre Kinder behalten wollen.« Line holte tief Luft und fügte noch hinzu: »Aber das will der Markgraf alles gar nicht wissen. Er glaubt, das Silber sei unendlich vorhanden.« Sie wurde leiser. »Leben wären unendlich vorhanden.«

Derart verzweifelt hatte Hortensia die Haushälterin noch nie reden hören. Das Bild der Spes mit dem Schwert trat vor ihr inneres Auge. »Es wird schon werden«, flüsterte sie bestärkend. Dass die schönen Erinnerungen inzwischen stärker waren als die grausamen und sie den Brunnenrand erklommen hatte, war auch Lines Verdienst. Ihre Wunde war am Heilen, eine dicke Schorfschicht hatte sich darauf gebildet.

Matt schaute die Hausmagd auf. »Der Markgraf wird sich gewiss nicht ändern.« Sie erhob sich vom Tisch und kippte den Inhalt ihrer Schüssel zurück in den Topf. Dann zwang sie sich zur Ruhe. Nicht nur für das Mädchen aus Neumark, auch für sich selbst.

Hortensia folgte Line an die Kochstelle. Dort holte sie das Pergamentbündel ihrer Mutter unter dem Gewand hervor und hielt es Line mit beiden Händen entgegen. »Ich werde den Wettiner spüren lassen, was es heißt, am Schmerz zu vergehen!«

Line öffnete auf diese Ankündigung hin den Mund, sagte dann aber nichts. Hortensias Worte erinnerten sie an sie selbst, vor so vielen Jahren.

Hortensia deutete auf den Einband der Pergamente, der die Kathedrale mit den vier Türmen zeigte, sicher Utas Kathedrale. Sie war überzeugt, dass Gott ihr damit die notwendige, letzte Voraussetzung in die Hände gelegt hatte, die Matizo in die Lage versetzen würde, seinen Westchor fertigzustellen. Ihr Blick glitt zur Treppe hinüber. Je eher Matizo über Uta und Hermann Bescheid wusste, desto mehr Zeit bliebe ihm für deren Zeichnungen. »Darf ich ihm die Pergamente bringen?«

Line nickte und schaute ihr nach. Dann setzte sie sich an den Tisch und begann, angestrengt nachzudenken.

Mit jeder Stufe, die Hortensia die Treppe erklomm, schlug ihr Herz heftiger. Im Flur des Obergeschosses empfing sie der süßlich herbe Geruch der Wachstafeln. Die Pergamente noch immer vor sich hertragend, spähte sie die Stiege zum

Spitzboden hinauf. Von oben kamen keine Laute, also war er in der Arbeitskammer.

Vorsichtig, als betrete sie eine dünne Eisschicht auf einem zugefrorenen See, tat sie die ersten Schritte auf die Tür am Ende des Flures zu. »Meister?«, fragte sie mit zitternder Stimme. Im nächsten Moment schalt sie sich für ihre Schwäche und dachte, dass sich Uta von Ballenstedt in dieser Situation sicher mutiger gezeigt hätte als sie. »Ich bin es, Hortensia.«

Da war es plötzlich still auf der anderen Seite der Tür.

»Matizo, ich möchte Euch helfen.«

Doch die Tür blieb geschlossen. »Ich bitte Euch, hört mich an. Wenn schon nicht um Euretwillen, so tut es für Line, für Bischof Dietrich und all die anderen, denen daran gelegen ist, dass Ihr den Wettstreit gewinnt.«

Aber auch die Nennung des Wettstreites schien Matizo nicht zu erweichen. »So schaut Euch wenigstens an, was ich Euch mitgebracht habe und auf der Schwelle zur Arbeitskammer zurücklasse!«, rief sie und legte schweren Herzens das Pergamentbündel vor der Tür ab. Nicht einmal für die Verwirklichung seines Traumes war er also bereit, sich ihr zu zeigen? Niedergeschlagen drehte sie sich um und stieg die Treppe hinab.

Line erkannte an Hortensias Gesichtsausdruck, dass der Meister sie nicht empfangen hatte.

In diesem Moment drang ein Knarzen zu ihnen hinunter.

Eine Weile war kein Laut mehr zu hören.

Dann wieder ein Knarzen.

Tür auf.

Tür zu.

Am liebsten wäre Hortensia noch einmal die Treppe hinaufgeeilt, um ihn wenigstens kurz zu sehen.

»Und was wirst du nun tun?«, wollte Line wissen, als Hortensia ihren Umhang um die Schultern legte.

»Mir eine Unterkunft für die Nacht suchen.« In den letzten Tagen hatte sie auf dem Karren eines fahrenden Händlers, in einem Stall bei einem Schwein und sogar gefesselt in einer Kirchenruine geschlafen. Schlechter könnte sie es in Naumburg kaum noch treffen.

»Geh zu Bruder Rufus vom Maria-Magdalenen-Hospital«, riet ihr Line. Dort war sie damals aufgenommen worden, als sie nach dem Verlust ihrer Familie nach Naumburg gekommen war. Die ersten drei Jahre hatte sie im Hospital geholfen, den Krankensaal gereinigt und Wäsche gewaschen. So manches Mal, wenn einer der Küchenleute erkrankt war, hatte sie auch beim Kochen ausgeholfen. Eines Tages aber, als Bischof Engelhardt auf Visitation im Hospital gewesen war, hatte diesem Lines Lauchsuppe mit Knoblauch derart gemundet, dass er darauf gedrängt hatte, sie gegen eine seiner Mägde einzutauschen. Line war den heilenden Georgsbrüdern bis heute verbunden, und Bruder Rufus, inzwischen im siebzigsten Lebensjahr, hatte ihr damals in ihren dunkelsten Stunden mit guten Worten die Hoffnung zurückgegeben. Ihr standen die Georgsmönche, auch Pater Harbert, näher als die verschlossenen Augustiner-Chorherren von St. Moritz. »Bruder Rufus hat immer ein Bett für in Not Geratene übrig.«

Hortensia nickte dankbar und schaute noch einmal ins Obergeschoss. »Damit kommt er mir nicht davon!«

»Gib dem Meister Zeit, Mädchen.«

»Ich meinte nicht Matizo, sondern den Markgrafen.« Um ihre Rache aufzugeben, hatte Heinrich III. von Wettin ihr und ihrer Familie entschieden zu viel angetan. »Ich werde in Naumburg bleiben, bis der Markgraf für den Wettstreit anreist.«

Besorgt schaute Line in Hortensias Gesicht, das mit den zusammengezogenen Brauen und den zusammengepressten

Lippen auf einmal verkniffen und verkrampft wirkte. »Rache ist keine Lösung, und Hass beschwört nur weiteren Hass herauf. Und der wiederum ...« Die Hausmagd seufzte leise. »Selbst am Kreuz noch hat Jesus für seine Widersacher gebetet, anstatt sie zu verdammen. *Vater vergib ihnen,* hat er gesagt, *denn sie wissen nicht, was sie tun.*«

»Line, ich bin keine Heilige, sondern ein Mensch aus Fleisch und Blut. Niemand ermordet meine Familie und kommt dann ungestraft davon!« Hortensia hatte die letzten Worte geradezu ausgespien. Den Tod der ihr liebsten Menschen würde sie rächen, und zwar so, dass Heinrich die Lektion, die sie ihm erteilte, sein Leben lang nicht mehr vergessen würde! Sie wusste auch schon, wie sie ihn besonders hart treffen könnte. Lange hatte sie in dem Örtchen Heringen darüber nachgedacht, wo die Saale das Flüsschen Ilm aufnahm. Dabei lag die Lösung doch auf der Hand. Die grässliche Angst vor dem Feuer sollte er am eigenen Leib verspüren, nicht jedoch dabei sterben. Denn sich zukünftig weiterhin an diese Angst zu erinnern war vermutlich schmerzhafter!

Nichts und niemand konnte dem Markgrafen jetzt noch helfen, seiner gerechten Strafe zu entkommen.

Aber Line wollte Hortensia noch nicht fortlassen. »Bevor du gehst, bitte hilf mir doch noch mit dem Feuerholz.« Sie deutete auf die Tür zum Hof. »Die Glieder schmerzen mir inzwischen bei der vielen Schlepperei.«

Hortensia lud sich im Hof einige Scheite auf den Arm. Seltsam, früher hatte Line damit keine Probleme gehabt. Bis unter das Kinn mit gestapeltem Holz beladen, kam sie wieder ins Haus zurück. »Wo soll ich es ablegen?«

»Hier bei mir, bitte.« Line deutete in die Ecke gleich neben dem Eingang, woraufhin Hortensia die Holzstücke quer durch den Raum trug und erleichtert an der geforderten Stelle ablegte.

Line betrachtete sie aufmerksam dabei. Plötzlich meinte sie: »Oder nein, der Stapel könnte umfallen, wenn jemand hereinkommt. Trag ihn daher besser dort hinüber.«

Ein Seufzen folgte. Hortensia lud sich die Scheite wieder auf und brachte sie zur Hoftür. Schon wollte sie sich erneut bücken, um die Scheite abzulegen, da sagte Line jedoch: »Nein, die Stelle ist auch nicht gut. Der Meister könnte über das Holz stolpern, wenn er in die Werkstatt geht.«

Hortensia stöhnte leise, weil die Scheite ihr bereits die Haut an den Armen aufscheuerten. »Warum legen wir die Hölzer nicht einfach neben die Kochstelle, da liegen sie doch sonst …?« Sie stockte, weil sie sah, dass sich dort die Scheite bereits bis unter die Decke stapelten. Allmählich kam ihr die Sache seltsam vor. Auch hatte sie das Gefühl, als ob Line ihr gar nicht zuhören, sondern schon weniger schwermütig zum nächsten freien Platz im Haus laufen würde.

»Am wenigsten stört es oben«, sagte Line da und setzte, bevor Hortensia Einspruch erheben konnte, den Fuß auch schon auf die erste Stufe ins Obergeschoss.

Hortensia stach ein Holzsplitter in den Unterarm. »Etwa die Treppe hinauf?« Sie atmete tief durch, dann folgte sie Line.

* * *

Der Gang wurde von mehreren Kienspänen an den Wänden ausgeleuchtet. Die Tür zu Bischof Dietrichs Arbeitskammer am Ende des Flures öffnete sich, und fünfzehn Männer verließen einer nach dem anderen den Raum und schlurften an Ortleb vorbei. Ihre gesenkten Häupter bedeuten nichts Gutes, dachte der Vorsteher der bischöflichen Schreibstube. Der Bischof hatte also wieder einmal aus gestandenen Männern geschlagene Tiere gemacht.

Eigentlich hatte Ortleb seinem Dienstherrn neue Abschriften zur Unterschrift vorlegen wollen, doch nun zögerte er, um dann zaghaft an die geöffnete Tür zu klopfen. Seit vielen Jahren arbeitete er mit dem Naumburger Gottesmann zusammen und – der Allmächtige sei dafür gepriesen! – hatte selbst noch nie so geknickt aus der bischöflichen Kammer trotten müssen. Vielleicht weil er stets darauf bedacht war, keinen Anlass zur Klage zu liefern, selbst wenn er wie jetzt, ohne die Hilfe seiner kurzhaarigen Schreiberin, gegen eine wahre Flut von Bittschreiben und Urkunden anzukämpfen hatte. Außerdem hatte er über die Jahre hinweg gelernt, schlechte Nachrichten von anderen überbringen zu lassen.

Er wollte gerade kehrtmachen, als der Bischof mit einem »Tretet ein, Ortleb!« doch noch auf sein Anklopfen antwortete.

Nach einer Verbeugung legte Ortleb die Abschriften auf dem Schreibtisch ab. In der Hand des Bischofs, der vor dem Bücherregal stand, machte er ein Schreiben aus. Das zerbrochene Siegel darauf konnte er nicht erkennen. Es kam ihm seltsam vor, dass der Kamin trotz der kalten Jahreszeit nicht entzündet worden war. Auch wirkte sein Vorgesetzter matt und ausgelaugt. Das konnte auch das strahlende Grün des bischöflichen Chormantels nicht wettmachen.

Dietrich wies zum Pult neben der Tür. »Nehmt ein paar Zeilen an den Mainzer Erzbischof auf. Die Formalien ergänzt bitte selbständig.« Zuerst muss ich mich unbedingt des Schreibens aus Mainz annehmen, erst danach habe ich den Kopf wieder frei, um mich mit den unglaublichen Informationen, die mir meine Kundschafter übermittelt haben, auseinanderzusetzen, sinnierte Dietrich. Diese wirkten noch immer in ihm nach und wühlten ihn so sehr auf, dass es ihm schwerfiel, an etwas anderes zu denken. Allerdings konnte der Mainzer

Erzbischof zu einem ebenso großen Problem werden, weswegen er sich zur Konzentration zwang.

Ortleb legte eine frische Lage Pergament auf das Pult und stellte Tinte, Feder und Löschsand bereit.

»Mein Bistum erwartet Euren Besuch mit großer Vorfreude«, begann Dietrich zu diktieren und schritt dabei vor die Halbrundfenster, die gelbes Licht in die Kammer einließen. »Nein, schreibt besser: mit größter Vorfreude!«

Ortleb tat, wie ihm geheißen.

»Wir werden keine Mühen scheuen, Eurer Exzellenz den Aufenthalt in Naumburg zum Auferstehungsfest unseres Heilandes so angenehm wie möglich zu machen.« Er hatte sich gewünscht, dass der Mainzer Erzbischof Christian II. von Weisenau den ihm aufgezwungenen Wettstreit um den Westchor friedlicher aufnehmen würde. Doch der schrieb ihm nun unumwunden zurück, dass ein kaiserlicher Chor auch das Ende von Dietrichs Amtszeit wäre. Dietrich starrte auf das Pergament in seinen Händen, das ihm das Wackeln seines Bischofsstuhles nunmehr schwarz auf weiß attestierte. Er öffnete das Fenster.

»Ich kann Euch versichern«, diktierte er weiter, »dass die besseren Entwürfe mit Gottes Unterstützung von der päpstlichen Seite präsentiert werden.« Bis nach Mainz hatte sich der Einsatz des berühmten Hugo Libergier bereits herumgesprochen, und der Erzbischof war zu Recht nervös, das musste er zugeben. Sehr wahrscheinlich befand sich der Franzose mit seinen Helfern auch nicht in Verzug. Vielleicht war die Auswahl des jungen Mainzers doch ein Fehler gewesen! Wäre er um einige Jahre älter und gelassener, hätte das kühne Unterfangen klappen können.

Dietrich fixierte die Kathedrale vor sich. »Meister Matizo hat über viele Jahre hinweg an französischen Kathedralen mitgearbeitet. Seine Entwürfe werden die von Maître Libergier sicherlich an Kunstfertigkeit übertreffen«, ersann er weiter.

Ortleb hatte Mühe, den Bischof zu verstehen, weil der mit dem Rücken zu ihm stand und in die entgegengesetzte Richtung sprach.

»Prüft die vorhandenen Informationen über die Schaffenskraft des Matizo von Mainz und listet dem Erzbischof all seine Werke auf.«

»Sehr wohl, Euer Exzellenz«, erwiderte der Vorsteher der Schreibstube und notierte sich seine Aufgaben.

Was kann ein abgesetzter Bischof in seinem weiteren Leben noch anfangen?, überlegte Dietrich, und sein Blick verlor sich auf der Westchorbaustelle, wo noch immer alte Steine und Schutt herumlagen. Dort herrschte offensichtlich das gleiche Chaos wie in seinem Inneren! Ganz sicher würde er im Falle einer Niederlage die Stadt verlassen und vielleicht ebenfalls nach Paris gehen, wo niemand seine Geschichte kannte? Wie Peter von … womit er auch schon wieder beim Gespräch mit seinen Kundschaftern war. Ihnen hatte er aufgetragen, seinen Halbbruder nicht aus den Augen zu lassen. Und mit welcher Kunde waren sie zurückgekommen? Dietrich wandte sich seinem Schreiber zu. »Wir machen morgen weiter!«

Ortleb verließ mit einer Verbeugung die Kammer.

Kaum hatte er die Tür hinter sich geschlossen, schlug Dietrich auch schon wütend mit der flachen Hand auf die steinerne Fensterbank. Dieser verdammte Heinrich! In der Privatkappelle hatte ihm der Halbbruder damals gedroht, mit Hilfe der Domherren jenen Peter von Hagin auf den Naumburger Bischofsstuhl zurückzuholen, den er nach Bischof Engelhardts Tod selbst vertrieben hatte, sollte er, Dietrich, den Wettkampf verweigern. Jetzt aber wollte Heinrich den Haginer, obwohl er sich auf diesen dummen Wettstreit eingelassen hatte, trotzdem – entgegen ihrer Abmachung – nach Naumburg holen. Für den Fall, dass Matizos Zeichnungen unterlagen und der Papst ihn daraufhin seines Amtes enthob, gedachte Heinrich also, den Scholaster auf den Bischofsstuhl zu setzen. Anders konnte er sich den Umstand jedenfalls nicht erklären, dass seine Kundschafter den Mann auf Heinrichs Burg gesichtet hatten.

Der Halbbruder wusste eben für alle Eventualitäten vorzusorgen, dieser Tyrann! Dietrich fühlte sich nicht einmal mehr in seinen eigenen Wänden vor dem Bruder sicher. Ob der vielleicht sogar etwas über seine nächtlichen Heimlichkeiten herausgefunden hatte? Jetzt, wo sie fast zu Ende waren? Sie hatten Dietrich gestärkt, auch wenn er so manche Nacht vor Eifer und Entkräftung gar am Schreibtisch eingeschlafen war. Nur noch zwei Seiten, dann wäre seine *Gesta Theodericus episcopus* – die Taten des Bischofs Dietrich – vollendet. Das Werk hatte er eigenhändig verfasst und in Anlehnung an die *Gesta Chuonradi II. imperatoris* entworfen, die einst der Historiograph Wipo über die glorreichen Taten Kaiser Konrads verfasst hatte. Dietrich gedachte, mehrere Abschriften anfertigen zu lassen und sie den Wettiner Familienangehörigen zu schicken. Sie sollten ebenso wie die Nachwelt seine Sicht der Dinge erfahren und wissen, was er an Großem in seinem Leben vollbracht hatte. Und der krönende Abschluss sollte der Westchor sein. Eine Version seiner *Gesta,* in der er der glorreiche Sieger des Wettstreites war, existierte schon. Ob er in Anbetracht der aktuellen Umstände sicherheitshalber nicht noch eine zweite, etwas mildere Beschreibung der Ostergeschehnisse des Jahres zwölfhundertfünfzig entwerfen sollte?

Dietrich hatte Heinrich unterschätzt, obwohl sie nicht zum ersten Mal gegeneinander angetreten waren. Als es zwischen ihnen um die Schutzherrschaft und die Einverleibung von Naumburger Bistumsgütern gegangen war, hatte Dietrich damals mit Hilfe des Papstes einen Teilsieg errungen. Doch beim Kampf um den Westchor würde es keinen Teilsieg geben, zumal der Heilige Vater diesmal kein Wort mitzureden hatte.

9.

Im Namen des Volkes

Es war noch früh am Tag und eisig kalt. Lines Atem ging schwer. Im Kampf für den Meister zählte jeder Augenblick. Zum Glück kannte sie den Weg zum Maria-Magdalenen-Hospital so gut wie keinen anderen. Immer noch ging sie ihn regelmäßig, um von dem wenigen, das sie besaß, den fleißigen, heilkundigen Brüdern etwas abzugeben. Mal war es etwas Talg für die Lichtschalen, dann wieder ein Topf Hühnerbrühe, der im Steinmetzhaus nicht bis zur Gänze geleert worden war, was in letzter Zeit häufiger vorkam.

Die engen Gassen am Wendenplan hatte sie bereits hinter sich gelassen. Nun war es nicht mehr weit bis zum Eingang des Hospitals. Doch auf einmal wurde ihr schwindelig, und sie musste anhalten.

»Aus dem Weg!«, brüllte da jemand hoch zu Ross.

Line wankte zur Seite und fand Halt an einem Pfahl, der das auskragende Obergeschoss eines Hauses stützte. Schweiß trat ihr auf die Stirn, und sie meinte zu spüren, dass der Boden unter ihren Füßen vom Hufschlag des Pferdes bebte.

Als der Reiter vorbei war, atmete Line mehrmals tief durch. Dann ging es wieder. Weiße Atemwölkchen vor sich hertreibend, setzte sie ihren Weg fort.

Am Hospital angekommen, wurde sie sofort eingelassen. Sie war den Geistlichen dort bekannt und unterhielt sich auch gern immer wieder mit Bruder Rufus, wenn Gelegenheit dazu war. Doch heute schaute sie sich erst gar nicht nach dem Leiter des Hospitals um.

Es dauerte eine Weile, bis sie jemanden fand, der ihr sagen konnte, wo sich Hortensia befand. Auf dem Weg in den Keller stieg Line der vertraute Geruch von räucherndem Beifuß in die Nase, auf dessen reinigende Wirkung Bruder Rufus schwor und der den Gestank von Eiter überdeckte, der vom Krankensaal her durch die Gänge wehte.

Schwer atmend betrat Line den Kellerraum. Bis auf die Gesichter der Waschfrauen – die wie früher verschwitzt und erschöpft von der Knochenarbeit waren – hatte sich nichts verändert: Da standen die riesigen, hölzernen Bottiche. Einer mit Aschelauge, ein zweiter mit klarem Wasser zum Ausspülen der gereinigten Wäsche. Links vom Eingang lagen Berge verschmutzten Leinens. An den Tischen gegenüber hatte auch Line einst Wundflüssigkeit, Blut und Erbrochenes aus der eingeweichten Wäsche geschlagen. Auch heute vernahm sie von dort das typische klatschende Geräusch. Ein Bleuel sauste auf Bettleinen nieder, und Line kam es mit einem Mal so vor, als läge ihre Ankunft in Naumburg noch gar nicht so lange zurück.

»Verzeiht die Störung«, entschuldigte sie sich.

Eine Frau am Bottich nickte müde. Lethargisch zog sie Tücher durch das Wasser.

»Line, bist du es?«, vernahm sie da auch schon Hortensias Stimme von den Fensterluken her und sah, wie das Mädchen den Bleuel beiseitelegte. Das Haar klebte ihr an Hals und Stirn, und zum ersten Mal sah Line Hortensia mit einer Haube auf dem Kopf, wie sie die Mönche schon damals den Unverheirateten, die sich im Hospital aufhielten, verpasst hatten.

»Was machst du hier?«, wollte Hortensia wissen und kam zwischen den Bottichen hindurch auf die Hausmagd zu.

»Hier wird gearbeitet!«, meckerte eine andere Waschfrau mit einem Bartflaum über der Oberlippe und Armen wie ein gestandener Mann. »Was sie nicht schafft, müssen wir übernehmen!«

Einen Augenblick zögerte Line. Sie kannte die harte Arbeit hier unten und bereitete anderen nicht gern unnötige Umstände. Doch heute wog ihre Mission schwerer. »Es geht um eine bischöfliche Angelegenheit«, meinte sie deshalb und zog Hortensia, ohne die Einwilligung der Waschfrauen abzuwarten, zum Eingang.

»Was ist passiert?« Hortensia rieb sich die puterroten Hände, das charakteristische Merkmal des Waschfrauendaseins.

»Es ist …«, setzte Line an, brach aber ab, weil die Aufmerksamkeit der anderen Frauen nun auf sie gerichtet war.

Sie gingen ein paar Schritte weiter und führten ihr Gespräch im Kellerflur fort. Line hatte sich alles gut überlegt, und der Zeitpunkt war günstig. »Du musst mitkommen!«

Hoffnung kam in Hortensia auf. »Etwa ins Steinmetzhaus?«

Line nickte. »Der Meister ist gerade eingeschlafen.« Line spähte den Kellergang entlang, und obwohl sie niemanden bemerkte, flüsterte sie: »Seit zwei Tagen malt er ohne Unterlass. Sogar die Pergamentbahnen hat er wieder auf den Boden hochgebracht. Gestern Abend ist er beim Versuch, selbst zu tuschen, eingeschlafen. Und gerade vorhin ist er am Schreibtisch weggenickt, wahrscheinlich damit er nach dem Aufwachen gleich weiterzeichnen kann.«

Hortensia schluckte schwer. Matizo hatte die Pergamente ihrer Mutter also gelesen, sie aber dennoch nicht zurückgeholt.

»Er will es noch nicht wahrhaben, aber ohne deine Hilfe beim Ausmalen schafft er es nicht«, fasste Line zusammen, was ihr erst in den vergangenen Tagen klargeworden war. »Und manchmal muss man sture Menschen eben einfach vor vollendete Tatsachen stellen.«

Hortensia war sprachlos über die tatkräftige Hausmagd, die zuletzt noch so gebrechlich gewirkt hatte. »Warte kurz«, bat sie und rannte die Treppenstufen nach oben. Nicht lange Zeit später war sie mit ihrem Umhang über den Schultern zurück. Die Haube der Wäscherinnen hatte sie in der Kammer, die man ihr als Lohn für ihre Arbeit zugestand und die sie sich im Erdgeschoss zusammen mit acht anderen Frauen teilte, zurückgelassen. Doch wieder zurück im Keller, fand sie Line dort nicht mehr vor. Hortensia fragte in den Vorratsräumen und in der Küche nach ihr. Auch im Krankensaal hielt sich die Freibergerin nicht auf.

Endlich traf sie sie am Portal bei Bruder Rufus an. »Es ist alles besprochen«, erklärte Line ihr, senkte den Kopf leicht vor dem Leiter des Hospitals und schob Hortensia ins Freie. »Ich habe Bruder Rufus erklärt, dass du eine wichtige Aufgabe für den Bischof zu erfüllen hast und die Wäschearbeiten später nachholen wirst.« Immerhin hatte der Bischof sie, Line, in die Wenzelsstraße geschickt und ihr damit eine gewisse Verantwortung für das Wohlbefinden des Meisters übertragen. Auch wenn der Gottesmann das so nicht formuliert hatte.

Beim Betreten des Steinmetzhauses keuchte Line noch immer schwer. Während des Rückweges hatte Hortensia die alte Frau am Arm genommen und etwas gestützt. So waren sie auf Lines Wunsch hin, ohne ein einziges Mal anzuhalten, zügig bis hierher gelangt. Das Herdfeuer brannte, und es war angenehm warm in der Wohnstube. Nach den ersten Schritten durch den Raum presste Line sich den Finger an den Mund.

Auf Zehenspitzen stiegen sie, jeweils mit einer Talgschale ausgestattet, in den Spitzboden hinauf. Vorbei am Geschoss, in dem der Meister gerade schlief. Oben angekommen, galt Hortensias erster Blick dem Speier rechts in der Ecke. Er war noch da! Ihr Beschützer. Und sogar das Tuch hing noch um seinen Hals. Sie stellte die Talgschalen ab und fuhr der Wildkatze wehmütig über die Wangen. Dann wandte sie sich der Stelle unter dem Dachfenster zu, an der sie Matizo geküsst hatte. Es war so viel Vertrautheit zwischen ihnen gewesen.

»Mädchen«, drängte Line nach einer Weile.

Doch Hortensia sah noch immer sich und Matizo vor dem Fenster stehen und wie sie ihm über die Narben am Unterarm gestrichen hatte. Sie fühlte, wie der Kuss sie berauscht und sie seine Fingerspitzen mit den Lippen berührt hatte.

Line ruckelte vorsichtig an Hortensias Arm. »Du solltest beginnen, jeder Augenblick zählt.«

Erst jetzt kam Hortensia wieder zu sich, und die zwei Liebenden vor ihrem inneren Auge lösten sich im Nichts auf. Nun nahm sie auch die zwei Pergamentbahnen wahr, die nebeneinanderliegend beinahe den gesamten Spitzboden einnahmen. Ein kleineres Pergament mit Hinweisen zur Farbgestaltung befand sich jeweils am oberen Rand. So weit war Matizo mit den Arbeiten also zumindest gekommen. Farben, Schälchen und Pinsel sowie Blattgold lagen auch schon bereit.

Hortensia beugte sich über das linke der beiden Pergamente.

»Christoph«, hauchte sie, vom Anblick der Zeichnung ergriffen, und fuhr mit der Hand über das Pergament, ohne es zu berühren. Sie lächelte, als sie erkannte, dass das Bildnis nicht die Geschichte eines Sünders, sondern die eines sehnsuchtsvollen Liebenden erzählte.

»Wird es gehen?«, fragte Line und stieg dann, nachdem Hortensia geistesabwesend genickt hatte, wieder die Treppe hinab. Ihr Kopf war noch nicht ganz im Dachabgang verschwunden, als sie sich noch einmal kurz zu Hortensia umdrehte, die nun die Farben vorbereitete, dabei aber immer wieder wie gebannt auf die linke Pergamentbahn blickte.

»Ich bringe dir noch etwas zu essen«, flüsterte Line. Als erste Mahlzeit des Tages sollte es heute einmal keinen Getreidebrei, sondern etwas Besonderes geben. Zuversichtlicher als in den letzten Wochen begab sie sich zurück in ihre Küche und trug die Zutaten für die Pfannenfladen zusammen.

Sie war gerade dabei, die kleinen Blätter des Quendels vom Stengel zu zupfen und die Äpfel in Stücke zu schneiden, als Aufregung in ihr aufkam. Der Meister könnte jeden Augenblick aufwachen, ihr eigenmächtiges Handeln bemerken und bestrafen. Vielleicht aber würde er Hortensia ja auch verzeihen? So, wie sie dem Mädchen verziehen hatte, als es vor einigen Tagen plötzlich vor der Haustür aufgetaucht war. Hortensias Gesichtszüge waren aufrichtig gewesen, sie bereute, was sie getan hatte. Vor allem aber konnte Line ihre Erklärung nachvollziehen – sie selbst wusste um den Wert einer intakten glücklichen Familie. Das war es auch, was sie letztendlich überzeugt hatte. Hoffentlich wurde das Mädchen nun nicht von seinen Rachegefühlen gegen den Markgrafen aufgefressen. Andererseits war ihr Hortensia nicht gebeugt, sondern eher erstarkt vorgekommen. Sie war, wie Line nach dem Verlust ihrer Familie immer wieder versucht hatte zu sein, aber nie mehr gewesen war. Dafür bewunderte sie das Mädchen.

Sie konzentrierte sich wieder auf ihre Arbeit. Für die Zubereitung des Fladens schlug sie einen dünnen Teig aus Eiern, Milch, Apfelstückchen sowie Hirsemehl und verdickte ihn mit krustenlosem Brot. Dabei lauschte sie mit einem Ohr ständig ins Obergeschoss hinauf. Bald darauf knisterte der Teig im Schmalz der Pfanne. Auch als sie schließlich reichlich Honig und Quendel über die fertigen Fladen gab, war es in der Kammer des Meisters noch immer still.

Line brachte Hortensia eine gefüllte Schale in den Spitzboden. Eine zweite stellte sie vor der Arbeitskammer ab, sie selbst nahm am Esstisch Platz, um ihre Mahlzeit zu verzehren. Aber vor Aufregung bekam sie kaum einen Bissen hinunter. Für ein zusammenhängendes Gebet, in dem sie Gott um Nachsicht für ihre forsche Tat bat, reichte es aber noch. Mitten im »Amen« hörte sie, wie sich die Tür im ersten Geschoss mit einem Knarzen öffnete. Der Duft von Quendel und Honig musste den Meister aufgeweckt haben.

Matizo gähnte, griff nach dem Teller und roch daran. Kurzerhand rollte er den Fladen zusammen und biss in ihn hinein. Dann ließ ihn ein kratzendes Geräusch einige Schritte in den Flur machen. »Line?« Die Tür zu ihrer Kammer stand offen, doch in der Kammer war niemand. Erst jetzt erkannte er, dass das Geräusch vom Spitzboden kam. Matizo stellte den Teller ab und ging die Treppe hinauf. Wer wagte es, mit seinen Farben und dem knappen Blattgold …?

Oben angekommen meinte er einen Moment lang, in die Vergangenheit zurückversetzt zu sein. Da saß Hortensia und rührte azuritblaue Farbpigmente an. Um sie herum brannten Talglichter, und sie war so in ihre Arbeit vertieft, dass sie ihn nicht einmal bemerkte. Sie, die mit zweien seiner Stifter auf besondere Weise verbunden war. Matizo stellte fest, dass es ihm jetzt, wo sie keine Tür mehr trennte, nicht mehr so leichtfiel, harte, abweisende Worte zu finden. Zuletzt brachte er gerade noch einmal ihren Namen heraus: »Hortensia.« Nicht liebevoll, aber auch lange nicht mehr so wütend wie am Tag ihres Zerwürfnisses. Sein Blick glitt zwischen dem Farbtopf, Hermann von Naumburg und Hortensias Augen, die sich nun auf ihn richteten, hin und her. Ihm fiel das rötliche Wundmal um ihren Hals auf.

»Ich möchte nur helfen«, sagte sie.

»Aber auch nicht mehr«, antwortete er nach langer Stille und war von sich selbst überrascht. Eigentlich hatte er sie niemals mehr an sich heranlassen, ihr niemals wieder vertrauen wollen. Aber da war auch der unbändige Wunsch, das Skizzenwerk zum Osterfest vollständig zeigen zu können. Nur dann besäße er eine Chance, die Entwürfe des Maître zu übertrumpfen.

Hortensia antwortete nicht auf sein Zugeständnis, sondern machte sich wieder an die Arbeit. Ihre eben noch ruhige Hand zitterte jedoch und beruhigte sich erst wieder, nachdem Matizo den Spitzboden verlassen hatte.

»Hast du sie herein- und hochgelassen?«, fragte er Line im Erdgeschoss.

»Lasst sie zumindest bei der Arbeit helfen«, brachte die Hausmagd leise hervor und schob sich schnell ein Stück Fladen in den Mund.

Matizo hatte die ständigen Einmischungen in sein Leben satt, wenngleich ihn Lines Einsatz auch irgendwie rührte.

Wenn er es sich recht überlegte, war sie die einzige Person in Naumburg, der er aus einem Instinkt heraus vertraute und die ihn bislang auch nicht enttäuscht hatte. »Bitte noch eine Portion Pfannenfladen«, bat er deshalb schließlich nur und sah, dass sich Lines Gesicht bei diesen Worten sofort aufhellte. »Aber schlafen wird sie hier nicht!« Sie ständig im Haus zu wissen, ihr gar zu verzeihen – dazu reichten seine Kräfte bis Ostern ganz sicher nicht.

Heute, und Matizo erschauderte bei diesem Gedanken vor lauter Vorfreude, würde er Uta von Ballenstedt zeichnen. Er ging die Treppe hinauf, holte Hortensias Pergamentbündel mit der lockeren Zwirnbindung aus der Schlafkammer und schlug die Seite auf, auf der sich das Bild der Markgräfin in grünen und gelben Linien befand. Er hatte es sich schon so fest eingeprägt, dass er es sich eigentlich kein weiteres Mal hätte ansehen müssen. Als Nächstes legte er die obere Hälfte einer Pergamentbahn auf seinen Schreibtisch, für mehr reichte der Platz nicht.

So schnell hintereinander vermochte er seine Rohrfeder gar nicht in das Tintenfass zu tauchen, wie das Pergament unter seinen Händen die Flüssigkeit aufsaugte.

Die zurückliegenden Tage im Steinmetzhaus waren nur allzu schnell verflogen. Gerne hätte Hortensia noch weitere Monate auf dem Spitzboden zugebracht. Wie ein Rausch hatte sich das Malen mit Mennige, Blattgold, Bleiweiß und Kohlenschwarz angefühlt. Spät in der Nacht, wenn sie vor Müdigkeit die Farben auf dem Pergament nicht mehr klar hatte sehen können, war sie durch die dunklen Gassen der Stadt zum Maria-Magdalenen-Hospital gelaufen, um dort etwas Schlaf zu finden. Zunehmend heftiger hatten die anderen Waschfrauen sie wegen ihrer ständigen Abwesenheit beschimpft und ihr zuletzt gerade noch ein Lager auf dem kalten Kellerboden zugestanden. Ihr einstiges Strohlager hatten sie einer angeblich fleißigeren Frau zugewiesen.

Auch wenn Hortensia kaum mit Matizo gesprochen hatte, versetzte es ihr einen Stich, dass sie das Steinmetzhaus schon wieder verlassen sollte. Doch jeden Moment konnte der Bischof hier mit seinen Mannen erscheinen, um die fertigen Pergamente höchstpersönlich abzuholen: den Grundriss, die Aufrisse und die anderen Detailzeichnungen.

Mit dem Gesicht der Markgräfin Uta war Matizo jedoch noch nicht zufrieden, das hatte sie ihm angesehen. Aber nach dem, was über Uta geschrieben stand, stellte dies ja auch ein höchst schwieriges Unterfangen dar, fand Hortensia. Vereinten sich in ihrer Person doch eine Menge Gegensätze. Uta hatte prunkvoll wie auch einfach gelebt. Sie war eine Liebende und eine Unglückliche gewesen. Zudem eine mutige Kämpferin, aber auch eine verzagte Frau. Und noch einiges mehr. All diese Facetten in der angemessenen Gewichtung und Form einzubringen war zwangsläufig schwer und bereitete Matizo nach wie vor Probleme. Um den richtigen Gesichtsausdruck zu finden, fertigte er deshalb seit Tagen immer neue Zeichnungen an, probierte und änderte und probierte und änderte wieder. Und so hatte Hortensia bis heute zwar alle anderen Pergamente fertig getuscht – nur eben Utas Kopf nicht.

Sie war sicher, dass Matizo diesen noch bis zum letzten Moment vor der Präsentation bearbeiten würde. Alle anderen Zeichnungen sollten bereits morgen im Langhaus aufgehängt werden. Hortensia wollte Bischof Dietrich nicht begegnen, weshalb sie auch die Malutensilien nicht mehr aufräumte, sondern sich geradewegs in die Wohnstube hinabbegab.

»Ist er bereits in der Stadt?«, fragte sie Line, die gerade dabei war, Becher für den bischöflichen Besuch bereitzustellen. Es war ihr zuwider, seinen Namen öfter als zwingend notwendig auszusprechen.

Line wusste sofort, von wem Hortensia sprach. Es gab nur eine Person, die sie beide verband und die nicht in Naumburg lebte. »Vor drei Tagen ist er eingetroffen. Mit großem Gefolge.« Dass viele in der Stadt schon dem Auftritt des französischen Meisters entgegenfieberten, den Markgraf Heinrich als »Naumburger Meister« hatte ankündigen lassen, verschwieg sie Hortensia. »Du willst wirklich zu ihm?«, fragte Line nach einer Pause. »Der Markgraf könnte dich in den Kerker werfen lassen oder, noch schlimmer, dich züchtigen! Und das heute, am Tag des Todes unseres Herrn Jesus am Kreuz.«

»Das Risiko muss ich eingehen. Heinrich ist der Mörder meiner Familie!«, entgegnete Hortensia entschlossen und merkte gleichzeitig, dass sie sich vor der Begegnung mit ihm fürchtete. Dennoch wollte sie dieses Kapitel ihres Lebens endlich abschließen und den Markgrafen für immer aus ihren

Gedanken verbannen. In den vergangenen Wochen hatte sie mindestens genauso oft an ihn gedacht wie an Matizo und Line und war zu dem Ergebnis gekommen, dass der Hass, der sie an den Markgrafen fesselte, mindestens ein ebenso starkes Gefühl war wie die Liebe, die sie mit anderen Personen verband.

Als sie Hortensias nachdenkliches Gesicht sah, griff Line in ihre Schürzentasche. »Wenn du nur fest genug daran reibst, erhört Gott im gleichen Moment deine Worte vor denen aller anderen.«

Hortensia drehte die ihr gegebene Steinscheibe, die wie poliert wirkte, in ihren Händen. »Aber das ist deine Erinnerung an Enrikus' ersten Silberfund.« Entschlossen reichte sie der Haushälterin die Steinscherbe zurück.

Aber Line wiegelte ab. »Für deine bevorstehende Begegnung brauchst du Gottes Hilfe dringender als ich!« Demonstrativ verschränkte sie ihre Arme hinter dem Rücken.

Hortensia ließ die Steinscherbe daraufhin in ihre Gewandtasche gleiten. »Ich danke dir so sehr, meine Line.« Sie umarmte die Köchin und befürchtete dabei, dass die Freibergerin mit ihrer Bemerkung recht behalten könnte.

Als sie sich von Line löste, erblickte sie Matizo auf der Treppe. Er wirkte zermürbt, müde und aufgerieben. Einzig seine hellblauen Augen, die Meeresdiamanten, zeugten noch von Leben und der ihm innewohnenden Energie. Vom unbändigen Drang, Uta von Ballenstedt endlich das passende Gesicht zu verleihen. Sie hoffte so sehr, dass es ihm noch rechtzeitig gelänge. Genauso sehr, wie sie sich wünschte, dass er nun zu ihr treten würde und sie ihn vielleicht sogar berühren dürfte. Als sie einen Moment später jedoch wieder zur Treppe schaute, war diese leer. War es ein Abschied für immer gewesen?

Mit Lines Steinscherbe in der Tasche verließ Hortensia das Steinmetzhaus in Richtung Bischofsburg. Sie wusste, dass sich der Markgraf dort aufhielt, wenn er in Naumburg war.

Unzählige Menschen waren unterwegs, in der ganzen Stadt summte es wie in einem Bienenkorb. Sie sah Reisende, Pilger und der Kleidung nach Bauern – vermutlich aus den umliegenden Dörfern. Auffällig war der hohe Anteil an Berittenen in vornehmer Kleidung, die sich auf ihren Schlachtrössern durch die engen Gassen drängten. Die Brüder im Hospital würden sicher schon die ersten Bruch- und Sturzverletzungen behandeln, davon war Hortensia überzeugt.

Um gestärkt auf den Mörder ihrer Familie zu treffen, wollte sie einen Umweg entlang der Stadtmauer in Kauf nehmen. Schon von weitem erkannte sie die Tannen mit ihrem säulenförmigen Wuchs und den aufrecht stehenden Zapfen am Wipfel. Einige ihrer Äste hatten das Steinmetzhaus mit dem unverwechselbaren Duft des Waldes erfüllt, erinnerte sie sich. Den Rücken fest gegen die Rinde des nächststehenden Baumes gepresst, meinte Hortensia, mit der schuppigen Borke zu verwachsen. Auch wenn die breite Krone der Linde in Neumark ihr einen größeren Schutzraum geboten hatte, fühlte sie sich unter dem dichten Tannengeäst doch gleichfalls geborgen. Die Bewegung der Äste, die vom Wind hin und her geschwenkt wurden, und der würzige Geruch des Harzes beruhigten sie.

Sie öffnete die linke Hand und malte mit dem Zeigefinger die Umrisse von Utas Gesicht auf die Innenfläche der rechten.

»Bitte schenke mir etwas von deinem Mut.« Das Bild der früheren Markgräfin, die einen weiten Weg zurückgelegt hatte, um ihr Ziel zu erreichen, spornte sie an. Wohlstand und Sicherheit hatte sie aufgegeben, sogar ihr Lebenswerk zurückgelassen. Vermutlich hatte sie ihre Kathedrale danach nie wiedergesehen. »Uta«, flüsterte Hortensia. »Ich wünsche mir deine Stärke.« Und etwas mehr von Mutters Geduld. Sie war überzeugt, die hohe Adlige duzen zu dürfen, nachdem sich alles andere falsch für sie anfühlte.

Auf einmal wurde ihr warm auf der Schulter, als hätte Uta bestärkend ihre Hand daraufgelegt. Ein verwegener Gedanke kam in ihr auf, der so gar nichts mit dem Mord an ihrer Familie und Markgraf Heinrich zu tun hatte. Im Gegenteil. Er handelte von der Zukunft einer neuen Familie. Hortensia wünschte sich, das Pergamentbündel ihrer Mutter eines Tages an ihre eigenen Kinder weitergeben zu können. Einen ähnlichen Wunsch hatte sie bisher noch nie verspürt.

Im Herzen gewärmt und in ihrem Tun bestärkt, stand sie noch eine Weile so da und sprach in ihren Gedanken mit Uta. Zum Schluss wandte sie sich noch an den Herrgott und bat ihn um seinen Beistand.

Bei Einbruch der Dämmerung machte sie sich schließlich zur Immunität auf. Egbert führte sie vom Tor bis zum Bischofspalas. Im großen Saal herrschte reges Treiben, sicher stand ein großes Festmahl an. Von der Empore drang eine tiefe Stimme, die Befehle brüllte.

Hortensia drängte sich zwischen den besetzten Tafeln hindurch zu der schmalen Treppe, die in die oberen Geschosse führte. Einige Ritterliche kamen ihr entgegen, die sie jedoch nicht weiter beachteten. Die Kammern für hochrangige Gäste befanden sich, das wusste sie von Ortleb, im obersten Geschoss. Dort angekommen, erkannte Hortensia Heinrichs Gemach bereits an den Wachen mit dem schwarz-gelben Löwen auf der Brust, die vor der Tür Aufstellung bezogen hatten. Hortensia nickte ihnen zu und bedeutete dann einem der Wachmänner, kräftig an die Tür zu klopfen.

Heinrich öffnete selbst und wollte gerade zu einer ordentlichen Schelte ansetzen. Als er jedoch Hortensia erkannte, breitete sich ein Lächeln in seinem Gesicht aus. Mit einer galanten Geste bedeutete er ihr einzutreten.

»Ab jetzt keine weitere Störung mehr!«, wies Heinrich die Wachmänner an, dann schloss er die Tür und schob den Riegel vor.

Hortensia schaute sich um. Zu ihrem Plan gehörte, dass ein Feuer im Kamin brannte und viele Kienspäne den Raum erleuchteten. Erleichtert nahm sie zur Kenntnis, dass dies der Fall war. Außer ihr und Heinrich befand sich außerdem niemand mehr in der Kammer. Genauso hatte sie es sich gewünscht, denn sie wollte auf Heinrich, den Menschen, und nicht auf Heinrich, den adeligen Würdenträger treffen.

»Endlich Landgraf!«, verkündete er und näherte sich ihr.

Durch das Fenster fiel samtenes Dämmerlicht in die Kammer, das ihn so unschuldig und friedlich aussehen ließ, wie er, das hatte Hortensia leidvoll erfahren müssen, ganz sicher nicht war. Ihr schauderte. »Und dank dir werde ich meinem verstockten Halbbruder ...« Heinrich wollte ihr gerade über den Hals und die verblassenden Spuren des Striemens streichen, als sie seine Hand von sich wegdrückte.

Kurz zeigte sich Überraschung auf Heinrichs Zügen. Er fuhr sich durch das feste, blonde Haar.

»Ihr sagtet einst, meine Dienste für Euch würden helfen, den Frieden im Land wiederherzustellen und zu sichern. Und dass ich in diesem Sinne eine Kämpferin wäre«, ergriff Hortensia das Wort und war froh, einen Einstieg ins Gespräch gefunden zu haben, der sie nicht unterwürfig und widerstandslos wie eine Magd erscheinen ließ, die um Gnade für eine zersprungene Schale bat. Dennoch hämmerte ihr das Herz so heftig in der Brust, als müsse sie sich dafür entschuldigen, das gesamte Inventar der Burgküche zerschlagen zu haben.

»Ein Kämpferin? Ja, das bist du«, entgegnete Heinrich und musste sich offensichtlich beherrschen, um auf Distanz zu ihr zu bleiben.

»Bei unserer letzten Begegnung habt Ihr mir außerdem zugesagt, den Mörder meiner Eltern zu finden.« Angeekelt dachte Hortensia an die Situation unter Vargulas Bett und das von ihr belauschte Gespräch zurück. »Dieser Gefälligkeit Eurerseits bedarf ich nicht mehr, denn ich habe ihn selbst gefunden.«

Heinrich hob seine Augen von ihrem Körper zu ihrem Gesicht mit den weit geöffneten, wachsam dreinblickenden Augen.

»Ihr wart es!«, trug Hortensia leise und bedacht vor. Unter keinen Umständen durfte sie laut oder gar ausfallend werden, wollte sie im nächsten Moment nicht im Kerker landen und damit ihren Plan vereiteln. »Ihr habt den Beschuss und Überfall auf Burg Neumark befohlen. Euer Vargula hat meine Familie verbrannt, das Haus mit der schiefen Tür, ganz Neumark samt der Menschen im Niederdorf und Oberndorf.«

»Das Haus mit der schiefen Tür?«, fragte Heinrich amüsiert, trat von ihr weg und vor den Kamin.

»Mit diesen Morden habt Ihr gesündigt«, fuhr Hortensia unbeirrt fort, obwohl seine herablassende Antwort ihr die Kehle zusammenschnürte.

»Du wagst es, mir Sünde vorzuwerfen? Mir, einem Landgrafen?«, fuhr er auf, bückte sich und legte zwei neue Holzscheite nach. »Du bist verrückt, Mädchen! Der Kampf um die Landgrafschaft war niemals eine Sünde, sondern mein gutes Recht!«

Hortensia war starr vor Angst. »Ja. Ich wage es«, brachte sie dennoch mutig hervor. Die Leichtigkeit, mit der er über seine Vergehen hinwegging, widerte sie an.

»Kein Mensch ist ohne Sünde, und außerdem vergibt Gott den Sündern. Das sollte dir gerade heute am Tag des Osterfestes bewusst sein.« Er kam wieder hoch und drehte sich zu ihr um. »Durch den Kreuztod Jesu und seine Auferstehung wird allen Menschen Vergebung und ewiges Leben zuteil«, entgegnete Heinrich mit den Worten, die er von der Morgenandacht noch gut im Ohr hatte.

Hortensia beherrschte sich nur mühsam. »Ein Landgraf gibt sich damit zufrieden, die Verantwortung für sein Tun an den Himmel abzugeben? Anstatt sie auf Erden selbst zu übernehmen?«

Heinrich verharrte eine Weile bewegungslos, dann schaute er zur Tür.

Ob er wohl gerade überlegte, die Wachen hereinzurufen, um sie entfernen zu lassen? Weil sie es wagte, ihm auf Augenhöhe zu begegnen? Hortensia trat ihm entgegen. »Eure Sünden wird Gott Euch vergeben, aber Eure Schuld an so viel Leid, Elend und Ungerechtigkeit bleibt dennoch bestehen.« Aufgewühlt strich sie sich übers Gesicht. Sie hatte längst die Grenze des Erlaubten überschritten, was sie in diesem Moment aber nicht weiter störte. »Das Wort Schuld besagt, dass etwas schuldig bleibt, nämlich die Vergebung durch meine Eltern, meinen Bruder und all die anderen Burgbewohner. Den Freispruch dafür könnt Ihr weder dem Himmel abverlangen noch von ihm erhalten. Allein die Toten könnten Euch von Eurer Schuld befreien, und da dies unmöglich ist, werdet Ihr mit dieser Last leben müssen.« Jetzt stand sie ganz nahe vor ihm.

Heinrichs Züge hatten sich zu einem schiefen Grinsen verformt, das sein wohlgeformtes Gesicht hässlich aussehen ließ. Hortensias Brustkorb hob und senkte sich immer schneller, und sie haderte mit sich wegen dieses offensichtlichen Anzeichens von Angst und Schwäche. »Ich bin heute nicht vor Euch erschienen, um Euch mit Tierkadavern zu beschießen oder Euer Heim zu verbrennen, so dass Ihr miterleben müsstet, wie Eure Familie ihre letzten Atemzüge tut.« Hortensia wies auf das gefräßige Feuer hinter ihm im Kamin, denn ursprünglich hatte sie vorgehabt, die Gemächer des Markgrafen in Brand zu stecken, um ihn am eigenen Leib erleben zu lassen, was die Neumarker durchlitten hatten, bevor sie gestorben waren. Doch dank Lines weiser Demonstration und Ratschlages hatte sie ihren Plan geändert.

Nach diesen Worten wirkte Heinrich ungewohnt gedankenverloren, so als sähe er gerade seine Söhne den Feuertod sterben. »Es ist besser …«, sie holte tief Luft, als würde es ihr dabei helfen, die folgenden Worte herauszubringen, »wenn ich Euch vergebe.«

Irritiert schaute Heinrich auf.

Verzeihen war ein Zeichen von Stärke und nicht von Schwäche, hatte Line Hortensia nach dem Hin-und-her-Schleppen der Holzscheite im Steinmetzhaus klipp und klar zu verstehen gegeben. Die Scheite hatten ihr zuvor mit jedem Schritt mehr ins Fleisch der Arme geschnitten und ihr einen Holzsplitter in die Haut getrieben, während die Hausmagd unbekümmert von einer möglichen Lagerstelle zur nächsten gegangen war. Auf der Treppe hatte Line ihr schließlich erklärt, dass sie bereits genügend Feuerholz für die nächsten Tage besäße. Hortensia aber solle sich noch einmal gut überlegen, ob sie dem Markgrafen – in dem kleinen Rollenspiel durch Line dargestellt – seine Tat auch weiterhin nachtragen wolle.

Hortensia war zunächst sprachlos gewesen. Dann aber hatte es sie nachdenklich gemacht, dass jeder ihrer Schritte mit dem schweren Transportgut vor der Brust lediglich sie selbst, nicht aber Line in der Rolle des Markgrafen belastet hatte. Die schwerer werdende Last – das Gewicht der Holzscheite – beschrieb sehr gut die wachsende Wut, die Hortensia für Heinrich empfand und die während der vergangenen Monate immer größer geworden war. Ein weiterer wichtiger Punkt war ihr dann am Folgetag klargeworden: Einzig sie trug schwer an ihrem Hass und ihren Rachegelüsten, nicht aber der Markgraf, obwohl er der Übeltäter von ihnen beiden war. Der ging unbeschwert weiter seiner Wege.

»Vergeben bedeutet nicht, dass ich vergesse oder gar Eure Tat gutheiße«, gab sie Lines Rat an Heinrich weiter.

»Hör sofort auf, so mit mir zu reden! Du machst dich des Ungehorsams gegenüber deinem Landesherrn schuldig«, unterbrach sie Heinrich rüde. »Ohne mich wärst du längst tot und könntest solche undankbaren Reden gar nicht mehr schwingen!«

»Ich soll Euch dankbar sein? Dafür, dass meine Lieben nur noch eine Erinnerung sind?« Es fiel ihr schwer, ihre Stimme nicht zu erheben, aber gleichzeitig wünschte sie sich auch, von den Menschen, denen sie selbst Unrecht getan hatte, gütig behandelt zu werden. Sie vergab Heinrich nicht, damit es ihm besserging, sondern damit es ihr besserging. Nur so würde sie Ruhe finden und nicht länger durch den Hass, den sie für ihn empfand, an ihn gebunden sein. Nur dann wäre es ihr möglich, die Vergangenheit zu begraben und Frieden mit dem Unabänderlichen zu schließen. Erst dann würde sie nicht länger als Gefangene ihrer eigenen Gefühle in dem tiefen Brunnenkerker sitzen, in den sie sich selbst eingeschlossen hatte. »Durch Euch, Landgraf, konnte ich, wenn auch anders als ursprünglich gedacht, doch noch etwas zum Landfrieden beitragen.« Sie, die Tochter eines einfachen Burgschreibers.

Heinrich runzelte die Stirn. Für ihre anmaßende Rede sollte er Hortensia eigentlich Vargulas ganzer Truppe zum Fraß vorwerfen.

»Durch Hass entsteht neuer Hass, und jeder Kampf beschwört weitere Kämpfe herauf. Diese Kette habe ich durchbrochen und damit im Kleinen zum Frieden beigetragen.« Hortensia war unendlich froh, dass ihr dies gelungen war, und sah das Gesicht ihrer Mutter und ihres Bruders vor sich, die ihr beide lächelnd zunickten. »Wenn nun weitere Menschen über die Grenzen der Mark hinaus diesen Mut zur Vergebung aufbringen …« Sie hielt inne, denn Heinrich sah verstört aus.

»Wer hat dir nur all diesen Unsinn in den Kopf gesetzt?«, raunte er und griff an sein Messer. »Krieg und Kampf sind gottgegeben!«

Hortensia schüttelte den Kopf. »Ihr mischt Euch in Gottes Plan über Leben und Tod ein!« Sie hatte das Gefühl, damit das Wichtigste gesagt zu haben.

Sie war darüber hinaus dem Befehlsgeber selbst entgegengetreten und hatte sich nicht an Vargula gehalten, der den Auftrag nur entgegengenommen und ausgeführt hatte. Sie ging zur Tür.

Da packte Heinrich sie auf einmal und drehte sie zu sich herum. Mit der ganzen Kraft seines kampferprobten Körpers presste er sie gegen die Tür, so dass sie kurz aufschrie.

Geräusche wie diese, war Hortensia überzeugt, waren den landgräflichen Wachhabenden vor der Tür wohl eher vertraut, als dass sie alarmierend wirkten, denn von draußen folgte keinerlei Reaktion. Heinrichs schwerer Körper nahm ihr die Luft zum Atmen und erinnerte Hortensia an die Situation unter dem Bett des Mundschenken. An ihre damalige Erstarrung und Verzweiflung. Sie keuchte vor Angst, als durch Heinrichs Druck auf einmal Lines Steinscherbe gegen ihren Bauch gepresst wurde. In Gedanken sah sie, wie sich ihre linke Hand Heinrichs festem Zugriff entwand und sich in ihre Gewandtasche schob, wo sie den Stein heftig zu reiben begann. Während dieser Vorstellung hielt sie die Augen nicht geschlossen, sondern schaute Heinrich mit festem Blick an. In die Situation unter dem Bett war sie hineingeraten. In die heutige hatte sie sich jedoch aus freien Stücken begeben.

Aus einem für sie unerklärlichen Grund ließ Heinrich plötzlich von ihr ab. Sie wankte zur Seite und fand, dass er trotz all seiner Erhabenheit und Kraft schwach wirkte.

Wortlos zog er den Türriegel auf, ging dann zum Kamin hinüber und schaute mit dem Rücken zu ihr ins Feuer. »Geh!«, sagte er ausdruckslos.

Hortensia zögerte zuerst, dann öffnete sie vorsichtig die Tür und trat in den Flur, wo die Wachen nach wie vor in Habachtstellung standen und sie nicht weiter beachteten.

»Geh endlich!«, rief Heinrich noch einmal lauter und ließ sich erst auf einem Stuhl vor dem Kamin nieder, nachdem die Wachen die Tür hinter Hortensia ins Schloss gezogen hatten.

Den Hethiter Uria hast du mit dem Schwert erschlagen! So soll das Schwert von deinem Hause allezeit nicht weichen, gingen ihm die Worte des Propheten Nathan durch den Kopf. Es hätte nur noch gefehlt, dass das Mädchen ihn an König David erinnerte, dessen Sohn frühzeitig starb, weil Gott ihn für die Gewalttaten seines Vaters büßen ließ. Und dennoch: Wie Hortensia so vor ihm gestanden hatte, hatte sie ihm ihren ganzen Zauber offenbart. Ihr makelloses Gesicht mit den roten Lippen und den zarten Wangenknochen hatte ihn für einen Moment an die Beichlinger Gräfin erinnert, die nach dem Silberblattturnier sein Bett gewärmt hatte. Hortensias Schönheit kommt der von Agnes durchaus gleich, auch wenn sie von einer ganz anderen Art ist, dachte er und vernahm deren sich entfernende Schritte. Agnes … ihre Schreie nach der Totgeburt, die er einfach nicht mehr aus dem Kopf bekam, die ihn immer wieder überfielen, hatten ihn eben an der Tür besonders schrill durchfahren.

Wie erfroren starrte er auf die brennenden Scheite im Kamin. »Bin ich ein schlechter Mensch?«, fragte er sich, ohne aufzuschauen. »Hätte ich die Landgrafschaft besser aufgeben sollen?« Er hatte alles dafür getan, damit er nun die wichtigsten Aufgaben als Landgraf wahrnehmen konnte: Rechtsprechung und Friedenssicherung. Letztere hatte offiziell mit dem Landding, dem Landgericht in Mittelhausen, begonnen. Entgegen seiner vorangegangenen Anweisung an Vargula hatte er der Gerichtssitzung doch selbst vorgestanden und über die ersten Gebietsübertragungen entschieden. Die Ansprüche der anhaltinischen Herzöge auf Thüringer Land hatte er mit einer üppigen Summe Silbermünzen abfinden können. Mit der Herzogin von Brabant war es hingegen schon zuvor auf der Wartburg zu einer Einigung gekommen. Offen, aber auf gutem Wege, waren jetzt nur noch einige Kleinigkeiten, über die er im Augenblick aber nicht nachdenken wollte. Ist es nicht immer so, dass allein der Gewinner leben darf?, fragte er sich stattdessen. Nur, was hatte dann seinen toten Sohn zum Verlierer gemacht?

Die Straßen Naumburgs waren überfüllt, das hatte Dietrich schon heute Morgen gleich nach dem Aufstehen vom Fenster seiner Kemenate aus gesehen. Neben den Bürgern drängten sich nun auch die geistlichen und weltlichen Herrscher der Bistumsregion sowie die umliegende Landbevölkerung durch die Gassen seiner Stadt. Vor den Toren hatte er Zelte unter freiem Himmel aufstellen lassen, um sie alle angemessen willkommen zu heißen. Schließlich sollten sie die Botschaft von seinem phantastischen Chor ins Reich hinaustragen. Seit dem Sonnenaufgang fegte ein unerbittlicher Wind durch Naumburg. Er hatte an Dietrichs Gewändern gezerrt, als er zur Marienpfarrkirche gegangen war, ihm kühl ins Gesicht geblasen und Staub aus den Ecken der Straßen und von den Dächern gewirbelt. Die Menschen in der Immunität, denen er begegnet war, hatten kaum miteinander gesprochen. Und wenn ihre getuschelten Worte überhaupt bis zu ihm vorgedrungen waren, hatten sie meist vom Wettstreit oder dem Naumburger Meister gehandelt. Es war, als sei ein unergründbares Geschehen über die Stadt gekommen, ähnlich einer Krankheit, von der die Menschen nicht wussten, ob sie daran genesen oder vergehen würden.

Für den Großteil der Bürger und Gäste war die Ostermesse in St. Wenzel und im Freien bei den Zeltlagern gelesen worden. Nur ein auserlesener kleiner Kreis hatte Dietrichs Worten in der Marienpfarrkirche lauschen dürfen. Der Innenraum der Kathedrale daneben, ihrer größeren Schwester, beherbergte bereits die Skizzen, weshalb Dietrich auch an allen Eingängen des Gotteshauses Wachen hatte postieren lassen, die niemanden einließen.

Der Einsatz der hellen Knabenstimme war das Zeichen für den Prozessionszug, die Marienpfarrkirche zu verlassen. Dietrich führte als Gastgeber an der Seite des Mainzer und des Magdeburger Erzbischofs die Prozession an. Ihre Schritte wurden von einem reinen »Christ ist auferstanden« begleitet. Mit dem Mainzer Christian II. von Weisenau einte Dietrich der Vorsatz, einen Chor im päpstlichen Sinne als Denkmal für den Widerstand gegen den Kaiser zu schaffen. Es war das erste Mal, dass er dem neuen Kirchenfürsten persönlich begegnete. Anders als sein streitsüchtiger Vorgänger Siegfried III. von Eppstein machte Seine Exzellenz Weisenau zumindest seinem äußeren Erscheinungsbild nach einen friedlichen, ja fast bescheidenen Eindruck auf Dietrich, auch wenn er ihm in seinem Brief für den Fall einer Niederlage eher nach Eppsteiner Manier schwerwiegende Folgen angedroht hatte. Was den Magdeburger Erzbischof Wilbrand von Käfernburg betraf, war die Situation eine vollkommen andere. Der Magdeburger stand gleich seinem Halbbruder Heinrich seit der Exkommunikation des Kaisers unverbrüchlich auf dessen Seite. Wilbrand war hochgewachsen, mit energischen Gesichtszügen und einer großen Nase ausgestattet, die er sich zu reiben pflegte, wenn er angestrengt nachdachte. Dietrich hatte den Mann als geistreichen Gesprächspartner und vorausdenkenden Strategen kennengelernt. Deshalb hoffte er auch, dass sich der Magdeburger unabhängig von allen politischen Belangen für seinen Chor entscheiden würde. Vielleicht vermochte ihn ja die Stifterfigur des Grafen Syzzo dazu zu bringen? Immerhin entstammte dieser der Ahnenlinie des Magdeburgers.

Die Prozession kam voran. Was für eine Ahnenlinie hatte eigentlich sein Meister aufzuweisen? Die Frage erinnerte Dietrich daran, dass sich Matizo von Mainz noch immer nicht an seiner Seite befand. Die Zeichnungen hingen zwar bereits in der Kathedrale und könnten auch ohne die Anwesenheit des Meisters betrachtet werden, doch dessen Erklärungen zum Skizzenwerk würden die Präsentation vervollkommnen. Das Volk war nicht fachkundig, sondern emotional. Und diese Sprache, so hoffte Dietrich, würde der Meister heute authentischer sprechen, als er selbst dazu in der Lage war. Matizo war ein Knecht seiner Leidenschaft für den Stein, dem Enttäuschung, Begeisterung und manchmal, so meinte er, auch Wahnsinn ins Gesicht geschrieben standen.

Noch bevor sie das Tor zum Kathedralplatz passierten, zerrte der Wind so heftig an Dietrichs Mitra, dass er sie mit der Hand festhalten musste. Betont ruhig schaute er sich um, ob der Meister eventuell vor der Nikolauskapelle auf ihn gewartet hatte, was aber nicht der Fall war. Weil Dietrich spürte, dass er allseits unter Beobachtung stand, lächelte er beständig in alle Richtungen. Seine Wangenmuskulatur und die Mundwinkel schmerzten schon. Kurz wandte er sich um, um zu prüfen, ob die Messbesucher ihm auch angemessen folgten, dabei fiel sein Blick unweigerlich auf Heinrich und Maître Libergier. Die zwei langen Pfauenfedern an Heinrichs Kopfbedeckung bogen sich ihm, vom Wind getrieben, entgegen. Immer musste der Halbbruder sich bemerkbar machen! Weiter hinten streifte Dietrichs Blick die Landgräfin Agnes mit Heinrichs Beratern und seinen Söhnen Albrecht und Dietrich. Ihnen folgten wiederum die Brüder und Chorherren von St. Georg und St. Moritz.

Dietrich hörte erneut, wie das Volk in den Straßen ständig vom Naumburger Meister sprach. Dass Heinrich den Namen seines Baumeisters überall in der Stadt hatte verbreiten lassen, war ein gelungener Schachzug gewesen, denn jetzt hörte man nichts anderes mehr, als dass mit dem Meister des Markgrafen Licht und ewige Helligkeit in Naumburg einziehen würde.

Dietrich ärgerte sich darüber, dass er es verabsäumt hatte, seine eigenen eingängigen Parolen unter das Volk zu streuen.

Der weitere Weg führte den Zug auf den Kathedralplatz. Berittene drängten sich nun vom Steinweg her kommend mit einem beladenen Karren durch die Menge, und als die Knabenstimme gerade den letzten Ton des Chorals gesungen hatte, lud ein Teil der Männer auf Höhe des Ostchores ein Podest vom Karren. Die restlichen Reiter schirmten den Prozessionszug ab und ermöglichten es den beiden Erzbischöfen und Dietrich auf diese Weise erst, das Podest zu besteigen.

Dietrichs Blick glitt über die vielen fragenden Gesichter vor ihm, die zu ihm aufschauten und in der Gesamtheit wie ein Teppich, geknüpft aus Köpfen, wirkten. Alles Gemurmel war verstummt, lediglich das Pfeifen des unnachgiebigen Windes war noch zu hören. Grau, wie gepfeffert, war die Luft vom Staub.

Dietrich gab sich Mühe, sein Lächeln im Gesicht zu behalten. »Ich grüße euch, Naumburger, Gäste und Freunde!«, rief er, den Krummstab fest in der Hand. Der Sturm musste seine Worte wohl mit sich forttragen, denn Dietrich beobachtete, wie sich die Menschen in den vorderen Reihen ihren Hintermännern zuwandten und seine Worte weitergaben und deren Hintermänner wiederum das Gleiche mit den hinter ihnen Stehenden taten. Alle schienen sie ihm ängstlicher und vorsichtiger als gewöhnlich zu agieren.

»Gott möge euch segnen«, sagte Dietrich mehrmals hintereinander. Zuerst sanken die Menschen unmittelbar vor ihm ehrfürchtig auf die Knie, mit etwas Verzögerung dann auch die weiter entfernteren. »Es ist Gott, der uns heute hier versammelt hat. Gemeinsam werden wir ihm einen neuen Chor schenken. Noch in diesem Frühjahr beginnen wir mit der Errichtung des Westchores, den bereits mein seliger Vorgänger,

Bischof Engelhardt, bauen wollte.« Wie ein Schwert zum Zeichen des Angriffs reckte Dietrich seinen Krummstab in die Höhe.

Die Menschen senkten sofort die Köpfe, als sause der bischöfliche Stab im nächsten Moment über sie hinweg. Dietrich wischte sich die ihm vom Wind ins Gesicht getriebenen Staubkörner aus den Augen und fuhr fort: »Wir werden euch heute zwei unterschiedliche Entwürfe für den Westchor präsentieren, danach werden wir alle gemeinsam entscheiden, welcher von beiden umgesetzt werden soll.« Auch wenn ihm dieses Vorgehen immer noch absolut zuwiderlief, sprach er diesen Satz überzeugt erst in Richtung Bischofsburg und dann auch noch zum Steinweg hin aus, wo er in der Menge seine ehemalige Köchin Pauline aus Freiberg an der Seite seiner kurzhaarigen Schreiberin ausmachte. »Die Zeichnungen sind in der Kathedrale aufgereiht, und ihr alle könnt sie, einer nach dem anderen, beschauen. Berührt jedoch keine einzige«, mahnte er, damit die kostbaren Pergamente nicht beschmutzt werden würden. »Vor Einbruch der Dämmerung werden wir uns erneut vor dem Westchor zusammenfinden. Euer Beifall und eure Begeisterung werden dort den Gewinner bestimmen. Tragt meine Worte auch in die hintersten Winkel der Stadt, ein jeder soll sich an die Regeln halten.« Gedämpftes Gemurmel setzte ein, und Dietrich sah die vor ihm knienden Menschen zögerlich nicken, was seinen Verdacht bestätigte, dass die Leute mit der ihnen übertragenen Entscheidungsgewalt überfordert waren. Denn wie sie auch entschieden – letztendlich würden sie mit ihrer Wahl entweder den Landgrafen oder den Bischof vor den Kopf stoßen. »Folgt uns nun zur Kathedrale!«, rief er und machte sich daran, gemeinsam mit den beiden Erzbischöfen das Podest wieder zu verlassen. Noch immer schlug ihm das Herz seit der vorangegangenen

Messe, an der auch Peter von Hagin teilgenommen hatte, bis zum Hals. Sogar seine Finger waren ihm angeschwollen. In der dritten Reihe der Messbesucher hatte der Mann gestanden, und Dietrich hatte ihn während der Begrüßung beim »Der Herr sei mit euch« bemerkt. Peter von Hagin hatte da gerade das Kreuzzeichen gemacht, etwas langsamer als alle anderen. Verändert hatte er sich kaum – seine Gesichtszüge waren immer noch genauso schmal wie eh und je, sein Kopf kahl. Das ganze Gegenteil von Dietrich. Hagin trug ein einfaches Scheitelkäppchen, und auch sonst war er schlicht gekleidet: in einen schwarzen Chormantel, der dem der Benediktiner ähnelte. Ein Wimpernschlag hatte genügt, dass sich ihm das Bild des Mannes so detailgetreu eingebrannt hatte, als wäre der Scholaster ihm keinen einzigen Tag seines Lebens von der Seite gewichen. Der einstige Wunschkandidat für den Naumburger Bischofsstuhl stand nun bei der Gruppe der Domherren neben dem Podest.

Seitdem er Peter von Hagin erblickt hatte, vermied Dietrich jeglichen Blickkontakt mit dem Halbbruder. Die Messe hatte er über Heinrichs Kopf hinweg gelesen. Niemals wollte er dem Halbbruder die Befriedigung gönnen, ihm ansehen zu können, wie sehr er ihn mit dieser für jedermann offenkundigen Beleidigung und versteckten Drohung getroffen hatte. Umso wichtiger war es, sich nicht davon beirren zu lassen. Deswegen nahm sich Dietrich vor, Peter von Hagin ebenso wie Heinrich weiterhin streng zu übersehen und sich nur auf den protokollarisch notwendigen Kontakt mit ihnen zu beschränken.

Die Prozession begab sich gerade zum Eingang der Kathedrale, als sich Matizo durch die Menschenmenge drängte.

»Stell dich gefälligst hinten an, du Schuft!«, wetterte jemand leise, und schon wurde der Meister heftig am Umhang zurückgezogen.

»Exzellenz«, krächzte Matizo, dem die Schnürung seines Umhangs in den Hals schnitt, in Richtung der Prozession. »Exzellenz, Bischof Dietrich!« Mit beiden Händen hielt er das Pergament schützend vor seine Brust.

Dietrich fuhr herum und wies die Berittenen, die die Prozession zum Schutz begleiteten, sofort an, dem Meister einen Weg durch die Masse zu bahnen und ihn zu ihm zu geleiten.

»Verzeiht die Verspätung«, bat Matizo, wobei sein Tonfall nur wenig reuevoll klang. Die Markgräfin war ihm wichtiger als die Messe gewesen. »Doch die Stifterfigur der Uta hat mich bis eben beschäftigt.«

Der Naumburger Gottesmann nickte eher grimmig als erleichtert. »Reiht Euch bei dem Franzosen ein«, befahl er. Noch vor Messbeginn waren sie in Dietrichs Privatkapelle verabredet gewesen, um sich gemeinsam beim Gebet auf den bedeutsamen Tag einzustimmen.

Matizo begab sich an den ihm gewiesenen Platz und brachte vor dem Meister von St. Nicasius und dessen Gehilfen nicht einmal ein Wort der Begrüßung heraus, so groß war seine Verlegenheit. Er bewunderte den Franzosen für seine Formensprache und fühlte sich in dessen Gegenwart klein. Ob seine Version der Stifterin Uta im Vergleich mit Libergiers Zeichnung überhaupt noch gut zu nennen wäre? Matizo neigte nun den Kopf, tiefer als eben noch bei den Erzbischöfen. Den Zügen des Konkurrenten war keine Gemütsregung zu entnehmen. Er erwiderte die Grußgeste, indem er kurz die Lider schloss. Seine Gehilfen hinter ihm nickten höflich, aber desinteressiert.

Bestärkend presste Matizo sich das Uta-Pergament vor die Brust und folgte der Gruppe in die Kathedrale. Am Portal wandte er sich noch einmal um, weil er den Blick eines Menschen auf sich gerichtet glaubte, sah aber kein ihm bekanntes Gesicht.

Im Inneren der Kathedrale lösten sich auf Bischof Dietrichs Handzeichen hin Dutzende Helfer links und rechts des Portals, wo sie beinahe so starr wie Steinskulpturen verharrt hatten. Atemberaubend still war es, während sie eine zweireihige Lichterkette aus Spänen entzündeten, die in kurzen Abständen voneinander im Langhaus und Querhaus hingen.

Matizo war, als ob die Kathedrale mit jeder weiteren Flamme aus dem nächtlichen Schlaf erwachen würde. Als ginge in ihr die Sonne ein zweites Mal auf. Derart hell hatte er die Kathedrale nicht einmal zur Messe von Christi Geburt erlebt. Das viele Licht, das für Hoffnung und Gottesnähe stand, ließ ihn fast vergessen, weswegen er eigentlich hier war. Matizo verspürte den Drang, auf die Knie zu fallen, die Kathedrale seine Beine vibrieren und seine Fingerspitzen erwärmen zu lassen. Wie bei seiner ersten Begegnung mit ihr. Doch das würde Bischof Dietrich ihm im Beisein der hohen Herren nicht verzeihen, und so setzte er lediglich seine Füße fester auf den Boden.

Dietrich führte den Zug zum Altar des Ostlettners. Davor waren die Entwürfe Libergiers auf roten und blauen Holzgestellen aufgebaut und mit gelben und schwarzen Seidentüchern verhangen, Heinrichs Wappenfarben als Markgraf von Meißen und nunmehr auch Thüringer Landgraf. Alles war vom Halbbruder bis ins kleinste Detail stimmig vorbereitet worden. Zu seinen eigenen Skizzen im hinteren Teil des Langhauses wagte er nicht zu blicken. Zwischen den Gestellen vor ihm standen abwechselnd Wachmänner aus Heinrichs Gefolge und einige Gesellen und Bildhauermeister der Meißener Dombauhütte. Die hatte der Landgraf zuvor persönlich angewiesen, wie sie sich während der Präsentation zu verhalten hatten, so war es Dietrich zumindest berichtet worden.

Die ersten Schritte zum Altar hinauf war Heinrich III. von Wettin einfach nur zufrieden über die Entwicklung der Dinge. Sogar so zufrieden, dass er hoffte, der Mainzer mit dem ungekämmten schwarzen Haar, den liederlichen Gewändern und dem noch liederlicheren Benehmen würde es ihm nicht zu einfach machen. Etwas Spannung musste schon sein.

Nach einer wortlosen Verständigung mit Erzbischof Wilbrand von Käfernburg war Heinrich bereit, das Wort zu ergreifen. Er räusperte sich, damit jeder ausreichend Zeit hatte, ihm seine volle Aufmerksamkeit zu schenken. Agnes machte er in ihrem dunkelblauen Kleid vor dem Halberstädter Bischof aus, sein Sohn Dietrich war bei ihr. Albrecht stand etwas abseits, und Heinrich fiel auf, dass sein Ältester den jüngeren Bruder, der die Stiefmutter schüchtern anschaute, misstrauisch beäugte. Ein Schmunzeln trat auf Heinrichs Lippen, als er an Albrechts Strafe für die Tötung des Sperberweibchens dachte: Vier Monate lang musste der Junge dem landgräflichen Falkner beim Säubern der Gehege und bei der Atzung zur Hand gehen, nicht als Höhergestellter, sondern als Helfer. Die Absicht, die Agnes mit dieser Strafe verbunden hatte, zeigte bereits Wirkung: Albrecht bewies bereits mehr Respekt vor den Vögeln als bisher, auch hatte er erstes Interesse an der Beizjagd gezeigt. So schnell würde er keinem der gefiederten Tiere mehr den Kopf abschneiden. Agnes, Agnes ... du scharfsinniges Weib, dachte Heinrich und spürte Sehnsucht nach seiner Gattin. »Ich habe mir erlaubt, einen Vorschlag für den geplanten Bau zu unterbreiten«, richtete er einen Augenblick später das Wort an sein Publikum, »dessen Finanzierung bereits heute vollständig sichergestellt ist. Kein Mensch wird daher gezwungen sein, seinen Geldsäckel für den neuen Chor zu öffnen. Zutritt zu ihm erhaltet Ihr nicht durch Geld, sondern durch Gottesfürchtigkeit und Demut.« Seine Silbervorräte schafften das schon.

Er selbst wäre ganz gewiss auf Spenden angewiesen, dachte Dietrich verbittert, was seinem Halbbruder einen Vorsprung verschaffte. Er hörte, wie Heinrichs Worte von den Leuten am Eingang wiederholt und nach draußen weitergegeben wurden. Dietrich verstärkte daraufhin sein Lächeln in Richtung der Bischöfe aus den Nachbarbistümern, mit denen ihn das einhellige Interesse verband, die kirchlichen Besitzungen vor weltlicher und nunmehr landgräflicher Gier zu schützen. Und so hoffte er, dass sich ihr gemeinsames Ziel am heutigen Tag auch in der Fürsprache für seinen neuen Chor ausdrücken würde. In diesem Moment war ihm, als sei der ganze Wettstreit nicht mehr steuerbar, sondern ein einziges eigenmächtiges Ding. Ein Koloss von einem Steinklotz, ein rollendes Gebirge, das auf seine Stadt zuhielt.

»Als Schutzherr der Naumburger Kirche, als Meißener Markgraf und Thüringer Landesherr«, riss Heinrich ihn aus seinen Gedanken, »habe ich den Anspruch, dass diese Bischofskirche nur mit dem besten aller meisterlich entworfenen Chöre vervollständigt wird. Aus diesem Grund habe ich mich auch entschlossen, das himmlischste aller Jerusalems entwerfen zu lassen.« Heinrich sprach so laut, dass Matizo meinte, der Hall seiner Stimme ließe die Kienspäne an den Wänden erzittern. »Wir stellen Euch einen Westchor vor, der an Himmelsstreben und Helligkeit durch nichts und niemanden überboten werden kann«, sprach er weiter und fuhr sich mit der Hand über die Tunika, die das Grünblau seiner Hutfedern aufgriff. »Werte Exzellenzen und hohe Gäste, unser Westchor ist nach der neuen französischen Baukunst entworfen worden. L'architecture française! Eine hohe Kunst, die zur Lobpreisung des Herrn gerade gut genug ist.« In den Augen seiner adligen Zuhörer erkannte Heinrich weiterhin Anspannung. Nur Albrecht schien sich zu langweilen und spielte mit der leeren Scheide seines Messers am Gürtel. Libergier nickte zustimmend. Vorab hatten sie besprochen, dass Heinrich an seiner Stelle sprach und die Versammelten in das Projekt einführte, weil niemand im provinziellen Naumburg die französische Sprache verstand. Ein bisschen fühlte er sich hier wie eine der Perlen, die vor die Säue geworfen wurden. Vermutlich vermochten sowieso nur die wenigsten, ihm inhaltlich zu folgen. Wilbrand von Käfernburg stand mit verschränkten Armen da, und Heinrich glaubte zu wissen, dass der hohe Geistliche ahnte, auf welches Vergnügen ihrerseits dieser Tag hinauslaufen würde. Der Mann hatte den Kopf angehoben, obwohl er mühelos über die vor ihm Stehenden hinwegschauen konnte. Seine Mundwinkel waren amüsiert nach oben gezogen.

Dietrich war derweil damit beschäftigt, die gegnerischen Holzgestelle durchzuzählen und gleichzeitig sowohl den Anblick Heinrichs als auch den des Haginers zu vermeiden. Einhundertzehn Stück!, resümierte Dietrich. Einhundertzehn Angriffe auf seinen Bischofsstuhl! Er selbst hatte lediglich sechzig Zeichnungen vorzuweisen, bisher hingen neunundfünfzig am rechten Ort.

»Exzellenzen und Erlauchten, bitte folgt mir nun!« Heinrich winkte Maître Libergier an seine Seite und deutete auf die Holzgestelle vor sich, die er nebeneinander in drei Reihen parallel zum Lettner hatte aufstellen lassen. Sie füllten fast das gesamte Querhaus aus. Zwischen den Reihen war jeweils ein Gang frei gelassen. Mit einer eleganten Bewegung trat Heinrich vor das erste Gestell und lüftete auch schon den gelben Schleier. Der Bildhauermeister aus Meißen, der danebenstand, band die Seide sogleich um das Gestänge.

Die beiden Erzbischöfe betrachteten den Grundriss als Erste, und Heinrich erklärte ihnen die Formen und deren Bedeutung. Bei den nachfolgenden Besuchern würde dies dann der Meißener Bildhauermeister übernehmen. Dann schritt er mit Maître Libergier an seiner Seite zur nächsten, diesmal schwarz verhängten Skizze und zog den zweiten Schleier vom Gestell.

Bischof Dietrich war zugestanden worden, zusammen mit seinem Meister direkt hinter den Erzbischöfen zu folgen. Vorsichtig, als gehe eine Gefahr von der Skizze aus, reckte Matizo den Kopf dem fremden Werk entgegen. Jede Linie fuhr er langsam, wie auf einer Reise, mit den Augen ab. Der Chor Libergiers setzte sich genauso wie sein eigener aus einem quadratischen Bauteil, kombiniert mit einem polygonalen Teil zusammen, das aus den fünf Seiten eines Achteckes bestand – die Basis, die schon Bischof Engelhardt ersonnen hatte. Keine andere Form als das Vieleck warf das Licht konzentrierter auf den Mittelpunkt, wo der Altar stand. Maître Libergiers Chor war unbeschreiblich langgezogen, doppelt so lang wie sein eigener. Damit stellt er doppelt so viel Raum für die Gottesdienste der Geistlichen zur Verfügung wie ich, dachte Matizo. Die unterschiedlich starken Linien des Grundrisses waren perfekt gezogen worden, von einer Hand, die jahrelange Übung offenbarte. Das zeigten ihm die fehlenden Abschabungen; das Pergament war dick und stark. Jede Grundrisslinie war akkurat gezeichnet, es gab weder sichtbare Anschlüsse noch schmale Ausläufer an den Linien. Allein der Grundriss zeugte von einer Grazilität, die vermutlich Libergiers gesamter Chor einhalten würde.

Der Mainzer Erzbischof vor ihm beschaute den Grundriss gleichmütig. »Warum verzichtet er auf einen Lettner?«

Matizo konnte es nur erahnen und meinte: »Vermutlich damit sich das Licht aus dem Langhaus und dem Chor vereinen kann, Exzellenz.«

Dietrich schien mit sich zu ringen, ob diese Idee brillant oder nur neuartig war. Er starrte auf die Pfauenaugen an

Heinrichs Hut, als wären die an seiner Zwangslage schuld. Allmählich kam ihm die Ähnlichkeit zu seinen eigenen Entwürfen seltsam vor. »Er hat auch Standbilder!«, schimpfte er mit gedämpfter Stimme. Fast kam es ihm so vor, als würden Heinrichs lästige Pfauenaugen daraufhin triumphierend zu ihm herüberwinken.

Matizo dachte sofort an Hortensia, und bei dem Gedanken an ihren Verrat und den Schaden, den sie damit angerichtet hatte, überkam ihn ein beklemmendes Gefühl. Er trat näher an seinen Auftraggeber heran und meinte dann: »Hoffentlich präsentiert er nicht auch noch unsere zehn Stifter.«

Dietrich schüttelte den Kopf und antwortete im Flüsterton: »Dann wäre er ja hellsichtig!« Nur widerwillig hatte sich Dietrich von Heinrich zu diesem Wettstreit drängen lassen, und einmal mehr verfluchte er sich in diesem Moment dafür. Der Halbbruder hatte es sogar gewagt, die Stimme der Erzbischöfe bei der anstehenden Entscheidung genauso stark zu gewichten wie die eines Schmiedes oder Bäckermeisters. Damit besaßen die Exzellenzen einen erschreckend bescheidenen Einfluss auf den Ausgang des Wettstreites. In weniger unsicheren Zeiten wäre der heutige Tag eine absolute Unmöglichkeit gewesen. Dietrich erinnerte sich an den verstorbenen Mainzer Erzbischof Siegfried III. von Eppstein, der ihn für seine Zustimmung zu dieser Art der Meinungsfindung sicherlich zusammengebrüllt und abgestraft hätte. Dietrich machte das Kreuzzeichen, zumindest diese Erniedrigung war ihm erspart geblieben. Er folgte den Erzbischöfen vor die Aufrisse des Chorquadrums. Seinen Groll und seine Neugierde verbarg er weiterhin hinter einem bemühten Lächeln.

Die schwarzen und gelben Seidentücher glitzerten im Licht der Kienspäne. Dann wurden die Entwürfe freigelegt. Unverhohlen saugte Matizo jeden Tintenstrich auf, er hatte seine

Scheu vor dem gegnerischen Skizzenwerk überwunden. Allein schon in Maître Libergiers Konstruktion der Wände glaubte er, eine konsequente Weiterentwicklung dessen Könnens von St. Nicasius zu erkennen. Die riesigen Fenster zogen sich durch beide Chorteile. Sie wurden durch dünne Steinstäbe und Zirkelwerk gegliedert und gleichzeitig stabilisiert. Wie Pfeile, die in den Himmel schossen, muteten sie an. Und Matizo konnte nicht anders, als ihnen mit den Augen von unten nach oben zu folgen. Es war, als würden die Fenster seine Blickrichtung führen, und er spürte, dass er sich der Architektur überlassen konnte. Sie berührte ihn, und genauso musste es sein. Kurzzeitig vergaß er darüber sogar, dass es die Arbeit seines Rivalen war, die ihn so sehr verzückte. Sie war formvollendet. Und sie löste Sehnsucht in ihm nach Reims, Amiens und Metz aus. Die Aufrisse bestärkten ihn in seiner ersten Einschätzung, dass Libergier seine Arbeiten von St. Nicasius konsequent weiterentwickelt hatte, weil die Wände mit großflächigen Fenstern bestückt waren. Mehr Glas als Stein, wovon Matizo immer geträumt hatte. Strebepfeiler, filigran wie Spinnenbeine, stützten den Chor. Wie aus weiter Entfernung kommend vernahm er dabei die erklärenden Worte des Markgrafen, die er als gestelzt empfand, weil sie die wahre Schönheit des Libergier-Chores nicht einfingen. Es ging nicht nur um Helligkeit und Himmelsstreben, sondern um die Seele des Bauwerkes. Im Idealfall konnte es diese Menschen, wie gerade ihn, wachrütteln, trösten, lieben und kräftigen. Der Markgraf beherrschte vielleicht das architektonische Vokabular, aber zu der tieferen und eigentlichen Aussage des Entwurfes war der Adlige nicht vorgedrungen.

Matizo glaubte seinen Augen nicht zu trauen, als er an der Seite des Naumburger Bischofs vor die Gestelle in der zweiten Reihe trat. Maître Libergier hatte in seine Glasfenster etwas eingearbeitet, das er bislang nur als Entwurf, aber noch nicht verwirklicht gesehen hatte: die Reimser Sechspassrose, wie sie damals schon genannt worden war, von der aus mehrere Fensterbahnen nach unten verliefen. Und alles hatte Libergier bunt tuschen lassen. Vor allem die Farbe Blau, aber ebenfalls rote und gelbe Bereiche sah Matizo in der Rose. Himmel, Sonnenaufgang und Licht, dachte er, die Farben auf dem Weg zu Gott.

Er ertappte sich dabei, wie er zwischen den Holzgestellen hindurch in die dritte Reihe spähte, doch dort waren die Zeichnungen noch mit den gelb-schwarzen Tüchern verhangen. Im Grundriss waren auch Standbilder angedeutet. Hinter sich vernahm Matizo entzückte Stimmen, die diesbezüglich um Erklärung baten. Ebenso was die Detailzeichnungen von Gesimsen, Schlusssteinen und Säulenschmuck betraf, die auf die Entwürfe der Glasfenster hin folgten. Alle Bauteile waren schmal und hochgewachsen. Die vertikalen Strukturen dominierten, es gab nichts, was auf Breite und damit Schwere hindeutete, wie der Markgraf nicht müde wurde zu betonen.

»Eine überragende Preisung der Dreifaltigkeit«, bestätigte Erzbischof Wilbrand, während er sich zufrieden über das Pallium strich.

»Näher, verehrte Exzellenzen, können wir Gott mit der Erbauung eines Chores nicht kommen!«, verkündete Heinrich kraftvoll, so dass seine Stimme bis in die hinterste Ecke des Querhauses drang. Gleich darauf gab er das Zeichen, die Tücher von den Holzgestellen in der dritten Reihe zu ziehen. Vierzehn Entwürfe waren es, deren steinerne Umsetzung entsprechend dem Grundriss ausschließlich im langen Polygon erfolgen sollte. Matizo drängte es nach vorne. Er hoffte, nicht auch noch einen gerechten Grafen Syzzo und einen klugen Thimo vorgeführt zu bekommen. Und Uta, die Markgräfin?

Kurz taumelte er. Sein Pergament hielt er weiterhin vor die Brust gepresst.

Dietrich sackte die Kinnlade beim Anblick des ersten Standbildes hinab. Das langgezogene Pergament zeigte einen beinahe lebensgroßen Geistlichen. Mitra, Krümme und Ring wiesen ihn eindeutig als Bischof aus. Der Gottesmann ragte über Dietrichs Kopf hinaus dem Licht entgegen und war höher aufgehängt als die anderen Pergamente, wodurch er größer als die anderen gezeichneten Stifter wirkte. »In unserem Westchor sollen die zukünftigen Messen unter den Augen aller Naumburger Bischöfe stattfinden«, erklärte Heinrich sein Ansinnen. Mit einem verwegenen Lächeln wandte er sich kurz zu Dietrich um, woraufhin der erst einmal seinen Mund schloss und dann schnell woanders hinschaute. »Sie stehen hier als Glaubenswächter und Vorbilder. Wir beginnen mit Hildeward von Gleißberg, der im Gründungsjahr des Bistums als Bischof von Zeitz erster Naumburger Bischof wurde.« Heinrich schritt den Gang entlang und lüftete einen Seidenschleier nach dem anderen. »Bischof Kadeloh, der auch kaiserlicher Kanzler in Italien war, folgte Exzellenz Hildeward im Amt. Und auf Bischof Kadeloh wiederum Bischof Eberhard, Bischof Günther, Bischof Walram ...«

Doch Dietrich hörte nichts mehr, denn er musste all seine Kräfte aufbieten, um nicht die Beherrschung zu verlieren. Seine noch immer geschwollenen Finger waren feucht und drohten an der Krümme hinabzurutschen. Den schmeichelhaften Gedanken an ein Bildnis seiner selbst zwang er nieder und kämpfte gleichzeitig gegen den Drang an, an Libergier und den Erzbischöfen vorbei zu dem letzten dargestellten Bischof zu eilen. Sich selbst verewigt zu sehen, würde geradezu perfekt zu seiner *Gesta Theodericus episcopus* passen! Die Schenkel unter seinem Messgewand bebten.

Matizo bewunderte noch immer den Faltenwurf des Chormantels, den Bischof Hildeward unter der Kasel trug. Sein Blick glitt weiter über die Details der Zeichnung, auf der sogar Fingernägel und angewachsene Ohrläppchen berücksichtigt worden waren. Erst als die anderen hinter ihm zu drängeln begannen, trat er vor die nächste Zeichnung, die Bischof Kadeloh zeigte.

Dietrich war inzwischen hinter den Erzbischöfen zum letzten Pergament der Präsentation vorgestoßen.

»Das Meisterwerk meines hochgeschätzten Maître Libergier«, raunte Heinrich dem Halbbruder zu und lüftete den Schleier.

Dietrich konnte seinen Blick nicht mehr von der Zeichnung abwenden. Ihm war, als schaute er in einen Spiegel. Er erkannte seine kräftige Statur und sein volles Gesicht mit dem hervorstehenden Kinn wieder. Der Name auf dem Sockel des Standbildes bestätigte ihm außerdem: Dietrich II. von Meißen. Um seine Verzückung zu verbergen, wischte er sich mit einem Tüchlein kurz über das immer noch staubbedeckte Gesicht. Sollte der eigene Chorentwurf gewinnen, könnte er sich noch immer ein steinernes Abbild oder sogar eine bronzene Grabplatte nach dieser Vorlage erschaffen lassen.

Matizo trat heran und deutete auf ein Detail, das seinem Auftraggeber bislang entgangen war, dem Magdeburger Erzbischof jedoch gerade ein mitleidiges Lächeln entlockte. Es handelte sich um eine Pergamentrolle, die der gezeichnete Dietrich II. in der Hand hielt.

Der echte Dietrich betrachtete die Rolle nun genauer. Erschrocken fuhr er beim Anblick des übergroßen päpstlichen Siegels darauf zusammen. »Innocentius Papa IV.«, las er die Inschrift und errötete vor Scham. Sein Halbbruder hatte es tatsächlich gewagt, auf das Dispens des Papstes und damit sei-

ne uneheliche Herkunft hinzuweisen?! Um aller Welt mitzu-
teilen, dass er ein Bastard war? Ohne dass Dietrich es wollte,
blickte er zuerst auf den Scholaster Peter von Hagin, dann zu
Heinrich. Zum ersten Mal seit der formalen Begrüßung vor
der Messe schaute er seinem Halbbruder in die Augen. Blan-
ken Hohn las er darin, während der Landgraf im nächsten
Augenblick schon wieder wortreich über Helligkeit und
Himmelsstreben plauderte.

Matizo wiederum meinte, dass ihn mit Libergier etwas verband. Sie beide hatten sich die Kathedrale von Reims, sein
schlankes Mädchen, das das göttliche Licht im Herzen trug,
zum Vorbild genommen. Beide wollten sie eine Sonnenkathedrale erschaffen, jeder auf seine Weise. Libergiers Chor war
ein eigenständiges, selbstsicheres Bauwerk, das der Ausführung würdig war. Nun hatte er die sichtbare Bestätigung dafür, dass er es mit einem übermächtigen Gegner zu tun hatte.
Am liebsten hätte er sich zur Beruhigung mit dem Rücken
gegen die Westwand gepresst, um den Druck, der auf ihm lastete, an den geduldigen Stein weiterzugeben. Da sah er Harbert unter den Georgsbrüdern, die neben den Augustiner-
Chorherren des Moritzklosters gerade den Grundriss begut-
achteten. Der Pater lächelte ihm freundlich zu und deutete
mit einem aufmunternden Kopfnicken zum Eingang, wo die
Naumburger Bürger von Bewaffneten noch am Betreten des
Gotteshauses gehindert wurden. Ungeduldig scharrten sie
mit den Füßen, aber zuerst mussten sie die Gruppe Auserlesener die Entwürfe noch zu Ende begutachten lassen.

»Verehrte Gäste, hochverehrte Exzellenzen«, ergriff Dietrich das Wort, ließ sich die Fackel vom Einmarsch reichen
und bat die Gruppe, ihm ins Langhaus zu folgen. »Dann wollen wir uns jetzt dem wahren himmlischen Jerusalem auf Erden widmen.« Die Lobeshymnen auf das Gegenwerk hätte er

keinen Augenblick länger ertragen. »Ich gedenke, Euch nun gemeinsam mit meinem Bildhauermeister Matizo von Mainz durch die Entwürfe unseres Westchores zu führen, die, sagen wir …«, er zögerte, »neben ihrer unübertroffenen Ausdrucksstärke noch viele weitere gewichtige Argumente aufweisen, die für ihre Wahl sprechen.« Die Zeichnungen waren so in der hinteren Hälfte des Langhauses verteilt worden, dass sie einen pergamentenen Westchor bildeten. Direkt vor ihnen hingen daher in einer Linie die Zeichnungen des Lettners.

Im Vergleich zu den vielen anderen Gestellen wirkte jenes für das Standbild der Uta weiter hinten unter dem Seidenschal – Dietrich hatte ein reines, unbeflecktes Weiß gewählt – noch verräterisch mager, was Matizo daran erinnerte, die Zeichnung in seinen Händen endlich aufhängen zu lassen. Das Pergament vor seiner Brust zeigte bereits die schweißigen Abdrücke seiner Finger. Er überreichte es einem Helfer, damit es sogleich unter Seide kam. Wie eine Frau unter einen Schleier, dachte er. Wie eine Braut auf dem Weg zum Altar.

Dietrich trat vor die Holzgestelle mit den Zeichnungen des Lettners. »Wir werden nun gemeinsam einen Raum beschreiten, dessen zweiteiliger Aufbau den Geistlichen auch in Zukunft eine vom einfachen Volk getrennte Ausübung der Gottesdienste ermöglichen wird.« Ein vom Langhaus architektonisch getrennter Chor bedeutete, dass die Privilegien der hohen Geistlichkeit und der Domherren weiterhin erhalten wurden. Zugleich bildete ein Lettner auch einen frontalen Präsentationsraum, der genutzt werden konnte, um die Gläubigen anzusprechen. Und war es nicht das, was ein Gotteshaus leisten sollte? Ansprache und Austausch? Zumindest war das Dietrichs Ziel.

Auf ein bischöfliches Nicken hin trat Matizo neben seinen Auftraggeber. Ganze fünf Schritte trennten ihn nun noch von seinem Werk. Beim Anblick der Seidenschleier, unter denen sich seine Pergamente verbargen, fühlte er Zuneigung und Verbundenheit. Er wollte die Skizzen berühren, sie betrachten, wie ein Dichter, der seine gelungensten Verse immer und immer wieder las, jedes Mal wieder über sie lächelte und weinte. Hier und jetzt konnte er sich nicht vorstellen, jemals von ihnen getrennt zu werden. Für ihn waren sie wie Kinder von seinem Fleische – er hatte sie geformt und werden lassen. Und jede Kritik an ihnen war auch Kritik an ihm. Wie sich Väter wohl fühlen mussten, wenn ihre Söhne von Dritten verspottet wurden?

Bischof Dietrich stieß Matizo an, so dass dessen zärtlicher Ausdruck um Mund und Augen sofort der Anspannung wich. »Ehrwürdige Gäste«, begann er, als auch die letzten Nachzügler zu ihnen aufgeschlossen hatten. »Ihr steht vor einem Chor, der die Elemente der neuen französischen Baukunst mit der bereits vorhandenen alten Bauweise unserer Kathedrale in Einklang bringt.« Das war ein wichtiges Argument für ihre Version des neuen Chores. Dietrich schaute Heinrich nicht direkt an, aber er war sich dessen Aufmerksamkeit sicher. Er begann, acht der reinweißen Schleier über den Zeichnungen zu lösen. Von einem Helfer ließ er sie jeweils, wie er es zuvor gesehen hatte, an das Holzgestänge binden. Weiches Licht fiel auf die Pergamente, die links beginnend das obere Drittel des Lettners mit den Darstellungen des Leidensweges Christi zeigten. Jene Begebenheiten, die zur Kreuzigung führten und damit der Menschheit Erlösung brachten. Die unteren zwei Drittel des Lettners bildeten hingegen Arkaden, die die Reliefs zu tragen schienen. Als Sockel für die Trennwand hatte Matizo die Formen der Langhauspfeiler übernommen.

Ohne eine weitere Erklärung bedeutete Dietrich den Erzbischöfen, die Zeichnungen abzuschreiten. Hinter ihnen folgten Heinrich mit Maître Libergier, dann weitere Bischöfe, die Landgräfin mit Heinrichs Söhnen und die Domherren.

Das erste Relief zeigte das letzte Abendmahl. Matizo versank in dessen Betrachtung. Hinter einem Tisch hatte er Christus und die Apostel dargestellt. Christus reichte Judas ein Stück Brot. Jesus trug ein goldenes Gewand, das Hortensia mit hauchdünnem Blattgold überzogen hatte, ebenso wie dessen Nimbus. Matizo lächelte, als er bemerkte, wie exakt und sauber sie auch die schwarzen Pupillen Jesu und die blaue Iris gefärbt hatte. Viel heller als den Hintergrund der Szene, auf dem der Apostel Johannes gerade von Petrus aufgefordert wurde, Jesus nach dem Verräter in ihrer Mitte zu fragen, woraufhin dieser geantwortet hatte: »Es ist der, dem ich den Bissen eintauche und reiche.« Damit die Inhalte der Essschüsseln gut eingesehen werden konnten, hatte Matizo die Tischplatte schräg gestellt. Auch war ihm wichtig gewesen, dass die Jünger nicht steif nebeneinandersaßen, sondern miteinander agierten und verbunden waren. Sei es durch ihre Gewänder, die sich berührten, oder durch das Tischtuch, das sie alle verband. Trotz der körperlichen Nähe schaute keiner dem anderen in die Augen. Falschheit und Verrat isolierten, trieben den Menschen fort aus der Gemeinschaft. Das war Matizos Botschaft an die Betrachter. Alle acht Reliefs handelten von Verrat und Verleugnung, von falscher Anschuldigung und Reue. Unbewusst hatte er den Lettner unter diesem Motto gezeichnet, das begriff er in diesem Augenblick, in dem er steif zwischen den Exzellenzen stand, in seinen einfachen leinenfarbenen Gewändern, wie ein noch nicht ausgemalter, blinder Fleck in einem farbigen Bild.

Mit den Erzbischöfen an ihrer Seite traten Dietrich und Matizo vor das zweite Relief: die Auszahlung der Silberlinge an Judas. Der Schein der Kienspäne fiel auf die hellen Pergamente und ließ deren Tinte und Tuschefarben so matt wie Perlenstränge strahlen. Die Zeichnung zeigte, wie sich der Verräter Judas dem Hohepriester Kaiphas näherte, um sich der Anklage auf Gotteslästerung zu stellen. Matizo fiel auf, dass Markgraf Heinrich zuerst auf Judas schaute, vermutlich weil dieser als Einziger keinen Judenhut trug. In gebückter Haltung empfing der Verräter die Münzen mit vom Mantel verhüllten Armen, als wage er nicht, das Blutgeld zu berühren. Unheil und Schweigen lagen über der Szene, die das Bildmotiv festhielt, einige der steinernen Figuren verbargen sogar ihre Gesichter, als wollten sie nicht Zeuge von Judas' Tun sein.

Matizo fand, dass Erzbischof Wilbrand noch immer amüsiert dreinschaute, was er unangemessen fand. Christian II. von Weisenau zeigte keine Regung. Hin und wieder nickte er knapp. In der unmittelbaren Nähe der Thüringer Landgräfin vernahm Matizo ein ergriffenes kindliches Schluchzen, nur einmal, dann war es auch schon wieder verstummt.

Der Auszahlung der Silberlinge an Judas folgte die Gefangennahme Christi, in der der Kuss, mit dem Judas Christus verriet, und der Schwerthieb, mit dem Petrus einem der Häscher das Ohr abtrennte, dargestellt waren. Matizo hatte Christus genau mittig plaziert und ihn den Blick in die Ferne richten lassen. Die Gruppe jüdischer Häscher war wieder an ihren spitzen Hüten erkennbar. Matizo folgte dem Blick des Apostels ganz rechts im Bild, der bereits zum vierten Relief mit der Verleumdung Christi hinüberschaute. Während Jesus vom Hohepriester verhört wurde, leugnete Petrus vor Mägden und Knechten im Hof, ein Anhänger Christi zu sein. Umgesetzt hatte Matizo diese Begebenheit aus der Heiligen Schrift mit solch eindringlichen Blicken und Gesten, dass diese weitaus beredter waren als alle Worte des schaumschlägerischen neuen Landgrafen, der seinen Erklärungen zwar folgte, gleichzeitig aber versuchte, durch den pergamentenen Lettner hindurch auf die Zeichnungen der Stifter zu schauen.

Stellvertretend für die Gruppe der Bediensteten im Hof des Hohepriesters hatte Matizo eine einzige Magd gewählt. Mit nur einer Fingerspitze tippte sie Petrus zu ihrer Linken an. Mit der rechten Hand raffte sie ihr Kleid – während sie auffordernd zum Geschehen des letzten Reliefs, zur Gefangennahme Christi, blickte. Bist du einer seiner Anhänger? Petrus, in gelüstertem Mantel mit rotem Innenfutter, blickte hingegen weg von der Magd sowie von der Szene der Gefangennahme. Unschlüssig, welche Antwort er geben sollte, aber auch elend, weil er Jesus gleich verleumden würde, schaute er den Betrachter an. Matizo hatte den Apostel bewusst so dargestellt, denn er verband damit die Absicht, nicht nur die Adeligen und Kirchenfürsten, sondern jeden Besucher der Kathedrale an der Entscheidung Petrus' teilhaben zu lassen.

Hieß es nicht in der Bibel: »In dieser Nacht, ehe der erste Hahn kräht, wirst du mich dreimal verleugnen«? Auf dem Relief tat es Petrus gerade zum ersten Mal, was die Umstehenden betroffen schweigen ließ. Auch zuvor hatte sich niemand geäußert, aber da hatte es immerhin noch unverständliches Gemurmel und fragende Blicke gegeben. Entweder waren die Betrachter so erschüttert oder aber so entsetzt über die direkte Darstellung der Verleumdung. Der Ausdruck auf ihren Gesichtern, eine Mischung aus beidem, änderte sich jedenfalls nicht einmal, als die ersten Naumburger Bürger in das Querhaus zu den Entwürfen des französischen Baumeisters vorgelassen wurden.

Im Kirchenraum wurde es etwas dunkler, vermutlich zogen gerade dichte Wolken über die Stadt hinweg. Während die Gruppe auf das fünfte Relief zuschritt, meinte Matizo sogar, es würde kühler werden. Die Darstellung zeigte die beiden bewaffneten Wachmänner, mit denen Petrus am Feuer gesessen und Jesus zum zweiten sowie dritten Mal geleugnet hatte. Mit einer Lanze in der Hand und einem grünen Mantel bekleidet, wandte sich der Rechte der beiden gerade zum Gehen und tatsächlich: Auch er schaute den Betrachter direkt an und zog ihn damit in den Leidensweg hinein, als wolle er ihn an seine eigene Schuld erinnern.

Matizo fiel auf, dass der Landgraf als Erster von diesem Pergament weg und hin zum nächsten drängte, der Vorführung Christi vor Pontius Pilatus, den Statthalter des römischen Kaisers Tiberius. Die Anklage wegen Blasphemie, die Verhandlung, das Urteil und die Handwaschung hatte er in einem einzigen Bild dargestellt: Der Hohepriester Kaiphas hielt Jesus am Unterarm gepackt, während er gleichzeitig mit dem thronenden Statthalter über dessen Schicksal diskutierte. Die Hauptfigur dieser Szene war jedoch ohne Zweifel der Statthalter, der einen inneren Konflikt austrug. Sein Körper schien sich im Kampf um die richtige Entscheidung geradezu zu winden, sein Mund stand weit offen. Später, in Stein gemeißelt, würde Pilatus' Körper dem Betrachter schier entgegensteigen, ihm auf diese Weise ganz nahe kommen und ihn in die Beantwortung der Schuldfrage miteinbeziehen. Endlich hatte Matizo auch die Aufmerksamkeit von Maître Libergier gewonnen. Der Meister aus Reims hatte bisher keinerlei Reaktion gezeigt, jetzt aber wirkte er gedankenversunken und schaute immer wieder zwischen Matizo und den Lettnerreliefs hin und her.

Für die Geißelung Christi hatte Matizo eine dicht gedrängte Menschenmenge gezeichnet, in deren Mitte Christus an eine Säule gefesselt stand, mit ausgemergeltem Körper und der Dornenkrone auf dem Kopf. Seine Peiniger hieben mit Stöcken und Peitschen auf ihn ein. Matizo bemerkte, wie einige hohe Gäste die Augen aufrissen. Einer der Libergier-

Gesellen wandte sich gar von dem Pergament ab. Noch immer sagte keiner der Betrachter ein Wort. Diese Sprachlosigkeit hielt auch über das achte, abschließende Relief des Leidensweges hinweg an: die Kreuztragung. Gefolgt von Maria ging Christus tief gebeugt den Weg nach Golgatha. Erst nachdem alle Bischöfe auch diese Zeichnung begutachtet hatten, bat Dietrich die Umstehenden, einige Schritte zurückzutreten, damit die Pergamentreihe des Lettners im Ganzen auf sie wirken konnte. Sobald sie sich in gebührendem Abstand aufgestellt hätten, gedachte er außerdem, ihnen das Zentrum des Lettners, den Eingang in den Chor hinein, zu präsentieren. Bisher waren die Zeichnungen in der Mitte des Lettners noch verhangen gewesen. Doch auch sie wurden von den weißen Tüchern befreit.

Das Portal hatte Matizo mit der Kreuzigung ausgestaltet, der letzten Szene der Passionsgeschichte. Konsequent hatte er auch bei deren Ausführung versucht, den Betrachter in das Geschehen miteinzubeziehen – ihn zu Jesus, Gott und zur Erlösung hinzuführen. Das Kreuz Jesu bildete den Mittelpfeiler des Eingangs und stand fest auf dem Boden. An ihm hing Christus, lebensgroß und festgenagelt. In die Portalnischen hatte Matizo jeweils mit gequältem Gesichtsausdruck Maria und Johannes den Täufer gesetzt. Maria links von Christus, Johannes mit dem einzigartig blaugolden schimmernden Mantel rechts davon. Wer den Westchor betreten wollte, musste somit unter den Armen des Gekreuzigten hindurch und unmittelbar an seinem geschwächten Körper vorbeischreiten. Die Kreuzigung war dadurch im wahrsten Sinne des Wortes der Eingang zum neuen Westchor.

»Das Portal bildet den Höhepunkt des Lettners«, verkündete Dietrich und überlegte, wie er das fehlende Sonnenlicht zurück auf seine Zeichnungen bekäme. Den Einfall, die an den Wänden befestigten Kienspäne hierherbringen zu lassen, verwarf er, als er den unruhigen Blick Christians II. von Weisenau auf sich spürte. In diesem so bedeutsamen Moment, wo der Erzbischof anscheinend noch keinen richtigen Zugang zu dem Lettner gefunden hatte, durfte Dietrich nicht für weitere Unruhe sorgen. Das würde auch den Chorherren des Moritzklosters entgegenkommen, die das Portal eher mit Abscheu betrachteten.

Als Agnes den geerdeten Jesus entdeckte, wich sie zunächst erschrocken zurück. Stiefsohn Dietrich hielt sich gar die Hand schützend vor die Augen. Bischof Dietrich ging nicht darauf ein, denn er wollte den hohen Gästen Zeit geben, das Portal selbst zu verstehen, bevor er es ihnen mit Worten erklärte. Denn damit würde er verwirkt sein, der Weg zur eigenen Erkenntnis. Was sie sahen, war gewagt, womöglich sogar Blasphemie in den Augen des Heiligen Vaters, aber im Innersten von frommer Gesinnung. Hoffentlich wären sie fähig, dies zu erkennen.

Dietrich löste die Schleier der letzten vier Skizzen mit den Komplettansichten des Lettners, jeweils zwei für die Vorder- und die Rückwand. Auch zu ihnen verlor er kein einziges Wort, weil er sah, dass die Anwesenden noch immer auf das Portal starrten. Selbst Erzbischof Wilbrand von Käfernburg schmunzelte nicht mehr, sondern betrachtete den gekreuzigten Jesus zweifelnd. Zweifelnd, ob man den Heilsbringer überhaupt erden durfte, mutmaßte Dietrich und verkündete: »Dann lasst uns den Himmel betreten!«

Noch vor dem ersten Schritt auf das pergamentene Portal zu sah Dietrich, dass sich Peter Hagin mit seinem Scheitelkäppchen auf dem haarlosen Kopf dem Landgrafen näherte, ihn dabei von oben bis unten taxierte und Heinrich schließlich etwas ins Ohr flüsterte. Dietrich erwiderte seinen Blick nur kurz, aber deutlich. Warte nur, du Natter!

Beherzt wollte er am gekreuzigten Jesus vorbeigehen und beweisen, dass er damit keine Apokalypse heraufbeschwor.

So herrschaftlich, wie es ihm nur möglich war, schritt er an der Zeichnung des Gekreuzigten vorbei ins Innere des Chores. Dabei hatte er den linken Weg, mit der leidenden Marienfigur, am Kreuz vorbei gewählt. Als er den Westchor betrat, fühlte er sich darin bestärkt, dass Matizos Entwürfe eine alles in den Schatten stellende Meisterleistung waren, unabhängig davon, ob sie die Masse begeisterten oder nicht. Eine Weile verharrte er noch gedankenversunken, dann wandte er sich auffordernd seinen Gästen zu, von denen es noch keiner gewagt hatte, unter den Armen Jesu hindurch einen Schritt in den Chor hineinzusetzen.

Raunen kam in der Runde auf, als Dietrich erneut bat: »Tretet doch ein in das himmlische Jerusalem!«

Matizo rauschte das Blut in den Ohren. Wenn sie dem Bischof jetzt nicht folgten, wäre alles umsonst gewesen, weil sie das Chorinnere dann nicht zu Gesicht bekommen würden. Selten hatte er nach seiner Klosterflucht so inbrünstig ein Gebet gesprochen, wie er es jetzt in Gedanken tat. Dann sah er, dass sogar im Querhaus einige Leute ihre Hälse in Richtung des geerdeten Jesus reckten. Eine junge Frau drängelte sich in Richtung des gezeichneten Portals. »Das ist Sünde!«, presste sie hervor, nachdem sie der Kreuzigung ansichtig geworden war, und ihre Worte wurden weitergetragen.

Einige der Versammelten nickten zustimmend und drehten sich ängstlich dem Naumburger Bischof zu.

»Der Herr erwartet Euch bereits«, setzte Dietrich, der noch immer als Einziger im Chor stand, auffordernd nach.

Erzbischof Wilbrand von Käfernburg rieb sich nachdenklich die große Nase, was wiederum Landgraf Heinrich beunruhigte. Gewöhnlich wusste der Käfernburger immer, was zu tun war.

Als sich noch immer niemand in Bewegung setzte, entschied Matizo zu handeln. Dass die Aufsetzung des gekreuzigten Jesus auf den Boden des Chores Entrüstung erzeugen würde, hatte er vorausgesehen, hatte er doch schon viele ähnliche Situationen während seiner Wanderschaft erlebt. Es war immer das Gleiche. Die Menschen zögerten, bevor sie es wagten, sich dem Neuen, Außergewöhnlichen und ihnen Unbekannten zuzuwenden. Wahrscheinlich hatten sie den Gekreuzigten wie üblich hoch über dem Lettner erwartet, wo er dem Himmel näher war.

Bedächtig betrat er den Chor. Das Rauschen in seinen Ohren wurde mit jedem seiner Schritte in Richtung seiner Pergamente leiser. Neben seinem Auftraggeber angekommen, drehte er sich zu den Gästen vor dem Lettner um.

»Der nahe Jesus kann niemals ein Ausdruck von Gotteslästerung sein!« Nach einer langen Pause schaute er jedem in die Augen, den er durch das Portal hindurch sehen konnte. »Ganz im Gegenteil. Er beweist, dass der Herr unter den Gläubigen weilt, deren Sorgen und Ängste aus allernächster Nähe wahrnimmt und ihren Schmerz, ihre Trauer und ihre Sehnsucht versteht.«

Bischof Dietrich nickte überrascht, so viel Sicherheit im Auftreten hatte er seinem Bildhauermeister gar nicht zugetraut. »Der Lettner zeigt«, übernahm er wiederum und legte seine Hand dankend auf des Meisters Arm, »wie nahe Gott den Menschen ist, jeden Tag. Und genau dadurch bestärkt er uns in unserem Glauben.«

Matizo bat Bischof Dietrich mit einem Blick, noch einmal das Wort ergreifen zu dürfen. »Auf den kleinen Reliefs genauso wie auf der großen Portalfigur des Lettners thront Jesus als Überlegener, Allgegenwärtiger. Wer in den Chor eintritt, gesteht ihm genau diese Rolle zu!«

Christian II. von Weisenau fixierte Meister und Bischof. Wilbrand von Käfernburg ließ seine Augen erneut über den

Gekreuzigten wandern. Dann setzte sich sein hochgewachsener Körper in Bewegung, und er betrat den Chor. Erst nach einigem Zögern folgte ihm das Mainzer Kirchenoberhaupt. Das Beispiel der beiden Bischöfe ermutigte weitere Gäste. Matizo vernahm deutlich das erleichterte Ausatmen Dietrichs neben sich. Sie tauschten einen bestätigenden Blick. Vorerst war eine Verfemung und Ächtung zumindest verhindert.

»Der Herr ist mit uns, seht doch!«, rief Matizo und deutete auf die Personen im Chor, deren Leib und Leben ganz offensichtlich von Gottes Strafe verschont blieben.

Die Eintretenden mehrten sich. Der letzte Gast, der den pergamentenen Chor betrat, war der Abt des Georgsklosters mit Pater Harbert an seiner Seite. Matizo schaute kurz in das verunsicherte Gesicht Etzels, zumal die ihm auferlegte Bußleistung noch ausstand.

Nachdem Bischof Dietrich seine Gäste gebeten hatte, um die Grundrissskizze herum Aufstellung zu nehmen, übergab er seinem Meister das Wort. Der schloss daraufhin die Augen, senkte den Kopf und gab sich der Seele des Bauwerkes hin. Aller Augen waren auf ihn gerichtet, das spürte er und beeilte sich dennoch nicht. Langsam öffnete er die Lider wieder. Bei seinen nachfolgenden Sätzen war ihm, als spräche er nicht mit Fürsten und kirchlichen Würdenträgern, sondern mit ihr, der Kathedrale. Als wären sie unter sich – dementsprechend ruhig war sein Tonfall.

»Verehrte Gäste, hochgeehrte erzbischöfliche Exzellenzen, Landgraf«, setzte er an, »Ihr befindet Euch hier in einem Altarraum, dessen einzelne Bauteile dem Licht und der Höhe entgegenstreben.« Seine Augen glänzten im Schein der gelben Strahlenbündel. »Wir werden einen Chor bauen, der einen feinen Übergang von bestehenden alten Stilelementen zu neuen erreicht.« Er wies mit der Hand auf das Grundrisspergament in der Mitte des Chores. »Unser Entwurf besteht aus zwei Teilen. Der vordere Teil des neuen Chores ist ein quadratischer Raum. Dieses Quadrum wird von einem Kreuzrippengewölbe überspannt. Der hintere Teil des Chores besteht aus einem daran anschließenden Polygon, das aus fünf Seiten eines Achtecks gebildet ist. Die Rippen des Gewölbes ruhen auf Bündelpfeilern, die an der Nahtstelle zum Chorquadrum fünf-, ansonsten dreigliedrig sind.« Beim Anblick des Grundrisses fühlte sich Matizo in jene Nacht zurückversetzt, in der ihn ein Alptraum zur Aufstellung der Stifter inspiriert hatte. »Lasst uns nun die Pergamente mit der Gestaltung der Wände und der Heiligen auf den Glasfenstern betrachten.« Er deutete auf die Holzgestelle, die die Betrachter, so, wie es später die Mauern im echten Chor tun würden, ähnlich einem auf dem Kopf stehenden U umgaben.

Mit einigem Abstand folgten ihm die Angesprochenen. Vorsichtig tauschte Matizo einen Blick mit Bischof Dietrich, der ihm zunickte und zum ersten Mal am heutigen Tag so etwas wie Zuversicht ausstrahlte. Als Nächstes löste Matizo die Schleier von den Aufrissen des Chores, über denen in erhöhter Reihe die Speier-Zeichnungen prangten. »Die Wächter unseres Chores zeigen Menschen und Tiere. Auf jedem Strebepfeiler hängen drei Speier aus einem kleinen Turm heraus.« Im Vergleich zu Maître Libergiers Entwürfen waren seine Strebepfeiler schwerer, aber dies entsprach seinem Gesamtkonzept, das nicht auf unbedingte Schlankheit setzte.

Inzwischen waren die ersten Naumburger bis vor die letzte der Libergier-Skizzen gekommen. Einige versuchten, zu ihnen ins Langhaus vorzuschauen.

»In den Fenstern stehen sich Heilige und ihre Gegenspieler, Tugenden und Laster sowie die Bischöfe seit dem Baubeginn der ersten Naumburger Kathedrale gegenüber«, fuhr Matizo fort und dachte, dass er in Glas darzustellen gedachte, was Libergier in steinerner Form darzubringen plante.

Die Zeichnungen der Fenster waren von kunstfertiger Hand getuscht, befand er, und sein Blick blieb an der Spes hängen, der Frau mit dem dunklen Haar und dem Speer, die den Zweifel niederrang. Mit den Lanzetten und Sechspassrosen hatte er sich jedoch der Form nach ebenfalls an die Reimser Kathedrale angelehnt. Die Fenster auf der Pergamenthaut wurden nun so indirekt vom Licht der Kienspäne beschienen, dass die Farben auf ganz besondere Weise leuchteten.

Als die Gäste langsam auf die Skizzen zutraten, übernahm Bischof Dietrich: »Ihr befindet Euch in einem Westchor, in dem Ihr nach der Begegnung mit Christus am Lettnerportal nun von den zehn wichtigsten Stiftern der Naumburger Bischofskirche umringt seid.« Zehn Schleier zog er von den Holzgestellen, die eben noch hinter den Aufrissen gestanden hatten und nun von helfenden Händen ein Stück nach vorne gezogen worden waren. Matizo ließ es sich nicht nehmen, die Schleier eigenhändig an den Holzgestängen festzubinden. Seine Hände waren ungewöhnlich ruhig, die Fingerspitzen warm, so dass ihm die Schlaufen schnell gelangen.

»Ihr seht Stifter, die viel gegeben haben, um die Naumburger Kathedrale zu erbauen und zu erhalten«, erklärte Bischof Dietrich. »In unserem Chor erwecken wir sie und ihre Familien wieder und schenken ihnen das ewige Leben. Auch überwiegen bei uns nicht die Glasflächen, weil die Standbilder um keinen Preis von zu viel einfallendem Licht überstrahlt werden sollen.« Matizo überlegte kurz, wie Maître Libergier den Westchor eigentlich hatte entwerfen können, ohne auch nur ein einziges Mal in Naumburg gewesen zu sein und vor Ort die Wanderung und Launen des Sonnenlichts in der Kathedrale studiert zu haben. Matizo trat an die Seite des Grafen, der am ersten linken Eck des Polygons auf einem Sockel positioniert werden würde. »Hier steht der tapfere Dietmar Billung«, erklärte er und fuhr mit seiner Hand über das Schwert, das, mit schwarzen und golden schimmernden Details verziert, so realistisch und farbgetreu war, als hätte Hortensia Dietmars Waffe pulverisiert und danach vermalt.

»Die Tapferkeit wird hier als erste der vier Kardinaltugenden gezeigt.« Dietmar war der Vater des Grafen Thimo von Kistritz und fand bei einem Gottesurteil in Form eines Zweikampfes den Tod. Matizo hatte ihn als Adeligen in Kampfpositur gezeichnet.

Um die Pergamente genauer in Augenschein nehmen zu können, traten die Gäste einige Schritte näher. »Weltliche in einem Chor?«, erkundigte sich Peter von Hagin und erinnerte zu Dietrichs Leidwesen damit an die Sitte, Chöre ausschließlich Heiligen oder zumindest Bischöfen vorzubehalten. Weitere Gottesmänner rümpften die Nase. Der Meißener Bischof brachte es auf den Punkt. »Das ist Ketzerei!«, sagte er mit erhobener Stimme.

Das Licht der Kienspäne an den Wänden zitterte heftiger, als Dietrich an die rechte Seite des Grafen Dietmar schritt, um die aufkommende Unruhe im Keim zu ersticken. »Tapferkeit bedeutet, für seine Überzeugung und damit auch für Gott zu kämpfen.«

»Weltliche in einem Chor – das ist Sünde!«, rief da jemand vom Portal her.

Unbeirrt sprach Dietrich weiter. »Tapferkeit ist der Drang, trotz aller Rückschläge in einer schwierigen Situation und ohne Rücksicht auf die eigene Unversehrtheit für das zu kämpfen, was man für richtig hält. Letztendlich daran zu glauben, dass Jesus Christus unser aller Messias ist.« Er trat vor den nächsten Stifter und wandte sich dabei dem Magdeburger Erzbischof, dem direkten Ahnen des Grafen Syzzo zu. »Graf Syzzo aus Thüringen.«

Matizo deutete auf die Inschrift des Schildes. »Ihm obliegt es, den Gläubigen die Tugend der Gerechtigkeit zu vermitteln.« Graf Syzzo war jener Sünder gewesen, der die Gebeine der königlichen Kinder aus ihren Gräbern gezerrt hatte. Auf der Zeichnung setzte er als Richter gerade mit umwickeltem Schwert zur bevorstehenden Urteilsverkündung an. Syzzo hatte seinen eindeutigen Ausdruck erst durch Hortensias Farbkünste erhalten. Davon war Matizo überzeugt. Der Stifter trug einen mennigefarbenen Mantel mit moosgrünem Innenfutter. Tasselband, Schwertknauf und Schildrahmung hatte Hortensia gelüstert, so dass sie metallisch schimmerten. Am besten war ihr jedoch Syzzos Gesicht gelungen, dessen strengen Ausdruck sie durch rosafarbene und weiße Tuschungen der Haut noch hervorgehoben hatte. Stirnfalten und tiefere Stellen auf den Wangen waren hingegen dunkler von ihr abgesetzt worden, ein rotbrauner Lidstrich verstärkte zusätzlich den Ausdruck seiner Augen mit den schwarzen Pupillen. Feinere Ausmalungen hatte Matizo selten gesehen, und sie erhielten noch größere Wirkung durch das momentan in der Kathedrale vorherrschende schummrige Gelblicht.

Heinrich trat aus der Menge hervor. »So großspurig, Herr von Mainz? Dabei sehe ich hier nur Sünder, die weit entfernt von jeglicher Tugendhaftigkeit sind.«

»Auf den ersten, oberflächlichen Blick mag es so erscheinen«, gab Matizo mutig zurück. »Doch schaut doch einmal genauer auf den abgewandten Kopf des Stifters, der deutlich zeigt, wie schwierig die Tugend der Gerechtigkeit zu erfüllen ist.« Matizo schaute dem Landgrafen nun direkt in die Augen. »Denn Gerechtigkeit ist mehr, als sich selbst Recht zu verschaffen, nur weil man dazu in der Lage ist. Sie ist eine innere

Einstellung, die stets auch auf das Wohl anderer ausgerichtet ist.« Aus den Augenwinkeln verfolgte er, dass Bischof Dietrich seinem Halbbruder einen triumphierenden Blick zuwarf, der seine buschigen Augenbrauen wie bei einem Jubelschrei nach oben hüpfen ließ. »Nur dank dieser inneren Einstellung kann es gelingen, die drei Seelenteile des Menschen – das Begehrende, das Mutige und das Vernünftige – in einem ausgewogenen Verhältnis zu leben«, fuhr er fort. »Und das eben nicht nur in Bezug auf sich selbst. Wohltätigkeit, Barmherzigkeit und so scheinbar selbstverständliche Dinge wie Dankbarkeit gegenüber anderen gehören zur Gerechtigkeit mit dazu.«

Ohne eine Erwiderung des Landgrafen abzuwarten, schritt Matizo zur nächsten Figur, Graf Wilhelm von Camburg, weiter. Dem Stifter, der als Einziger im Polygon der dritten Stiftergeneration entstammte. Der Brandstifter im Sachsenaufstand war hinter seinem Schild in einer sich windenden Körperhaltung dargestellt. »Noch herausfordernder ist allerdings die Kardinaltugend der Mäßigung.«

Bischof Dietrich fuhr mit der Krümme Wilhelms Körper auf dem Pergament nach. Dass sein erregter Halbbruder gerade mit dem Magdeburger Erzbischof sprach, ignorierte er. »Sich zu mäßigen, um nicht gegen Gottes Gebote zu verstoßen, hat sicher schon so manchen verzweifeln lassen.« Sein Blick glitt über die Versammelten hinweg, deren Gesichtsausdruck er noch immer nicht zu deuten wusste. Immerhin schauten sie ihn, bis auf einige wenige, fast alle aufmerksam an. Auch Pater Harbert hatte den Kopf demütig gesenkt, als er das Wort Mäßigung fallenließ.

»Kommen wir zur nächsten Tugend: der Klugheit. Sie befähigt uns erst, das uns von Gott geschenkte Glück zu erfassen.« Matizo schritt neben den vierten Stifter im pergamentenen Polygon und musste dabei unwillkürlich an Line und an das Haus in der Wenzelsstraße denken. »Sie ist nicht Schlauheit, Gerissenheit oder Tücke, die nur auf persönlichen Nutzen abzielen. Das ist minder vor Gottes Angesicht. Die Klugheit steuert alle anderen Tugenden. Sie gibt Weg und Begrenzung vor.« Tatsächlich stand Graf Thimo von Kistritz der Scharfsinn ins Gesicht geschrieben. Er hatte die Wangen aufgeblasen, die Augen etwas zusammengekniffen und schaute den Betrachter so wissend an, als hätte er gerade all dessen Geheimnisse und Sorgen ausgemacht. Er wirkte kein bisschen hinterhältig, sondern abwartend und analysierend. Schild und Schwert hatte Matizo ihn direkt vor dem Unterkörper abstellen lassen. Er war der einzige Stifter im Polygon, der zum Quadrum schaute und damit beide Chorteile verband. Er war jener Mann, der den Mörder seines Vaters mit gegrätschten Beinen aufgehängt und bei lebendigem Leib hatte zerfleischen lassen. Der verbannt worden war und seine Tat bereut hatte. Er war der Graf, der seine Besitzungen der Naumburger Kirche vermacht hatte, bevor der Kaiser auf sie hatte zugreifen können. THIMO DE KISTERICZ QUI DEDIT ECCLESIAE SEPTEM VILLAS stand auf seinem Schild geschrieben. Thimo war der Mann der klugen, weitsichtigen Entscheidungen. All dies lag in seinem die Chorteile verbindenden Blick.

»Er ist und bleibt ein Weltlicher«, wurde Heinrich nicht müde zu betonen, nun allerdings mit gebieterischem Unterton. »Ihn eine Kardinaltugend verkörpern zu lassen stellt die bestehende Ordnung auf den Kopf!«

Erzbischof Wilbrand nickte.

»Aber ist es nicht gerade das Alltägliche, das allzu Menschliche, das uns Wunder vor Augen führt, uns nach Höherem streben und uns unsere Ängste überwinden lässt? Das uns nicht verzagen und neue Wege gehen lässt?« Matizo bemerkte, dass die Markgräfin gedankenverloren das Thimo-Pergament betrachtete.

Ihr nächster Weg würde sie gewiss nach Prag in das Klarissenkloster führen, dachte Agnes und war stolz, dieses Vorhaben gegenüber Heinrich durchgesetzt zu haben. Die Reise war ihr erster Wunsch gewesen, nachdem sie Eisenach hinter sich gelassen hatte. Maminko, přijdu Vás navštívit! Liebe Mutter, ich komme Euch besuchen. Endlich würde sie an Mutters Grab beten und ihren Vater und Ottokar nach sechs Jahren wiedersehen. Ihr zweitältester Bruder musste inzwischen siebzehn Jahre zählen. Vielleicht entschied sie sich sogar noch dazu, über Brandenburg zurückzureisen, um Božena zu besuchen. Auch wenn sie ihren Kampf nicht gewonnen hatte, war Agnes froh, ihn ausgefochten zu haben.

»Zugleich sind die weltlichen Standbilder ein Aufruf an alle Gläubigen«, drang die Stimme des Mainzer Meisters an Agnes' Ohren, »diese Tugenden zeitlebens für Gutes einzusetzen. Und zwar hier unten auf Erden, nicht erst im Himmelreich. Ihr seht weltliche Vorbilder, die anders als Heilige Schwächen zeigen. Vorbilder, die im Diesseits unter anhaltender göttlicher Aufsicht stehen. Um dies zu verdeutlichen, wurden sie auch mit den Gewölbepfeilern verankert, die ihrerseits die göttliche Obhut symbolisieren.«

Begleitet von den Blicken der Gäste schritt Matizo zum Pergament des Stifters Dietrich. Der Graf aus Brehna, der gleich rechts hinter dem Lettnereingang aufgestellt werden würde, war wie der Stifter Wilhelm im Sachsenaufstand gegen König Heinrich IV. vorgegangen. Ein weiterer Rebell gegen die weltliche Gewalt, zu der er schlussendlich doch noch übergelaufen war. Matizo hatte versucht, den Stifter in dem Moment einzufangen, in dem sein Widerstand bereits erloschen war, und Dietrich deshalb sein in der Scheide steckendes Schwert, dessen Schwertknauf er mit der rechten Hand umfasst hielt, fest auf den Boden stellen lassen. Sein kleiner Schild hing am Riemen. Den Mund hatte er ungläubig geöffnet, den Blick richtete er auf das Geschehen im Polygon. Seine Züge waren mitgenommen, seine Wangen hingen schlaff hinab. Dicke Locken rahmten sein Gesicht. Ihm gegenüber stand Gerburg, seine Gattin, die die göttliche Tugend des Glaubens vertrat. Die Gräfin umfasste ein in ihren Mantelsaum eingeschlagenes Buch, ihre zarten Züge offenbarten Ehrfurcht vor dem Wort der Verkündung. Sie blickte in Richtung des Lettners, von wo aus die frohe Botschaft der Erlösung in alle Welt getragen wurde. Mit der rechten Hand raffte sie vorsichtig ihren Umhang. Matizo hatte ihr einen hochgewachsenen, grazilen Körper verliehen. »Sie verkörpert das Höchste, was wir haben und schätzen«, erklärte er und setzte gleich nach, bevor irgendwelche Missverständnisse aufkamen. »Sie verkörpert den Glauben. In unserem Chor stellt sie die grundlegendste der drei göttlichen Tugenden dar, ohne die die anderen beiden nicht möglich wären.«

»Unser Glaube gebiert alles andere!«, wiederholte Bischof Dietrich. »Dieses Motiv ist ganz wesentlich in unserem Chor und keinesfalls Ketzerei.« Matizo ging nun zu den Zeichnungen von Hermann und Reglindis, die linker Hand an der Nahtstelle von Quadrum und Polygon hingen. Tatsächlich wagten sich nach diesen Worten einige der Herrschaften näher an die Zeichnungen heran. Auf dem Pergament des Hermann sahen sie der Gewandung nach einen Herrscher mit Schild und Schwert, jedoch ohne den Kampfeswillen des Grafen Dietmar. Mit der rechten Hand griff der Ältere der Ekkehardiner-Brüder verlegen nach dem Saum seines Umhangs. Die linke Hand hielt zaghaft Schwert und Schild. Und er führte seinen Blick dorthin, wo später einmal der Altar stehen würde. Als kämpfe er nicht mit Waffen, sondern mit Gefühlen. Gefühlen, die er nicht offen zeigen durfte. Niemanden schaute er an, nicht einmal den Betrachter unten im Chorraum.

Hermann wühlen jene Gefühle auf, die im Pergamentbündel der Mutter so augenscheinlich sind, dachte Hortensia. Nach eindringlicher Fürsprache von Pater Harbert war sie endlich in den pergamentenen Westchor eingelassen worden. Sie war von Line vorausgeschickt worden, weil sie wendig genug war, um zwischen den vielen Leuten hindurchzuschlüpfen.

Hermann muss zwischen den leidenschaftlichen Gefühlen für seine Schwägerin Uta und seiner brüderlichen Verbundenheit mit Ekkehard hin- und hergerissen gewesen sein, ging es Matizo durch den Kopf. Im Gegensatz dazu stand Hermanns Gattin Reglindis, die Freude und Lebenslust ausstrahlte. Ein bisschen erinnerte Matizo deren Lächeln an das Lines, nur mit weniger Falten. Reglindis war die gekrönte Hoffnung, was sich schon allein in ihrem unbekümmerten Lächeln offenbarte. Die Gegensätzlichkeit des Paares hatte Matizo herausgestellt, indem er Hermann als Jüngling und Reglindis eher als reifere Frau gezeichnet hatte. In Wirklichkeit war es genau andersherum gewesen. Reglindis war jung gestorben, und Hermann war als Christoph älter geworden. Bewusst hatte er Hermanns Blick nicht direkt zu Uta geleitet, sondern sowohl den seinen als auch den ihren in der Verlängerung ihrer beiden Sichtachsen über dem Altar, dem höchsten Ort des Chores, zusammentreffen lassen. Die Markgräfin, die mit Ekkehard eine ähnlich gegensätzliche Beziehung verband wie Hermann mit Reglindis, war diesem direkt gegenüber aufgestellt.

»Uta von Ballenstedt und Ekkehard von Naumburg sind die eigentlichen Bauherren der Bischofskirche«, erklärte er dann. Mit ihrer ganzen Kraft und mit dem Herzen hatte Uta den Bau der Kathedrale fortgeführt, obwohl ihr der Gatte weitere Bauaktivitäten untersagte. Diese tiefe Verbundenheit mit der Kathedrale war es auch, was ihn mit der Markgräfin verband, mochten sie auch zweihundert Jahre voneinander trennen. Der Gedanke wärmte Matizo bis in die Fingerspitzen hinein.

Als Hortensia seine blauen Augen funkeln sah, drängelte sie sich zwischen den Benediktinern hindurch. Es war, als zöge sie eine unbekannte Macht zum Mainzer Meister hin. Vielleicht war er ja doch bereit, ihr zu vergeben, so, wie sie Heinrich vergeben hatte? Als sie schließlich neben Abt Etzel zum Stehen kam, hatte sich Matizo bereits auf die nächste Zeichnung konzentriert.

»Markgraf Ekkehard haben wir mit einem kräftigen Körper ausgestattet, der wie sein Gesicht Bestimmtheit und Selbstbewusstsein ausstrahlt und zugleich markgräflichen Schutz und Herrschaft symbolisiert.« Matizo wandte sich den Betrachtern zu, die, angezogen von der ungewöhnlichen Darstellung der Markgräfin, näher zum ihm aufgerückt waren und Ekkehard schon gar nicht mehr ansahen. Jetzt bemerkte er auch Hortensia bei den Georgsmönchen und hielt irritiert einen kurzen Moment inne. Dann stellte er in natura die Position nach, die Ekkehard auf der Zeichnung einnahm. »Den Oberkörper hat der Markgraf leicht gedreht. Die linke Hand hält das Schwert mit festem Griff.« Matizo fasste an sein Luftschwert. »Die rechte Hand streift in fließender Bewegung über den Schildriemen am linken Arm.« Warum Ekkehard den Kopf mit der Kappe leicht von der Gattin abgewandt hatte, sollten die Betrachter selbst herausfinden. Für ihn zeigte die Körperhaltung des Markgrafen und seiner Frau eindeutig, dass die Eheleute nicht Zuneigung, sondern Herrschaft miteinander verband. »Auf dem Schilde seht Ihr die Inschrift ECHARTUS MARCHIO, Markgraf Ekkehard.«

Markgräfin Uta benötigte seiner Auffassung nach keine Inschrift, weshalb er auf ihrer Zeichnung auch keine angebracht hatte. Sie war die Erschafferin der ersten Naumburger Kathedrale, nur durch ihren Einsatz hatte das Bauwerk vollendet werden können. Aus diesem Grund hätte Matizo ihr auch am liebsten ein Standbild erschaffen, das alle anderen an Größe übertraf. Im Gegensatz zu den meisten der männlichen Stifter hatte sie nicht gesündigt. Sie war die überragende Förderin und Begründerin des hiesigen Gotteshauses. Doch die Vorgabe des Naumburger Bischofs hatte ihn zu einer gemeinsamen Darstellung mit ihrem Gatten Ekkehard gezwungen.

Voller Bewunderung blickte er zu dem Pergament auf, das Uta anmutig, aber auch distanziert zeigte. Mit gerader Nase, ebenmäßigen Gesichtszügen und schwungvollen Augenbrauen. Sie schob die schwellende Unterlippe des kleinen Mundes etwas nach vorn, so als sei sie trotz ihres herrschaftlichen Auftretens mit den Gedanken woanders – was sie sicherlich oftmals gewesen war, davon war Matizo überzeugt. Die Gesichtsform, sogar die kleine Falte zwischen den Augen hatte er der Zeichnung aus Hortensias Pergamentbündel entnommen. Ihr Gebende wies sie als Weltliche aus, der mit Lilien und Edelsteinen gesäumte Kronreif als die höchststehende der im Chor versammelten Herrscherinnen. Sie war nicht nur die Herrin, sondern die Königin der Kathedrale. »In Uta vollenden sich die göttlichen Tugenden«, sprach Matizo laut. »Glaube – Hoffnung – und …«

»Liebe«, antwortete an Matizos statt Landgräfin Agnes. Utas Verkörperung von Repräsentation und Liebe zugleich sprach ihr aus der Seele. Sie trat neben Matizo, um die Zeichnung eingehender zu betrachten. Ihre Schritte wurden vom gedämpften Klingeln einer Bell begleitet. Liebe ist so vielfältig, dachte sie, als sie bemerkte, dass Albrecht ihr in sicherem

Abstand folgte. Zuvor hatte er seinem jüngeren Bruder Dietrich den Weg zur Zeichnung versperrt.

Ausgesprochen froh war Albrecht gewesen, nicht gleich Agnes' Angebot, ihm die Beizjagd zu zeigen, angenommen zu haben. Er war doch nicht dumm! Da war ja noch der Falkner, der ihn mit Vaters Gerfalken Emma vertraut gemacht hatte. Allerdings hatte ihm die Böhmin gesagt, sie kenne Kniffe, mit denen man Greifvögel führte, von denen der Falkner nichts wisse. Albrecht war unentschlossen, inwieweit er ihr glauben konnte. Erstens war sie eine Frau, zweitens in sein Gemach in Eisenach eingedrungen, und drittens hatte sie so große Beachtung seinerseits gar nicht verdient. Immerhin verbrachte sie noch immer viel Zeit mit seinem Vater und wurde im Gegensatz zu ihm nicht ins Kloster abgeschoben. Mehr als zwei Monate Strafe lagen noch vor ihm, ging es ihm durch den Kopf, während er in Richtung der Pergamente schaute. Nicht aber, um den feinen Verlauf der Linien zu begutachten, sondern um die Erzbischöfe zu studieren. Die hatte er sich schon immer einmal näher anschauen wollen.

»Glaube, Hoffnung und Liebe«, wiederholte Matizo und schaute Uta weiterhin an. Ihre Zartheit hatte er bis in die langen, schlanken Finger hinein herausgearbeitet. Nach dem Studium von Hortensias Pergamentbündel hatte er seinen französischen Federkiel zielstrebig Utas Körperhaltung ausführen lassen. Eine Haltung, die ihre Distanziertheit zur Welt und zu ihrem markgräflichen Gatten ausdrückte und Uta gerade dadurch zur menschlichsten seiner Stifterfiguren machte. An der linken Körperseite der Markgräfin bauschten sich die Falten ihrer Gewänder lebhaft. Doch an ihrer rechten, dem Gatten zugewandten Seite hatte Matizo auf alle Lebendigkeit verzichtet, dort wirkte Utas Umhang eher wie eine steinerne Trennwand. Mit der rechten Hand zog sie ihren

Mantelkragen nach oben und schirmte sich dadurch noch weiter von Ekkehard ab.

Beim Betrachten des Markgrafenpaares wurde Heinrich nachdenklich, und er führte seinen Blick zwischen den beiden Stiftern hin und her. Uta und Ekkehard standen zwar als Eheleute nebeneinander, wirkten aber, als wären sie einander völlig fremd. Insgeheim beeindruckte ihn die Feinheit der Farbmalerei, die sich insbesondere an den Tasselbändern, am Schmuck und an den Waffen zeigte. Längst hatte Heinrich erkannt, dass der Mainzer Meister auch derjenige sein musste, der damals für den Eppsteiner das ihn demütigende Relief angefertigt hatte.

Einzig auf Utas Pergament hatte Matizo mit feinsten Linien auch die Rückansicht angedeutet, die ihn noch bis zuletzt, bis in die heutigen Morgenstunden hinein, beschäftigt hatte. Das intensive Gefühl der Liebe hatte er nicht nur in ihrem Gesicht ausdrücken wollen, sondern auch in der Art, wie sie ihre Kleider trug. Liebe berauschte, sie formte kleine Dinge groß und übermächtig, sie zerriss und vermochte, mit gleicher Wucht auch zu beruhigen. Aber vor allem wühlte sie die Seele auf, ließ sie übersprudeln wie einen Brunnen und erbeben, als gerate die Welt aus den Fugen. All dies spiegelte sich auch in Utas Kleidung wider. Während Reglindis und Gerburg den Umhang sittsam gepflegt über den Schultern trugen, hing der Stoff bei Ekkehards einstiger Ehefrau so ungebührlich schief, wie sich eine Herrscherin vermutlich niemals der Öffentlichkeit präsentieren würde. Die Tasselscheibe über der rechten Brust war nach hinten gezogen, während die über der linken zu weit vorne saß. Als sei der Umhang ein gutes Stück verdreht, weswegen der Stoff über ihrer linken Schulter auch viel zu füllig und lang war, so dass Uta ihn kräftig hatte raffen müssen. Innerlich aufgewühlt wirkte sie, so, wie Matizo es nach dem Kuss mit Hortensia gewesen war.

504

»Seht doch, welch feiner Faltenwurf sich durch die Bewegung ergibt«, wies Bischof Dietrich auf den gerafften Stoff. »Und obwohl es dem Betrachter von hier unten aus verborgen bleibt, hat mein Meister in dünnen Linien auch ihre rechte Tasselscheibe am Kragen angedeutet.«

Matizo nickte und dachte, dass die Umsetzung in Stein eine Herausforderung werden würde. Nicht mehr als eine Handbreit bis zum Bündelpfeiler blieb ihm, um den Meißel anzusetzen und Utas Rückseite mit dem Kragen und der Scheibe zu formen.

Markgraf Heinrich ließ seinen Blick über die Holzständer mit den anderen figürlichen Zeichnungen gleiten. Ganz eindeutig waren keine Bischöfe auf ihnen abgebildet, wie es im vierten Brief, den ihm Graf Helwig von Goldbach überbrachte, geheißen hatte. Bisher war er so in die Betrachtung der Zeichnungen versunken gewesen, dass ihm erst jetzt klarwurde, dass Hortensia ihn getäuscht hatte. Von Bischöfen hatte sie geschrieben, die der Meister als Standbilder darstellte, und dass diese nicht größer als Kinder seien. Beim Betreten der Kathedrale hatte er noch geglaubt, allein mit seinen beinahe lebensgroßen Bischöfen bereits einen Vorteil errungen zu haben.

Jetzt aber musste sich Heinrich eingestehen, dass er Dietrichs Wettiner Verstand unterschätzt hatte. Die Stifter waren überwiegend thüringisch-sächsische Adlige, fünf von ihnen hatten den rechtmäßigen Anspruch der Salierherrscher auf das Königtum angezweifelt. Genauso wie es die Päpste ihrerseits im Kampf gegen den wachsenden Machtanspruch des Kaisers taten. Bis zum heutigen Tag hatte er den Halbbruder stets für eine Fadenpuppe des Papstes gehalten. Diesen Eindruck musste Heinrich nun korrigieren, denn dieser Westchor spielte nicht nur den Papisten in die Hände, sondern auch und zuallererst Dietrich. Mit den Stifterstandbildern machte er Sünder zu Heiligen und tat damit kund, dass auch ein Bastard wie er ein würdiger Bischof und Diener Gottes sein konnte. Heinrich versuchte, in den Gesichtern der Anwesenden zu lesen. Manche wirkten verstört, einige unschlüssig. Wieder andere, zugegeben die Mehrzahl, vermochte den Blick nicht vom Pergament der Markgräfin Uta zu nehmen. Dass diese offensichtlich stark von ihren Gefühlen bewegt wurde, gefiel ihm, und irgendwie erinnerte sie ihn an Hortensia. Mit diesem kleinen braunen Fleck auf der Wange, der kaum sichtbar in Grün auf das Pergament getuscht worden war. Heinrich strich sich grübelnd über die Federn am Hut. Und da sah er das Mädchen auch schon neben dem Abt des Georgsklosters stehen. Im Gegensatz zu den meisten Umstehenden starrte sie allerdings über die Stelle, an der später der Altar stehen würde, in die Luft. Als er sie jedoch genauer betrachten wollte, gellten ihm wieder Agnes' Schreie während der Geburt in den Ohren, und er musste sich abwenden.

Bischof Dietrich sprach schon die abschließenden Worte, als sich die Brüder des Georgsklosters immer noch mit der Zeichnung der Markgräfin Uta beschäftigten. Für den Zeitraum, in dem sich das Volk nun die Entwürfe des Westchores ansah, bat Dietrich die Herrschaften zu einer Stärkung in den Burgsaal. Vor Einbruch der Dämmerung würden sie sich dann alle wieder auf dem Bauplatz vor dem Westchor einfinden, um den Sieger zu ermitteln. Vorbei an dem geerdeten Jesus, zu dem die ersten Naumburger gerade vorgedrungen waren, geleitete Dietrich die Gäste aus dem pergamentenen Chor hinaus. Wie verabredet, würde Matizo bei den Zeichnungen bleiben. Erst jetzt, wo einer nach dem anderen den pergamentenen Chor verließ, spürte der Bischof, dass er völlig entkräftet war, beinahe als habe er an diesem Tag all die vergangenen Monate vom ersten Chorentwurf bis hin zum letzten Federstrich noch einmal durchlebt.

Für einen Augenblick war der pergamentene Chor bis auf die Aufpasser leer, und Hortensia meinte, der Raum atme auf. Helles Licht schien nun wieder durch die Langhausfenster, und erst jetzt drangen die Strahlen der Sonne bis in die hinterste Ecke des Bauwerkes. »Uta«, flüsterte Hortensia und trat vor das Pergament. Mit den Augen fuhr sie jede einzelne Linie des verzogenen Umhangs nach. »Er hat deine Einzigartigkeit tatsächlich eingefangen!« Hortensia war versucht, der Markgräfin über die Wange zu streichen, doch dazu hing die Zeichnung zu hoch. Stattdessen berührte sie die eigene Wange und erinnerte sich dabei an den eigenartig verzweigten Baum mit den Namen im Pergamentbündel ihrer Mutter. Die unzähligen Äste des riesigen Baumes, an dem die roten Namensfrüchte in mehreren Reihen hingen. Seine Wurzeln waren Uta und Hermann, und ihre drei Kinder Hermine, Laurentia und Johannes die drei Stämme, die daraus erwuchsen. Bis zur obersten Kronenspitze hinauf hatte Hortensia damals im Stall der Bäuerin elf Generationen gezählt. Und der Name der ältesten Tochter hatte stets mit einem H begonnen. H wie Tante Hanna, Mutters ältere Schwester. Im Schummerlicht des Mondes hatte sie an jenem Tag das Pergamentbündel vor Aufregung zugeschlagen, als sie ganz rechts oben über dem Namen Maria die Worte Hortensia und Gero gelesen hatte. In Erinnerung an diese Nacht strich sie sich über den kleinen braunen Fleck, einen Fingerbreit unter dem linken Auge, wo auch Markgräfin Uta ein solches Muttermal besaß. Ob Uta dieses Merkmal wohl an alle ihre Töchter weitergegeben hatte? Hortensia sah das Gesicht ihrer Mutter Maria wieder vor sich, aber diesmal nicht das blauviolette, sondern das rosige, wenn sie abends an ihrem Bett noch vertraulich einige Worte gewechselt, ein gemeinsames Gebet gesprochen und sich umarmt hatten. Ja, auch ihre Mutter hatte so einen Fleck auf ihrer linken Wange gehabt. Er war kleiner gewesen als der Hortensias, aber ebenso hellbraun.

Noch immer konnte sie nicht fassen, dass sie Utas Nachfahrin war, und Markgraf Hermann ihr Ururur...großvater. Hermann war von Matizo wahrhaft als Sehnsüchtiger dargestellt worden, als Anbetender. Als jemand, der für die Liebe alles gab. Hortensia wünschte sich, der Meister würde ein bisschen mehr von ihrem männlichen Ahnen haben. Unauffällig schaute sie zu ihm hinüber, nachdem Matizo, nunmehr umringt von Naumburger Bürgern, wieder in den Westchor getreten war und dem Volk erneut seine Grundrisszeichnung erklärte.

»Bitte, Uta und Hermann, sorgt dafür, dass sie alle Matizos Zeichnungen mögen«, bat Hortensia inständig und meinte mit »alle« die Menschenmassen draußen auf dem Vorplatz der Kathedrale, die nun ins Querhaus drängten. Vorbei an der Gruppe um den Meister eilte sie auf den Ausgang zu.

Der Platz um die Kathedrale war noch voller als am frühen Morgen. Vermutlich hatten sich auch noch die Menschen aus den provisorischen Zeltstädten vor der Stadtmauer zu den bereits Wartenden hinzugesellt. Der Wind hatte nachgelassen, dennoch machte Hortensia in der Luft ein Seidentüchlein aus, das davongetragen wurde, als würde es von unsichtbaren Bändern am Himmel entlanggezogen. Wie sollte sie in dieser Masse von Leuten nur Line finden? Sie hatte die Hausmagd unweit der Nordwand der Kathedrale verlassen, wo sie zusammen den Begrüßungsworten des Bischofs gelauscht hatten. Am besten wäre es wohl, sie liefe ein Stück den Hügel zur Bischofsburg hinauf. Dort könnte sie vom Tor aus zumindest den nördlichen Teil des Platzes überblicken, wo schon bald die Verkündung des Siegers stattfinden würde.

Aber Hortensia kam nur zwei Schritte weit, weil sich ihr plötzlich ein Mann in den Weg stellte. Erschrocken wich sie zurück. »Ritter, Ihr hier?« Die Angst ließ Hortensia rückwärts gegen eine Gruppe Kaufmänner stoßen, die nun zur Seite traten, wodurch Hortensia das Gleichgewicht verlor und unsanft auf dem Hintern landete.

»Warte doch!« Burkhard zog sie hoch. »Goswin ist tot.«

Hortensia schob seine Hände von sich weg. »Tot?« Ihr fiel auf, dass sein ehemals schon zerschlissener Waffenrock ihm nur noch in Fetzen am Leib hing und ein vor Dreck starrendes Hemd darunter zum Vorschein kam.

Der Ritter wandte sich kurz ab und ließ seinen Blick über die Menge gleiten, in der er Hortensia nur wenige Lidschläge zuvor zufällig entdeckt hatte. Die Atmosphäre auf dem Platz schien ihm bedrohlich aufgeladen zu sein, beinahe als wäre eine ganze Stadt in Habachtstellung. Überall murmelten die Leute nur, als seien ihre Worte gefährlichen Inhalts, als fühlten sie sich beobachtet.

»Mit einem Strick um den Hals habe ich ihn in Neumark am Fensterkreuz erhängt aufgefunden«, sagte er dann und merkte sogleich, dass Hortensia nicht an weiteren Informationen interessiert war. Aus diesem Grund verzichtete er auch auf die Beschreibung der Beerdigung, die der Pfarrer und er Goswin noch in Neumark hatten zukommen lassen. Den Archfelds hatte Burkhard die Nachricht von der Selbsttötung ihres Sohnes erspart. Sie sollten ihren Ältesten so in Erinnerung behalten, wie sie ihn all die Jahre über gekannt hatten. Er hatte ihnen erzählt, dass Goswin am Fieber gestorben wäre. Burkhard senkte den Kopf und dachte, dass er Goswin vehementer von der Suche nach *seiner Blume* hätte abhalten sollen. Vielleicht fand der Freund jetzt Ruhe, hoffte er, obwohl er wusste, dass Selbstmörder niemals Frieden fanden. Unter Efeu, unweit des Leichnams, hatte Burkhard den Beutel mit seinem doppelten Sold gefunden, worüber allerdings auch heute keine rechte Freude in ihm aufkommen wollte. »Hat Goswin Euch gehen lassen?«, wollte er noch wissen und strich sich das strähnige Haar aus dem Gesicht.

Hortensia schüttelte den Kopf. »Ich bin ihm aus eigener Kraft entkommen.« Wieder tat sie einige Schritte rückwärts und schaute sich dabei hilfesuchend um.

»Ich bin nur auf der Durchreise«, beruhigte Burkhard sie, um ihr die Angst zu nehmen, im nächsten Moment erneut geknebelt und gefesselt zu werden. Wohin es ihn verschlug, wusste er noch nicht. Er wusste nur, dass es ein ruhiger Ort sein sollte. Vielleicht würde Isabella ihn ja dorthin begleiten. »Leb wohl, Mädchen aus Neumark.« Er drehte sich um und tauchte in der Menge unter.

Hortensias Herzschlag beruhigte sich wieder. Sie hatte es nicht über sich gebracht, sein Lebewohl zu erwidern. Noch eine Weile stand sie reglos da, konnte es nicht fassen, dass sie endlich frei von Goswin war und er sie nicht länger verfolgen würde. Noch einmal erschien ihr das Gesicht des Waidhändlersohnes mit dem dünnen, weißen Haar, als er vor ihr gestanden und auf den Ehevertrag gepocht hatte.

»Kind!«, hörte sie da eine Stimme in der Menge rufen.

Erleichtert atmete Hortensia aus, als sie die Hausmagd ausmachte. Einer aus der Gruppe der Kaufleute, die immer noch in ihrer Nähe stand, gaffte sie an, weil sie Line heftig und in aller Öffentlichkeit vertraut umarmte.

»Ich werde mir Matizos Westchor anschauen, wenn er steinern vor uns steht«, flüsterte die Hausmagd ihr dabei ins Ohr. »Heute herrscht mir einfach ein zu großes Gedränge.«

Line ist so überzeugt von Matizos Sieg, wie es eigentlich nur eine Mutter von den Taten ihrer Kinder sein kann, dachte Hortensia daraufhin und lächelte. Trotzdem war ihr nicht wirklich froh zumute.

Die zweite Tageshälfte war bereits fortgeschritten, als Matizo die Kathedrale verließ. Die Begegnung und das Gespräch mit einer so großen Anzahl von Besuchern waren eine neue Erfahrung für ihn. Noch nie zuvor waren so viele Fragen, Anmerkungen und Gefühlsregungen auf ihn eingedrungen, und noch nie zuvor hatte er so vielen Menschen von seiner Arbeit erzählt. In Mainz, Reims oder Amiens war die Abnahme seiner Werke durch die Auftraggeber – die Bischöfe der jeweiligen Kathedralen – immer sehr nüchtern und sachlich verlaufen. Allen voran bei Siegfried III. von Eppstein, dessen Miene nie einen anderen Ausdruck als Härte und Strenge gezeigt hatte. Heute hingegen hatte Matizo jedoch festgestellt, dass die Menschen je ärmer sie waren, desto authentischer ihre Gefühle offenbarten, die sie beim Betrachten der Zeichnungen überkommen hatten. Fern der Bischöfe und anderen hochgestellten Persönlichkeiten hatten sie vollkommen offen zu reden und zu fühlen gewagt.

Sie erzählten ihm, wie sie die Darstellung von Angst, Teuflischem, Pein und Schuld am Lettner geradezu hatte erstarren lassen. Und er selbst hatte gesehen, wie sich ein einfacher Mann, den Händen nach wahrscheinlich ein Schmied, dabei sogar erschrocken ans Herz fasste. Eine junge Frau wiederum hatte sich beim Anblick der leidenden Gottesmutter sogar abwenden müssen. Für Matizo war es ein großes Geschenk, dass die Menschen sich vom Leidensweg Christi derart berühren ließen, dass sie gar ein Teil davon geworden waren. Abscheu, Hass und Qual hatten sich in ihren Gesichtern widergespiegelt. Aber auch Freude beim Anblick der Reglindis. Ehrfürchtig hatten sie außerdem vor der Zeichnung der Gräfin Gerburg der Glaubensbotschaft gelauscht, auf einige Details gedeutet und letztendlich vor dem Uta-Pergament die Zeit vergessen. All das war Matizo mehr wert als das formale Dankeschön eines zurückgenommenen Bischofs in einer Runde ähnlich leidenschaftsloser geistlicher und adeliger Würdenträger, die ihm kaum Fragen gestellt hatten. Dieser Ostersonntag wird mir vor allem als ein Tag der Emotionen in Erinnerung bleiben, unabhängig davon, wie die Entscheidung des Volkes ausfallen wird, dachte er, als er wenig später auf den Platz vor die Kathedrale trat und die Menschenmassen erblickte. Kurz dachte er auch an seine Gesellen in Mainz, Alfred und Markus zum Beispiel, die ihm mit Begeisterung dabei helfen würden, die Zeichnungen umzusetzen.

Als die Menschen in ihm einen der beiden Architekten erkannten, bildeten sie aller Enge zum Trotz eine Gasse, so dass er zügig zu den Herrschaften am Bauplatz gelangen konnte.

»Herr Matizo, ich darf Mönch werden! Endlich darf ich Mönch werden!«, rief ihm da jemand von der Seite zu.

Matizo erkannte Kurt, der mehrmals in die Höhe sprang, um in der Menge von ihm gesehen zu werden. Er machte das gleiche Leuchten im Gesicht des Jungen aus, das auch ihn befiel, sobald er eine Kathedrale betrat.

»Gleich morgen darf ich zum ersten Mal hin. Sie wollen mich erst ein paar Tage prüfen, bevor ich Novize werde«, berichtete Kurt aufgeregt.

Matizo trat an den Jungen heran, der nun bis zu den Berittenen vorgedrungen war.

»Konntet Ihr Euch im Kloster gut erholen?«, fragte Kurt, nun schon etwas ruhiger.

Matizo verstand nicht, worauf der Junge hinauswollte, und schaute zur Bühne.

»In jener Nacht war ich mir unsicher, wo ... na ja ...«, Kurt beugte sich nun verschwörerisch zu ihm vor, »wo Ihr Euren Rausch wohl am besten auskurieren könntet. Ihr wart nicht mehr fähig, mir an diesem Abend Eure Bleibe zu verraten. Deshalb dachte ich, Ihr wärt, da Ihr doch ein Freund Pater Harberts seid, in seinem Kloster sicher am besten aufgehoben. Die Benediktiner haben für jeden Leidenden ein offenes Ohr.« Der Junge korrigierte sich mit etwas Stolz in der Stimme. »Wir haben für jeden Menschen in Not, für jeden, der Schmerz erleidet oder Zuspruch benötigt, tröstende Worte.« Kurt lächelte voller Vorfreude auf sein neues Leben. »Pater Harbert war damals beschäftigt, und so brachte Euch ein anderer Bruder in eine der Zellen.« Am liebsten wäre Kurt damals schon im Kloster geblieben, aber die Brüder hatten ihn fortgeschickt.

Matizo war noch trunken von der Stimmung im Chor. »Was sagst du da?«, fragte er verwirrt.

Kurt wiederholte seine Ausführungen und strahlte dabei noch mehr. Dieses Mal hörte Matizo genauer hin. Harbert hatte ihn also tatsächlich nicht belogen. »Danke für deinen Einsatz, Kurt. Ich wünsche dir alles Gute im Kloster«, beeilte er sich noch zu sagen und lief dann zum Bauplatz. Im Fall, dass das Volk den Entwürfen des französischen Baumeisters den Vorrang gäbe, würde er sich vor seinem Weggang aus Naumburg noch im *Wilden Eber* mit einem guten Gulasch von der Stadt und seinen Träumen verabschieden, beschloss er.

Der Platz vor der Westwand der Kirche war gesäubert worden. Keine Trümmerreste, keine verwitterten Holzbretter und kein Schüttgut lagen mehr herum. Sogar die Unterbauten der Westtürme, die schon unter Bischof Engelhardt begonnen worden waren, wirkten wie poliert. Auf einem Podest standen die hohen Herrschaften schon bereit. Von diesem reichte ein etwa fünfzig Schritt langer Brettersteg in die Menschenmenge hinein. Ein purpurner Teppich war auf ihm ausgelegt worden, an dessen Ende ein großes Kreuz aufgestellt war. Bischof Dietrich, der zwischen den Erzbischöfen und Markgraf Heinrich in der ersten Reihe stand, nickte ihm zu. Dahinter hatten die Domherren, die Markgrafenfamilie, Peter von Hagin und die restlichen Teilnehmer wie schon beim morgendlichen Prozessionszug Aufstellung genommen.

Mit jedem Schritt auf den Ort der Entscheidung zu stieg Matizos Aufregung. Er begab sich auf das Podest und stellte sich ganz links neben Maître Libergier, der ihn nicht zu bemerken schien, in die letzte Reihe. Matizo spürte den unregelmäßigen Schlag seines Herzens. Dreimal Klopfen. Ruhe. Viermal Klopfen. Ruhe. Die erneute Begrüßung der Gläubigen durch den Bischof und die Vorstellung der hochrangigen Gäste endete mit einem Spendenaufruf für den Westchor und einem gemeinsam gesprochenen Amen.

Erst jetzt fiel Matizo auf, dass, um den Bauplatz nach Einbruch der Dämmerung zu erhellen, Fackelträger um das Podest und den Steg herum postiert worden waren, die die Menschen gleichzeitig davon abhielten, den Segnungsbereich zu betreten. Sämtliche Straßen und Gassen, die auf den Bauplatz zuliefen, waren verstopft. Die Menschen saßen sogar in den Fensterbrüstungen.

Line und Hortensia hatten noch einen der begehrtesten Plätze vor dem Tor zur Bischofsburg ergattert, von wo aus sie das Geschehen auf dem Podest gut verfolgen konnten. Dort begann Erzbischof Christian II. von Weisenau nun mit der Segnung des Bauplatzes. Dazu schritt er, gefolgt von Dietrich und sämtlichen Geistlichen, den purpurnen Steg hinab und besprenkelte diesen mit Weihwasser. Vor dem Holzkreuz kniete die Gruppe nieder. Die versammelten Menschen taten es ihnen gleich.

»Allmächtiger Herr, reinige diesen Ort von Frevel und Unrat«, sprach der Mainzer Erzbischof. »Allmächtiger Herr, schenke uns einen Bau ohne Störungen und segne alle Menschen, die mit ihrer Arbeit dort Dienst an Gott leisten.«

»Amen«, schallte es danach wie aus einem Munde auf dem Kathedralplatz und in den zuführenden Gassen der Stadt. Auf den Knien neben Libergier und seinen Gehilfen verfolgte Matizo den Segnungsakt eher abwesend. Seine Angst vor dem kurz bevorstehenden Urteil lähmte ihn immer mehr.

Als die Geistlichen wieder auf das Podest zurückgekehrt waren, ergriff der Magdeburger Erzbischof das Wort und trat dafür bis an die Kante des Holzstegs. Fest und unverrückbar wie das Segnungskreuz stand er da. »Mir wurde die große Ehre zuteil, verehrte Naumburger und Zugereiste, unser aller Entscheidung abzufragen.« Er legte eine Pause ein, damit seine Worte auch bis zum letzten Mann auf dem Platz vordringen konnten.

Die Zeit, bis er erneut zu sprechen ansetzte, kam Matizo wie eine Ewigkeit vor. Fünfmal Herzklopfen. Ruhe. Viermal Klopfen. Ruhe. Starr hielt er seinen Blick auf den Rücken Wilbrands von Käfernburg gerichtet, der zumindest eine Reaktion angesichts des Lächelns von Reglindis gezeigt hatte.

»Wie ihr wisst, werden wir an dieser Stelle«, der Magdeburger Erzbischof wies hinter sich auf die Kathedrale, »einen Westchor an unsere Kirche anbauen.«

Verhaltener Applaus setzte in den ersten Reihen ein und weitete sich bis in die Gassen der Marktstadt hinein aus. Wilbrand von Käfernburg zählte leise, wie lange es dauerte, bis sich seine Worte verbreitet hatten. Diesen Zeitraum würde er zwischen jeden seiner Sätze legen müssen. »Die Kraft eures Applauses bestimmt den Sieger des Wettstreites. Und nun lasst uns hören, wie euch die ersten Entwürfe des verehrten Maître Libergier gefallen haben. Der langgestreckte Chor mit den Bischofsstandbildern und gläsernen Fensterwänden.«

Anstatt Jubel war da zunächst einmal nur ... Stille, als würde die Entscheidung das Volk überfordern.

Beunruhigt wandte Heinrich sich zu seinem französischen Meister um, der jedoch nicht reagierte. Daraufhin begann er, in die Hände zu klatschen, immerhin besaß auch er eine Stimme, die er in die Waagschale werfen durfte. Seine Bekundung wurde von Erzbischof Wilbrand aufgenommen, und bald darauf setzten weiterer Applaus, schließlich sogar Schreie und Jubel ein. Die Domherren fielen mit ein, ebenso die Chorherren von St. Moritz und die Landgrafenfamilie. Albrecht schrie wie in einer Schlacht, so als genösse er es, endlich wieder einmal richtig laut sein zu dürfen. Zuletzt hatte sein Herr Vater das immer öfter unterbunden, sowieso war ihm dieser in letzter Zeit ständig gereizt vorgekommen. Aber was kümmert das mich, dachte Albrecht. Immerhin stand die Verabredung zur Bärenjagd. Zum Fest Mariä Heimsuchung würde es endlich so weit sein.

Einige Naumburger schlugen mit Stöcken aneinander, das gefiel Heinrich. Zusammen mit dem Applaus wuchs das Klappern des Holzes zu einer wahren Klangwolke an. Lange Zeit hielt es an, als feiere das Volk die Kraft seines Willens. Heinrich reckte den Kopf gen Himmel und kostete jeden Moment aus. Jetzt war er nicht nur Mark- oder gar Landgraf, sondern obendrein sogar noch Herr der Kathedrale. Zwar hatte er die Entwürfe nicht selbst ersonnen, wohl aber Maître Libergier dabei angeleitet und gelenkt und diese damit überhaupt erst ermöglicht.

Hortensia und Line standen ganz steif vor dem Tor und hätten ihren jubelnden Nachbarn am liebsten die Münder zugehalten. Bitte, Naumburg, lass Matizo nicht wieder fort!, bat Hortensia inständig. Er ist dir mehr verbunden als dieser fremde Meister, der vermutlich mit Beuteln voller Silber nach Hause zurückkehrt. Der Franzose hat für die Kathedrale einen Anbau geplant, der zwar schön ist, aber nicht zum bereits bestehenden Baukörper passt. Traurig schüttelte sie den Kopf.

Matizos Hoffnung, die eh nicht groß gewesen war, schwand mit jedem Herzschlag mehr. Die anhaltenden Jubelschreie waren die Wellen, die seinen Kahn nun endgültig verschlangen. Er hatte jedes Zeitgefühl verloren, so dass er nicht hätte sagen können, wie lange der Beifall und das Getöse schon über dem Platz hingen.

Genau zehn Mal hatte Erzbischof Wilbrand das Vaterunser gesprochen, bis die Freude über den ersten Entwurf verklungen war. »Zehn!«, verkündete er deshalb nun und ließ die Zahl von den Menschen auf dem Platz wiederholen, die seiner Aufforderung sofort nachkamen.

Siebenmal Klopfen, wie Donnern. Dann Ruhe. Lange Ruhe.

»Nun lasst uns eure Begeisterungsrufe für die Entwürfe des zweiten Meisters hören«, bat der Magdeburger Erzbischof.

Vorhin in der Kathedrale hatte Matizo verschiedenste Reaktionen beobachtet, die genauso für wie gegen seinen Chor sprachen. Anders als bei den ersten Entwürfen setzte der Beifall weniger zögerlich ein. Allerdings war er leiser und viel weniger überschwenglich. Als hätte das gesamte Volk Angst, im Falle der Befürwortung eines weltlichen Chores und eines geerdeten Jesus der Ketzerei verdächtigt zu werden. Der Beifall war so regelmäßig, dass er eher einer Pflichtübung gleichkam. Oder einer Mitleidsbekundung? Matizo sah Bischof Dietrich die Vaterunser mitzählen, und gleich darauf vernahm er die Stimme einer Frau, die in der Nähe des Burgtors stehen musste. »Nur er hat die Seele unserer Kathedrale erfasst!«

Dietrich gab der Stimme uneingeschränkt recht, obwohl sie einer Frau gehörte. So gelungen und beeindruckend der Entwurf Libergiers auch war, so wenig passte er doch zu den bereits existierenden Bauteilen. Um göttlichen Beistand bittend, griff er an sein Brustkreuz. Der Beifall kam gerade aus der Marktstadt zurück. Nur leise plätschernd wie Wasser, das an ein flaches Ufer gespült wird und, ohne Sandkörner oder kleinere Steine mitzunehmen, wieder zurückfließt.

Matizo bekam das Geschehen um ihn herum nur noch bruchstückhaft mit. Der Wettstreit war verloren. Sein geerdeter Jesus hatte es nicht geschafft! Sein Lebenstraum war geplatzt. Bilder flammten vor seinem inneren Auge auf. Bilder von ihm als Fünfjähriger im Kloster. An die Bilder von heißem Öl reihten sich Bilder aus der Zeit, in der er Steinmetz geworden war. Nach der Flucht aus dem Georgskloster hatte es ihn damals an keinem Ort lange gehalten. Um nur möglichst weit weg von Naumburg zu kommen, war er durch ganz Franken in Richtung Schwaben gelaufen. Immer mit dem Gefühl, verfolgt zu werden, nicht nur von den Brüdern, die ihn zurückbringen wollten, sondern auch vom eigenen Gewissen. Als der zweite Winter einsetzte, hatte er dann die Stadt Speyer erreicht, wo er aufgrund seiner Maurerfertigkeiten eine Lehre zum Steinmetz beginnen konnte. Das dafür notwendige Lehrgeld hatte er sich mit kleineren Auftragsarbeiten, die er mit Wissen seines Lehrmeisters nachts oder an seinen wenigen freien Tagen ausführte, verdient. Zunächst hatte er die handwerkliche Arbeit nur als Möglichkeit gesehen, sich sein Brot zu verdienen und neu anzufangen, in einer Welt, in der sich niemand für seine Vergangenheit interessierte. Nach Abschluss seiner siebenjährigen Ausbildung bei

Meister Ruppert und dem Erhalt des Steinmetzabzeichens hatte er die für einen Gesellen übliche Wanderschaft angetreten, die ihn über die Herzogtümer Oberlothringen und Burgund bis nach Paris führte. Nach seiner Wanderzeit hatte er als Meisterknecht nicht nur bildhauerische Fähigkeiten, sondern auch Entwurfs- und Konstruktionskenntnisse erworben. Seine ersten Arbeiten an einer Bischofskirche hatte er als Mitglied der Bauhütte in Amiens ausgeführt. Auch seine Entwürfe und die Umsetzung des Engel-Apostel-Portals in Metz traten ihm nun wieder vor Augen. Als Mitglied der Dombauhütte in Mainz war auch der Wunsch geboren worden, einst sein eigenes Bauwerk planen und errichten zu dürfen – seine Sonnenkathedrale, sein Lebenstraum, der sich gerade in Luft auflöste.

Die blasse Mondsichel schob sich gerade hinter einer Wolke hervor, als der gleichtönige Beifall abebbte. Damit war es entschieden. Matizo sah verschwommen, wie der Landgraf seinen Meister an seine Seite winkte.

Bevor Heinrich sich mit ihm an den Bühnenrand begab, flüsterte er seinem Halbbruder im Vorbeigehen noch mit einem Lächeln ins Ohr: »Du hättest wissen müssen, dass du nicht gegen mich bestehen kannst, kleiner Bastard!«

Der Beifall war noch nicht vollständig zum Erliegen gekommen, als sich erneut die Frauenstimme von vorher erhob und über den Platz rief: »Nur Matizo von Mainz hat die Seele der Naumburger Kathedrale erfasst!«

Heinrich lächelte amüsiert. Hortensia von Neumark wollte einfach nicht aufgeben. Aber mehr als ein Flüstern konnte sie bei den Zuschauern nicht bewirken. Ein jeder sprach leise mit seinen Nachbarn. Von der Marktstadt her kam noch vereinzelter Beifall, so dass kein Moment absoluter Stille seit dem ersten Vaterunser eingetreten war.

Markgraf Heinrich nickte Wilbrand von Käfernburg zu, damit dieser für Ordnung sorgte, aber der betete und zählte noch immer die Vaterunser. Vermutlich damit ihm später niemand Befangenheit vorwerfen konnte. So gab Heinrich dem Volk zu seinen Füßen noch etwas Zeit zur Beruhigung. Wahrscheinlich verabschiedeten sich die Leute schon voneinander. Während er sich bereits die nächsten Sätze zurechtlegte, kam ihm auch der Gedanke, den auf dem Podium Versammelten in erlesenem Französisch für ihre weise Entscheidung zu danken. Vielleicht ließe er sich sogar noch dazu hinreißen, einen seiner selbst gedichteten Verse vorzutragen. Um den Versammelten zu zeigen, dass er den Domherren bereits Peter von Hagin als neuen Bischof vorgeschlagen und sich deren Unterstützung versichert hatte, bedeutete Heinrich den Herren in den Chormänteln, zu ihm aufzuschließen. Sie leisteten seinem Wink umgehend Folge. Nun stand der aufmüpfige Dietrich ganz alleine da. Weit abgeschlagen von den Augustiner-Chorherren, den Georgsmönchen, den anderen Bischöfen und der Landgrafenfamilie stand auch Matizo von Mainz.

Der Auftraggeber und sein Meister! Die zufällige isolierte Stellung der beiden Männer – jeder für sich stand wie eine Säule da – belustigte Heinrich, doch er beherrschte sich, allein seine Hutfedern wackelten fröhlich vor sich hin.

Dietrich hatte die Hände gefaltet und schaute zum Himmel. Er fühlte sich so leer, als müsse er jeden Moment in sich zusammenfallen. Die Möglichkeit, mit Hilfe der zehn Standbilder die Anerkennung seiner Wettiner Familie zu gewinnen, war vertan. Er war ein Verlierer, bald ohne Bischofsstuhl. Selbst seine Arbeit an der *Gesta Theodericus episcopus*, die unzähligen Nächte erschöpfenden Schreibens über sein Tun und Wirken als Bischof, war damit umsonst gewesen. Dietrich wankte, so dass Abt Etzel einige Schritte vortrat, um ihn von hinten zu stützen, was Dietrich aber entschieden ablehnte.

Die Menschenmenge, die sich noch immer nicht ganz beruhigt hatte, ließ Matizo wieder aufmerksam werden. Wie ein Todgeweihter, der seine Kräfte ein allerletztes Mal mobilisiert, konzentrierte auch er noch einmal all seine Sinne. Ihm war, als habe man eben Stöpsel aus seinen Ohren gezogen, denn er vernahm aus den vorderen Reihen Stimmen. Zunächst verstand er nicht so recht, was sie sagten. Dann aber hörte er, dass sie immer wieder nur ein einziges Wort vor sich hin murmelten: Seele. Vorsichtig sprachen die Menschen das Wort aus, so als überlegten sie noch, ob es nicht zu gefährlich wäre. Einige hielten sich sogar die Hand vor den Mund, während sie das Wort leise an ihre Hintermänner weitergaben.

»Seele!«, verstand nun auch Heinrich, was ihm das siegessichere Lächeln im Gesicht gefrieren ließ. Aus der Marktstadt kamen weitere Rufe dazu, unzählige Stimmen erhoben sich nun. Heinrich schaute sich um. Was war hier los? Wurde er etwa gerade Zeuge, wie die Menschen auf dem Platz und in der Stadt ihren Verstand verloren?

Wilbrand von Käfernburg zählte auch dann noch, als die Stimmen zu einem Chor anschwollen, dessen Lautstärke sich dem des Beifalls für Maître Libergiers Entwurf immer mehr annäherte.

»Seele!«, hörte es Matizo nun von überall her schallen. »Seele, Seele!«, hallten die Rufe schließlich fordernd über den Platz bis zur Bühne, auf der Erzbischof Wilbrand von Käfernburg mit seinem Vaterunser eben bei der Zahl Zehn angekommen war. »Ein einziges Mal noch«, bat Matizo. Längst war er in die Rufe eingefallen, wenn auch nur in Gedanken.

Und genauso zögerlich und zaghaft, wie der Chor angeschwollen war, ebbte er schließlich wieder ab. Bis zur absoluten Stille waren ganze sechzehn Vaterunser aus dem Munde des Magdeburger Erzbischofs vergangen. Wilbrand winkte Bischof Dietrich mit seinem Meister zu sich. Matizos Körper spielte verrückt: Er schwitzte, fror und zitterte in einem, während er nach vorne an den Rand des Podestes trat. Dietrich ließ es sich dagegen nicht nehmen, nun seinerseits dem Halbbruder zuzuraunen: »Unterschätze niemals einen Wettiner.«

Die Menschen schauten gebannt zu ihnen hinauf und verfolgten das Geschehen, weshalb auch Heinrich gute Miene zum bösen Spiel machte und mit keiner Wimper zuckte. Niemals würde er sich eine solche Blöße geben. Und er wusste auch schon, was er als Nächstes tun würde, um den Bastard doch noch in seine Schranken zu weisen. Er würde eine neue, noch beeindruckendere Kathedrale bauen lassen, und zwar in Meißen. Vielleicht sogar von diesem Mainzer Bildhauermeister? Schließlich ginge ihm niemals das Silber aus, und die Erfolgsprämie für Libergier sparte er sich nun auch. Erst einmal musste er jedoch zähneknirschend hinter seinen Halbbruder zurücktreten.

Es war Erzbischof Christian II. von Weisenau, der verkündete: »Herr von Mainz, damit ist es entschieden. Ihr werdet den Westchor bauen!«

In den aufkommenden Jubel hinein dankte Matizo Gott für diese zweite Chance, die er nach seiner Flucht aus dem Kloster erhalten hatte und dank der er seine Sonnenkathedrale nun doch noch erbauen könnte. Am liebsten wäre er gleich morgen losgezogen, um das dafür nötige Material aus dem Steinbruch zu holen. »Seele!«, hallte es noch immer in ihm nach, als er sich vor seinem Auftraggeber verneigte. Der pochte mit dem Bischofsstab begeistert auf die Holzbretter des Podiums.

Nachdem es um ihn herum etwas ruhiger geworden war, verkündete Dietrich mit gewohnt tiefem Bass: »Ihr seid der Meister von Naumburg!«

»Der Naumburger Meister«, sprach Matizo leise vor sich hin und fand, dass dieser Name zu ihm passte. Keine andere Stadt hatte ihn derart bewegt. Und auch wenn die Zusammenarbeit nicht immer einfach gewesen ist, dachte Matizo, hat der Naumburger Gottesmann doch stets Vertrauen in mich und meine Fähigkeiten gesetzt. Sein Blick glitt suchend über die Menschenmenge, doch er konnte Line und Hortensia im Dämmerlicht nicht ausmachen. Stattdessen begegnete ihm Libergiers Blick. Wenn auch nur kurz, aber dafür wertschätzend neigte der Franzose den Kopf vor ihm.

»Das haben wir gemeinsam geschafft«, fügte Dietrich noch hinzu, um gleich danach zu befehlen, dass auf dem Platz um die Kathedrale herum Freibier ausgeschenkt werden sollte.

Kurz fesselte ihn der Umstand, dass er Peter von Hagin einige Worte mit dem Mainzer Erzbischof wechseln und ihn dabei auf den Festsaal der Bischofsburg deuten sah. Doch als der Scholaster kurz darauf allein das Podium verließ, atmete er erleichtert auf. Er hatte es geschafft, die päpstlichen Interessen und seine eigenen erfolgreich gegen die des Halbbruders durchzusetzen. Damit war auch seine *Gesta Theodericus episcopus* gerettet und nicht für den Kamin verfasst worden. Er würde nunmehr einen Chor errichten lassen, der ihm erstens Anerkennung einbrachte und der zweitens die Allmacht und den Vorrang des Papstes vor dem Kaiser offenbarte. Und so ganz nebenbei versetzte er dadurch auch noch Menschen, die einen Makel besaßen, in den Stand von Heiligen und Helden. Dieses eine Mal war er nicht der Scherge der Päpstlichen, sondern genauso aufrührerisch wie die Stifter gewesen. Ob das die Wettiner Seele machte, die er väterlicherseits besaß? Ermutigt reckte Dietrich das Kinn. Für den nächsten Kampf gegen Heinrich, der so sicher wie das Amen in der Kirche anstand, brauchte er gewiss eine Menge Wagemut und Verwegenheit.

»Ich erwarte Euch heute Abend als meinen persönlichen Gast zu den Feierlichkeiten auf der Burg«, sagte er, wieder an Matizo gewandt. »Bereits morgen gedenke ich, erste Schritte zur Ausführung des Chores mit Euch zu besprechen.«

Matizo nickte und dachte an das Bauvorhaben, das ihn vor seine bisher größte Herausforderung stellen würde, der er nur mit der Unterstützung seiner Gesellen und all denen, die ihm freundlich gesinnt waren, gewachsen wäre. Und derer gab es, wie er nun wusste, doch einige. Seitdem er aus dem Kloster geflohen war, hatte er zwar so gut wie jeden menschlichen Kontakt vermieden. Die Angst, mit seiner Vergangenheit konfrontiert zu werden, war ihm zur ständigen Begleiterin geworden. In Naumburg aber hatten ihn die Menschen stets bestärkt. Allen voran: Harbert und Line – und Hortensia.

»Doch lasst mich an der Tafel nicht so lange warten wie heute Morgen!«, mahnte Dietrich Matizo wie eh und je und verabschiedete sich dann. Er war davon überzeugt, ab dem heutigen Abend das notwendige Spendengeld für den Chor in den kommenden Wochen schon zusammenzubekommen. Von vier Berittenen geschützt, stieg er vom Segnungssteg.

Vor dem Tor zur Bischofsburg angekommen, wunderte sich Dietrich, dass sich das Neumarker Mädchen bei seinem Anblick plötzlich abwendete. »Hortensia!«, rief er. Dietrich war sich ziemlich sicher, dass die weibliche Stimme, die vorhin so vehement für seinen Chor eingetreten war, seiner Schreiberin gehört hatte. Die Berittenen bahnten ihm den Weg zu ihr. »Während deiner Abwesenheit haben sich einige Schriftstücke angesammelt. Ich erwarte dich nach dem Osterfest wieder in meiner Schreibstube!«

Nur Line zu Hortensias Rechten erkannte, dass der jungen Frau gerade ein Steinklotz vom Herzen fiel. Denn die freundliche Ansprache des Bischofs konnte nur bedeuten, dass Matizo ihrem Auftraggeber nichts von ihren Briefen und damit von den Spitzeldiensten erzählt hatte, die sie für dessen Halbbruder geleistet hatte. Den neuen Westchor würde Hortensia zwar gerne wachsen sehen, aber Matizo zu begegnen, ohne ihn berühren zu dürfen ... Außerdem wollte sie zurück nach Neumark, um Guntram endlich würdig begraben zu können und die Samen in die Erde zu pflanzen, die ihr Line an diesem Morgen zum Geschenk gemacht hatte. Beim Anblick der Lindenkörner, die ihr wie ein Abschiedsgeschenk vorgekommen waren, hatte sie kurz aufgeschluchzt. Dann aber hatte die Hoffnung, dass sie mit den Samen neues Leben nach Neumark zurückbrächte, die Traurigkeit verdrängt. Sie nickte kurz, um sich Mut für die Vorhaben der nächsten Tage zuzusprechen, was Bischof Dietrich anscheinend als Zusage deutete, denn er ging zufrieden weiter.

Hortensia schaute ihm noch eine Weile nach und schenkte Line ein Lächeln der Erleichterung, um nur einen Lidschlag später erneut zusammenzufahren.

Kurz-lang-kurz-kurz, drang da ein gepfiffener Ton an ihr Ohr. Vater? Gero?

Als sie sich umwandte, sah sie einen blonden Jungen durch die Menschenmenge auf sie zulaufen. »Tensia!«

Sie erkannte Dietrich, den Markgrafensohn. Der Junge holte selbst im Laufen tief Luft, um weiter vor sich hin pfeifen zu können. Die Kinderfrau hatte alle Mühe, ihm hinterherzukommen. Zwei Armlängen vor Hortensia kam der Kleine zum Stehen.

»Erlaucht Agnes hat erlaubt, dass ich dich wiedersehen darf.« Er deutete auf die Landgräfin hinter ihm, die ihrem Stiefsohn folgte und von vier bewaffneten Männern begleitet wurde.

Heinrich hatte sich offensichtlich schon zu den Feierlichkeiten in die Burg begeben, mutmaßte Hortensia und war froh, ihm nicht mehr begegnen zu müssen. Die Landgräfin zog Neugierige an, die nun einen Kreis um die kleine Gruppe bildeten und interessiert beobachteten, wie der Junge in seine Tasche griff und seine Schuhe auszog.

»Schau doch mal, was ich kann«, bat Dietrich.

Agnes konnte sich ein Lächeln nicht verkneifen, als ihr Stiefsohn sich die braune Kastanienkugel unter die Zehen klemmte und auf nur einem Bein auf sie zugehüpft kam. Ohne zu wanken, legte er die schrumpelige Frucht direkt vor ihr ab, nahm sie mit dem anderen Fuß dann wieder auf und hüpfte zu Hortensia zurück.

Line musste schmunzeln, als sie sah, wie der zweitgeborene Sohn des Landgrafen die Kastanie in Hortensias ausgestreckte Hand legte. Die Umstehenden applaudierten, Dietrich schaute mit großen Augen zu Hortensia auf. Aber erst als sie die Arme öffnete, wagte der Junge den letzten Schritt auf sie zu.

Sein Gesicht ist nicht mehr so pausbäckig und sein Haar fester geworden, dachte sie, und nachdem sie ihn fest an sich gedrückt hatte, tippte sie ihm mit dem Finger zuerst auf die Nasenspitze und kitzelte ihn dann hinter den Ohren, was ihn glucksen ließ. Es dauerte nicht lange, bis sein Kichern die Runde ansteckte. Hortensia drückte ihn erneut an sich, und er erwiderte die Umarmung.

»Aber der Pfiff? Woher kennst du ihn?«, wollte sie noch wissen, nachdem sie Agnes mit einem Blick darum gebeten hatte, Dietrich eine Frage stellen zu dürfen. Sie sprach leise, weil es sich nicht geziemte, den Sohn des Landgrafen zu duzen.

»Aus Meißen«, entgegnete der Junge und ergriff seine Schuhe, die Line ihm hinhielt.

Aber mit Dietrich habe ich die Pfiffe doch nie geübt, dachte Hortensia und erinnerte sich sogleich wieder daran, wie Gero am Tag des Überfalls unter der Linde angestrengt die

Lippen gespitzt und doch nicht mehr als ein tonloses Pusten herausgebracht hatte.

»Als du krank warst, hast du im Schlaf gepfiffen«, gab der Markgrafensohn unter den strengen Blicken der Amme zurück, die ihm in die Schuhe half, und wollte dann noch wissen: »Hast du deine Mutter denn nun gefunden?«

Hortensia überlegte, wie sie Dietrich antworten konnte, ohne ihn zu sehr zu erschrecken oder zu enttäuschen. »Sie ist zusammen mit meinem Vater und Gero im Himmel«, erklärte sie schließlich nach einigem Zögern. »Es ist Gottes Entscheidung, einen geliebten Menschen von uns zu nehmen.«

Die Landgräfin wandte sich ab.

»Um einen geliebten Menschen zu Gott gehen zu lassen, bevor man selbst in dessen himmlisches Reich eingeht, bedarf es großer Kraft. An manchen Tagen können wir diese nicht immer aus uns selbst heraus aufbringen.« Hortensia zog das leinene Säckchen aus ihrer Tasche. Nachdem Line ihr zugenickt hatte, legte sie es in die Hand des Landgrafensohnes.

»Was ist das?«, fragte der neugierig.

»Ein Sack voller Kraft, von mir, dem Herbstmädchen«, entgegnete sie.

Dietrich öffnete die Schnürung und legte Samenkörner frei. Drei davon nahm Hortensia für sich zur Seite. Für Neumark.

»Wenn du sie in den Erdboden steckst und immer gut wässerst, wird nicht nur ein Pflänzchen, sondern ein großer Baum daraus wachsen. Eine wunderschöne Linde mit dickem Stamm und einer prächtigen, schützenden Krone.«

Dietrichs Gesicht hellte sich wieder auf. »Darf ich sie pflanzen, bei uns in Meißen?« Der Junge hatte sich nun an seine Stiefmutter gewandt, die dem zustimmte.

Hortensia hockte sich vor Dietrich und flüsterte so leise, dass nur er es hören konnte: »Wenn du dich einmal schwach fühlst, gehst du zur Linde und drückst deinen Rücken an sie. Vielleicht kannst du sie dann sogar sprechen hören.«

»Sprechen?«, fragte er erwartungsvoll.

Sie nickte. »Im Herbst hab ich sie immer am deutlichsten gehört.«

»Danke, Tensia!«, sagte er und hielt die Körner wie einen Schatz vor der Brust.

Die Linde im Burghof hatte ihr früher viel Kraft geschenkt, erinnerte sich Hortensia. Zuletzt hatte sie jedoch der Mut beflügelt, den Markgräfin Uta in ihrem Leben gezeigt hatte. Nicht erst seit ihrem heutigen Besuch spürte sie eine eigenartige Verbindung mit der Kathedrale.

Lines Blick war derweil zur Bühne geglitten, auf der gerade Christian II. von Weisenau, gefolgt von den anderen Vertretern des Klerus, auf Matizo zutrat und ihn zu seinem Sieg beglückwünschte. Einige geschüttelte Hände später war Abt Etzel der Nächste in der Reihe der Gratulanten. »Ein Meisterwerk habt Ihr geschaffen«, sagte er anerkennend, »vergesst aber dennoch nicht Eure Buße, die noch aussteht.«

Matizo nickte, denn den ihm als Buße auferlegten Auftrag übernahm er gerne. »Bis Ende des nächsten Monats erstelle ich die Entwürfe für den neuen Speiseraum Eures Klosters. Sobald ich den letzten Strich gezeichnet habe, bringe ich Euch die Pergamente zur Abnahme, verehrter Abt.« Auch wenn ihn der Gedanke, den Weg zu den Georgsmönchen erneut zurücklegen zu müssen, immer noch beunruhigte. Aber mit der Errichtung eines größeren Speisesaals vermochte er vielleicht, den Brüdern etwas von dem zurückzugeben, was er ihnen mit seinem Weggang genommen hatte.

»Verzeiht mir meinen Starrsinn«, bat Matizo nun Harbert, der nach dem Abt zu ihm herantrat, nachdem er kurz zuvor noch Line auf die Bühne geholfen hatte. Der Pater hatte ihn von Anfang an unterstützt, wie er nun wusste.

Zunächst verzog Harbert keine Miene. Er erinnerte sich an Matizos Geständnis in der Margarethenkirche vor der versammelten Bruderschaft. Für diesen Mut achtete er ihn noch mehr als für sein handwerkliches Können. »Wenn es Euch zu so etwas befähigt wie dem Geerdeten.« Harbert lächelte und legte dabei die Lücke zwischen seinen Vorderzähnen frei, was wiederum Matizo zum Lächeln brachte.

Da kam auch Line hinzu und zog den Meister ohne Vorwarnung an sich heran. Zum ersten Mal verhakte sie auch hinter seinem Rücken die Finger fest ineinander, genauso, wie sie es immer bei Henner getan hatte. »Nun fasst schon fester zu!«, forderte sie ihn auf, nachdem Matizo nur zögerlich die Arme um sie gelegt hatte. »Oder seid Ihr vielleicht nur deshalb so kraftlos, weil Ihr etwas Gutes zu essen braucht? Meine Neunstärke vielleicht?« Line entließ ihn aus der Umarmung.

»Wie wäre es mit dem Pflaumenbrei von neulich Morgen?«, schlug Harbert amüsiert vor. Der köstliche Geruch der Speise war ihm nach Verlassen des Steinmetzhauses zwei Tage lang nicht mehr aus der Nase gegangen.

Matizo schaute sich um. »Ich kann jetzt nicht essen.« Eine Sache war noch offen.

»Sie ist in der Kathedrale«, flüsterte Line ihm zu.

»Entschuldigt Ihr mich?«, fragte er in die Runde, die darauf einstimmig nickte.

Das Volk feierte den Ausgang des Wettbewerbes ausgelassen auf dem Platz und in den Gassen, sogar in den Häusern und Höfen der Domherren kam es zu fröhlichem Beisammensein. Die Menschen gratulierten Matizo und klopften ihm auf dem

Weg in die Kathedrale immer wieder anerkennend auf die Schulter. Im und vor dem *Wilden Eber* sangen sie bereits. Einer, der das Wort *Seele* melodisch immer wieder aneinanderreihte, reichte ihm einen Becher Bier. Doch Matizo ließ sich nicht aufhalten.

Vor dem Portal zögerte er noch einmal, ging dann aber doch hinein. Es gab nur einen einzigen Ort im Kirchenhaus, an dem er sie vermutete: die Krypta unter dem Ostchor. Die Krypta war der einzige Teil, der von der ersten Bischofskirche noch stehen geblieben und nicht wegen Engelhardts Kathedralneubau abgerissen worden war.

Kaum hatte Matizo die Krypta betreten, sah er Hortensia auch schon vorne am Altar knien, den Blick auf das Kruzifix gerichtet. Nach einem Moment des Zögerns ging er langsam durch den mittleren Raumabschnitt auf sie zu, der, wie er fand, der schönste war, weil seine Säulen einzigartige filigrane Verzierungen besaßen und das Gewölbe wie eine schützende Hand über ihnen hing.

Als Hortensia sich beim Klang seiner Schritte erhob und umdrehte, blieb Matizo stehen. Das wenige Licht in der Krypta lässt die Ähnlichkeit ihrer anmutigen Gesichtszüge mit denen ihrer Ahnin noch stärker hervortreten, dachte er und überlegte im nächsten Moment, ob er seiner Uta-Zeichnung nicht unbewusst auch etwas von Hortensia mitgegeben hatte. Ohne ihre Unterstützung wäre er bis zum Osterfest niemals fertig geworden. Und ohne sie …

»Matizo«, hörte er sie leise sagen.

»Das warst du auf dem Platz vorhin, nicht wahr?«, fragte er.

»Eure Zeichnungen«, setzte sie an, doch er korrigierte sie sofort: »Deine Zeichnungen.«

»Deine Zeichnungen waren die besseren«, griff sie die vertraute Anrede auf und kam auf ihn zu. Vermutlich aber hätte sie ihn auch genauso energisch unterstützt, wenn er den Stiftern anstatt eines Kopfes einen Apfel auf den Rumpf gesetzt hätte mit Kernen als Augen. »Danke, dass du mich wegen meiner Briefe an den Landgrafen nicht an den Bischof verraten hast.«

Sie schwiegen.

»Eines Tages wird Neumark wieder erblühen«, sagte sie nach einer Weile schließlich verträumt. »Mit meiner Hilfe.«

»Du verlässt Naumburg?«, wollte er wissen. Etwas brannte plötzlich in ihm. »Ich habe noch dein Pergamentbündel, das sollst du auf jeden Fall zurückerhalten.«

Hortensia nickte und trat an ihm vorbei auf die Treppe zu. »Bitte verwahre es erst einmal für mich. Vielleicht dort, wo du nach der Arbeit auch dein Bauskizzenbuch immer hingebracht hast. Ich muss nach Neumark!«

Er rang mit sich und nach den richtigen Worten. »Lass uns noch einmal von vorne beginnen.«

Sie stockte, hatte schon einen Fuß auf die erste Stufe gesetzt.

»Bitte«, setzte er nach. Erst vorhin auf dem Podest, als er um seinen Lebenstraum, die Sonnenkathedrale, gezittert hatte, war ihm klargeworden, dass er von Abt Etzel und den Georgsbrüdern gefordert hatte, ihm zu verzeihen. Ihm eine zweite Chance einzuräumen. Dass er selbst in Bezug auf Hortensia zu diesem Schritt aber bisher nicht fähig gewesen war. Jetzt war er es. Er wollte ihr verzeihen. Der Kahn, in dem er saß, würde wahrscheinlich nie in dauerhaft seichten Gewässern fahren, dafür sorgte allein schon der zielstrebige Bischof Dietrich. Aber mit ihm wohlgesinnten Menschen an seiner Seite gelänge es ihm sicher, das Boot in stürmischen Zeiten besser zu lenken.

Für Hortensia war es eine beinahe berauschende Vorstellung, zusammen mit Matizo seinen Traum, den Westchor, wachsen zu sehen, mit den Stifterfiguren darin, geformt aus der Grundform des Quadrats. Sie drehte sich zu ihm um. »Ich habe es Guntram versprochen. Er war einer der wenigen Überlebenden von Neumark, den ich jüngst wiedersehen durfte. Und den Samen hier«, sie hielt ihm ihre Hand entgegen, in der sich noch immer die drei Körner befanden, »möchte ich unbedingt unter Neumarks Erde bringen. Dort sollen bald wieder Linden wachsen und vielleicht sogar noch mehr.« Nach diesen Worten schaute sie in seine Meeresdiamanten. Was sie jetzt sah, war nicht der Bildhauer, der Verwundete oder gar Geheimnisvolle, sondern einfach nur ein Mann mit einem Wunsch. »Aber ich komme aus Neumark zurück«, sagte sie endlich.

Matizo nickte. Das war mehr, als er erwartet hatte. Gerne hätte er sie nun zärtlich zu sich herangezogen, streckte aber lediglich seine Hände nach ihr aus.

Sie ergriff sie und trat näher an ihn heran.

Vorsichtig, als habe er sie gerade eben mit frischer Tinte gezeichnet und als verwische seine Berührung ihre Konturen, strich Matizo ihr über die linke Wange mit dem kleinen braunen Fleck.

Auch wenn er seine französischen Liebesabenteuer in Metz, Reims, Chartres und Amiens weder bereute noch missen wollte, hatte er sein Herz doch erst hier in Naumburg verloren. Beim Anblick ihrer wunderbaren Haut, ihrer schlanken Gestalt und der grünen, leuchtenden Augen war er sicher, dass sein Leben erst jetzt richtig beginnen würde. Zusammen mit Hortensia, in Naumburg, am Zusammenfluss von Saale und Unstrut.

ANHANG

Nachwort

Was überrascht uns heute eigentlich noch? Oder lässt uns staunen? Die Landung der Raumsonde Rosetta auf dem Kometen 67P oder Erkenntnisse aus der Entschlüsselung unseres Erbgutes? Im 13. Jahrhundert waren es himmelstürmende Bauwerke und die Stifterstandbilder von weltlichen Adligen im Naumburger Chor – dem Ort, wo gewöhnlich nur hohe Würdenträger oder Heilige aufgestellt werden durften. Wenn diese Adligen im Leben zudem auch noch Totschläger, Räuber und Grabschänder gewesen waren, kann man davon ausgehen, dass dies einen enormen *Aufschrei der Empörung* erzeugt haben muss. Und gleich noch einen zweiten, denn eine geerdete Kreuzigungsgruppe war für die früheren Gläubigen ebenso einmalig wie revolutionär. Vermutlich hatten die Menschen des 13. Jahrhunderts Jesus Christus noch nie zuvor aus solcher Nähe sehen oder gar berühren können wie im Naumburger Westchor. Achten Sie doch bei Ihrem nächsten Kirchgang einmal darauf, dass selbst heute noch die meisten Kreuze über und nicht vor bzw. neben uns hängen.

Jemand, der sich etwas so Unerhörtes, aber zutiefst Menschliches ausdachte und in einer Zeit umzusetzen wagte, in der die Abweichung von kirchlichen Normen meist gleichbedeutend mit gesellschaftlicher Ächtung war, muss außerordentlich mutig gewesen sein.

Für den Roman haben wir uns der Ansicht angeschlossen, dass der *Bau- und Bildhauermeister des Naumburger Westchores* ein und dieselbe Person gewesen sein muss, weil die Einheit von Lettner, Stifterfiguren und Raumarchitektur unübersehbar ist. Man spricht in diesem Falle von einem Bildhauer-Architekten – eine weitere Besonderheit des Westchores, die uns dazu inspirierte, die Geschichte des Naumburger Meisters auch zu einer Geschichte über die Leidenschaft zum Handwerk zu machen. Wahrscheinlich hat es sich tatsächlich so zugetragen, dass der Naumburger Bischof – wie im Roman beschrieben – die Rahmenbedingungen vorgegeben, der Meister diese in seinen Entwürfen interpretiert und später dann in seiner Werkstatt umgesetzt hat. Also *Teamarbeit zwischen Bischof Dietrich und dem Künstler*, der aufgrund seiner Werke als Naumburger Meister in die Geschichte eingegangen ist. Für uns war dieser Mann besonders interessant, weil der Nachwelt keine gesicherten historischen Fakten über ihn vorliegen und wir ihm mit diesem Roman – wie zuvor schon Uta von Naumburg in den ersten beiden Teilen der Kathedral-Trilogie – einen Lebensweg geben konnten.

Nicht einmal sein wirklicher Name ist überliefert, es gibt nur Vermutungen, die ihn u. a. der christlichen Gruppe der Waldenser zuordnen. Worüber überwiegend Einigkeit besteht, ist allein, dass der Meister aufgrund der ihm eigenen hohen und für die damalige Zeit hochmodernen Kunstfertigkeiten seine Ausbildung in Frankreich absolviert haben muss. Dort blühte die Hochgotik bereits in den zwanziger und dreißiger Jahren des 13. Jahrhunderts (dies dürften auch die Jahre seiner Ausbildung gewesen sein), während sich auf dem Gebiet des heutigen Deutschlands gerade einmal erste frühgotische Einflüsse im Kirchenbau durchsetzten. Kunsthistoriker erkennen den Stil des Meisters nicht nur in Naumburg und Meißen wieder, sondern auch in den Kathedralen von Metz, Amiens, Reims und Mainz.

Aufgrund seiner langen Aufenthaltszeit in Frankreich wird häufig vermutet, dass der *Naumburger Meister* Franzose war. Uns kam die These, dass es sich um einen deutschen Steinmetz handeln könnte, jedoch eher entgegen, und abwegig ist dieser Gedanke mitnichten. In diesem Fall hätte dann die Anziehungskraft der Heimat den hochausgebildeten, vermutlich international gefragten Bildhauer ausgerechnet in das damals – unter künstlerischen Gesichtspunkten betrachtet – provinzielle Naumburg gelockt. Nach der Erschaffung des Westchores zog der Meister, das ist verbürgt, jedenfalls nicht zurück nach Frankreich oder Mainz, sondern weiter nach Meißen und arbeitete dort an der Kathedrale. Wo und wann er starb, ist nicht überliefert. Vermutlich wird dieser einzigartige Mann wegen fehlender wissenschaftlicher Belege ewig ein Phantom der Kunstgeschichte bleiben. Unseren Matizo im Roman verbindet neben dem bischöflichen Auftrag seine Klostervergangenheit mit Naumburg, die unserer dramaturgischen Phantasie entsprungen ist.

Deutungen über die *Motive, Datierungen und Urheberschaft des Westchores* liegen zwar sehr zahlreich vor, aber sie sind sehr unterschiedlicher und widersprüchlicher Natur. So werden zum Beispiel für die Erbauung des Westchores folgende Gründe beziehungsweise Nutzungszwecke genannt:

1. Erschaffung einer Kapelle zum Totengedächtnis der ersten verstorbenen Stifter, deren Grabmäler dem Bau des Westchores weichen mussten,
2. Ort der Gebetsverbrüderung für die früheren und die zukünftigen Stifter des Doms,

3. Darstellung des Zweikampfes zwischen Dietmar und Thimo als Sinnbild für den Kampf zwischen Sachsen und Thüringen,

4. Symbol für die Stärke und den Glanz des Bistums Naumburg im Bistumsstreit mit Zeitz,

5. Gerichtsort, an dem sich der weltliche Adel in Form der Stifter seinen geistlichen Richtern, den die Messe im Chor zelebrierenden Geistlichen, unterwirft,

6. örtliche Adelsfamilien manifestieren ihren Anspruch auf die bischöfliche Gerichtsgewalt. Dies wird durch die Gerichtssituation im Chorpolygon mit Syzzo als Richter und Dietmar als Angeklagtem dargestellt,

7. Denkmal gegen die Staufer und für die päpstliche Allmacht im wieder entflammten Investiturstreit zwischen Kaiser Friedrich II. und den Päpsten,

8. Darstellung mutiger Kämpfer, die gegen einen Kaiser (als Sinnbild weltlicher Macht und Stärke) zu rebellieren wagen, oder

9. deutsches Denkmal für die Kraft des jungen, deutschen und starken Volkes (Deutung zur Zeit des Nationalsozialismus).

Die Motivation für die besondere Ausgestaltung des Westchores im Roman haben wir bewusst *zwischen politischen und persönlichen Beweggründen* angesiedelt. In der Funktion des Bauherrn will Dietrich sich bei seiner Wettiner Familie Anerkennung verschaffen und gleichzeitig den päpstlichen Interessen gerecht werden, die zu vertreten er als Bischof verpflichtet ist. Dietrichs Behauptung bei seiner ersten Begegnung mit Matizo, den ersten Stiftern mit dem Westchor Ersatzgräber zu geben, halten wir eher für Makulatur – sie war in der Kunstgeschichte jedoch eine Weile die anerkannteste These.

Über die Baumotivation hinaus gibt es noch viele andere Fragen zum Westchor, die noch immer nicht geklärt sind. Darunter auch die, *wen die Standbilder tatsächlich darstellen.* Erster Ansatzpunkt für die Identität der Stifter sind natürlich die Inschriften auf den Schilden der männlichen Figuren sowie ein Sendschreiben aus dem Jahr 1249, in dem Bischof Dietrich die Gläubigen dazu aufruft, das von namentlich genannten Stiftern begonnene Werk durch Geldleistungen fortzusetzen und damit zur Vollendung des Domes beizutragen. Was die Identität der zehn Figuren in der Entwurfsphase des Chorbaues betrifft, haben wir uns den Thesen von Rudolf Stöwesand angeschlossen, weil sie uns am plausibelsten erschienen. Stichhaltige Beweise für die eine oder andere Theorie in Gänze existieren nicht. Sicher geht die *große Faszination des Westchores* zum Teil auch von dieser Ungewissheit aus.

Der Naumburger Meister schuf in unserem Roman zehn Stifterstandbilder für den Westchor. Warum können Sie dann heute im Dom derer zwölf bestaunen? Ersichtlich ist, dass die Raumarchitektur lediglich zehn Stifter eng einbindet – das vermag der Besucher heute noch bei einem Domrundgang gut zu erkennen. Stifter elf und zwölf – häufig als Graf Konrad von Landsberg und Gräfin Berchta (die Mutter der Grafen Dietrich und Wilhelm) identifiziert – wirken wie nachträglich hinzugekommen und einfach vor die Wand gesetzt. Im Gegensatz zu den anderen zehn stehen sie weder vor Bündelpfeilern oder in Polygonecken noch sind sie baulich mit der Raumarchitektur verbunden. Wir denken, dass es zwischen den Entwürfen und deren Ausführung politische Befindlichkeiten oder Zwänge gegeben haben muss, die dazu führten, dass Graf Konrad und Gräfin Berchta zusätzlich in den Chor aufgenommen wurden.

Es ist sehr wahrscheinlich, dass die Werke des Naumburger Meisters nicht die *Leistung* eines einzelnen Mannes sind, sondern von *einer Werkstatt* gefertigt wurden. Als Werkstatt bezeichnete man eine Gruppe, in diesem Fall von Steinmetzen und Bildhauern, die gemeinsam von Ort zu Ort und Auftrag zu Auftrag zog. Eine solche Gruppe hatte meist einen Vorsteher – welcher der Naumburger Meister gewesen sein könnte.

Matizos größter Konkurrent im Roman, *Hugo Libergier,* war tatsächlich einer der Baumeister der Abteikirche St. Nicasius in Reims (nicht zu verwechseln mit der Reimser Kathedrale). Er begleitete den heute nicht mehr existenten Bau mehr als dreißig Jahre lang. Seinen von Heinrich III. von Wettin arrangierten Auftritt als Matizos Konkurrent im Wettstreit um den Naumburger Westchor haben wir uns allerdings ausgedacht: Der historische Heinrich wäre sicher über dessen Bekanntschaft hocherfreut gewesen, denn St. Nicasius zählt zu den Meisterwerken der Hochgotik, und Heinrich soll ein sehr kunstsinniger Mensch gewesen sein. Ob es überhaupt einen Wettstreit um die besten Entwürfe für den Westchor gegeben hat? Historisch gibt es weder Anhaltspunkte dafür noch dagegen. Uns diente der Wettstreit als Instrument, sowohl den Meister als auch den Bischof einem immensen Druck auszusetzen. Durch den französischen Konkurrenten stand für Matizo die Verwirklichung seines Traumes, für den Gottesmann nicht weniger als sein Amt auf dem Spiel.

Bischof Dietrich war tatsächlich ein *Bastardkind,* also ein unehelich Geborener. Der Vater, den er mit Heinrich III. von Wettin gemeinsam hatte, war der Wettiner Dietrich der Bedrängte, Markgraf von Meißen, Dietrichs Mutter die Schwester eines Zeitzer Burggrafen. Es kann urkundlich nachgewiesen werden, dass Bischof Dietrich erst von Papst Innozenz IV.

per Dispens vom Makel der unehelichen Geburt befreit werden musste, um den Naumburger Bischofsstuhl zu besteigen. Die Domherren hatten, wie im Roman beschrieben, vehement auf ihrem Favoriten, dem Scholaster Peter von Hagin, bestanden. Was die Beschreibung dieser Umstände betrifft, haben wir uns streng an die historischen Fakten gehalten. Um die Figur des Dietrich II. von Meißen letztendlich lebendig werden zu lassen, drängte sich uns der Konflikt, der ihm daraus erwuchs, unehelich geboren worden zu sein, geradezu auf: Als Bastardkind fühlte er sich verkannt und hatte trotz des päpstlichen »Freispruchs« ein Leben lang gegen diesen Makel anzukämpfen. Sicher musste sich dieser Mann auch stärker behaupten als seine legitim geborenen Amtsbrüder, was vermutlich mit dazu beitrug, dass er als Bauherr des besonderen Westchores in die Annalen eingehen wollte. Die Streitigkeiten mit seinem Halbbruder, Heinrich III. von Wettin, bezüglich der Unterwerfung des Naumburger Bistums unter die Wettiner Landesherrschaft sind belegt und gingen so weit, dass Heinrichs Truppen im Jahr 1254 in bischöfliche Gebiete einfielen und diese plünderten.

Als Dietrichs Hauptverdienst gilt die Errichtung des Naumburger Westchores. Wer der Gestalt dieses kunstverständigen Bischofs ansichtig werden möchte, kann dies im Ostchor der Naumburger Kathedrale tun. Die dort mittig liegende Tumba gilt als die seine. Dietrich starb im Jahre 1272. Es ist möglich, dass die Tumba aus der Werkstatt des Naumburger Meisters stammt. Erinnern Sie sich daran, dass Dietrich im Roman die von Hugo Libergier entworfene Bischofsstatue für seine Grabplatte (natürlich ohne den päpstlichen Dispens in der Hand) verwenden wollte? Mit einigen wenigen Anpassungen an den Naumburger Stil könnte dies möglich gewesen sein.

Heinrich III. von Wettin vergrößerte sowohl das Herrschaftsgebiet wie auch das Ansehen der Wettiner beträchtlich. Seiner Familie unterstand um das Jahr 1250 herum der größte Teil Mitteldeutschlands. In Heinrichs Persönlichkeit vereinte sich der erfolgreiche Herrscher mit dem höfisch-ritterlichen Fürsten, der zugleich hochgebildet war. Der Hof in Meißen entwickelte sich unter ihm zum führenden Literatur- und Kunstzentrum. Der Herrscher selbst dichtete Minnelieder, sang und komponierte. Einige seiner geistlichen Kompositionen wurden sogar von Papst Innozenz IV. zur Messe zugelassen. Im 14. Jahrhundert erhielt Heinrich den Beinamen »der Erlauchte«.

Zu Heinrichs Zeit waren in mitteldeutschen Herrschaften die traditionellen Hofämter Truchsess, Kämmerer, Marschall und Mundschenk bereits Ehrenämter, deren ursprüngliche Funktion immer mehr verlorengegangen war. Eine bereichsmäßig abgegrenzte Tätigkeit, die sich auf die im Titel genannte Aufgabe bezog, gab es nicht mehr. Deshalb konnte Mundschenk Vargula, anstatt sich um die fürstlichen Getränkevorräte zu kümmern, auch für den Landesherrn Eroberungszüge durch Thüringen unternehmen.

Legendär sind die von Heinrich ausgerichteten Turniere. Zu seiner Zeit waren diese Veranstaltungen nicht mehr vornehmlich Kampfübungen, sondern Feste und Zusammenkünfte der gesellschaftlichen Elite. Aus diesem Grund kämpfte man nicht mehr mit scharfen, sondern mit stumpfen Waffen. Das wohl *großartigste Turnier seiner Art* hielt er im Jahre 1263 bei Nordhausen ab. Heinrich hatte dafür in einem künstlichen Wald einen Baum voller Gold- und Silberblätter errichten lassen, von dem sowohl Gewinner als auch Verlierer sich bedienen durften. Dieses Turnier, das von Heinrichs Kunstsinn und Wohlstand gleichermaßen zeugt, gefiel uns so gut, dass es als Silberblattturnier Eingang in unseren Roman fand.

Und das Geld dafür? Das stammte – wie von uns erzählt – größtenteils aus den Silbererzvorkommen in und um Freiberg herum (heutiges Sachsen). Über Heinrich erzählte man sich schon im Mittelalter, wie wir es unsere Line aussprechen lassen, dass er »*Türme voll von Silber*« gehabt haben soll. Der Herrscher starb im Jahr 1288 in Dresden – die Stadt war ihm in seinen letzten Lebensjahren zur bevorzugten Residenz geworden.

Mit der Person des Meißener Markgrafen wollten wir aber auch hinter die glänzende Fassade eines Herrschers im Mittelalter schauen. Uns war daran gelegen, einen privaten Heinrich zu entwerfen, einen, der auch einmal an sich zweifelt: Heinrich, den Vater und Ehemann. Der größte Erfolg seiner politischen Karriere war der *Zugewinn der Thüringer Landgrafschaft* im Rahmen des Thüringer Erbfolgekrieges. Der begann mit dem Tod des kinderlosen Landgrafen Heinrich Raspe IV. Heinrich III. von Wettin war die Thüringer Landgrafschaft für den Fall dessen Kinderlosigkeit von Kaiser Friedrich II. versprochen worden. Doch wie so häufig im Mittelalter, wurden die berechtigten Ansprüche Heinrichs von anderen Anwärtern angefochten. Gegenstand des Erbfolgekrieges waren die Thüringer Landgrafschaft, die damals Thüringen und Hessen umfasste, sowie die Pfalzgrafschaft Sachsen. Als herausragende Gegnerin Heinrichs ist hier Herzogin Sophie von Brabant, die Tochter der heiligen Elisabeth, zu nennen, die den Erbanspruch ihres Sohnes auf die Landgrafschaft verteidigte. Ihr Sohn war der Großneffe des verstorbenen Landgrafen Heinrich Raspe, vor allem aber war er über die männliche Linie der Thüringer Landgrafen mit Raspe verwandt und nicht über die weibliche, wie es bei Heinrich III. von Wettin der Fall war.

Sophie focht am ausdauerndsten gegen den erlauchten Heinrich. Schließlich gelang es ihr im Erbfolgekrieg, Hessen von der Thüringer Landgrafschaft abzuspalten und es ihrem Sohn, dem späteren Hessischen Landgrafen, zu sichern: Dies war die *Geburtsstunde Hessens*.

Das faszinierende Leben der Sophie von Brabant verdient eine eigene Geschichte, die zuerst auch Bestandteil dieses Romans war. Dann aber fanden wir beim Schreiben der Szenen, in denen sie vorkommt, dass wir ihr als Nebenfigur nicht gerecht werden, weswegen wir sie schließlich bis auf einige wenige Sätze ganz herausgenommen haben.

Im Streit um die Thüringer Gebiete kam es im März 1250 zu einer kurzen Verschnaufpause. Der Erbfolgekrieg war damit aber noch nicht endgültig – wie von Heinrich im Roman gedacht – mit dem Landding von Mittelhausen (bei Erfurt) und dem Treffen mit Sophie von Brabant auf der Wartburg beendet. Erst 1264 kam es nach weiteren kriegerischen Auseinandersetzungen zur endgültigen Beisetzung des Streites, in denen Heinrich seine thüringische Gebietshoheit behaupten und als Erbe an seinen *Sohn Albrecht II.* weitergeben konnte.

Der wiederum ging als *der Entartete* (im Sinne von: der Bösartige) in die Annalen ein, weil viele Menschen unter ihm zu leiden hatten. Die Geschichtsbücher erzählen, dass sich Albrecht mit seinem Vater und seinem jüngeren Bruder Dietrich überwarf. Gegen beide war er sogar bereit, militärisch vorzugehen. Überliefert ist, dass Albrecht der Entartete auch mit Gewalt gegen den Thüringer Adel handelte, dessen Landgraf er noch zu Lebzeiten des Vaters geworden war. Später lebte er die nicht standesgemäße Beziehung zu seiner Geliebten Kunigunde von Eisenberg derart offensichtlich aus, dass seine Ehefrau, die Kaisertochter Margarethe, vor ihm und seinem liederlichen Lebenswandel von der Wartburg floh. Die ihm nachgesagte übermäßige Gewaltbereitschaft und Eigensinnigkeit haben wir gerne aufgegriffen. Dennoch wollten wir mit Albrecht nicht nur ein schwieriges Kind, sondern auch eine mögliche Ursache dafür aufzeigen. In unserem Roman leidet der Junge unter der ständigen Abwesenheit seines Vaters und der ihm fehlenden Mutter. Dabei will er anfänglich nur, wie dies auch heute noch häufig der Fall ist, dem glänzenden Vater nacheifern. Seine Taten zu späterer Zeit sprechen dann allerdings dafür, dass er es sich anders überlegt hat, denn unter seiner unüberlegten Herrschaft verloren die Wettiner viel von dem, was sein Vater zuvor hinzugewonnen und aufgebaut hatte.

Über die Familie der böhmischen *Königstochter Agnes* sind zahlreiche politische und gesellschaftliche Informationen überliefert. Ihr Vater war der Böhmenkönig Wenzel I., ihre Mutter die Stauferin Kunigunde von Schwaben. Wenzels Schwester, also Agnes' Tante, war die heilige Agnes, die mit ihrem geistlichen Wirken im Sinne franziskanischer Armutsideale eine der bedeutendsten Frauen des 13. Jahrhunderts war. Ob es einen Grund dafür gab, dass ihre junge Nichte Agnes eifersüchtig auf den Einfluss hätte sein können, den die Äbtissin auf König Wenzel I. besaß? Wir waren der Meinung: ja.

Von der weltlichen Agnes wissen wir nur die ungefähren Lebensdaten und dass sie Mitte der 1240er Jahre mit Heinrich III. von Wettin vermählte wurde. Obwohl die *Ehe* vermutlich kinderlos blieb, bestand sie *beachtliche dreiundzwanzig Jahre*: ein ungewöhnlich langer Zeitraum für eine Ehe zwischen Adeligen, die hauptsächlich aus Gründen der Machterweiterung und -sicherung durch die Geburt vieler Erben geschlossen wurde. Und Heinrich war mit seinen beiden legitimen Söhnen aus erster Ehe nicht übermäßig reich gesegnet. Deshalb legt die lange zweite Ehe des Markgrafen die Vermutung nahe, *dass Heinrich Agnes wirklich geliebt hat*. Wir sind dieser Vermutung mit unserer Geschichte über die Beziehung der beiden gefolgt.

Aufgrund der fehlenden Überlieferungen über Agnes' Persönlichkeit hatten wir viele Freiheiten, was die Ausgestaltung ihrer Figur betraf. Dies haben wir genutzt, um den zeittypischen Konflikt einer Adligen im Mittelalter herauszuarbeiten. Mit der Eheschließung wurde die Böhmin ihrem vertrauten Umfeld und ihrer Familie entrissen. Fortan musste sie am Hofe des Gatten leben, alleine in einer fremden Kultur bestehen und sich unter fremden Leuten zurechtfinden. Einzig ihr Ehemann Heinrich und das Sperberweibchen Saphira bewahren unsere Roman-Agnes davor, vor Heimweh zu vergehen. An beide klammert sie sich geradezu krampfhaft. Aus ihrer verzweifelten Situation heraus wagt Agnes schließlich, was für die damalige Zeit mutig war: Mit den Mitteln einer Frau kämpft sie verbissen um die Aufmerksamkeit und die *körperliche Treue* ihres Ehemannes. Zumindest inoffiziell war es damals weit verbreitet, dass Männer sich mit anderen Frauen vergnügten, solange sie die Ehefrau nicht öffentlich brüskierten. Andersherum galt dies natürlich nicht. Insbesondere während der Schwangerschaft einer Frau war es allgemein üblich, dass die Männer ihre Lust woanders befriedigten, um das ungeborene Leben zu schützen.

Adlige Werte und höfisches Verhalten wurden im 13. Jahrhundert gerne über unterhaltsame, lehrreiche Schriften vermittelt. Das *Versbüchlein*, das unser Roman-Heinrich seiner Agnes mit dieser Absicht übergibt, ist eine Abschrift ausgewählter Abschnitte von *Der Welsche Gast*, einer praktischen Verhaltenslehre des Thomasin von Zerklaere aus dem ersten Viertel des 13. Jahrhunderts, die große Popularität erlangte. Die Lektüre des Werkes ist aus heutiger Sicht sehr unterhaltsam. Denn analog zu heute werden dort jungen Männern und Frauen Werte wie Freigiebigkeit, Demut und Selbstbeherrschung ans Herz gelegt. Große Unterschiede zur heutigen Zeit bestehen jedoch bezüglich der den Geschlechtern anempfohlenen kommunikativen und motorischen Verhaltensregeln. So zum Beispiel galt es in höfischen Kreisen als unschicklich, dass Damen laut sprachen oder mit überschlagenen Beinen dasaßen. Wir wären vermutlich durch das höfische Raster der damaligen Zeit gefallen.

Was ist weiterhin Fiktion im *Sünderchor?* Die Figur unseres *Herbstmädchens Hortensia* entspringt genauso unserer Phantasie wie ihre gesamte Familie. Dem Naumburger Meister wollten wir auf jeden Fall eine Heldin aus einfacherem Stande an die Seite stellen. Jemand, auf den Matizo für die Fertigstellung seines Werkes angewiesen ist und der eine Verbindung zur historischen Uta von Ballenstedt herstellen kann. Mit Hortensias *Wunsch nach Frieden* schließt sich außerdem der Kreis zum ersten Buch unserer Trilogie – *Die Herrin der Kathedrale* –, in dem Kaiser Konrad II. gleichfalls für den Frieden und Glauben im Heiligen Römischen Reich die Naumburger Kathedrale errichten lässt.

Mit dem Herbstmädchen wollten wir im Roman zudem das Thema »Natur« im Mittelalter aufgreifen. Die Linde spielt für Hortensia eine besondere Rolle, denn auf der Burg in Neumark gibt sie ihr vor dem Überfall Kraft. Linden wurden in der Vergangenheit tatsächlich als besondere Bäume angesehen. Aufgrund ihrer häufig herzförmigen Krone, der herzförmigen Blätter und sogar der herzförmigen Ausbreitung der Wurzeln unter der Erde galten sie als Symbol der Liebe. Die Bäume wurden häufig in der Mitte des Dorfes auf einem Platz gepflanzt, an dem Gericht gehalten wurde, und man erhoffte sich im Schatten der Krone ein gerechtes Urteil.

Nicht selten jedoch baumelte der Beschuldigte nach einer solchen Sitzung an einem Ast derselben an einem Strick.

Der *Familienpfiff*, der Hortensias Vater Radulf über die Lippen kommt, ist keine reine Erfindung, es hat ihn zumindest in unserer Familie tatsächlich gegeben. Nur zwei Sekunden lang, aber dennoch mit einer eigenen Melodie, half er allen Familienmitgliedern, sich bei größeren Menschenansammlungen wieder zusammenzufinden.

Anders als die Figur Hortensias ist der *Überfall auf Neumark* durch Heinrich III. von Wettin im Kampf um die Thüringer Landgrafschaft, durchgeführt von seinem Mundschenk Rudolf von Vargula, nicht erdacht. Der Tag des Überfalls auf die Burg, von der heute lediglich noch ein Wassergraben erhalten ist, ist mit dem 26. Januar für das Jahr 1248 oder 1249 überliefert.

Eine Art Ahnenbuch, wie Hortensia es von der Mutter im Todeskampf überreicht bekommt, ist dagegen nicht nachweisbar. Da aber allgemein nur sehr wenige Pergamente aus dem 13. Jahrhundert erhalten sind, kann die Existenz eines solchen auch nicht grundsätzlich ausgeschlossen werden.

Mit Hilfe von *Hedwig und Christoph* liefern wir einen Erklärungsansatz dafür, wie das wahre Abbild der historischen Uta von Ballenstedt und einiger anderer Personen zu Matizo gelangt sein könnte, der zweihundert Jahre später als seine Stifterfiguren lebte.

Das fiktive Schicksal der Pauline aus Freiberg ist eng mit dem Bergbau in Freiberg verknüpft, eine der größten Silbererzlagerstätten, die im Mittelalter entdeckt wurden. Wie im Roman beschrieben, konnten dort anfänglich vergleichsweise leicht große Silbermengen aus oberflächennahen Gängen gefördert werden. Der Lohn des Berg- oder Hüttenmannes, wie zum Beispiel Lines Ehemann Enrikus, bestand in dem geldlichen Gegenwert des Silbers abzüglich des Fronteils für den Markgrafen, den Heinrich III. von Wettin tatsächlich regelmäßig anhob.

Typisch für den Erzabbau ist, dass sich das Silbervorkommen verringert, je tiefer man in die Erde vordringt. In tieferen Schichten findet der Abbau zudem unter deutlich schwereren Bedingungen statt, weil sich die Gänge mit hinderlichem Wasser füllen und frische Luft rar ist. Die *Bergleute* mussten mit der Zeit aber immer tiefer in den Berg und *waghalsiger abbauen,* um überhaupt noch vom Silber leben zu können. Dies führte zu einem Rückgang des Reichtums bis hin zur Verarmung und dem Wegzug der Bergleute. Eine solche erste Rezession wird für Freiberg ab dem Jahr 1210 geschätzt – also genau für den Zeitraum, in dem die junge Line mit ihrer Familie ums Überleben kämpft. Mit ihrer Person wollten wir die zwei *gegensätzlichsten Gesichter des Silberbergbaus* verdeutlichen. Einerseits den großzügigen Profiteur in Gestalt des erlauchten Heinrichs, andererseits den hart schuftenden Bergmann, dessen ganze Familie mit Ausnahme seiner Frau beim Abbau zu Tode kommt. Line schlägt sich danach als Köchin durchs Leben, dank den Rezepten ihrer Familie und den besten Pfannenfladen der Welt. Übrigens: Das Grundrezept für *Lines Pfannenfladen* mit Äpfeln entstammt dem ältesten überlieferten Kochbuch des Mittelalters (ungefähr aus dem Jahr 1350), dem *Buch von guter Speise.* Darin finden sich keine Mengenangaben für die einzelnen Zutaten. In Vorbereitung auf die Szene, in der Line die Fladen zubereitet, hatten wir viel Spaß dabei, in einigen Versuchen die Mengen der einzelnen Zutaten so zu bestimmen, dass sie für unseren heutigen Gaumen ein wohlschmeckendes Ergebnis liefern.

Dass Liebe jedoch nicht nur durch den Magen, sondern durch den ganzen Körper gehen kann, zeigen wir mit unserer fiktiven Figur *Goswin von Archfeld*. Einige von Ihnen haben vielleicht in Ansätzen schon einmal erfahren, dass Liebe psychisch und physisch krank machen kann. An der Figur Goswins hat uns gereizt, die Entwicklung eines Liebeskranken sukzessive darstellen und verfolgen zu können. Seine Verelendung in jedweder Hinsicht schreitet parallel zu seiner ständig wachsenden, unerfüllten Sehnsucht voran.

Die Archfelds hat es in Erfurt zwar nie gegeben, sehr wohl aber den Waidhandel. Aufgrund seiner Färbekraft war der *Thüringer Waid* dem andernorts angebauten Waid überlegen und deswegen besonders begehrt. Durch den Handel mit der Waidpflanze und dem daraus gewonnenen Farbstoff wurde Erfurt zu einer der reichsten Städte des Reiches, was seine Bürger im 14. Jahrhundert in die Lage versetzte, auf eigene Kosten eine Universitätsgründung anzustreben.

Eine bedeutende mittelalterliche Universitätsstadt ist auch einer der Schauplätze unseres vierten historischen Romans. Wir erzählen aus Margarethes Leben und wie sie in einer Zeit des Umbruchs ihren berühmten Sohn prägte. Ohne sie wäre die Geschichte der Deutschen gewiss ganz anders verlaufen.

Glossar

Apsis, Pl. Absiden: Halbkreisförmiger Anbau an einen Chor oder Querhausarm im Osten einer Kirche – als Sinnbild der Sonne. In der Gotik auch polygonal gestaltet.

Arkaden: Bezeichnung für einen Bogen, der zwei Säulen oder Pfeiler verbindet. In fortlaufender Reihe dient die Arkade als Gliederungselement, z. B. bei Kirchenschiffen.

Atzung: Fütterung des Vogels (im Gegensatz zum aktiven Fressen des Vogels, dem Kröpfen).

Aufriss: Nicht perspektivische Zeichnung der Vorder- oder Seitenansicht sowie der inneren Wandgliederung eines Bauwerkes.

Baldachin: a) Bezeichnung für einen textilen Prunkhimmel über Thronen, Altären und Betten oder b) hölzernes oder steinernes Prunkdach über Plastiken, Figuren, Thronen, Grabmälern und Altären.

Basilika: Ursprünglich war eine Basilika ein Versammlungsort für das Volk, an dem Gericht gehalten wurde und Märkte stattfanden.

Im engeren Sinne bezieht sich Basilika auf eine kreuzförmige Kirchenarchitektur mit abgesenkten Seitenschiffen, in der durch die Fensterreihe des erhöhten Hauptschiffs Licht einfallen kann.

Bell: Glöckchen an den Fängen des Raubvogels, dienen der Ortung des Tieres.

Binden: Das Greifen und Halten der Beute durch den Vogel.

Bleiglanz: Volkstümlicher Name des Minerals Galenit.

Buhurt: Mittelalterliches Ritterkampfspiel, bei dem zwei Gruppen im Massenkampf gegeneinander antreten.

Bündelpfeiler: Bezeichnung für einen gotischen Stützpfeiler, der rundum von Halb- oder Dreiviertelsäulen, den sogenannten Diensten, umgeben ist.

Bundhaube: Beliebte Kopfbedeckung im Mittelalter zum Schnüren. Die Bundhaube wurde als Unterziehhaube und als eigentliche Kopfbedeckung getragen.

Chor: Raum um den Hochaltar einer Kirche. Je nachdem, ob sich der Altarraum im Osten oder Westen an den Kirchenkörper anschließt, spricht man von einem Ost- oder einem Westchor. Chöre waren früher den Geistlichen vorbehalten.

Chorpolygon: Chor(-teil) mit mehreckiger Grundfläche.

Chorquadrum: Chor(-teil) mit quadratischer Grundfläche.

Cingulum: Gürtel am Gewand eines Klerikers oder des Mitglieds einer Ordensgemeinschaft.

Dalmatika: Liturgisches Obergewand der christlichen Kirchen mit weiten Ärmeln und die Amtskleidung des Diakons. Zu festlichen Anlässen kann sie vom Bischof auch unter der Kasel getragen werden.

Dispens: Ausnahmebewilligung.

Eisen: Oberbegriff für die verschiedensten Arten von Meißeln, die der Steinmetz verwendet.

Gebende: Kopfbedeckung der verheirateten Frau, bestehend aus handbreiten Stoffstreifen. Der Kinnstreifen wird ein- oder mehrmals unter dem Kinn entlang, über die Ohren und oben über den Kopf gewickelt. Das Ganze wird mit einer Nadel fixiert. Der zweite Teil ist der Stirnstreifen, der ebenfalls ein- oder mehrfach um Stirn und Hinterkopf gewickelt wird. Darüber konnte ein Schleier oder/und eine Art Kappe getragen werden.

Gediegen Silber: Silber, das in der Natur rein vorkommt, also nicht mit anderen Körpern chemisch verbunden ist.

Geschirr(-bank): Geschirr ist der Oberbegriff für die traditionellen Werkzeuge zur Steinbearbeitung. Die Geschirrbank entspricht der Werkbank. Auf ihr liegen in Griffweite die vom Steinmetz benötigten Werkzeuge.

Gewölbe: Bogenförmige Überdachung von Längsräumen, die sich selbst trägt.

Grundriss: Zweidimensionale Abbildung eines waagerecht aufgeschnittenen Gebäudes aus der Draufsicht.

Gurtbogen/Gurt: Kräftiger Bogen, der quer zur Längsachse eines Gewölbes verläuft und Last aufnimmt sowie weiterleitet.

Investiturstreit: Politischer Konflikt in Mitteleuropa (Anfang 11. Jhdt. bis Ende 13. Jhdt.) zwischen geistlicher und weltlicher Macht um die Amtseinsetzung von Geistlichen (Investitur) durch weltliche Fürsten.

Helmzier: Hölzerner steckbarer Zieraufsatz auf Ritterhelmen, der Wappenelemente oder sonstige figurative Attribute seines Besitzers aufweist.

Immunität: Geistlicher Bezirk, in dem kirchliche Personen und Güter von weltlichen Diensten und Abgaben befreit waren. Zudem waren Geistliche wie auch sonstige Personen, die sich dorthin flüchteten oder dort lebten, dem Zugriff weltlichen Rechts entzogen. Die Bewohner der Immunität besaßen eine eigene Gerichtsbarkeit, waren also immun gegen weltliche Ansprüche und Gerichte.

Kapitell: Kopf einer Säule oder eines Pfeilers. In der Gotik war das blattgeschmückte Kelchblockkapitell beliebt.

Kasel: Liturgisches Gewand, in der Gotik der Form nach ähnlich wie ein Poncho.

Kelchblockkapitell: Nach oben sich konisch verbreiternder Säulenkopf (Kelchform), der häufig mit pflanzlichen Ornamenten verziert ist.

Kreuzgratgewölbe: Art der Raumüberspannung, die durch die rechtwinklige Kreuzung zweier Tonnengewölbe mit gleichem Durchmesser entsteht. Deren Schnittkanten werden als Grate bezeichnet.

Kreuzrippengewölbe: Bezeichnung für eine Weiterentwicklung des Kreuzgewölbes, bei der die Grate in selbsttragende, sich gegenseitig stützende Rippen umgewandelt wurden, die zusätzlich Druck und Schub ableiten.

Knüpfel: Hammerähnliches Klopfholz von Steinmetz und Bildhauer, mit dessen Hilfe das Eisen am Stein entlanggetrieben und dadurch Material abgetragen wird.

Krypta: Unterirdischer Kirchenraum, der sich unter dem (Hoch-)Altar befindet und häufig für die Aufbewahrung von Reliquien oder als Grabstätte geistlicher und weltlicher Würdenträger genutzt wird.

Kukulle: Bei den Benediktinern: Faltenreiches Übergewand mit weiten Ärmeln und Kapuze.

Landding: Landgericht unter der Leitung des Landesfürsten, hier: des Landgrafen.

Langhaus: Langgestreckter rechteckiger Gebäudehauptteil einer Kirche, zwischen Westwand und Querhaus (gilt derart für geostete Kirchen), der Haupt- und Seitenschiffe umfasst. Im Gegensatz zum Chor war das Langhaus früher vornehmlich den Laien vorbehalten.

Lanzettenfenster: Schlankes Fenster in einem Spitzbogen (= Lanzettenbogen, aus dem Engl.: Lanzenbogen) endend.

Lettner: Im 13. Jhdt. übermannshohe Trennwand zwischen dem der Geistlichkeit vorbehaltenen Chorraum und dem Hauptschiff.

Lüster: Transparente Farbüberzüge über Metall-, Gold- oder Silberauflagen, die einen reflektierenden Glanz erzeugen.

Maßwerk: Schmuckwerk aus geometrischen Grundformen, das Flächen z. B. von Fenstern oder Wänden musterähnlich gestaltet.

Mennige: Kupferrotes Farbpigment aus Bleioxid.

Mittelschiff: Der Mittelraum im Langhaus einer Kirche; häufig breiter als die flankierenden Seitenschiffe.

Nimbus: Kreisförmiger Strahlenschein um den Kopf Jesu oder eines Heiligen, häufig auch mit einem Kreuz versehen.

Ostchor: Altarraum am östlichen Ende eines Kirchenbaus.

Querhaus: Ein in rechtwinkliger Position zum Langhaus verlaufendes, kürzeres Schiff, das sich meist vor dem Übergang zum Chor befindet und zusammen mit dem Langhaus der Form nach das Christuskreuz bildet.

Reck: Gestell, auf dem einer oder mehrere Greifvögel sitzen können.

Rundbogenfries: Mittelalterliches Ornament, bestehend aus aneinandergereihten Halbkreisbögen, das als Schmuckelement für Fassaden oder Wandflächen diente.

Sangspruch: Gesungene Lyrik, die im Unterschied zum Minnesang a) überwiegend einstrophige Werke hervorbrachte, b) über eine größere Themenvielfalt verfügte und c) mehr berichtenden als involvierenden Charakter besaß.

Schabracke: Bis zu den Knien eines Pferdes reichende und den Hals umschließende Schmuck-Satteldecke, die bei festlichen Anlässen wie z. B. bei Turnieren angelegt wurde und in den Wappenfarben des Besitzers gehalten war.

Schildfessel: Langer Lederriemen auf der Rückseite eines

Schildes, der bequem über den Rücken getragen werden kann und dazu dient, dass der Reiter beim Angriff den Schild nur mit Schildfessel und Unterarmriemen sicher dirigieren und mit der dadurch freien Hand die Zügel seines Pferdes halten kann.

Sechspassrose: Fensterornament in der Gotik, das sich aus sechs kreisrunden Elementen, die blütenblätterartig angeordnet sind, zusammensetzt.

Seitenschiff: Seitenschiffe bilden zusammen mit dem Hauptschiff das Langhaus. Sie liegen parallel zu beiden Seiten des Hauptschiffes und sind meist schmaler als dieses. In der Gotik wurden Kathedralen nicht nur drei-, sondern fünf- oder vereinzelt sogar siebenschiffig gebaut.

Sockel: Säulen- oder Mauerfuß.

Speier (Wasserspeier): Wasserrohre oder -rinnen, die Regenwasser vom Gebäude wegleiten und damit verhindern, dass das Mauerwerk aufweicht. An ihrem Ende befinden sich meist tierische Gestalten und Köpfe.

Steinsichtige Wände: Form der Wandgestaltung, bei der die vermauerten Steine noch gut sichtbar sind. Dazu wird der Mörtel in den Fugen zwischen den einzelnen Steinen nur so weit verstrichen, dass die Mauer eine überwiegend ebene Fläche bildet. Hervorragende Steinköpfe bleiben dabei weiterhin sichtbar.

Strebepfeiler: Bei gotischen Kirchenbauten außerhalb der Seitenschiffe befindliche, die Seitenschiffe überragende Pfeiler, die über den Strebebogen mit dem Haupthaus in Verbindung stehen, einen Teil des Gewölbeschubs ableiten und so für Stabilität sorgen.

Taubes Gestein: Gestein, welches keine verwertbaren Mineralien wie z. B. Silbererz enthält.

Tjost: Mittelalterlicher Lanzenkampf von zwei Rittern zu

Pferd und in voller Rüstung, bei dem es den Gegner aus dem Sattel zu heben gilt.

Vesper: Das vorletzte Stundengebet am Abend.

Werkmeister: Architekt und Bauleiter einer gotischen Baustelle.

Werkstatt: a) Gemeinschaft von gut ausgebildeten Handwerkern, die zusammenarbeiten und als Gruppe von Auftrag zu Auftrag ziehen, oder b) Raum, in dem handwerklich gearbeitet wird.

Westchor: Altarraum am Westende eines Kirchenbaus.

Zirkelwerk: Steinernes Schmuckwerk an Glasfenstern, das sich aus dünnen steinernen Kreiselementen zusammensetzt.

Quellenhinweis

Sämtliche Textpassagen aus dem Versbüchlein unserer Roman-Agnes sind kursiv gesetzt und entstammen teilweise wortwörtlich, teilweise zur besseren Lesbarkeit modifiziert:

Thomasin von Zerklaere: *Der Welsche Gast,* ausgewählt, eingeleitet, übersetzt und mit Anmerkungen versehen von Eva Willms, Verlag Walter de Gruyter, Berlin/New York 2004.

Die Zeichnung der Wachsvorlage, die den Stifter Ekkehard im Proportionsschema zeigt, entstand in Anlehnung an:

Annegret Peschlow-Kondermann: *Rekonstruktion des Westlettners und der Ostchoranlage des 13. Jahrhunderts im Mainzer Dom,* Tafel 31, Franz Steiner Verlag, Wiesbaden 1972.

CLAUDIA & NADJA
BEINERT

Die Herrin der Kathedrale
Roman

Generationen von Kunstinteressierten hat die Stifterfigur der Uta im Naumburger Dom Rätsel aufgegeben: Wer war diese Frau wirklich? In ihrem opulenten und klugen Roman erzählen Claudia und Nadja Beinert das Leben der Uta von Naumburg, wie es noch nie erzählt wurde: Die Ermordung ihrer Mutter weckte Utas Gerechtigkeitssinn. Mit aller Kraft setzte sie sich für den Bau der ersten Naumburger Kathedrale als kaiserlichen Gerichtssaal ein und kämpfte für die Vollendung dieses Wahrzeichens für Frieden und Glauben im Heiligen Römischen Reich.

»Wenn ich ein weibliches Geschöpf aus der Kulturgeschichte treffen wollte, dann Uta von Naumburg …« *Umberto Eco*

CLAUDIA & NADJA
BEINERT

Die Kathedrale der Ewigkeit
Roman

Naumburg im 11. Jahrhundert. Uta ist überglücklich: Ihr Traum ist in Erfüllung gegangen und die Kathedrale von Naumburg vollendet worden. Nun darf sie sich auch Hoffnungen machen, endlich mit ihrem geliebten Hermann vereint zu leben. Schließlich hat ihr die Kaiserin selbst die Zusage gegeben, ihre Eheauflösung mit dem ungeliebten Ekkehard zu unterstützen. Doch dann verschwindet Hermann spurlos. Kurz darauf wird eine unkenntliche Leiche auf den Burghof gebracht, die seine Kleider trägt. Uta kann nicht glauben, dass Hermann für immer verloren ist, und macht sich auf die Suche nach der Wahrheit.

»Ein faszinierender Roman über eine mutige Frau aus dem elften Jahrhundert.«
Petra